□ 本书编写组 编

新思想引领新时代改革开放

——中央主要媒体主题报道重点作品集

（下册）

学习出版社

目 录

（上册）

"改革近镜头"专题报道

高山榕下，春天的故事谱新篇　/ 3

风雨改革路，扬帆再起航　/ 6

发出新时代全面深化改革的总动员令　/ 9

"小岗梦也是广大农民的梦"　/ 12

改革不停顿、开放不止步　/ 15

"上海就是一个生动例证"　/ 18

"未来之城"，拔节生长　/ 21

为三明医改"点赞"　/ 24

海南，春潮拍岸正扬帆　/ 27

小商品闯出了大市场　/ 30

"通过！"一份标注时代的改革新蓝图　/ 33

重点报道

把全面深化改革作为推进中国式现代化的根本动力　/ 39

任仲平

为中国式现代化提供强大动力和制度保障 / 50
——总书记引领我们谱写新时代改革开放新篇章

人民日报记者 汪晓东 刘志强 王 浩 韩 鑫 罗珊珊

紧紧依靠人民推动改革 / 63

人民日报记者 张 洋 张 璁

立足关键时期，用好重要法宝 / 72

任仲平

为全面深化改革提供强大思想武器 / 84

任理轩

微观察·党的二十届三中全会
"当代中国人民最鲜明的精神标识" / 97

人民日报记者 杜尚泽 王 洲

弘扬伟大改革开放精神 进一步推进全面深化改革 / 102

仲 音

以前所未有的力度开辟事业发展新天地 / 105
——习近平总书记带领全党全军全国各族人民全面深化改革扩大开放纪实

新华社记者 林 晖 张辛欣 高 蕾 王子铭

以进一步全面深化改革开辟中国式现代化广阔前景 / 120
——写在党的二十届三中全会召开之际

新华社记者 张晓松 朱基钗 黄 玥 姜 琳 陈炜伟 孙少龙

将新时代改革开放进行到底 / 138
——从72次中央深改委（领导小组）会议读懂习近平的改革之道

新华社记者 邹 伟 韩 洁 谢希瑶 丁小溪 严赋憬

在新征程上谱写改革开放新篇章 / 152

钟华论

习近平总书记引领全面深化改革扩大开放
谱写中国式现代化崭新篇章 / 162

中央广电总台央视记者 张 勤 王 琰 丁雅妮等

新时代的文化长卷如此绚烂 / 167

光明日报记者 刘江伟

为中国式现代化注入强劲动力 / 175

经济日报编辑部

评论集萃

精准发力、协同发力、持续发力 / 185
——坚持用好改革开放这个重要法宝①

人民日报评论员

奔着问题去、盯着问题改 / 187
——坚持用好改革开放这个重要法宝②

人民日报评论员

充分调动各方面改革积极性 / 189
——坚持用好改革开放这个重要法宝③

人民日报评论员

最公平的公共产品　最普惠的民生福祉 / 191
——新时代生态文明建设观察

任 平

处理好经济和社会的关系 / 199
——"坚持系统观念，处理好几个重大关系"评论之一

李 拯

处理好政府和市场的关系 / 202
——"坚持系统观念，处理好几个重大关系"评论之二

周珊珊

处理好效率和公平的关系 / 204
——"坚持系统观念，处理好几个重大关系"评论之三

何 娟

处理好活力和秩序的关系 / 206
——"坚持系统观念,处理好几个重大关系"评论之四

邹　翔

处理好发展和安全的关系 / 208
——"坚持系统观念,处理好几个重大关系"评论之五

盛玉雷

以巨大的政治勇气和智慧推进全面深化改革 / 210
——新时代全面深化改革的实践与启示述评之一

新华社记者　赵　超

坚持党的领导为全面深化改革提供根本政治保证 / 217
——新时代全面深化改革的实践与启示述评之二

新华社记者　朱基钗　高　蕾　孙少龙　范思翔

确保改革开放沿着正确方向前进 / 225
——新时代全面深化改革的实践与启示述评之三

新华社记者　林　晖　王子铭　王　鹏　徐　壮

坚持以人民为中心推进改革 / 232
——新时代全面深化改革的实践与启示述评之四

新华社记者　齐中熙　姜　琳　高　敬　严赋憬　李晓婷

坚持在法治轨道上深化改革 / 240
——新时代全面深化改革的实践与启示述评之五

新华社记者　杨维汉　王　琦　刘　硕　熊　丰

增强改革系统性整体性协同性 / 247
——新时代全面深化改革的实践与启示述评之六

新华社记者　吴　晶　胡　浩　董瑞丰　张　泉　温竞华

统筹推进深层次改革和高水平开放 / 254
——新时代全面深化改革的实践与启示述评之七

新华社记者　韩　洁　胡　璐　潘　洁　何宗渝　唐诗凝

敢于啃硬骨头敢于涉险滩　／ 261
　　——总书记的改革论·短评之一

新华社记者　叶　前

改革有阵痛，但不改革就是长痛　／ 263
　　——总书记的改革论·短评之二

新华社记者　涂洪长

善于从焦点、难点中寻找改革切入点　／ 264
　　——总书记的改革论·短评之三

新华社记者　刘怀丕　翟　濯

坚持眼睛向下，脚步向下　／ 266
　　——总书记的改革论·短评之四

新华社记者　刘　阳

既当改革促进派、又当改革实干家　／ 268
　　——总书记的改革论·短评之五

新华社记者　张丽娜

胆子要大、步子要稳　／ 269
　　——总书记的改革论·短评之六

新华社记者　梁建强

改革开放只有进行时没有完成时　／ 270
　　——总书记的改革论·短评之七

新华社记者　冯　源

以改革到底的坚强决心动真碰硬　／ 271
　　——总书记的改革论·短评之八

新华社记者　晏国政

既挂帅、又出征　／ 272
　　——总书记的改革论·短评之九

新华社记者　徐　扬

从实际出发，先立后破 / 273
——总书记的改革论·短评之十
新华社记者 杨金志

奋力推进强国建设、民族复兴伟业 / 274
《求是》杂志编辑部

坚定不移走自己的路 / 288
《求是》杂志编辑部

锚定建成科技强国的战略目标奋勇前进 / 298
《求是》杂志评论员

为中国式现代化提供强大动力和制度保障 / 303
《求是》杂志评论员

改革开放是"重要法宝" / 307
——学习习近平总书记关于全面深化改革的重要论述①
学而时习

始终坚持改革开放正确方向 / 311
——学习习近平总书记关于全面深化改革的重要论述②
学而时习

不能忘记改革为了谁、依靠谁 / 314
——学习习近平总书记关于全面深化改革的重要论述③
学而时习

推进改革必须坚持正确的方法论 / 317
——学习习近平总书记关于全面深化改革的重要论述④
学而时习

"中国的改革开放之路一定可以成功" / 322
——学习习近平总书记关于全面深化改革的重要论述⑤
学而时习

中国经济沿高质量发展航道破浪前行 / 326
光明日报记者 刘 坤 鲁元珍

改革，为科技强国建设提供不竭动力　/ 334
　　　　　　　　　　　　光明日报记者　齐　芳　金振娅　詹　媛　杨　舒

坚持党的全面领导是根本保证　/ 342
　　——一论新时代全面深化改革的宝贵经验
　　　　　　　　　　　　　　　　　　　　　　　经济日报评论员

改革脉搏与人民向往同频共振　/ 345
　　——二论新时代全面深化改革的宝贵经验
　　　　　　　　　　　　　　　　　　　　　　　经济日报评论员

确保改革沿着正确方向前进　/ 348
　　——三论新时代全面深化改革的宝贵经验
　　　　　　　　　　　　　　　　　　　　　　　经济日报评论员

"中国之制"成就"中国之治"　/ 351
　　——四论新时代全面深化改革的宝贵经验
　　　　　　　　　　　　　　　　　　　　　　　经济日报评论员

在法治轨道上深化改革　/ 354
　　——五论新时代全面深化改革的宝贵经验
　　　　　　　　　　　　　　　　　　　　　　　经济日报评论员

同向发力增强改革整体效能　/ 356
　　——六论新时代全面深化改革的宝贵经验
　　　　　　　　　　　　　　　　　　　　　　　经济日报评论员

（下册）

专栏专题

全面深化改革必须坚持党的全面领导　/ 361
　　——"新思想引领新时代改革开放"专栏报道
　　　　　　　　　　　　　　　　　　　　　　　人民日报记者　张　洋

人民的获得感　改革的含金量 / 367
——从身边变化看新时代改革开放

人民日报记者　姜　赟　李　翔　钱一彬

坚持系统观念　建设美丽中国 / 372
——从绿色发展看新时代改革开放

人民日报记者　寇江泽

以开放促改革、促发展、促创新 / 378
——从港口口岸看新时代改革开放

人民日报记者　叶　琦　罗珊珊

"一张清单"激发市场活力 / 384
——从市场准入制度看新时代改革开放

人民日报记者　赵展慧　贺林平　罗珊珊

在法治下推进改革　在改革中完善法治 / 389
——从立改废释看新时代改革开放

人民日报记者　张　璁

优化政务服务　利企便民为民 / 394
——从政务服务窗口看新时代改革开放

人民日报记者　徐　隽　金正波

全国一盘棋　共谱协奏曲 / 399
——从协调发展看新时代改革开放

人民日报记者　林　琳　韩春瑶

创新中国生机勃勃 / 404
——从科技创新看新时代改革开放

人民日报记者　杨　旭　杨烁壁

促进公平正义　增进人民福祉 / 409
——从公正司法看新时代改革开放

人民日报记者　张　璁　魏哲哲

更好满足人民精神文化生活新期待 / 414
——从文化惠民看新时代改革开放

人民日报记者　王　瑨

阔步迈向农业强国 / 419
——"新思想引领新时代改革开放"专栏报道

人民日报记者　朱　隽　王　浩　郁静娴

开业办手续效率高 / 426
——"百姓身边的改革事"系列通讯

人民日报记者　靳　博

夸夸我的新能源汽车 / 428
——"百姓身边的改革事"系列通讯

人民日报记者　林子夜

先一步，鲜一步 / 430
——"百姓身边的改革事"系列通讯

人民日报记者　温素威

立法立到心坎上 / 432
——"百姓身边的改革事"系列通讯

人民日报记者　巨云鹏

我家在城市扎下了根 / 434
——"百姓身边的改革事"系列通讯

人民日报记者　于　洋　张丹华

"跨省通办"省事还省心 / 436
——"百姓身边的改革事"系列通讯

人民日报记者　贺林平

数字敦煌别样美 / 438
——"百姓身边的改革事"系列通讯

人民日报记者　苏显龙

公租房圆了安居梦　/ 440
——"百姓身边的改革事"系列通讯

人民日报记者　李增辉　姜　峰

在家门口幸福养老　/ 442
——"百姓身边的改革事"系列通讯

人民日报记者　辛　阳

石梁河水库又见银鱼　/ 444
——"百姓身边的改革事"系列通讯

人民日报记者　尹晓宇

"救命药"越来越便宜　/ 446
——"百姓身边的改革事"系列通讯

人民日报记者　付　文

医药费报销不再两头跑　/ 448
——"百姓身边的改革事"系列通讯

人民日报记者　邵玉姿

创造中华民族新的更大奇迹　/ 450
——"新思想引领新时代改革开放"专栏报道

新华社记者　胡　浩　王　鹏　温竞华　顾天成

沿着正确道路推进全面深化改革　/ 457
——"新思想引领新时代改革开放"专栏报道

新华社记者　施雨岑　罗　沙　徐　壮

推动中国特色社会主义制度更加成熟更加定型　/ 463
——"新思想引领新时代改革开放"专栏报道

新华社记者　安　蓓　高　敬　申　铖　王悦阳

让改革发展成果更多更公平惠及人民群众　/ 470
——"新思想引领新时代改革开放"专栏报道

新华社记者　张辛欣　叶昊鸣　严赋憬

以改革开放推动党和国家各项事业取得历史性成就、
发生历史性变革　/ 477
——"新思想引领新时代改革开放"专栏报道

新华社记者　赵晓辉　李延霞　吴　雨

以科学方法论推进全面深化改革伟大实践　/ 485
——"新思想引领新时代改革开放"专栏报道

新华社记者　于佳欣　王　希　刘　慧　任　军

为推动高质量发展注入强劲动力　/ 492
——党的十八届三中全会以来经济体制改革成就综述

新华社记者　谢希瑶　严赋憬　周　圆

社会主义民主法治更加健全　/ 499
——党的十八届三中全会以来政治体制改革成就综述

新华社记者　罗　沙　范思翔　齐　琪

汇聚起强国建设民族复兴的强大精神力量　/ 506
——党的十八届三中全会以来文化体制改革成就综述

新华社记者　周　玮　史竞男　王　鹏

持续增进民生福祉　促进社会公平正义　/ 513
——党的十八届三中全会以来社会体制改革成就综述

新华社记者　叶昊鸣　王悦阳　王聿昊

书写在绿水青山间的生态答卷　/ 519
——党的十八届三中全会以来生态文明体制改革成就综述

新华社记者　高　敬　黄韬铭

为不断推进新时代党的建设新的伟大工程提供坚强保障　/ 526
——党的十八届三中全会以来党的建设制度改革成就综述

新华社记者　孙少龙　王子铭　周闻韬

开创改革强军新局面　/ 533
——党的十八届三中全会以来国防和军队改革成就综述

新华社记者　梅世雄　李秉宣

全面深化改革　谱写中国经济高质量发展崭新篇章　/ 544
——"新思想引领新时代改革开放"系列报道

        中央广电总台央视记者　张　勤　王　琰　岳　群等

"创新中国"　逐梦新征程　/ 548
——"新思想引领新时代改革开放"系列报道

        中央广电总台央视记者　张　勤　王　琰　朱　江等

澎湃改革新动力　绘就农业农村现代化发展新篇章　/ 552
——"新思想引领新时代改革开放"系列报道

        中央广电总台央视记者　张　勤　王　琰　梁丽娟等

筑牢生态文明根基　谱写美丽中国建设新篇章　/ 556
——"新思想引领新时代改革开放"系列报道

        中央广电总台央视记者　张　勤　王　琰　崔　霞等

发展全过程人民民主　保障人民当家作主　/ 560
——"新思想引领新时代改革开放"系列报道

        中央广电总台央视记者　白　央　李文杰　程　琴等

人民军队实现整体性革命性重塑　/ 563
——"新思想引领新时代改革开放"系列报道

        中央广电总台央视记者　张　伟　张建庆　刘　洁等

以文化自信筑牢强国复兴精神之基　/ 566
——"新思想引领新时代改革开放"系列报道

        中央广电总台央视记者　白　央　曹　岩　赵继哲等

为了人民对美好生活的向往　/ 570
——"新思想引领新时代改革开放"系列报道

        中央广电总台央视记者　张　勤　王　琰　李　欣等

协调发展为中国式现代化注入澎湃动力　/ 574
——"新思想引领新时代改革开放"系列报道

        中央广电总台央视记者　张　勤　王　琰　岳　群等

开创新时代高水平对外开放新局面 / 578
——"新思想引领新时代改革开放"系列报道

中央广电总台央视记者 张 勤 王 琰 刘 颖等

创新引领新超越 / 582
——"伟大的历史变革"专题节目

中央广电总台《焦点访谈》专题节目组

绘就生态新画卷 / 588
——"伟大的历史变革"专题节目

中央广电总台《焦点访谈》专题节目组

强农富民美乡村 / 594
——"伟大的历史变革"专题节目

中央广电总台《焦点访谈》专题节目组

民生福祉总关情 / 599
——"伟大的历史变革"专题节目

中央广电总台《焦点访谈》专题节目组

新时代文化使命 / 604
——"伟大的历史变革"专题节目

中央广电总台《焦点访谈》专题节目组

高水平对外开放 / 609
——"伟大的历史变革"专题节目

中央广电总台《焦点访谈》专题节目组

"中国之治"新境界 / 614
——"伟大的历史变革"专题节目

中央广电总台《焦点访谈》专题节目组

协调发展新格局 / 619
——"伟大的历史变革"专题节目

中央广电总台《焦点访谈》专题节目组

打铁还需自身硬　/ 624
——"伟大的历史变革"专题节目

　　　　　　　　　　　　　　中央广电总台《焦点访谈》专题节目组

奋楫改革，教育强国建设足音铿锵　/ 629
——"新思想引领新时代改革开放"专栏报道

　　　　　　　　　　　　　　光明日报记者　邓　晖

人民至上，全面深化改革增进百姓福祉　/ 639
——"新思想引领新时代改革开放"专栏报道

　　　　　　　　　　　　　　光明日报记者　邱　玥　任　欢

美丽中国，人与自然和谐共生　/ 647
——"新思想引领新时代改革开放"专栏报道

　　　　　　　　　　　　　　光明日报记者　张　蕾　张　胜　王美莹　李春剑

共建共治共享　社会治理新格局加快形成　/ 656
——"新思想引领新时代改革开放"专栏报道

　　　　　　　　　　　　　　光明日报记者　陈慧娟　杨桐彤

激荡文化繁荣发展的万千气象　/ 665
——"新思想引领新时代改革开放"专栏报道

　　　　　　　　　　　　　　光明日报记者　许馨仪　李　韵　李笑萌　牛梦笛

锐意进取，全面深化改革筑牢人才根基　/ 670
——"新思想引领新时代改革开放"专栏报道

　　　　　　　　　　　　　　光明日报记者　任　欢　杨桐彤

一切为了人民的健康福祉　/ 674
——"新思想引领新时代改革开放"专栏报道

　　　　　　　　　　　　　　光明日报记者　田雅婷　金振娅　王美莹　李春剑

强化自主培养，让拔尖创新人才不断涌现　/ 679
——"新思想引领新时代改革开放"专栏报道

　　　　　　　　　　　　　　光明日报记者　姚晓丹

蹄疾步稳，阔步迈向网络强国　/ 684
　　——"新思想引领新时代改革开放"专栏报道

　　　　　　　　　　　　　　　　光明网记者　雷渺鑫　李　飞　李政葳

馥郁书香萦绕神州大地　/ 690
　　——"新思想引领新时代改革开放"专栏报道

　　　　　　　　　　　　　　　　　　　　　　　　光明日报记者　韩　寒

破除准入壁垒、赋能新型业态——
"一张清单"打开市场空间　/ 695
　　——"新思想引领新时代改革开放"专栏报道

　　　　　　　　　　　　　　　　　　　　　经济日报记者　银　晟　佘　颖

电力市场化改革向纵深推进——
两部制电价加快煤电功能转型　/ 699
　　——"新思想引领新时代改革开放"专栏报道

　　　　　　　　　　　　　　　　　　　　　　　　经济日报记者　王轶辰

143项科技体制改革任务全面完成——
创新发展动能更澎湃　/ 703
　　——"新思想引领新时代改革开放"专栏报道

　　　　　　　　　　　　　　　　　　　　　　　　经济日报记者　沈　慧

全国统一的国土空间规划体系总体形成——
"多规合一"绘就美丽中国　/ 706
　　——"新思想引领新时代改革开放"专栏报道

　　　　　　　　　　　　　　　　　　　　　　　　经济日报记者　纪文慧

为人民健康提供有力保障　/ 710
　　——"新思想引领新时代改革开放"专栏报道

　　　　　　　　　　　　　　　　　　　　　　　　经济日报记者　吴佳佳

始终以新发展理念为行动引领　/ 714
　　——"全面深化改革成就回眸"系列报道

　　　　　　　　　　　　　　　　　　　　　　　　经济日报记者　牛　瑾

构建新发展格局　赢得竞争新优势　/722
——"全面深化改革成就回眸"系列报道

经济日报记者　熊　丽

新的生产力理论指导高质量发展实践　/730
——"全面深化改革成就回眸"系列报道

经济日报记者　黄　鑫

共建"一带一路"推动合作共赢　/737
——"全面深化改革成就回眸"系列报道

经济日报记者　朱　琳

文化事业和文化产业繁荣发展　/744
——"全面深化改革成就回眸"系列报道

经济日报记者　姜天骄

全面深化改革　中国将释放更多发展新动能　/751
——"改革进行时"系列报道

中新社记者　王恩博

从侨乡晋江看民营经济向"新"而行　/755
——"改革进行时"系列报道

中新社记者　孙　虹

专栏专题

开栏的话： 党的二十届三中全会将于 2024 年 7 月 15 日至 18 日在北京召开，重点研究进一步全面深化改革、推进中国式现代化问题。划时代的党的十八届三中全会开启了全面深化改革、系统整体设计推进改革的新时代，开创了我国改革开放全新局面。

《人民日报》7 月 8 日推出"新思想引领新时代改革开放"专栏，展现各地区各部门坚持以习近平新时代中国特色社会主义思想为指导，全面深化改革开放的新探索、新举措、新成效，激励广大党员干部群众切实把进一步全面深化改革的战略部署转化为推进中国式现代化的强大力量和生动实践。

全面深化改革必须坚持党的全面领导

——"新思想引领新时代改革开放"专栏报道

人民日报记者 张 洋

坚持党的全面领导，是新时代全面深化改革取得历史性成就的根本原因，是进一步全面深化改革、推进中国式现代化的根本保证。

2024 年 6 月 27 日，习近平总书记主持中共中央政治局会议。会议指出，"进一步全面深化改革要总结和运用改革开放以来特别是新时代全面深化改革的宝贵经验"，贯彻的原则中，第一条就是"坚持党的全面领导"。

新时代以来，在以习近平同志为核心的党中央坚强领导下，在习近平新时代中国特色社会主义思想科学指引下，党的领导更加坚强有力，党把方向、谋大局、定政策、促改革的能力不断增强，全面深化改革这艘航船始终沿着正确的方向劈波斩浪、行稳致远。

举旗定向，党的领导是党和国家事业不断发展的"定海神针"

问题是时代的声音，回答并指导解决问题是理论的根本任务。

时间拉回到 10 多年前，我国经历多年高速发展，面临发展不平衡不充分、发展方式粗放等一系列问题；彼时的改革，经历多年的推进，剩下的都是难啃的硬骨头。解决这些问题，必须靠进一步全面深化改革。全面深化改革改什么？往哪儿改？怎么改？考验着新时代中国共产党人的勇气和智慧。

举旗定向，党的领导是党和国家事业不断发展的"定海神针"。

在新的重大历史关头，以习近平同志为核心的党中央将改革开放的伟大旗帜高高举起，科学回答了一系列事关改革方向的重大理论和实践问题。

聚焦"改什么"，习近平总书记强调"我们的改革开放是有方向、有立场、有原则的"，明确提出"全面深化改革的总目标，就是完善和发展中国特色社会主义制度、推进国家治理体系和治理能力现代化"，科学回答了改革举什么旗、走什么路、向什么目标前进等根本性问题，确保改革开放在正确方向上行稳致远。

明确"往哪儿改"，习近平总书记强调"抓改革、促发展，归根到底就是为了让人民过上更好的日子"，彰显了我们党全面深化改革的价值取向。坚持以人民为中心推进改革，是习近平总书记关于全面深化改革的一系列新思想、新观点、新论断中的关键内容。

着眼"怎么改"，习近平总书记强调"改革有破有立，得其法则事半功倍，不得法则事倍功半甚至产生负作用"，始终坚持科学的改革方法论，创造性提出全面深化改革的主攻方向和路线图、科学方法和有效路径。

　　……

理论强、方向明、人心齐、底气足，新时代以来，以习近平同志为核心的党中央团结带领全国人民，在全面深化改革的历史进程中，敢于啃硬骨头，敢于涉险滩，有力推动经济社会高质量发展，不断把人民对美好生活的向往变成现实。

新时代在更高起点上推进改革开放，深圳的新使命是成为中国特色社会主义先行示范区，浦东新区的新任务是打造社会主义现代化建设引领区。

雄安新区，新时代改革开放的新地标。新区就要有新样子，新就新在高标准、高质量、高水平上。今天的雄安，城市雏形已经显现，一个个重大工程项目加速建设；地下之城加快成型，蜘蛛网式线缆不见踪影，电力、通信、热力、燃气、给水等配套设施，事先全部安装在已建成投运的47.6公里地下管廊里；"云上雄安"初步建成，现实城市中的每一栋建筑、每一杆路灯，在数字城市中都一一对应。

起笔是世界眼光，落笔为时代标杆。在习近平总书记的亲自谋划、亲自部署、亲自推动下，雄安新区的建设者们凝心聚力、攻坚克难，"未来之城"拔节生长。

党的领导"如身使臂、如臂使指"，确保各项改革任务落实见效

办好中国的事情，关键在党。

2013年11月，党的十八届三中全会决定提出："中央成立全面深化改革领导小组，负责改革总体设计、统筹协调、整体推进、督促落实。"党的十九届三中全会后，中央全面深化改革领导小组改为中央全面深化改革委员会。

"党中央是坐镇中军帐的'帅'，车马炮各展其长，一盘棋大局分明"。新时代以来，上下贯通、执行有力的严密组织体系不断健全，横向到边、纵向到底的党的全面领导制度体系更加成熟更加定型，党的领导"如身使臂、如臂使指"，确保各项改革任务落实见效。

一张照片，定格了一场伟大的决战——打赢脱贫攻坚战三年行动。

画面展示的是，2020年4月，习近平总书记面带微笑，向正在工作的茶农们迎面走来。在总书记身旁的，是陕西省委书记、安康市委书记、平利县委书记、蒋家坪村党支部书记。

上下一心、齐心协力，是打赢脱贫攻坚战的关键。如今，巩固拓展脱贫攻坚成果同乡村全面振兴有效衔接，从党中央到基层"最后一公里"，层层压实责任，一级带着一级干，一幅乡村美、农业强、农民富的乡村全面振兴画卷正在徐徐展开。

党的十八大以来，反贫困、建小康、战疫情、斗洪峰、稳经济、促发展、化危机、应变局……我们坚持和加强党的全面领导，紧紧依靠、充分发挥中国特色社会主义制度的这一最大优势，集中力量办大事、办难事、办急事，取得一个又一个胜利。

密切联系群众，是党的最大政治优势。紧紧依靠人民，我们党就能获得无坚不摧、无往不胜的强大领导力。

2024年5月，山东济南，一场关于改革的企业和专家座谈会在这里召开。习近平总书记强调："党中央作出重大决策、制定重要文件，都深入调研，广泛听取各方面意见，这是我们党的一贯做法和优良传统。"

在"十四五"规划建议等重大政策文件出台前召开多场专题座谈会；就党的二十大相关工作开展网络征求意见活动……全过程人民民主理念深入人心，基层立法联系点等各类协商议事平台不断搭建，党群干群关系更加密切，改革奋进共识不断凝聚。

制度体系不断完善，领导方式更加科学，如今，党的领导贯穿改革各方面全过程，党的政治领导力、思想引领力、群众组织力、社会号召力不断增强，广大党员干部群众的积极性主动性创造性不断激发，不断把改革引向深入。

以伟大自我革命引领伟大社会革命，推动全面深化改革取得历史性成就

勇于自我革命，是我们党最鲜明的品格，也是我们党最大的优势。

党的十八大以来，以习近平同志为核心的党中央始终保持"赶考"的清醒和坚定，坚持以改革精神管党治党，确保我们党始终走在时代前列，始终成为中国特色社会主义事业坚强领导核心。

原原本本学习新修订的《中国共产党纪律处分条例》、走进反腐倡廉警示教育基地接受警示教育……当前，党纪学习教育正在全党深入开展。

"我们要在遵规守纪前提下放手干事、担当作为，在推动产业发展、重大项目建设等方面勇挑重担。"广西北海铁山东港产业园党工委副书记熊建华说。一段时间以来，广西壮族自治区各级党组织坚持学用结合，教育引导党员、干部紧盯经济运行中的突出问题，攻坚克难、真抓实干。

严明纪律，保持了党的先进性、纯洁性，提升了党的凝聚力、战斗力，为全面深化改革注入了强大动力。

拿出政治勇气，改革再难也要向前推进。

长江沿岸一些城市，曾一度出现发展中的环境问题：江边烟囱厂房林立、砂石码头密布，污染排放威胁着长江生态安全。

"共抓大保护、不搞大开发""长江流域重点水域十年禁渔""关改搬转沿江化工企业"……一系列改革举措，使长江沿岸城市牢固树立正确政绩观，一批"含绿量""含金量"更高的产业迎来蓬勃发展，长江沿岸生态环境明显改善。

如今，每当夜幕降临，湖北宜昌滨江公园灯塔广场，市民群众三三两两打卡拍照，其乐融融。

大江奔流，生机勃发。"水清了，岸绿了，鱼群越来越多，老百姓别提多高兴！"长江的蝶变，让宜昌市的退捕渔民刘成奎欣喜不已。

"看准了就坚定不移抓"，这是一个生动注脚。新时代以来，全面从严治党不断向纵深推进，党在革命性锻造中更加坚强有力。全党上下思想上更加统一、政治上更加团结、行动上更加一致，坚定不移当改革的促进派和实干家。我们党以伟大自我革命引领伟大社会革命，推动全面深化改革取得历史性成就，许多领域实现历史性变革、系统性重塑、整体性重构。

放眼全世界，没有哪个国家和政党，能有这样的政治气魄和历史担当，敢于大刀阔斧、刀刃向内、自我革命，也没有哪个国家和政党，能在这么短时间内推动这么大范围、这么大规模、这么大力度的改革。

在2024年5月企业和专家座谈会上，习近平总书记的一席话铿锵有力、意味深远——

"改革无论怎么改，坚持党的全面领导、坚持马克思主义、坚持中国特色社会主义道路、坚持人民民主专政等根本的东西绝对不能动摇"。

这是始终如一的战略清醒和定力。

这是中国特色社会主义制度的鲜明特征和显著优势。

新征程上，在以习近平同志为核心的党中央坚强领导下，毫不动摇坚持和加强党的全面领导，紧扣中国式现代化进一步全面深化改革开放一定能创造新成就、谱写新篇章。

（《人民日报》2024年7月8日）

人民的获得感　改革的含金量

——从身边变化看新时代改革开放

人民日报记者　姜　赟　李　翔　钱一彬

"改革发展搞得成功不成功，最终的判断标准是人民是不是共同享受到了改革发展成果。"

让广大人民群众共享改革发展成果，是社会主义的本质要求，是社会主义制度优越性的集中体现，是我们党坚持全心全意为人民服务根本宗旨的重要体现。

为人民谋利、为民生解忧，人民群众真真切切感受到全面深化改革带来的新变化——

"拿证那天，天看着都格外蓝。"得益于户籍制度改革进一步推进，陕西西安市放心早餐摊主许海丽拿到了西安居住证，这意味着孩子可以就近入学了；

"在家门口幸福养老，真好。"受惠于全国居家和社区养老服务改革试点陆续展开，家住辽宁省沈阳市三台子街道牡丹社区的老人王文义对晚年生活感到满意；

"没想到，现在已变为'医保按待遇找人'了。"安徽省安庆市望江县的姚先生喜出望外，父亲看病花费41万多元，异地报销29万多元后，还能享受追溯救助政策，自己没申请就拿到了4.9万元医疗救助金；

……

党的十八大以来，以习近平同志为核心的党中央坚持以人民为中心的价值取向，抓住人民最关心最直接最现实的利益问题推进重点领域改革。新时代改革开放的壮阔画卷中，人民的获得感，折射改革的含金量。

2024年6月27日，习近平总书记主持中共中央政治局会议。会议指出，"进一步全面深化改革要总结和运用改革开放以来特别是新时代全面深化改革的宝贵经验"，贯彻的原则之一，就是"坚持以人民为中心，尊重人民主体地位和首创精神，坚持人民有所呼、改革有所应，做到改革为了人民、改革依靠人民、改革成果由人民共享"。

从急难愁盼中找准改革的发力点和突破口，人民群众的获得感更强

"老百姓关心什么、期盼什么，改革就要抓住什么、推进什么"。新时代以来，以习近平同志为核心的党中央注重从就业、增收、入学、就医、住房、办事、托幼养老以及生命财产安全等老百姓急难愁盼中找准改革的发力点和突破口，推出许多民生所急、民心所向的改革举措，人民群众的获得感更强。

奔着问题去、盯着问题改，"问题清单"就是"改革清单"。

"刚工作的时候为了补办身份证，千里迢迢跑了趟老家洛阳。"2024年4月，家住广东广州的张女士给儿子入学办户口，再也不用跑回老家折腾了。"以前要开准迁证、要办迁移证，现在用'跨省通办'替代了这'证'那'证'，省时又省心。"越来越多"网办"事项在指尖解决，让人们尝到了甜头。

打破壁垒，户籍制度改革让1.4亿农业转移人口落户城镇；完善服务，适老化改造等暖心养老举措不断推出；切实减负，个人所得税改革惠及2.5亿人……一系列既有针对性又有含金量的改革举措，惠民生、暖民心、顺民意，得到了最广大人民的衷心拥护。

改革不可能一蹴而就，也不可能一劳永逸。今天，人民对美好生活的向往更加强烈，人民群众的需要呈现多样化多层次多方面的特点。面对人民群众新期待，必须继续把改革推向前进。

高额药费曾经使福建三明市民高万勇感到沮丧。"几年前，光是一片抗病毒药物恩替卡韦的开销就是全家一天的菜钱，如今一天用药仅需花费 1 毛多。"通过药品和医用耗材集中带量采购，药价大幅下降，患者负担显著减轻。

要让老百姓用上更多平价药！截至 2024 年 5 月，国家组织药品集采已开展 9 批，纳入 374 种药品，其中大部分为常见病慢性病用药。日前，国务院办公厅印发了《深化医药卫生体制改革 2024 年重点工作任务》，"推进药品和医用耗材集中带量采购提质扩面"赫然在列。

发展无止境，改革无穷期。保障和改善民生是一项长期工作，没有终点站，只有连续不断的新起点。

改革由局部探索、破冰突围转变为系统集成、全面深化，人民群众的获得感内涵更充实

"全面深化改革是关系党和国家事业发展全局的重大战略部署，不是某个领域某个方面的单项改革。"新时代以来，习近平总书记主持召开 70 多次中央深改领导小组和中央深改委会议，各方面推出 2000 多个改革方案，覆盖政治、经济、文化、社会、生态等各个领域，涉及衣、食、住、行、教育、医疗、养老等各个环节，不断把人民对美好生活的向往变为现实。

广西凭祥市友谊关口岸，满载着进口水果的车辆汇成车流，正在快速有序通关。

"做水果生意最怕'堵'。天越热，水果越等不得。"当地水果商叶宏翔回忆，过去货物通关要清关交税，还要跑银行、海关，填一大沓单子，"有次整柜榴梿开裂了 1/3，足足损失了几十万元"。2019 年，中国（广西）自由贸易试验区崇左片区设立，通关"堵"点越来越少，"现在智能通关'刷脸'通过，环节进度还能通过手机实时掌握。"

新时代以来，以习近平同志为核心的党中央以经济体制改革为牵引，进一步解放和发展社会生产力、增强社会活力，同时全面深化经

济、政治、文化、社会、生态文明体制和党的建设制度改革，实现改革由局部探索、破冰突围到系统集成、全面深化的转变，人民群众的获得感内涵更充实。

江苏连云港市东海县，石梁河水库是江苏最大的人工水库。这里水面碧波荡漾，远处白鹭掠过。

2021年，孙尽阔担任石梁河镇级河长后第一次巡河，眼前所见却是另一番景象——水面泛着柴油花，水里长满了水华。村民在库区投下密密麻麻的网箱，饵料令水质进一步恶化。

清网箱、捞垃圾、查污水，下河治水、上岸治绿，各级河湖长守护碧水清流。孙尽阔说："石梁河昔日盛产的银鱼又回来了，乡亲们的幸福河又回来了。"

制度建设托举起稳稳的幸福，人民群众的获得感更可持续

"新时代改革开放具有许多新的内涵和特点，其中很重要的一点就是制度建设分量更重"。

制度是管根本、管长远的。解决民生领域突出矛盾和问题，仅仅依靠零敲碎打调整、碎片化修补难以长久奏效，任何一项改革只有转化为施之长远的制度，才能保障人民群众的获得感更可持续。

"我和爱人小汪，都是90后'新重庆人'。求学、工作、成家，盼的就是能在这座大城市扎根。"家住重庆市沙坪坝区的唐沁拿着钥匙，高兴地打开家门。

2023年初，在沙坪坝区小龙坎街道的公租房申请点提交了资料，2024年春节后，一家人就欢欢喜喜地搬进了公租房小区。"最令我满意的是，公租房不仅租金便宜，配套建设的小学就在小区附近，送女儿上学，走路只要几分钟。"

一把房门钥匙，打开的是"住有所居"的梦想。近年来，我国住房保障体系建设加快推进，保障性租赁住房成为像唐沁这样的"新市

民"满足住房需求的重要途径之一。

稳就业、增收入，补短板、促公平，兜底线、织密网……一项项民生制度托举起稳稳的幸福，有力保障人民参与改革发展进程、共享改革发展成果。

民生制度的完善源于顶层设计和基层探索的良性互动、有机结合。

2016年，在上海市长宁区虹桥街道基层立法联系点，有位婆婆告诉吴新慧律师，希望趁脑子灵光，指定孝顺孩子作自己的监护人。

"我们发现，相关法律是空白的。希望发挥基层立法联系点的作用，把这种许多人的'个人意愿表达'，上升为国家法律条文。"吴新慧说。

就在当年，全国人大常委会法工委征询民法条文意见、建议，吴新慧提出增设公民按自己意愿选择监护人的规定。后来，《中华人民共和国民法典》总则第三十三条采纳了这条建议。

老婆婆的意愿被写进了法律，正是民生制度建设熔铸群众智慧的体现。从天津"一颗印章管审批"，到浙江"最多跑一次"，再到福建三明综合医改……一项项闪烁着群众智慧的规章制度应运而生，逐渐在更多地方生根发芽。

治国有常，而利民为本。使人民群众有更多获得感，始终是改革前行的目标和方向。

2024年5月，在企业和专家座谈会上，当有学者发言提到"接下来的这轮改革，力争让更多群体有更强的获得感"时，习近平总书记赞许道："这句话正是点睛之笔，老百姓的获得感是实实在在的。"

新征程上，更加深刻领悟"两个确立"的决定性意义，更加坚决做到"两个维护"，将改革开放历史经验运用到进一步全面深化改革的伟大实践，坚持以人民为中心的价值取向，把最广大人民智慧和力量凝聚到改革上来，就一定能够紧紧围绕中国式现代化把改革推向前进。

(《人民日报》2024年7月9日)

坚持系统观念　建设美丽中国

——从绿色发展看新时代改革开放

人民日报记者　寇江泽

"生态环境好，老百姓就多了一份实实在在的幸福感。"

党的十八大以来，在习近平生态文明思想指引下，我国生态文明体制改革全面深化、纵深推进，美丽中国建设迈出重大步伐。

6月27日，习近平总书记主持中共中央政治局会议。会议提出了进一步全面深化改革要贯彻的原则，其中之一就是"坚持系统观念"，强调"处理好经济和社会、政府和市场、效率和公平、活力和秩序、发展和安全等重大关系，增强改革系统性、整体性、协同性"。

作为新时代生态文明建设的根本遵循和行动指南，习近平生态文明思想中蕴含了丰富的系统观念——

"生态环境治理是一项系统工程，需要统筹考虑环境要素的复杂性、生态系统的完整性、自然地理单元的连续性、经济社会发展的可持续性"；

"坚持山水林田湖草沙一体化保护和系统治理"；

"加强大江大河和重要湖泊生态环境系统治理、综合治理、协同治理"；

…………

坚持系统观念，建设美丽中国，人民群众真真切切感受到全面深化改革带来的新变化，在绿水青山中共享自然之美、生命之美、生活之美。

系统完整的生态文明制度体系基本形成

"要把制度建设作为推进生态文明建设的重中之重"。在习近平总书记亲自谋划、亲自部署、亲自推动下，中央生态环境保护督察作为重大制度创新和重要改革举措有力有序展开，发挥利剑作用。三轮督察动真碰硬，督促地方落实生态环境保护责任，推动解决一些地方的生态环境"顽疾"——祁连山生态保护由乱到治，云南集中整治滇池沿岸违规违建问题……

聚焦顶层设计，系统谋划。

以习近平同志为核心的党中央举旗定向。党的十八大将生态文明建设纳入"五位一体"总体布局，党的十九大进一步把"污染防治攻坚战"列为决胜全面建成小康社会的三大攻坚战之一，党的二十大作出"推动绿色发展，促进人与自然和谐共生"的重大部署。生态文明建设在治国理政中的地位日益凸显。

聚焦"四梁八柱"，逐步筑牢。

在习近平总书记亲自主持下，党中央审议通过《关于加快推进生态文明建设的意见》和《生态文明体制改革总体方案》，形成生态文明体制的纲领性架构。主体功能区战略和制度、自然资源资产产权制度、资源有偿使用和生态保护补偿制度、生态文明目标评价考核和责任追究制度等"四梁八柱"，逐步筑牢。

聚焦法律法规，着力完善。

2024年6月1日，《生态保护补偿条例》正式施行，以立法形式确立生态保护补偿基本制度规则。我国已基本建成世界上覆盖范围最广、受益人口最多、投入力度最大的生态保护补偿机制。进入新时代，我国制修订环境保护法、环境保护税法、长江保护法以及大气、水、土壤污染防治法等法律，形成"1+N+4"生态环境保护法律体系。立法力度之大、执法尺度之严、成效之显著前所未有。

入河入海排污口一头连着江河湖海，一头连着生产生活。过去，由于碎片化分工格局，"环保不下水""水利不上岸""海洋不登陆"，排污口管理存在着"中梗阻"。新组建生态环境部，打通"地上和地下""岸上和水里""陆地和海洋""城市和农村""一氧化碳和二氧化碳"。生态环境部有关负责人表示，"整合分散的生态环境保护职能，充分体现了习近平生态文明思想，尤其是体现了这一重要思想中的系统观念。"

通过全面深化改革，中央生态环境保护督察、排污许可、河（湖）长制、碳排放权交易等管理制度加快出台，产权清晰、多元参与、激励约束并重、系统完整的生态文明制度体系基本形成。党政同责、一岗双责，生态环境保护责任有效落实，全党全社会更加自觉、更加坚定地践行绿色发展理念。

全方位全地域全过程开展生态环境保护

祁连山南麓，青海木里，高天流云、青草黄花。曾经，大规模非法采矿导致满目疮痍。3年多来，通过采坑回填、渣山复绿、边坡治理等生态修复工程，木里矿区生态系统结构逐渐稳定、水源涵养能力明显回升。

习近平总书记2024年6月19日在青海考察时强调："坚持山水林田湖草沙一体化保护和系统治理，加快实施重要生态系统保护和修复重大工程，巩固提升生态环境保护成效。"

党的十八届三中全会上，习近平总书记创造性提出"山水林田湖是一个生命共同体"理念，此后又将"草"和"沙"纳入其中。我国坚持系统观念，创造性提出生态保护红线制度，加快构建以国家公园为主体的自然保护地体系，实施山水林田湖草沙一体化保护和修复工程，生态系统稳定性和可持续性不断提升。

陕西富平县，蜿蜒的石川河水清岸绿，水绕着城，城抱着水。当地从生态系统整体性出发，坚持水土流失综合治理和一体化保护，打出修复水生态、保障水安全、转化水价值组合拳，石川河生态环境逐年改善。"我每天都来逛两圈，看着好风景，吼上几嗓子秦腔，心里美得很！"从小生活在岸边的居民魏美玲感叹。

"生态是统一的自然系统，是相互依存、紧密联系的有机链条。"我国按照生态系统的整体性、系统性及其内在规律，坚持整体保护、系统修复和综合治理，全方位、全地域、全过程开展生态环境保护。

污染防治攻坚战，从"坚决打好"到"深入打好"。大气污染防治行动计划、打赢蓝天保卫战三年行动计划、空气质量持续改善行动计划接续出台，长江保护修复攻坚战、黄河生态保护治理攻坚战等深入实施，土壤污染源头防控行动、农业农村污染治理攻坚战等稳步推进，生态环境质量持续改善。"你看，环境多美啊。以前的臭水沟改造成了亲水公园，乡亲们就像住进了花园里。"广东潮州市潮安区归湖镇狮峰村村民李仲歆说。

"我国总体上仍然是一个缺林少绿、生态脆弱的国家，植树造林，改善生态，任重而道远。"新时代以来，习近平总书记已连续12年参加首都义务植树活动。一抔抔土、一棵棵树，大规模国土绿化行动持续科学开展，种出全球森林资源增长最多和人工造林面积最大的宏伟工程。2023年6月，"三北"工程攻坚战全面打响，越来越多的绿意延展。

着力加大生态系统保护修复力度，有效扩大生态环境容量，推动自然财富、生态财富快速积累，为子孙后代留下山清水秀的生态空间。

协同推进高质量发展和高水平保护

"高水平保护是高质量发展的重要支撑，生态优先、绿色低碳的高质量发展只有依靠高水平保护才能实现。在中国式现代化建设全过程中，我们都要把握好高质量发展和高水平保护的辩证统一关系。"

锚定新目标，砥砺新征程。在习近平生态文明思想指引下，各地区各部门各行业把绿色发展理念贯穿于经济社会发展全过程各方面，统筹污染治理、生态保护、应对气候变化，推动产业结构、生产方式、生活方式变革，协同推进高质量发展和高水平保护。

政绩考核"指挥棒"绿起来。

"在绿色发展方面搞上去了，在治理大气污染、解决雾霾方面作出贡献了，那就可以挂红花、当英雄"。发展成果考核评价体系加大了资源消耗、环境损害、生态效益等指标的权重，不再简单地"以GDP论英雄"。2021年全国两会参加内蒙古代表团审议，听完林场工人周义哲代表讲述的砍树变护林经历，总书记笑着说："你提到的这个生态总价值，就是绿色GDP的概念，说明生态本身就是价值。"

绿色生产方式广泛推行。

"建立健全绿色低碳循环发展经济体系、促进经济社会发展全面绿色转型是解决我国生态环境问题的基础之策。"我国加快构建绿色低碳循环发展经济体系，大力推行绿色生产方式，推动能源革命和资源节约集约利用，系统推进清洁生产，统筹减污降碳协同增效。在长江经济带，"共抓大保护、不搞大开发"，沿江化工企业关改搬转，"十年禁渔"扎实推进，绿色发展成为中国式现代化的显著特征。

绿色生活方式渐成时尚。

"形成人人、事事、时时、处处崇尚生态文明的社会氛围。"各地区各部门各行业积极弘扬生态文明价值理念，广泛开展节约型机关、绿色家庭、绿色学校、绿色社区创建活动，推广绿色出行，通过生活方式绿色革命，倒逼生产方式绿色转型。绿色低碳的生活理念和方式，正在融入每个人的生活。

山西运城盐湖有4600多年开采史。近年来，当地坚持保护优先、绿色发展，实施"退盐还湖"，盐湖保护范围内停止工业生产，同时壮大汽车装备制造、新材料等新兴产业集群，利用区位优势，打造内陆地区对外开放新高地。

"黄河流域各省区都要坚持把保护黄河流域生态作为谋划发展、推动高质量发展的基准线，不利于黄河流域生态保护的事，坚决不能做。"习近平总书记强调。

生态兴则文明兴。在习近平生态文明思想指引下，坚持以系统观念，进一步深化生态文明体制改革，坚定不移走生态优先、绿色发展之路，一定能够筑牢中华民族永续发展的生态根基，加快推进人与自然和谐共生的现代化。

(《人民日报》2024年7月10日)

以开放促改革、促发展、促创新

——从港口口岸看新时代改革开放

人民日报记者　叶　琦　罗珊珊

习近平总书记2024年5月23日在山东省济南市主持召开企业和专家座谈会并发表重要讲话强调："要坚持守正创新，改革无论怎么改，坚持党的全面领导、坚持马克思主义、坚持中国特色社会主义道路、坚持人民民主专政等根本的东西绝对不能动摇，同时要敢于创新，把该改的、能改的改好、改到位，看准了就坚定不移抓。"

抓住改革开放的历史机遇，山东日照港坚持守正创新，勇担时代使命，成长为"最年轻"的5亿吨级港口、全球首个顺岸开放式全自动化集装箱码头，年货物吞吐量居世界第七位。

"日照港是在改革开放以后建设起来的，各种综合因素聚集优化，异军突起，成为一个重要港口。你们是改革开放的排头兵。从中，我们应当坚定一种信念，中国的改革开放之路一定可以成功。"习近平总书记5月在日照港考察时指出。

港通四海，陆联八方。港口口岸是对外开放的门户，在服务构建以国内大循环为主体、国内国际双循环相互促进的新发展格局中发挥着重要作用。

党的十八大以来，在以习近平同志为核心的党中央坚强领导下，在习近平新时代中国特色社会主义思想科学指引下，我国港口码头和铁、公、水、空等各类口岸锚定高质量发展，助力全方位多层次的改革开放新格局加快形成。

"我们将坚持对外开放的基本国策，坚持以开放促改革、促发展、促创新，持续推进更高水平的对外开放。"习近平总书记强调。

2024年6月27日，习近平总书记主持中共中央政治局会议。会议指出，"进一步全面深化改革要总结和运用改革开放以来特别是新时代全面深化改革的宝贵经验""坚持守正创新，坚持中国特色社会主义不动摇，紧跟时代步伐，顺应实践发展，突出问题导向，在新的起点上推进理论创新、实践创新、制度创新、文化创新和其他各方面创新"。

守正创新，行稳致远。

港口口岸串珠成线，构筑双循环大通道

一个个港口、口岸，看似是一个个点，串珠成线，贯通起来成为畅通国内国际双循环的一条大通道。

新时代，随着西部陆海新通道建设，作为内陆省份的新疆正成为我国丝绸之路经济带的一个枢纽地带。

1天，新疆阿拉山口口岸平均进出火车60列次、汽车350辆次。

2022年7月，习近平总书记在新疆考察，通过大屏幕看到霍尔果斯口岸、阿拉山口口岸的作业区实时画面。总书记指出，新疆"过去是内陆的一个省份，现在有了'一带一路'就不同了。这里不再是边远地带，而是成为一个核心地带，成为一个枢纽地带"。

在全面深化改革的时代大潮中，从北到南、从东到西、从边境到内陆，大批口岸茁壮成长。

2024年7月6日，中越友谊关—友谊智慧口岸中方项目建设现场，机器轰鸣，工程车穿梭。智能化、现代化的跨境运输愿景，即将在友谊关口岸成为现实。

港口是国民经济发展的"晴雨表"。

习近平总书记强调："港口是基础性、枢纽性设施，是经济发展的重要支撑。"

渤海湾西岸穹顶处，河北沧州黄骅港煤炭港区巨轮穿梭。黄骅港是我国西煤东运、北煤南运的重要港口，每年超2亿吨煤炭在这里下

水，扬尘污染是困扰港口发展的难题。

解题，从新发展理念中找答案：创新、绿色，黄骅港依托智能化打造全流程抑尘系统。如今，黄骅港早已看不到煤尘飞舞，煤污水也实现循环利用。

港口发展，加快从大到强、从快向好的变革。"智慧"港口、"零碳"码头、"绿色"口岸，传统港口拥抱航运业数字化、智能化、绿色化转型，为经济高质量发展提供有力支撑。

港口之变，彰显新发展理念的实践伟力，再一次印证：守正就是坚守真理、坚守正道，必须坚持中国特色社会主义不动摇。

在上海洋山港，桥吊运转忙碌，巨轮频繁进出，向世界展现着中国经济的活力与韧性。上海持续推动航运服务业企业成群、产业成链、要素成市；福建打造服务全国、面向世界的规模化、集约化、专业化港口群；广西以北部湾港口群为基点，全力构建中国—东盟港口城市合作网络……

2024年上半年，我国沿海和内河港口进出港船舶数量达1521.17万艘次，货物吞吐量达91.84亿吨，同比分别增长14.35%、4.85%。

新时代以来，我国正以高水平开放促进深层次改革、推动高质量发展，改造提升传统产业，培育壮大新兴产业，布局建设未来产业，加快发展新质生产力。

紧跟时代步伐，创新驱动发展

创新，就是勇于探索、开辟新境，敢于说前人没有说过的新话，敢于干前人没有干过的事情。

2024年上半年，宁波舟山港完成集装箱吞吐量同比增长8.4%。"空港式"海上交通组织管理模式，让船舶像高铁一样准时进港靠泊。

新模式得益于"一体化"。浙江创新实施港域船舶一次性船位报告、锚地一体化管理、江海联运重点船舶"一程式"交通组织，做到港口间优势互补，共同发展。

将港口作为经济发展中的大手笔，习近平同志在浙江工作时亲自谋划推动了宁波舟山港一体化。

改革只有进行时，如今各地港口一体化发展跑出"加速度"——

山东实施港口一体化改革，从"一群港"到"港口群"，着力打造世界级海洋港口群；广州海关推进"一港通"大湾区物流一体化改革项目，以南沙港为枢纽港、珠江内河沿江港口作为支线港，形成"两港如一港"的作业模式……

2018年11月，习近平总书记在视频连线上海洋山港四期自动化码头时指出，"加强软环境建设，不断提高港口运营管理能力、综合服务能力"。

2024年5月，在上海洋山海关监管下，中国船舶燃料有限责任公司供油船"长航油轮"直接从保税仓库提油，为一艘邮轮加注保税燃料油。"得益于'两仓功能整合'等新的政策机制，船用油调和成本大幅降低，整个调油、供油作业流程从7天缩短至2天左右。"公司业务总监王莹表示。

问题是时代的声音，改革要从实际出发，着眼解决新时代改革开放和社会主义现代化建设的实际问题。

针对通关流程、效率、成本等方面的堵点卡点，港口和口岸创新监管方式，持续深化"放管服"改革。

在国家物流枢纽港（阿拉山口）多式联运中心，智能设备自动识别运抵信息，出境卡口自动核放，货车停留片刻，便可通关出境。采用"公路口岸＋属地直通"新模式后，该口岸通关时间从2023年10月的平均34.5小时，压缩至5小时。2024年上半年，阿拉山口公路口岸进出境货运车辆辆次同比增长42.6%。

在新的起点上推进创新，更好为高水平开放蓄势赋能——

中哈、中塔、中吉公路口岸农副产品快速通关"绿色通道"实现全覆盖；位于浙江义乌的宁波舟山港"第六港区"，创新实现海铁联运班列出口集装箱"一次申报、一次查验、一次放行"，助力义乌小商品"智"达全球……

坚持推进高水平对外开放，稳步扩大规则、规制、管理、标准等制度型开放，建设更高水平开放型经济新体制，为中国打开更大发展空间，为世界提供全新发展机遇。

在继承中发展，在守正中创新

知常明变者赢，守正创新者进。

习近平总书记指出："我们要准确把握时代大势，勇于站在人类发展前沿，聆听人民心声，回应现实需要，坚持解放思想、实事求是、守正创新"。

与世界相交，与时代相通，中国在实现自身发展的同时，正为全球发展作出更大贡献。

新时代以来，港口口岸等飞速发展，为高水平对外开放提供了基础支撑和重要保障——

东南亚进口香蕉专列开行，老挝啤酒、柬埔寨吴哥啤酒有了中国代理，合作建立陆海新通道旅游推广联盟，中老两国共同打造的万象市现代农业产业园项目加快推进；步入新疆霍尔果斯口岸的中哈国际边境合作中心，在封闭管理的跨境经济贸易合作区内，中哈两国公民可面对面洽谈和交易，目前已有 3500 余家商户入驻。

2013 年秋天，共建"一带一路"倡议提出，由此澎湃出新的发展势能。2023 年 7 月，习近平总书记指出："我们要加强高质量共建'一带一路'同各国发展战略和地区合作倡议对接，深入推进贸易和投资自由化便利化，加快口岸基础设施和区域国际物流大通道建设，保障区域产业链供应链稳定畅通。"

如今，中欧班列联通欧洲 25 个国家 200 多个城市，"丝路海运"联通全球 43 个国家 100 多个港口。中国已成为 140 多个国家和地区的主要贸易伙伴。这条高水平对外开放之路，中国走得坚实。

通道带物流，物流带经贸，经贸带产业。越来越多的港口和口岸以大通道带大产业，赋能开放型经济——

炎炎夏日，云南磨憨口岸平均每天有近1000吨水果入境。"中老铁路，让磨憨口岸充满商机和前景。"国铁昆明局磨憨站站长周明波说。

"通关便捷助力我们扩大了生产规模，去年实现营业收入逾3亿元。"云南瑞丽市音皇电子科技有限公司现场负责人席斌说。

通关能力提升，带动落地加工，推动外贸升级。目前，阿拉山口综保区已有837家企业落户，形成进口粮食加工、木材加工、出口装备制造、医用材料以及跨境电商五大特色优势产业集群。

改革和开放，相辅相成、相互促进。坚持高水平对外开放与推进深层次改革，统一于中国式现代化的伟大实践。

"中国式现代化的探索就是一个在继承中发展、在守正中创新的历史过程。"

扬帆起航，进一步全面深化改革开放的新时代中国正奋进在更壮阔的征程上。

(《人民日报》2024年7月11日)

"一张清单"激发市场活力

——从市场准入制度看新时代改革开放

人民日报记者　赵展慧　贺林平　罗珊珊

市场准入制度是我国社会主义市场经济基础制度之一，市场准入制度改革是新时代全面深化改革"坚持以制度建设为主线"的生动实践。

2024年6月27日，习近平总书记主持中共中央政治局会议。会议提出了进一步全面深化改革要贯彻的原则，其中之一就是"坚持以制度建设为主线"，强调"加强顶层设计、总体谋划，破立并举、先立后破，筑牢根本制度，完善基本制度，创新重要制度"。

新时代以来，市场准入制度改革稳步推进，市场"门槛"不断降低，市场规则更加透明，市场环境更加公平，有效市场和有为政府更好结合，充分激发各类经营主体的内生动力和创新活力，不断为中国式现代化建设注入强劲动力。

一项体现改革决心和担当的重大制度创新

习近平总书记指出："围绕构建高水平社会主义市场经济体制，加快完善产权保护、市场准入、公平竞争、社会信用等市场经济基础制度。"

加快完善市场准入制度，负面清单制度建设是重要抓手。

何为负面清单？即"非禁即入"，清单以外的行业、领域、业务等，各类经营主体皆可依法平等进入，政府不再审批。实行市场准入负面清单制度，是在准入环节就明确政府发挥作用的职责边界，充分发挥市场在资源配置中的决定性作用，并以制度形式固定下来。

这张清单，从外资准入管理起步。2013年中国（上海）自由贸易试验区设立，我国第一份外资准入负面清单发布实施，2015年向其他自贸试验区推广，2016年在全国推行。

这张清单，又被创造性地引入国内经济治理。2016年在4省市先行试点，2017年扩大到15省市，2018年全国统一的市场准入负面清单上线。

清单，是新思想引领新时代改革开放的生动注脚。

"设计改革措施胆子要大、步子要稳。"

敢为天下先。将负面清单引入国内经济治理，国际上没有先例。这项重大的制度创新，体现了以习近平同志为核心的党中央全面深化改革的决心和担当。

摸着石头过河。两张清单，都从试点起步，取得经验再逐步推开。

"改革有破有立，得其法则事半功倍"。

负面清单的制定，坚持破"旧法"与立"新法"并重。推行清单的同时，全面清理涉及市场准入、投资经营的法律法规等，该修改的修改，该废止的废止。

"改革要更加注重系统集成，坚持以全局观念和系统思维谋划推进"。

负面清单制度牵引带动了相关审批、投资、监管等一系列制度的改革，有力促进了国家治理体系和治理能力现代化。

以负面清单推动各类经营主体平等准入

习近平总书记强调："为各类所有制企业创造公平竞争、竞相发展的环境""从制度和法律上把对国企民企平等对待的要求落下来"。

从零起步，实现有效客户1亿人需要多久？一家伴随改革而生的民营银行给出的答案是：不到5年。

2013年，"在加强监管前提下，允许具备条件的民间资本依法发起设立中小型银行等金融机构"写入《中共中央关于全面深化改革若干重大问题的决定》。一年后，国内首家试点民营银行和数字银行微众银行开业。

"几秒钟，300万元到账。"通过线上申请微众银行"微业贷"，深圳学泰科技有限公司负责人裴在明解决了公司流动资金周转难题。

"享受了改革红利，就要将红利通过普惠金融传导给更多小微企业和人民群众。"微众银行有关负责人介绍，"我们依托数字化优势破解银行与企业、个人之间信息不对称的问题，已累计服务个人客户近4亿人次，累计申请贷款的中小微企业超450万家。"

建立市场准入负面清单，让各类经营主体对"公平"都有了更加明晰而深刻的认知——什么不能做、什么需要审批许可、什么可以自主决定，一目了然，一视同仁。负面清单激发经营主体活力，提升人民群众获得感。

累计接入209家充换电设施运营商、3747座充电站、81座换电站、4.45万枪充电桩……截至2024年5月，海南全省公共充电桩接入率达100%，率先建成新能源汽车充换电"一张网"。3年前，国家发展改革委、商务部为海南量身定制了全国首个放宽市场准入特别措施，支持海南统一布局新能源汽车充换电基础设施建设和运营，支持有实力的企业以市场化方式组建投资建设运营公司。

"现在'一张网'可以跨平台充电，找充电桩也特别方便。"海南琼海市市民冯彦杰说，如今驾驶新能源汽车出行说走就走。

"有序扩大民间投资市场准入，推进促进公平竞争的政策实施""全面实施市场准入负面清单制度，支持企业更好参与市场合作和竞争"……在习近平总书记亲自谋划、亲自部署、亲自推动下，这项改革不断深化，制度建设不断取得新进展、新成效。

动态调整机制不断优化。目前实行的2022年版市场准入负面清单规定的禁止准入和许可准入事项，相比2016年试点版清单缩减64%。

定期通报机制强化落实。国家发展改革委建立定期通报违背市场准入负面清单典型案例机制，目前已累计通报100多个案例，以公开促落实、促规范。

专项治理机制促进公平。浙江省提出工程建设项目招投标领域专项整治，山东省对妨碍统一市场和公平竞争的政策措施开展专项清理……

负面清单制度建设长久持续地释放改革红利。截至2024年5月底，民营经济经营主体占所有经营主体的比例从2019年的95.5%增长到96.4%。随着新能源汽车、集成电路等新兴领域市场准入持续放宽，目前我国战略性新兴产业占国内生产总值比重约13%，成长空间和潜力巨大。

以负面清单不断加大制度型开放力度

"要加大制度型开放力度，持续建设市场化、法治化、国际化一流营商环境，塑造更高水平开放型经济新优势。"

负面清单正是制度型开放的重要安排。

一张清单的"瘦身"时间表，映照一家外资企业的成长史。

2018年版外资准入负面清单明确，到2022年，汽车行业取消外资股比限制，同时取消合资企业不超过两家的限制。

2018年10月，宝马集团拟定协议，将收购在华合资公司华晨宝马25%股份。2022年，协议伴随负面清单生效而正式履行，宝马集团在华晨宝马所持股份增至75%。2024年，宝马再次宣布计划对沈阳生产基地增加投资200亿元，准备启动新车型的本土化生产。

"中国将坚定推进高水平开放，扩大市场准入，缩减外资准入负面清单，提升现代服务业开放水平""进一步扩大市场准入，已经宣布全面取消制造业领域外资准入限制措施"……以负面清单推动制度型开放，习近平总书记念兹在兹。

负面清单持续"瘦身"，服务业领域开放按下"快进键"——

2024年3月，全国首家新设外商独资券商渣打证券（中国）有限公司正式在华展业。

金融业准入负面清单"清零"，推动渣打集团加快在华业务布局，"中国已经连续多年成为渣打集团全球网络收入贡献最大的市场，对中国持续开放带来的广阔机遇充满期待。"渣打银行（中国）行长张晓蕾说。

从最初的190条，到目前全国版的31条、自贸试验区版的27条……外资准入负面清单的"减法"不仅成就了外资企业发展的"加法",更见证了我国不断扩大高水平开放的加速度。

新的负面清单"亮相",贸易领域制度型开放正"后来居上"——

2020年11月4日,习近平主席在第三届中国国际进口博览会开幕式上的主旨演讲中指出:"中国将有效发挥自由贸易试验区、自由贸易港引领作用,出台跨境服务贸易负面清单"。

8个月后,我国在跨境服务贸易领域第一张负面清单诞生。不久后,香港特别行政区律师丘焕法经海南省司法厅备案发证,成为落户海南律师事务所的首名香港法律顾问。

2024年,商务部发布全国版和自贸试验区版跨境服务贸易负面清单,服务贸易负面清单"走"向全国,加快形成跨境服务贸易梯度开放体系。2024年前5月,我国新设立外商投资企业同比增长17.4%。

"中国开放的大门只会越开越大,永远不会关上。"

稳步扩大制度型开放,进一步扩大市场准入,缩减外商投资准入负面清单,形成更加市场化、法治化、国际化的营商环境,必将为世界各国提供更广阔的市场空间,带来更多合作共赢的机遇。

(《人民日报》2024年7月12日)

在法治下推进改革　在改革中完善法治
——从立改废释看新时代改革开放

人民日报记者　张　璁

"改革和法治如鸟之两翼、车之两轮"。

党的十八大以来，在习近平法治思想指引下，坚持改革决策和立法决策相统一、相衔接，改革和法治同步推进，增强改革的穿透力，法治保障服务改革发展成效更加显著。

处理改革和法治关系，必须立改废释并举。

立——编纂民法典，保障人民美好生活；制定乡村振兴促进法，为乡村全面振兴保驾护航；制定海南自由贸易港法，确保各项改革措施于法有据……

改——修改立法法，完善立法引领和推动改革创新的体制机制；修改环境保护法、大气污染防治法等，把生态文明建设纳入制度化、法治化轨道……

废——先后废止劳动教养和收容教育制度，更好保障公民的人身自由；组织开展与黄河保护法、青藏高原生态保护法实施相关的规范性文件集中清理，推进法律体系与时俱进……

释——发布《最高人民法院关于审理垄断民事纠纷案件适用法律若干问题的解释》，维护公平竞争秩序；发布《人民检察院公益诉讼办案规则》，为公益诉讼办案提供系统性的统一规范……

2024年6月27日，习近平总书记主持中共中央政治局会议。会议指出，"进一步全面深化改革要总结和运用改革开放以来特别是新时代全面深化改革的宝贵经验"，贯彻的原则之一，就是"坚持全面依法治国,在法治轨道上深化改革、推进中国式现代化,做到改革和法治相统一,重大改革于法有据、及时把改革成果上升为法律制度"。

改革向前一步,法治就要跟进一步,确保重大改革于法有据

"要实现立法和改革决策相衔接,做到重大改革于法有据、立法主动适应改革发展需要。"

党的十八大以来,全面深化改革蹄疾步稳,改革向前一步,法治就要跟进一步。

——改革需要大胆试、大胆闯,同时需要法律授权、予以保障。

"对实践条件还不成熟、需要先行先试的,要按照法定程序作出授权"。

盛夏时节,海南。随着海南自贸港建设加快推进,全岛上下,各封关运作保障项目建设现场,参建人员挥汗如雨,推动蓝图变实景。

2020年4月,授权国务院在中国(海南)自由贸易试验区暂时调整适用土地管理法、种子法、海商法的有关规定;2024年6月,授权国务院在海南自由贸易港暂时调整适用食品安全法有关规定……立法机关及时启动程序,坚持运用法治思维和法治方式为改革保驾护航。

通过授权决定、改革决定保障改革先行先试依法有序进行,积累试点经验,形成制度成果,再制定和修改完善相关法律,这是新时代立法工作的一个显著特点。

——根据改革情况,及时调整立法,适应改革发展需要。

"对不适应改革要求的现行法律法规,要及时修改或废止,不能让一些过时的法律条款成为改革的'绊马索'。"

修改反垄断法、个人所得税法、公司法,支持和引导社会主义市场经济健康发展;多次对行政法规进行集中清理,加强对改革的法治保障……实现立法和改革决策相衔接,立法对改革的参与之深、之广,在新中国立法史上前所未有。

时间回溯到 2014 年，习近平总书记在党的十八届四中全会第二次全体会议上明确指出："党的十八届三中、四中全会分别把全面深化改革、全面推进依法治国作为主题并作出决定，有其紧密的内在逻辑，可以说是一个总体战略部署在时间轴上的顺序展开。"

改革和法治相辅相成、相伴而生，彰显"将改革开放进行到底"的坚定决心。

及时把改革成果上升为法律制度，推动各方面制度更加成熟更加定型

"更好发挥法治对改革发展稳定的引领、规范、保障作用"。

党的十八大以来，立法机关积极回应改革发展中的立法需求，为全面深化改革提供法律保障，确保改革有序推进。

——经国序民，正其制度。

习近平总书记深刻指出，"新时代改革开放具有许多新的内涵和特点，其中很重要的一点就是制度建设分量更重"。

2018 年 3 月，十三届全国人大一次会议通过宪法修正案和监察法。

当月，北京平安里西大街。随着古铜色牌匾上的红绸布揭开，一个全新的国家反腐败工作机构——"中华人民共和国国家监察委员会"挂牌成立，至此，国家、省、市、县四级监察委员会全部组建产生，监察体制改革由试点迈入全面深化新阶段。

新时代，法治为深化各领域各方面体制机制改革保驾护航，推动各方面制度更加成熟更加定型，推进国家治理体系和治理能力现代化。

——以良法促进发展、保障善治。

习近平总书记指出："法律是治国之重器，法治是国家治理体系和治理能力的重要依托。"

2021 年 3 月 1 日，首部全国性流域立法——长江保护法正式施行，依法治江进入新阶段。如今，长江流域重现"水清岸绿、鱼跃鸟飞"的美景，共抓大保护、不搞大开发成为全社会共识。

从修改土地管理法到制定乡村振兴促进法，以立法形式确认和巩固改革成果，加强人民幸福生活的法治保障；从修改法官法到修改检察官法，确认、巩固、深化司法体制改革成果，有力维护公平正义……充分发挥法治固根本、稳预期、利长远的保障作用，改革与法治"两轮"并进才能行稳致远。

——既有"大块头"，也有"小快灵"。

习近平总书记强调："要研究丰富立法形式，可以搞一些'大块头'，也要搞一些'小快灵'，增强立法的针对性、适用性、可操作性。"

从反食品浪费法，到黑土地保护法，再到各地的地方性立法，近年来急用先行的"小快灵""小切口"立法创新，形成一道独特的法治风景线。

统筹运用立、改、废、释等形式，今天的立法形式更加丰富多样，法治保障改革的成效更加凸显。

依靠法治力量落实改革，把法治思维和法治方式贯穿改革全过程

"在整个改革过程中，都要高度重视运用法治思维和法治方式，发挥法治的引领和推动作用，加强对相关立法工作的协调，确保在法治轨道上推进改革。"

以钉钉子精神抓好改革落实，在法治轨道上深化改革、推进中国式现代化，必须做到"法立，有犯而必施；令出，唯行而不返"。

——决不允许随意突破法律红线。

"完善和加强备案审查制度。"

有件必备、有备必审、有错必纠。

2023年底，全国人大常委会首次以决定的形式对备案审查制度作出立法性的专门规定，其中创新性地将浦东新区法规、海南自贸港法规单列为两类独立的法规类型予以备案。

司法部加强对涉及营商环境、民营经济、新质生产力等方面法规

规章的备案审查，以法治统一助力建设全国统一大市场。

重大改革于法有据，必须维护国家法治统一，决不允许随意突破法律红线。

——抓住领导干部这个"关键少数"。

"各级领导干部要提高运用法治思维和法治方式深化改革、推动发展、化解矛盾、维护稳定能力，努力推动形成办事依法、遇事找法、解决问题用法、化解矛盾靠法的良好法治环境，在法治轨道上推动各项工作。"

2023年，中共中央办公厅、国务院办公厅印发《关于建立领导干部应知应会党内法规和国家法律清单制度的意见》，创新性引入清单制度，进一步推动领导干部尊法学法守法用法走深走实。

新时代，各级领导干部运用法治思维和法治方式的能力不断增强，"凡属重大改革要于法有据""法治是最好的营商环境"等理念深入人心、付诸实践。

——使尊法学法守法用法在全社会蔚然成风。

法律的权威源自人民的内心拥护和真诚信仰。

2024年5月，"民法典宣传月"活动在大江南北、线下线上如火如荼，让民法典走到群众身边、走进群众心里。

厚植法治社会土壤，努力使尊法学法守法用法在全社会蔚然成风，才能让改革发展更有保障，夯实改革为了人民、改革依靠人民、改革成果由人民共享的法治之基。

改革，大潮奔涌；法治，固本强基。

新征程上，在以习近平同志为核心的党中央坚强领导下，坚持改革和法治相统一，在法治下推进改革，在改革中完善法治，必将汇聚起推进中国式现代化的磅礴力量。

(《人民日报》2024年7月13日)

优化政务服务　利企便民为民

——从政务服务窗口看新时代改革开放

人民日报记者　徐　隽　金正波

作为党和政府联系群众的桥梁纽带，政务服务窗口是优化政务服务、提升行政效能的重要环节，是人民至上的一面镜子，是营商环境的一块试金石，是社会治理的神经末梢。

办事难、办事慢、办事繁，一度是企业和群众反映强烈的痛点难点问题。党的十八大以来，在以习近平同志为核心的党中央坚强领导下，各地着力推动政府职能转变，创新监管方式，增强政府公信力和执行力，建设人民满意的服务型政府，以"高效办成一件事"为改革牵引，推动政务服务不断优化、行政效能逐步提升，做到最大限度利企便民，激发经济社会发展内生动力。

"坚持以人民为中心，尊重人民主体地位和首创精神，坚持人民有所呼、改革有所应，做到改革为了人民、改革依靠人民、改革成果由人民共享"。这是进一步全面深化改革必须贯彻的原则之一。

一个个政务服务窗口之变，展现着改革为民的生动实践，是新思想引领新时代改革开放的生动注脚。

在满足人民日益增长的美好生活需要中，打造践行人民至上的窗口

政务服务窗口，是人民至上的一面镜子，直接反映人民群众获得感，考验干部作风，检验改革成色。

党的十八大以来，习近平总书记在地方考察时多次走进当地的政务服务中心，察民情、听民声。对优化政务服务，总书记多次指方向、明重点。

为什么改——"随着市场经济发展和社会治理改善，政府对老百姓的服务还要不断加强"；

怎么改——"从服务内容、办事流程、跟踪反馈、结果评价等方面不断改进，使服务更加精细、规范、高效"；

标准是什么——"要以百姓满意不满意为标准改进工作、改善服务，提高服务水平"。

新思想指导新实践、引领新变革。

办理退休手续这件事，要跑多少次？

在上海，答案是"一次都不用跑"。

不久前，上海的何女士电话咨询自己的退休手续如何办，被告知"您的退休申请，单位已网上提交，请安心等待，养老金下个月便可正常领取"。

"真方便！多年前，我姐退休时，跑了好几个部门，交了一堆材料。"何女士说。

上海市人社局会同多部门围绕"退休一件事"，将过去需要事事分办的"养老金申领""医保待遇""住房公积金提取"等，集成汇总联办。企业和群众只需登录"一网通办"平台，即可一体申报。

"一网通办"平台负责将办件信息分别推送至各职能部门开展并联办理，再统一汇总反馈办理结果，供企业和群众查询。

由"多部门、多窗口、多次跑"变为"一部门、一窗口、零次跑"，这是上海市政务服务集成改革、"高效办成一件事"的缩影。

党的十八大以来，政务服务领域改革迭代升级，"最多跑一次""只进一扇门""不见面审批"等模式不断涌现。如今，"高效办成一件事"改革正深入推进，为政务服务提质增效，不断增强人民群众的获得感。

政务服务窗口担负着反映社情民意的功能。群众的许多急难愁盼问题通过政务服务窗口得以反映和解决。

走进福建省福州市政务服务中心办事大厅,"办不成事"受理服务窗口引人注目。

"群众将办不成的事反映到窗口,窗口会协调涉及的部门联合研究解决这一具体问题,并且举一反三,推动办成一类事。"福州市行政服务中心管委会相关负责人说。

从解决一个问题到解决一类问题,在满足人民日益增长的美好生活需要中,高效办成一件事,一个个政务服务窗口成为践行人民至上的窗口。

在实现高质量发展中,打造展现新时代市场化、法治化、国际化营商环境的窗口

习近平总书记强调:"在全球经济增长乏力情况下,中国加快构建新发展格局,加强营商环境建设,市场优势会更加明显""完善跨区域、跨部门、跨层级的数据信息共享和流程互联互通,深化政务服务合作,优化营商环境"。

政务服务窗口,是营商环境的一块试金石,直接关系市场各类经营主体的获得感和发展信心。

"以前,我办理民办职业培训学校办学许可证,大概需要45天;现在,我再次办理同样的许可证时,准备好材料,当天就能领证。为这样的营商环境点赞!"江苏省常州市新北区技来知职业技能培训学校有限公司负责人周辉说。

优化营商环境背后是改革引领和数字赋能双轮驱动——

2015年,全国推行"三证合一、一照一码";2016年,全国铺开"五证合一、一照一码";2017年,全国范围内实施"多证合一"改革……到2020年底,企业开办时间已经由平均22.9天压缩到4个工作日以内。各地还再造审批流程,变串联审批为并联审批,合并办理事项,压减办事时间。

数字政府建设加快推进，数字技术广泛应用于政府管理服务，政府数字化、智能化运行水平不断提高。广东、浙江等地把过去需要"事事分办"的项目整合为一件事，政府部门核发的材料免于提交、能够通过数据共享核验的事项免于提交证明材料、能够提供电子证照的免于提交实体证照，逐步实现一件事情、一个窗口、一次办成。

服务"小窗口"，改革"突破口"。

近年来，"一枚印章管审批"、杜绝"奇葩证明"、"容缺事项承诺办"、"异地事项跨域办"……各地以权力的"减法"、服务的"加法"有效降低了各类制度性交易成本，进一步优化营商环境、提振企业信心、激发市场活力。

高效办成一件事，一个个政务服务窗口成为展现新时代市场化、法治化、国际化营商环境的窗口。

在互联网深刻改变社会治理方式的新形势下，打造提高治理效能的窗口

习近平总书记指出："我们要深刻认识互联网在国家管理和社会治理中的作用""提高政务服务信息化、智能化、精准化、便利化水平"。

政务服务窗口，是社会治理的神经末梢，直接关系一项项改革举措的落地落实，关系国家治理体系和治理能力现代化。

党的十八大以来，各地区各部门深化改革，在互联网条件下，不断强化互联网思维，提升识变应变求变能力，积极拓展政务服务领域、方式，为基层减负，提升基层治理效能。

2024年1月，国务院印发《关于进一步优化政务服务提升行政效能推动"高效办成一件事"的指导意见》，要求建立健全"接诉即办"机制，更好发挥热线直接面向企业和群众的窗口作用。

新时代，政务服务窗口，正从有形的窗口，变成有形窗口和无形窗口并存；从固定的窗口，变成固定窗口和移动窗口并重。

推进企业和群众诉求"一线应答",更好发挥"总客服"作用——

"您好,北京12345,有什么可以帮您?""前段时间,楼上装修改造,导致我家房顶漏水了,希望帮忙找人解决。"

北京市市民热线服务中心话务大厅内,700多个工位座无虚席,键盘敲击声此起彼伏。近年来,北京市扎实推进接诉即办工作,用一根热线"绣花针",穿起民生"万根线",撬动了一场超大城市治理的深刻变革。

"为民办实事,是责任所在,更是实现自身价值追求所在。我们是一群辛苦又幸福的办件人。"北京市大兴区亦庄镇接诉即办主任王春雷说。

从群众找窗口到窗口找群众,群众的需要在哪儿,窗口就服务到哪儿——

2023年冬天,第二十五届哈尔滨冰雪大世界开园,迎来4万余名游客,大滑梯等热门项目一时难以承载。游客在严寒里排起了长队,时间久了,旅游体验感也降低不少。

发现有游客在网上"吐槽"后,哈尔滨市相关部门立即研判,迅速成立专班,和游客认真沟通,全力做好服务保障,真诚付出得到游客点赞。

一条热线、一根网线,在互联网深刻改变社会治理方式的新形势下,高效办成一件事,政务服务窗口成为提高治理效能的窗口。

为民服务没有终点,深化改革永无止境。

"老百姓关心什么、期盼什么,改革就要抓住什么、推进什么,通过改革给人民群众带来更多获得感。"

以习近平同志为核心的党中央始终坚持以人民为中心,推动改革不断顺应人民期待、满足群众需求,坚定践行着"把人民对美好生活的向往作为我们的奋斗目标"的郑重承诺。

(《人民日报》2024年7月14日)

全国一盘棋　共谱协奏曲
——从协调发展看新时代改革开放

人民日报记者　林　琳　韩春瑶

下好全国一盘棋，协调发展是制胜要诀。

我国幅员辽阔、人口众多，城乡之间、地区之间资源禀赋差别大，"统筹区域发展从来都是一个重大问题"。

新时代以来，以习近平同志为核心的党中央高度重视城乡融合、区域协调发展，坚持系统观念，增强改革系统性、整体性、协同性，以改革思维回答时代命题，以改革举措破解发展难题。

神州大地，精细描绘的协调发展工笔画，自细微之处延伸至广袤领域，"全面推进城乡、区域协调发展"不断书写新篇章。

坚持城乡融合发展　推进乡村全面振兴

"我国发展最大的不平衡是城乡发展不平衡，最大的不充分是农村发展不充分""要坚持城乡融合发展，扎实推进乡村全面振兴"。习近平总书记科学把握我国城乡发展的历史定位和特征，坚持全面深化改革，为城乡融合发展指明方向。

"要把县域作为城乡融合发展的重要切入点"。

湖南长沙宁乡市，2023年仅储能材料产业规模就将近600亿元，在储能材料、生命科学等产业集群带动下，县域经济实力不断增强。位于宁乡高新区的长沙弗迪电池有限公司，生产车间一派忙碌，"新能源汽车发展势头好，我们的生产线满负荷运行。"厂办经理曹超初说。

完善城乡要素流动政策体系，赋予县级更多资源整合使用自主权，引导县域产业集聚发展……一项项改革举措推动县域经济蓬勃发展。2023年，地区生产总值"千亿县"达59个，县城综合服务能力得到强化。

"农业农村工作，说一千、道一万，增加农民收入是关键。"

浙江湖州安吉县梅溪镇红庙村，程铄钦等一批年轻人回村创业，以矿坑边的咖啡馆吸引游客，并探索联农带农益农机制。"靠特色产业，靠联动机制，村民收入更多了。"梅溪镇副镇长赵雯深有感触。

不断拓宽农民增收致富渠道，健全农民经营性收入增长机制，探索建立普惠性农民补贴长效机制……一系列改革政策有效增加农民收入。党的十八大以来，城乡居民人均可支配收入之比由2.88∶1降到2.39∶1，城乡居民收入差距不断缩小，亿万农民的创造力不断迸发。

"推动公共服务向农村延伸、社会事业向农村覆盖"。

河南周口太康县，村卫生室门诊医保结算改革让村民在村里看病更方便了。"以前村民为了用医保，舍近求远去镇里、县里，现在村卫生室就能报销医药费。"毛庄镇三里桥村村医郭景华感受很明显。

健全城乡均等的公共就业创业服务制度，推动城乡义务教育一体化均衡发展，推进社保城乡统筹、有序衔接……一个个促进城乡公共服务均等化的改革举措，使城乡融合发展的成色更足，乡村全面振兴的基础更牢固。近年来，全国人口医保参保率稳定在95%左右，农村低收入人口和脱贫人口参保率稳定在99%以上。

推进区域协调发展　塑造区域经济新格局

"总的来看，我国经济发展的空间结构正在发生深刻变化""我们必须适应新形势，谋划区域协调发展新思路"。新时代以来，习近平总书记深刻认识和准确把握区域经济的新脉动，为塑造区域经济新格局掌舵领航。

——改革，于关键处落子："要形成几个能够带动全国高质量发展的新动力源，特别是京津冀、长三角、珠三角三大地区，以及一些重要城市群。"

以协同改革推进协同发展，三大动力源输出强劲动能。

在京津冀，三地着力提升产业协同水平，发挥北京创新资源辐射带动作用，区域配套更加紧密，新质生产力加快成长。

在长三角，沪苏浙皖三省一市共同参与、协同改革，培育链主企业，拓展应用场景，营造产学研一体化的创新生态。

在粤港澳大湾区，广东携手港澳加快推进横琴、前海、南沙、河套等重大合作平台建设，充分发挥合作平台试验示范作用。

2023年，京津冀、长三角、粤港澳大湾区内地9市地区生产总值总量超过了全国的40%，高质量发展动力源作用日益增强。

——改革，在全局上谋势："走合理分工、优化发展的路子""促进优势互补、各展其长""不断增强发展整体性"。

看西部，高水平共建西部陆海新通道，积极承接产业转移，锻造产业发展新优势，东西部协作取得新进展、新成效，推动西部大开发形成新格局；

看东北，加快推动传统制造业升级，深化国有企业改革，切实改善营商环境，推动东北全面振兴取得新突破；

看中部，协力推动技术转移体系建设，畅通区域成果转化通道，提升科技体系服务能力，促进中部地区加快崛起；

看东部，更高层次参与国际经济合作和竞争，打造对外开放新优势，推动建立全方位开放型经济体系，加快推进现代化。

数据显示，党的十八大以来，中西部地区经济增速连续多年高于东部地区，区域发展差距逐步缩小，彰显出区域协调发展战略的强大牵引作用。

着眼全局，东西互济、南北协同、陆海统筹，全国发展的协调性、平衡性日益增强，全国一盘棋不断走深走实，共同谱写高质量发展的协奏曲。

建设统一大市场　畅通国内大循环

"只有实现了城乡、区域协调发展，国内大循环的空间才能更广阔、成色才能更足。"促进城乡要素自由流动、完善商贸流通体系、消除地方保护和市场分割的深层次堵点……新时代以来，一系列改革举措，有力推进城乡、区域协调发展，全国统一大市场建设不断加快。

——畅通城乡经济循环。

"不出村就能取包裹，现在网购可方便了。"山东鱼台县王鲁镇张庙村电商公共服务站，村民张庆丽开心地取到了快递。服务站旁，生鲜企业接连收到快递订单，生鲜产品被装进一个个快递箱发往城里。

"率先在县域内破除城乡二元结构""充分发挥乡村作为消费市场和要素市场的重要作用"……一系列改革部署，畅通城乡经济循环，加快建设县乡村三级物流体系，畅通农产品进城和工业品下乡双向流通渠道，不断拓展国内大循环的新空间。

——打破区域行政壁垒。

"点击'川渝通办专区'，就能够实现保险关系转移，全程不超过1小时。"重庆市大渡口区社保中心，从四川来重庆养老的钟先生想把自己的养老保险关系转过来，在工作人员帮助下，很快就办好了。

交通通信、医疗卫生、就业社保……重庆和四川深化政务服务合作，不断扩大"川渝通办"覆盖面，群众和企业办事更加便捷。

同样的改革，在许多地方推开：成立跨省份联合服务中心，跨省份一体推进基础设施配套建设、重大项目入驻……以一体化的思路和改革举措，促进生产力要素在更大范围畅通流动。

——加强规则机制衔接。

在生鲜超市购买标有"湾区认证"的产品，已成为广东广州市民吴女士的习惯，"产品有认证，吃起来更放心。"手机扫描"湾区认证"二维码，产地、检测报告、认证证书等信息一目了然。

"湾区认证"是推进粤港澳质量认证领域规则衔接的重要举措。

2023 年底，粤港澳大湾区公布 15 项"湾区认证"项目，三地统一规则和标准，"一次认证，三地通行"，助力企业提升销量、拓展市场。

规则和标准是互联互通的关键。京津冀推出 86 项共同标准，涉及交通、生态环境等多个领域；长三角施行 36 项共同标准，涉及数字政府、交通等领域；粤港澳大湾区公布 183 项"湾区标准"……规则机制软联通深入推进，基础设施硬联通不断强化，国内大循环更加高效畅通。

新时代新征程，完整、准确、全面贯彻新发展理念，坚持系统观念，进一步全面深化改革，全面推进城乡、区域协调发展，畅通国内大循环，加快建设全国统一大市场，就一定能为中国式现代化注入澎湃动能。

(《人民日报》2024 年 7 月 15 日）

创新中国生机勃勃

——从科技创新看新时代改革开放

人民日报记者 杨 旭 杨烁壁

创新决胜未来，改革关乎国运。

把握创新与改革的内在逻辑，习近平总书记有过生动的比喻："如果把科技创新比作我国发展的新引擎，那么改革就是点燃这个新引擎必不可少的点火系。"

2024年6月24日，全国科技大会、国家科学技术奖励大会、两院院士大会上，习近平总书记深刻总结新时代科技事业发展的"八个坚持"重要经验，其中一条正是聚焦改革："坚持以深化改革激发创新活力"。

"科技领域是最需要不断改革的领域。"党的十八大以来，以习近平同志为核心的党中央把科技领域作为全面深化改革的重要方面，谋划推动科技体制改革全面发力、多点突破、纵深发展。

惟改革者进，惟创新者强，惟改革创新者胜。新时代以来，科技体制改革打开新局面，创新源泉充分涌流，创新成果不断涌现，新质生产力的发展方兴未艾，我国跻身创新型国家行列。这历史性的一跃，全面深化改革是有力支撑和关键变量。

总体谋划

创新是一个系统工程，改革必须全面部署

大渡河波涛滚滚，输电铁塔的银色导线正凌空拉向对岸。

10 天的紧张作业，金沙江上游—湖北 ±800 千伏特高压直流输电工程跨大渡河段的导线展放作业终于完成。

来自国网四川送变电公司的施工班长盛宇强参与过 5 项特高压工程建设，见证了我国特高压技术从"白手起家"到"领跑世界"。现在，特高压领域的国际标准几乎全由我国制定。

点亮万家灯火，背后是数千家单位的联合攻坚、几十万人的共同参与，更是新型举国体制壮阔实践的缩影。

"没有单位、只有岗位"，政府、市场、社会有机结合、协同攻关，集中力量办大事——习近平总书记多次强调的"充分发挥新型举国体制优势"，引领着科技体制的深层次改革，催生了一个又一个里程碑式的科技成就：望苍穹，月背采样，北斗组网；瞰大地，高铁飞驰，盾构突进；探深海，万米深潜，海底采矿……

创新是一个系统工程，"改革只在一个环节或几个环节搞是不够的，必须全面部署，并坚定不移推进"。

2023 年仲春，一项改革为人瞩目：组建中央科技委员会，重组科学技术部。"加强党中央对科技工作的集中统一领导，统筹推进国家创新体系建设和科技体制改革"，成为这项重要部署的关键着力点。

改革如弈，既需要纵览全局的顶层设计，也需要对准焦距的精准落子。

重点领域锚定改革锐度。"发展新质生产力，必须进一步全面深化改革"。改革越向纵深，创新越是澎湃。打通机制堵点，破解转化难题，新质生产力的"养分"愈加充沛。

中国高速磁浮列车跑出了 600 公里的时速，是改革激发创新活力的鲜活注脚。企业牵头实施攻坚，集成各地应用成果，屡屡突破技术难关，气动阻力降低 17%、能耗节约 30% 以上……高速磁浮列车已列入多地的交通网规划，将重新向世界定义"中国速度"。

《深化科技体制改革实施方案》143 项改革任务业已完成，科技体制改革三年攻坚方案接续落实，逢山开路、遇水架桥，改革只有进行时。

聚焦关键

进一步打通科技和经济社会发展之间的通道

"科研和经济联系不紧密问题,是多年来的一大痼疾。"

破解科研、经济"两张皮",习近平总书记明确了方法论:"解决这一问题根本上要靠改革""改革的目标只有一个,那就是要进一步打通科技和经济社会发展之间的通道"。

打通通道,创新主体是"动力源"。

"强化企业科技创新主体地位",习近平总书记多次强调。这项被视作"深化科技体制改革、推动实现高水平科技自立自强"的关键举措,也是促进科技成果转化应用的改革路径。

洞庭湖畔,决口合龙。极限77小时抢险救援,合龙比预计时间快了10余个小时。背后,科技力量不可或缺。

沿堤水面,无人测量船来回穿梭,探查水下地形和水流速度,为抢险筑堤提供关键水情参数。

这艘无人测量船,来自上海华测导航技术公司。

华测导航所在的上海市北斗西虹桥基地,聚焦强化企业科技创新主体地位改革目标,推动创新要素围绕企业需求布局。企业足不出园,就可无缝对接相关重点科研院校。

"十四五"以来,企业研发经费投入占全社会比重超77%,科技创新主体地位进一步凸显。

打通通道,创新平台是"加速器"。

中国创新挑战赛已连续举办8届。在2023浙江宁波主赛场上,13项重大技术需求吸引52个团队现场揭榜挑战。"过去企业买不到想要的技术,科研人员守着成果却找不到买家,这场国家级赛事精准对接产业需求和科技供给。"宁波市科技局副局长陈善福分享变化。

创新需求在哪里,改革就跟进到哪里。中国创新挑战赛是科技攻关组织方式改革的生动实践，采取"发榜＋打擂"的方式，推进科研成果加速转化。8年来赛事共汇集企业创新需求3.4万余项，签订意向合同5500多个。

重大项目组织方式改革持续深化，"十四五"规划纲要提出，实行"揭榜挂帅"等制度。这也是"揭榜挂帅"首次写入五年规划，9000多万名科技工作者的创造性得以更充分地激发。

科研成果转化应用，是一道世界难题。火热的探索连点成面、积厚成势，破题，期待中国方案。

系统推进

深化教育科技人才体制机制一体改革

2024年6月24日召开的全国科技大会、国家科学技术奖励大会、两院院士大会上，习近平总书记指出"要增强系统观念，深化教育科技人才体制机制一体改革"。

党的二十大报告首次将教育、科技、人才合为一个部分作出部署。三者内在一致又相互支撑，要"有机结合起来、一体统筹推进，形成推动高质量发展的倍增效应"。

科技体制改革，放在教育、科技、人才"三位一体"的框架下审视，一个递进逻辑清晰而有力：科技创新靠人才，人才培养靠教育。

人才之于创新——"人才是创新的第一资源""创新驱动本质上是人才驱动"，汇聚一流创新人才，才能凝结一流科技成果。

"不能让无穷的报表和审批把科学家的精力耽误了！"

习近平总书记的这句话讲到了科技工作者的心坎里，更为改革标定了方向。

"国家重点研发计划的申报表，从57页减少到了11页。"北京市中国科学院奥运村科技园，地理科学与资源研究所副研究员王君将薄薄的一沓报表装入文件袋中。

报表变薄，获得感变实。4年3轮科研人员减负专项行动，以减法增活力。

通过"破四唯"竞聘，山东省农科院的"土专家"崔凤高评上了研究员，圆了多年的心愿。

曾经"一把尺子量到底"的人才评价模式，转向"各得其所、各展其才"。

教育之于人才——"以创造之教育培养创造之人才，以创造之人才造就创新之国家。"

不久前，习近平总书记给中国科学院院士、清华大学教授姚期智回信，希望姚期智教授"带领大家继续探索创新人才自主培养模式"，"打造高水平的人才培养和科技创新基地"。

清华园内，人才培养模式改革的种子，已然破土成长。

"让年轻人保持好奇心、充满创造力，是我们最需要做的事。"姚期智教授说，"在'姚班'，学生们可以根据兴趣，广泛接触各项研究工作。一门课、一个项目，都可能成为深耕科研的起点。"

新时代以来，围绕创新人才自主培养，"拔尖计划"进入2.0阶段，已建设288个基础学科拔尖学生培养基地；"强基计划"启动实施4年来，39所试点高校聚焦国家重大战略需求，选拔培养人才……

鼙鼓声声、日迈月征，距离实现建成科技强国目标，只有11年时间。

"我们要以'十年磨一剑'的坚定决心和顽强意志，只争朝夕、埋头苦干，一步一个脚印把这一战略目标变为现实。"习近平总书记话语铿锵。

改革风正劲，创新潮更涌，"中国号"巨轮必将在以中国式现代化全面推进强国建设、民族复兴伟业的壮阔航程中，破浪前行。

(《人民日报》2024年7月16日)

促进公平正义　增进人民福祉

——从公正司法看新时代改革开放

人民日报记者　张　璁　魏哲哲

"坚持全面依法治国，在法治轨道上深化改革、推进中国式现代化，做到改革和法治相统一，重大改革于法有据、及时把改革成果上升为法律制度"。这是进一步全面深化改革必须贯彻的原则之一。

"公正司法是维护社会公平正义的最后一道防线。"

"努力让人民群众在每一个司法案件中感受到公平正义。"

党的十八大以来，以习近平同志为核心的党中央坚持全面依法治国，以深化司法体制改革为牵引，以落实司法责任制为抓手，推进公正司法取得新成效，为改革发展稳定营造良好法治环境，不断满足人民群众对公平正义的更高需求。

保障和服务改革发展，在法治轨道上全面建设社会主义现代化国家

"必须更好发挥法治固根本、稳预期、利长远的保障作用，在法治轨道上全面建设社会主义现代化国家。"

新时代以来，司法机关坚持为大局服务、为人民司法，为全面深化改革提供了有力法治保障，确保改革有序推进。

着力营造法治化营商环境——

习近平总书记指出："法治是最好的营商环境"。

两份意见，释放稳预期、强信心的积极信号：最高法制定优化法

治环境促进民营经济发展壮大27条意见，最高检制定推动民营经济发展壮大23条检察意见，持续优化民营经济发展法治环境。

一组数据，记录司法机关优化营商环境的坚实步伐：2023年，人民法院推动清理拖欠中小企业账款，执行到位金额187.8亿元；检察机关深化涉案企业合规改革，办理相关案件3866件。

把依法平等保护原则融入司法政策、落到个案办理；依法保护民营企业产权和企业家权益；持续清理涉企"挂案"，坚决纠正以刑事手段插手民事、经济纠纷……司法机关以法治的确定性助力提信心、稳预期、促发展。

服务创新驱动发展——

习近平总书记指出："创新是引领发展的第一动力，保护知识产权就是保护创新。"

坚持严格保护的司法理念，才能以公正司法激发创新活力。

"要加大知识产权侵权违法行为惩治力度，让侵权者付出沉重代价。"

是"乌苏"还是"鸟苏"？乌苏啤酒在国内啤酒行业有较高影响力，但一些企业通过"搭便车""傍名牌"方式生产销售仿冒乌苏啤酒的侵权产品。通过跨区域诉讼，法院全额支持了乌苏啤酒的赔偿请求，保护了企业知识产权。

"我们在新赛道上不能掉队"。

为加强知识产权保护和运用，健全技术创新激励机制，设立知识产权法院；为充分发挥司法推动网络经济创新发展等职能作用，增设互联网法院……通过强化知识产权保护，推动新领域新业态科技成果运用，激活科技创新的"一池春水"。

强化生态环境保护——

习近平总书记强调："要像保护眼睛一样保护生态环境，像对待生命一样对待生态环境。"

"昔日，网箱满湖、水质恶化；今朝，风光旖旎，山清水秀。"办案检察官工作日志里写道。作为首例由最高检直接立案办理的公益诉讼案件，万峰湖专案凸显了检察公益诉讼正成为生态环境治理的重要法治手段。

发布司法服务"双碳"指导意见；对弄虚作假、情节恶劣的"环评报告贩子"终身禁止环评执业；最高检直接对长江干支流船舶污染问题以公益诉讼立案……新时代以来，人与自然和谐共生理念更加深入人心，司法守护万里河山更加多姿多彩。

营造和谐稳定社会环境，不断提高社会治理法治化水平

习近平总书记深刻指出："我国之所以创造出经济快速发展、社会长期稳定'两大奇迹'，同我们不断推进社会主义法治建设有着十分紧密的关系。"

全面深化改革会带来一系列社会利益调整。司法公正高效权威，依法化解各类风险和矛盾，做到处置依据和程序合法合规、处置结果可预期，才能为全面深化改革营造和谐稳定社会环境。

不枉不纵守护平安。常态化开展扫黑除恶斗争，让城乡更安宁、群众更安乐。严厉惩治境内外电信网络诈骗犯罪，守护群众"钱袋子"。

宽严相济促犯罪治理。检察机关主动适应刑事犯罪结构变化，协同各方推进轻罪治理。依法适用认罪认罚从宽制度，2023年，超过90%的犯罪嫌疑人在检察环节认罪认罚，一审服判率96.8%。

抓前端、治未病——

"要完善预防性法律制度"。

"在中国可以试试'中国式调解'，有事先商量。"在外籍调解员杰克劝说下，因纠纷被法院限制出境的外商安东尼欣然答应。浙江义乌法院启动涉外纠纷诉调对接程序，"洋娘舅"杰克参与联合调解，花费3天时间就调解成功。

最高法与有关单位建立"总对总"在线诉调对接机制，推动纠纷从"解决得了"向"解决得好"转变；检察机关严格规范落实"7日内

程序回复、3个月内办理过程或者结果答复",持续巩固深化群众信访"件件有回复"……坚持和发展新时代"枫桥经验",推动更多法治力量向引导和疏导端用力,有力促进社会和谐稳定。

明规则、促治理——

"要坚持公正司法,发挥司法断案惩恶扬善功能。"

2024年全国两会上,"正当防卫""刑法第二十条"成为"两高"报告的关注热词,"法不能向不法让步"的理念深入人心。近年来,刑法第二十条关于正当防卫的规定持续落到实处,使司法活动既守护公平正义,又弘扬社会正气。

依法遏制高额彩礼,最高法制发司法解释和典型案例,让彩礼归于"礼"。坚决惩治网络暴力"按键伤人",最高法、最高检、公安部联合发布指导意见,维护公民人格权益和网络秩序。在履职办案中弘扬社会主义核心价值观,实现法治和德治相辅相成、相得益彰,有效促进了法治社会建设。

护航人民美好生活,努力让人民群众有更多获得感、幸福感、安全感

"为什么我们的改革发展能够有序推进、社会能够保持长期稳定?很重要的一条就是我们始终坚持以人民为中心的发展思想,把促进社会公平正义、增进人民福祉作为工作的出发点和落脚点,努力让人民群众有更多获得感、幸福感、安全感。"

新时代以来,司法机关坚持以人民为中心,依法维护人民权益,努力让人民群众在每一个司法案件中感受到公平正义。

把司法便民利民惠民落到实处——

"法律不应该是冷冰冰的,司法工作也是做群众工作。"

为了解除25年有名无实的婚姻,广东居民李爱珍走进最高法第一巡回法庭的大门。

此前因过了诉讼时效,一、二审法院驳回了李爱珍撤销结婚证的

诉讼请求。"案结"但"心结"没解，巡回法庭反复与广东法院协商，最终依法解除李爱珍多年困扰。自 2015 年起，最高法先后在深圳等六地设立巡回法庭，"家门口的最高人民法院"就地为民解忧。

司法为民，枝叶关情。实行立案登记制改革，"立案难"问题得到有效解决；全国四级法院全部建成一站式诉讼服务中心，解纷成本显著降低；针对药品说明书"字小如蚁"影响用药安全，检察机关以公益诉讼推动适老化改造……

落实司法民主，保障群众参与——

"司法工作者要密切联系群众，如果不懂群众语言、不了解群众疾苦、不熟知群众诉求，就难以掌握正确的工作方法，难以发挥应有的作用。"

一场检察听证在河北张家口某区举行，人大代表、政协委员、律师担任听证员。"胡某虽有用消费券误导消费者购物的行为，但罚款 30 万元过重了。"在听取各方意见基础上，检察机关制发检察建议，督促行政机关落实"过罚相当"原则。

从公开听证、人民监督员制度等，不断拓宽群众有序参与和监督司法的渠道，到人民陪审员参审质效逐步提升，到司法每一环节均可在公开渠道查询……一项项改革举措推进司法民主、促进司法公正、提升司法公信，公开透明的司法为人民群众创造更加触手可及的正义。

新征程上，在习近平法治思想指引下，找准司法服务党和国家工作大局的结合点、着力点，主动融入和服务中国式现代化，确保在法治轨道上推进改革，让公平正义之光普照，必将助力"中国号"巨轮行稳致远。

（《人民日报》2024 年 7 月 17 日）

更好满足人民精神文化生活新期待

——从文化惠民看新时代改革开放

人民日报记者 王 瑨

文化是凝聚人心的精神纽带，也是增进民生福祉的关键因素。

习近平总书记强调："要贯彻新时代中国特色社会主义文化思想，深化文化体制改革，激发文化创新创造活力，大力提升文化软实力。""以高质量文化供给增强人们的文化获得感、幸福感。"

今天的中国，文化改革发展成果更多更公平惠及全体人民。锦绣河山，书香浓浓；各地博物馆、文化馆、文化遗址等人潮涌动，"文化游"广受青睐；各具特色的文化惠民活动，为人们送上缤纷文化佳宴……更丰富的文化活动、高品质的文化供给，不断增强人们的文化获得感、幸福感。

现代公共文化服务体系加快形成

2012年，浙江省第一家农村文化礼堂在杭州市临安区上田村建成。2013年，浙江省启动农村文化礼堂建设。2023年，近2万个农村文化礼堂广布之江大地。"多看名角，少些口角。"群众赞不绝口。

一个省的文化设施建设"进度表"，映射着公共文化服务的提档升级。

"要推动公共文化服务标准化、均等化，坚持政府主导、社会参与、重心下移、共建共享，完善公共文化服务体系，提高基本公共文化服务的覆盖面和适用性。"更好满足人民精神文化生活新期待，习近平总书记念兹在兹。

党的十八大以来，覆盖城乡、便捷高效、保基本、促公平的现代公共文化服务体系加快形成，国家文化数字化战略深入实施。所有公共图书馆、文化馆、美术馆、综合文化站和90%以上博物馆免费开放；农家书屋、社区书房、文化驿站等打通文化惠民"最后一公里"；国家公共文化云平台、数字图书馆、"云端博物馆"等让城乡群众共享文化之美……广大群众享受到更加充实、更为丰富、更高质量的精神文化生活。

"供需对接机制""订单式服务"，是各地公共文化服务创新举措的关键词。

一张卡，能带动创造多少票房？

天津"文惠卡"给出了答案：9年，4.65亿元。

"办卡100元，政府补贴400元。有了这张卡，有演出就更爱看了！"天津"文惠卡"的首位办理者盛润泽说。2015年，天津首次推出"文惠卡"，更优惠的票价让观众有了更多选择。

"家门口的文化生活，越来越有看头"，是群众反馈最多的评价。

一元钱，可以拥有怎样的文化体验？

在陕西省渭南市，一元钱可以欣赏一场秦腔大戏。自2007年以来，渭南市以"政府扶持、企业联姻、剧团服务、百姓受惠"的运行机制，持续开展"一元剧场"文化惠民活动。剧团与观众的热情"双向奔赴"，资深戏迷们直呼"嘹得很！"

一朵"云"，能承载什么文化资源？

国家图书馆与相关机构合作，开发《永乐大典》高清影像数据库、《国家珍贵古籍名录》知识库；故宫博物院推出故宫"数字文物库"，文物总数已超10万件……线上线下一体化、在线在场相结合，数字化赋能公共文化服务高质量供给。

…………

一幅流光溢彩的中华文化全景图徐徐展开。

坚持以精品奉献人民

内蒙古自治区最西部,阿拉善盟。大漠夕照,牧民围坐一圈,演员翩翩起舞,马头琴乐声悠扬……阿拉善盟乌兰牧骑队员布日德至今还记得一位老牧民见到他们的第一句话:"你们来了,就像干旱的草场迎来了雨。"

天当幕布地为台,生活成舞亦入曲,乌兰牧骑总是迎着朝阳又出发,把好作品送到农牧民身边。

文化如水,浸润无声。

习近平总书记强调:"要坚持以精品奉献人民。"

两分钟,5场演出票全部售罄,北京人民艺术剧院经典话剧《茶馆》魅力不减。演员濮存昕回忆,1992年老一辈艺术家演《茶馆》时,他是群众演员。在他看来,有些东西始终没变,"舞台演出要和观众见面,演员的精气神儿不能有一丝一毫的怠慢"。

"把人民满意不满意作为检验艺术的最高标准""用积极的文艺歌颂人民"。

新时代,14亿多中国人民上演着波澜壮阔的活剧,构成了气象万千的生活景象。

扎根人民,接通了文艺的源头活水。

文艺演出《伟大征程》奏响时代强音,电视剧《山海情》引发收视热潮,电影《长津湖》刷新我国电影票房纪录,舞剧《永不消逝的电波》增强人民精神力量……广大文艺工作者努力登高原、攀高峰,创作出一大批接地气、传得开、留得下的精品力作。

深入生活,让文艺的百花园为人民绽放。

每年下乡演出100多场,海南定安县琼剧团在服务基层的过程中,守护传承琼剧这一有着近400年历史的艺术。6月、7月演出,常有演员中暑、晕倒,为了不影响整台演出,演员们在后台短暂休息后,再咬紧牙关,把戏演完。令他们欣慰的是:"现在下乡演出,年轻观众渐渐多了起来。"

实践证明，文化精品有品位，更有市场。目前，我国已成为图书、电视剧、动漫等领域生产大国，数字文化产业成为激发消费潜力"新引擎"，电影市场规模屡创新高。

体制机制改革，激发了文化创造力。

《深化文化体制改革实施方案》是中央全面深化改革领导小组审议通过的第一个专项小组改革方案，为文化改革发展谋篇布局；《关于实施中华优秀传统文化传承发展工程的意见》首次以中央文件形式，对文化传承发展进行部署，推动中华优秀传统文化创造性转化、创新性发展。《中共中央关于繁荣发展社会主义文艺的意见》《关于深化国有文艺院团改革的实施意见》等出台，激励出人才、出精品。

"无论改什么、怎么改，导向不能改，阵地不能丢。"

向着人类最先进的方面注目，向着人类精神世界的最深处探寻，文化惠民没有终点，深化改革永无止境。

充分激发全民族文化创新创造活力

"要坚持中国特色社会主义文化发展道路，推动中华优秀传统文化创造性转化、创新性发展，继承革命文化，发展社会主义先进文化，激发全民族文化创新创造活力，建设社会主义文化强国"。

党的十八大以来，各地各部门不断推动中华优秀传统文化创造性转化、创新性发展，在现代化道路中厚植人文底色，在人文与经济的良性互动中不断迈向高质量发展，为以中国式现代化全面推进强国建设、民族复兴伟业注入强大精神动力。

让群众唱主角，澎湃改革活力——

"正确处理改革发展稳定关系，坚持党的领导和尊重人民首创精神相结合"。

贵州黔东南，台江"村BA"、榕江"村超"，群众做主创、群众当主角、群众来主推。村级赛事"耍"到群众的心坎里，农趣农味

"跑"出乡村全面振兴的新赛道。

广袤山乡，活力满满。"四季村晚"、广场舞展演、"大家唱"群众歌咏等群众文化活动红红火火，群众文艺团队建设持续加强，更多"小而美"的演艺新空间提供更多元的文化选择。

激活文化潜能，融合诗与远方——

"把自然风光和人文风情转化为旅游业的持久魅力"。

2018年，新组建文化和旅游部，统筹文化事业、文化产业发展和旅游资源开发。富有文化内涵的旅游新业态快速发展。

因一台剧，赴一座城。武夷山麓，《印象大红袍》演出"饮罢方舟去，茶烟袅细香"的意蕴；骊山脚下，《长恨歌》展现千门万户、千歌万舞的大唐风华……近年来，旅游演艺日渐成为各地的"新名片"，旅游成为人们感悟中华文化、增强文化自信的过程。

坚持守正创新，赓续历史文脉——

"守正才能不迷失自我、不迷失方向，创新才能把握时代、引领时代"。

走进"数字敦煌沉浸展馆"，戴上虚拟现实设备，1400多年前的壁画世界栩栩如生。在数字技术的加持下，重焕荣光的敦煌有读不完的故事、看不完的细节。

越来越多中国人在历史源流中守望文化乡愁，在时代气韵里坚定文化自信。

整体保护，活态传承，让文化遗产走进当下生活；建设五大国家文化公园，在"见物见人"中读懂中华文明；新技术新方式新理念，助力中华优秀传统文化焕发蓬勃生机。中华文脉绵延勃发，致敬和热爱中华文化的社会氛围愈发浓厚。

新时代新征程，在习近平文化思想科学指引下，坚持以人民为中心，以一往无前的奋斗姿态更好担负起新的文化使命，一定能在实践创造中进行文化创造，在历史进步中实现文化进步。

(《人民日报》2024年7月18日)

阔步迈向农业强国

——"新思想引领新时代改革开放"专栏报道

人民日报记者　朱　隽　王　浩　郁静娴

习近平总书记指出:"加快建设农业强国,迫切需要改革增动力、添活力。"

盛夏时节,安徽凤阳县小岗村的现代农业示范区里,智慧农业物联网正精准监测作物长势;"美丽小岗"助农直播间里,几名农民主播热情地介绍村里的特色农产品;小岗产业园里,健康食品产业链初具规模,产销两旺;村集体经济年收入超1400万元,村民年人均可支配收入近3.5万元……

40多年前,小岗村村民的18枚"红手印"揭开农村改革的序幕;今日欣欣向荣的小岗村,成为新时代广袤乡村蓬勃发展的一个缩影。

党的十八大以来,以习近平同志为核心的党中央坚持把解决好"三农"问题作为全党工作的重中之重,以新发展理念引领农业农村改革发展全过程、各领域,全面部署、系统推进农业农村改革,一些长期制约农业农村发展的体制机制障碍逐步得到破解,各类要素被进一步激活,农民收入较快增长,农村社会和谐稳定,广袤乡村焕发发展新活力,澎湃改革新动力。

农村土地制度改革持续深化,希望的田野活力迸发

解决农业农村发展面临的各种矛盾和问题,根本要靠深化改革。

人多地少,是我国的基本国情。处理好农民和土地的关系,始终

是农村改革的主线。

习近平总书记强调:"现阶段深化农村土地制度改革,要更多考虑推进中国农业现代化问题,既要解决好农业问题,也要解决好农民问题,走出一条中国特色农业现代化道路。"

辽宁新民市,一本土地承包经营权证,让兴隆堡镇长山子村村民刘君定了心。家里16亩地交给专业合作社经营,一年能收万把块,自己平日在附近草莓大棚务工,他说:"现在两头得钱,日子越过越甜。"

山东潍坊市,通过土地经营权流转,让峡山生态经济开发区岈山街道颜家庄村农民尝到适度规模经营的甜头。"村里1960亩土地实现流转,家庭农场进行现代化、规模化种植。2024年夏收,粮食平均亩产提高到630多公斤。"村党支部书记卢金勇说。

活力来自不断深化的农村土地制度改革。

20世纪80年代初,家庭联产承包责任制建立,承包经营权同集体土地所有权分离,调动了农民劳动积极性、生产经营自主性,农业生产效率大大提高。但随着农村劳动力大量转移,土地流转和适度规模经营已成必然趋势。如何进一步释放农业生产力、提升农业竞争力?

各地探索实践,顶层设计发力,坚持农村基本经营制度不动摇,落实农村承包地坚持集体所有权,稳定农户承包权,放活土地经营权,农村承包地"三权分置"改革成为我国农村改革又一重大制度创新。

"不管怎么改,都不能把农村土地集体所有制改垮了,不能把耕地改少了,不能把粮食生产能力改弱了,不能把农民利益损害了。"深化农村土地制度改革,必须守牢底线。

全国农村承包地确权登记颁证基本完成,第二轮土地承包到期后再延长30年试点稳步推进……农村土地承包制度改革成效明显,亿万农民吃下放心流转、放心投入"定心丸"。

改革一子落,发展满盘活。

看经营主体——

早稻开镰，江西共青城金丰优质稻种植专业合作社负责人于勇忠接单不断。"我们服务面积达 23 万亩，为 500 多户农户提供'田保姆'服务。哪个环节有需要，农户可以灵活点单。"

放眼全国，近 220 万家农民专业合作社、近 400 万个家庭农场、107 万个农业社会化服务主体涌现，"家庭经营+""集体经营+""合作经营+""企业经营+"……多元经营主体快速成长，多种经营方式共同发展，现代农业经营体系加快构建。小农户与现代农业发展有机衔接，"谁来种地"难题在实践中找到答案。

看发展动能——

田野青翠，河南延津县，自走式喷灌机穿梭田间，精细呵护地里的玉米、大豆；大数据平台、农情监测系统等"新农具"即时上线，有力护航秋粮生产。

新技术与农业生产深度耦合，我国农业科技进步贡献率从 2012 年的 54.5% 提升至 2023 年的 63%，农作物耕种收综合机械化率达 74%。"十四五"期末，土地出让收益用于农业农村的比例要达到 50% 以上；农业农村基础设施、乡村产业发展等重大项目建设将纳入地方政府债券使用范围……科技赋能、投入保障，为农业农村现代化注入强大驱动力。

我国粮食产量连续多年站稳 1.3 万亿斤台阶，180 个优势特色乡村产业集群聚链成片，300 个国家现代农业产业园紧密联农带农……春种秋收，春华秋实，不断深化的农业农村改革让希望的田野活力迸发。

城乡融合发展，推动人才、土地、资本等要素在城乡间双向流动和平等交换

习近平总书记指出："重塑城乡关系，走城乡融合发展之路""要用好深化改革这个法宝。推动人才、土地、资本等要素在城乡间双向流动和平等交换，激活乡村振兴内生活力"。

党的十八届三中全会通过的全面深化改革的 60 项具体任务、336

项改革举措中，涉及农村的改革占到1/6。各地区各部门坚持以改革为牵引，由点及面，系统集成，促进城乡融合发展。

"专业学的是农业，又在农企干过，我带着新技术和新理念返乡创业。"湖北襄阳市襄州区峪山镇朱洼村养殖大户刘比一说，"区里提供了3万元返乡创业扶持资金，还帮忙协调发展用地，我的山羊养殖规模不断扩大。"

为了吸引人才返乡，襄州区出台一揽子乡村人才引进政策和使用机制，完善税收优惠、发展用地保障等政策，探索符合农民特点的职称评审制度，营造良好干事创业氛围。

乡村全面振兴，离不开发展要素支撑。聚焦"人地钱"，一系列体制机制不断完善。

聚人才——《关于加快推进乡村人才振兴的意见》《"十四五"农业农村人才队伍建设发展规划》等陆续出台；全国范围内深入实施高素质农民培育计划和乡村产业振兴带头人培育"头雁"项目，建立各类人才定期服务乡村制度；推行科技特派员制度，推广科技小院模式，鼓励科研院所、高校专家服务农业农村。

保用地——明确新编县乡级国土空间规划安排不少于10%的建设用地指标，重点保障乡村产业发展用地。

畅资金——探索完善农村产权确权颁证、抵押登记、流转交易、评估处置机制，加快推动农村产权流转交易和融资服务平台建设应用。

渠道更加畅通，各类资源要素加速向乡村聚集。数据显示，我国已累计开展高素质农民培育900多万人次，到2025年返乡入乡创业人员将超过1500万人。截至2023年底，全国普惠型涉农贷款余额达12.59万亿元，超过各项贷款平均增速10.2个百分点。

迈上全面建设社会主义现代化国家新征程，"三农"工作重心实现历史性转移，推进乡村全面振兴成为新时代新征程"三农"工作的总抓手。锚定建设农业强国目标，一系列加快补齐农村发展和民生短板的改革举措相继出台，有力有效推进乡村全面振兴。

"镇卫生院拍片子，县医院专家网上看诊，看病不用出远门了。"

山东嘉祥县孟姑集镇孟姑集村村民杨继香，得益于紧密型县域医共体建设，在家门口就能挂上专家号。

"我们和城里人一样，喝上了嘉陵江的水，水量足，水质好，拧开水龙头就有水。"四川苍溪县陵江镇笋子沟村村民周仕会，受益于城乡一体化供水工程建设，享受城乡同质同价的服务。

医药卫生体制改革、义务教育教师"县管校聘"管理改革……一系列改革举措让公共服务体系惠及更多乡村；万千乡村从"通路通水通电"升级为"硬化路进村、光纤入户、快递到家"，全国90%的农村普及自来水，95%以上的村庄开展清洁行动，各类基础设施加快向乡村覆盖，乡村面貌明显改善。

加大惠农富农政策力度，探索建立更加稳定的利益联结机制

全面建设社会主义现代化国家，扎实推进共同富裕，最艰巨最繁重的任务仍然在农村。怎样让亿万农民与全国人民一道实现共同富裕？

习近平总书记指出："要加大惠农富农政策力度，给农民的补贴能增加的还要增加，社会保障水平能提高的还要提高，农村各类资源要素能激活的尽量激活，让农民腰包越来越鼓、日子越过越红火。"

掂一掂农民的"钱袋子"，2012年至2023年，农村居民人均可支配收入从8389元增长到21691元；2023年，城乡居民人均可支配收入比值缩小到2.39。

一增一减之间，是广大农民共享农村改革和发展成果的生动体现，是沉甸甸的获得感、幸福感、安全感在持续增强。

习近平总书记强调："要探索建立更加稳定的利益联结机制，让广大农民共享农村改革和发展成果。"

理顺农产品价格形成机制，让农民种粮也能致富。

江苏灌南县新安镇相庄村，刚售完麦子的相升文算起收益账："去

年秋冬种引进了'淮麦33'新品种,单产达到1200斤,有最低收购价托市,加上补贴,一亩地纯收入500多元。"

"十四五"时期深化价格机制改革行动方案明确,坚持并完善稻谷、小麦最低收购价政策,完善棉花目标价格政策,构建起重要民生商品保供稳价的"四梁八柱"。2024年,国家继续加大对粮食生产支持力度,提高小麦、早籼稻最低收购价格,稳定玉米、大豆生产者补贴,农业支持政策体系不断完善,稳定农民种粮收益预期。

农村集体资产"底清账明",赋予农民更多财产权利。

2024年初,四川成都市双流区彭镇鲢鱼社区迎来首次村集体经济分红,1639名成员人均分红300元。"家里7口人,一共领到2100元。"村民吴明稀说。

农村集体产权制度改革,是党的十八大以来农业农村领域又一项重大改革。截至2022年底,全国共清查核实农村集体账面资产9万多亿元,确认农村集体经济组织成员约9亿人,在农业农村部门登记的农村集体经济组织约98万个。2022年全国农村集体经济组织总收入超过6700亿元。

深化集体林权制度改革,奠定山区林区共同富裕基础。

河南光山县文殊乡猪山圈村,油茶林为荒山坡"穿"上绿衣裳。"林改明晰产权,村民们营林护林的积极性高涨。"村党支部书记王生勇说,每年秋天油茶开花,都会有大量游客来到村里,乡亲们在家门口吃上旅游饭。

集体林面积约占我国森林总面积的60%,涉及1亿多农户。深化集体林权制度改革,契合了时代发展,顺应了林农期待。目前,集体林地产出每亩约300元,比林改前增长3倍多。集体林业年均吸纳约3400万人就业,让许多林农实现了增收致富。

"农村改革之所以得到广大农民的衷心拥护和积极参与,一个重要原因在于始终坚持把保障农民权益作为出发点和落脚点。"农业农村部有关负责人表示,充分激发亿万农民的积极性、主动性、创造性,农村改革才能始终保持动力不竭,让农村改革和发展成果更多地惠及农民，让亿万农民过上更加富裕更加美好的生活。

历史的画卷，在砥砺前行中铺展；时代的华章，在接续奋斗里书写。新征程上，坚持以习近平新时代中国特色社会主义思想为指导，全面深化农业农村改革的脚步不停歇，亿万农民在共同富裕道路上实干拼搏，向建设农业强国目标扎实迈进。

（《人民日报》2024年7月18日）

"人民对美好生活的向往就是我们的奋斗目标，抓改革、促发展，归根到底就是为了让人民过上更好的日子。"党的十八大以来，以习近平同志为核心的党中央坚持以人民为中心的价值取向，抓住人民最关心最直接最现实的利益问题推进重点领域改革，使人民群众真真切切感受到改革带来的变化。全面深化改革得到了广大人民群众的衷心拥护。

本版推出"百姓身边的改革事"特别报道，关注与百姓生活息息相关的改革领域和方面，通过人物自述，表达对新时代改革开放的感受体会，生动展现全面深化改革给广大人民群众带来的获得感、幸福感、安全感。

——编　者

开业办手续效率高

——"百姓身边的改革事"系列通讯

人民日报记者　靳　博

讲述人：张瑶（天津巧创餐饮管理有限公司员工）

我在天津一家餐饮公司工作，只要我们公司开新店，跑手续的事就归我。对"证照分离"改革，我有切身感受。

搁过去，要申请新的餐饮店营业执照，得先申请食品经营、城市排水、户外广告等许可证，跑上个把月是常有的事。2014年，天津滨海新区推行"一颗印章管审批"。从那时起，在滨海新区开一家新餐厅，营业执照最快当天就能办出来，其他的证还得等上几天。

但我们希望能更快点——店面装修完了，员工也招了，一个月成本至少几万元。手续办不完，就开不了业，只出不进，大家伙儿都着急。

这些证里面，比较麻烦的是城市排水许可证。从递交材料到获得许可，至少要跑3次政务服务中心。因为文件资料在几个部门流转，相关部门还要现场踏勘。

从2022年5月起，滨海新区把所有审批材料合并成一份在线填写的告知承诺书。打那时候起，我这活儿也越来越轻松。

审批事项精简后，第一次给新店跑手续时，我凭老经验，抱着一堆材料跑到政务服务中心。哪想到，工作人员打开当时刚上线运行的排水许可"智能审批＋智能监管"系统，用企业统一社会信用代码注册登录政务帮办平台，几分钟就完事了。

抱着一堆没用上的纸质材料，看着手机里的电子版排水证，感觉自己有点"老土"。现在新开餐厅，营业执照申请和排水许可证申请可以在网上提交，办事效率也提高了许多。

新闻里常说，要让数据多跑路，让群众少跑腿。我盼着更多改革措施出台，让企业更好发展，让老百姓过上更好的日子。

【改革概览】

党的十八届三中全会通过的《中共中央关于全面深化改革若干重大问题的决定》提出，"进一步简政放权，深化行政审批制度改革"。"先证后照"改为"先照后证"，"一照一码"在全国铺开，实施"多证合一"改革……近年来，各地区各部门不断改善营商环境，为各类经营主体谋发展创造更好条件。

从"办成"到"高效办成"，"简"流程不减服务，材料、跑腿越来越少，办事效率越来越高。

(《人民日报》2024年7月15日)

夸夸我的新能源汽车

——"百姓身边的改革事"系列通讯

人民日报记者　林子夜

讲述人：梁田（安徽省宿州市埇桥区新能源汽车车主）

我家住安徽宿州，是个80后，打小喜欢车。2008年，有自主品牌车企推出新能源汽车，但那时技术不太成熟，我就随大溜选了一辆人气较高的合资品牌油车，12万元，相当于我好几年的工资。

开了几年油车，觉得真是贵，每月油费要700元左右。我喜欢自驾，就寻思，能不能换辆性价比更高的车？

到了2012年，我们这儿有自主品牌的新能源汽车上路行驶了。在车展上，我发现这款车性能不错，价格也不高，续航180公里，只要6万元。一个字：买！

买车之后，方圆100公里的镇村，我几乎跑了个遍，每月电费不到80元。不过，想再往远跑，续航还是个问题。

2020年，比亚迪推出了自主创新的电池技术和高性能碳化硅模块。搭载这些技术的新车，续航达到550公里，我立马被吸引了，马上下单！相比上一款新能源汽车，新车充电速度更快，百公里加速只要3.9秒，每月电费也就百元左右，必须点赞！

提完新车，我带家人自驾去山东。续航里程长了，高速公路服务区的充电桩多了，里程焦虑缓解不少。飞驰在路上时，孩子问我，为什么车牌有蓝有绿？我说，挂绿牌的是新能源汽车，主要动力来自电能，能为保护环境作贡献。

前几天，我在新闻里看到，比亚迪获得国家科学技术进步奖二等奖，相关成果已经应用于 20 多家国内外车企。作为一名消费者，我为自主品牌感到自豪。身边亲朋好友说起买新车，我总忍不住推荐：赶紧换一辆新能源汽车吧！

【改革概览】

《乘用车企业平均燃料消耗量与新能源汽车积分并行管理办法》发布，形成促进节能与新能源汽车协调发展的市场化机制；《外商投资准入特别管理措施（负面清单）（2018年版）》规定，汽车行业取消专用车、新能源汽车外资股比限制，进一步促进市场良性竞争……在新能源汽车等诸多产业领域，随着改革举措陆续推出，市场环境持续优化，与新质生产力相适应的新型生产关系正加快构建，新领域新赛道不断开辟，新动能新优势不断塑造。

（《人民日报》2024年7月15日）

先一步，鲜一步

——"百姓身边的改革事"系列通讯

人民日报记者　温素威

讲述人：叶宏翔（广西壮族自治区凭祥市友谊关口岸水果商）

我家在广西做东南亚水果产地直采生意。做水果生意的人最怕什么？最怕"堵"。通关快不快，和水果的新鲜度密切相关。

水果采下来靠"手"，运出去靠"腿"，"手"快"腿"慢，果子会烂。过去通关慢，有一次，我妈一开柜就哭了，整柜榴梿开裂了1/3，足足损失了几十万元。

2019年，中国（广西）自由贸易试验区崇左片区设立，从此，"堵"点越来越少。以前货物通关需要去清关、交关税，还要跑银行、跑海关，填一大沓单子；现在敲敲电脑、刷刷手机就行。以前报检、报关要过磅、换车，五六个小时算快的，慢的等过3天；现在智能通关"刷脸"闪过，每个环节进度手机上都能实时看见。

让人惊喜的是，实验室也搬到了现场，现场检测和远程专家鉴定相结合，抽检送检时间从3天压缩到1天。

2022年9月的一天，越南榴梿从友谊关口岸正式进入中国，自贸试验区里响起了鞭炮声。听说放鞭炮的是一个深圳的水果批发商，全国第一笔越南榴梿生意被他抢到了。

以前，从直采地发车到友谊关口岸通关需要8天左右，缩短到4天后，刚开始我们还是按照路上8天"成熟"时间采摘榴莲，结果榴梿熟度还不够就到站了。我真真切切感受到了"先一步，鲜一步"带来的便捷。

今年 4 月底，鞭炮声又响起来。原来，口岸监管区的车道从 6 条增加到 12 条，5 月份进出境车辆跟着就多了两成。

我们都盼着中越智慧口岸早日建成，到那时，将实现 24 小时不间断无人化通关。期待着喜庆的鞭炮声又一次响起来！

【改革概览】

2014 年，"通关便利化改革"第一次写进《政府工作报告》。支持建设智慧口岸、智能边境，通过科技手段让跨境物流提速增效；深入推进国际贸易"单一窗口"建设，为企业提供通关"一站式"服务；创新大宗商品"先放后检"，农食产品"绿色通道"等监管模式；帮助企业用好用足 RCEP 等自贸协定关税优惠……2022 年与 2017 年相比，进口、出口通关时间分别压减 67% 和 92%，进出口环节合规成本明显下降。

(《人民日报》2024 年 7 月 15 日)

立法立到心坎上

——"百姓身边的改革事"系列通讯

人民日报记者　巨云鹏

讲述人：吴新慧（上海康明律师事务所主任律师）

我是一名律师，在上海工作。平常有一个工作习惯，在手机日历上记录每天的工作，包括来咨询的人、咨询的事。2015年，全国人大常委会法工委在上海市长宁区虹桥街道设立基层立法联系点，我成为第一批信息员和专家人才库成员。2016年，我的手机日历上，"老人自己指定监护人"的内容被记录了十几次。

2016年的一天，两位老婆婆结伴而来。其中一位说，跟她共同生活的孩子对她照料不周，但有个住得远的孩子却经常来照顾她。她希望趁脑子灵光，指定孝顺孩子做她的监护人。而我们发现，相关法律是空白的。

许多人的"个人意愿表达"如何上升到国家法律条文？搜集、反馈群众诉求，将良法立到群众心坎上，就是基层立法联系点的意义所在。

2016年，全国人大常委会法工委征询民法条文意见、建议，我提出增设公民按自己意愿选择监护人的规定。后来，《中华人民共和国民法典》总则第三十三条，采纳了我的建议。

"老婆婆的意愿被写进了法律"，这事在弄堂邻里之间热议了很久。有了联系点，基层百姓参与的积极性被点燃。给民事诉讼法修正草案提立法意见时，原定1小时的会议，开了将近4个小时。

公司法、未成年人保护法、行政处罚法……我们这个基层立法联系点设立9年来，参与了60余部法律、法规的立法意见征询，总共提出100多条意见建议。一个家门口的"点"，让最基层百姓的意愿，直达国家最高立法机关。

【改革概览】

  党的十八届四中全会审议通过的《中共中央关于全面推进依法治国若干重大问题的决定》提出"建立基层立法联系点制度"。目前，全国人大常委会法工委基层立法联系点共45个，带动省、市两级人大设立基层立法联系点7300多个。截至2024年4月，全国人大常委会法工委先后就183件次法律草案征求联系点意见27880多条，其中3200多条被立法研究采纳。

  基层立法联系点鲜活展示了我国全过程人民民主丰富多彩的形式，生动宣示了我国全过程人民民主是全链条、全方位、全覆盖的民主，是最广泛、最真实、最管用的社会主义民主。

（《人民日报》2024年7月15日）

我家在城市扎下了根

——"百姓身边的改革事"系列通讯

人民日报记者　于　洋　张丹华

讲述人：许海丽（陕西省西安市放心早餐摊点经营者）

我老家在江苏泗洪农村，1994年来西安，做过保姆、服务员、厨师，工资都不高，也不稳定。后来西安推出了放心早餐工程，我与公司签了代销协议，经营早餐车，一干就是10年。

卖早餐很辛苦，不管天气怎样，凌晨两三点就要起床准备出摊。我不到20岁就来西安打工，吃苦不怕，怕的是扎不下根，怕孩子在这里上不了学，成不了器，被人看不起。

前些年，外地务工者的孩子想上城市公立学校，要开一大堆证明，还有名额限制。参加高考必须回户口所在地。一般只能上私立学校或回老家读书。私立学校学费加上住宿费算下来，对外地务工者是一笔不小的负担。我不是个爱哭的人，但为孩子上学的事，没少掉眼泪。

2015年西安市开始推行户籍制度改革，只要拿到居住证，我家孩子就可以就近入学；拿到居住证满3年，我在西安交够3年社保，孩子就能在当地参加高考。

我至今记得第一次办居住证时的心情。拿证那天，天看着都格外蓝，感觉自己是真正的西安人了。俩孩子也争气，大女儿在西安参加高考，考上了咸阳的一所大学；小儿子目前在附近小学读书，成绩也不错。

节假日，孩子们有时会跟我一起出摊，帮忙备货、装餐、收账。我想让他们不要忘记，是新时代的好政策，是爸爸妈妈的努力打拼，让我们一家人在城市里扎下了根。

生活步步向前，日子也会越过越好。现在有人问我是哪里人，我会自信地说：是西安人。

【改革概览】

  党的十八届三中全会以来，户籍制度改革全面提速。各地各部门把加快农业转移人口市民化摆在突出位置，让有意愿的进城农民工在城镇落户，推动未落户常住人口平等享受城镇基本公共服务。2019年以来，超过5000万农业转移人口进城落户。2023年末，我国常住人口城镇化率达到66.2%，农业转移人口市民化成效显著。

  深化户籍制度改革，完善教育、医疗等公共服务，加快推进保障性住房建设，提高劳动素质与就业技能……一系列暖心务实举措，让农业转移人口"进得来""留得住""有发展"，真正融入新环境、开启新生活。

（《人民日报》2024年7月15日）

"跨省通办"省事还省心

——"百姓身边的改革事"系列通讯

人民日报记者　贺林平

讲述人：习甜甜（广东省广州市番禺区洛浦街道私营企业主）

我在广东广州做生意，今年儿子就要上小学了，直到4月上旬，我和儿子的户口还都在河南洛阳。广州公办小学的报名截止日是5月11日，眼看只有1个月了，我慌了神：现在迁户口能赶上吗？

回想起刚工作不久时，我丢了身份证，千里迢迢跑回老家，好不容易才补办了新证。现在我又怀着二胎，不方便出远门。怎么办？真是犯了难。

说实话，这么匆忙，也是因为我之前没考虑清楚。原本打算让孩子读私立小学，后来发现家附近私立小学很少。转头又考虑公办小学，咨询了学校才得知，会优先保障本地户籍的孩子入学。

我赶紧去番禺区政务服务中心咨询，接待我的区公安分局户籍中队民警告诉我一个好消息：现在有了"跨省通办"，像迁户口这样的事，用不着再跑老家了。因为我家情况比较特殊，得分两次办——先迁我的户口，再把儿子的户口落进来。接待我的民警耐心负责，从办理流程到需要什么材料，都讲得清清楚楚。

接下来按程序办理，只跑了一次政务服务中心和两趟小区附近的派出所。5月10日，拿到新户口本的那一刻，我长舒一口气，悬着的心终于放下了。

"跨省通办"，省事还省心——这次迁户口，让我实实在在尝到了甜头！

【改革概览】

2020年9月，国务院办公厅印发《关于加快推进政务服务"跨省通办"的指导意见》，围绕教育、就业、社保、医疗、养老、居住、婚育、出行等与群众生活密切相关的异地办事需求，提出140项全国高频政务服务"跨省通办"事项清单。

各地区各部门运用数字技术，积极开展政务服务改革探索和创新实践。从身份证补办到户口迁移，从住房公积金转移接续到不动产抵押登记……一件件民生实事"跨省通办"，有效满足了广大人民群众异地办事需求。截至2024年4月底，全国共办理户口迁移"跨省通办"业务355万余笔，办理户籍类证明"跨省通办"业务186万余笔，为群众节省了大量往返办证时间和经济成本。

（《人民日报》2024年7月15日）

数字敦煌别样美

——"百姓身边的改革事"系列通讯

人民日报记者　苏显龙

讲述人：李秀林（北京师范大学—香港浸会大学联合国际学院学生）

6月的敦煌，进入旅游旺季。为了重游莫高窟，我提前在网上订好了门票。

进入景区，第一站是莫高窟数字展示中心。在影院欣赏超高清8K数字球幕电影《梦幻佛宫》时，每一尊彩塑、每一幅壁画，经过数字技术放大数倍后，仿佛触手可及。

12年前，我和父母一起来过敦煌。我把眼睛瞪得大大的，也看不清壁画的细节，但那些巧夺天工的壁画、栩栩如生的佛像，让年幼的我对敦煌文化产生了浓厚的兴趣。在网上刷到数字敦煌文化大使"伽瑶"上线的消息后，我又燃起了"飞天梦"。

走进向往已久的"数字敦煌沉浸展馆"，戴上VR（虚拟现实）设备，立刻穿越到1400多年前的壁画世界，与"雷公"等神话人物飞跃云端、一同奏响天乐。出馆前，在绿幕拍摄区转上一圈，便可完成"真人＋虚拟洞窟"纪念视频打卡，然后在屏幕前扫码，珍贵影像瞬间便转发到朋友圈。

莫高乐乐大王棒棒糖、"天龙八部"守护盲盒、手持便携喷雾风扇……走在景区，随处可见游客拿着各种敦煌研究院的文创产品。而我当年来时，只能见到明信片、木雕等几种纪念品。

午夜时分，夜市依然灯火通明，人声鼎沸。有人在选购特色商品，有人在品尝美食，有人在唱歌跳舞……路边，一名外国游客手持手机，边走边兴致勃勃地直播自己的敦煌之旅。

穿越千年风雨，在数字技术加持下重焕荣光的敦煌有读不尽的故事，看不完的细节。在莫高窟的每时每刻，我都为祖国深厚的文化底蕴感到自豪。

【改革概览】

我国着力建设中华优秀传统文化传承发展体系，积极推进文物保护利用和文化遗产保护传承工作，推动中华文化焕发新的时代光彩。2017年1月中共中央办公厅、国务院办公厅印发的《关于实施中华优秀传统文化传承发展工程的意见》首次以中央文件形式推动延续中华文脉、传承中华文化基因，《关于加强文物保护利用改革的若干意见》等文件为保护文化遗产构筑有力制度保障。2022年10月，"实施国家文化数字化战略"写进党的二十大报告。

(《人民日报》2024年7月15日）

公租房圆了安居梦

——"百姓身边的改革事"系列通讯

人民日报记者　李增辉　姜　峰

讲述人：唐沁（重庆市沙坪坝区井口街道美丽阳光家园公租房小区住户）

我和爱人小汪，都是90后"新重庆人"。

我俩在沙坪坝区歌乐山下一所职业学校读书时相识，毕业后结了婚，留在这座城市打拼。

这些年，我们在嘉陵江两岸辗转租住过不少地方，江北区、渝中区……小家常跟着工作搬。白手起家蛮辛苦，欣慰的是，我们的女儿出落得越来越伶俐可爱。

眼看娃儿要读小学了，我跟小汪合计，该物色个能就近念书的住处，小家得安定下来。

去年初，我们到沙坪坝区小龙坎街道的公租房申请点，提交了身份及婚姻证明、劳动合同等材料；经过几轮摇号，今年春节后，我们欢欢喜喜地搬进了位于井口街道的美丽阳光家园公租房小区。

我们申请的这户两室一厅，60平方米，电梯房，厨卫齐全，每月租金600多元，出门有8条公交线路。

最让我们满意的是，配套建设的阳光家园小学就在小区附近，走路只要几分钟。暑假里，"社区课堂"在业主群里挂出课表：巧手妙工、强身健体、心理畅聊……看着都挺有趣。带着好奇，我和娃儿去社区服务中心转了转——"阳光书吧"摆着3000多本书，还可以借阅。抱上儿童绘本，穿过小区绿廊，娃儿蹦蹦跳跳回家，可开心了。

转眼间，毕业已 10 年。求学、工作、成家，一步步走来，我们的小家和和美美，日子越来越顺，在这座大城市安居乐业，我们全家早已融入重庆。

【改革概览】

从党的十八届三中全会通过的《中共中央关于全面深化改革若干重大问题的决定》提出"健全符合国情的住房保障和供应体系"，到 2023 年 8 月国务院常务会议审议通过《关于规划建设保障性住房的指导意见》，近年来我国住房保障体系建设加快推进。多地密集出台实招良策增加供给，规划建设配售型保障性住房，帮助解决工薪收入群体住房困难，稳定住房预期，保障性租赁住房成为新市民等群体满足住房需求的重要途径之一。2021 年以来，全国保障性租赁住房开工建设和筹集 573 万套（间），推进解决新市民、青年人的住房困难问题。

(《人民日报》2024 年 7 月 15 日)

在家门口幸福养老

——"百姓身边的改革事"系列通讯

人民日报记者 辛 阳

讲述人：王文义（辽宁省沈阳市皇姑区三台子街道牡丹社区居民）

我住在辽宁沈阳，今年83岁了。几年前，老伴做了心脏手术，我一边照顾老伴，一边操持家务，有时候忙得脚不着地，明显感到力不从心。有一天自己也干不动了，怎么办？

多亏社区居家养老服务中心，让我对老年生活又有了信心。这里边有老年食堂，有日间照料室，还有远程医疗室、康复理疗室等，我在家门口就能享受暖心周到的照顾。

上午9点半，服务中心的护理人员准时上门，帮我照看老伴3个小时，不用自己花一分钱。

利用护理人员上门这段时间，我预约了康复理疗室的中医经络治疗和理疗。理疗设备也是免费的，服务人员每次都热情耐心教我们使用。

社区还为孤寡老人配备了手环。手环联上网后，老人的心率、血压等数据都会显示在服务中心的平台上，工作人员第一时间掌握大家的健康动态。

之前，做饭也是让我头疼的事。现在有了社区食堂，就轻松多了。

今天中午，我和老伴吃的是鸡腿和炒豆芽，主食是花卷、米饭，加上一碗蛋花汤。这里的饭菜低盐低糖低油，吃着好消化，特别要点赞的是，不光品种多，价格还实惠。像我这样80岁以上的老年人，每份饭就收8块钱，60岁到80岁的老人每份收10块钱。如果家里有行动不便的老人，工作人员还能免费送餐。这不，我已经提前订好了两份晚饭，5点半之前就能送到家。

现在，我花在家务上的时间少了，有时候还能抽出空来参加社区活动，充实又幸福的生活回来了。在家门口幸福养老，真好。

【改革概览】

2016年起，全国居家和社区养老服务改革试点陆续展开，各地积极探索多种形式的居家社区养老服务，适老化改造、家庭养老床位、探访关爱、助餐服务等居家和社区养老服务不断推出，老年人的获得感、幸福感、安全感不断提升。

截至2023年底，全国居家和社区基本养老服务提升行动项目累计建成家庭养老床位23.5万张，为41.8万老年人提供居家养老上门服务；全国累计完成困难老年人适老化改造148.28万户。

(《人民日报》2024年7月15日)

石梁河水库又见银鱼

——"百姓身边的改革事"系列通讯

人民日报记者　尹晓宇

讲述人：孙尽阔（江苏省连云港市东海县总工会党组书记、石梁河原镇级河长）

从2021年起，我开始担任江苏最大的人工水库——石梁河水库的镇级河长。

听说石梁河水库以前盛产银鱼，可我第一次巡河，眼前就是一番脏乱差景象——水面泛着柴油花，水里长满了水华，岸边高强度采砂留下大大小小的私挖河道。村民们在库区投下了密密麻麻的网箱，除了鲢鱼、鳙鱼，还养了大量需投喂饵料的鲑鱼、鲈鱼。饵料里掺着鸡肠、鸭肠等，水体也跟着恶化了。

乡亲们说，水库里好几年没见过昔日盛产的银鱼了。这种情况，真让人着急啊！我下定决心——清退养鱼网箱这事儿，再难也得往前推！

一开始找老乡们谈，大部分不同意，都说除了养鱼，不会其他营生。我就挨家挨户讲道理——现在水质不行，鱼的品质差，还有柴油味，卖不上价。只有拆了围网，进行水体治理，把水质搞好了，鱼才能卖上好价钱。有的老乡嘴上答应拆除，背地里却搞起"小动作"，把网箱拽到水下藏起来，或者干脆用船拉到别的水域躲避检查。

蛮干不是办法，还得继续上门耐心做工作。老乡担心集中清网，鱼不好卖，我就帮着卖鱼；老乡担心不养鱼没了收入，我就帮着跟镇上的工业园区牵线找活计……就这样一点一点做工作、一户一户想法子，4个多月时间，3.8万个网箱全部清理。

随后，石梁河水库实施了生态修复工程。现在巡河，满眼都是风景，水面碧波荡漾，远远地还能看见白鹭和沙鸥。最惊喜的是，石梁河水库的银鱼回来了！

【改革概览】

2016年、2017年，中共中央办公厅、国务院办公厅先后印发《关于全面推行河长制的意见》《关于在湖泊实施湖长制的指导意见》，2018年6月、12月，河长制、湖长制全面建立，为维护河湖健康生命、实现河湖功能永续利用提供制度保障。

目前，31个省区市党委和政府主要领导挂帅省级双总河长，30多万名省、市、县、乡级河湖长和90多万名村级河湖长（含巡河员、护河员）守护在江河一线。河湖长们守护着身边的碧水清流，越来越多的河流实现"河畅、水清、岸绿、景美"。

(《人民日报》2024年7月15日)

"救命药"越来越便宜

——"百姓身边的改革事"系列通讯

人民日报记者 付 文

讲述人：高万勇（福建省三明市三元区列东街道钢铁工人）

我今年48岁，家住福建三明。2019年9月，因为身体不适，我到三明市第一医院检查，没想到竟然确诊肝癌。

冷静下来后，我开始积极配合医生治疗，可是，高昂的手术费、医药费又压得我喘不过气。

抗病毒药物恩替卡韦，我已经吃了5年。最初买的一个品牌每盒只有7片，医保报销后，个人还要花170多元，一片就是我们家一天的菜钱。医生推荐的治疗方案是"靶免结合"，要同时服用靶向药和免疫类药物。靶向药仑伐替尼是进口药，一个月下来要6000多元。用来增强免疫力的是信迪利单抗，每针2843元，每隔21天就要打一针。各种费用加起来，每月要2万多元。对我们家来说，这是一笔极其沉重的负担。

到底还治不治？我陷入深深的沮丧。就在这时，医生告诉我一个好消息——国家开展的药品集中带量采购覆盖了恩替卡韦，药价从原来的每盒257.04元降到了17.36元，药片数量增加到28片；到了2020年，又降到3.83元；现在，每盒只要3.5元，算下来一天只要1毛多。

2021年，信迪利单抗价格降到每针1080元，除去医保报销的部分，个人只要支付200多元。现在，每月平均治疗费用下降到不足2000元。

目前我的病情很稳定，可以正常工作、生活。我发自内心地感谢国家医改的好政策，让患者的用药负担进一步减轻！

（文中患者为化名）

【改革概览】

2018年11月、2019年5月，两次中央深改委会议分别部署药品和高值医用耗材集中带量采购工作，拉开了医药集采改革序幕。

6年来，医药集中带量采购从北京、上海等11个城市试点并扩展至全国。截至2024年5月，国家组织药品集采已开展9批，纳入374种药品，其中大部分为常见病慢性病用药；国家组织高值医用耗材集采已开展4批，覆盖心脏支架、人工关节、骨科脊柱、运动医学、人工晶体5大类耗材。医药集中带量采购大大减轻了患者用药负担，节约的医保基金用于更多新药好药，让人民群众"救命钱"得以更好利用。

（《人民日报》2024年7月15日）

医药费报销不再两头跑

——"百姓身边的改革事"系列通讯

人民日报记者　邵玉姿

讲述人：刘汉臣（河北省廊坊市安次区居民）

我老家在河北廊坊，孩子在北京工作。退休后不久，我就和老伴一块搬来北京，和孩子一起生活。

2019年，老伴确诊左眼黄斑裂孔，得做手术。多年前，我们两口子在廊坊市医保部门申请了异地长期居住人员异地就医备案，还选了北京几家医院作为跨省异地就医的定点医院。可偏偏，老伴做手术的医院不在我们之前选的定点医院里。

我打算特地回一趟廊坊，办理定点医院备案变更。临出发前，向当地医保部门打电话咨询。多亏提前打了这通电话，才一会儿的工夫，工作人员就在电话那头帮我完成了变更手续的操作。

后来，老伴的手术很顺利。出院时，我打印了手术和治疗费用清单，各项费用明细一目了然，医疗报销系统还能实时结算。

想起2014年的一次就医经历，这变化可太大了！那年，我在北京的一家跨省异地就医定点医院做了手术，医药费是自己先垫付的，年底还要拿一沓子票据回廊坊报销。两头跑，特别折腾。

我和老伴都有慢性病，平日里没少看病吃药。现在可比以前方便多了，普通门诊费用和高血压等5种门诊慢特病相关的治疗费用，都实现了跨省直接结算，不用自己先垫钱。

现在，京津冀三地全面取消了异地就医备案，我和老伴在北京看病，不必再局限于备案选择的定点医院了，只要拿上社保卡或打开手机上的医保电子凭证，就能在北京很多家跨省定点医疗机构直接看病买药。

年纪大了，就图个幸福安稳的日子。异地就医越来越方便，我跟老伴心里感觉更踏实了！

【改革概览】

2016年以来，在基本实现基本医保省内异地就医直接结算的基础上，聚焦跨省异地就医报销"跑腿""垫资"痛点、难点问题，各地各部门持续推进跨省异地就医直接结算改革。

据统计，2023年，全国跨省联网定点医药机构突破50万家，通过国家统一的线上备案渠道成功办理备案804.22万人次。全国跨省异地就医直接结算1.29亿人次，减少参保群众垫付1536.74亿元。

(《人民日报》2024年7月15日)

创造中华民族新的更大奇迹

——"新思想引领新时代改革开放"专栏报道

新华社记者　胡　浩　王　鹏　温竞华　顾天成

"改革开放是党在新的时代条件下带领全国各族人民进行的新的伟大革命，是当代中国最鲜明的特色。"

党的十八大以来，以习近平同志为核心的党中央创造性提出并深刻阐明全面深化改革的历史定位和重大意义，凝聚起全党全国"将改革进行到底"的坚定信念和磅礴力量，在新的历史起点上把新时代改革开放推向新境界，为全面建设社会主义现代化国家、全面推进中华民族伟大复兴注入不竭动力。

实现中华民族伟大复兴的关键一招

"实现中华民族伟大复兴，就是中华民族近代以来最伟大的梦想"。2012年11月29日，在国家博物馆参观《复兴之路》展览时，刚刚上任的习近平总书记庄严宣示。

几天后，习近平总书记首次赴地方考察选择了改革开放前沿广东。

改革开放，是坚持和发展中国特色社会主义、实现中华民族伟大复兴的必由之路。

彼时的中国，正行至新的历史关头，也肩负新的历史重任——我国进入全面建成小康社会决定性阶段，美好的愿景成为紧迫任务。

环顾国内外环境，审视机遇与挑战，习近平总书记明确强调改革之于国家、之于民族的重要意义：

"改革开放是决定当代中国命运的关键一招，也是决定实现'两个一百年'奋斗目标、实现中华民族伟大复兴的关键一招。"

回顾过去，中国共产党领导下的改革开放，创造了第二次世界大战结束后，一个国家经济高速增长持续时间最长的奇迹。

面向未来，也唯有坚持改革开放，国家发展才能获得源源不断的强大动力，党和人民才能在滚滚时代潮流中大有作为，中国特色社会主义事业才能枝繁叶茂、生机无限。

"实现中华民族伟大复兴的中国梦，必须在新的历史起点上全面深化改革"。中国共产党人以果断决策和坚定行动，向世人表明全面深化改革的决心。

党的十八届三中全会将"全面深化改革的重大意义"明确写入《中共中央关于全面深化改革若干重大问题的决定》，开启全面深化改革、系统整体设计推进改革的新时代。

随即，全面深化改革纳入"四个全面"战略布局；中央深改领导小组会议和中央深改委会议加强了改革顶层设计；系统总结改革开放宝贵经验，不断推进理论和实践创新，为改革注入强大思想和行动力量；部署和推进一系列改革攻坚战，用改革的思路和办法解决了许多难题，办成了许多大事……

2018年11月，上海，首届中国国际进口博览会，习近平总书记邀请外国领导人登上复兴号高铁的模拟驾驶台。当时速达到350公里，外国领导人连声赞叹："太快了！"

"快"，也许是对新时代中国改革发展最直观的概括。

改革潮起，带来一个活力中国：全面深化改革突出制度建设这条主线，坚决破除一切妨碍科学发展的思想观念和体制机制弊端，着力构建系统完备、科学规范、运行有效的制度体系……

改革潮起，带来一个美丽中国：生态文明建设被纳入"五位一体"总体布局，生态文明制度体系基本建立。人们在享有丰富物质财富的同时，能遥望星空、看见青山、闻到花香……

改革潮起，带来一个开放中国：从举办首届中国国际进口博览会到制定外商投资法，从降低关税水平到扩大外资市场准入，中国改革的脚步不停滞，开放的大门越开越大……

改革潮起，带来一个幸福中国：收入分配制度改革持续深化，建成世界上规模最大的教育体系、社会保障体系、医疗卫生体系，户籍制度改革打破横亘在城乡之间的户籍二元化壁垒……

10多年闯关夺隘，2000多个改革方案涉及衣、食、住、行等各个环节，覆盖经济、政治、文化、社会、生态文明等各个领域。沉甸甸的成绩单，记录全面深化改革造福人民的温暖步伐，生动诠释"让人民生活幸福是'国之大者'"。

"我坚信，中华民族伟大复兴必将在改革开放的进程中得以实现。"习近平总书记的话掷地有声。

秉承数千年变革和开放的精神气韵，中国共产党接续推进改革开放这场伟大革命，党和国家事业焕发出新的生机活力，中华民族伟大复兴进入不可逆转的历史进程。

当代中国发展进步的活力之源

中国共产党人干革命、搞建设、抓改革，从来都是为了解决中国的现实问题。

当全面深化改革大潮初起之时，正是各类风险挑战交错叠加、更多"发展起来以后的问题"亟待破解之际。

经过改革开放后几十年的高速增长，中国发展已站到新的起点。

解决了温饱并总体实现小康，人民对美好生活的向往从"有没有"转向"好不好"；既要破解"发展起来之后"的烦恼，又要迈过"进一步发展"绕不开的坎。

敏锐把握时代之变，抓住关系全局的历史性变化，习近平总书记深刻指出："中国特色社会主义进入新时代，我国社会主要矛盾已经转化为人民日益增长的美好生活需要和不平衡不充分的发展之间的矛盾。"

从"有没有"到"好不好",还有相当一段距离,迫切需要通过改革来打通"不平衡不充分的发展"的制约。

"中国要抓住机遇、迎接挑战,实现新的更大发展,从根本上还要靠改革开放。"2014年,习近平总书记在接受俄罗斯电视台专访时话语坚定。

支持建设共同富裕示范区,在实现共同富裕方面积极探索路径,不断积累经验;推进最高人民法院设立巡回法庭、以审判为中心的诉讼制度改革等司法体制改革;个人所得税改革持续惠及百姓民生;教育体制改革不断缩小地区和城乡差距……

从福利到权利、从生存到发展、从物质到精神,新时代全面深化改革,让不同群体、不同年龄、不同身份背景的人们收获着改革带来的丰硕成果。

发展是党执政兴国的第一要务。面对经济增速换挡期、结构调整阵痛期、前期刺激政策消化期"三期叠加",中国怎样发展?

向改革要动力,向开放要活力。

2015年10月,凝聚着对中国发展道路的深入思考和接续实践,党的十八届五中全会提出创新、协调、绿色、开放、共享的新发展理念,开启一场关系发展全局的深刻变革。2017年10月,党的十九大作出明确判断,"我国经济已由高速增长阶段转向高质量发展阶段"。

从制约高质量发展的突出问题和关键环节入手,全面深化改革重点突破、全面布局:

加快实施创新驱动发展战略,完善科技创新体制机制,创新活力竞相迸发;以区域协调发展战略经略城乡区域格局,发展空间进一步拓展;聚焦民生领域短板弱项深化体制机制改革,人民群众获得感、幸福感、安全感持续增强……

从统筹推进自贸试验区建设到高质量高标准建设海南自由贸易港,从颁布实施外商投资法到签署区域全面经济伙伴关系协定,从开创性的进博会到规模盛大的服贸会……

更高水平开放型经济新体制加快形成,中国在开放发展中争取战略主动。

当改革开放航船驶入深水区，前方是更加壮阔的航程，也少不了惊涛骇浪。

船到中流浪更急、人到半山路更陡。全面深化改革，所处的正是愈进愈难、愈进愈险而又不进则退、非进不可的时候。

习近平总书记作出"现在我国改革已经进入攻坚期和深水区"的重大判断，指出"容易的、皆大欢喜的改革已经完成了，好吃的肉都吃掉了，剩下的都是难啃的硬骨头"。

在最难处攻坚，向关键处挺进。

深化农村土地制度改革，打破阻碍民营经济发展的各类"卷帘门""玻璃门""旋转门"，力克群团"机关化、行政化、贵族化、娱乐化"，一体推进党的纪检体制改革、国家监察体制改革、纪检监察机构改革……

把握新形势新特征，以习近平同志为核心的党中央以巨大的政治勇气和智慧，向积存多年的顽瘴痼疾开刀，坚决破除各方面体制机制弊端，引领改革全方位展开、向纵深挺进，许多领域实现历史性变革、系统性重塑、整体性重构。

大踏步赶上时代前进步伐的重要法宝

夏日，山东日照港，万吨货轮一字排开，展现出港通四海的宏大气魄。

"最年轻"的5亿吨级港口、全球首个顺岸开放式全自动化集装箱码头、年货物吞吐量居世界第七位……改革开放的神奇力量，让这座港口从寂寂无名到挺立潮头。

2024年5月，习近平总书记考察山东并主持召开企业和专家座谈会，强调"进一步全面深化改革，要紧扣推进中国式现代化这个主题，突出改革重点，把牢价值取向，讲求方式方法，为完成中心任务、实现战略目标增添动力"。

行之力则知愈进，知之深则行愈达。进一步全面深化改革，是我们大踏步赶上时代前进步伐的重要法宝，决定着中国式现代化的成与败。

大踏步赶上时代前进步伐，必须顺应时代发展新趋势——

夏阳艳艳，荷叶田田。"华北明珠"白洋淀，游船穿梭往来，飞鸟翩然掠过。游客们感叹，雄安不是"城中绿"，而是"绿中城"。

从谋划选址到规划建设，习近平总书记亲自决策、亲自部署、亲自推动，一笔一画为"千年大计、国家大事"描绘壮美蓝图。

7年来，雄安新区拔地而起，一座高水平现代化、环境友好型城市日新月异，成为新时代全面深化改革的生动注脚。

创新决胜未来，改革关乎国运。

在强国建设、民族复兴的新征程上，我国发展面临新的战略机遇、新的战略任务、新的战略阶段、新的战略要求、新的战略环境。推进中国式现代化是一项前无古人的开创性事业，还有许多未知领域，更加需要我们在实践中继续大胆探索、改革创新，让中国式现代化走得更实、行得更稳。

大踏步赶上时代前进步伐，必须顺应实践发展新要求——

安徽合肥，第三代自主超导量子计算机"本源悟空"上线运行，量子计算机的整机运行效率大大提升；四川绵阳，无人机成为麦田春管的"新农机"，大幅提升田管效率……神州大地，向"新"而行，以"质"致远。

从在地方考察时首次提出"新质生产力"，到在中央经济工作会议部署"发展新质生产力"；从在主持中央政治局集体学习时对新质生产力进行系统阐述，到在全国两会上强调"因地制宜发展新质生产力"……习近平总书记就发展新质生产力作出一系列重要论述、重大部署。

新质生产力代表先进生产力的演进方向。面对实践发展新要求，必须进一步全面深化改革，形成与新质生产力相适应的新型生产关系，为高质量发展注入强劲动能。

大踏步赶上时代前进步伐，必须顺应人民群众新期待——

2024年6月27日，习近平总书记主持召开中共中央政治局会议。会议提出进一步全面深化改革应贯彻的原则，其中就包括"坚持以人民为中心，尊重人民主体地位和首创精神，坚持人民有所呼、改革有所应，做到改革为了人民、改革依靠人民、改革成果由人民共享"。

中国式现代化，民生为大；全面深化改革，人民至上。这是中国共产党人的初心所在，也是新征程改革开放再出发的原动力、出发点。

坚持人民至上的价值理念，突出现代化方向的人民性，顺应民心、尊重民意、关注民情、致力民生，改革才能让人民群众有更多获得感、幸福感、安全感。

风雨沧桑，大道无垠。

在以习近平同志为核心的党中央坚强领导下，牢牢把握全面深化改革的历史定位和重大意义，把准方向、守正创新、真抓实干，就一定能谱写改革开放新篇章、创造事业发展新辉煌。

（新华社北京2024年7月7日电）

沿着正确道路推进全面深化改革

——"新思想引领新时代改革开放"专栏报道

新华社记者　施雨岑　罗　沙　徐　壮

方向决定前途，道路决定命运。

"我们的改革是在中国特色社会主义道路上不断前进的改革，既不走封闭僵化的老路，也不走改旗易帜的邪路。"

党的十八大以来，习近平总书记创造性提出全面深化改革的正确道路，牢牢把握改革开放的前进方向，确保改革开放这艘航船始终沿着正确航向破浪前行。

大道笃行："我们的方向就是中国特色社会主义道路"

黄海之滨，烟波浩渺，千帆竞发。

2024年5月，习近平总书记来到山东考察调研，并就进一步全面深化改革听取意见建议。

"改革无论怎么改，坚持党的全面领导、坚持马克思主义、坚持中国特色社会主义道路、坚持人民民主专政等根本的东西绝对不能动摇……"企业和专家座谈会上，总书记坚定指出。

这是40多年改革开放、10多年全面深化改革伟大实践得出的宝贵经验与启示。

2012年12月，刚刚当选为中共中央总书记的习近平第一次赴地方考察调研，直奔南海之滨的改革开放前沿广东。

考察中，习近平总书记作出重要论断："我们当然要高举改革旗帜，但我们的改革是在中国特色社会主义道路上不断前进的改革，既不走封闭僵化的老路，也不走改旗易帜的邪路。"

行之力则知愈进，知之深则行愈达。

习近平总书记对于全面深化改革正确道路的重要论述，澄清了许多认识误区、把准了前进方向，保障了全面深化改革事业始终走得正、行得稳。

这是清醒坚定的政治定力——

我国是一个大国，决不能在根本性问题上出现颠覆性错误。

对此，习近平总书记有着清醒认识："改革是社会主义制度自我完善和发展，怎么改、改什么，有我们的政治原则和底线"。

复杂的国内国际环境，各种思想观念和利益诉求相互激荡……只有保持"乱云飞渡仍从容"的政治定力，才能在错综复杂的形势下把准改革脉搏，开好改革药方。

改革不是改向，变革不是变色。在涉及道路、理论、制度等根本性问题上，我们立场坚定、思路清晰，不讲模棱两可的话，不做遮遮掩掩的事，坚定不移在中国特色社会主义道路上将全面深化改革进行到底。

这是民族复兴的必由之路——

2013年11月，北京京西宾馆，具有划时代意义的党的十八届三中全会胜利召开。

会议审议通过了《中共中央关于全面深化改革若干重大问题的决定》，绘就全面深化改革的宏伟蓝图。

《决定》强调："坚定走中国特色社会主义道路，始终确保改革正确方向"。

道路问题是关系党的事业兴衰成败第一位的问题。中国特色社会主义道路，既坚持以经济建设为中心，又全面推进经济建设、政治建设、文化建设、社会建设、生态文明建设以及其他各方面建设；既坚持四项基本原则，又坚持改革开放；既不断解放和发展社会生产力，又逐步实现全体人民共同富裕、促进人的全面发展，是实现我国社会主义现代化的必由之路，也是创造人民美好生活的必由之路。

中国特色社会主义道路是当代中国大踏步赶上时代、引领时代发展的康庄大道，我们必须倍加珍惜，毫不动摇坚持、与时俱进发展。

这是源自实践的经验总结——

2018年12月18日，习近平总书记在庆祝改革开放40周年大会上发表重要讲话，指出"改革开放40年来，我们党全部理论和实践的主题是坚持和发展中国特色社会主义"。

历史是最好的教科书。我们不断推进改革，是为了推动党和人民事业更好发展。要从我国国情出发、从经济社会发展实际出发，有领导有步骤推进改革，而不能一切以外国的东西为圭臬，生搬硬套。

志不改，道不变。习近平总书记明确"我们的方向就是中国特色社会主义道路，而不是其他什么道路"，强调"无论改什么、改到哪一步，都要坚持党的领导"，指出"推进改革的目的是要不断推进我国社会主义制度自我完善和发展"……

高瞻远瞩、把脉定向。一系列重要论述，有力回答了改革举什么旗、走什么路、向什么目标前进等根本性问题，推动新时代改革开放走得更稳、走得更远。

舵稳帆正："必须坚持正确方向，沿着正确道路推进"

2013年12月，十八届中共中央政治局召开会议，决定成立中央全面深化改革领导小组，习近平总书记任组长。

在党中央层面设置专门负责改革工作的领导机构，这在我们党的历史上是第一次。

党的十九届三中全会后，中央全面深化改革领导小组改为中央全面深化改革委员会，向全党全社会释放了以更大力度、更实措施推进全面深化改革的强烈信号。

党的十八大以来，正是在以习近平同志为核心的党中央坚强领导下，全面深化改革牢牢把稳正确方向，蹄疾步稳、奋力前行。

改革开放，是我们党在新的时代条件下带领人民进行的新的伟大革命——

办好中国的事情，关键在党。

习近平总书记指出，坚持党的领导，全面从严治党，是改革开放取得成功的关键和根本。

中国共产党领导这一"中国特色社会主义最本质的特征"载入党章和宪法，党的领导制度明确为我国根本领导制度，党的领导融入意识形态工作、国有企业治理等各类工作全过程、各方面……10多年来，党的领导制度体系日益完善，确保党始终总揽全局、协调各方。

紧盯"关键少数"，着力锻造忠诚干净担当的高素质干部队伍；修订党纪处分条例等党内法规，进一步扎紧制度的"篱笆"；深化监察体制改革，不断强化权力运行制约和监督体系……党的自我革命环环相扣，确保党的领导"如身使臂、如臂使指"。

改革关头，勇者胜。

10多年来，党中央召开72次中央全面深化改革领导小组和中央全面深化改革委员会会议，定方向、定举措、抓落实；调整重组优化数十个部门，党和国家组织结构和管理体制实现系统性、整体性重构；2000多个改革方案落地，党的十八届三中全会提出的改革目标任务总体如期完成……

没有哪个国家和政党，能有这样的政治气魄和历史担当。也没有哪个国家和政党，能在这么短时间内推动这么大范围、这么大规模、这么大力度的改革。

全面深化改革的总目标，是完善和发展中国特色社会主义制度，推进国家治理体系和治理能力现代化——

锚定目标、标定航道，才好扬帆启航。

10多年来，改什么、怎么改，都以全面深化改革总目标为根本尺度，守正创新、披荆斩棘。

维护社会公平正义，是"中国之治"的应有之义。

一场员额制改革，让全国法官、检察官"重新洗牌""竞争上岗"。以此为标志，司法责任制改革全面推开，实现"让审理者裁判、由裁判者负责",更好保证司法公正。

司法改革动真碰硬,让公平正义更加可触可感;医疗保障制度改革不断推进,世界最大医疗保障网惠及全民;深化金融体制改革,守住不发生系统性风险底线……瞄准重点领域,抓住关键环节,推动国家治理体系和治理能力迈上新的高度。

制度稳则国家稳,制度强则国家强。

健全人民当家作主制度体系,发展全过程人民民主,巩固和发展生动活泼、安定团结的政治局面;构建高水平社会主义市场经济体制,处理好政府和市场的关系,释放发展活力;加快建设中国特色社会主义法治体系,更好发挥法治对改革发展稳定的引领、规范、保障作用……

全面深化改革沿着中国特色社会主义道路前进,充分发挥中国特色社会主义制度优越性,必将不断开创"中国之治"新境界。

矢志不渝:"为中国式现代化注入不竭动力源泉"

2024年6月,习近平总书记主持召开中共中央政治局会议,研究进一步全面深化改革、推进中国式现代化问题。会议强调:"把进一步全面深化改革的战略部署转化为推进中国式现代化的强大力量。"

突出改革重点——

习近平总书记指出,进一步全面深化改革,要抓住主要矛盾和矛盾的主要方面。

发展是第一要务。实现社会主义现代化,最根本最紧迫的任务是进一步解放和发展社会生产力。坚持和发展中国特色社会主义,必须不断适应社会生产力发展调整生产关系,不断适应经济基础发展完善上层建筑。

我们要更加注重突出重点,以经济体制改革为牵引,进一步解放和发展社会生产力、增强社会活力,推动生产关系和生产力、上层建筑和经济基础更好相适应,为推动高质量发展、推进中国式现代化持续注入强劲动力。

把牢价值取向——

青石板、红砖房、黄桷树，敞亮的社区会客厅、功能齐全的党群服务中心，还有饭菜飘香的社区食堂……

重庆九龙坡区谢家湾街道民主村社区，曾是远近闻名的"老破小"。在启动更新改造项目并纳入全国有关试点后，这里变了模样。

"中国式现代化，民生为大。党和政府的一切工作，都是为了老百姓过上更加幸福的生活。"2024年4月，在重庆考察的习近平总书记走进小区，语带关切。

抓改革、促发展，归根到底就是为了让人民过上更好的日子。前进道路上，紧扣推进中国式现代化这个主题进一步全面深化改革，把牢以人民为中心的价值取向，以促进社会公平正义、增进人民福祉为出发点和落脚点，顺应民心、尊重民意、关注民情、致力民生，就一定能让现代化建设成果更多更公平惠及全体人民。

讲求方式方法——

改革开放是前无古人的崭新事业，必须坚持正确的方法论，在不断实践探索中推进。改革有破有立，得其法则事半功倍，不得法则事倍功半甚至产生负作用。

进入新时代，以习近平同志为核心的党中央不断深化对改革规律的认识，形成了改革开放以来最丰富、最全面、最系统的改革方法论，保证了改革在攻坚克难中不断迈上新台阶、取得新胜利。

在企业和专家座谈会上，习近平总书记强调"要坚持守正创新""要更加注重系统集成""要重谋划，更要重落实"，为在新征程上谱写改革开放新篇章提供了科学方法、指明了实践路径。

守正道，开新局。

中国式现代化征程壮阔，进一步全面深化改革新篇将启。在以习近平同志为核心的党中央坚强领导下，亿万中华儿女正满怀信心，在全面深化改革的正确道路上坚定前行，向着强国建设、民族复兴的宏伟目标不断迈进。

（新华社北京2024年7月8日电）

推动中国特色社会主义制度更加成熟更加定型

——"新思想引领新时代改革开放"专栏报道

新华社记者 安蓓 高敬 申铖 王悦阳

中国特色社会主义制度是当代中国发展进步的根本保证。

在领导推动全面深化改革的伟大历程中,以习近平同志为核心的党中央以巨大的政治勇气和智慧,深刻把握改革规律,总结改革开放宝贵经验,创造性提出全面深化改革总目标是完善和发展中国特色社会主义制度、推进国家治理体系和治理能力现代化。

10年多来,锚定这个总目标,全面深化改革破浪前行,推动各领域基础性制度框架基本建立,中国特色社会主义制度更加成熟更加定型,国家治理体系和治理能力现代化水平明显提高。

把制度建设和治理能力建设摆到更加突出的位置

从昔日"叹零丁",到今日"跨伶仃",这是一个时代的见证。

2024年6月30日,举世瞩目的超级工程——深中通道,正式通车试运营,使深圳至中山的车程从此前约2小时缩短至30分钟。

上万名建设者在珠江口连续奋斗7年,这座全球首个集"桥、岛、隧、水下互通"为一体的跨海集群工程,见证了"中国之治"创造的又一个奇迹,再次彰显了中国特色社会主义制度的显著优势。

"制度是关系党和国家事业发展的根本性、全局性、稳定性、长期性问题。"习近平总书记深刻揭示。

党的十八大以来,当代中国共产党人以强烈的历史自觉和使命担当,把制度建设摆到更加突出的位置,以全面深化改革推动"各方面制度更加成熟更加定型"。

2013年11月,中国共产党历史上又一个划时代的三中全会——十八届三中全会召开,审议通过了《中共中央关于全面深化改革若干重大问题的决定》。

全会首次提出"推进国家治理体系和治理能力现代化"这个重大命题,并把"完善和发展中国特色社会主义制度、推进国家治理体系和治理能力现代化"确定为全面深化改革的总目标。

习近平总书记强调:"今天,摆在我们面前的一项重大历史任务,就是推动中国特色社会主义制度更加成熟更加定型,为党和国家事业发展、为人民幸福安康、为社会和谐稳定、为国家长治久安提供一整套更完备、更稳定、更管用的制度体系。"

全面者,就是要统筹推进各领域改革,就需要有管总的目标。

全面深化改革总目标中,"完善和发展中国特色社会主义制度"规定了根本方向,"推进国家治理体系和治理能力现代化"规定了鲜明指向,两句话构成一个整体,深刻回答了推进各领域改革最终是为了什么、要取得什么样的整体结果这个问题。

时隔不到一年,党的十八届四中全会召开,对全面依法治国作出明确部署。法治与改革如鸟之两翼、车之双轮,推动制度建设更加蹄疾步稳。

2019年10月,习近平总书记引领"中国之治",再次写下新篇章。

党的十九届四中全会聚焦坚持和完善中国特色社会主义制度、推进国家治理体系和治理能力现代化,从13个方面系统描绘中国特色社会主义制度图谱,全面回答了在我国国家制度和国家治理体系上应该坚持和巩固什么、完善和发展什么这个重大政治问题。

习近平总书记鲜明指出:"新时代谋划全面深化改革,必须以坚持和完善中国特色社会主义制度、推进国家治理体系和治理能力现代化为主轴，深刻把握我国发展要求和时代潮流，把制度建设和治理能力建设摆到更加突出的位置"。

以改革完善制度、以制度推进国家治理、以治理能力保障制度实施……全面深化改革突出制度建设这条主线，不断健全制度框架，筑牢根本制度，完善基本制度，创新重要制度，推动中国特色社会主义制度更加成熟更加定型，国家治理体系和治理能力现代化水平不断提高。

推动制度优势更好转化为国家治理效能

2024年6月25日14时7分，携带着从月球背面采集的宝贵样品，嫦娥六号返回器在内蒙古四子王旗预定区域准确着陆。

国家航天局探月与航天工程中心主任关锋心情激动："嫦娥六号任务取得胜利，充分体现了在以习近平同志为核心的党中央引领下新型举国体制的独特优势。"

此前一天，在全国科技大会、国家科学技术奖励大会、两院院士大会上，习近平总书记意味深长地指出："坚持以深化改革激发创新活力，坚决破除束缚科技创新的思想观念和体制机制障碍，切实把制度优势转化为科技竞争优势。"

进入新时代，以习近平同志为核心的党中央锚定全面深化改革总目标，着力增强改革系统性、整体性、协同性，着力抓好重大制度创新，着力提升人民群众获得感、幸福感、安全感，2000多个改革方案落地生根、开花结果，推动制度优势更好转化为国家治理效能。

坚持以制度建设推动相关领域发生历史性、转折性、全局性变化——

2024年4月8日，金融监管总局县域监管支局统一挂牌，标志着"四级垂管"架构正式建立，金融监管组织体系进一步完善，金融管理体制改革取得重要进展。

从组建国家监察委员会到组建中央科技委员会，从组建国家医疗保障局到组建国家数据局……党的十八大以来，以习近平同志为核心的党中央把深化党和国家机构改革作为推进国家治理体系和治理能力现代化的一项重要任务，推动党和国家机构职能实现系统性、整体性重构，为党和国家事业取得历史性成就、发生历史性变革提供了有力保障。

我国国家制度和国家治理体系管不管用、有没有效，实践是最好的试金石。

党的十八大以来，面对复杂严峻的国际环境和艰巨繁重的国内改革发展稳定任务，以习近平同志为核心的党中央充分发挥经济体制改革的牵引作用，创造性提出"使市场在资源配置中起决定性作用，更好发挥政府作用"，加快构建高水平社会主义市场经济体制，极大促进了生产力发展，为中国经济高质量发展注入充沛动能。

一路风雨兼程，应对中美经贸摩擦、应对世纪疫情，全面建成小康社会、开启全面建设社会主义现代化国家新征程……中国延续了经济快速发展、社会长期稳定两大奇迹，国家制度和治理体系显著优势在全面深化改革中不断彰显。

2024年已经过半。近段时间，国际货币基金组织、世界银行、经合组织等多家国际机构上调了中国经济增速预期，中国仍将是全球经济增长的最大引擎。

坚持以制度建设推动改革发展成果更多更公平惠及全体人民——

"我们的医保卡可以在上海的医院直接刷卡结算，太方便了！"前不久，家住浙江舟山嵊泗县的沈先生陪同爱人在上海五官科医院完成白内障手术。

得益于长三角公共服务一体化中的跨省异地就医费用直接结算，长三角三省一市群众可以享受异地就医"同城服务"。

抓改革、促发展，归根到底就是为了让人民过上更好的日子。

党的十八大以来，把牢以人民为中心的价值取向，从人民的整体利益、根本利益、长远利益出发谋划和推进改革：

推动城乡义务教育一体化发展，促进教育公平和质量提升；城乡统一的户口登记制度全面建立，户口迁移政策全面放开放宽让人的活力充分迸发；应对人口老龄化挑战，加快健全养老服务体系；满足群众更多精神需求，新时代公共文化服务体系更加健全；为了蓝天碧水的新期待，生态文明体制改革向纵深推进……

既立足当前、又谋划长远，一系列既有针对性又有含金量的改革举措，将"人民至上"的理念固化为制度的保障，为民谋利、为民解忧，让人民群众切实感受到了改革带来的变化。

坚持以制度建设应对各种风险挑战，不断塑造中国竞争新优势——

一段时间以来，在地方财政收支运行持续面临压力的形势下，地方政府债务风险问题备受关注。

坚持"开前门"和"堵后门"并举，对地方政府债务实行限额管理，在多地开展全域无隐性债务试点，制定实施一揽子化债方案……推动建立防范化解地方政府债务风险的制度体系，地方政府债务化解工作有序推进，风险总体可控。

习近平总书记指出："发展环境越是严峻复杂，越要坚定不移深化改革，健全各方面制度，完善治理体系，促进制度建设和治理效能更好转化融合，善于运用制度优势应对风险挑战冲击。"

历史一次又一次证明，在风险挑战面前，"中国之制"的巨大优越性不断彰显，"中国之治"的强大生命力日益迸发：

面对国内外环境之变，提出"构建以国内大循环为主体、国内国际双循环相互促进的新发展格局"，围绕构建新发展格局谋划改革举措，为中国经济大循环提供制度支撑；

面对脱贫攻坚重任，实施东西部扶贫协作、五级书记抓扶贫等，打赢人类历史上规模最大的脱贫攻坚战；

面对突如其来的世纪疫情，充分发挥社会主义制度优势，统一指挥、全面部署、立体防控；

统筹发展和安全，聚焦公共卫生、生物、粮食、能源、网络、防灾备灾、社会治理等领域，补短板、堵漏洞、强弱项，主动作为……

全面深化改革从夯基垒台、立柱架梁到全面推进、积厚成势，再到系统集成、协同高效，各领域基础性制度框架基本确立，许多领域实现历史性变革、系统性重塑、整体性重构，我国制度优势充分发挥，更好转化为国家治理效能。

不断为中国式现代化提供有力制度保障

一切伟大成就都是接续奋斗的结果，一切伟大事业都需要在继往开来中推进。

2024年6月27日，中共中央政治局召开会议，研究进一步全面深化改革、推进中国式现代化问题。会议强调，进一步全面深化改革的总目标是继续完善和发展中国特色社会主义制度，推进国家治理体系和治理能力现代化。

一以贯之的总目标，始终不变的初心使命。

习近平总书记深刻指出："制度更加成熟更加定型是一个动态过程，治理能力现代化也是一个动态过程，不可能一蹴而就，也不可能一劳永逸。"

锚定总目标，紧扣推进中国式现代化这个主题——

推进中国式现代化是一项前无古人的开创性事业，还有许多未知领域，更加需要我们在实践中继续大胆探索、改革创新。

面对纷繁复杂的国际国内形势，面对新一轮科技革命和产业变革，面对人民群众新期待，必须拿出更大的勇气、更多的举措，坚决破除一切制约中国式现代化顺利推进的体制机制障碍，构建系统完备、科学规范、运行有效的制度体系，以显著制度优势、强大制度效能确保中国式现代化行稳致远。

锚定总目标，以推进制度建设为主线——

2024年6月11日下午，中央全面深化改革委员会第五次会议召开。会议审议通过了《关于完善中国特色现代企业制度的意见》等多个改革文件。制度，是鲜明的主题词。

前进道路上，仍有很多改革任务亟待破题：

抓紧谋划新一轮财税体制改革，建立健全与中国式现代化相适应的现代财政制度；

深化收入分配、社会保障、医药卫生、养老服务等社会民生领域改革，更好解决群众的急难愁盼问题；

全面深化科技体制机制改革，充分激发创新创造活力……

"犯其至难而图其至远。"新征程上，坚持以制度建设为主线，加强顶层设计、总体谋划，破立并举、先立后破，筑牢根本制度，完善基本制度，创新重要制度，在破除各方面体制机制弊端、调整深层次利益格局上再突破一些难点。

锚定总目标，筑牢全面深化改革的根本保证——

"七一"前夕，中共中央政治局进行第十五次集体学习。

习近平总书记在主持学习时发表了重要讲话，对进一步健全全面从严治党体系作出部署，强调"要健全科学完备、有效管用的制度体系"。

在国家制度和国家治理体系中，党是决定整个系统运行的关键。必须坚持党中央对进一步全面深化改革的集中统一领导，保持以党的自我革命引领社会革命的高度自觉，把制度优势进一步转化为推进中国式现代化的强大力量。

党的二十届三中全会即将召开，新一轮全面深化改革的号角吹响——

到2035年，中国将全面建成高水平社会主义市场经济体制，中国特色社会主义制度更加完善，基本实现国家治理体系和治理能力现代化，基本实现社会主义现代化，为到本世纪中叶全面建成社会主义现代化强国奠定坚实基础。

在以习近平同志为核心的党中央坚强领导下，向着新的目标接力奋斗，进一步全面深化改革，风正扬帆、征途如虹。

（新华社北京2024年7月9日电）

让改革发展成果更多更公平惠及人民群众

——"新思想引领新时代改革开放"专栏报道

新华社记者 张辛欣 叶昊鸣 严赋憬

习近平总书记深刻指出:"我们党推进全面深化改革的根本目的,就是要促进社会公平正义,让改革发展成果更多更公平惠及全体人民。"

党的十八大以来,以习近平同志为核心的党中央创造性提出全面深化改革的价值取向,站在人民立场上把握和处理涉及改革的重大问题,从人民利益出发谋划改革思路、制定改革举措,不断把人民对美好生活的向往变为现实。

践行改革初心——抓改革、促发展,归根到底就是为了让人民过上更好的日子

2024年7月5日,《全链条支持创新药发展实施方案》在国务院常务会议上审议通过,旨在强化政策保障、调动各方面科技创新资源,合力助推创新药的突破发展,这标志着我国医改又迈出了坚实一步。

从新药进医保、药品集采常态化制度化到今天的全链条支持创新药发展,一系列破解用药难、用药贵的举措,彰显全面深化改革的民生底色。

"抓改革、促发展,归根到底就是为了让人民过上更好的日子""做

到老百姓关心什么、期盼什么,改革就要抓住什么、推进什么""要坚持把实现好、维护好、发展好最广大人民根本利益作为推进改革的出发点和落脚点"……习近平总书记一系列重要论断,揭示了全面深化改革的价值旨归。

回应人民关切,坚持从解决人民群众最关心最直接最现实的利益问题切入,奔着问题去、盯着问题改——

"2012年退休时,我每月养老金为1972元,到2023年底,已经达到3526元。"今年72岁的李大爷是辽宁省沈阳市企业退休人员。近日,他收到了养老金增加的好消息。我国明确从2024年1月1日起,为2023年底前已退休人员按照人均3%的水平提高基本养老金。

养老关乎亿万老年人生活水平,是家事也是国事。推进基本养老服务体系建设,加快发展多层次、多支柱养老保险体系,大力发展银发经济……一系列切实改革举措破解养老难题,努力实现老有所养、老有所为、老有所乐。

从老百姓急难愁盼中找准改革的发力点和突破口:农村"厕所革命"、城市垃圾分类、防治"小眼镜"、推进清洁取暖……一件件民生"小事"被摆上中南海的议事案头,成为改革的关注点、着力点。

人民心声即改革所向:针对"办事难、办事慢、办事繁"反映强烈的问题,持续深化"放管服"改革;聚焦基层负担过重,持续深化整治形式主义为基层减负;关注"落户难""迁户难",深入推进户籍制度改革……

多谋民生之利,多解民生之忧。

党的十八大以来,全面深化改革从人民群众反映最强烈的问题入手,大到医疗、教育等重大领域改革,细到身份证异地受理、婚姻登记"跨省通办"等便民服务,影响人民群众切身利益的深层次体制机制问题不断得到解决。

实现人民利益,站在最广大人民群众的立场上,让"改革红利"落实到最广大人民群众身上——

个税改革、上调最低工资标准、深化中央管理企业负责人薪酬制度改革……收入分配制度改革不断深化,"蛋糕"切得更好,收入分配差距不断缩小。

加快推进跨域立案诉讼服务改革、健全政府购买法律服务机制……人民群众对公平正义的更高需求,推动政法机关通过改革提供更加多元、便捷、精细的法律公共服务。

从建成世界上规模最大的教育体系、社会保障体系、医疗卫生体系,到深化司法体制改革有力维护公平正义;从城镇新增就业年均超过1300万人,到保障性安居工程惠及1.4亿多群众……改革精准发力、持续用力,不断实现好、维护好、发展好最广大人民群众的根本利益。

10多年闯关夺隘,2000多个改革方案涉及经济社会各领域,生动记录着全面深化改革造福人民的温暖步伐,深刻印证了改革为民的拳拳之心。

汇聚改革动力——依靠人民推动改革,改革成果由人民检验、由人民共享

2024年5月23日,山东济南,一场关于改革的企业和专家座谈会在这里召开。

习近平总书记开宗明义:"面对面听取大家的意见和建议,请大家畅所欲言。"

会场中,有来自国有企业、民营企业、外资企业、港澳台资企业、专精特新"小巨人"企业、个体工商户的代表,有来自经济领域的专家学者,生动体现了"把最广大人民智慧和力量凝聚到改革上来"。

从人民中找到根基,从人民中集聚力量,由人民共同完成。改革开放在认识和实践上的每一次突破和深化,改革开放中每一个新生事物的产生和发展,改革开放每一个领域和环节经验的创造和积累,无不来自亿万人民的智慧和实践。

也正是因为充分调动了人民的积极性,确保了改革事业的兴旺发

达，让改革发展成果更多更公平惠及全体人民。

紧紧依靠人民，从人民的实践创造中汲取力量——

夏日的浙北长兴，村庄宁静、河网密布、翠色绵延，生态之美随处可见。

曾几何时，鱼米之乡深受黑水臭气困扰。2003年，浙江省长兴县探索给河流确定"河长"，凡水必治、凡治必清。从小县城发轫的一项"护水之计"，不仅改变了当地的环境风貌，也成为全国推广的"治水之策"。

2018年6月、12月，河长制、湖长制全面建立，各级河湖长上岗履职、全力治水，让源源碧水在山野田畴间迤逦穿行。

基层探索中孕育改革的智慧，人民群众中蕴藏改革的力量。

习近平总书记指出，"要充分调动各方面积极性，改革任务越繁重，我们越要依靠人民群众支持和参与""善于从人民的实践创造和发展要求中完善改革的政策主张"。

天津"一枚印章管审批"，浙江"最多跑一次"，福建三明综合医改……一项项闪烁着基层智慧的改革措施应运而生，并逐渐在更多地方生根发芽，汇聚成全面深化改革的强大动能。

在一次次问计于民、广集民智中，改革找到破题的思路，凝聚起奋进的共识，最终以发展成效惠及全体百姓。

坚持人民评判，使百姓的获得感、幸福感、安全感成色更足——

"把改革方案的含金量充分展示出来，让人民群众有更多获得感。"2015年2月27日，中央全面深化改革领导小组第十次会议上，习近平总书记为全面深化改革定下温暖的基调。

改革成效明显不明显，要看人民是否真正得到了实惠，人民生活是否真正得到了改善。这是改革事业蓬勃发展的关键。

摒弃"唯GDP论英雄"的发展观、政绩观，将资源环境相关指标作为国民经济与社会发展的约束性指标——标尺的改变，印证了发展理念的变革，表现了守护民生福祉的坚定决心；

把推动解决群众反映突出的问题作为重点，抽查回访群众举报问题的整改落实情况，与群众面对面交流、听取意见建议——有力有序的督办督察机制，确保改有所进、改有所成；

大到进一步提高全过程人民民主制度化、规范化、程序化水平，细到在互联网平台征集问题线索、推动代表委员每一件建议提案"落地有声"……新时代改革的宏大布局中，人民的获得感始终是改革成效的衡量标尺。

正是因为改革成效由人民检验，进一步保障了改革发展成果由人民共享。坚持人民主体地位，全面深化改革也由此拥有了最坚实的依托、最强大的底气、最澎湃的动力。

坚定改革指向——从人民的整体利益、根本利益、长远利益出发谋划和推进改革

中国式现代化是14亿多人口的现代化，规模大，难度也大。面向未来，从人民的整体利益、根本利益、长远利益出发谋划和推进改革，中国式现代化的动力才会越来越强劲。

习近平总书记深刻指出："现代化道路最终能否走得通、行得稳，关键要看是否坚持以人民为中心。"

在习近平总书记指引下，顺应时代发展新趋势、人民群众新期待，进一步全面深化改革正为推动高质量发展、推进中国式现代化、促进共同富裕提供动力和保障。

始终着眼于实现人民美好生活——

走进宁夏银川市金凤区长城花园社区，车辆停放整齐，路面干净整洁，生活气息扑面而来。

2024年6月19日下午，习近平总书记来到这里了解社区发挥基层党组织作用、优化便民惠民服务等情况，强调"紧紧围绕解决居民的急难愁盼问题，把服务老百姓的各项工作做深做细做到位"。

当前，人民对美好生活的向往更加强烈，要紧紧抓住人民日益增长的美好生活需要和不平衡不充分的发展之间的矛盾，推动各项改革不断取得新进展。

梳理"十四五"规划和2035年远景目标纲要，20项主要指标中，直接事关民生福祉的有7项，把保障和改善民生放在更加突出的位置。

从"有学上"到"上好学"，教育改革正向优质公平迈进；应对老龄化挑战，改革发力扩大普惠养老供给；以户籍制度改革推进新型城镇化建设和乡村全面振兴；以数字化助力政府职能转变，让百姓少跑腿、数据多跑路……推动幼有所育、学有所教、劳有所得、病有所医、老有所养、住有所居、弱有所扶不断取得新进展。

始终着眼于促进社会公平正义——

2024年深化医改"路线图"近日公布，明确提出要推进药品和医用耗材集中带量采购提质扩面。预计到2024年底，各地国家和省级集采药品将累计达到500个。

一系列医改措施接连推出，为的是让更多群众享有公平可及的健康服务。

当前，一项项惠民生、暖民心的改革举措持续发力：

全面深化收入分配制度改革和社会保障制度改革，缩小东西部之间、城乡之间、区域之间、行业之间的收入差距，在做好做大"蛋糕"的同时，进一步分好"蛋糕"；

建设覆盖城乡的现代公共法律服务体系、完善社会治理体系……全面深化司法体制和社会体制改革，朝着创造更加公平公正的社会环境迈进；

降低托育机构运营成本，加大对中小企业帮扶力度，创新巡回法庭制度……从人民利益出发、从保障和改善民生入手，持续推动改革成果更广泛、更直接惠及人民群众。

始终着眼于推动共同富裕——

"收到茉莉花后要浇透水，最好放在光照充足、通风良好的环境里。"镜头前，广西横州市青年莫殿金正耐心地向直播间的观众介绍茉莉花的苗情以及养护知识。

今天，从花卉产品电商直播到乡村"文旅IP"，用好数字技术"新农具"，更多"新农人"获得新的就业岗位、踏上新的致富路，在乡村振兴大潮中过上新生活。

中国式现代化是全体人民共同富裕的现代化。现代化的本质是人的现代化。

习近平总书记强调，"我们的方向就是让每个人获得发展自我和奉献社会的机会，共同享有人生出彩的机会，共同享有梦想成真的机会，保证人民平等参与、平等发展权利，维护社会公平正义"。

展望未来，从破除创新要素流动壁垒、构建高效创新生态体系，提升社会生产力的发展水平，到以改革创新推动人口高质量发展，以人口高质量发展支撑中国式现代化，一系列改革协同发力，不断促进人的全面发展和全体人民共同富裕。

发展无止境，改革无穷期。

正如习近平总书记所强调："让人民过上好日子，是我们一切工作的出发点和落脚点。"

新时代新征程上，在以习近平同志为核心的党中央坚强领导下，想人民之所想，行人民之所嘱，不断把人民对美好生活的向往变为现实，进一步全面深化改革必将汇聚起磅礴之力，续写更加辉煌的篇章。

（新华社北京 2024 年 7 月 10 日电）

以改革开放推动党和国家各项事业取得历史性成就、发生历史性变革

——"新思想引领新时代改革开放"专栏报道

新华社记者 赵晓辉 李延霞 吴 雨

"改革开放是中国人民和中华民族发展史上一次伟大革命,正是这个伟大革命推动了中国特色社会主义事业的伟大飞跃!"

党的十八大以来,以习近平同志为核心的党中央创造性提出全面深化改革的主攻方向和路线图,以巨大的政治勇气和智慧推动新时代的伟大变革,开创了以改革开放推动党和国家各项事业取得历史性成就、发生历史性变革的新局面。

一场全面而深刻的社会变革

仲夏的雄安,骄阳似火,多个项目建设热火朝天,一座高水平现代化城市正在拔地而起。

2017年2月,习近平总书记专程到河北省安新县进行实地考察。总书记指出,建设雄安新区是一项历史性工程,一定要保持历史耐心。

一个多月后,设立河北雄安新区的消息正式宣布。

7年来,雄安——改革开放再出发的新地标,从无到有,从蓝图到实景,为新时代的伟大变革作出生动注脚。

这是全局性谋划、战略性布局的伟大变革——

习近平总书记深刻指出,全面深化改革是一项复杂的系统工程,

需要加强顶层设计和整体谋划。

2013年11月，党的十八届三中全会审议通过了《中共中央关于全面深化改革若干重大问题的决定》。

约2万字的文件，60项具体任务，336项改革举措……全面深化改革的时间表、路线图铺展开来，气势如虹、波澜壮阔的新时代改革进程由此开启。

党的十八届四中全会提出190项改革举措，对全面推进依法治国作出重大部署；党的十九大报告提出158项改革举措，直探"深水区最深处"、直面"最难啃硬骨头"；党的十九届三中全会审议通过深化党和国家机构改革的决定和方案，改革开放以来最大规模的机构改革拉开帷幕；党的十九届四中全会以13个方面制度体系系统描绘了中国特色社会主义的制度图谱……

习近平总书记统筹推进"五位一体"总体布局、协调推进"四个全面"战略布局，从党和国家发展全局和中华民族长远发展的高度对全面深化改革进行了富有前瞻性、战略性、根本性的顶层设计。

这是蕴含思想伟力的伟大变革——

2021年12月，浙江安吉两山竹林碳汇收储交易中心成立，标志着全国首个县级竹林碳汇收储交易平台正式落地。

在"绿水青山就是金山银山"理念的引领下，安吉坚持"生态立县"、深化改革，逐步探索出一条生态美、产业兴、百姓富的高质量绿色发展之路。

安吉之变，折射改革之效，体现思想之力。

新时代以来，以习近平同志为核心的党中央以思想理论创新引领改革实践创新，推动改革全面发力、多点突破。

深化经济体制改革要紧紧围绕"使市场在资源配置中起决定性作用，更好发挥政府作用"，国有企业改革要做到坚持党对国有企业的领导和建立现代企业制度两个"一以贯之"，农村改革"主线仍然是处理好农民和土地的关系"……深邃的改革思想、有力的改革部署，推动各领域改革翻过一山又一山、一浪更比一浪高。

这是全方位、深层次、根本性的伟大变革——

经济、政治、文化、社会、生态文明、党的建设……各领域全面深化改革风生水起，党的十八届三中全会提出的改革目标任务总体如期完成。

从夯基垒台、立柱架梁到全面推进、积厚成势，再到系统集成、协同高效，各领域基础性制度框架基本确立，许多领域实现历史性变革、系统性重塑、整体性重构。

经济体制改革牢牢抓住处理好政府和市场关系这个核心问题，社会主义市场经济体制不断完善；

政治体制改革迈出重大步伐，发展全过程人民民主，中国特色社会主义法治体系日益完善；

文化体制改革深入推进，推动中华优秀传统文化创造性转化、创新性发展，不断铸就中华文化新辉煌；

社会体制改革持续推进幼有所育、学有所教、劳有所得、病有所医、老有所养、住有所居、弱有所扶取得新进展；

生态文明体制改革向纵深推进，坚持源头严防、过程严管、后果严惩，绿色发展成为美丽中国建设的鲜明底色；

党的建设制度和纪检监察体制改革取得历史性突破，全面从严治党体系日益健全，党的执政根基不断巩固；

…………

"新时代10年，我们推动的改革是全方位、深层次、根本性的，取得的成就是历史性、革命性、开创性的。"2023年4月21日，二十届中央全面深化改革委员会第一次会议这样总结。

改革再难也要向前推进

2023年5月18日上午，随着红绸落下，国家金融监督管理总局正式揭牌。

就在两个多月前，《党和国家机构改革方案》发布，又一次向世界彰显了中国的改革魄力和决心。

习近平总书记指出:"深化党和国家机构改革是要动奶酪的、是要触动利益的、也是真刀真枪的,是需要拿出自我革新的勇气和胸怀的。"

伟大的事业,需要伟大的精神。

"改革再难也要向前推进,敢于担当,敢于啃硬骨头,敢于涉险滩。"习近平总书记强调。

这是闯关夺隘的勇气——

2015年7月1日,习近平总书记主持召开中央深改组第十四次会议,会议审议通过《环境保护督察方案(试行)》。

同年12月31日,中央环保督察组进驻河北。在后续中央督察组向河北省反馈的情况通报中,约60%篇幅在谈问题,一针见血、直指病灶。

"这项工作要抓下去",习近平总书记予以充分肯定。

以中央环保督察制度为突破口,实施省以下生态环境机构监测监察执法垂直管理制度改革、建立党政领导干部生态环境损害责任终身追究制、全面推行河长制湖长制林长制……一系列改革为新时代生态文明建设提供坚实保障。

哪里有瓶颈制约,哪里就是改革的主攻方向。

正如习近平总书记所指出的:改革是由问题倒逼而产生,又在不断解决问题中而深化,要始终树立强烈的问题意识,哪里矛盾和问题最突出,就重点抓哪项改革。

面对党风廉政建设和反腐败斗争中遇到的问题,一体推进党的纪检体制改革、国家监察体制改革、纪检监察机构改革;在国防和军队建设改革中,向"和平积弊"开刀;教育改革剑指应试教育弊端,为建设教育强国夯实根基……能否有效解决经济社会发展面临的突出问题,成为衡量改革成效的重要标准。

这是驾驭全局的智慧——

经济体制改革是全面深化改革的重点,核心问题是处理好政府和市场的关系。

"使市场在资源配置中起决定性作用和更好发挥政府作用"——党的十八届三中全会这一重大论断，抓住了要害，引领经济体制改革取得新突破。

完善产权保护、市场准入、公平竞争等市场经济基础制度；破除阻碍要素自由流动的体制机制障碍，全国统一大市场加快形成；加快建立现代财税制度，稳步深化金融体制改革，持续完善科技创新体制机制……经济体制改革向纵深推进。

改革任务纷繁复杂，牵住"牛鼻子"，就能以点带面、以重点带动全局。

2014年5月，习近平总书记在上海考察时表示，上海自由贸易试验区是块大试验田，要播下良种，精心耕作，精心管护，期待有好收成，并且把培育良种的经验推广开来。

首张外商投资负面清单、率先实施商事登记制度改革、首个国际贸易单一窗口……上海自贸区立足实践探索、坚持制度创新，有力服务了全国改革开放大局。

目前，全国范围内各自贸试验区已累计总结提炼形成300多项制度创新成果向全国复制推广，有效发挥了改革试验田的重要作用。

这是人民至上的担当——

在全面深化改革进程中，遇到关系复杂、难以权衡的利益问题怎么办？

习近平总书记给出了明确答案："要认真想一想群众实际情况究竟怎样？群众到底在期待什么？群众利益如何保障？群众对我们的改革是否满意？"

民之所望，改革所向。10多年来，2000多个改革方案，覆盖经济、政治、文化、社会、生态文明等各个领域。

户籍制度改革破冰前行，教育改革促进教育公平和质量提升，医药卫生体制改革铺就健康中国之路……改革给人民群众带来越来越多的获得感、幸福感、安全感。

沉甸甸的成绩单，记录全面深化改革造福人民的温暖步伐，生动诠释"让人民生活幸福是'国之大者'"。

在新征程上谱写改革开放新篇章

2024年6月11日下午，北京中南海。

习近平总书记主持召开二十届中央全面深化改革委员会第五次会议，审议通过了《关于完善中国特色现代企业制度的意见》等多份改革方案。

党的十八大以来，像这样的会议，习近平总书记主持召开了72次。

"向最难之处攻坚，追求最远大的目标"——这是新时代改革者的豪迈心声。

当前，世界百年未有之大变局加速演进，我国发展进入战略机遇和风险挑战并存期，对新时代改革提出了新要求。

站在新的历史起点，面对以中国式现代化全面推进强国建设、民族复兴伟业的关键时期，必须把全面深化改革作为推进中国式现代化的根本动力，在新征程上谱写改革开放新篇章。

2024年5月23日，泉城济南，正值党的二十届三中全会即将召开、新征程上全面深化改革再起步之时，一场关于改革的企业和专家座谈会在这里召开。

"这一次改革，我们将紧扣推进中国式现代化主题。"习近平总书记在会上发表重要讲话。

关键时刻，以习近平同志为核心的党中央立足历史新方位，深刻洞察发展规律，高屋建瓴谋划改革发展着力点。

党的二十大擘画了全面建成社会主义现代化强国、以中国式现代化全面推进中华民族伟大复兴的宏伟蓝图，阐明了前进道路上必须牢牢把握的五个重大原则，其中之一就是坚持深化改革开放。

推进中国式现代化是一项前无古人的开创性事业，还有许多未知领域，需要继续大胆探索、改革创新：

完善和发展中国特色社会主义制度，需要通过改革更好地把制度优势转化为国家治理效能；破解经济社会发展的深层次问题和矛盾，需要通过改革补短板、强弱项；不断满足人民群众对美好生活的向往，需要通过改革解决好群众的急难愁盼问题……

习近平总书记强调，进一步全面深化改革，要抓住主要矛盾和矛盾的主要方面。这为进一步全面深化改革指明了主攻方向。

2020年初，受疫情影响，全球产业链供应链发生局部断裂。

习近平总书记在深入一线实地调研时深刻指出："我感觉到，现在的形势已经很不一样了，大进大出的环境条件已经变化，必须根据新的形势提出引领发展的新思路。"

2020年4月，中央财经委员会第七次会议上，构建新发展格局的重大论断首次提出。

构建新发展格局是发展问题，但本质上是改革问题。

从提出"新常态"，到供给侧结构性改革，到新发展理念……习近平总书记把握时代发展大势，提出一系列具有突破性、战略性、指导性的重大理论，中国发展"怎么看"和"怎么办"的思路愈加清晰：

要围绕构建高水平社会主义市场经济体制，深化要素市场化改革，建设高标准市场体系；要不断完善落实"两个毫不动摇"的体制机制，有效破除制约民营企业公平参与市场竞争的障碍……

顺应时代发展大势，坚定不移全面深化改革，塑造发展新动能新优势，必将积聚起推动高质量发展的强大动能。

"新质生产力"，2023年，习近平总书记在地方考察时提出这一重要概念，引发海内外高度关注。

从提出"新质生产力"，到2023年底中央经济工作会议部署"发展新质生产力"，再到2024年初中央政治局集体学习时进行系统阐述，习近平总书记就发展新质生产力作出一系列重要论述、重大部署。

当前，新一轮科技革命和产业变革深入发展，激烈的国际竞争中，唯有通过改革点燃创新引擎，才能为经济转型升级注入源源动力。

"重点领域改革还有不少硬骨头要啃";"着力解决制约构建新发展格局和推动高质量发展的卡点堵点问题、发展环境和民生领域的痛点难点问题、有悖社会公平正义的焦点热点问题"……

实践发展永无止境,深化改革也永无止境。

"改革开放是党和人民事业大踏步赶上时代的重要法宝"。

新时代新征程上,在以习近平同志为核心的党中央坚强领导下,继续高擎改革开放伟大旗帜,汇聚亿万人民的磅礴之力,必将在进一步全面深化改革中创造全面推进中国式现代化的新辉煌。

(新华社北京 2024 年 7 月 11 日电)

以科学方法论推进全面深化改革伟大实践

——"新思想引领新时代改革开放"专栏报道

新华社记者 于佳欣 王 希 刘 慧 任 军

改革有破有立，得其法则事半功倍。

"改革开放是前无古人的崭新事业，必须坚持正确的方法论，在不断实践探索中推进。"

在新时代的伟大变革中，以习近平同志为核心的党中央不断深化对改革规律的认识，形成了改革开放以来最丰富、最全面、最系统的改革方法论，保证了改革在攻坚克难中不断迈上新台阶、取得新胜利。

坚持守正创新

2024年5月23日，山东济南，习近平总书记主持召开企业和专家座谈会，深刻阐明进一步全面深化改革的方向——

"改革无论怎么改，坚持党的全面领导、坚持马克思主义、坚持中国特色社会主义道路、坚持人民民主专政等根本的东西绝对不能动摇，同时要敢于创新，把该改的、能改的改好、改到位，看准了就坚定不移抓。"

坚持守正创新——习近平总书记在这次座谈会上强调的一个关键词，是全面深化改革的鲜明特色，也是重要方法论。

守正才能不迷失方向、不犯颠覆性错误，创新才能不错失机遇、把握引领时代潮流。

党的十八大以来，以习近平同志为核心的党中央高瞻远瞩、审时度势，坚持守正创新推进全面深化改革，着力破解深层次体制机制障碍和结构性矛盾，引领改革全方位展开、向纵深挺进。

锚定目标，保持定力，坚持方向、立场不改变——

2024年6月27日，习近平总书记主持召开中共中央政治局会议，研究进一步全面深化改革、推进中国式现代化问题。

会议提出的进一步全面深化改革应贯彻的原则中，第一条即是"坚持党的全面领导"。

这一原则贯穿改革全过程：成立中央全面深化改革领导小组，后改为中央全面深化改革委员会，自上而下形成党领导改革工作的体制机制；深化党和国家机构改革，着眼于把党作为最高政治领导力量的地位和作用进一步制度化；将党的领导融入意识形态工作、国有企业治理等各类工作全过程、各方面……党总揽全局、协调各方，确保改革始终沿着正确政治方向前进。

改革改什么、怎么改？习近平总书记给出明确答案：必须以是否符合完善和发展中国特色社会主义制度、推进国家治理体系和治理能力现代化的总目标为根本尺度。"不该改的、不能改的坚决不改。"

志不改，道不变。

习近平总书记强调"无论改什么、改到哪一步，都要坚持党的领导"，明确"我们的方向就是中国特色社会主义道路，而不是其他什么道路"，指出"推进改革的目的是要不断推进我国社会主义制度自我完善和发展"，要求"要从人民的整体利益、根本利益、长远利益出发谋划和推进改革"……

一系列重要论述，有力回答了改革举什么旗、走什么路、向什么目标前进等根本性问题，推动新时代改革开放走得更稳、走得更远。

识变求变，大胆探索，创新思路、方法不止步——

四川成都彭州市，坐落着国家级民用无人驾驶航空试验基地。这里的无人机试飞测试每天多达百余架次。从曾经的最少7个工作日审批改为如今起飞前1小时报备，企业试飞效率大大提高。

改革之力助推低空经济"振翅高飞"。发展新质生产力，推动形成与之相适应的新型生产关系，是以全面深化改革推动高质量发展、推进中国式现代化的应有之义。

坚持目标导向和问题导向结合，是对改革方向原则的坚守，也是对改革方式方法的创新。

面对新形势、新问题，习近平总书记对进一步全面深化改革提出新要求："聚焦妨碍中国式现代化顺利推进的体制机制障碍""明确改革的战略重点、优先顺序、主攻方向、推进方式""改革举措要有鲜明指向性，奔着解决最突出的问题去"……

面向未来，改革味要更浓、成色要更足。

着力解决制约构建新发展格局和推动高质量发展的卡点堵点问题、发展环境和民生领域的痛点难点问题、有悖社会公平正义的焦点热点问题，有效防范化解重大风险，不断为经济社会发展增动力、添活力……进一步全面深化改革更加突出问题导向、更加体现与时俱进。

知常明变者赢，守正创新者进。

从"胆子要大、步子要稳"，到"坚持人民有所呼、改革有所应"；从"破立并举、先立后破"，到"以钉钉子精神抓好改革落实"……一系列改革中蕴含的"稳"与"进"、"呼"与"应"、"立"与"破"、"谋"与"干"的辩证思维，为进一步全面深化改革的理论创新和实践创新注入强大思想力量。

注重系统集成

不久前，一张超长距离"合影"刷屏社交网络——前景是位于北京延庆的九眼楼长城，远处是位于朝阳区的北京地标建筑之一"中国尊"。在古今"相遇"的"穿越"中，不少人感慨照片"晒"出北京好"气"色。

天蓝气清之变，正是我国生态环保领域各项改革集成发力的生动注脚。

近年来，坚持山水林田湖草沙一体化保护和系统治理；出台"史上最严"环保法；完善生态产品价值实现机制和生态保护补偿机制等改革，激发起全社会共同呵护生态环境的内生动力……各项改革协同发力，带来"1+1>2"的"化学反应"，美丽中国渐行渐近。

我国改革已步入"深水区"，任务之全、内容之广、影响之深前所未有，靠某个部门单兵突进行不通，靠几项改革举措零敲碎打更行不通，必须更注重增强各项改革间的关联性、系统性。

牵住改革"牛鼻子"，统筹"主"与"次"的任务，实现整体推进——

2024年6月20日，天津市算力交易中心正式揭牌上线。这一中心的启动，有望促进数据要素资源流通，助力京津冀算力产业协同发展。

自我国全面启动"东数西算"工程以来，全国一体化算力网加快铺开。加强各类算力资源科学布局，构建跨区域算力调度体系，完善算网安全保障体系……多部门协同发力，数据要素的全国统一大市场建设步伐提速。

全局上谋势，关键处落子。

"推进经济体制改革要从现实需要出发，从最紧迫的事情抓起，在解决实践问题中深化理论创新、推进制度创新。"习近平总书记为下一步经济体制改革指明方向。

经济体制改革牵一发动全身，抓住处理好政府和市场关系这个核心问题，瞄准阻碍全国统一大市场建设、延缓产业升级、制约科技自立自强等方面的主要问题，改革全面发力、多点突破，不断解放和发展生产力。

以经济体制改革为牵引，政治、文化、社会、生态文明等领域改革协同推进，实现改革由局部探索、破冰突围到系统集成、全面深化的转变，人民群众的获得感、幸福感、安全感更充实。

下好全国"一盘棋"，注重"点"与"面"的结合，推动协同发展——

制造业条目清零，服务业持续扩大开放，190条缩减至27条……如今，我国首个自贸试验区——上海自贸试验区外商投资准入负面清单只有薄薄两页多。

由一花独放，到百花满园。如今，全国22个自贸试验区形成覆盖东西南北中的"雁阵"，累计开展3500余项改革试点，形成一系列标志性、引领性制度创新成果。

自贸试验区大胆试、大胆闯、自主改，持续加强制度集成创新，推动更多经验在全国落地生根，成为以点带面深化改革，以开放促改革、促发展的缩影。

立足一域、着眼全局。纵观今日之中国，京津冀协同发展、粤港澳大湾区建设、长三角一体化发展、黄河流域生态保护和高质量发展……一片片改革的高地、一个个开放的前沿，不断开辟中国经济发展的广阔新空间。

善弈者谋势，善谋者致远。

广泛推进、充分衔接、相互耦合，随着各领域改革方案落地见效，改革红利日益显现，经济社会发展的动力活力更加强劲。

狠抓落实落地

全面深化改革，一分部署，九分落实。

2023年10月，习近平总书记江西调研期间在南昌主持召开进一步推动长江经济带高质量发展座谈会，回顾长江经济带的发展历程时颇为感慨："做就要做好，坚定做下去。笃行不怠，一以贯之，久久为功。"

10多年来30多次到长江沿岸，围绕长江经济带发展这一主题，习近平总书记先后主持召开了4次座谈会。

谋长远之势、行长久之策、筑久安之基。一以贯之的关注，蕴含着一抓到底的改革智慧。

全面深化改革犹如建设一座大厦，既要绘制好蓝图，更要抓好施工落实。

"既当改革促进派、又当改革实干家""以钉钉子精神抓好改革落实，扭住关键、精准发力，敢于啃硬骨头，盯着抓、反复抓，直到抓出成效""要强化改革责任担当，看准了的事情，就要拿出政治勇气来，坚定不移干"……习近平总书记多次强调改革要真抓实干。

全面深化改革抓落实，既要靠闯劲拼劲，又要善作善成——

2024年6月，科创板迎来开板五周年。

金融是国家核心竞争力的重要组成部分，改革已成为这一领域的关键词。从5年前设立科创板并试点注册制，到如今科创板上市公司达570余家，这片资本市场拥抱创新的"试验田"正不断孕育出更多科创"繁花"。

全面深化改革，不仅战略上要勇于进取，战术上更要稳扎稳打。

既要做到"改革再难也要向前推进，敢于担当，敢于啃硬骨头，敢于涉险滩"，也要确保"方向一定要准，行驶一定要稳"。

如今，面对利益增进和利益调整并存的复杂局面，进一步全面深化改革更需智慧和定力。

从加快中国特色自由贸易港建设，到持续推动外资准入负面清单"瘦身"；从推进户籍制度改革，到深化医药卫生体制改革……科学谋划时机、方式、节奏，更多制度创新从试点探索发展到更大范围的推广复制，改革蹄疾步稳向前推进。

全面深化改革抓落实，既要靠责任担当，也离不开督察问责——

2020年，国企改革三年行动大幕拉开；如今，新一轮国企改革深化提升行动已迎来关键之年。

建立举措清单，开展定量化督办，实行穿透式操作，确保上下贯通、全面覆盖……各方面探索形成了一套具有鲜明国企改革特点的工作机制，助力国资国企深化改革不停顿。

改革只争朝夕，落实难在方寸。

"改革推进到哪里、督察就跟进到哪里""要加大改革抓落实力度，完善上下协同、条块结合、精准高效的改革落实机制，下更大气力抓好改革督察工作，推动改革举措落地见效"……习近平总书记强调抓好督察工作，促进各项改革往深里走、往实里落。

全面深化改革抓落实，既要靠层层传导压力，也需要不断激发动力——

建立健全改革容错纠错机制，形成允许改革有失误、但不允许不改革的鲜明导向；一些地方和单位完善考核奖惩机制，加大改革实绩权重……一系列举措全力打通改革落地"中梗阻"，有效防止了改革陷入"空转"。

改革潮涌，奋楫争先。有百折不挠的决心，更需要久久为功的耐心。

坚持正确的思想方法，坚持辩证法，把握全面深化改革的内在规律，处理好解放思想和实事求是的关系、整体推进和重点突破的关系、顶层设计和摸着石头过河的关系、胆子要大和步子要稳的关系、改革发展稳定的关系……

在以习近平同志为核心的党中央坚强领导下，向着新的奋斗目标出发，以科学方法论为指引进一步全面深化改革，中国必将创造让世界刮目相看的更大奇迹。

（新华社北京 2024 年 7 月 12 日电）

为推动高质量发展注入强劲动力

——党的十八届三中全会以来经济体制改革成就综述

新华社记者　谢希瑶　严赋憬　周　圆

经济体制改革，全面深化改革的重点。

党的十八届三中全会作出"紧紧围绕使市场在资源配置中起决定性作用深化经济体制改革，坚持和完善基本经济制度，加快完善现代市场体系、宏观调控体系、开放型经济体系"等多项改革部署，勾画出深化经济体制改革的基本框架。

新时代以来，以习近平同志为核心的党中央高瞻远瞩、统揽全局、把握大势，提出一系列新理念新思想新战略，在实践中形成和发展了习近平经济思想，并以之为指导深化经济体制改革，激发发展活力，转变发展方式，开拓发展空间，为推动高质量发展注入了强劲动力。

发挥市场决定性作用　释放发展活力

眼下，迎峰度夏临近，电力市场备受关注。

2024年6月17日，山东电力现货市场由试运行转正式运行，成为我国第三个"转正"的电力现货市场。与此同时，新版电力市场运行基本规则将于7月1日正式实施。

依靠灵敏的价格信号，引导"源网荷储"协同发力保障电力供应，新一轮电力体制改革以来，我国市场化交易电量比重大幅提升。截至2023年底，全国电力市场交易电量5.67万亿千瓦时，占全社会用电量比例已经达到61.4%。

价格是市场变化的"信号灯",也是市场调节的"指挥棒"。截至目前,我国已有97%以上的商品和服务价格由市场说了算,反映出市场的决定性作用更为显著。

"经济体制改革是全面深化改革的重点,核心问题是处理好政府和市场的关系,使市场在资源配置中起决定性作用和更好发挥政府作用。"

2013年11月,党的十八届三中全会通过由习近平总书记亲自主持起草的《中共中央关于全面深化改革若干重大问题的决定》作出这一重要论断。

将市场的作用从"基础性"上升到"决定性",一词之差,反映我们党对市场作用的认识达到新的高度,标志着社会主义市场经济发展进入了一个新阶段。

处理好政府和市场的关系,是一道世界级难题,也是中国经济体制改革的核心问题。

2015年11月,习近平总书记在十八届中央政治局第二十八次集体学习时强调:"我们要坚持辩证法、两点论,继续在社会主义基本制度与市场经济的结合上下功夫,把两方面优势都发挥好,既要'有效的市场',也要'有为的政府',努力在实践中破解这道经济学上的世界性难题。"

理论创新引领实践跃升。

10多年来,党中央牢牢抓住处理好政府和市场关系这个核心问题,不断完善社会主义基本经济制度,加快完善社会主义市场经济体制,坚持"两个毫不动摇",资源配置中市场的决定性作用更为显著,政府的作用更为有效。

2017年10月,习近平总书记在党的十九大报告中指出,"经济体制改革必须以完善产权制度和要素市场化配置为重点,实现产权有效激励、要素自由流动、价格反应灵活、竞争公平有序、企业优胜劣汰"。

首次将数据纳入生产要素,推进土地、劳动力、资本、技术、数据等要素市场化改革；

完善产权保护、市场准入、公平竞争、社会信用等市场经济基础制度，稳步推进高标准市场体系建设；

破除阻碍要素自由流动的体制机制障碍，推动实现要素价格市场决定、流动自主有序、配置高效公平；

……

一系列史无前例、破立并举的改革举措落地开花，各类经营主体活力、制度活力和社会创造力被激活。

截至2023年底，登记在册经营主体达1.84亿户，其中民营企业超5300万户，分别比2012年增长了2.3倍和3.9倍。2012年至2023年全社会研发经费投入从1.03万亿元增长到3.3万亿元，占国内生产总值比重达2.64%，超过欧盟国家平均水平，创新型国家建设成效明显。

2019年秋天，党的十九届四中全会上，"公有制为主体、多种所有制经济共同发展，按劳分配为主体、多种分配方式并存，社会主义市场经济体制"成为社会主义基本经济制度的新概括。这一"三位一体"框架，标志着我国经济制度更加成熟和定型。

不断创新完善宏观调控，加强财政、货币、就业、产业、投资等政策协调配合；深化财税体制改革，优化组合专项债、国债、税费优惠、财政补助等政策工具；深化金融体制改革，守住不发生系统性风险底线；深化科技体制改革，形成支持全面创新的基础制度……

10多年来，在以习近平同志为核心的党中央领导下，我国不断健全宏观经济治理体系，既营造良好的营商环境，又及时防止市场的无序、失灵，推动经济实现质的有效提升和量的合理增长。2023年国内生产总值超过126万亿元，增速居世界主要经济体前列，多年来对世界经济增长的贡献率超过30%。

持续优化经济结构　积蓄发展动能

走进天津荣程联合钢铁集团有限公司，氢能重卡往来奔忙、百亩光伏板整齐排列、厂区密布的数据采集点实时将数据传送到智慧中心。不久前，这里获评"绿色发展标杆企业"。

淘汰落后产能，提高生产效率，加速绿色化智能化转型……钢铁行业大刀阔斧去产能、调结构，加快转型升级步伐，正是我国深化供给侧结构性改革、转变发展方式、优化经济结构、转换经济动能的缩影。

问题是改革的呼声。

时间回到2012年，告别两位数的高增长，中国经济增速21世纪以来首次回落到8%以下。同期，长期积累的深层次结构性矛盾不断显现。

从判断我国经济发展处在"三期叠加"阶段到提出新常态，从贯彻新发展理念到推进供给侧结构性改革，再到明确从高速增长阶段转向高质量发展阶段……我们党对经济形势适时进行科学判断，不断用改革的办法解决发展中的问题。

2015年11月，习近平总书记在中央财经领导小组第十一次会议上，首次提出"供给侧结构性改革"，要求"在适度扩大总需求的同时，着力加强供给侧结构性改革，着力提高供给体系质量和效率，增强经济持续增长动力"。

此后，供给侧结构性改革如一条主线，贯穿于全面深化改革各个方面和阶段。

中央全面深化改革领导小组第二十三次会议指出"供给侧结构性改革与全面深化改革、落实新发展理念是相通的，核心是体制机制创新"；

党的十九大明确"以供给侧结构性改革为主线，推动经济发展质量变革、效率变革、动力变革，提高全要素生产率"；

党的二十大强调"把实施扩大内需战略同深化供给侧结构性改革有机结合起来"；

…………

党中央审时度势，着眼于解决制约高质量发展的结构性矛盾、体制机制障碍，形成了以新发展理念为指导、以供给侧结构性改革为主线的政策框架，推动经济结构调整和新旧动能转换，坚定走上更高质量、更高效益、更可持续的发展之路。

产业结构持续升级——

深入推进"三去一降一补"实现资源优化配置，助推传统产业转型加快，新兴产业蓬勃发展，服务业规模持续壮大。2012年到2023年，高技术制造业增加值、装备制造业增加值占规模以上工业增加值分别从9.4%、28%提高到15.7%、33.6%；服务业增加值占比从45.5%提高至54.6%。

需求结构不断改善——

牢牢把握扩大内需这一战略基点，积极构建扩大内需的长效机制，促进国内大循环更为顺畅、内外市场联通更加高效，着力发挥消费的基础性作用和投资的关键性作用。内需对经济增长的贡献率从2012年的105.8%提高到2023年的111.4%。

区域结构逐步优化——

京津冀协同发展迈上新台阶，长江经济带铺展高质量发展画卷，粤港澳大湾区建设步伐加快……新型城镇化和乡村振兴同频共振，区域重大战略向纵深推进。中国常住人口城镇化率从2012年的52.57%上升到2023年的66.16%，一个个高质量发展增长极加快崛起。

因势而谋、应势而动、顺势而为，供给侧结构性改革继续向"新"而行。

习近平总书记深刻指出，"深化供给侧结构性改革，核心是以科技创新推动产业创新，特别是以颠覆性技术和前沿技术催生新产业、新模式、新动能，发展新质生产力"；"深化科技体制、教育体制、人才体制等改革，打通束缚新质生产力发展的堵点卡点"。

当前，锚定"因地制宜发展新质生产力"，全国各地持续深化供给侧结构性改革，加快构建与新质生产力相适应的新型生产关系，不断开辟发展新领域新赛道、不断塑造发展新动能新优势。

构建开放型经济新体制　拓宽发展空间

上海现有 7 万多家外资企业，仅 2023 年就新设外资企业 6017 家，同比增长 38.3%，实际使用外资突破 240 亿美元，创历史新高。

190 条缩减至 27 条，制造业条目清零，服务业持续扩大开放……如今，上海自贸试验区外商投资准入负面清单只有薄薄两页多。

这里是建设自贸试验区"改革试验田"的起点。2013 年 9 月 29 日，中国首个自由贸易试验区在上海诞生。随后，《中国（上海）自由贸易试验区外商投资准入特别管理措施（负面清单）（2013 年）》发布，首次用负面清单管理外商对华投资，迅速点燃市场热情。

建立首个自贸试验区之际，适逢党的十八届三中全会即将召开，成为全面深化改革的生动注脚。

不久后召开的全会作出《中共中央关于全面深化改革若干重大问题的决定》，专门在"加快完善现代市场体系"这一部分提出，"实行统一的市场准入制度，在制定负面清单基础上，各类市场主体可依法平等进入清单之外领域。探索对外商投资实行准入前国民待遇加负面清单的管理模式"。

在新形势下为全面深化改革和扩大开放探索新途径，正是以习近平同志为核心的党中央引领建设自贸试验区的初心。

党的十八届三中全会以来，以习近平同志为核心的党中央统筹国内国际两个大局，坚持以扩大开放促进深化改革、以深化改革促进扩大开放，加快形成更大范围、更宽领域、更深层次对外开放格局，为经济发展不断拓展新空间。

"要加快从贸易大国走向贸易强国"——如今，我国已连续 7 年保持货物贸易第一大国地位，出口国际市场份额连续 15 年保持全球第一，是 140 多个国家和地区的主要贸易伙伴，吸引外资和对外投资均居世界前列。

"中国开放的大门不会关闭，只会越开越大"——面对全球化逆风，我国积极推进双边、区域和多边合作，已与29个国家和地区签署了22个自贸协定，与150多个国家、30多个国际组织签署了230多份共建"一带一路"合作文件，成功举办进博会、广交会、服贸会等一系列国际经贸盛会。

改革必然要求开放，开放也必然要求改革。

"建设更高水平开放型经济新体制是我们主动作为以开放促改革、促发展的战略举措"。2023年7月，习近平总书记在中央全面深化改革委员会第二次会议上作出系列部署，要求围绕服务构建新发展格局，以制度型开放为重点，聚焦投资、贸易、金融、创新等对外交流合作的重点领域深化体制机制改革。

加大力度吸引和利用外资，实施外商投资法，修订扩大鼓励外商投资产业目录，持续缩减外资准入负面清单；

自贸试验区提质扩容至22个，国家层面已累计复制推广了349项自贸试验区制度创新成果；

打造市场化、法治化、国际化一流营商环境，在市场透明、知识产权、环保标准等方面加强制度安排；

高水平实施《区域全面经济伙伴关系协定》（RCEP），主动对接《全面与进步跨太平洋伙伴关系协定》（CPTPP）和《数字经济伙伴关系协定》（DEPA）等国际高标准经贸规则……

10多年来，我国坚定不移建设更高水平开放型经济新体制，加快推进规则、规制、管理、标准等制度型开放，以高水平开放促进深层次改革，也为全球经济开放合作贡献中国智慧、提供中国方案。

深化改革不停顿，扩大开放不止步。

以高质量发展推进中国式现代化的蓝图已绘就，坚持以习近平经济思想为指引，坚定社会主义市场经济改革方向，以全面深化经济体制改革为牵引，"中国号"巨轮正无惧风雨稳健前行，驶向更辽阔的水域、更光明的未来。

（新华社北京2024年6月26日电）

社会主义民主法治更加健全

——党的十八届三中全会以来政治体制改革成就综述

新华社记者 罗 沙 范思翔 齐 琪

制度稳则国家稳，制度强则国家强。

党的十八届三中全会以来，在以习近平同志为核心的党中央坚强领导下，政治体制改革稳步推进，坚持党的领导、人民当家作主、依法治国有机统一，中国特色社会主义政治制度优越性得到更好发挥。

深入贯彻习近平总书记关于全过程人民民主重要论述，不断发展全过程人民民主，展现中国民主新气象；以习近平法治思想为指导，开创全面依法治国新局面……社会主义民主法治建设不断取得新进展、新成效，为强国建设、民族复兴伟业提供坚强的政治保障。

人民代表大会制度更加成熟定型

"这是一个了不起的制度。"

2024年4月底的一天，36个国家的驻华使节和外交官来到北京市朝阳区南磨房乡立法联络站，了解中国全国人大常委会法工委基层立法联系点工作后，发出由衷感慨。

人民代表大会制度是我国根本政治制度，是实现我国全过程人民民主的重要制度载体。党的十八大以来，以习近平同志为核心的党中央从坚持和完善党的领导、巩固中国特色社会主义制度的战略全局出发，持续推进人民代表大会制度理论和实践创新，提出一系列新理念新思想新要求。

2014年9月，习近平总书记在庆祝全国人民代表大会成立60周年大会上指出，在新的奋斗征程上，必须充分发挥人民代表大会制度的根本政治制度作用，继续通过人民代表大会制度牢牢把国家和民族前途命运掌握在人民手中。

2021年10月，中央人大工作会议在京召开，这在党的历史上、人民代表大会制度历史上都是第一次。

习近平总书记在会议上发表重要讲话，明确提出新时代加强和改进人大工作的指导思想、重大原则和主要工作，深刻回答新时代发展中国特色社会主义民主政治、坚持和完善人民代表大会制度的一系列重大理论和实践问题。

在习近平总书记指引下，人大工作开拓创新，人民代表大会制度不断发展完善，更加成熟定型——

把党的领导贯穿人大工作全过程、各方面，保证党的路线方针政策和决策部署在国家工作中得到全面贯彻和有效执行；

精简全国人代会法律案审议程序，优化全国人大常委会会议时间、程序和内容；

代表选举更加风清气正，十四届全国人大代表中一线工人、农民代表占比达到16.69%；

……

治国凭圭臬，安邦靠准绳。

从与时俱进修改宪法到设立国家宪法日，从实行宪法宣誓制度到加强合宪性审查和备案审查工作。新时代宪法实施提升到新的高度，国家法治统一得到更好维护。

修改立法法，赋予所有设区的市地方立法权；更好发挥人大在立法工作中的主导作用，改进法律草案起草机制；拓宽公民有序参与立法的途径，全国人大常委会法工委设立45个基层立法联系点……立法体制机制不断完善，以良法促进发展、保障善治。

人大监督，是具有法定权威、代表人民的监督。近年来，全国人大常委会不断完善监督机制，丰富和探索监督形式，寓支持于监督之中,推动党中央重大决策部署贯彻落实。

首次听取审议国有资产管理情况综合报告,首次听取审议金融工作情况报告,首次听取审议国家监委有关专项工作报告……聚焦"国之大者"、动真碰硬,健全对"一府一委两院"监督制度,完善预算审查监督机制,改进执法检查的组织方式和工作机制,实现监督领域全覆盖。

人大代表,一头连着党和政府,一头连着亿万群众。习近平总书记在党的二十大报告中指出,加强人大代表工作能力建设,密切人大代表同人民群众的联系。

近年来,全国人大常委会不断加强和改进代表工作,以制度之力加强常委会同代表、代表同人民群众的联系。

全国人大常委会设立代表工作委员会；全国人大各专门委员会、常委会工作委员会基本实现联系基层代表全覆盖；邀请全国人大代表列席常委会会议,委员长、副委员长与代表面对面交流沟通……搭好"连心桥",建好"民意窗",支持和保障代表依法履职。

社会主义协商民主广泛多层制度化发展

打开手机,随时建言献策、交流讨论、提交提案……如今,全国政协委员移动履职平台已成为不少委员离不开的履职"助理"。

利用互联网创新协商方式,打造指尖上的协商民主,是新时代协商民主创新发展的生动写照。

商以求同,协以成事。

习近平总书记强调,在中国社会主义制度下,有事好商量,众人的事情由众人商量,找到全社会意愿和要求的最大公约数,是人民民主的真谛。

新时代新征程,社会主义协商民主广泛多层制度化发展,形成中国特色协商民主体系。协商民主形式日益丰富,民主渠道不断拓宽,民主内涵更加深厚。

在继承中发展、在守正中创新，人民政协展现新气象新面貌——

2019年9月，习近平总书记在中央政协工作会议暨庆祝中国人民政治协商会议成立70周年大会上发表重要讲话，深刻阐述新时代人民政协工作的使命任务、总体要求、着力重点。

近年来，全国政协机构改革不断深化，组建农业和农村委员会，界别增设"环境资源界"。两次修改政协章程，适应新形势、充实新内容、作出新规范，确保协商民主有制可依、有章可循。

从创设"双周协商座谈会"到创新开展网络议政、远程协商，从专题议政性常委会会议到专题协商会，从界别协商会到专家协商会……更好发挥人民政协作为专门协商机构作用，建言资政更加建之有方、言之有理、资之有效。

全国政协建立主席会议成员牵头领衔督办重点提案的工作机制，建设具有政协特色的高水平参政议政人才库，委员履职更加扎实、提案更接地气……协商民主制度化、规范化、程序化水平不断提升。

广开言路、集思广益，充分发扬民主精神，广泛凝聚全社会共识——

习近平总书记在党的二十大报告中指出，"统筹推进政党协商、人大协商、政府协商、政协协商、人民团体协商、基层协商以及社会组织协商，健全各种制度化协商平台"。

2020年8月，"十四五"规划建议起草过程中，我们党在五年规划编制史上首次开展"网络问计"。

2016年至2020年开展的脱贫攻坚民主监督，是各民主党派中央首次对国家重大战略决策进行专项监督。

党中央召开或委托有关部门召开政党协商会议，就重大问题同党外人士真诚协商、听取意见；民主党派中央、无党派人士深入考察调研、提出意见建议，许多转化为国家重大决策……政党协商基本形成以相关法规为保障、以中共中央文件为主体、以配套机制为辅助的制度体系，成效更加显著。

2019年春节前夕，习近平总书记走进"小院议事厅"，明确指出：

"'居民的事居民议，居民的事居民定'，有利于增强社区居民的归属感和主人翁意识，提高社区治理和服务的精准化、精细化水平。"

民事民提、民事民议、民事民决、民事民办、民事民评……有事好商量，是协商民主最生动的表现形式。

举行城乡社区里的村（居）民议事会、民主恳谈会、民主听证会，打造"小院议事厅""协商议事室""居民智囊团"等议事平台……一项项改革创新举措让人民当家作主具体地、现实地落实到国家政治生活和社会生活中，党和政府的政策和工作更顺乎民意、合乎实际，党的理论和路线方针政策贯彻得更加彻底、执行得更加有力。

法治中国建设迈出坚实步伐

"通过！"2024年3月11日，十四届全国人大二次会议表决通过新修订的国务院组织法。

施行40多年的国务院组织法首次修订，对于全面建设法治政府意义重大，是新时代法治中国建设的生动缩影。

党的十八大以来，以习近平同志为核心的党中央从全局和战略高度对全面依法治国作出一系列重大决策部署。习近平总书记为全面依法治国标定航向、规划蓝图，开辟了马克思主义法治理论中国化新境界。

党的十八届三中全会作出决定，对推进法治中国建设提出明确要求。党的十八届四中全会作出决定，对全面依法治国作出顶层设计和战略部署。

2020年11月，党的历史上首次召开的中央全面依法治国工作会议，将习近平法治思想明确为全面依法治国的指导思想，对当前和今后一个时期推进全面依法治国作出战略部署。

全面依法治国，是国家治理的一场深刻革命。在习近平法治思想科学指引下，我国社会主义法治建设发生历史性变革、取得历史性成就。

2018年8月,习近平总书记主持召开中央全面依法治国委员会第一次会议并发表重要讲话。中央全面依法治国委员会工作正式全面启动,法治中国建设迈入系统协同推进新阶段。

党中央印发《中国共产党政法工作条例》,依法治省(市、县)委员会全面设立,各地法治建设的组织领导、统筹协调不断加强……党对全面依法治国的领导更加坚强有力,确保法治中国建设始终沿着正确方向前进。

《法治中国建设规划(2020—2025年)》《法治政府建设实施纲要(2021—2025年)》《法治社会建设实施纲要(2020—2025年)》制定出台,构建起法治中国建设的"四梁八柱",标志着新时代全面依法治国的总体格局基本形成。

法律是治国之重器,良法是善治之前提。

从编纂新中国第一部以法典命名的法律——民法典,到修改环境保护法织密生态保护法网;从修订公司法完善中国特色现代企业制度,到制定海南自由贸易港法保障改革开放重大举措……

坚持立改废释纂并举,国家立法节奏更快、质量更高。截至2024年4月底,我国现行有效法律302件,中国特色社会主义法律体系日臻完善。

公平正义,民之所盼。

党的十八大以来,政法战线坚持正确改革方向,敢于啃硬骨头、涉险滩、闯难关,做成了想了很多年、讲了很多年但没有做成的改革,司法公信力不断提升,对维护社会公平正义发挥了重要作用。

立案登记制改革推动"有案必立、有诉必理",司法责任制改革实现"让审理者裁判、由裁判者负责",呼格吉勒图案、聂树斌案等一系列重大冤错案件被依法纠正……司法改革环环相扣,公正高效权威的中国特色社会主义司法制度更加成熟完备。

矫正"谁死伤谁有理",破解诉讼"主客场"问题,坚持和发展新时代"枫桥经验"……从群众急难愁盼问题改起,让人们有更多获得感、幸福感、安全感。

以法治之力，护航经济社会高质量发展。

制定"权力清单""责任清单"厘清政府权力边界，着力加强产权司法保护让"有恒产者有恒心"，全面清理"奇葩证明"为群众减负……在迈向高质量发展进程中，法治的重要作用日益凸显。

"谁执法谁普法"普法责任制全面实行，农村"法律明白人"覆盖更加全面，"七五"普法顺利完成，"八五"普法走深走实……沐法治之光，树牢全民守法良好风尚。

新时代法治中国建设，已从法律体系向囊括立法、执法、司法、守法各环节的法治体系全面提升，同全面深化改革比翼双飞，推动国家治理体系和治理能力迈上新的高度。

在以习近平同志为核心的党中央坚强领导下，坚定不移走中国特色社会主义政治发展道路，不断推进社会主义民主法治建设，必将为推进中国式现代化提供有力制度保障。

（新华社北京2024年6月27日电）

汇聚起强国建设民族复兴的强大精神力量

——党的十八届三中全会以来文化体制改革成就综述

新华社记者　周　玮　史竞男　王　鹏

文化兴国运兴，文化强民族强。

党的十八届三中全会以来，以习近平同志为核心的党中央高度重视文化改革发展，把文化建设作为中国特色社会主义"五位一体"总体布局的重要内容作出战略部署，把文化体制改革作为全面深化改革的重要组成部分加以谋划推进。

从夯基垒台、立柱架梁，到全面推进、积厚成势，文化改革发展取得历史性成就，全民族文化创新创造活力大大激发，人民群众文化获得感、幸福感显著增强，汇聚起强国建设民族复兴的强大精神力量。

凝心铸魂，党对宣传思想文化工作的领导全面加强

2023年10月，全国宣传思想文化工作会议在京召开。会议最重要的成果就是首次提出习近平文化思想。

伟大思想引领伟大变革。

习近平文化思想作为新时代党领导文化建设实践经验的理论总结，以一系列明体达用、体用贯通的新思想新观点新论断，引领新征程文化改革发展工作不断打开新局面、形成新格局。

正本清源，牢牢掌握意识形态工作领导权——

习近平总书记强调"意识形态工作是为国家立心、为民族立魂的工作"，提出文化自信"是更基础、更广泛、更深厚的自信""是一个国家、一个民族发展中最基本、最深沉、最持久的力量"。

从全国宣传思想工作会议，到文艺工作、党的新闻舆论工作、网络安全和信息化工作、哲学社会科学工作座谈会和全国高校思想政治工作会议……习近平总书记出席一系列重要会议，发表一系列重要讲话，提出一系列新思想新观点新论断，在正本清源中廓清了理论是非、校正了工作导向，推动新时代文化体制改革向着正确方向前进。

深入实施马克思主义理论研究和建设工程，健全用党的创新理论武装全党、教育人民、指导实践工作体系，全面落实意识形态工作责任制，推进媒体深度融合发展，健全网络综合治理体系，坚持正确导向的舆论引导工作机制显著增强……立破并举、激浊扬清，建设具有强大凝聚力和引领力的社会主义意识形态，使全体人民在理想信念、价值理念、道德观念上紧紧团结在一起。

党的十九届四中全会把坚持马克思主义在意识形态领域指导地位的制度，确立为中国特色社会主义制度体系的一项根本制度。这是关系党和国家事业长远发展、关系我国文化前进方向和发展道路的重大制度创新，集中体现了我们党在领导文化建设长期实践中积累的成功经验和形成的方针原则，充分反映了以习近平同志为核心的党中央对中国特色社会主义文化建设规律的认识进入了一个新的境界。

强基固本，文化管理体制逐步完善——

2018年春天，新组建的文化和旅游部揭牌亮相，文旅深度融合发展步入快车道。

成立中央网络安全和信息化委员会，由中宣部统一管理新闻出版和电影工作，组建国家广播电视总局和中央广播电视总台，深化中国文联、作协、记协改革……深化党和国家机构改革，有力加强了党对宣传思想文化工作的全面领导，加快了宣传思想文化领域治理体系和治理能力现代化步伐，释放出文化发展的新能量。

2019年6月底，党中央印发《中国共产党宣传工作条例》。作为党的历史上第一部关于宣传工作的主干性、基础性法规，这份重要文件的出台，标志着宣传工作科学化规范化制度化建设迈上新的台阶。

成风化人，汇聚起同心筑梦的磅礴力量——

2018年7月，习近平总书记主持召开十九届中央全面深化改革委员会第三次会议，审议通过《关于建设新时代文明实践中心试点工作的指导意见》。

一个个新时代文明实践中心在中华大地落地开花，凝聚群众、引导群众，让党的好声音传遍千家万户。

人民有信仰，国家有力量，民族有希望。

从制定《关于培育和践行社会主义核心价值观的意见》等，推动社会主义核心价值观入法入规，到实施公民道德建设工程，推动理想信念教育常态化制度化；从弘扬以伟大建党精神为源头的中国共产党人精神谱系，到推动出台英雄烈士保护法、爱国主义教育法，建立健全党和国家功勋荣誉表彰制度……坚持以社会主义核心价值观引领文化建设，更好构筑起中国精神、中国价值、中国力量。

人民至上，满足新时代美好生活新需求

"社会主义文艺，从本质上讲，就是人民的文艺。""文艺不能在市场经济大潮中迷失方向，不能在为什么人的问题上发生偏差，否则文艺就没有生命力。"

2014年10月，习近平总书记主持召开文艺工作座谈会，深刻阐述和科学回答了在新的历史条件下如何繁荣发展社会主义文艺的一系列重大问题，为新时代文化发展指明前进方向。

落实总书记要求，《中共中央关于繁荣发展社会主义文艺的意见》《关于全国性文艺评奖制度改革的意见》《关于深化国有文艺院团改革的意见》等出台，以人民为中心的创作导向更加鲜明，文化产品创作

生产传播的引导激励机制更加完善。

响应总书记号召，广大文艺工作者深入生活、扎根人民，努力登高原、攀高峰，新时代中国文艺格局一新、境界一新、气象一新——电影《长津湖》、长篇小说《主角》、电视剧《山海情》、舞剧《永不消逝的电波》等一批增强人民精神力量的文化精品不断涌现，我国成为图书、电视剧、动漫等领域生产大国，电影市场规模屡创纪录。

进入新时代，人民群众对精神文化的需求从"有没有、缺不缺"跃升为"好不好、精不精"。正如习近平总书记指出的："中国式现代化是物质文明和精神文明相协调的现代化。物质富足、精神富有是社会主义现代化的根本要求。"

时代问卷，精彩作答。坚持把社会效益放在首位、社会效益和经济效益相统一，文化领域供给侧结构性改革深入推进，现代文化产业体系、市场体系和公共文化服务体系不断健全，以高质量文化供给增强人们文化获得感、幸福感，促进人民精神生活共同富裕。

一方面，着眼于宏观制度构建，《关于加快构建现代公共文化服务体系的意见》、公共文化服务保障法出台，基本公共文化服务标准化均等化持续推进，人民群众基本文化权益得到切实保障。

另一方面，着眼于落细落小落实，坚持以文化人、以文惠民，精准匹配文化供给内容和供给方式，推动文化服务更接地气。

目前，我国覆盖城乡的六级公共文化服务网络日益完善，建成公共图书馆超3300个，乡镇影院银幕超过1.2万块，近20万家农家书屋提供数字阅读服务。所有公共图书馆、文化馆、美术馆、综合文化站和90%以上博物馆免费开放。浙江"农村文化礼堂"、江西"农家书屋+电商"、湖南"门前十小"……各地创新实践点燃百姓"文化乡情"。

2022年10月，"实施国家文化数字化战略"写进党的二十大报告。数字技术赋能文化发展，实现中华文化全景呈现，激发全民族文化自豪感、自信心。

从国家公共文化云平台、智慧广电、智慧图书馆、智慧博物馆等建设深入推进，到数字文化与影视、旅行等社会场景融合互嵌；从云展览、云旅游等线上文化消费不断丰富，到网络文学、视频、直播等新业态快速发展，数字文化服务能力大大提升，数字文化产业成为激发消费潜力"新引擎"。

数据显示，2023年，全国规模以上文化及相关产业企业实现营业收入129515亿元，比上年增长8.2%。文化服务业支撑作用增强，文娱休闲行业快速恢复，文化新业态行业带动效应明显。

守正创新，提升中华文明感召力影响力

北京中轴线北延，燕山脚下，中国国家版本馆中央总馆坐落于此，中华文化种子基因"藏之名山、传之后世"。

2023年6月，习近平总书记专程来到中国国家版本馆和中国历史研究院考察调研、出席文化传承发展座谈会并发表重要讲话，发出担负起新的文化使命、努力建设中华民族现代文明的伟大号召。

源浚者流长，根深者叶茂。如何让源远流长的中华文脉绵延赓续，让古老的智慧丰盈当代文化建设，是文化体制改革进程中的必答题。

主持以考古、中华文明探源工程等为主题的中央政治局集体学习，到孔庙、敦煌莫高窟等历史文化遗产地考察，就文物、考古、非遗等作出重要指示批示……党的十八大以来，在习近平总书记引领推动下，我国着力建设中华优秀传统文化传承发展体系，积极推进文物保护利用和文化遗产保护传承工作，推动中华文化焕发新的时代光彩。

体制机制不断筑牢——

《关于实施中华优秀传统文化传承发展工程的意见》首次以中央文件形式推动延续中华文脉、传承中华文化基因；确立"保护第一、加强管理、挖掘价值、有效利用、让文物活起来"的新时代文物工作方针；《关于在城乡建设中加强历史文化保护传承的意见》《关于加强文物保护利用改革的若干意见》《革命文物保护利用"十四五"专项规划》等出台，为保护文化遗产构筑有力制度保障。

文脉传承弦歌不辍——

从召开文化传承发展座谈会、文化遗产保护传承座谈会，到深入实施中华优秀传统文化传承发展工程、中华文明探源工程；从开展第四次全国文物普查，到高标准推进长城、大运河、长征、黄河、长江国家文化公园建设；从建设中国共产党历史展览馆、中国国家版本馆、中国工艺美术馆、中国考古博物馆，到重大文化工程《复兴文库》、"中国历代绘画大系"出版……文化传承发展全面推进，铺展恢宏图景，激荡复兴气象。

古老文明开拓创新——

2017年金秋，党的十九大通过《中国共产党章程（修正案）》。"推动中华优秀传统文化创造性转化、创新性发展"，写入党的根本大法。

从创建国家文物保护利用示范区，打造文物保护利用改革"试验田"；到整体保护和活态传承，让文化遗产走进普通人生活；再到深入推进文旅融合，不断丰富旅游的文化内涵……赓续5000余年不断的中华文脉开枝散叶、绵延勃发，更好适应时代发展和人民需求。

新的文化自觉，助推收藏在博物馆里的文物、陈列在广阔大地上的遗产、书写在古籍里的文字活起来，丰富全社会历史文化滋养。

文明因交流而多彩，文明因互鉴而丰富。

"我们要树立平等、互鉴、对话、包容的文明观，以文明交流超越文明隔阂，以文明互鉴超越文明冲突，以文明共存超越文明优越。"新时代中国共产党人从中华优秀传统文化中汲取智慧和力量，以海纳百川的胸怀打破文化交往的壁垒，以兼收并蓄的态度汲取各国文明的养分，以自信开放的姿态更好推动中华文化走出去，推动各国文明在交流互鉴中共同前进。

加快构建中国话语和中国叙事体系，讲好中国故事、传播好中国声音；加强国际传播能力建设，全面提升国际传播效能，形成同我国综合国力和国际地位相匹配的国际话语权；提出并积极践行全球文明倡议，成功举办亚洲文明对话大会、良渚论坛、世界中国学大会·上海论坛、世界互联网大会乌镇峰会等……立足5000余年中华文明，依托我国改革发展的生动实践,新时代中国形象更加可信可爱可敬。

江山壮丽,人民豪迈,前程远大。坚持以习近平文化思想为指引,新时代中国正以更加坚定的文化自信,书写社会主义文化强国建设绚丽新篇章。

(新华社北京 2024 年 6 月 28 日电)

持续增进民生福祉　促进社会公平正义

——党的十八届三中全会以来社会体制改革成就综述

新华社记者　叶昊鸣　王悦阳　王聿昊

民生之计，在于安民、富民、乐民。

党的十八届三中全会以来，以习近平同志为核心的党中央将社会建设作为统筹推进"五位一体"总体布局的重要内容，紧紧围绕更好保障和改善民生、促进社会公平正义深化社会体制改革，有力推动社会发展进步和民生福祉改善。

始终坚持以人民为中心的发展思想，把人民对美好生活的向往作为奋斗目标，社会体制改革持续纵深推进，推动改革发展成果更多更公平惠及全体人民，人民群众获得感、幸福感、安全感不断增强。

维护社会公平正义，切实提高人民群众获得感

自四川成都市的磨子桥地铁站出来，步行百米便是成都七中林荫校区。每天，这里的前端网课内容都会通过卫星信号发出，传输至云南寻甸县、西藏日喀则市等教育薄弱地区的学校教室中，许多孩子的人生轨迹因此而改变。

教育，是促进人的全面发展的重要途径；教育公平，是社会公平的重要基础。党的十九大报告提出，"努力让每个孩子都能享有公平而有质量的教育"；党的二十大报告明确强调，"促进教育公平""加快义务教育优质均衡发展和城乡一体化，优化区域教育资源配置"。

公平正义，是人类不懈的追求，是中国特色社会主义的内在要求，

必须在全体人民共同奋斗、经济社会发展的基础上，加紧建设对保障社会公平正义具有重大作用的制度。

"社会保障是保障和改善民生、维护社会公平、增进人民福祉的基本制度保障，是促进经济社会发展、实现广大人民群众共享改革发展成果的重要制度安排，是治国安邦的大问题。"

2021年2月26日，中共中央政治局就完善覆盖全民的社会保障体系进行第二十八次集体学习。习近平总书记在主持学习时强调，要准确把握社会保障各个方面之间、社会保障领域和其他相关领域之间改革的联系，提高统筹谋划和协调推进能力，确保各项改革形成整体合力。

党的十八届三中全会以来，社会保障体系建设被摆在更加突出的位置。中共中央政治局会议、中共中央政治局常委会会议、中央全面深化改革委员会会议等会议多次研究审议改革和完善基本养老保险制度总体方案、深化医疗保障制度改革意见等，对我国社会保障体系建设作出顶层设计。人民群众不分城乡、地域、性别、职业，在面对年老、疾病、失业、工伤、残疾、贫困等风险时都有了相应制度保障，功能完备的社会保障体系基本建成。

数据显示，我国基本医疗保险参保人数约13.34亿人，基本养老、失业、工伤保险覆盖人数分别达到10.7亿人、2.4亿人、2.9亿人，建成了世界上规模最大的社会保障体系、医疗卫生体系……一系列改革成就效果显著，为促进社会公平正义提供坚强支撑，为创造美好生活奠定坚实基础。

新时代新征程，人民对美好生活的向往更加强烈，在民主、公平、正义等方面的要求日益增长。"人民日益增长的美好生活需要"，成为衡量发展、推进改革的新标尺。

面对人民群众的更高需求，更有力度的改革举措持续聚焦人民群众最关心最直接最现实的问题——

调整完善户口迁移政策、健全落实居住证制度、深化高频户政业务"跨省通办"……以户籍制度改革推进新型城镇化建设和乡村全面振兴，2019 年以来已有 5000 万农业转移人口进城落户。

加快推进健康中国建设、不断提高群众医疗卫生服务水平、全面推开公立医院综合改革……医药卫生体制改革下大力气啃"硬骨头"，为人民群众提供全方位全周期医疗健康服务。

个税改革、上调最低工资标准、深化中央管理企业负责人薪酬制度改革……收入分配制度改革不断深化，"蛋糕"切得更好，收入分配差距不断缩小。

加快推进跨域立案诉讼服务改革、健全政府购买法律服务机制……人民群众对公平正义的更高需求，推动政法机关通过改革提供更加多元、便捷、精细的法律公共服务。

习近平总书记强调："把以人民为中心的发展思想体现在经济社会发展各个环节，做到老百姓关心什么、期盼什么，改革就要抓住什么、推进什么，通过改革给人民群众带来更多获得感。"

丰硕的改革发展成果，记录着全面深化改革造福人民的温暖步伐，生动诠释了"让人民生活幸福是'国之大者'"，是我们党坚持以人民为中心的发展思想、不断倾听人民呼声的最真实体现。

着力解决急难愁盼，不断提升人民群众幸福感

"城市不仅要有高度，更要有温度。我们的社会主义就是要走共同富裕的路子。外来务工人员来上海作贡献，同样是城市的主人。要践行人民城市理念，不断满足人民群众对住房的多样化、多元化需求，确保外来人口进得来、留得下、住得安、能成业。"

2023 年 11 月 29 日，习近平总书记来到上海闵行区新时代城市建设者管理者之家考察。听了当地加大保障性租赁住房筹措建设力度、构建"一张床、一间房、一套房"多层次租赁住房供应体系的情况介绍，总书记给予充分肯定。

多渠道保障群众"住有所居"。目前，我国城镇中低收入家庭住房条件明显改善，新市民住房困难得到缓解，低保、低收入家庭基本实

现应保尽保，我国已建成世界上最大的住房保障体系。

党的十八届三中全会以来，全面深化改革奔着问题去、盯着问题改，从住房难等老百姓的急难愁盼问题入手，找准改革的发力点和突破口。持续推进民生领域重大改革和制度建设，让群众真真切切感受到改革带来的新变化。

2024年6月13日，民政部联合21个部门出台的《关于加快发展农村养老服务的指导意见》对外公布，这是全国层面对发展农村养老服务作出的首份总体性、系统性部署。通过为农村老年人编织覆盖县乡村三级的幸福"网"，让更多农村老年人"老有所养"。

从探索建立国家基本养老服务清单制度，到以"居家社区机构相协调"等明确养老服务体系建设目标；从理顺养老服务监管机制，到推动银发经济健康发展……一项项改革实招硬招为推进养老服务体系建设夯基垒台，以创新之举施改革之策，最美"夕阳红"的温暖画卷正在全国铺展开来。

坚持群众路线，积极回应群众关切，改革聚焦人民群众堵点痛点难点，着力补短板、锻长板——

相继启动实施单独二孩和全面两孩政策、印发《关于促进3岁以下婴幼儿照护服务发展的指导意见》、做好托育机构卫生评价工作……着力提升服务质效，确保婴幼儿安全和健康，不断筑牢"幼有所育"的民生保障。

取消实行多年的药品和耗材加成、改革药品审评审批制度……减轻人民群众用药负担，一系列改革措施直击药价高、看病贵等痛点难题，药价虚高乱象得到有力纠治。

进一步完善就业失业登记制度、全面治理拖欠农民工工资问题……始终把促进就业作为保障和改善民生的头等大事，进一步保障劳动者合法权益，中国特色积极就业政策体系不断创新完善。

为了人民而改革，改革才有意义；依靠人民而改革，改革才有动力。

党的十八届三中全会以来，聚焦民生领域的主要矛盾和矛盾的主要方面，直面民生改革中的"硬骨头"，找准群众所思所盼所忧所急，一系列改革方案不断解决老百姓反映强烈的烦心事、操心事、揪心事，使人民生活发生真切变化，深刻揭示了改革为人民的真谛。

保持"时时放心不下"，持续增强人民群众安全感

"对党忠诚、纪律严明、赴汤蹈火、竭诚为民"，这是全国超过 22 万名消防员心中始终恪守的铮铮誓言。

2018 年 11 月 9 日，习近平总书记在人民大会堂向国家综合性消防救援队伍授旗并致训词，为这支队伍立起了建队治队的根本指针，指明了强队兴队的目标方向。

始终绷紧防大灾抢大险这根弦，全力保障人民群众生命财产安全，不仅需要敢打敢拼的队伍，更需要适应新时代新特点新趋势，不断完善应急管理体制机制。

2018 年 4 月 16 日，北京市西城区广安门南街 70 号，一个将 11 个部门和单位 13 项相关职能进行整合和统一的新部门——应急管理部，正式挂牌成立。推动公共安全治理模式向事前预防转型，多年改革举措持续跟进、完善，事故灾害应急管理格局全面刷新。

开展国务院安全生产委员会成员单位年度安全生产工作考核、建立自然灾害防治工作部际联席会议制度、全国省级消防救援局统一挂牌……积极推进应急管理体系和能力现代化，稳步提高安全生产水平，扎实做好防灾减灾救灾工作，为建设更高水平的平安中国和全面建设社会主义现代化国家提供坚实安全保障。

健全公共安全体系，需要严守食品安全底线。能不能在食品安全上给老百姓一个满意的交代，是对我们党执政能力的重大考验。

为保障人民群众"舌尖上的安全"，我国对食品安全的重视程度之高、法治建设之快、政策措施之严、改革力度之大前所未有——

"十三五"规划建议明确提出，实施食品安全战略，形成严密高效、社会共治的食品安全治理体系，让人民群众吃得放心。"食品安全"由此被提升至国家战略高度进行谋划治理；

党的二十大报告，将食品安全工作列入"推进国家安全体系和能力现代化，坚决维护国家安全和社会稳定"部分进行专门部署；

2023年2月，中共中央、国务院印发《质量强国建设纲要》，提出深入实施食品安全战略，推进食品安全放心工程……

近年来，我国食品安全形势保持总体稳中向好的态势，大宗食品安全评价性抽检合格率稳定在98%以上，食品安全国家标准超过1500项，农药兽药残留食品安全国家标准总数超过1.3万项……食品产业健康有序发展，人民群众对食品安全的信心持续增强。

国家安全是民族复兴的根基，社会稳定是国家强盛的前提，基层治理是其中关键一环。习近平总书记指出："党的工作最坚实的力量支撑在基层，经济社会发展和民生最突出的矛盾和问题也在基层，必须把抓基层打基础作为长远之计和固本之策，丝毫不能放松。"

从聚焦办好群众家门口事，打通抓落实"最后一公里"，到以党建带群建推动社会力量广泛参与基层治理；从不断完善社会矛盾纠纷多元预防调处化解综合机制，到发挥好基层立法联系点作用，将人民群众所思所盼所忧所急体现在法律的制度设计中……

我国不断健全党组织领导的自治、法治、德治、智治融合的城乡基层治理体系，营造安全的政治环境、稳定的社会环境、公正的法治环境、优质的服务环境，推动社会治理模式实现从"社会管理"转向"社会治理"的重大突破与创新。

始终把最广大人民根本利益放在心上，坚定不移增进民生福祉，把高质量发展同满足人民美好生活需要紧密结合起来，人民至上的理念不断转化为百年大党的生动实践，持续书写改革发展的美好新篇章。

（新华社北京2024年6月29日电）

书写在绿水青山间的生态答卷

——党的十八届三中全会以来生态文明体制改革成就综述

新华社记者　高　敬　黄韬铭

面对人民群众对美好生活的向往，如何答好生态文明建设这道时代必答题？

党的十八大以来，以习近平同志为核心的党中央大力推进生态文明理论创新、实践创新、制度创新，提出一系列新理念新思想新战略，形成了习近平生态文明思想，为新时代生态文明建设提供了根本遵循。

党的十八届三中全会以来，生态文明体制改革全面深化、纵深推进，全方位、全地域、全过程加强生态环境保护，生态文明制度体系更加健全，绿色、循环、低碳发展迈出坚实步伐。一份天更蓝、水更清、山更美的生态答卷，铺展在广袤的神州大地上。

改革发力，以攻坚之举推动生态环境质量持续改善

前不久，一张长城与"中国尊"的超长距离"合影"刷屏社交网络。前景，是位于北京市延庆区四海镇的九眼楼长城；远处，是位于朝阳区的北京地标建筑之一"中国尊"。

人们还记得，10年前，亚太经合组织（APEC）第二十二次领导人非正式会议在北京召开。会议期间，秋冬季常被雾霾笼罩的北京，迎来清澈美丽的蓝天。

"那几天天气很好，当时有人问，这是'APEC蓝'，能持久吗？

我回答他们，这并不是短暂的蓝天，几年后它将是永久的蓝。"2024年全国两会期间，说起当年这个细节，习近平总书记语气坚定。

从"APEC蓝"到长久的"北京蓝"，是新时代以来我国以改革之举推动污染防治攻坚战的一个标志性成果。

生态文明建设是关系中华民族永续发展的根本大计。习近平总书记强调，生态兴则文明兴，生态衰则文明衰。

党的十八大以来，以习近平同志为核心的党中央把生态文明建设作为统筹推进"五位一体"总体布局和协调推进"四个全面"战略布局的重要内容。《关于加快推进生态文明建设的意见》和《生态文明体制改革总体方案》两个纲领性文件出台，构筑起生态文明体制改革的"四梁八柱"，对生态文明建设进行全面系统部署安排。党中央带领亿万人民向污染宣战，持续改善生态环境质量。

长江，是中华民族的母亲河，也是中华民族发展的重要支撑。

面对长江严峻的生态环境形势，习近平总书记曾经痛心地形容，母亲河"病了，病得不轻了"。

2016年1月，推动长江经济带发展座谈会在重庆召开，明确立下规矩："共抓大保护，不搞大开发"。

近8年间，总书记召开了4次以长江经济带发展为主题的座谈会，对母亲河的关切之情一以贯之。

沿江化工企业关改搬转、污水管网加速建设、入河排污口溯源整治、"十年禁渔"扎实推进……一项项改革举措对症下药、系统施治。

如今，母亲河已"大病初愈"，"含绿量"越来越高。长江干流全线水质稳定保持在Ⅱ类，正在逐步恢复生机活力。

改变的不只是长江。党的十八届三中全会以来，一系列有重点、有力度、有成效的环境整治行动持续发力——

2018年6月，中共中央、国务院印发《关于全面加强生态环境保护　坚决打好污染防治攻坚战的意见》；2021年11月，中共中央、国务院印发《关于深入打好污染防治攻坚战的意见》，从"坚决"到"深入"，坚持高标准打好蓝天、碧水、净土保卫战。

为蓝天常在，从 2013 年开始，三个"大气十条"文件接续出台，打出法治、市场、科技、政策的"组合拳"——发挥财政金融引导作用，中央财政大气污染防治资金累计下达 2000 多亿元；脱硫、脱硝、除尘电价和超低排放电价政策实施，我国成为世界规模最大的清洁燃煤发电基地；税收优惠政策有力支持企业进行超低排放改造。

为碧水长流，河长制、湖长制全面建立，众多河湖实现从"没人管"到"有人管"、从"管不住"到"管得好"的转变，推动解决了一批河湖管理保护难题，河湖状况逐步好转。

为家园更美，各地大力推进生活垃圾分类，启动建设"无废城市"，开展农村人居环境整治，我国如期实现固体废物"零进口"目标。

一项项改革举措，汇聚起持续攻坚的强大合力，推动生态环境质量持续改善——

天更蓝，重污染天数显著下降，蓝天白云成为常态，我国成为全球空气质量改善速度最快的国家；

水更清，河湖面貌实现根本性改善，地表水优良水质断面比例已接近发达国家水平；

土更净，土壤环境风险得到有效管控，越来越多的绿色正在点染祖国山川大地。

如今，绿水青山就是金山银山的理念已经成为全党全社会的共识和行动，我国生态文明体制改革加快推进，生态环境保护发生历史性、转折性、全局性变化，美丽中国建设迈出重大步伐。

制度护航，以共生之道加强生态保护修复监管

每年 5 月，"高原精灵"藏羚羊一年一度的迁徙产仔季开启。在三江源国家公园的可可西里地区，常有这样一幅和谐动人的画面——过往车辆远远停靠，主动让行经过青藏公路的藏羚羊。

目前，这里的藏羚羊种群数量已经从 20 世纪 80 年代末的不足 2 万只，恢复增长至 7 万多只。

习近平总书记近日在青海考察时强调，加强以国家公园为主体的自然保护地体系建设，打造具有国家代表性和世界影响力的自然保护地典范。

推进以国家公园为主体的自然保护地体系建设，是习近平总书记作出的重要部署。从 2013 年党的十八届三中全会首次提出建立国家公园体制，到 2015 年陆续开展国家公园体制试点，再到 2021 年第一批 5 个国家公园正式设立，如今我国已出台空间布局方案，正在建设全世界最大的国家公园体系。

第一批国家公园已交出一份亮眼的"成绩单"：三江源国家公园实现了长江、黄河、澜沧江源头的整体保护；大熊猫国家公园打通生态廊道，保护了 70% 以上的野生大熊猫；武夷山国家公园新发现雨神角蟾等多个新物种……

守护绿水青山，改革坚持尊重自然、顺应自然、保护自然，像保护眼睛一样保护自然和生态环境。

党的十八届三中全会上，习近平总书记创造性提出"山水林田湖是一个生命共同体"理念，此后又把"草"这一重要生态系统纳入其中。

2021 年全国两会期间，在参加内蒙古代表团审议时，习近平总书记说："统筹山水林田湖草沙系统治理，这里要加一个'沙'字。"

"山水林田湖草沙怎么摆布，要做好顶层设计，要综合治理，这是一个系统工程，需要久久为功。"习近平总书记说。

保护生态环境，要抓住"统筹"二字。"统筹"指明了生态文明体制改革的总体思路和发力方向。一系列统筹谋划生态保护修复的改革举措，正在重塑人与自然的边界。

我国全面划定"三区三线"，逐步形成全国国土空间开发保护"一张图"，加快构筑生产空间集约高效、生活空间宜居适度、生态空间山清水秀的国土空间格局。

我国还创造性提出生态保护红线制度，将生态功能极重要、生态极脆弱以及具有潜在重要生态价值的区域划入生态保护红线，实现一条红线管控重要生态空间。截至目前，陆域生态保护红线面积占陆域国土面积比例超过30%。

守护绿水青山，坚持用制度管权治吏、护蓝增绿，让制度成为刚性约束和不可触碰的高压线。

生态环境保护能否落到实处，关键在领导干部，根本在制度保障。

针对一些地方环保意识不强、履职不到位、执行不严格等问题，党中央推动建立中央生态环境保护督察制度、生态文明建设目标评价考核制度，开展领导干部自然资源资产离任审计，实行生态环境损害责任终身追究制等，让生态环境保护逐步成为硬约束。

祁连山生态破坏、长白山国际度假区违法违规建设高尔夫球场和别墅、海南一些地方违规围填海进行开发、滇池长腰山过度开发……这些典型的生态环境破坏问题逐一得到解决，靠的是中央生态环境保护督察制度这把"利剑"。

坚持问题导向、曝光典型案例、精准有效问责、形成整改闭环……中央生态环境保护督察敢于动真格，不怕得罪人，咬住问题不放松，成为推动落实生态环境保护责任的硬招实招。

近年来，一系列制度举措有力护航，我国着力提升生态系统多样性、稳定性、持续性，山水林田湖草沙一体化保护和系统治理取得明显成效，给子孙后代留下山清水秀的生态空间。

转型发展，以方式之变厚植高质量发展的绿色底色

夏日，山林积雪消融，随着一批批游客到来，内蒙古大兴安岭林区迎来一年里最热闹的时节。

2021年3月5日下午，习近平总书记来到人民大会堂东大厅，参加内蒙古代表团审议。来自林区的全国人大代表向总书记汇报林区转型发展的情况，林业工人从之前的"砍树人"转变为"看树人"，2018年林区的森林与湿地生态系统服务功能总价值达6159.74亿元。

习近平总书记说："你提到的这个生态总价值，就是绿色GDP的概念，说明生态本身就是价值。这里面不仅有林木本身的价值，还有

绿肺效应，更能带来旅游、林下经济等。"

增绿就是增优势、护林就是护财富。如今，林区在确保森林生态安全的前提下，大力推进生态产业化、产业生态化。除了发展旅游业，林区还着力发展黑木耳种植、桦树汁饮料加工等林下产业，绿水青山在这里真真切切地变为金山银山。

保护生态环境就是保护生产力，改善生态环境就是发展生产力。在习近平总书记看来，绿水青山既是自然财富、生态财富，又是社会财富、经济财富。

以改革之力，探索实现发展和保护协同共生的新路径，打通绿水青山向金山银山的转化通道，让好生态、好山水成为"有价之宝"。

2024年6月1日，《生态保护补偿条例》正式施行。目前，我国已经建成世界上覆盖范围最广、受益人口最多、投入力度最大的生态保护补偿机制。

近年来，各地完善生态产品价值实现机制，探索生态系统生产总值核算，构建以产业生态化和生态产业化为主体的生态经济体系，推动林业碳票交易、排污权交易等。

在甘肃，曾靠山吃山的牧民如今成了管护员；在湖南，放下渔网的渔民加入了护渔队；在浙江，乡村游、生态游让百姓更富、生态更美……我国正在走一条生态保护与经济发展的"双赢"之路。

面对全球气候变暖的严峻挑战，中国向世界庄严承诺：二氧化碳排放力争于2030年前达到峰值，努力争取2060年前实现碳中和。

我国把碳达峰、碳中和纳入生态文明建设整体布局，陆续发布"双碳"目标下的"1+N"政策，加快发展风电光伏等新能源，努力推动绿色低碳的生产生活方式成为全社会的自觉追求。

2021年7月，全国碳排放权交易市场正式开市，成为全球覆盖温室气体排放量最大的碳市场。2024年1月，全国温室气体自愿减排交易市场启动，调动全社会力量共同参与温室气体减排行动。

习近平总书记指出，生态文明是人民群众共同参与共同建设共同享有的事业，要把建设美丽中国转化为全体人民自觉行动。

如今，绿色低碳的生活理念和方式，正在融入每个人的生活。

2024年5月，重庆公交集团推出低碳惠民新举措，市民可以通过"碳惠通"小程序直接扫码或绑定公交卡乘坐公交车，"碳惠通"平台自动量化其减排效果后给予碳积分，再用碳积分到平台积分商城兑换公交券，引导市民践行绿色低碳生活方式。

党的十八大以来，我国单位国内生产总值二氧化碳排放下降超35%，可再生能源装机超过煤电，我国已成为应对气候变化的重要推动者、贡献者和践行者。

美丽中国，渐行渐近。在习近平生态文明思想指引下，进一步深化生态文明体制改革，一体推进制度集成、机制创新，以高品质生态环境支撑高质量发展，中国正在谱写人与自然和谐共生的现代化新篇章。

（新华社北京2024年6月30日电）

为不断推进新时代党的建设新的伟大工程提供坚强保障

——党的十八届三中全会以来党的建设制度改革成就综述

新华社记者 孙少龙 王子铭 周闻韬

治国必先治党，党兴才能国强。

进入新时代，习近平总书记带领全党以前所未有的决心和力度推进全面从严治党，创造性提出一系列具有原创性、标志性的新理念新思想新战略，形成习近平总书记关于党的建设的重要思想、习近平总书记关于党的自我革命的重要思想，带领全党找到跳出治乱兴衰历史周期率的"第二个答案"，指引百年大党开辟了自我革命新境界。

完善党的领导制度体系、健全全面从严治党体系、强化权力运行制约和监督……党的十八届三中全会以来，在以习近平同志为核心的党中央坚强领导下，党的建设制度改革深入推进，全面从严治党系统性创造性实效性不断提高，党的面貌焕然一新，风清气正的良好政治生态蔚然成风，为党和国家事业取得历史性成就、发生历史性变革提供了坚强政治保证。

党的领导制度体系日益完善，确保党始终总揽全局、协调各方

2024年6月27日，习近平总书记主持召开中共中央政治局会议，研究进一步全面深化改革、推进中国式现代化问题。

在会议提出的进一步全面深化改革应贯彻的原则中，第一条即是"坚持党的全面领导，坚定维护党中央权威和集中统一领导，发挥党总揽全局、协调各方的领导核心作用，把党的领导贯穿改革各方面全过程，确保改革始终沿着正确政治方向前进"，充分彰显党的领导之于全面深化改革的关键作用。

2024年1月4日，北京中南海。习近平总书记主持中共中央政治局常委会会议，利用一整天时间听取全国人大常委会、国务院、全国政协、最高人民法院、最高人民检察院党组工作汇报，听取中央书记处工作报告。

近年来，党中央每年听取"五大班子"的工作汇报和中央书记处工作报告。这已成为加强和维护党中央集中统一领导的重要制度安排。

在国家制度和国家治理体系中，党是决定整个系统运行的关键。习近平总书记深刻指出，我们推进各方面制度建设、推动各项事业发展、加强和改进各方面工作，都必须坚持党的领导，自觉贯彻党总揽全局、协调各方的根本要求。

党的十八届三中全会以来，以习近平同志为核心的党中央将坚持和加强党的领导置于全面深化改革的突出位置，作出一系列重要决策部署，党的领导制度建设不断取得新突破：

旗帜鲜明，充分彰显"党政军民学，东西南北中，党是领导一切的"，将中国共产党领导这一"中国特色社会主义最本质的特征"载入党章和宪法；

夯基垒台，深化党和国家机构改革，着眼于把党作为最高政治领导力量的地位和作用进一步制度化，调整重组优化数十个部门，党和国家组织结构和管理体制实现系统性、整体性重构；

立柱架梁，成立中央全面深化改革委员会、中央国家安全委员会、中央网络安全和信息化委员会、中央财经委员会、中央全面依法治国委员会等，强化党中央决策议事协调机构职能作用；

建章立制，出台《中共中央政治局关于加强和维护党中央集中统一领导的若干规定》《中国共产党重大事项请示报告条例》等党内法规，党的全面领导更加制度化、规范化；

融会贯通，将党的领导融入意识形态工作、国有企业治理、高校领导体制、群团组织建设等各类工作全过程、各方面……

通过实施一系列创制性举措，横向到边、纵向到底的党的领导制度体系更加成熟定型。

2019年10月31日下午，人民大会堂，党的十九届四中全会胜利闭幕。

锚定全面深化改革总目标，全会通过的《中共中央关于坚持和完善中国特色社会主义制度、推进国家治理体系和治理能力现代化若干重大问题的决定》，将党的领导制度明确为我国根本领导制度，抓住了国家治理的关键和根本。

2023年6月，全国组织工作会议在京召开，会议鲜明提出习近平总书记关于党的建设的重要思想，并用"十三个坚持"进行系统总结和集中概括。

"十三个坚持"中，居首位的正是"坚持和加强党的全面领导"，充分彰显党的领导的关键作用、重要意义。

充分发挥总揽全局、协调各方的领导核心作用，一个更加坚强有力的党，正领航中华"复兴号"巨轮劈波斩浪、勇往直前。

全面从严治党体系不断健全，全面推进党的自我净化、自我完善、自我革新、自我提高

2024年1月，北京京西宾馆，二十届中央纪委三次全会在此举行，全会深刻阐述了习近平总书记关于党的自我革命的重要思想。

会上，习近平总书记明确提出深入推进党的自我革命"九个以"的实践要求，其中之一正是"以健全全面从严治党体系为有效途径"。

健全全面从严治党体系，是党的二十大报告提出的加强新时代党的建设伟大工程的重大举措。

习近平总书记深刻指出，党的十八大以来，我们把全面从严治党作为新时代党的建设的鲜明主题，提出一系列创新理念，实施一系列变革实践，健全一系列制度规范，推动党的建设这项伟大工程不断深化发展，初步构建起全面从严治党体系。

健全全面从严治党体系，制度建设尤为重要。正在全党开展的党纪学习教育，学习重点正是最新修订的《中国共产党纪律处分条例》。

严明政治纪律和政治规矩、在全链条全周期全覆盖上不断发力、激励引导党员干部担当作为、促进执纪执法贯通……作为规范党组织和党员行为的基础性党内法规，党纪处分条例的再次修订，进一步扎紧制度的"篱笆"，释放出越往后执纪越严的强烈信号。

全面从严治党永远在路上，党的建设制度改革只有进行时。

从纪律处分条例、问责条例，到关于新形势下党内政治生活的若干准则、党内监督条例，再到首部《中国共产党纪律检查委员会工作条例》，一系列基础性关键性党内法规制定修订，形成比较完善的党内法规体系，"不能腐"的防范机制和预防作用充分彰显，新时代制度治党进入"快车道"。

党的力量来自组织。习近平总书记深刻指出，党的全面领导、党的全部工作要靠党的坚强组织体系去实现。

不断健全组织体系，让党的各级组织上下贯通、执行有力，确保党的领导"如身使臂、如臂使指"；

始终坚持大抓基层的鲜明导向，有效实现党的组织和工作全覆盖，让党的基层党组织在贯彻落实党中央决策部署中更好发挥领导作用；

着力锻造忠诚干净担当的高素质干部队伍，坚持把政治标准放在首位，紧盯"关键少数"，确保选出的干部政治上站得稳、靠得住、能放心；

坚持严管和厚爱结合、激励和约束并重，营造积极健康、干事创业的政治生态和良好环境，更好激发广大党员、干部的积极性、主动性、创造性；

党的群众路线教育实践活动、"三严三实"专题教育、"两学一做"学习教育、"不忘初心、牢记使命"主题教育、党史学习教育、学习贯彻习近平新时代中国特色社会主义思想主题教育、党纪学习教育……接续开展的党内集中教育和经常性教育，为广大党员干部补钙壮骨；

……

筑牢制度"堤坝"、强化组织保障、筑牢思想根基……党的自我革命在全面深化改革推动下环环相扣、层层递进，不断在革故鼎新、守正创新中实现党的自我净化、自我完善、自我革新、自我提高。

权力运行制约和监督体系不断强化，党统一领导、全面覆盖、权威高效的监督体系日益健全

2023年11月30日，中央纪委国家监委网站发布消息：截至11月中旬，全国31个省（区、市）和新疆生产建设兵团市县一级监察官等级首次确定工作全面完成。

这一工作的完成，标志着自2022年起推进的全国监察官等级首次确定工作圆满收官，国家监察体制改革迈出重要一步。

从十三届全国人大一次会议通过宪法修正案，确立监委宪法地位，我国反腐败领域的基础性法律《中华人民共和国监察法》通过施行，到中华人民共和国国家监察委员会挂牌成立，国家和省、市、县四级监察委员会组建完成，再到监察官法、监察法实施条例等法律法规制定出台……

党的十八届三中全会以来，国家监察体制改革深入推进，对公权力和公职人员监督的全覆盖、有效性显著增强，改革形成的制度优势正逐步转化为治理效能。

监督在管党治党、治国理政中居于重要地位。习近平总书记深刻指出，我们党全面领导、长期执政，面临的最大挑战是对权力的监督。

以纪律检查体制改革出招破局、统领牵引；以国家监察体制改革创制突破、提升效能；以纪检监察机构改革配套保障、协同推动……党的十八届三中全会以来，纪检监察"三项改革"有机融合、一体推进，党对反腐败工作的集中统一领导全面加强，体制机制"四梁八柱"

基本确立，为强化对权力的监督和制约提供有力支撑。

2017年8月30日，十八届中央巡视圆满收官，标志着党的历史上首次实现一届任期内中央巡视全覆盖。

全覆盖，体现了动真碰硬的态度，更体现了制度治党的智慧。每轮巡视结束，习近平总书记都详细审阅巡视报告，对巡视中发现的问题作出评判，推动巡视工作不断深化。

从十八届中央巡视探索开展专项巡视、试点开展"机动式"巡视；到十九届中央巡视紧盯"一把手"和"关键少数"、紧盯人民群众反映强烈的突出问题；到二十届中央巡视再出发，首轮即统筹安排常规巡视、机动巡视和"回头看"同向发力、"三箭齐发"，巡视工作震慑力、穿透力不断增强。

与此同时，持续加强巡视整改和成果运用，健全整改工作机制，推动党委（党组）落实整改主体责任，把巡视整改与贯彻落实党的二十大精神、推进改革发展结合起来，增强以巡促改、以巡促建、以巡促治实效……

数据显示，2023年省、市、县三级共巡视巡察23.1万个党组织，182家中央单位对2.7万个党组织开展内部巡视巡察，巡视巡察上下联动进一步深化。

从加强纪律监督、监察监督、派驻监督、巡视监督统筹衔接，到在党内监督主导下，做实专责监督、贯通各类监督；

从推进纪检监察工作双重领导体制具体化、程序化、制度化，加强上级纪委监委对下级纪委监委的领导，到持续深化派驻机构改革，强化派出机关对派驻机构直接领导、统一管理；

从健全"组组"协同监督、"室组"联动监督、"室组地"联合办案机制，到完善系统集成、协同高效的工作机制，构建纪检监察法规制度体系；

…………

党的十八届三中全会以来，监督制度改革持续深化，制度的严肃性和权威性显著增强，靠制度管权、管事、管人的长效机制进一步形成，各项监督更加规范、更加有力、更加有效。

"坚持用改革精神管党治党"——

日前召开的中共中央政治局会议，对新征程上加强党的建设提出新要求。

无论是政治建设、思想建设、组织建设，还是作风建设、制度建设、纪律建设，抑或是继续推进反腐败斗争，都要把改革精神鲜明贯穿其中，不断提升制度化、规范化、科学化水平，使全面从严治党各项工作更好体现时代性、把握规律性、富于创造性，推动党的制度优势更好转化为治国理政的实际效能。

开新局于伟大的社会革命，强体魄于伟大的自我革命。

在以习近平同志为核心的党中央坚强领导下，党的建设制度改革积极稳妥、扎实深入，不断增强党的创造力、凝聚力、战斗力，为全面深化改革和推进强国建设、民族复兴伟业提供坚强政治保证。

（新华社北京 2024 年 7 月 1 日电）

开创改革强军新局面

——党的十八届三中全会以来国防和军队改革成就综述

新华社记者　梅世雄　李秉宣

人民军队改革强军的伟大征程上，又迎来一个载入史册的重要时刻——

2024年4月19日，中国人民解放军信息支援部队成立大会在北京八一大楼隆重举行。中共中央总书记、国家主席、中央军委主席习近平向信息支援部队授予军旗并致训词，代表党中央和中央军委向信息支援部队全体官兵致以热烈祝贺。

授旗仪式后，习近平致训词。他指出，调整组建信息支援部队，是党中央和中央军委从强军事业全局出发作出的重大决策，是构建新型军兵种结构布局、完善中国特色现代军事力量体系的战略举措，对加快国防和军队现代化、有效履行新时代人民军队使命任务具有重大而深远的意义。

根据中央军委决定，新组建的信息支援部队由中央军委直接领导指挥，同时撤销战略支援部队番号，相应调整军事航天部队、网络空间部队领导管理关系。

改革，是实现中国梦、强军梦的时代要求，是强军兴军的必由之路，也是决定军队未来的关键一招。

党的十八届三中全会以来，人民军队坚持以习近平新时代中国特色社会主义思想为指导，深入贯彻习近平强军思想，以党在新时代的强军目标为引领，全面实施改革强军战略，深入破解长期制约国防和军队建设的体制性障碍、结构性矛盾、政策性问题,深化国防和军队改革取得历史性成就,人民军队体制一新、结构一新、格局一新、面貌一新,在中国特色强军之路上迈出坚定步伐。

改革推动强军,强军支撑强国。站在新的历史起点上,在以习近平同志为核心的党中央坚强领导下,实现整体性革命性重塑的人民军队,正阔步迈向世界一流,为实现中华民族伟大复兴提供战略支撑。

战略擘画　统帅掌舵领航

改革,当代中国的鲜明特色,共产党人的鲜明品格。

党的十八大以来,中国特色社会主义进入新时代,国防和军队建设也进入了新时代。面对中华民族伟大复兴战略全局和世界百年未有之大变局,面对长期制约国防和军队建设的深层次矛盾和问题,习主席审时度势、总揽全局,果断作出改革强军的战略决策。

强国必强军,强军必改革。"军事上的落后一旦形成,对国家安全的影响将是致命的。我经常看中国近代的一些史料,一看到落后挨打的悲惨场景就痛彻肺腑!"习主席以强烈的历史忧患深刻指出,国防和军队改革是全面改革的重要组成部分,也是全面深化改革的重要标志。军队要跟上中央步伐,以逢山开路、遇河架桥的精神,坚决推进军队各项改革。大家一定要有这样的历史担当。

惟改革者进,惟创新者强。习主席激励全军:"新军事革命为我们提供了千载难逢的机遇,我们要抓住机遇、奋发有为,不仅要赶上潮流、赶上时代,还要力争走在时代前列。"

新中国成立后,我军先后进行了13次比较大的改革,部队规模、体制编制不断调整,在不同历史时期都发挥了重要作用。同时,受各种因素影响,制约国防和军队建设的深层次矛盾问题还不同程度存在。

"国防和军队改革进入了攻坚期和深水区,要解决的大都是长期积累的体制性障碍、结构性矛盾、政策性问题,推进起来确实不容易。"习主席告诫全军,"不改革是打不了仗、打不了胜仗的。"

思之弥深，行之愈笃。

2013年11月，党的十八届三中全会召开。党中央决定将深化国防和军队改革纳入全面深化改革的总盘子，上升为党的意志和国家行为。

国防和军队改革作为单独一部分写进全会决定，这在全会历史上是第一次。

仅4个月后，又一条重磅消息引起国内外广泛关注：习主席决策成立中央军委深化国防和军队改革领导小组，并担任组长。党的总书记亲自担任中央军委深化国防和军队改革领导小组组长，这也是第一次。

这两个非同寻常的"第一次"，昭示了党的核心、军队统帅、人民领袖对深化国防和军队改革的坚定意志、坚强决心，极大激发和凝聚了全军官兵拥护改革、支持改革、投身改革的磅礴力量，成为推动改革的根本保证。

对于一支大国军队来说，改什么、怎么改，有目标、布局问题，有立场、观点问题，也有方法、路径问题。习主席为改革论证设计倾注大量心血，多次主持召开中央军委深化国防和军队改革领导小组会议、中央军委常务会议、中央政治局常委会会议，多次当面听取有关单位改革意见建议，亲自确定改革重大工作安排，亲自领导调研论证和方案拟制工作，亲自组织研究改革重大问题……

改革始终奔着问题去，以问题倒逼改革。在改革的各个阶段，每一个方案都指明了破解现实问题的方法路径，每一个现实问题的解决思路最终汇聚成一条条具体的改革措施。

深化国防和军队改革是一场整体性变革，要加强顶层谋划、体系设计。在军队一次重要会议上，习主席强调，要把握改革举措的关联性和耦合性，使领导指挥体制、力量结构、政策制度等各项改革相互促进、相得益彰，形成总体效应、取得总体效果。

谋篇布局，落子有声。

设立中央军委深化国防和军队改革领导小组专家咨询组；建立由军地200多名专家和领导组成的军事政策制度改革咨询评估专家库，充分发挥第三方独立评估作用；赋予军事科学院和国防大学相关研究论证任务，发挥其智囊作用……

汇聚全军和各方面智慧，形成改革"最大公约数"。习主席到机关、进班排，上高原、赴海岛，登战车、乘军舰，深入调查研究。全军和各方面踊跃献策、积极建言，军外到军内、机关到部队、将军到士兵；各方向实地调研、各层面座谈访谈、大范围问卷调查；一份份情况报告、一封封来信意见、一条条网络留言……许多好思路、好建议、好点子进入了改革方案。

"积力之所举，则无不胜也；众智之所为，则无不成也。"在习主席领导运筹下，一整套解决深层次矛盾问题、有重大创新突破、人民军队特色鲜明的改革设计破茧而出。

2015年7月，习主席先后主持召开中央军委深化国防和军队改革领导小组会议、中央军委常务会议和中央政治局常委会会议，审议通过深化国防和军队改革总体方案。

在领导推动这轮改革的历程中，习主席关于深化国防和军队改革一系列方向性、根本性、全局性的重要战略思想，立起改革强军的根本遵循和行动指南。

从党和国家整体布局到军队各系统相互耦合，从总体方案、重大领域方案到专项方案层层深入，从领导指挥体制、军队规模结构和力量编成到军事政策制度改革有序推进，新时代人民军队改革的目标图、路线图和施工图就此绘就，一场浴火重生、开新图强的历史性变革蓬勃展开。

攻坚克难　深入推进改革

一部人民军队的发展史，就是一部改革创新史。

2015年11月24日，一个注定载入人民军队史册的日子。中央军委改革工作会议在北京隆重召开，习主席发出深化国防和军队改革的动员令——全面实施改革强军战略，坚定不移走中国特色强军之路。

统帅号令所指，全军闻令景从，向心凝聚、向战发力、向难攻坚。

领导指挥体制实现历史性变革——

领导指挥体制改革贯彻军委管总、战区主战、军种主建总原则，打破长期实行的总部体制、大军区体制、大陆军体制，构建起"中央军委—军种—部队"的领导管理体系、"中央军委—战区—部队"的作战指挥体系，立起人民军队新的"四梁八柱"。"四总部"退出历史舞台，调整组建军委机关15个职能部门，指挥、建设、管理、监督等路径更加清晰，决策、规划、执行、评估等职能配置更加合理，军委集中统一领导和战略谋划、战略管理职能有效强化。"七大军区"完成历史使命，重新调整划设五大战区，健全军委、战区联合作战指挥机构，构建起平战一体、常态运行、专司主营、精干高效的战略战役指挥体系。军兵种领导管理体制进一步健全。武警部队由党中央、中央军委集中统一领导。预备役部队全面纳入军队领导指挥体系。步入"新体制时间"，广大官兵既"转身子"又"换脑子"，从一切不合时宜的思维定式、固有模式、路径依赖中解放出来，联的壁垒渐次打破，战的效能逐步凸显。

一次次演训中，过去相对独立的不同军兵种部队，在战区的调度下常态化开展联演联训；过去难以共享的数据信息，如今在战区诸军兵种部队间高效流转；侦察不再"各自为战"，指挥不再"各唱各调"，火力不再"各打各的"，一个个联合铁拳淬火而生。

军队规模结构和力量编成深刻重塑——

这是人民军队历史上不曾出现过的新数据：陆军占全军总员额比例下降到50%以下；全军非战斗机构现役员额压减近一半，军官数量减少30%……

这是人民军队历史上不曾出现过的新名词：合成旅、空中突击旅、航母编队、空降兵军、信息支援部队、联勤保障部队……

减与增的辩证法，既是瘦身，更是强体，是一次划时代的力量重塑。规模结构和力量编成改革，推动部队向充实、合成、多能、灵活方向发展。

2017年4月27日，国防部例行记者会披露，陆军18个集团军番号撤销，调整组建后的 13 个集团军番号同时公布。此外，新调整组建的单位中，还包括诸多新型作战力量。

调整之后，我军规模更加精干，结构更加优化，编成更加科学，从根本上改变了长期以来陆战型的力量结构，改变了国土防御型的兵力布势，改变了重兵集团、以量取胜的制胜模式，战略预警、远海防卫、远程打击、战略投送、信息支援等新型作战力量得到充实加强，以精锐作战力量为主体的联合作战力量体系正在形成。

军事政策制度改革全面推进——

近日，2024 年全军面向社会公开招考已录用文职人员陆续到各部队报到。2018 年 6 月，全军首次面向社会公开招考文职人员，录用人员中，高学历群体、"二次入伍"群体等格外引人注目。这标志着我军人才引进工作的开放性、竞争力大大增强。文职人员是军队人员的组成部分，发挥着越来越重要的作用。

让一切战斗力要素的活力竞相迸发，让一切军队现代化建设的源泉充分涌流。新型文职人员制度的建立和完善，是人民军队政策制度改革的一个生动缩影。

这次改革彻底改变以往零敲碎打的做法，系统谋划、前瞻设计、创新发展、整体重塑，建立健全中国特色社会主义军事政策制度体系，形成军队党的建设制度、军事力量运用政策制度、军事力量建设政策制度、军事管理政策制度"四大板块"。

习主席主持召开中央政治局会议，相继审议通过《中国共产党军队党的建设条例》《军队政治工作条例》等我军党的建设主干制度。全国人民代表大会常务委员会陆续审议通过新修订的《中华人民共和国国防法》、新修订的《中华人民共和国兵役法》《中华人民共和国军人地位和权益保障法》等军事法律。

成立中央军委人才工作领导小组，建立中央军委干部考评委员会。出台《现役军官管理暂行条例》及 11 项配套政策制度，建立中国特色军官职业化制度取得实质进展。颁布《军士暂行条例》《义务兵暂行条例》、新修订的《中国人民解放军文职人员条例》以及配套法规。

构建军人荣誉体系，举办授勋授称仪式；优化军人待遇，发放军人父母赡养补助、配偶荣誉金，实行军人配偶子女免费医疗等新的医疗保障政策……一件件暖心事，增强官兵职业荣誉感，让军人成为全社会尊崇的职业。

军事政策制度改革成熟一项推进一项，20余个重大领域基本法规相继推出，一大批配套政策制度和重大改革举措密集出台，军队战斗力和官兵活力进一步解放，改革效能持续释放。

跨军地重大改革深入实施——

"统筹经济建设和国防建设，努力实现富国和强军的统一。"党的十八大以来，习主席对跨军地重大改革高度重视，多次作出部署，推动一系列举措落地。

2018年春节刚过，党的十九届三中全会审议通过《中共中央关于深化党和国家机构改革的决定》和《深化党和国家机构改革方案》，深化跨军地改革是其中重要内容。

结合深化党和国家机构改革，深化武警部队跨军地改革，推进公安现役部队改革，组建退役军人事务部；实施空管体制改革，成立中央空中交通管理委员会；推进国防动员体制改革，打造现代国防动员力量体系；全面停止军队有偿服务，军队不从事经营活动的目标基本实现……

"众力并，则万钧不足举也。"中央国家机关和各地党委政府、社会各界纷纷出台一系列支持改革、服务改革的政策举措，军地汇聚起推进改革的强大合力。

2021年深秋，党的十九届六中全会通过的《中共中央关于党的百年奋斗重大成就和历史经验的决议》，充分肯定深化国防和军队改革取得的历史性成就，称之为"新中国成立以来最为广泛、最为深刻的国防和军队改革"。

重整重塑　迈向世界一流

改革强军给人民军队带来一系列深刻变化，人民军队在"新体制时间"里加速破茧蝶变：陆军机动作战、立体攻防能力显著增强，海军加快推进由近海防御型向远海防卫型转变，空军加速向空天一体、攻防兼备转型，火箭军不断强化核常兼备、全域慑战能力……

这是改革重塑后，人民军队展示的强军新貌——

2023年7月，在空军航空开放活动·长春航空展上，歼-20首次以四机编队进行机动飞行展示，运油-20首次与歼-20、歼-16以"五机同框"的画面进行空中加油通场展示，歼-10S、歼-11BS首次进行异型机模拟空战展示……

此次活动展现了人民空军日新月异的装备发展水平、实战化军事训练质效和捍卫国家主权、安全、发展利益的战略能力。

"运油-20不再是单一的静态展示和单机飞行展示，而是全方位呈现体系能力，展示的是我们日常战训中常用的战斗姿态。"运油-20飞行员王宇凌说，"改革强军战略，使人民军队实现了组织形态和力量体系的历史性变革。正是缘于改革，才让我们的部队重整重塑，加速迈向世界一流。"

2019年10月1日，20余万军民以盛大阅兵仪式和群众游行欢庆共和国70华诞。

这是中国特色社会主义进入新时代的首次国庆阅兵，也是共和国武装力量改革重塑后的首次整体亮相。

首次亮相的领导指挥方队，是一个改革强军、联合作战指挥印记最鲜明的方队——队员从军委机关15个部门和各战区、军兵种机关、武警部队抽组而成。

领导指挥方队创造了两个第一：人民军队阅兵史上第一个从领导指挥机构抽组的方队，第一个由将军组成第一排面的方队。

此次阅兵首次设置了联勤保障部队、院校科研、文职人员等方队，展现了国防和军队组织架构和力量体系的整体性、革命性重塑成果，展示着新时代人民军队的新构成、新风貌。

580台（套）地面装备组成32个装备方队，陆、海、空军航空兵160余架战机组成12个空中梯队……受阅装备全部为中国制造，40%

为首次亮相,展示出人民军队基本实现机械化、加快迈向信息化的如虹气势。

这是改革重塑后,人民军队展现的更加精干高效的指挥体制——

2024年5月23日至24日,中国人民解放军东部战区组织战区陆军、海军、空军、火箭军等兵力,位台岛周边开展"联合利剑—2024A"演习。

演习重点演练联合海空战备警巡、联合夺取战场综合控制权、联合精打要害目标等科目,舰机抵近台岛周边战巡,岛链内外一体联动,检验战区部队联合作战实战能力。

这也是对"台独"分裂势力谋"独"行径的有力惩戒,对外部势力干涉挑衅的严重警告。

军事专家认为,演习中,在东部战区的统一指挥下,战区陆军、海军、空军、火箭军等多个军兵种共同参与,展示了改革重塑后中国军队在联合作战中的协同能力和整体作战实力。

4年多前,新冠疫情暴发。

一声令下,来自陆军、海军、空军、火箭军、联勤保障部队、武警部队等多个医疗单位的医务人员迅速集结,驰援武汉。

航空、铁路、公路,立体投送;人力、物资、信息,高效流转;现役军人、文职人员、民兵,密切协作;联合指挥、联合编组、军地联合……

"进入状态快、部队集结快、行动展开快,这是真正的战争速度。""指挥统筹一张图、力量运用一盘棋、贯彻执行一竿子,这是真正的打仗体制。"有军事观察家这样评价中国军队在武汉抗疫行动中的表现。没有备战时间、没有临战预演、初战即决战,人民军队在这场特殊战役中,交出了一份"接令当天开赴前线、3个星期控制局面、3个月内完成任务"的优异答卷。这种奇迹般的"快",源于人民军队改革重塑后更加高效的指挥体制、更加精干的力量规模、更加科学的结构编成。

"人民军队的抗疫答卷,浓缩着人民军队的能力重塑和时代之变,彰显了一支军队在改革重塑后的全新面貌和胜战底气。"中国科学院院士、军事科学院系统工程研究院研究员尹浩认为，虽然抗击疫情是一次非战争军事行动，但检验和体现了人民军队改革重塑后的实战能力。

军事专家认为，改革调整后，全军上下备战打仗、联战联训的观念进一步强化，各战区发挥联战联训枢纽作用，各军兵种部队紧密对接战区联合作战能力需求，以军兵种能力训练支撑体系联合训练，不断提升胜战贡献率。

这是改革重塑后，人民军队探索的新型演训样式——

2021年9月11日至25日，"和平使命-2021"上合组织联合反恐军演，在俄罗斯奥伦堡州东古兹靶场举行。

此次联演，中方参演部队指挥机构以北部战区为主编成中方导演部和中方反恐集群指挥部，任务部队以北部战区某旅合成营为主、配属相关保障分队编成。

新体制新编制下的中方参演部队合成营，既有步兵、装甲兵、炮兵，又有侦察、通信、工兵等力量，集多兵种于一体，实现了力量结构、人员编成、装备编配、要素编组的重塑与跨越，可与多种作战力量对接组合、模块化编组，充分发挥其小型化、多能化、精干化等优势，让各作战单元和要素发挥最大体系作战能力。

9月23日实兵实弹演习中，记者在某新型作战指挥车内看到合成营模块化、多能化的作战编成优势，大胆实践作战指挥多源感知、作战要素高度融合、作战空间向多维拓展的新型作战样式，最大限度发挥合成营"前伸触角"的作用。

2023年7月23日，随着舰艇编队"锚地防御"演练顺利结束，"北部·联合-2023"演习完成了各项预定演练课目。

演习围绕"维护海上战略通道安全"这一主题，中俄双方海空兵力联合筹划、联合指挥、联合作战，有效锤炼检验了远海远域实战能力，在联演组织形式、兵力融合模式等方面取得了创新突破。

2024年5月17日，中蒙"草原伙伴-2024"陆军联合训练首次全要素、全过程实兵实弹合练，在蒙古国东戈壁省某训练场举行。

中蒙双方参训部队按照"全纵深精打要害、多方向向心突击、分区域清剿围歼"的基本战法，共同展开以应对非法武装团体活动为课题的联合训练。

……………

新的体系、新的力量、新的装备、新的战法……人民军队由内而外焕然一新，亮剑慑敌的底气更加充盈。

改革未有穷期。在改革强军之路上奋勇向前的人民军队必将不断夺取国防和军队现代化新胜利——

2027年，实现建军一百年奋斗目标；

2035年，基本实现国防和军队现代化；

21世纪中叶，把人民军队全面建成世界一流军队……

（新华社北京2024年7月2日电）

党的二十届三中全会将于 2024 年 7 月 15 日至 18 日在北京召开，重点研究进一步全面深化改革、推进中国式现代化问题。党的十八大以来，以习近平同志为核心的党中央在新的历史起点上把新时代改革开放推向新境界，为全面建设社会主义现代化国家、全面推进中华民族伟大复兴注入不竭动力。

《新闻联播》2024 年 7 月 8 日推出系列报道《新思想引领新时代改革开放》，展现各地区各部门坚持以习近平新时代中国特色社会主义思想为指导，全面深化改革开放的新探索、新举措、新成效。

全面深化改革
谱写中国经济高质量发展崭新篇章

——"新思想引领新时代改革开放"系列报道

中央广电总台央视记者　张　勤　王　琰　岳　群等

今日的中国，经济总量连续跨越重要关口，突破 126 万亿元，经济实力再上新台阶。

质量在变。过去 10 年，我国以年均 3.3% 的能源消费增速支撑了年均 6.1% 的经济增长，加快绿色低碳转型。2023 年，消费对经济增长的贡献率比 2012 年提高了 27.1 个百分点，经济结构持续优化。

效率在变。装备制造业对工业贡献率接近"半壁江山"，农业综合机械化率从 2012 年的 57% 提高到 73%。过去 10 年间，中国全员劳动生产率提高了 1 倍左右。

动力在变。数字核心产业在国内生产总值中占比达到 10% 左右，以新产业、新业态、新商业模式为代表的"三新"经济占比稳步提升。

中国迈入创新型国家行列。中国经济正坚定走上更高质量、更高效益、更可持续的发展之路。

回望2012年，在历经数十年高速增长之后，中国经济长期积累的深层次结构性矛盾逐步显现，发展不平衡、不充分问题愈发凸显。放眼全球，新一轮科技和产业革命方兴未艾，贸易保护主义与逆全球化暗潮涌动。面对世界百年未有之大变局，习近平总书记以敏锐的战略眼光和宏阔的全球视野，深刻把握我国发展新的历史方位，作出经济发展进入新常态的重大判断。新的发展、新的改革需要新的理念引导，习近平总书记创造性提出创新、协调、绿色、开放、共享的新发展理念，开启了一场关系我国发展全局的深刻变革。在全面分析国内经济阶段性特征的基础上，习近平总书记强调，供给侧结构性改革，重点是解放和发展社会生产力，用改革的办法推进结构调整。

面对百年变局加速演进，习近平总书记根据新的形势提出引领发展的新思路，提出加快构建以国内大循环为主体、国内国际双循环相互促进的新发展格局，明确了我国经济现代化的路径选择，将发展主动权牢牢掌握在自己手中。

以全面深化改革激发高质量发展的动力活力，在一次次考察调研中，习近平总书记亲自推动、亲自部署改革新举措。在上海，他指出，深入推进重要领域和关键环节改革，加强系统集成，放大改革综合效应。在山西，他强调，要持续在国企国资等重点改革领域攻坚克难，久久为功，早日蹚出转型发展新路子。在四川、黑龙江、浙江、广西等地考察调研时，他提出，要加快形成新质生产力，并进一步强调，要深化经济体制、科技体制等改革，着力打通束缚新质生产力发展的堵点卡点。

党的十八届三中全会决定，紧紧围绕使市场在资源配置中起决定性作用深化经济体制改革，坚持和完善基本经济制度，加快完善现代市场体系、宏观调控体系、开放型经济体系等多项改革部署，勾画出深化经济体制改革的基本框架。

完善产权保护、市场准入、公平竞争、社会信用等市场经济基础制度；破除阻碍要素自由流动的体制机制障碍，首次将数据纳入生产要素，推进土地、劳动力、资本、技术、数据等要素市场化改革，全国统一大市场加快形成；加快建立现代财税制度，稳步深化金融体制改革，持续完善科技创新体制机制，稳步推进制度型开放，更高水平开放型经济新体制加快建立。经济体制改革不断向纵深推进。

10年多来，一系列史无前例、破立并举的经济体制改革举措落地生根，中国特色社会主义基本经济制度更加成熟更加定型，中国经济取得新的历史性成就。

高标准市场体系建设取得积极成效。深化国资国企改革，国有经济功能定位、布局方向、调整机制更加明确；民营经济发展壮大，发展环境不断优化，截至2023年底，登记在册民营企业超5300万户，比2012年增长3.9倍。营商环境市场化、法治化、国际化水平显著提升。

宏观经济治理体系不断健全。10年多来，我国充分发挥国家发展规划战略导向作用，加强财政、货币等政策的协调配合，宏观调控前瞻性、针对性、有效性进一步提高，经济治理能力有效提升。

经济结构持续优化，发展新动能茁壮生长。供给体系质量和效率不断提升，中国经济由低水平供需平衡向高水平供需平衡跃升。大力发展实体经济，现代产业体系建设步伐加快，加速向中高端迈进。10年多来，高技术制造业增加值在工业中占比从9.4%提高到15.7%，服务业增加值占国内生产总值比重超过50%，经济增长实现从主要依靠工业带动转为工业和服务业共同带动。经济发展新动能指数从2014年开始每年增速都保持在25%以上。中国经济实现质的有效提升和量的合理增长。

深化改革不停顿，扩大开放不止步。以高质量发展推进中国式现代化的蓝图已绘就，坚持以习近平经济思想为指引，坚定社会主义市场经济改革方向，以全面深化经济体制改革为牵引，"中国号"巨轮正无惧风雨稳健前行，驶向更加光明的未来。

（2024年7月8日中央广电总台《新闻联播》）

"创新中国" 逐梦新征程
——"新思想引领新时代改革开放"系列报道

中央广电总台央视记者　张　勤　王　琰　朱　江等

习近平总书记指出:"中国式现代化要靠科技现代化作支撑,实现高质量发展要靠科技创新培育新动能。"党的十八大以来,以习近平同志为核心的党中央,统筹把握中华民族伟大复兴战略全局和世界百年未有之大变局,部署推进一系列重大科技发展和改革举措,走出了一条从人才强、科技强,到产业强、经济强、国家强的发展道路。

今天的中国,创新动力、发展活力勃发奔涌,到处都是日新月异的创造。

万米海底,"奋斗者"号完成深潜;大山深处,"中国天眼"巡

天观测；碧海之中，国产大型邮轮实现首航；万米高空，国产大飞机C919投入商业运营；浩瀚太空，"嫦娥"奔月书写人类探月新篇章……一个个重大科技创新成果不断涌现。

全球创新指数排名跃升至第12位，成功进入创新型国家行列，研发人员总量和专利合作条约国际专利申请量均居世界首位，科技进步贡献率超过60%。

我国用几十年的时间走完了西方发达国家几百年走过的工业化历程，建成全球最完整、规模最大的研发体系和工业体系，生产力水平和科技创新能力大幅提升。

时间回到10年前，从全球范围看，新一轮科技革命和产业变革正在孕育兴起，科学技术越来越成为推动经济社会发展的主要力量。从国内看，虽然我国经济总量跃居世界第二，但经济发展不少领域大而不强、大而不优，长期以来主要依靠资源、资本、劳动力等要素投入支撑经济增长和规模扩张的方式已不可持续，中国发展正面临着动力转变、方式转变、结构调整的繁重任务。

面对国际国内的严峻挑战，站在新的历史起点，习近平总书记提出"实施创新驱动发展战略"，强调"科技创新是提高社会生产力和综合国力的战略支撑，必须摆在国家发展全局的核心位置"，要"破除一切束缚创新驱动发展的观念和体制机制障碍"。

新思想的光芒，照亮崭新的时代。

习近平总书记的脚步一次次踏入创新要素最活跃的地方。

在科研院所里，总书记指出，要瞄准世界科技前沿，抓住大趋势，下好"先手棋"，实现前瞻性基础研究、引领性原创成果重大突破；在全国两会上，总书记强调"围绕产业链部署创新链，消除科技创新中的'孤岛现象'，使创新成果更快转化为现实生产力"；在地方调研时，总书记希冀科技工作者"要增强科技创新的紧迫感和使命感，把科技创新摆到更加重要位置，踢好'临门一脚'"；在企业考察时，总书记提出，"技术创新是企业的命根子。拥有自主知识产权和核心技术，才能生产具有核心竞争力的产品，才能在激烈的竞争中立于不败之地"。

当前，高技术领域成为国际竞争的前沿阵地和主战场，深刻重塑全球秩序和发展格局。2023年，面对新的国内外形势，习近平总书记敏锐洞悉时代所需、发展所急、大势所趋，创造性提出发展新质生产力重大论断，强调必须做好创新这篇大文章，推动新质生产力加快发展，深刻揭示科技创新与发展新质生产力的关系。

在方向上精心规划布局，在路径上精确落子施策。

创新中国坚定前行，按下改革快进键。《深化科技体制改革实施方案》提出143项改革措施，向多年束缚创新的藩篱动真格；坚持科技创新和制度创新"双轮驱动"，着力解决谁来创新、如何激发创新动力等问题。完善科研经费管理、科技成果转化、科技人才评价等方面的体制机制，让更多的创新主体踊跃发明创造。

瞄准世界科技前沿和国家重大需求，集中力量实现"从0到1"重大突破，解决一批影响和制约国家发展全局和长远利益的"卡脖子"关键核心技术，实现原始性引领性创新。

聚焦现代化产业体系建设的重点领域和薄弱环节，针对集成电路、工业母机、先进材料、科研仪器等瓶颈制约加大技术研发，为确保重要产业链供应链自主安全可控提供科技支撑。

一系列举措密集落地，重点领域和关键环节的改革取得实质性突破，极大释放创新引擎的动能。

10多年来，我国在全球创新版图中的地位不断提升。

科技投入逐年递增。2012年至2023年，全社会研发经费从1.03万亿元增长到3.3万亿元；研发人员全时当量由2012年的324.7万人年提高到2022年的635.4万人年，稳居世界首位。

重大科技创新成果不断涌现。量子科技、生命科学等基础前沿研究领域取得一批重大原创成果；载人航天、空间站建设、载人深潜等战略高技术领域取得系列重要成果。

国家战略科技力量加快布局，优化重组国家重点实验室，组织实施重点领域产学研协同攻关，聚集培养高水平人才和创新团队。

创新驱动发展效果凸显,传统行业加快转型升级,新兴产业蓬勃发展,未来产业布局建设,科技创新为高质量发展安上新引擎。

科技兴则民族兴,科技强则国家强。

创新的中国风华正茂。在以习近平同志为核心的党中央引领下,一个朝气蓬勃的创新中国正在新时代航程中乘风破浪,向着科技强国的目标奋勇前进!

(2024年7月9日中央广电总台《新闻联播》)

澎湃改革新动力
绘就农业农村现代化发展新篇章

——"新思想引领新时代改革开放"系列报道

中央广电总台央视记者　张　勤　王　琰　梁丽娟等

习近平总书记指出，改革是乡村全面振兴的重要法宝。党的十八大以来，以习近平同志为核心的党中央全面部署、系统推进农业农村改革，一些长期制约农业农村发展的体制机制障碍逐步破解，进一步解放和发展了农村社会生产力，增强了农业农村发展活力。如今，广袤乡村展现出欣欣向荣的新气象。

盛夏时节，在安徽小岗村"改革大道"的两侧，200多亩试验田里

的 50 多个品种水稻正在拔节生长，孕育着金秋的丰收希望。

2016 年 4 月，习近平总书记来到农村改革的主要发源地——安徽小岗村，在这里，他主持召开了一次具有特殊意义的农村改革座谈会。会上，习近平总书记强调，"完善农村基本经营制度，要顺应农民保留土地承包权、流转土地经营权的意愿，把农民土地承包经营权分为承包权和经营权，实现承包权和经营权分置并行。这是农村改革又一次重大制度创新"。

4 个月后，中央深改领导小组第二十七次会议审议通过了《关于完善农村土地所有权承包权经营权分置办法的意见》，土地"三权分置"改革在全国全面铺开。之后，党的十九大报告中提出的"第二轮土地承包到期后再延长 30 年"政策，进一步稳定了土地承包关系，为广大承包户吃下了"长效定心丸"。

如今，中国农村改革的路径在小岗村一直延伸。小岗村土地流转面积超过七成，来自东北的北大荒集团 2018 年落地小岗村，建起了 500 亩现代化种植基地，正在助力小岗村从传统农业向智慧农业转变。

放眼全国，以土地制度改革为主线的一系列农村改革随即全面铺开，不断深化，为农业农村发展构筑起"四梁八柱"。在党的十八届三中全会通过的全面深化改革的 60 项具体任务、336 项改革举措中，涉及农村的改革就占到 1/6。

从深化农村土地制度改革到构建新型农业经营体系，从深入推进农村集体产权制度改革到推动农业支持保护制度改革，习近平总书记为农村改革把舵定向。他强调，每一项农村改革都要注重充分调动农民积极性、主动性、创造性，最大限度地保障农民的各项权益，多途径增加农民收入。

一子落，全盘活。放活土地经营权，为发展农业适度规模经营奠定了基础。一系列破解"大国小农"之困，促进和规范家庭农场、农民合作社和农业社会化服务等发展的意见先后发布，助力小农户与现代农业发展的有机衔接。

为了增强农业抗风险能力，种粮直补、农作物良种补贴、农资综合补贴"三补合一"改革全面推开；农产品价格形成机制不断完善，充分调动了农民种粮积极性；多层次农业风险保障体系，为农民"挡风遮雨"。

随着改革进入深水区，面对复杂性特殊性不确定性，我国陆续设立了65个农村改革试验区，包括集体林权制度改革、农田水利设施产权制度改革在内的多项"啃硬骨头"的改革探索在试验区展开。

迈上全面建设社会主义现代化国家新征程，"三农"工作重心实现历史性转移，实施乡村振兴战略成为新时代"三农"工作的总抓手。锚定建设农业强国目标，一系列加快补齐农村发展和民生短板的改革举措相继出台，有力有效推进乡村全面振兴。

今天的中国，"改革"让土地焕发新的生机。目前，全国土地经营权流转面积已超过5.7亿亩，开展农业社会化服务的经营主体超过107万个，服务小农户9100多万户。我国农业综合生产能力稳步提高，农业科技进步贡献率超过63%，农作物自主选育品种面积占比超过95%，粮食产量连续9年稳定在1.3万亿斤以上。14亿多中国人的饭碗牢牢端在自己手中。

今天的中国，农村集体产权制度改革阶段性任务基本完成，农村集体经济组织法正式颁布。65.5亿亩集体土地资源、9.14万亿元集体资产上了"户口"，确认了约9亿成员，农民获得感、幸福感满满。在浙江安吉的石鹰村，当地通过村庄水资源入股的形式，加大基础设施建设，整治全域河道，充分开发利用两座村集体山塘水库，将村集体、村民和企业的利益联结在一起，走出了一条水上文旅发展的特色路，实现集体经济收入306万元。

今天的中国，乡村产业兴旺，人居环境显著提升。累计培育全国县级以上农业产业化龙头企业超过9万家。乡村基础设施建设从基本的"通路通水通电"升级为"硬化路进村、光纤入户、快递到家"，74.5%的村有电子商务配送站点，农村充电公共基础设施建设从无到有。城市资源加快向农村流动，医共体、校联体等一系列探索让公共服务体系惠及更多乡村。

惟改革者进，惟创新者强。新时代新征程，在习近平新时代中国特色社会主义思想指引下，亿万中国农民正在汇聚更强大的力量，加快农业农村现代化步伐,在全面建设社会主义现代化国家的新征程上,努力绘就"产业兴旺、生态宜居、乡风文明、治理有效、生活富裕"的乡村振兴壮美画卷!

(2024年7月10日中央广电总台《新闻联播》)

筑牢生态文明根基
谱写美丽中国建设新篇章

——"新思想引领新时代改革开放"系列报道

中央广电总台央视记者　张　勤　王　琰　崔　霞等

　　生态文明建设是关系中华民族永续发展的根本大计。习近平总书记强调:"尊重自然、顺应自然、保护自然,是全面建设社会主义现代化国家的内在要求。必须牢固树立和践行绿水青山就是金山银山的理念,站在人与自然和谐共生的高度谋划发展。"党的十八大以来,以习近平同志为核心的党中央大力推进生态文明理论创新、实践创新、制度创新,提出一系列新理念新思想新战略,形成了习近平生态文明

思想，我国生态文明制度体系不断完善，绿色发展理念深入人心。

万里河山，锦绣中华。240个"绿水青山就是金山银山"实践创新基地、572个生态文明建设示范区，如同一颗颗种子播散在神州大地，正在不断生根发芽，讲述着生态保护与经济协同发展的故事。

地球第三极青藏高原腹地，三江源国家公园，长江、黄河、澜沧江源头实现整体保护，藏羚羊种群恢复到7万多只，1.7万多名牧民群众转身成为生态管护员，人与自然和谐共生的发展之路正在进行中。

毛乌素沙漠边缘，陕西榆林，曾经的万亩荒沙变身林海，实现了从"沙进人退"到"绿进沙退"的历史性转变。目前，当地林业碳汇累计交易量已达20万吨，交易额突破1000万元。

城市高楼林立间，全国各类城市公园已达6.5万个。以前是用公园来"点缀"城市，现在越来越多的城市正"生长"在公园里。

生态兴则文明兴。

进入新时代，面对人民群众对美好生活的向往，如何答好生态文明建设这道时代必答题？习近平总书记从中华民族永续发展的高度出发，创造性提出一系列新理念新思想新战略。把生态文明建设纳入"五位一体"总体布局；绿色成为新发展理念的重要组成部分；强调人与自然和谐共生是中国式现代化的重要特征之一；在建成社会主义现代化强国目标中，美丽中国更是其中重要一项。从人与自然和谐共生的价值取向到绿水青山就是金山银山的发展导向，再到山水林田湖草沙是生命共同体的系统治理方向，习近平总书记科学回答了自然生态与人类文明之间的关系。

在用一系列富有中国智慧的生态文明思想与理念谋划美丽中国蓝图的同时，习近平总书记走遍大江南北、长城内外，看山、看水、看林、看田、看湖、看草、看沙，推动生态文明理念落地生根，主持召开4次长江经济带发展座谈会、两次黄河流域生态保护和高质量发展座谈会，"共同抓好大保护"是始终不变的理念。在漓江关切桂林山水保护，在雪域高原叮嘱切实保护好地球第三极生态，在湛江察看红树林长势和周边生态环境，在塞罕坝林场鼓励探索绿色发展方式，筑牢京津生态屏障。

从高山之巅到大海之滨,从茫茫林海到戈壁荒原,这是一位改革领航者心系民族永续发展的深邃思考,是中国共产党人对人类文明发展大势和经济社会发展规律的深刻洞察。

这是一场关乎发展理念和发展方式的深刻转变,一项项前所未有的改革举措推动生态文明体制改革全面深化、纵深推进。

制度体系不断织密,生态文明写入宪法。加强顶层设计,出台《生态文明体制改革总体方案》,上百个专项方案陆续出台,覆盖资源、环境、生态、产业等各个相关领域。首次提出建立国家公园体制,全面划定"三区三线",创造性提出生态保护红线制度。《生态保护补偿条例》正式施行,推动建立中央生态环境保护督察制度、生态文明建设目标评价考核制度,开展领导干部自然资源资产离任审计,实行生态环境损害责任终身追究制等。

以高品质生态环境支撑高质量发展,打响蓝天、碧水、净土保卫战。从2013年开始接续出台3个"大气十条"文件,中央财政大气污染防治资金累计下达2000多亿元。全面建立河湖长制,众多河湖实现从"没人管"到"有人管"、从"管不住"到"管得好"的转变。同时,土壤污染状况详查、土壤污染源头防控行动等稳步推进。

以改革之力探索转型发展。我国把碳达峰、碳中和纳入生态文明建设整体布局,陆续发布"双碳"目标下的"1+N"政策,大力推动能源革命,加快发展风电光伏等新能源,推进产业绿色低碳转型发展,倡导绿色生活方式。

如今,绿水青山就是金山银山的理念已经成为全党全社会的共识和行动。我国生态文明体制改革加快推进,生态环境保护发生历史性、转折性、全局性变化,美丽中国建设迈出重大步伐。

天更蓝,我国成为全球空气质量改善速度最快的国家,重污染天数显著下降,蓝天白云成为常态;水更清,河湖面貌实现根本性改善,地表水优良水质断面比例已接近发达国家水平,长江、黄河干流全线水质稳定保持Ⅱ类;地更绿,我国在世界上率先实现土地退化"零增长"及荒漠化土地和沙化土地面积"双减少",是全球森林资源增长最快的国家。

绿色低碳发展方式全面提速。我国单位国内生产总值二氧化碳排放下降超35%,建成世界最大清洁发电体系,非化石能源发电装机容量突破16亿千瓦,绿色低碳的生活理念和生活方式,正在融入每个人的生活。

人不负青山,青山定不负人。

在习近平生态文明思想指引下,进一步深化生态文明体制改革,一体推进制度集成、机制创新,以高品质生态环境支撑高质量发展,美丽中国建设将不断迈出新的步伐,人与自然和谐共生的现代化新篇章,还将不断呈现新的精彩。

(2024年7月11日中央广电总台《新闻联播》)

发展全过程人民民主
保障人民当家作主

——"新思想引领新时代改革开放"系列报道

中央广电总台央视记者 白　央 李文杰 程　琴等

习近平总书记指出,在前进道路上,我们要坚定不移走中国特色社会主义政治发展道路,继续推进社会主义民主政治建设、发展社会主义政治文明。党的十八大以来,以习近平同志为核心的党中央深化对民主政治发展规律的认识,稳步推进政治体制改革。在习近平总书记的引领下,中国特色社会主义民主政治建设取得了巨大成就,人民依法享有和行使民主权利的内容更加丰富、渠道更加通畅、形式更加

多样，中国特色社会主义政治发展道路越走越宽广。

人民当家作主是社会主义民主政治的本质和核心。党的十八大以来，习近平总书记坚持问政于民、问需于民、问计于民，倾听民声、尊重民意、顺应民心，创造性地提出了全过程人民民主的重大理念，为社会主义政治文明发展提供指引和遵循。10多年来，我国不断健全人民当家作主的制度体系，丰富民主形式，畅通民主渠道，扩大人民有序政治参与，人民当家作主真正落实到政治生活和社会生活的方方面面，人民群众参与国家治理、社会治理的制度化渠道越来越丰富。新时代10多年来，在中国共产党领导下，人民当家作主主体地位不断显现，人民依法行使民主选举、民主协商、民主管理、民主监督的权利得以实现。

人民代表大会制度是我国根本政治制度，是实现我国全过程人民民主的重要制度载体。坚持和完善人民代表大会制度，必须毫不动摇坚持中国共产党的领导。在习近平新时代中国特色社会主义思想指引下，全国人大及其常委会把党的领导贯穿于人大工作各方面全过程，人大工作开拓创新，人民代表大会制度不断发展完善，更加成熟定型。代表选举更加风清气正，十四届全国人大代表中一线工人、农民代表占比达到16.69%。

设立基层立法联系点是全国人大贯彻全过程人民民主的创新举措之一。自2015年开始设立首批基层立法联系点以来，截至目前已设立45个，实现了31个省（区市）全覆盖。全国人大常委会法工委先后就183件次法律草案征求联系点意见27880多条，3200多条意见建议被立法研究吸纳，立法更好地集中民智、体现民意、符合民心。人大代表，一头连着党和政府，一头连着亿万群众。全国已设立20多万个代表之家、代表联络站，五级人大代表走进代表之家、代表联络站，就近听取人民群众意见，推动解决人民群众急难愁盼。

商以求同，协以成事。协商民主是实践全过程人民民主的重要形式。习近平总书记强调，在中国社会主义制度下，有事好商量，众人的事情由众人商量，找到全社会意愿和要求的最大公约数是人民民主的真谛。新时代10多年来，中国共产党领导的多党合作和政治协商制度不断完善。党中央多次召开或委托有关部门召开政党协商会议，就重大问题同党外人士真诚协商、听取意见；民主党派中央、无党派人士深入考察调研、提出意见建议，许多转化为国家重大决策。从创设"双周协商座谈会"到创新开展网络议政、远程协商，从专题议政性常委会会议到专题协商会，从界别协商会到专家协商会，全国政协更好发挥人民政协作为专门协商机构作用。

基层群众自治制度是中国全过程人民民主的一块重要基石。在中国，民主就是用来解决人民需要解决的问题的。民事民提、民事民议、民事民决、民事民办、民事民评，有事好商量，是协商民主最生动的表现形式。在江苏南京台城花园社区，社区居民代表、物业公司代表、人大代表和街道有关负责人、城管部门负责人就梅雨季节危墙整治事宜，展开"台城圆桌会"，商讨解决办法。从城乡社区里的村（居）民议事会、村（居）民论坛、民主恳谈会、民主听证会到党代表、人大代表、政协委员联合进社区，从"小院议事厅"到"协商议事室"，从线下"圆桌会"到线上"议事群"，中国人民结合具体实际，创造了一个又一个充满烟火气的、管用的民主形式。"依靠群众就地化解矛盾"，诞生于20世纪60年代的"枫桥经验"在新时代不断丰富发展，由基层社会治理的范本上升为党领导人民推进国家治理体系和治理能力现代化的一条基本经验。

一系列制度安排，全方位、全链条、全覆盖切实保障人民当家作主，推进国家治理体系和治理能力现代化迈出坚实步伐。

（2024年7月12日中央广电总台《新闻联播》）

人民军队实现整体性革命性重塑

——"新思想引领新时代改革开放"系列报道

中央广电总台央视记者 张 伟 张建庆 刘 洁等

强国必须强军，军强才能国安。党的十八大以来，党中央、中央军委和习近平主席以前所未有的决心和力度，领导人民军队全面实施改革强军战略，开展了一场新中国成立以来最为广泛、最为深刻的国防和军队改革，深入破解制约国防和军队建设的体制性障碍、结构性矛盾、政策性问题。深化国防和军队改革取得历史性成就，人民军队实现整体性革命性重塑，体制、结构、格局、面貌焕然一新，正昂首阔步向着实现建军一百年奋斗目标加速迈进。

盛夏时节，演兵场上铁流滚滚，硝烟飞扬。陆军组织多兵种跨域

机动、立体攻防；空军歼-20战机编队雷霆出击，展开全域实战化演练；海军航母编队劈波斩浪，锤炼远海作战能力；火箭军导弹起竖蓄势待发，剑指苍穹……演训场上热火朝天的练兵画面，折射出改革强军带给人民军队的深刻变化。

党的十八大以来，中国特色社会主义进入新时代，国防和军队建设也进入了新时代。面对中华民族伟大复兴战略全局和世界百年未有之大变局，面对长期制约国防和军队建设的深层次矛盾和问题，习主席审时度势、总揽全局，果断作出改革强军的战略决策。

率先施行军队领导指挥体制改革，形成军委管总、战区主战、军种主建新格局。重塑军委机关机构设置和职能配置，重塑严密的权力运行制约和监督体系，重塑联合指挥作战体系，重塑军兵种领导管理体制，调整武警部队领导指挥体制，改革预备役部队领导体制。组织架构的整体性革命性重塑，打破了长期实行的总部体制、大军区体制、大陆军体制，突破了军队发展的体制性障碍，构建起"中央军委—战区—部队"的作战指挥体系、"中央军委—军种—部队"的领导管理体系。

压茬展开军队规模结构和力量编成改革，打造中国特色现代军事力量体系。重塑人员结构和规模比例、力量结构、部队编成、军事人才培养体系和军事科研体系。军事力量体系的整体性革命性重塑，突破了原有的结构性矛盾，改变了长期以来陆战型、国土防御型的力量结构和兵力布势，人民军队由数量规模型向质量效能型、由人力密集型向科技密集型转变，中国特色现代军事力量体系初步构建，军队组织形态现代化迈出关键一步。

全面实施军事政策制度改革，重塑中国特色社会主义军事政策制度体系。坚持以战斗力为唯一的根本的标准，以调动军事人员积极性、主动性、创造性为着力点，构建形成维护党中央权威和集中统一领导、确保党对军队绝对领导的我军党的建设制度，形成基于联合、平战一体的军事力量运用政策制度，形成聚焦打仗、激励创新的军事力量建设政策制度，形成精准高效、全面规范、刚性约束的军事管理政策制度，军队战斗力和官兵活力进一步解放，改革效能持续释放。

深入推进跨军地重大改革，完成武警部队跨军地改革任务，在国家层面加强对退役军人管理保障工作的组织领导，推进国防动员体制改革，全面停止军队有偿服务等，持续巩固提高一体化国家战略体系和能力。

新时代新征程，人民军队在革命性锻造中浴火重生，在历史性重塑中强筋壮骨，在迎接风险挑战中向强进发，最根本的在于有习主席掌舵领航，有习近平强军思想科学指引。党领导下的人民军队将坚定不移把深化国防和军队改革进行到底，坚定不移走中国特色强军之路，奋力开创改革强军新局面，确保到2027年实现建军一百年奋斗目标、到2035年基本实现国防和军队现代化、到本世纪中叶把人民军队全面建成世界一流军队，为以中国式现代化全面推进强国建设、民族复兴伟业提供坚强战略支撑。

（2024年7月13日中央广电总台《新闻联播》）

以文化自信筑牢强国复兴精神之基

——"新思想引领新时代改革开放"系列报道

中央广电总台央视记者 白 央 曹 岩 赵继哲等

文化兴国运兴,文化强民族强。没有高度的文化自信,没有文化的繁荣兴盛,就没有中华民族伟大复兴。党的十八大以来,习近平总书记以强烈的文化自觉与历史担当,以重大理论创新指导具体实践,在"五位一体"总体布局中对文化建设作出战略部署,在全面深化改革中纵深推进文化体制改革,引领社会主义文化强国建设在正本清源、守正创新中取得历史性成就、发生历史性变革。全党全国各族人民文化自信明显增强,全社会凝聚力和向心力极大提升,汇聚起强国建设、民族复兴的磅礴精神力量。

放眼今日之中国，"文博热"持续、"文创风"劲吹、"国潮"正当时，优秀传统文化在创造性转化、创新性发展中翻开崭新篇章，14亿多中国人的文化自信更加坚定，文化自觉不断增强。

伟大思想引领伟大变革。如何让源远流长的中华文脉绵延赓续，让古老的智慧滋养当代文化建设，是文化体制改革进程中的"必答题"。

党的十八大以来，习近平总书记站在中华民族和中华文明永续传承的战略高度，就弘扬和发展中华文化提出了一系列重要论述，为坚持和发展马克思主义文化理论作出重大原创性贡献，为建设社会主义文化强国寻找源头活水、指明前进方向。

在孔子故里，习近平总书记仔细翻看《孔子家语通解》《论语诠解》；在岳麓书院，凝望"实事求是"匾额，指出一定要把真理本土化；在三苏祠，强调要善于从中华优秀传统文化中汲取治国理政的理念和思维；在武夷山朱熹园，提出要以时代精神激活中华优秀传统文化的生命力。

习近平总书记指出："我们五千年的文明，我们要尊重，也要弘扬，把它里边精华的东西和我们现在所坚持的马克思主义立场、观点、方法结合起来，这就是中国特色社会主义。"

2023年6月，习近平总书记主持召开文化传承发展座谈会，系统论述中华文明的五个突出特性，进一步阐述"两个结合"尤其是"第二个结合"的重大意义，指出在五千多年中华文明深厚基础上开辟和发展中国特色社会主义，把马克思主义基本原理同中国具体实际、同中华优秀传统文化相结合是必由之路。2023年10月，全国宣传思想文化工作会议在京召开，首次提出习近平文化思想，引领新征程文化改革发展工作打开新局面、形成新格局。

中国式现代化是物质文明和精神文明相协调的现代化。从全国宣传思想工作会议到文艺工作座谈会、哲学社会科学工作座谈会，习近平总书记出席一系列重要会议并发表重要讲话，在正本清源中，推动新时代文化体制改革朝着正确方向前进。

以体制机制改革激发文化创造力。《深化文化体制改革实施方案》是中央全面深化改革领导小组审议通过的第一个专项小组改革方案，为文化改革发展谋篇布局；《关于实施中华优秀传统文化传承发展工程的意见》首次以中央文件形式，对文化传承发展进行部署，推动中华优秀传统文化创造性转化、创新性发展。

坚持把社会效益放在首位，社会效益和经济效益相统一。党的十八大以来，文化领域供给侧结构性改革深入推进，文化旅游深度融合、文化产业健康发展、非遗保护传承制度日益完善、公共文化服务体系不断健全，群众文化获得感、幸福感显著增强。从深入实施中华文明探源工程到高标准推进国家文化公园建设，从中国共产党历史展览馆、国家版本馆等一系列文化地标落成到重大文化工程《复兴文库》、"中国历代绘画大系"出版，中华优秀传统文化与革命文化、社会主义先进文化融会贯通。锦绣大地上，文化遗产灿然可观，文化名片多姿多彩。

坚持以社会主义核心价值观引领文化建设。全面深化改革进程中，当代中国的价值取向、道德规范和精神面貌焕然一新。深化国有文艺院团改革、树立以人民为中心的创作导向，广大文艺工作者深入生活、扎根人民，努力登高原、攀高峰，创作出一大批无愧于时代的精品力作。我国成为图书、电视剧、动漫等领域生产大国，数字文化产业成为激发消费潜力"新引擎"，电影市场规模屡创新高。

文脉传承弦歌不辍，古老文明开拓创新。

今日之中国，不仅是中国之中国，更是世界之中国。从影视作品和经典著作互播互译到治国理政经验交流，从向世界讲好中国故事到共赴星辰大海的发展合作，中华文化所蕴含的理念与智慧，正跨越时空、超越国度，为世界文明的发展进步带来深刻启迪。

应历史之变、解时代之问。全面深化改革的实践，展现着"不谋全局者，不足谋一域"的胸怀；高质量发展释放的不竭创新动力，是"苟日新，日日新，又日新"开拓精神的生动注脚……习近平新时代中国特色社会主义思想从中华五千多年文明的积淀中汲取人文精神、道德价值、历史智慧等精华养分，引领新时代中国阔步实现民族复兴的伟大征程，以更加坚定的文化自信、更加昂扬的精神面貌，书写社会主义文化强国建设的绚丽新篇章！

（2024年7月14日中央广电总台《新闻联播》）

为了人民对美好生活的向往

——"新思想引领新时代改革开放"系列报道

中央广电总台央视记者 张 勤 王 琰 李 欣 等

习近平总书记指出,人民对美好生活的向往就是我们的奋斗目标,抓改革、促发展,归根到底就是为了让人民过上更好的日子。

党的十八大以来,以习近平同志为核心的党中央坚持以人民为中心,尊重人民主体地位和首创精神,做到改革为了人民、改革依靠人民、改革成果由人民共享。在气势恢宏、波澜壮阔的全面深化改革进程中,书写了人民至上的崭新篇章。

今天的中国,江山壮丽,人民豪迈。

这是在960多万平方公里的中华大地上历史性地消除绝对贫困,

全面建成小康社会，创造了彪炳史册的人间奇迹的中国。

这是在 14 亿多人口的国度建成了世界上规模最大的教育体系、最大的社会保障体系、最大的医疗卫生体系的温暖的中国。

这是人与自然和谐共生、让百姓拥有山清水秀的生态空间的美丽中国。推窗可见绿、出门即入园。大大小小的"口袋公园"、绵延的健身步道让城市赏心悦目，更健康、更宜居。

这是全体人民以前所未有的自信，同心协力，奔向中华民族伟大复兴的奋进的中国。

进入新时代，以习近平同志为核心的党中央全面深化改革、扩大开放，取得一系列历史性、革命性、开创性成就，一个个普通中国人、中国家庭奔向幸福生活的脚步，成为这场伟大革命最生动的注脚。

2012 年，中国开始向全面建成小康社会进军。当时，在边远的山乡村寨还有近 1 亿农村贫困人口，城乡区域发展差距和居民收入分配差距依然较大，社会矛盾明显增多，关系群众切身利益的问题较多。

面对人民对美好生活的新期盼，刚刚当选中共中央总书记的习近平作出了对人民的庄严承诺。

为了人民对美好生活的向往，全面深化改革的宏伟蓝图在中国大地徐徐展开。党的十八届三中全会提出的全面深化改革涉及 60 项具体任务、336 项改革举措，而人民至上，是全面深化改革最鲜明的底色；人民群众，是习近平总书记心中最深的牵挂。

全面小康一个都不能少，如何帮助所有贫困人口尽快摆脱贫困？从太行山深处的河北阜平到革命老区江西井冈山，从"苦瘠甲天下"的甘肃定西到"隔山走一天"的四川大凉山，习近平总书记一次次冒严寒、踏风雪、看真贫、问冷暖。

老百姓生活中有哪些操心事、烦心事、揪心事？对好日子有哪些期待？习近平总书记深入基层，察民生、看民情。

他沿着蜿蜒陡峭的山路，辗转 3 个多小时，来到重庆的山村小学，看孩子们的学习环境，问老师的工资待遇。走进黑龙江尚志市受灾村民家中，叮嘱地方党委和政府，东北冬季来得早、时间长，要确保受灾群众安全温暖过冬。在上海，习近平总书记了解外来务工人员住得是否安心。在北京看望还在工作的"快递小哥"。他走进辽宁沈阳的社区老年餐厅，询问饭菜价格贵不贵、社区服务好不好。在湖南常德的老城街道，嘱托要传承好传统文化。在山东日照的阳光海岸绿道，指出要搞好生态环境，让老百姓多一份实实在在的幸福感。

民之所忧，我必念之；民之所盼，我必行之。习近平总书记始终与人民心连着心。

以习近平同志为核心的党中央创造性提出全面深化改革的价值取向，坚持以人民为中心推进改革，把增进人民福祉、促进人的全面发展作为改革发展的出发点和落脚点，从人民的整体利益、根本利益、长远利益出发谋划和推进改革。

改革的目标宏伟而朴素，奔向的就是人民的好日子。

面对人类历史上前所未有的、彻底摆脱绝对贫困的攻坚战，围绕精准扶贫基本方略，建立脱贫攻坚责任制，健全扶贫考核评价体系，向所有建档立卡贫困村选派第一书记，建立贫困户脱贫认定机制，制定严格规范透明的贫困县退出标准程序核查办法，保证脱贫质量和可持续性。一系列改革措施构建起了完善的中国特色脱贫攻坚制度体系，为打赢脱贫攻坚战、巩固拓展脱贫攻坚成果提供了制度保障。

2020年11月23日，贵州省宣布紫云县、晴隆县、望谟县等9个县退出贫困县序列，至此全国832个贫困县、9899万农村贫困人口全部脱贫。这一改变近1亿人命运的时刻载入中华民族发展史册。

如今，全国贫困人口建档立卡信息系统已经升级为防止返贫监测和衔接推进乡村振兴信息系统，围绕"精准"二字，改革继续在发力。

围绕人民对美好生活的向往，改革全面发力。

深化经济体制改革，推动高质量发展，努力把"蛋糕"做大，夯实全体人民共同富裕的物质基础。深化政治体制改革，发展全过程人民民主，保障人民当家作主。深化文化体制改革，推动文化事业文化产业繁荣发展，更好地满足人民群众日益增长的精神文化需求。深化社会体制改革，就人民群众最关心、最直接、最现实的利益问题列出问题清单，推进基本公共服务均等化。深化生态文明体制改革，让良好生态环境成为最普惠的民生福祉。深化党的建设制度改革，以"得罪千百人、不负十四亿"的使命担当祛疴治乱，确保党和人民赋予的权力始终用来为人民谋幸福。

人民有所呼，改革有所应。缓解儿童医疗服务资源短缺、提高技术工人待遇、加快打破户籍壁垒、创新职称评价机制、推动移动互联网创新发展、全面推行河湖长制……一项项关乎每个百姓利益的急难愁盼都成为改革的关注点、发力点，一项接着一项改，一年接着一年干。在改革的伟大进程中，14亿多人民的获得感、幸福感、安全感更加充实、更有保障、更可持续，改革发展的成果在更多更公平地惠及全体人民。

破除妨碍劳动力、人才社会性流动的体制机制弊端，就业优先战略和积极就业政策不断健全。基本养老保险覆盖10.7亿人，基本医疗保险参保覆盖面稳定在95%以上。优质医疗资源加快向中西部地区和群众身边扩容延伸，9批国家组织药品集中带量采购已覆盖374种药品，平均降价超过50%。累计建设各类保障性住房和棚户区改造安置住房6400多万套。城乡、区域、校际、群体教育差距不断缩小，各级教育普及程度达到或超过中高收入国家平均水平。"15分钟生活圈"、老旧社区改造，百姓生活更加便利，社区活动丰富多彩。

为了人民的改革，改革才有意义。依靠人民的改革，改革才有动力。坚持顶层设计和基层探索良性互动、有机结合，深深扎根人民、紧紧依靠人民，必将激发出14亿多中国人民无穷的智慧和力量，进一步全面深化改革必将无坚不摧、无险不破。

（2024年7月15日中央广电总台《新闻联播》）

协调发展为中国式现代化注入澎湃动力

——"新思想引领新时代改革开放"系列报道

中央广电总台央视记者 张 勤 王 琰 岳 群等

党的十八大以来,以习近平同志为核心的党中央统筹中华民族伟大复兴战略全局和世界百年未有之大变局,在全局上谋势,在关键处落子,对城乡区域协调发展作出更加长远、系统的战略部署和总体安排。全国各地完整准确全面贯彻新发展理念,区域结构逐步优化,城乡发展协调性不断增强,不断开辟中国高质量发展的广阔新空间。

今天的中国大地,一幅覆盖东中西、协调南北方的区域协调发展

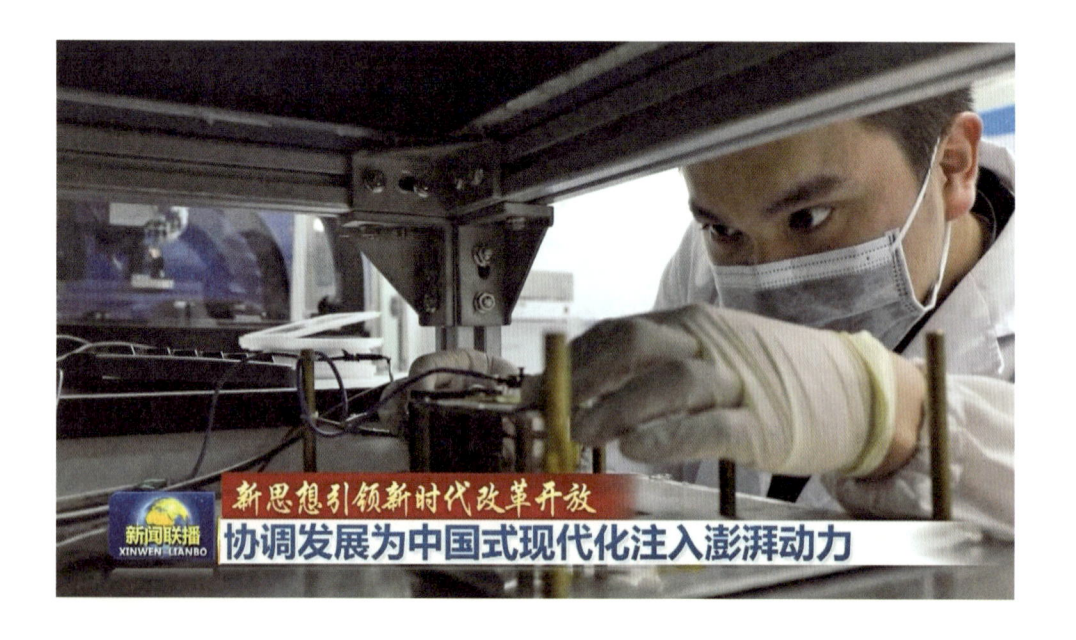

的恢宏画卷正徐徐展开。

区域重大战略向纵深推进。京津冀、长三角、粤港澳，区域经济高质量发展的三大动力源在中国经济中的比重已超过40%，成为发展强大引擎。

区域发展差距不断缩小。2023年，中西部地区生产总值为53.9万亿元，10年间年均增速达到7%，占全国比重比2013年提高2.2个百分点。

城乡融合程度不断加深。如今，超过1.5亿的农村人口进城。2023年，我国城镇化率达到66.2%，比2013年提升12.5个百分点。

进入新时代，中国经济转向高质量发展阶段。然而，发展不平衡、不充分问题仍然突出，城乡区域发展和收入分配差距较大。如何才能够更好地协调发展？习近平总书记观大势、谋长远、布全局，提出新发展理念，把协调发展放在我国发展全局的重要位置。他强调，协调既是发展手段又是发展目标，同时还是评价发展的标准和尺度。只有实现了城乡、区域协调发展，国内大循环的空间才能更广阔、成色才能更足。

党的十八大以来，习近平总书记不断思考谋划，以协调理念破解发展不平衡难题。在京津冀，他强调，要调整经济结构和空间结构，走出一条内涵集约发展的新路子，探索出一种人口经济密集地区优化开发的模式，形成新增长极。在粤港澳大湾区，他强调，要把香港和澳门融入国家发展大局，使粤港澳大湾区成为新发展格局的战略支点、高质量发展的示范地、中国式现代化的引领地。在长三角，他强调，要紧扣"一体化"和"高质量"两个关键词，形成高质量发展的区域集群。

从三江源到崇明岛，总书记的调研足迹遍布长江流域，为长江经济带高质量发展开出"药方"："共抓大保护，不搞大开发"。走遍黄河上中下游9省区，他指出，要共同抓好大保护、协同推进大治理，让黄河成为造福人民的"幸福河"。

习近平总书记17次召开区域发展座谈会，从东西部扶贫协作到深入推进东北振兴、推动中部地区崛起,为不同区域因地制宜发挥比较优势、走差异化的高质量发展之路指明方向。

协调是发展问题,本质也是改革问题。以全面深化改革增强发展的整体性协调性,通过改革构建优势互补的区域经济布局,通过改革打破地区分割,实现要素和商品自由充分流动。党的十八大以来,改革始终贯穿在推进协调发展的全过程:实施区域重大战略、区域协调发展战略、主体功能区战略;成立中央区域协调发展领导小组,从战略、全局上统一谋划区域重大战略;加快公路、铁路等交通设施"硬联通",打破行政"壁垒",推进规则制度"软联通",不断扩大政务服务"跨省通办"范围。

全局上谋势,关键处落子。

党的十八大以来,京津冀三地牢牢抓住疏解北京非首都功能这个"牛鼻子",支持北京副中心高质量发展,高标准高质量推进雄安新区建设,在交通、生态、产业、公共服务等领域推出18项改革措施。从无到有、从蓝图到实景,雄安这座千年之城、未来之城正在拔地而起。粤港澳大湾区推进国际科技创新中心建设,布局26个重点创新平台,促进大湾区科技创新高水平协同发展,一个宜居、宜业、宜游的优质生活圈正在加速形成。

10多年间,我国已搭建起区域协调发展新机制的"四梁八柱"。如今,区域协调发展战略深入推进,四大板块发展更加平衡,区域经济布局不断优化。

面对城乡发展不平衡这个我国发展最大的不平衡问题,党的十八大以来,我国不断建立健全城乡融合发展体制机制和政策体系,实施以县城为重要载体的新型城镇化建设,推动城市基础设施和公共服务向农村延伸。

如今,城乡融合发展进程不断加快。户口迁移政策全面放开放宽,城区常住人口300万以下城市的落户限制基本取消,居住证发放超过1.4亿张,我国户籍制度改革取得历史性突破。19个城市群加快建设,已承载全国75%以上的人口,成为我国新型城镇化的主体形态。农村居民人均可支配收入已突破 2 万元，城乡居民收入比从 10 年前的 2.81 下降到现在的 2.39，城乡发展差距和居民生活水平差距持续缩小。

奋进正当时。在以习近平同志为核心的党中央坚强领导下，扎实推进城乡融合和区域协调发展，必将实现更高质量、更有效率、更加公平、更可持续发展，为中国式现代化注入澎湃动力。

（2024 年 7 月 16 日中央广电总台《新闻联播》）

开创新时代高水平对外开放新局面

——"新思想引领新时代改革开放"系列报道

中央广电总台央视记者 张 勤 王 琰 刘 颖等

习近平总书记指出,以开放促改革、促发展是我国现代化建设不断取得新成就的重要法宝。党的十八大以来,以习近平同志为核心的党中央坚定不移扩大对外开放,建设更高水平开放型经济新体制,形成更大范围、更宽领域、更深层次对外开放新格局,不断拓展着中国式现代化的发展空间,也推动了世界经济共同繁荣。

今天的中国,是货物贸易第一大国、第一大外汇储备国,吸引外资和对外投资均居世界前列,形成更大范围、更宽领域、更深层次对外开放格局。

深圳前海，2024年平均每月新增120多家外资企业，迎来新一轮外商投资热潮。

西安国际港站，平均不到两小时就有一趟中欧班列发出。目前，中欧班列通达欧洲25个国家、连接11个亚洲国家。

湖北鄂州，亚洲最大的专业货运机场，每周80架次国际货运航班，让这条"空中丝绸之路"跃出中国中部内陆，货通天下。

10多年来，我国对外开放事业取得历史性成就、发生历史性变革。

进入21世纪的第二个10年，经济全球化遭遇逆流，世界经济增长乏力。面对世界百年未有之大变局，习近平总书记深刻洞察国内外发展大势，领导中国始终高举开放大旗，创造性提出共建"一带一路"倡议，开辟国际经济合作新模式。

面对"世界怎么了，我们怎么办"这一时代之问，习近平总书记3次在达沃斯论坛发表演讲和致辞，从历史和哲学高度，阐释中国的经济全球化主张和构建人类命运共同体理念。

一次次攸关人类社会发展的关键当口，总有洞察时代之变的中国主张和中国方案，为变乱交织的世界提供宝贵的确定性和稳定性。

从主场外交活动到出席多边峰会，从中央有关会议到地方考察调研，习近平总书记以战略思维和全球视野，从统筹中华民族伟大复兴战略全局和世界百年未有之大变局的高度，深刻阐释了新时代对外开放战略的目标、方向、路径。从构建开放型经济新体制到推动形成全面开放新格局；从实行高水平对外开放、开拓合作共赢新局面，到建设更高水平开放型经济新体制；从设立自由贸易试验区到在海南建设中国特色自由贸易港；从进博会、服贸会到消博会，一系列扩大高水平开放的重大举措，为全球发展注入中国力量。

新时代的中国，以制度型开放为重点，建设更高水平开放型经济新体制。

从自贸试验区到自由贸易港，主动对接高标准国际经贸规则，稳步扩大规则、规制、管理、标准等制度型开放，累计开展3500余项改革试点，形成了许多标志性、引领性制度创新成果。

外商投资法和优化营商环境条例正式施行，全面实行外商投资准入前国民待遇加负面清单管理制度。全国版外商投资准入负面清单从93项缩减到现在的31项，推出我国首张跨境服务贸易负面清单。全面取消制造业领域外资准入限制，取消银行、证券、人身险等领域的外资持股比例限制。

主动向世界开放中国市场。作为世界上首个以进口为主题的国家级展会，进博会举办6年来，累计意向成交额超4200亿美元。

以开放促改革、促发展，不断拓展中国式现代化的发展空间。

海南自贸港31个封关项目主体工程基本完工，全岛封关运作进入攻坚期。22个自贸试验区在以制度创新为核心的开放政策引领下，产业链不断延长，产业竞争力明显上升，以不到4‰的国土面积，贡献了全国18%以上的外商投资和进出口总额。

新时代的中国，以高质量共建"一带一路"引领高水平对外开放。

通过共建"一带一路"，中国市场同世界市场的联系更加紧密。沿海地区开放发展更上一层楼，内陆地区从"后卫"变成"前锋"，昔日的开放末梢成为如今的新前沿。2024年前5个月，我国西部地区外贸同比增长9.3%，是我国外贸增长最快的区域。

如今，"一带一路"倡议吸引了世界上超过3/4的国家和30多个国际组织参与其中，拉动近万亿美元投资规模，已经成为当今世界最受欢迎的国际公共产品和国际合作平台。

中国的发展离不开世界，世界的繁荣也需要中国。开放的中国是全球发展的重要引擎。中国国内生产总值占全球经济比重由2012年的11.4%上升到18%左右，对世界经济增长的贡献率多年保持在30%左右。

构建面向全球的高标准自由贸易区网络，签署并实施《区域全面经济伙伴关系协定》，对外签署的自贸协定数由10个增长到22个。发起成立亚洲基础设施投资银行、金砖国家新开发银行，促成国际货币基金组织完成份额改革和治理机制改革，由中国倡导的全球首个多边投资协定正式达成，120多个世贸组织成员将共同推动全球投资更加顺畅流动。

改革不停顿、开放不止步。新征程上，中国将坚定不移全面深化改革、扩大高水平对外开放，以中国式现代化新成就为世界发展提供新机遇，为人类进步作出更大贡献！

（2024年7月17日中央广电总台《新闻联播》）

中国共产党第二十届中央委员会第三次全体会议即将在北京召开，重点研究进一步全面深化改革、推进中国式现代化问题。党的十八大以来，在以习近平同志为核心的党中央坚强领导下，中国的改革全面发力、多点突破、蹄疾步稳、纵深推进，各领域基础性制度框架基本确立，许多领域实现历史性变革、系统性重塑、整体性重构，开创了我国改革开放新局面。从今天起，《焦点访谈》将推出系列节目——"伟大的历史变革"，聚焦全面深改"成绩单"。

创新引领新超越

——"伟大的历史变革"专题节目

中央广电总台《焦点访谈》专题节目组

创新是改革开放的生命。新时代，习近平总书记始终把创新摆在国家发展全局的核心位置。国产C919大飞机，就是在新发展理念指引下，我国科技领域不断自主创新，实现历史性跨越的重要成果之一。

2024年6月14日，国产大飞机C919再添新航线。当天上午，东航C919客机搭载162名旅客，从上海虹桥机场飞往广州白云机场，正式开启第四条商业定期航线。

让中国大飞机翱翔蓝天，承载着国家意志、民族梦想、人民期盼。习近平总书记高度重视，多次作出重要指示，2014年5月在上海考察期间还曾登上展示样机。

C919大型客机研制成功是中国创新驱动发展战略的重大时代成果。10多年来，我们坚持自主创新，攻克了100多项重大技术难关。目前，科研人员仍在进行新的攻关。

【C919大型客机基本型总设计师　马显超】我们要不断接受市场

和客户的反馈，对飞机不断进行改进优化，加快C919大型客机的系列化发展，比如，我们正在研究的C919高原型，这里边也有很多技术挑战。世界科技巅峰，我们都要奋勇攀登。

不仅仅是国产大飞机，最近，探月工程也传来好消息，嫦娥六号实现了世界首次月球背面自动采样返回，再次创造了中国航天的世界纪录。党的十八大以来，我国科技创新实力从量的积累迈向质的飞跃，一些领域从"跟跑"转向了"并跑"，甚至"领跑"。

【中国科学院科技战略咨询研究院院长、研究员　潘教峰】在新能源智能网联汽车，像5G通信、高铁，应当说这些领域在全球处在领先位置。这样一些重大成就的取得，背后凸显出创新已经成为全社会的普遍共识。正是在这样一些共识下，我们才有了过去10年大刀阔斧的科技领域改革。

发展理念的引领有多重要？十几年前，中国正处在一个重要的历史关口：经过几十年高速发展，经济增速开始下滑，粗放发展方式难以为继，而新动能不足。面对新一轮科技革命和产业变革，习近平总书记敏锐把握大势，提出"必须把创新作为引领发展的第一动力"，中国进入创新驱动发展的新阶段。

党的十八大以来，习近平总书记把科技体制改革作为全面深化改革的重点，部署推进一系列重大科技发展和改革举措。

【中国科学技术发展战略研究院党委书记、研究员　刘冬梅】科技体制改革始终都是坚持问题导向，也就是说破除一切束缚创新发展的体制机制障碍。我们以前走的是"引进、消化、吸收再创新"的路子，我们的原始创新能力不足，我们的创新体系整体能力不够强，关键核心技术受制于人，存在着被"卡脖子"的风险。

我国北斗工程建设之初，导航卫星的核心部件"星载原子钟"就曾受制于人。当时，这项技术被少数国家垄断，而我国从国外购买却受到百般限制。有的关键核心技术"买不来"，而我国首艘全海深载人潜水器"奋斗者"号曾遇到的问题则是"买不到"。当初，制造载人舱所需要的钛合金材料没有人能够提供。

【中国科学院金属研究所研究员　杨锐】实际上是3个，一个是强度要提高，韧性和焊接性还要保障。这3个去掉任何一个条件都可以做，但是3个同时做全世界都没有。这个做不出来，万米潜器就做不了。

"实践反复告诉我们，关键核心技术是要不来、买不来、讨不来的。"习近平总书记强调，"只有把关键核心技术掌握在自己手中，才能从根本上保障国家经济安全、国防安全和其他安全。"党的十八大以来，我国坚持走自主创新之路，不断完善新型举国体制，优化创新生态，打好关键核心技术攻坚战。

【刘冬梅】我们在科技计划项目改革方面，比如实施了"赛马制""揭榜挂帅"等新管理机制，最突出的就是社会主义市场经济条件下关键核心技术攻关新型举国体制的构建，主要是发挥党和政府对于重大任务的领导和组织作用。

【潘教峰】为什么叫新型举国体制？一方面要攻得出来，就是解决问题，另一方面要转得出去，形成产业市场竞争力。

党的十九届四中全会提出，构建社会主义市场经济条件下关键核心技术攻关新型举国体制。与过去的举国体制相比，新型举国体制进一步创新，强化党和国家对重大科技创新的领导，同时充分发挥市场机制作用，把政府、市场、社会有机结合起来，形成协同创新的合力。

"嫦娥"探月、"神舟"飞天、北斗全球组网、"奋斗者"号万米深潜……新时代以来，发挥新型举国体制优势，我国攻克了一系列核心技术难关，重大科技创新成果不断涌现。而在谈到如何攻克钛合金材料这个难题时，"奋斗者"号研发人员还提到了一个关键——基础研究。

【杨锐】我们通过深入基础研究，发现了一些新原理，真正做到了世界领先的材料。

从历史上看，每一轮科技革命和产业变革都是从基础研究的重大突破开始的。但过去很长时间，我国基础研究能力相对薄弱，存在投入不足、重大原始性创新成果少等短板。习近平总书记指出："我国面临的很多'卡脖子'技术问题，根子是基础理论研究跟不上，源头和底层的东西没有搞清楚。"

新时代以来，我国不断强化基础研究顶层设计和系统布局，优化原始创新环境，加强基础研究人才培养，努力实现更多"从0到1"的突破。2012—2023年，全社会基础研究投入从499亿元提高到2212亿元，基础研究投入比重连续5年超过6%。

"天问一号"开启火星探测、76个光子的量子计算原型机"九章"问世、首次实现淀粉全人工合成……多年来，广大科技工作者甘坐"冷板凳"，勇闯"无人区"，取得了一批原创性重大科技成果。

【潘教峰】基础研究总体来讲，我们正从平台积累期走向质量跃升期。我们已经产生了一大批原创性成果。我想在不久的将来，这个势头保持下去，中国一定会产生一批能够开辟新学科方向，或者写入到教科书当中，或者引领世界科技发展前沿的重大成果。

科技成果研发出来，不能躺在实验室"睡大觉"。习近平总书记高度重视科技成果转化应用，强调要及时将科技创新成果应用到具体产业和产业链上。而打通科技成果转化中的堵点，正是科技体制机制改革的一项重点。

邝允和研发团队经多年努力，成功突破了海水制氢关键技术，填补了世界空白，可这项技术如何落地，却一度让他们犯了难。

【深圳清华大学研究院海洋氢能研发中心副主任　邝允】这个需要反反复复论证，还不确定技术能否落地，当时有一种英雄无用武之地的感觉。

邝允的研发团队苦于找不到验证技术的应用场景，而另一边，有家企业正在为关键技术的缺失发愁。最终，一家新型研发机构——深圳清华大学研究院为他们牵了线。研发团队、企业和研究院三方展开合作。两年多后，全球首台单机规模最大的海水制氢装置成功投入运营。

【邝允】目前，海水制氢技术咱们国家走在世界前沿，技术快了就能够抢占先机。

在我国，这样的新型研发机构还有很多。2016年，《国家创新驱动发展战略纲要》提出，要"发展面向市场的新型研发机构"，新型研发机构正式纳入国家创新体系。与传统研发机构主要注重研发相比，新型研发机构把科研与市场需求更好地连接起来，成为促进科技成果转化的桥梁。

党的十八大以来，我国形成了一批支持科技成果转化的链条和平台。通过修订《促进科技成果转化法》等法律法规，将科技成果转化中的使用权、处置权、收益权等，尽可能地赋予科技创新的主体和人员。2012—2023年，全国技术合同成交额从6000亿元增长到6.15万亿元。

【刘冬梅】近年来，我们推进以企业为主导的产学研深度融合，使它真正能够从成果研发到应用、到转化，全链条发挥作用。全国统一的技术交易市场，这些年来可以说得到了蓬勃发展。

科技创新，关键在人。习近平总书记多次强调聚才、爱才、育才的重要性。党的十八大以来，我国针对人才培养、评价、激励、引进等关键环节推出一系列重大改革举措，为科研人员松绑减负，支持科学家大胆探索，激发人才创新活力。

【刘冬梅】2016年的时候出台了以知识价值为导向的分配政策。2018年开始，实行了三轮减负行动，比如，"破四唯"、精简报表，让科研人员有更多时间用于科研。

2012—2023年，我国全社会研发经费投入从1.03万亿元增长到3.3万亿元；全球创新指数排名从第34位上升到第12位，成功进入创新型国家行列。

新征程上，以创新为引领，以改革为动力，加快发展新质生产力，我们必将开创高质量发展新境界，也将见证更多这样的精彩时刻。

（2024年7月8日中央广电总台《焦点访谈》）

绘就生态新画卷

——"伟大的历史变革"专题节目

中央广电总台《焦点访谈》专题节目组

生态兴则文明兴，生态衰则文明衰。习近平总书记强调："党的十八大以来，我们把生态文明建设作为关系中华民族永续发展的根本大计，开展了一系列开创性工作，决心之大、力度之大、成效之大前所未有，生态文明建设从理论到实践都发生了历史性、转折性、全局性变化，美丽中国建设迈出重大步伐。""经过顽强努力，我国天更蓝、地更绿、水更清，万里河山更加多姿多彩。""三北"工程这10年取得的进展，就是在习近平生态文明思想引领下，我国生态环境保护取得的重要成果之一。

甘肃古浪县地处腾格里沙漠南缘，沙化率曾达到31.62%。经过多年的治理，在北部沙区的十道沟，绿色占据了视野的大多数。2024年7月初，工人们热火朝天地赶工，让全县的231万亩沙化土地完成了初步治理。

2019年，习近平总书记在古浪县的八步沙林场考察调研时强调，要久久为功，让绿色的长城坚不可摧。这几年，古浪县压沙造林的步伐不断向沙漠深处挺进。11年来，不只古浪县，整个"三北"工程都在加速推进，祖国北疆的绿色版图不断扩大。

"三北"的变化只是写在绿水青山间的其中一份答卷，党的十八大以来，以习近平同志为核心的党中央把生态文明建设作为关系中华民族永续发展的根本大计，开展了一系列开创性工作，生态文明建设发生了历史性、转折性、全局性变化，创造了举世瞩目的生态奇迹和绿色发展奇迹。

【中国科学院科技战略咨询研究院碳中和战略研究中心主任　王毅】生态环境质量在不断提升，生态服务价值在增加。我们几乎只用了3%的能源增长来支撑6%的GDP增长，用更少的碳排放方式来支撑经济发展。"新三样"在成为新的经济增长驱动力。

巨大成就的取得源自思想的引领。党的十八大以来，以习近平同志为核心的党中央深刻把握生态文明建设在新时代中国特色社会主义事业中的重要地位和战略意义，系统回答了为什么要建设生态文明、建设什么样的生态文明以及怎样建设生态文明等一系列重大理论和实践问题，形成了习近平生态文明思想。

【中共中央党校（国家行政学院）副教授　郝栋】习近平生态文明思想是经过了长期地方检验、实践之后，上升到治国理政的重要思想。他在河北正定的时候讲，宁肯不要钱，也不让污染下乡。他在福建工作期间，在长汀治理水土流失，在浙江期间提出了著名的"八八战略"。在新时代，总书记讲的人与自然是生命共同体。有了这样完备的科学理论体系和经过实践检验的工作方法，习近平生态文明思想在指导生态文明建设过程中发挥了巨大的作用。

10多年前，彼时的中国，行至新的历史关头，生态发展面临一系列严峻课题。雾霾天气频繁侵扰、传统的粗放型发展方式难以为继，资源环境的承载力已经达到或接近上限。生态文明建设迫在眉睫，生态体制改革箭在弦上。党的十八大将生态文明建设纳入中国特色社会主义事业"五位一体"总体布局，"生态文明建设"写入党章和宪法。《中共中央关于全面深化改革若干重大问题的决定》中，全面、清晰地阐述生态文明制度体系的构成及其改革方向、重点任务。一系列的举措，意味着一场广泛而深刻的系统性变革即将开启。

改革从来不易，需要一路攻坚克难。改革之初，要解决生态环境欠账的问题，厘清发展与保护的关系是关键。今天的长江，一江碧水浩荡东流，水清岸绿、鱼跃鸟飞。

2021年，长江十年禁渔启动后，珍稀鱼类频频现身。长江拥有独特的生态系统，是我国重要的生态宝库，但曾几何时，长期掠夺式的开发利用，让长江的水环境、水资源、水生态问题一度十分突出。

【王毅】在"十三五"规划制定过程中，长江沿江的省市都希望能快速发展，能赶上潮流，能够使GDP再上一个台阶。

对于长江母亲河，习近平总书记十分关注，他的足迹遍及长江上中下游，先后4次主持召开专题座谈会。2016年1月，在重庆，习近平总书记在推动长江经济带发展座谈会上的一席话，让沿江省市的负责人陷入沉思。

2018年4月，习近平总书记对长江生态环境作出"诊断"："长江病了，而且病得还不轻。"习近平总书记的重要讲话振聋发聩，长江经济带不能再走大开发的老路。习近平总书记强调，要坚持把修复长江生态环境摆在推动长江经济带发展工作的重要位置，共抓大保护，不搞大开发，要走生态优先、绿色发展之路。

【中国社会科学院习近平生态文明思想研究中心秘书长　黄承梁】总书记使我们国家各级党委和政府深刻意识到发展和保护不是二元对立关系，是有机统一关系。

【王毅】共抓大保护，不搞大开发，实际上是理念的转变。在理念变化下编制"十三五"规划，制定长江的相关规划，制定长江保护法，可以看到现在这些年的变化。

江河之兴，见证思想光芒。长江生机盎然、焕发新颜的同时，黄河流域生态环境治理同样成效显著。如今，"生态兴则文明兴""绿水青山就是金山银山""生态优先，绿色发展"的理念深入人心，已经形成全社会共识。

【国务院发展研究中心资源与环境政策研究所所长 高世楫】在核心理念的指导下，我们才会围绕生态文明建设去构建一系列的制度，去制定一系列的政策，推动一项一项的重大工程，去动员全社会实现绿色发展和生态文明建设，所以理念和思想的引领作用非常关键。

理念为变革指明方向，建章立制为变革提供有力保障。习近平总书记强调，必须把制度建设作为推进生态文明建设的重中之重。只有实行最严格的制度、最严密的法治，才能为生态文明建设提供可靠保障。中央生态环境保护督察就是习近平总书记亲自倡导推动的生态文明体制机制的一项重大改革举措。自2016年开展以来，中央生态环境保护督察坚持问题导向、曝光典型案例、精准有效问责、形成整改闭环……成为推动落实生态环境保护责任的硬招实招。

【高世楫】我们是党领导一切，抓住各级政府推动生态文明建设职责的落实，使生态文明建设有了纲举目张最重要的抓手。

新时代以来，以习近平同志为核心的党中央突出制度建设这条主线，既向积存多年的顽瘴痼疾开刀，又对成熟的改革成果和改革经验及时进行总结提升，先后制定修订20多部生态环境相关法律，实行"史上最严"环保法，全面推行河长制、湖长制、林长制，让生态文明建设成为政绩考核必考题，领导干部离任审计、责任追究制度进入生态领域……推动许多领域实现了历史性变革、系统性重塑、整体性重构。

【郝栋】在这样坚强的制度保障之下，我们的生态文明建设一方面有了战略定力，另一方面实现了实践探索、制度保障和理论总结的

"三位一体"有机结合。

改革有破有立,坚持正确的方法论才能事半功倍。生态治理,如果不能着眼一盘棋,没有系统性、整体性、协同性的改革方法,就无法破解种种问题和挑战。

【黄承梁】过去的生态环境保护带着很大的部门利益色彩,往往按照"九龙治水"的格局,当生态环境系统发生破坏甚至发生系统性灾难的时候,往往出现相互踢皮球。

素有"江河之源""中华水塔"之称的三江源,如今山清水秀、万物争荣。而在设立国家公园之前,三江源在相当长的一段时间里,由于条块分割、管理分散、各自为政,生态系统服务功能不断下降,生物多样性受到严重威胁。

扭转"九龙治水"的混乱局面,需要突破利益固化的藩篱,建立国家公园体制,把归于不同部门的权责收归到统一部门行使,扭转了三江源的治理困境。以系统思维谋全局,遵循"山水林田湖草沙是一个生命共同体"的治理理念,党的十八大以来,我国生态治理水平不断提高。

【郝栋】系统谋划、久久为功,对我们未来更有效平衡人和自然之间的关系,更有效走人与自然和谐共生的现代化道路提供了重要指引。

面对生态环境挑战,人类是一荣俱荣、一损俱损的命运共同体,2020年,在第七十五届联合国大会一般性辩论上,习近平总书记向世界作出庄严承诺:中国二氧化碳排放力争于2030年前达到峰值,努力争取2060年前实现碳中和。我国生态文明建设由此进入以降碳为重点战略的新阶段。

【高世楫】这是中国承担应对气候变化国际义务的自我加码,极大提振了全球应对气候变化的信心。通过以降碳为重点战略方向,通过减污降碳协同增效,推进经济社会全面绿色转型,实现高质量发展。

保护生态环境就是保护生产力,改善生态环境就是发展生产力。

在习近平生态文明思想指引下，进一步深化生态文明体制改革，一体推进制度集成、机制创新，以高品质生态环境支撑高质量发展，中国正在谱写人与自然和谐共生的现代化新篇章。

（2024 年 7 月 10 日中央广电总台《焦点访谈》）

强农富民美乡村

——"伟大的历史变革"专题节目

中央广电总台《焦点访谈》专题节目组

  强国必先强农,农强方能国强。党的十八大以来,以习近平同志为核心的党中央从党和国家事业全局出发,坚持把解决好"三农"问题作为全党工作的重中之重,打赢脱贫攻坚战,历史性地解决了绝对贫困问题,有力有效推进乡村全面振兴,推动农业农村取得历史性成就、发生历史性变革,为党和国家事业全面开创新局面提供了重要支撑。在湖南常德市的港中坪村,这里的早稻很快就将迎来收获。习近平总书记多次指出,粮食安全必须靠我们自己保证,中国人的饭碗应该主要装中国粮。

在湖南省常德市谢家铺镇港中坪村，种粮大户戴宏正在用 2024 年新购置的无人机喷洒农药，这套无人机还配套一台高精度光谱遥感小型设备，只需要在田间飞上一圈，就能将杂草和秧苗区分标记。

常德素有"洞庭粮仓"的美誉。2024 年 3 月，习近平总书记来到这里，察看春耕备耕进展。习近平总书记强调，我国有 14 亿多人口，粮食安全必须靠我们自己保证，中国人的饭碗应该主要装中国粮。眼下，2024 年我国的夏粮已经收完，丰收已成定局，南方的早稻也丰收在望。

我国的粮食生产已经连续 20 年丰收。近年来，我国局部地区频频遭受严重自然灾害，仍然连年增产。这得益于 10 多年来，习近平总书记一次次谆谆告诫、殷殷嘱托，引领和推动了粮食安全的理论创新、制度创新和实践创新。

回首 10 多年前，伴随着改革开放，我国的"三农"发展成效显著，但同时也面临诸多挑战，有很多难啃的硬骨头。比如在保障粮食安全方面，就存在耕地的非农化、非粮化的现象；在农村还有 9000 多万人生活在贫困线下，城乡二元结构依然突出。

【农业农村部乡村振兴专家委员会委员　张红宇】针对这些问题，总书记到每一个地方去调查研究，围绕农村改革领域的硬骨头，带领我们攻坚克难。

改革是发展的动力源。针对农业农村发展的短板，以习近平同志为核心的党中央系统谋划、全面推进农村改革，制定了一批顶层设计改革方案，推动"三农"重要领域和关键环节取得了突破性进展。

【国务院发展研究中心农村经济研究部部长、研究员　叶兴庆】党的十八大以来，习近平总书记高度重视国家粮食安全，明确提出了"谷物基本自给、口粮绝对安全"的新粮食安全观，明确提出了"以我为主、立足国内、确保产能、适度进口、科技支撑"的新粮食安全战略。

中央一号文件连续聚焦"三农"领域，建立健全粮食安全省长责任制、加强耕地保护和改进占补平衡、建立粮食生产功能区和重要农产品生产保护区，实施重要农产品保障战略、加强高标准农田建设，实行粮食安全党政同责。一系列落实国家粮食安全战略的制度日益完善。

不久前，江西省农作物种质资源库的工作人员清点了入库的水稻种质数目为 23650 份，其中包含 762 份珍贵的野生稻。

种子和耕地是关系粮食安全的要害。近年来，我国深入实施"藏粮于地、藏粮于技"的战略，划定永久基本农田并实施特殊保护，累计建成 10 亿亩高标准农田。为了保护农民种粮积极性，我国稳步提高稻谷、小麦最低收购价水平，实现三大粮食作物完全成本保险和种植收入保险主产省产粮大县全覆盖。

【叶兴庆】总书记有句话，"农民种粮有收益，粮食安全才有保障"。所以这是这些年来完善或者推进粮食安全保障制度改革的一个很重要的出发点，就是要健全农民种粮收益的保障机制，这是粮食安全保障制度改革的一个核心，一条主线。

仓廪实，天下安。10 多年来，我国粮食产能稳定提升，产量连续 9 年稳定在 1.3 万亿斤以上，人均粮食占有量达到 493 公斤，远高于国际公认的 400 公斤粮食安全线，做到了谷物基本自给、口粮绝对安全。

【张红宇】通过全面深化改革，用自己的能力，解决了自己吃饭的问题，在全球塑造了一个人口大国依靠自己的力量解决吃饭问题的大国范例。

小岗村是中国农村改革的发源地。2016 年 4 月，习近平总书记来到小岗村考察，主持召开农村改革座谈会。习近平总书记指出，深化农村改革，必须继续处理好农民和土地关系这条主线。农村土地改革向更深处展开。

2016 年，小岗村成立了集体经济股份合作社，村集体经济股份合作社连续 7 年分别为全体村民分红，实现了从"户户分田包地"到"人人持股分红"的转变。由小岗村到全国，我国农村集体产权制度改革阶段性任务基本完成。

【张红宇】基本构建出了遍及全国各地，集体经济组织达到 98 万家。通过农村产权制度改革构建了乡村治理的主体，有了发展乡村生产力的主体。

土地是农村改革的关键。近年来，我国农村土地制度改革继续推进。初步确立了承包地"三权分置"制度体系，实行所有权、承包权和经营权分置并行，这是继家庭联产承包责任制后农村改革又一重大制度创新。

【张红宇】总书记根据现实发展的要求，提出了农村土地"三权分置"理论架构，极大地催生了以家庭农场、合作社、农业企业、社会化服务组织为标志的新型农业经营体系竞相发展，最大化地提升了农业的市场竞争力。

一条由木头和藤条编成的800米悬崖藤梯路，曾经是连接阿土列尔村与外界的主要通道，这里被称为"悬崖村"。2020年5月，"悬崖村"的故事彻底成为了历史。

2020年，在以习近平同志为核心的党中央引领推动下，全国人民不懈奋斗，我国现行标准下9899万农村贫困人口全部脱贫，832个贫困县全部摘帽，这项彪炳史册的人间奇迹，离不开改革提供的强大制度支撑。

【叶兴庆】我们之所以能够打赢脱贫攻坚战，跟精准扶贫的体制机制创新有着紧密关系。总书记亲自谋划的精准识别、精准帮扶、精准考核、精准脱贫的一整套机制、制度安排，使我们能够打赢这场脱贫攻坚战。

为落实主体责任，我国建立了脱贫攻坚责任体系，形成五级书记抓扶贫、全党动员促攻坚的局面，建立驻村帮扶工作机制；创新社会动员模式，开展东西协作、"万企帮万村"等活动，最终打赢了这场艰苦卓绝的脱贫攻坚战。

位于河北保定的大激店村历史悠久，保留着众多古建筑。2018年大激店村确立了依托旅游产业带动乡村振兴的发展思路，开发文旅服务，古老的大激店村又焕发了生机。

民族要复兴，乡村必振兴。党的十九大首次提出实施乡村振兴战略,"产业兴旺、生态宜居、乡风文明、治理有效、生活富裕",20个字勾勒出未来乡村美丽图景。

近年来,每年中央一号文件都围绕乡村振兴对深化农村改革作出部署。2021年,我国实施了乡村建设行动,基本实现村村通电、通硬化路、通客车、通网络。农民身边的一件件"小事",正在汇聚成巨大的变化。

【叶兴庆】乡村振兴这些年来也有很多制度性成果,比如在乡村基础设施和公共服务领域,通过机制创新,能够把各方面资源调动起来,使农村的基础设施、人居环境的整治往前推进。

习近平总书记指出,检验农村工作实效的一个重要尺度,就是看农民的钱袋子鼓起来没有。我国乡村产业振兴紧紧围绕发展现代农业,围绕农村一二三产业融合发展,把产业发展落到促进农民增收上来。

国家统计局公布的数据显示,2013年农村居民人均纯收入为8896元,到2023年农村居民人均可支配收入达到21691元。

【张红宇】通过全面深化改革,促进了农业转型升级,确保了国家粮食安全主动权牢牢把握在自己手里。解决了全球最大群体的绝对贫困问题,城乡居民收入差距越来越小,通过乡村全面振兴,城乡要素平等交换平等流动,为2035年基本实现社会主义现代化提供了前提,为2050年建成社会主义现代化强国夯实了坚实基础。

农为邦本,本固邦宁。我国正从农业大国向农业强国加快转变,广袤乡村展现欣欣向荣的新气象,农业农村农民面貌正在发生巨大的变化。

(2024年7月11日中央广电总台《焦点访谈》)

民生福祉总关情

——"伟大的历史变革"专题节目

中央广电总台《焦点访谈》专题节目组

习近平总书记指出,我们党推进全面深化改革的根本目的,就是要促进社会公平正义,让改革发展成果更多更公平惠及全体人民。新时代以来,我们聚焦更好保障和改善民生、改革收入分配制度,促进共同富裕,推进社会领域制度创新,推进基本公共服务均等化,加快形成科学有效的社会治理体制,在幼有所育、学有所教、劳有所得、病有所医、老有所养、住有所居、弱有所扶上取得长足进展。2024年4月22日,习近平总书记来到重庆九龙坡区民主村社区考察,他对在场的社区居民说,中国式现代化,民生为大。党和政府的一切工作,都

是为了老百姓过上更加幸福的生活。

重庆九龙坡的民主村，老重庆的市井烟火气与新潮现代的时尚范儿，在这里完美融合，如今已经是新晋网红打卡地，而在前些年，民主村还是个脏乱无序的社区，曾有100多栋老居民楼，有的房龄超过70年，多数建筑缺乏维护。2021年，九龙坡区启动民主村片区城市更新，对其进行"留、改、拆、增"，既保留历史印记，又完善居住功能。如今的民主村社区环境焕然一新。

2024年4月22日，习近平总书记在重庆考察时来到民主村社区，他强调，要办民生实事，不断增强人民群众的获得感、幸福感、安全感。

"让人民生活幸福是'国之大者'"。近年来，我国居民居住环境不断得以改善，"住有所居"不断得到保障，这是民生领域持续进行深化改革带来的结果。习近平总书记多次强调，老百姓关心什么、期盼什么，改革就要抓住什么、推进什么。丰硕的改革发展成果，记录着全面深化改革造福人民的温暖步伐。

为了人民而改革，改革才有意义；依靠人民而改革，改革才有动力。

【中共中央党校（国家行政学院）副教授　郝栋】各项改革措施都要紧紧围绕着人民的需求来展开，改革到底成不成功，改革能不能真正惠及人民，评判标准这把尺子是握在人民的手中。

党的十八大以来，全面深化改革奔着问题去、盯着问题改，从住房难等老百姓的急难愁盼问题入手，找准改革的发力点和突破口，持续推进民生领域重大改革和制度建设，让人民群众真真切切感受到改革带来的新变化。

【郝栋】总书记经常讲民生无小事，从党的十八大以来，全面深化改革方面考虑最多的、谋篇布局最多的、下大气力最多的就是在民生领域方面，关系到老百姓的衣食住行、教育、医疗等等，大家最关心的问题我们下大气力去改革。

在改革的推动下，我国历史性地解决了绝对贫困问题，如期全面建成小康社会，人民生活全方位改善，人均预期寿命超过78岁，建成世界上规模最大的教育体系、社会保障体系和医疗卫生体系。

甘肃兰州沈家岭村村民朱小燕一家为低保户。8年前，朱小燕查出结肠肿瘤，起初，面对医疗花费一家人十分担心。但让朱小燕一家没有想到的是，几年间她自费的比例在不断降低。2021年的一次手术总共花费119705元，经过基本医保、大病保险和医疗救助报销后，朱小燕自费为23223元，自费比例为19.4%。而且，民政部门针对她家庭综合情况，给予了2万多元临时救助，朱小燕花费了不到3000元。

一个国家对待健康的态度，体现着这个国家的发展水平。朱小燕的医疗费用负担的减轻来自我国不断完善并优化的医疗保障体系改革。为帮助亿万家庭减轻医疗负担，我国建立健全了基本医保、大病保险、医疗救助三重制度综合保障体系，全面覆盖城乡民众。取消了实行多年的药品和耗材加成、改革了药品审评审批制度，药价虚高乱象得到有力纠治，人民群众看病贵问题得到减轻。新版医保药品目录内药品总数超过3000种，基本医疗保险参保人数超过13.3亿。

【中国社会保险学会会长　胡晓义】基本的社会保障任何一项拿出来，覆盖人数在全世界都是最大的，社会保障体系的建设在中央的领导下一步一步向前推进。这个过程里面采取了很多具有突破性的改革举措，很多都是前所未有的。再比如在推进城乡统筹方面，合并实施了城乡居民的基本养老保险，还有城乡居民的基本医疗保险，向城乡统筹公平正义的方向迈进了一大步，逐步解决城乡二元分割的社会结构取得了新进展。

而针对大医院人满为患、看病难的问题，我国不断深化医疗卫生体制改革，全面推开公立医院综合改革，在改革中下大力气、啃硬骨头，着力提高基层医疗卫生服务水平。

当了40多年村医的彭健康，在福建沙县的俞邦村家喻户晓，村民们都存着他的电话号码。老彭的病人大多是高血压、糖尿病这类慢性病的高龄患者，行动不便。所以只要一个电话，老彭就会上门体检、送药。

以前是村医的彭健康如今还多了一个身份——"家庭医生"。如今,福建全省的村卫生所超过 1.6 万个。在乡镇卫生院,就可做影像拍片和心电图检查,也可进行远程会诊,村民在家门口就可以享受到优质的医疗服务。家庭签约医生还定期入户随访。

村民们说,从前盼望健康,如今,健康就在家门口。没有全民健康,就没有全面小康。党的十八大以来,以习近平同志为核心的党中央作出了"推进健康中国建设"的重大决策,明确了"把以治病为中心转变为以人民健康为中心"的工作方针,历史性地全面破除以药补医的体制,人民群众看病难问题得到有效缓解。覆盖城乡的医疗卫生服务三级网络不断健全,90%的家庭15分钟内能够到达最近的医疗点。

【国家卫生健康委体制改革司副司长 庄宁】看病难是医疗服务体系一个非常重要的、要解决的核心问题。已经建成了全世界最大的医疗卫生服务体系,设置了 13 个国家医学中心,在推进 125 个国家区域医疗中心和 114 个省级区域医疗中心建设,大病重病在本省解决,建设了超过 1.8 万家医疗联合体。通过这种方式下沉了很多医疗资源,提升了基层的服务能力。这几年随着各项工作逐步推进,预期寿命已经达到了 78.2 岁,达到历史新高。

一个国家对待老人的态度,体现着这个国家的文明程度。随着我国人口老龄化程度越来越高,一段时间以来,养老服务供给与日益增长的需求不相匹配。为了补齐这样的短板,我国不断推进养老服务体系改革。

在江苏苏州姑苏区的一个养老综合体项目,二期工程正在进行保洁工作,工作人员告诉记者,当地不断完善社区的养老设施,对社区附近的闲置场地进行改造,完善养老配套服务,二期开放后将满足至少 600 人的社区康养需求,此前开放的一期养老公寓已经开始为周边社区老人提供各项养老配套服务。

如今居家社区养老服务迅速发展,社区养老服务已经基本覆盖城市社区和半数以上农村社区。从探索建立国家基本养老服务清单制度,到以"居家社区机构相协调"等明确养老服务体系建设目标；从理顺养老服务监管机制，到推动银发经济健康发展，一项项改革实招硬招为养老服务体系建设夯实根基。

【中国宏观经济研究院社会战略规划研究室副主任　关博】民生服务体系的效率得到了极大改善，特别是对一些民生刚需有了很好的回应。高龄失能老人的照护服务需要，近年来在两方面进行了积极发力，一方面在服务设施上，现在护理型床位占机构养老床位的比例已经达到了60%左右，现在养老服务供给能力能够满足失能老年人的需要。

民生无小事，枝叶总关情。除了让老有所养，我国全面深化改革聚焦人民群众堵点痛点难点，相继启动实施单独二孩和全面两孩政策，印发《关于促进3岁以下婴幼儿照护服务发展的指导意见》，不断筑牢"幼有所育"的民生保障。并始终把促进就业作为保障和改善民生的头等大事，进一步保障劳动者合法权益，中国特色积极就业政策体系不断创新完善；国民素质持续提升，2023年九年义务教育巩固率、高等教育毛入学率分别为95.7%、60.2%。

【关博】每个社会民生领域，过去10年都有一个不断深化改革的过程，服务体系得到了比较充分的搭建。养老、医疗、教育、社保，还有包括公共就业服务，在过去10年里大体都形成了全覆盖的公共服务网络；另外改革的第二个体现，就是过程中不断去优化民生服务的供给形式和供给方式。

党的十八大以来，全面深化改革架起了民生领域改革的"四梁八柱"。一个个普通中国人、中国家庭的生活变化，共同绘就了国家文明进步的新画卷。

（2024年7月12日中央广电总台《焦点访谈》）

新时代文化使命

——"伟大的历史变革"专题节目

中央广电总台《焦点访谈》专题节目组

  习近平总书记指出，对历史最好的继承就是创造新的历史，对人类文明最大的礼敬就是创造人类文明新形态。党的十八大以来，习近平总书记坚持把文化建设摆在治国理政的突出位置，坚持把马克思主义基本原理同中国具体实际相结合、同中华优秀传统文化相结合，鲜明提出一系列新思想、新观点、新论断，形成习近平文化思想。在习近平文化思想指引下，中华优秀传统文化的生命力被时代精神激活，中华优秀传统文化在传承发展中历久弥新，生机勃勃。历史文化遗产是中华优秀传统文化的承载者，延续着国家和民族的精神血脉。"中华

文明五千年实证"之良渚遗址，历经数千年沧桑，在新时代里焕发新生。我们也得以从这里回望历史，感悟中华民族祖先的勤劳智慧和文明之光。

浙江省杭州市余杭区的良渚古城遗址公园，游客络绎不绝。

在遗址公园不远处的良渚博物院展出了出土的玉器、陶器、石器等重要文物，参观者们在这里驻足、凝望。

良渚古城遗址，是良渚文化遗存分布最为密集、最为核心的地区。

【浙江杭州良渚遗址管理区管理委员会副主任　蒋卫东】有了这些考古成果、这些确凿的学术依据之后，我们的文化自信，5000年的文明就不是原来的故事传说了，而是有充分的物证，有现场实证的。

2003年7月，时任浙江省委书记的习近平赴良渚调研，对遗址的历史地位作出阐述——"良渚遗址是实证中华5000年文明史的圣地"。在他的直接关心和支持下，良渚遗址的考古和建设工作不断取得新成果。2019年7月，良渚古城遗址成功列入《世界遗产名录》。

【中国人民大学哲学院院长　臧峰宇】中国是具有5000年文明史的古老中国的当代存在，文化遗产是一个博大精深，承载着中华文明数千年独特价值观念的系统，保护文化遗产意义重大，这是我们面向未来的文化基础，在总书记心中非常重要。

良渚遗址的保护，是习近平总书记持续推动文化遗产保护的一个缩影。

党的十八大以来，习近平总书记主持以考古、中华文明探源工程等为主题的中央政治局集体学习，到敦煌莫高窟、殷墟遗址、云冈石窟、浙东运河文化园、汉中市博物馆等历史文化遗产地和博物馆考察调研，就文物、考古、非遗等作出重要指示批示。在习近平总书记的引领推动下，我国文物保护利用和文化遗产保护传承工作取得重大进展，中华文化焕发新的时代光彩。

在庆祝中国共产党成立95周年大会上，习近平总书记在重要讲话中强调，要坚持中国特色社会主义道路自信、理论自信、制度自信、文化自信。他还进一步指出，文化自信，是更基础、更广泛、更深厚的自信。

【清华大学习近平新时代中国特色社会主义思想研究院院长　艾四林】文化是一个国家、一个民族的灵魂，没有文化的繁荣发展就没有中国式现代化，就没有中华民族的伟大复兴。"四个自信"的提出表明党历史自觉、文化自觉达到一个新的高度。

在5000多年漫长文明发展史中，中华文化不断给予中华儿女强大的精神力量。

伟大的时代催生伟大的思想。要把"文化大国"建设成为"文化强国"，就需要科学的理论掌舵领航。

2023年10月，全国宣传思想文化工作会议在北京召开。会议最重要的成果就是首次提出习近平文化思想。习近平文化思想，是把马克思主义基本原理同中国具体实际、同中华优秀传统文化相结合这"两个结合"的光辉典范，丰富和发展了马克思主义文化理论。

【北京师范大学教授　康震】习近平文化思想最核心的要义就是这"第二个结合"，也就是说马克思主义的基本原理与中华优秀传统文化相结合。只有让马克思主义的基本原理与中华优秀传统文化相结合，才能够真正使得马克思主义是中国的，传统文化是现代的。

源浚者流长，根深者叶茂。习近平总书记高度重视传承弘扬中华优秀传统文化，涵养全民族精神力量。

习近平总书记多次以"根脉""根基"喻指中华优秀传统文化，指出："中华民族在几千年历史中创造和延续的中华优秀传统文化，是中华民族的根和魂。"

【康震】中国人在5000年的文明当中形成了一套属于自己的，而且行之有效的思想观念、实践方法。未来我们也将紧紧依靠和站在这样雄厚的基础上，从而能够更坚定地迈向未来，这就是"根脉"的作用。所以总书记如此热爱中华优秀传统文化，他是深刻了解到了这其中的真谛。

让源远流长的中华文脉绵延赓续，让古老的智慧丰盈当代文化建设，首先，就是要进一步保护中华大地上的珍贵文物和文化遗产。

燕山脚下、秦岭之旁、良渚古城之侧、岭南凤凰山边，习近平总书记亲自批准建成的"一总三分"的中国国家版本馆，就像中华文化的"种子库"，浩瀚的中华文明基因在这里依托现代科技力量得以保存、赓续。

党的十八大以来，我国文化遗产保护的体制机制进一步筑牢。

2017年1月，《关于实施中华优秀传统文化传承发展工程的意见》印发，这是首次以中央文件形式推动延续中华文脉、传承中华文化基因。

【艾四林】这些年一直在加强顶层设计，从顶层上、从总体上系统规划，同时加强各个部门之间相互协调，在政策支持力度上，在资金的支持力度上，大大加强了，这种重视程度是前所未有的。

不仅要保护，还要推动文物活起来、中华优秀传统文化火起来，并赋予它们全新的时代内涵。

夕阳西下，华灯初上，一场由中外音乐家奉献的长城音乐会正在上演。在长城脚下举办这样的活动，对长城文化与精神活化利用，这也是长城国家文化公园的一项工作内容。

长城是我国现存体量最大、分布最广的文化遗产。多年来，习近平总书记持续推动长城的保护工作，也在思考着如何依托于长城带给中国人民乃至世界人民更大的精神力量。

2019年，习近平总书记主持召开中央全面深化改革委员会会议。会议审议通过了《长城、大运河、长征国家文化公园建设方案》。2021年，《长城国家文化公园建设保护规划》印发。规划提出要着力将长城国家文化公园打造为弘扬民族精神、传承中华文明的重要标志。

目前，长城、大运河、长征、黄河、长江等国家文化公园建设正在扎实推进。

从创建国家文物保护利用示范区，打造文物保护利用改革"试验田"，到整体保护和活态传承，让文化遗产走进普通人生活，再到深入推进文旅融合，不断丰富旅游的文化内涵……赓续5000余年不断的中华文脉开枝散叶、绵延勃发，更好适应时代发展和人民需求。

【康震】大家正是因为顶层设计的思想，所以才能够在具体实践当中对每一座楼阁、每一条道路，甚至每一条小船都能够修建、完善得非常细腻。真正是让顶层设计和理念落实到了具体实践当中，进入到了老百姓的内心当中。

中华5000年文明史绵延不绝，中国共产党百年历史生生不息。

"红色资源是我们党艰辛而辉煌奋斗历程的见证，是最宝贵的精神财富。"习近平总书记的话语彰显了红色文化对于中华民族的重要历史意义，也体现了在新时代弘扬红色文化的必要性。

【艾四林】总书记多次强调中国革命历史是最好的营养剂，反复强调把红色基因传承好，把红色故事讲好，把时代新人育好，这些都体现总书记对红色文化的高度重视。

牢记习近平总书记嘱托，各地充分运用科技与文化、艺术相结合的手段，让荡气回肠的红色历史再次鲜活起来。

中华优秀传统文化、革命文化、社会主义先进文化在新时代融会贯通、生机勃勃。在习近平文化思想的指引下，收藏在博物馆里的文物、陈列在广阔大地上的遗产、书写在古籍里的文字活了起来，拥有5000年文明史的中国，到处出现新的"文化热"。

【康震】中华文明是历史悠久的文明，中华文化是让我们骄傲和自豪的文化，我们在这里生活，我们也从这里走向世界，这就是一个自信的中国，也是一个文化自信的中国。

江山壮丽，人民豪迈，前程远大。阔步行进在复兴之路的伟大征程上，我们比历史上任何时期都更加坚定文化自信，更有信心、更有能力铸就中华文化新辉煌。

（2024年7月13日中央广电总台《焦点访谈》）

高水平对外开放

——"伟大的历史变革"专题节目

中央广电总台《焦点访谈》专题节目组

党的十八大以来,习近平总书记统筹中华民族伟大复兴战略全局和世界百年未有之大变局,深刻总结我国对外开放实践经验,指出"中国开放的大门不会关闭,只会越开越大""我们将坚持对外开放的基本国策,坚持以开放促改革、促发展、促创新,持续推进更高水平的对外开放"。新时代以来,我国实行更加积极主动的开放战略,建设更高水平开放型经济新体制,形成更大范围、更宽领域、更深层次对外开放新格局,在中国式现代化的进程中,推动世界经济共同繁荣发展。有着"钢铁驼队"之称的中欧班列跨越山河,架

起了开放的新通道，正在为古老的丝绸之路源源不断地注入新的发展活力，带动更多地区成为对外开放的新高地。

2024年6月15日，随着汽笛声响，满载货物的X8011次中欧班列从重庆团结村中心站驶出。同日内，重庆首列全程时刻表进口班列在德国杜伊斯堡同步启程，重庆中欧班列正式迈入全程时刻表行列。

重庆是中欧班列（渝新欧）的首发地，也是西部陆海新通道的重要节点。2024年4月，习近平总书记到重庆考察时，就作出重庆着力推动高质量发展，奋力打造新时代西部大开发重要战略支点、内陆开放综合枢纽的重要指示。重庆在全力打造南北贯通、陆海联动、开放共享的综合交通运输体系，经济潜力释放将再上新台阶。

重庆与世界的连接只是中国对外开放的一个缩影。如今的中国，与世界融合的深度前所未有。党的十八大以来，以习近平同志为核心的党中央举旗定向、谋篇布局，深刻把握新时代中国和世界发展大势，推进对外开放理论和实践创新，我国对外开放水平达到新高度。

【深圳大学开放与创新发展研究院院长　顾学明】我国连续7年保持全球货物贸易第一大国地位。2023年，我国实际利用外资达到1.1万亿元，规模位居全球第二。从对外投资来看，连续11年稳居世界前三，资金流向覆盖了全球155个国家和地区。

伟大的成就离不开思想的指引。进入21世纪的第二个10年，世界面临百年未有之大变局，新一轮科技和产业革命方兴未艾，贸易保护主义与逆全球化思潮抬头，走近世界舞台中央的中国面临更多挑战。此时的中国，该去往何方？

2012年12月，刚刚当选中共中央总书记的习近平同志首次到地方考察调研就前往改革开放前沿广东，作出了"改革开放是决定当代中国命运的关键一招"的重大判断，发出了"改革不停顿、开放不止步"的动员令。此后，习近平总书记在多个场合向世界宣告：中国扩大高水平开放的决心不会变，同世界分享发展机遇的决心不会变。

【顾学明】习近平总书记鲜明地宣示了中国在加快推进中国式现代化建设进程中坚定不移扩大对外开放的信心和决心，他的开放理念为我国十八大之后的开放之路提供了根本遵循。

南海之滨,海南自由贸易港已经进入成形起势的发展阶段。在海口空港保税区"一站式"飞机维修产业基地,停满了等待维修的飞机,这些飞机来自世界各地。

自贸港是当今世界最高水平的开放形态。这里的特殊政策让海南打开了市场。在海南建设中国特色自由贸易港,是以习近平同志为核心的党中央赋予海南改革开放新的重大责任和使命。2018年,在庆祝海南建省办经济特区30周年大会上,习近平总书记发表重要讲话时,郑重宣布了这个消息。

海南自贸港建设以来,一系列创新体制机制先行先试,这里正成为我国最开放、最具吸引力和活力的地区之一。只有开放的中国,才会成为现代化的中国。2018年底召开的中央经济工作会议首次提出"推动由商品和要素流动型开放向规则等制度型开放转变"。进入新时代,我国不仅设立了自贸港,还有22个自贸试验区,这些开放平台对接国际高标准经贸规则,积极推动制度创新,深入推进高水平制度型开放。

【中国社会科学院世界经济与政治研究所全球治理室主任、研究员 任琳】把自贸试验区、自贸港作为制度创新的平台和试验田,在很多规则、规制方面做一些改革努力,通过积极对接高标准的国际规则、规制,从而保持新的开放姿态。

习近平总书记非常重视自贸试验区、自贸港建设,多次作出重要指示批示,强调要"把制度集成创新摆在突出位置","稳步推动规则、规制、管理、标准等制度型开放"。在上海自贸试验区,第一张外商投资准入负面清单、第一个国际贸易"单一窗口"、第一批自由贸易账户等制度创新成果不断涌现。中国开放的大门越开越大,开放的水平越来越高。

【顾学明】自贸试验区建设以来,国家层面共向全国复制推广了300多项制度创新成果,各省区市也自行推广复制超过了2800项,形成了改革红利共享、开放成果普惠的良好局面。

开放与改革从来都是相伴而生、相互促进。习近平总书记深刻指出，"以开放促改革、促发展，是我国发展不断取得新成就的重要法宝"。随着制度型开放稳步扩大，我国外贸外资也有了越来越广阔的发展空间。广州南沙港三期码头，吊车繁忙地抓吊各色集装箱装船，准备出海。

如今，中国深度嵌入全球价值链分工，"你中有我、我中有你"是大势所趋。与此同时，密集落地的外资项目，也折射出中国"磁吸力"的不断增强。河南许昌，德国埃贝赫集团年产50万套汽车排气系统的项目从考察、签约到投入试生产，仅用时92天。江苏苏州，全球招商大会，世界500强企业来了429家。一批新能源、高端装备、生物医药及大健康产业项目签约落地。

外商投资法颁布实施，全国版外资准入负面清单从93项缩减到31项，制造业领域外资准入限制将全面取消，不断放宽电信、医疗等服务业的准入……一系列开放举措加速落地，开放领域越来越广，让新时代的中国，投资机遇不断涌现。

【任琳】西方发达国家贸易保护主义越来越强，塑造了很多封闭排他的小圈子。但是我们在这样一个国际环境下，仍然能够保持高水平开放，同时把开放拓展到更广更多的新领域里去。

【顾学明】开放的中国愿意与世界各国共享发展机遇，外商投资已经是参与中国式现代化建设、推动中国经济与世界经济共同繁荣发展的重要力量。

仲夏之月，万物正盛。2024年7月3日，在哈萨克斯坦，习近平主席同哈萨克斯坦总统托卡耶夫共同出席了中欧跨里海直达快运开通仪式。跨里海国际运输走廊贯穿哈萨克斯坦，是中国和欧洲之间的最短运输路线。中方车辆首次以公路直达运输方式抵达里海沿岸港口，这条中间走廊的建设辐射整个欧亚大陆，意义重大。

11年前，正是在哈萨克斯坦，习近平主席首次提出了共建"丝绸之路经济带"的倡议。1个月后，千里之外的印度尼西亚也迎来新的历史时刻，在这里，习近平主席提出共建"21世纪海上丝绸之路"的倡议。10多年间，我国已与150多个国家、32个国际组织签署了200多份共建"一带一路"合作文件。中国与共建"一带一路"国家不断加强政策沟通、设施联通、贸易畅通、资金融通、民心相通。中国的对外交往更加均衡，实现了真正的"朋友遍天下"。

【任琳】我们通过共建"一带一路"倡议发展了伙伴关系，有越来越多国家愿意加入我们的倡议，为共建国家乃至整个世界经济都带来非常多发展的良好讯息、良好机遇。

中国开放的大门不会关闭，只会越开越大。2023年以来，我国免签"朋友圈"不断添加新成员，与泰国、新加坡等国缔结互免签证协定，并对匈牙利、瑞士等部分国家试行单方面免签政策。世界，正在看到更加开放自信的中国。

党的十八大以来，以习近平同志为核心的党中央坚持实施更大范围、更宽领域、更深层次对外开放，搭建进博会、服贸会、消博会等国际经贸合作平台，扎实推进共建"一带一路"高质量发展，与29个国家和地区签署22个自贸协定。中国将持续以高水平对外开放推动高质量发展，不断释放庞大市场的新动能、新优势，为增强世界经济韧性注入蓬勃动力。

（2024年7月14日中央广电总台《焦点访谈》）

"中国之治"新境界

——"伟大的历史变革"专题节目

中央广电总台《焦点访谈》专题节目组

"坚持和完善中国特色社会主义制度、推进国家治理体系和治理能力现代化，是关系党和国家事业兴旺发达、国家长治久安、人民幸福安康的重大问题。"党的十八大以来，以习近平同志为核心的党中央把深化党和国家机构改革作为推进国家治理体系和治理能力现代化的一项重要任务，按照坚持党的全面领导、坚持以人民为中心、坚持优化协同高效、坚持全面依法治国的原则，深化党和国家机构改革，党和国家机构职能实现系统性、整体性重构，为党和国家事业取得历史性成就、发生历史性变革提供了有力保障。在党和国家机构改革的

过程中，既强化党的领导，也让人民群众感受到党的温暖。广州市天河区一些新就业群体就切身感受到了新变化。

2024年6月，广州天河区"暖心之家"正式揭牌，为网约车司机、外卖小哥等新就业群体提供30多项服务，让他们"累能歇脚、热能纳凉、饿能吃饭、急能办事"。这项暖心服务是由成立不久的广州市天河区委社会工作部牵头打造的。

中央社会工作部是2023年在新一轮党和国家机构改革中新组建的，使社会工作力量在党的领导下得到有效整合并形成合力。在这轮机构改革过程中，还出台了组建中央金融委员会、中央科技委员会等一系列重大改革举措，基本形成了总揽全局、协调各方的党的领导体系。把党的领导落实到国家治理各领域各方面各环节。

党的十八大以来，习近平总书记高度重视国家制度建设，亲自谋划、亲自部署推动国家治理体系和治理能力的现代化。在党的十八届三中全会上，中央提出把完善和发展中国特色社会主义制度，推进国家治理体系和治理能力现代化确认为全面深化改革的总目标。在党的二十大上，习近平总书记深入阐述了坚持和加强党的全面领导的重要性。

在习近平总书记的引领下，10多年来，我国围绕党的领导制度体系、人民当家作主制度体系、中国特色社会主义法治体系等13个方面的制度，着力构筑中国特色社会主义的制度图谱，奠定"中国之治"的制度基石。

【中央党校（国家行政学院）社会和生态文明教研部主任　王满传】 习近平总书记强调，我们既不能走封闭僵化的老路，也不走改旗易帜的邪路。所以我们在制度建设之中，坚持和巩固新中国成立以来几十年被实践证明行之有效、符合中国国情的一系列制度，比如党的全面领导制度、人民代表大会制度。

制度稳则国家稳，制度强则国家强。10多年来，我国全面深化改革突出制度建设这条主线，坚决破除一切妨碍高质量发展的思想观念和体制机制弊端，着力构建系统完备、科学规范、运行有效的制度体系。

【王满传】 习近平总书记强调制度优势是国家最大的优势，国家正处于实现现代化的关键时期，面临着诸多的挑战风险，在这种情况下，制度建设、国家治理体系建设尤其重要。

党和国家机构职能体系是中国特色社会主义制度的重要组成部分，推进国家治理体系和治理能力现代化的一项重要内容就是要推进党和国家机构改革。

【中国社会科学院中国式现代化研究院院长　张翼】正像习近平总书记指出的一样，国家治理体系和治理能力现代化的根本任务是促进国家机构的系统性、协调性、高效运转性，国家机构改革是所有改革中最艰巨的改革，突破本位主义，突破部门、山头方面的影响，难度非常大。

多头分散、条块分割是过去困扰我国政府部门设置的一个顽疾。10多年来，我国通过3轮机构改革，逐步理顺了中央和国家机关层面存在的部门职责交叉、关系不顺的问题。党和国家机构实现系统性、整体性重构，国家治理效能显著提升。

【王满传】通过一系列重要举措，达到了习近平总书记提出的这一轮党和国家机构改革的目的，推动党对社会主义现代化建设的领导，在机构设置上更加科学，在职能配置上更加优化，在管理运行上更加高效。

在上海浦东新区的政务服务中心，一位企业工作人员正在办理公司的食品经营许可证，仅20分钟就办完了手续。

2014年5月，习近平总书记在上海考察工作，总书记来到位于上海自贸区外高桥综合服务大厅与工作人员交流。他强调，上海自由贸易试验区按照先行先试、风险可控、分步推进、逐步完善的原则，把扩大开放同改革体制结合起来，大胆闯、大胆试、自主改。

【上海市浦东新区政府办公室人民政府职能转变协调处处长　郭颖】10年来，我们按照总书记的嘱托和部署，围绕企业全生命周期的服务，推出了一系列改革创新举措，不断推动政府职能转变，打造国际一流的营商环境。

机构改革的目的是更好地实现治理效能，推动高质量发展。习近平总书记在党的十八届三中全会上指出，经济体制改革的核心问题就是处理好政府和市场的关系，使市场在资源配置中起决定性作用和更好发挥政府作用。

【张翼】改革的基本原则就是进一步放权让利、激活市场，在社会秩序与活力之间形成平衡，厘清市场、社会、政府之间的关系，形成了该市场办的事情交给市场办，该社会办的事情交给社会办，更好发挥政府的作用。

"最多跑一次"是浙江省2016年推出的一项改革措施，目的是让"数据多跑路、群众少跑腿"。在浙江，每天有300万以上人次登录"浙里办"APP办理业务；线下则各地整合窗口资源，让办事服务提质增效，在过去一网通办的基础上"不进门、不见面、依法办、高效办"。

【浙江杭州市富阳区行政审批服务管理办公室副主任　钟宏强】习近平总书记当时在浙江的时候，提出了机关效能建设，通过标准化建设来提高机关效能。我们从2019年开始，探索公民个人人生"一件事"、企业法人"一件事"和投资项目审批"一件事"，能够减少企业、群众跑动次数80%以上。

习近平总书记一直高度重视简政放权。2020年7月，习近平总书记在一次和企业家的座谈会上，和企业家们谈心，给他们鼓劲。总书记特别强调要推进简政放权，支持企业更好参与市场合作和竞争。近年来，我国全面实施市场准入负面清单制度，经营主体准入壁垒大幅破除。厘清政府和市场边界，完善产权保护制度和要素市场制度，建设高标准市场体系一系列改革举措。从微观到宏观，从细处到全局，让有效市场和有为政府更好结合，让社会主义市场经济体制更加完善。

【张翼】负面清单制度的实施，使得凡是不在负面清单内的能够由市场主体来办到的事情，全部可以通过市场的方式来进行，简化了办事的手续，激活了市场的活力。

改革"一子落"，发展"满盘活"。10多年来，政府取消下放超过千项行政许可事项，为市场主体松绑减负。大力减税降费、实施商事制度改革，推行政务服务网络化、标准化、便利化，有效激发市场活力。截至2023年底，全国登记在册经营主体达1.84亿户，其中民营企业超 5300 万户，分别比 2012 年增长了 2.3 倍和 3.9 倍。

【中国国际经济交流中心首席研究员　张燕生】世界银行的评估方法，2015 年我们的营商环境在全球排 90 位，2020 年我们在全球排 31 位。世界银行总结中国营商环境的成功经验向全球推荐。

不久前，北京市朝阳区小关街道的一些居民拨打 12345 热线，反映屋顶漏水问题。面对人民群众的迫切诉求，小关街道下定决心彻底解决这个历史遗留问题，目前有 8 栋楼的防水基本完成了施工。

从 2019 年以来，北京市对 12345 市民服务热线进行创造性改造，形成了以"接诉即办"为牵引的超大城市治理新机制。习近平总书记指出，为人民服务是我们党的根本宗旨，也是各级政府的根本宗旨。在此理念指引下，我国通过全面深化改革，构建起职责明确、依法行政的政府治理体系，加快建设人民满意的服务型政府。

【张翼】正像习近平总书记强调的，中国式现代化，民生为本，民生为大，只有把社会治理得更加有序，把老百姓的急难愁盼问题解决好，国家的秩序与活力其他的问题就更有保障。

在 10 多年的实践发展中，我们经受住了来自政治、经济、意识形态、自然界等方面的风险挑战考验，在一次次大考面前，国家治理体系和治理能力现代化展现出"中国之治"的强大力量。

【王满传】党中央坚持守正创新，从党的全面领导制度、人民代表大会制度，以及经济、政治、文化、社会、生态文明等 13 个方面加强制度建设，推进国家治理体系和治理能力现代化，使国家治理体系和治理能力现代化的水平显著提高，为推进中国式现代化建设，为民族复兴提供了有力的制度保障。

党的十八大以来，在以习近平同志为核心的党中央坚强领导下，我们通过一系列重大举措，推动国家治理体系和治理能力现代化在创新发展中取得了突破性的实践成果，坚定了党和人民坚持和发展中国特色社会主义的信心和底气。

（2024 年 7 月 15 日中央广电总台《焦点访谈》）

协调发展新格局

——"伟大的历史变革"专题节目

中央广电总台《焦点访谈》专题节目组

区域协调发展是推动高质量发展的关键支撑,是实现共同富裕的内在要求,是推进中国式现代化的重要内容。我国幅员辽阔、人口众多,各地区基础条件差别之大在世界上少有,统筹区域协调发展任务十分艰巨。党的十八大以来,以习近平同志为核心的党中央高度重视区域协调发展工作,不断丰富完善区域协调发展的理念、战略和政策体系,一幅东西互济、南北协同、城乡并进的美丽画卷,正在中国大地徐徐铺展。前不久,有着粤港澳大湾区"最长地铁"之称的一条交通动脉贯通运营,它串起沿线的五座城市,并采用地铁公司"公交化

运营"的创新模式，让出行更便利，同城化效应也更明显，助力粤港澳大湾区跑出"加速度"。

2024年5月26日贯通运营的广东城际"四线"，把大湾区的广州、佛山、肇庆、东莞和惠州五城连成一条线，成了一座"超级城市"。

不仅有"最长地铁"，还有超级工程。2024年6月30日，深圳至中山跨江通道建成开通，深中通道打通了珠江口东西两岸要素流通的动脉，助力粤港澳大湾区高质量发展。

建设粤港澳大湾区是习近平总书记亲自谋划、亲自部署、亲自推动的重大国家战略。党的十八大召开后，习近平总书记首次离京考察就来到了广东。他提出一个伟大的构想——希望广东联手港澳打造更具综合竞争力的世界级城市群。

【中国宏观经济研究院国土开发与地区经济研究所所长　周毅仁】推进粤港澳大湾区共同发展，既有利于保持香港、澳门的长期繁荣，也有利于带动内地的发展。

此后，《粤港澳大湾区发展规划纲要》《横琴粤澳深度合作区建设总体方案》《全面深化前海深港现代服务业合作区改革开放方案》等多份文件陆续出台，为粤港澳大湾区建设发展注入强大动力。

我国幅员辽阔、人口众多，各地区自然资源禀赋差别之大在世界上是少有的，统筹区域发展从来都是一个重大问题。

【清华大学中国发展规划研究院常务副院长　董煜】我们要谋划我们国家的发展，要走好现代化之路，实现生活在不同区域的人民的生活水平能够更加接近，大家都能够朝着共同富裕的路上去走，我们要谋划好区域协调发展的路径。

习近平总书记高度重视区域协调发展，亲自谋划、亲自部署、亲自推动京津冀协同发展、长江经济带发展、粤港澳大湾区建设、长江三角洲区域一体化发展、黄河流域生态保护和高质量发展等区域重大战略，部署进一步完善支持西部大开发、东北振兴、中部崛起、东部率先发展的政策体系，我国区域协调发展取得历史性成就，发生历史性变革。

习近平总书记在党的二十大报告中对区域协调发展作出了更加长远、更加系统的战略部署和总体安排。

【董煜】既有面上的部署，更有点上具体的精细化要求；既有大的谋篇布局，也在具体的落子方面有重点的一些突破，更重要的是在每一个基层层面也都有相应的政策予以支撑和对应。

新时代区域如何协调发展？习近平总书记提出了新的思路和新的要求，指出不能简单要求各地区在经济发展上达到同一水平，而是要根据各地区的条件，走合理分工、优化发展的路子。要形成几个能够带动全国高质量发展的新动力源，特别是京津冀、长三角、珠三角三大地区，以及一些重要城市群。

【周毅仁】总书记根据全国整体的发展新形势，以及国内外新形势变化，站在更高角度又提出了一些新的理念、新的思想、新的战略，对区域协调发展战略有了更丰富的内涵、更深入的思考。

习近平总书记的新思路和新要求开启了新时代我国区域协调发展新实践，我国的区域协调发展向更广、更难、更深的领域进发。在雄安新区启动区，首个市场化的智慧城市产业园2024年5月正式投入运营，一项项低空经济的实验项目正在这里展开。

【中电信数字城市科技有限公司园区运营中心总经理 孙晓新】未来，将吸引空天信息、卫星互联网、低空经济、数字城市等领域上下游企业，助力雄安新区打造全球创新高地。

雄安新区是习近平总书记亲自决策、亲自部署、亲自推动设立的。回首10年前的京津冀，北京的"大城市病"，各地发展的不均衡不协调，都是这个区域发展亟待破解的难题。

2014年2月，习近平总书记主持召开座谈会并发表重要讲话，深刻指出实现京津冀协同发展"是一个重大国家战略"，并提出着力加强顶层设计等7点要求。

沿着习近平总书记指引的方向，10年来，"北京疏解、津冀承接，京津研发、河北转化"的协作链条日渐清晰，京津冀三地经济总量连跨5个万亿元台阶，2023年达10.4万亿元，是2013年的1.9倍。

【周毅仁】京津冀协同发展 10 多年以来，在协同发展、共同发展方面取得了巨大的成就，既疏解了北京的非首都功能，又支持了天津、河北等地区的发展。

每个区域都有独特的功能定位，发挥着自身的比较优势。涵盖沪苏浙皖三省一市的长三角区域是我国经济发展最活跃、开放程度最高、创新能力最强的区域之一。习近平总书记始终关注长三角一体化发展进展并倾注了大量心血。2018 年首届进博会上，习近平总书记宣布，支持长江三角洲区域一体化发展并上升为国家战略。紧扣一体化和高质量这两个关键词，从体制机制上打破地区分割和行政壁垒，正是长三角一体化发展的关键。

协调发展，必须尊重客观规律，立足区域特色优势谋发展。习近平总书记不断为各区域指明发展方向。对于中部地区的发展，习近平总书记强调，要在更高起点上扎实推动中部地区崛起。对于长江经济带，他强调，要进一步推动长江经济带高质量发展，更好支撑和服务中国式现代化。对于东北地区，他强调，要维护好国家国防、粮食等"五大安全"，走出一条高质量发展、可持续振兴的新路子，实现东北全面振兴。

【董煜】总书记实际上赋予了区域协调发展新的内涵，使得我们对于区域协调发展认识，从过去单纯的认识缩小经济方面的差距，到更加综合的概念，按照板块内部不同空间单元之间自身的特点有针对性地实施相应的政策，实际上是一种差异化的、精细化的治理思路。

以一域带全域，以发展促平衡。习近平总书记统揽全局，不断丰富完善区域协调发展的新理念新思想新战略，推动形成优势互补、高质量发展的区域经济布局。

区域要协调，城乡要融合。党的十八大以来，习近平总书记立足于中国国情实际，提出一系列关于城乡发展的新理念新思路新举措，不断开辟我国城乡发展工作新局面。

【周毅仁】像我们这样一个幅员辽阔、人口众多的国家，城乡差距也是我们要努力解决的重大差距之一，我们要缩小城乡差距，通过城乡融合，最终达到全体人民的共同富裕。

城乡如何发展？习近平总书记给出了破局的思路，"要坚持城乡融合发展，扎实推进乡村全面振兴。推进以县城为重要载体的新型城镇化建设，推动城乡之间公共资源均衡配置和生产要素自由流动，推动城市基础设施和公共服务向农村延伸。"

一系列政策持续发力，推进县域产业发展、基础设施、公共服务、生态环境保护等一体规划，农村人居环境明显改善，农村更加美丽宜居，农村卫生厕所普及率超过了73%，90%以上的自然村对生活垃圾进行了收运处置；乡村公共基础设施更加完备，农村"水、电、路、气、房、讯"等发生明显变化，乡村基础设施从基本的"通路通水通电"升级为"硬化路进村、光纤入户、快递到家"等；农村公共服务体系进一步完善，社会保障水平逐步提升，农村社区综合服务设施覆盖了80%的村庄。所有的一切得益于我国持续推动城乡融合发展的决心与实践。

【周毅仁】我们可以看到各地区立足自身比较优势，积极融入新发展格局，经济总量不断攀升，发展均衡性逐步增强，人民生活水平显著提升，呈现出分工合理、优势互补、相得益彰的新局面。

京津冀、长三角、粤港澳大湾区高质量发展动力源作用日益增强，长江、黄河两条母亲河走上生态优先、绿色发展的道路，东西部发展差距持续缩小、重要功能区关键作用更加凸显……在以习近平同志为核心的党中央坚强领导下，我国区域城乡发展协调性不断增强、区域经济布局更趋优化、乡村全面振兴扎实推进，新型城镇化建设取得积极进展，城乡居民收入差距缩小。全方位、多层次、多形式的联动格局逐步形成，推动经济社会发展向更加均衡、更高层次迈进。

（2024年7月16日中央广电总台《焦点访谈》）

打铁还需自身硬

——"伟大的历史变革"专题节目

中央广电总台《焦点访谈》专题节目组

习近平总书记强调:"要把新时代坚持和发展中国特色社会主义这场伟大社会革命进行好,我们党必须勇于进行自我革命,把党建设得更加坚强有力。"党的十八大以来,以习近平同志为核心的党中央坚持以伟大自我革命引领伟大社会革命,推进新时代党的建设新的伟大工程,不断增强党自我净化、自我完善、自我革新、自我提高能力,始终保持党同人民群众的血肉联系。位于湖南的苗寨十八洞村,是2013年习近平总书记首次提出"精准扶贫"重要理念的地方。如今,这里山乡巨变,昔日的深度贫困村已经成为乡村振兴的"领头羊"。打赢脱

贫攻坚战，全面建成小康社会，正是坚持和加强党的全面领导取得的重大成就。

湖南湘西，这个被群山环绕的苗寨正是远近闻名的十八洞村。正值暑期，村子里的游客又多了起来。

十几年前的十八洞村，200多户人家，超过一半都是贫困户。而那时的中国，还有近1亿农村贫困人口。

2013年11月，习近平总书记在十八洞村考察时，首次提出"精准扶贫"重要理念。此后，一系列精准扶贫政策陆续出台，苗乡巨变由此开启。通过发展旅游、猕猴桃、苗绣、山泉水等产业，如今，山村里的日子发生了翻天覆地的变化。过去10年，村民人均年收入从1668元增加到了25456元。

【湖南省花垣县十八洞村驻村第一书记、工作队长　龙科】这种变化是在党中央、在总书记关心关怀下实现的。如果没有中国共产党领导，根本不可能实现一步千年、迈入小康、实现山乡巨变这个场面。

十八洞村的"蝶变"故事，是中国消除绝对贫困伟大实践的一个缩影。新时代以来，党带领全国人民经历了具有深远历史意义的三件大事：一是迎来中国共产党成立100周年，二是中国特色社会主义进入新时代，三是完成脱贫攻坚、全面建成小康社会的历史任务，实现第一个百年奋斗目标。这些成就的取得正是因为坚持党的全面领导，坚定维护以习近平同志为核心的党中央权威和集中统一领导，充分发挥了党总揽全局、协调各方的领导核心作用。

【中共中央党史和文献研究院学术和编审委员会原主任　陈理】回过头来看10多年的全面深化改革，就看得非常清楚。为什么全面深化改革能够行稳致远，能够始终沿着正确的方向进行，能取得今天这样的历史性伟大成就？原因有很多条，其中首要的、最根本、最重要的第一条，是坚持党对全面深化改革的统一领导。

办好中国的事情，关键在党。面对新形势下的严峻挑战和党内存在的问题，如何把党建设得更加坚强有力？早在2012年11月，面对中外记者，刚刚当选中共中央总书记的习近平就态度鲜明："我们的责任，就是同全党同志一道，坚持党要管党、从严治党，切实解决自身存在的突出问题，切实改进工作作风，密切联系群众，使我们党始终成为中国特色社会主义事业的坚强领导核心。"

大党大国，既是我们办大事、建伟业的优势，也使我们治党治国面对很多独有难题。中国共产党有9900多万名党员，是世界上最大的马克思主义执政党。如何成功跳出治乱兴衰的历史周期率？这是党从诞生之日起就面对的考题。在延安时期，我们党给出了第一个答案，"让人民来监督政府"。进入新时代，经过不断实践探索和理论思考，我们党又给出了第二个答案，"自我革命"。

习近平总书记系统回答了我们党为什么要自我革命、为什么能自我革命、怎样推进自我革命等三个重大问题。

【原中共中央党校副校长　李君如】总书记的思想来自实践，把马克思主义基本原理和中国实际结合起来，同中华优秀传统文化结合起来，回答了时代之问、历史之问。

【陈理】第二个答案的提出，标志着我们党关于党的建设规律认识的深化。我们党历经百年沧桑，但是更加充满活力，奥秘在于始终坚持真理、修正错误，坚持刀刃向内、刮骨疗毒。

全面从严治党是新时代党的自我革命的伟大实践。以习近平同志为核心的党中央坚持和加强党的全面领导，坚持党要管党、全面从严治党，形成了习近平总书记关于党的建设的重要思想、关于党的自我革命的重要思想。

新思想引领新实践。党的十八届六中全会专题研究全面从严治党问题；党的十九大提出新时代党的建设总要求，"全面从严治党"被正式写入党章；党的二十大首次提出"健全全面从严治党体系"，全面从严治党不断向纵深推进。

党的十八大以来，在各级纪委监委处理的违纪违法案件中，有不少人都有同一个问题——违反党的政治纪律。全面从严治党首先要从政治上看，腐败问题的背后往往都有政治问题。

【陈理】不管是生态环境或者贯彻新发展理念、构建新发展格局，我们有了很明确的规定，总书记在这方面也有很明确的指示，甚至某些问题上有多次指示。但是有些地方、有些基层，在贯彻落实中央规定方面阳奉阴违。

确保党中央的重大决策部署贯彻落实到位，就必须坚定拥护"两个确立"、坚决做到"两个维护"。确立习近平同志党中央的核心、全党的核心地位，确立习近平新时代中国特色社会主义思想的指导地位，是党在新时代取得的重大政治成果，为自我革命提供了坚强的政治保障。

【李君如】"两个确立"也是政治问题，你自觉维护"两个确立"、自觉坚持"两个确立"、自觉捍卫"两个确立"，还是阳奉阴违两面人？对党是否忠诚，对党中央的决策是否衷心拥护？表现出来可能在工作上、可能在组织纪律上、可能在生活作风上，但是背后的问题是政治问题，所以政治建设要统领党的建设方方面面，要作为党的各方面建设的第一位建设。

党的作风就是党的形象，关系人心向背，关系党的生死存亡。新时代全面从严治党从制定和实施中央八项规定开局破题，习近平总书记以身作则、率先垂范。

2012年12月，习近平总书记十八大之后第一次出京调研，前往广东，沿途没有封闭任何道路。整个广东调研期间，习近平总书记都是轻车简行，深入群众，了解基层实际情况。

就在这次调研3天前，中共中央政治局召开会议，审议通过了《关于改进工作作风密切联系群众的八项规定》，从调查研究、会议活动等8个方面为加强作风建设立下规矩。

【李君如】作风是党性的外部表现，因此抓作风表面上是抓风气的问题，实质上是抓党性如何。习近平总书记说如果全党能够保持党的先进性，弘扬我们的优良作风，我们政治局，政治局首先是我本人，我们做到了，可以为全党作出表率，以上率下、正风肃纪。

习近平总书记亲自谋划新征程上党的作风建设。2024年以来，在天津、湖南、重庆等地考察时，习近平总书记多次深入基层一线，了解当地为基层减负、提升基层治理效能等情况，要求坚决整治形式主义、官僚主义问题。

从遏制"舌尖上的浪费"、刹住"车轮上的腐败"，到整治"会所中的歪风"……新时代以来，党风政风引领社风民风，刹住了一些长期没有刹住的歪风邪气，解决了一些长期没能解决的顽瘴痼疾。

腐败是危害党的生命力和战斗力的最大毒瘤，反腐败是最彻底的自我革命。以习近平同志为核心的党中央以刮骨疗毒、壮士断腕的勇气，"打虎""拍蝇""猎狐"多管齐下，开展了一场力度空前的反腐败斗争。同时，坚持制度治党和思想建党同向发力，扎紧不能腐的笼子，构筑不想腐的思想根基。

从纪律处分条例、问责条例、关于新形势下党内政治生活的若干准则，到首部《中国共产党纪律检查委员会工作条例》……党的十八大以来，党内法规制定力度之大、出台数量之多、治理效能之好前所未有。

从 2013 年党的群众路线教育实践活动，到目前正在开展的党纪学习教育，接续开展的党内集中教育和经常性教育，为广大党员干部补钙壮骨。与此同时，巡视作为党内监督的战略性制度安排，成为管党治党的一柄利剑。

【陈理】穿插安排了常规巡视、专项巡视、机动巡视、"回头看"，各种方式来发力。这把利剑擦得比过去更光了、更亮了，做到了总书记强调的利剑高悬、震慑常在。

党的十八大以来，全面从严治党取得了历史性、开创性成就，产生了全方位、深层次影响。全面从严治党永远在路上，党的自我革命永远在路上。在以习近平同志为核心的党中央坚强领导下，坚持以伟大自我革命引领伟大社会革命，百年大党必将不断焕发蓬勃生机，在新的"赶考"之路上交出更加优异的答卷。

（2024 年 7 月 17 日中央广电总台《焦点访谈》）

奋楫改革，教育强国建设足音铿锵

——"新思想引领新时代改革开放"专栏报道

光明日报记者　邓　晖

阳光倾洒，绿意盎然。大江南北的校园里，时时涌动勃发的力量，处处洋溢创新的气象——

雪域高原，青海省果洛西宁民族中学的学生们用画笔绘出新时代家乡可喜变化，民族地区发展跃然纸上，团结进步种子种在心田。

京华大地，深夜时分的北京理工大学数字表演与仿真技术实验室灯火通明，科研团队奋力攻关，用智慧大脑生成绚丽影像，不断迭代升级。

松花江畔，梦想伴着骊歌启航，哈尔滨工程大学数学科学学院毕业生史佳卿选择投身国防事业："青春，就该在祖国最需要的地方闪光"……

菁菁校园里、祖国大地上，一个个奔忙的身影汇聚成知识报国的澎湃洪流，书写着教育强国的时代答卷。

培养什么人、怎样培养人、为谁培养人？党的十八大以来，围绕教育这一根本问题，习近平总书记提出一系列新理念新思想新战略，为新时代中国教育发展指明方向。

牢记习近平总书记嘱托，一场加快建设高质量教育体系、赋能经济社会可持续发展的改革创新之战鼙鼓劲擂、催人奋发，教育战线着眼全局、聚焦重点、抓住关键，我国教育事业取得历史性成就、发生格局性变化。

以改革创新为动力，以支撑引领中国式现代化为目标，教育强国建设足音铿锵，中国特色社会主义教育高质量发展道路越走越宽广。

优先发展，下好民族复兴重要先手棋

教育，国之大计、党之大计。

党的十八大以来，以习近平同志为核心的党中央高瞻远瞩，为推进教育强国建设谋篇布局——

立下优先发展教育的庄严承诺，强调中国将坚定实施科教兴国战略，始终把教育摆在优先发展的战略位置；

擘画教育发展的宏伟蓝图，召开全国教育大会，就加快推进教育现代化、建设教育强国、办好人民满意的教育作出全方位部署；

赋予教育前所未有的使命责任，党的二十大报告首次作出教育、科技、人才"三位一体"战略部署，为深入实施科教兴国战略指明了方向与路径；

吹响教育强国建设的出征号角，明确建设教育强国的根本保证、根本任务、根本目标、重要使命、基本路径、核心功能……

秉纲而目自张，执本而末自从。以习近平总书记重要讲话为指引，教育领域改革力度空前、步履不停。

加强党对教育工作的全面领导，中国教育越来越有底气和自信——

从《关于坚持和完善普通高等学校党委领导下的校长负责制的实施意见》《关于建立中小学校党组织领导的校长负责制的意见（试行）》等文件印发，到民办高校全部设立党组织，党的领导实现纵到底、横到边、全覆盖；全国高校实施党组织"对标争先"建设计划，推动各级党组织全面进步全面过硬；基层党组织作用显著强化，成为师生最贴心、最信赖的组织依靠，无数青年学子凝聚在高高飘扬的党旗下，用行动践行"请党放心、强国有我"的响亮誓言。

在战略规划、财政资金投入和公共资源配置上，优先安排和保障教育——

优美的校园环境、设施完善的学生宿舍、数字化的智能教室……在西藏拉萨，北京对口援建的拉萨北京实验中学如高原明珠般璀璨耀眼。托起孩子们梦想的，是把中西部教育置于全国教育总体格局中优先谋划设计的战略举措。数据显示，党的十八大以来，我国中西部地区教育投入增幅增速显著，特别是新疆、西藏、贵州等地教育投入提升最为突出。

被教育之光点亮的，还有更多孩子与家庭。国家财政性教育经费支出占国内生产总值比例已连续11年保持在4%以上，教育脱贫攻坚各项目标任务全面完成。

优化区域教育资源，与国家区域发展战略、生产力布局和城镇化建设要求相适应的多层次、多样化教育布局逐渐形成——

从长三角到京津冀，从中西部到大东北……教育同区域经济社会发展一同规划，在助力区域高质量发展中发挥的作用更加突出。

建立定期会商机制，增进港澳与内地人才培养合作，实现育才资源共享……粤港澳大湾区，高水平人才高地建设取得重要进展。

量子计算原型机"九章三号"再度刷新世界纪录，超导量子计算机"本源悟空"为全球用户完成10万多个运算任务……安徽合肥，教育资源与区域发展精准对接，激荡起磅礴的创新力量。

更多的坚实足迹，被这10余年间一组组数据标注——

我国已建成世界上规模最大的教育体系，各级教育普及程度达到或超过中高收入国家平均水平。截至2023年，学前教育毛入园率91.1%，九年义务教育巩固率95.7%，高中阶段毛入学率91.8%，高等教育毛入学率60.2%。一个服务14亿多人口，面向每个人、适合每个人、更加开放灵活的教育体系日渐完善；

接受高等教育人口超2.4亿，新增劳动力平均受教育年限达14年，教育现代化发展总体水平跨入世界中上国家行列；

2024年5月29日，中国教育科学研究院发布教育强国指数最新研究成果。在纳入排名的129个国家中，中国教育强国指数位次上升2位，排名第21位。

锚定方向，着力培养堪当重任的时代新人

随着中国特色社会主义进入新时代，聚焦立德树人根本任务，教育"为党育人、为国育才"的定位更为凸显。

怀着深沉的历史责任感，习近平总书记一次次深入校园，殷殷嘱托、谆谆勉励——

在北京大学，寄语青年学子："人生的扣子从一开始就要扣好"；给北京师范大学"优师计划"师范生回信，勉励他们"努力成为党和人民满意的'四有'好老师"；调研闽江学院，强调"要把立德树人作为根本任务，坚持应用技术型办学方向，适应社会需要设置专业、打好基础，培养德智体美劳全面发展的社会主义建设者和接班人"；来到陕西绥德实验中学，指出"德智体美劳全面发展，字字千金"；走进北京育英学校，指出"新时代中国儿童应该是有志向、有梦想，爱学习、爱劳动，懂感恩、懂友善，敢创新、敢奋斗，德智体美劳全面发展的好儿童"……

铭记嘱托、锚定方向，一系列教育改革重大政策密集出台，更高水平的人才培养体系加速形成，培养担当民族复兴重任时代新人的步伐更加稳健。

牢牢把握人才培养方向，坚持不懈用习近平新时代中国特色社会主义思想铸魂育人——

围绕《习近平新时代中国特色社会主义思想概论》这一重要教材，研究核心问题、集纳鲜活素材、探讨思路教法。如今，这样的集体备课会已在高校思政教师队伍中成为常态。

从思政课改革创新，到各类课程与思政课同向同行；从大中小学思政教育一体化建设，到全面实施"时代新人铸魂工程""大思政课"建设工程……近年来，各级各类学校全面贯彻党的教育方针，不断推动思政教育创新发展，全员、全过程、全方位育人的体制机制持续完善。

着力造就拔尖创新人才，让创新创造能力充分涌流——

小卫星班、智能机器人班、善义班……在哈尔滨工业大学，多个由院士领衔的特色班陆续设立，聚力自主培养未来领军人才。谈起学习感受，学生们颇为兴奋："只要愿意挑战自我，就能得到导师们专业、个性、细致的指导。每个人的学术'胃口'都能被满足！"

面对强国复兴的时代考题，高质量发展成为各级各类教育的生命线。

跨过"有学上"和"基本均衡"的门槛，新时代基础教育扩优提质行动计划启动实施。深化课程改革、加强课程建设、以前所未有的力度推进"双减"……更加公平、更有质量的基础教育新格局正在构建。

两轮"双一流"建设计划接续推进，"新工科、新医科、新农科、新文科"建设不断深化，"强基计划"和基础学科拔尖人才培养计划深入实施……高等教育龙头高扬，努力实现从规模向内涵、从量变向质变的跃升。

深化现代职业教育体系建设改革，职普融通、产教融合、科教融汇全力推进……职业教育适应性和吸引力不断增强，让每个孩子都享有人生出彩机会。

系统构建德智体美劳全面培养的教育体系，让核心素养成为育人导向——

在贵州省贵阳市第四十中学校园里，一块名为"半亩花田"的劳动实践基地成了大家最爱去的地方，师生同劳动，已经种出了好几季瓜果蔬菜。

不只是劳动教育有声有色。如今，各地各校将德智体美劳"五育"并举落实在育人全过程。

听，高亢嘹亮的音调声声入耳，古韵戏曲唱响青春校园；看，剪纸、泥塑、蛋雕等非遗课程排进课表，诗韵墨香遍布万千学校……学校美育工作在"全面浸润"中实现高质量发展。

听，呐喊声加油声响彻操场，"花式"校园运动让孩子们玩得嗨、身体棒；看，校园足球发展如火如荼，大运会、学青会等体育赛事精彩纷呈……健康第一的教育理念深入人心。

健全中国特色教师教育体系，让高素质专业化教师队伍护航学生成长——

"强教必先强师。"习近平总书记对教师队伍建设高度重视，先后作出"四有"好老师、"四个引路人""四个相统一"、做"经师"和"人师"相统一的"大先生"等重要指示，2023年，更是提出了中国特有的教育家精神，赋予新时代人民教师更崇高的使命。

一项项举措应运而生：《中共中央国务院关于全面深化新时代教师队伍建设改革的意见》等政策重磅出台；以200所师范院校为主体、近600所非师范院校共同参与，中国特色教师教育体系不断健全；中西部欠发达地区优秀教师定向培养计划、"国培计划"、职业院校教师素质提高计划等大力实施，教师专业能力显著提升；教师楷模选树宣传机制建立完善，鼓舞广大教师安心从教、热心从教……

数据显示，党的十八大以来，全国专任教师总数从2012年的1462.88万人增长至2023年的1891.78万人。这支规模宏大的高素质专业化教师队伍，推动中华民族的教育强国梦行稳致远。

服务社会，坚实支撑高质量发展

金秋的长风，吹过白山黑水，吹过松江辽河。

2023年9月，习近平总书记来到哈尔滨工程大学考察调研时强调，抓好教育、科技、人才工作，为建设教育强国、科技强国、人才强国再立新功；考察后不久，总书记又给东北大学全体师生回信，嘱其"为推动东北全面振兴、推进中国式现代化作出新的更大贡献"。

殷殷期待，催人奋进。纵观世界各国发展历程，教育是驱动发展的重要引擎。切实回答好"强国建设、教育何为"的时代命题，必须时刻胸怀"国之大者"、勠力服务国之所需。

近年来，教育战线及时捕捉分析高质量发展对人才、科技需求的

"第一信号",将其转化为教育改革的方向与内容,全面提升教育对高质量发展的支撑力贡献力。

调整学科专业、加强校社合作,有的放矢培养国家战略人才和急需紧缺人才——

专业调整频频发力。2023年出台的《普通高等教育学科专业设置调整优化改革方案》,明确到2025年优化调整高校20%左右学科专业布点。前不久发布的《普通高等学校本科专业目录》(2024年)中,"数字""智能"成为高频词,顺应高质量发展的时代需求意图鲜明。

科技攻坚步履不停。高校服务国家重大战略能力持续增强,获得了60%以上的国家科技三大奖励,承担了全国60%以上的基础研究、80%以上的国家自然科学基金项目。

让人才在"国家的大事业"中拔节成长。将科学研究和人才培养有机结合,中组部、教育部等九部门联合实施工程硕博士培养改革专项试点,32家国家卓越工程师学院校企双导师队伍已达1.7万名。

提升教育与区域经济发展的"适配度"。教育部与多个省份签署战略合作协议,在全国布局建设了229个省部共建协同创新中心,加强与行业产业和地方政府的深度合作,为产业和区域发展提供有力支撑……

抓住新时代教育评价改革"牛鼻子",努力破"五唯",让支撑高质量发展的人才脱颖而出——

得益于学校"基础研究特区计划",上海交通大学材料科学与工程学院教授林天全终于可以安心研发全天候、可移动、超时长的便携式稳定电源器件。一段时间内,学校不设考核指标,经费使用实行"包干制"。

鼓励高校科研人员挺进"无人区"潜心研究,这是新时代教育评价改革的生动缩影。2020年,《深化新时代教育评价改革总体方案》印发,教育改革发展过程中最难啃的"硬骨头""老大难"开始破题。

扭转重科研轻教学、重教书轻育人等倾向,教师评价朝着分类多元行进:在中国人民大学,不同岗位类型、学科的教师有不同评价标准。学校还打造破格晋升通道,鼓励青年人才主动作为。

学生评价,也从"育分"转向"育人":在浙江杭州等地,学生期末成绩评定细分为学业水平评价、表现性评价、发展性评价和形成性评价，丰富的成长记录取代了冰冷的成绩单……

开辟教育数字化新赛道，深入实施国家教育数字化战略行动——

人口大国如何实现每个人的全面发展？"数字化"为这一追求提供更大可能。近年来，国家教育数字化战略行动全面实施，国家智慧教育公共服务平台集成上线，助力人口素质整体提升。

网络弥合城乡鸿沟，更多优质资源突破时空、联通城乡，以教育公平增进社会正义。如今，华东师范大学志愿者可以通过平台，与几千里之外的云南省寻甸县小学生共同体验传统文化、感知科技前沿、交流内心世界。

云端呈现无尽可能，推动"标准化教育"转向个性化学习。在北京市史家小学，借助人机互动和大模型技术，教师在课堂上可以跨学科讲解内容，学生们能随时向机器人提问，学习质量大幅提高。

技术赋能美好生活，助力我国劳动力素质结构发生重大变化。目前，我国已有12座城市加入全球学习型城市网络。上海构建终身教育学分银行，建立约493万件市民学习档案；成都初步建成"终身学习教育资源库"和"终身学习公共服务平台"，年服务市民超过300万人次……

教育铸就未来。中国教育，正为推动中国式现代化凝心聚力。

扩大交流，教育对外开放成效显著

2023年11月，法国巴黎，联合国教科文组织第42届大会。世界又一次瞩目中国教育：联合国教科文组织国际STEM教育研究所将落户上海。这是该组织在全球设立的第10个一类中心，也是其在欧美之外首个全球性一类中心。

教育是国家和民众间交流与对话的关键力量，是承载、传播、延续文明核心价值的重要途径。习近平总书记在一系列国际国内重大场合郑重表示扩大教育对外开放，多次作出重要指示，饱含深情给海外学子、留学归国人员、在华外国留学生、外国中小学生回信,为教育对外开放提供了根本遵循。中国教育,以更加开放自信主动的姿态走向全球舞台。

以顶层设计为先导,开放总体布局不断优化,教育的"朋友圈"更大了——

《关于做好新时期教育对外开放工作的若干意见》《推进共建"一带一路"教育行动》《关于加快和扩大新时代教育对外开放的意见》等文件陆续出台,从顶层设计上构建教育对外开放的宏伟蓝图。

高瞻远瞩擘画,带来教育开放气象万千。

与29个国家合作建设鲁班工坊,与160个国家和地区合作举办孔子学院(课堂),成立"中国—东盟职业教育联合会"……区域教育合作机制不断完善,中华文明的种子向全世界播撒。

以人才培养为核心,有效利用世界一流教育资源和创新要素,世界重要教育中心建设的速度更快了——

自2004年全职回国执教清华大学后,世界著名计算机学家、图灵奖得主姚期智全力投入计算机一流人才培养,还不断发挥"磁吸效应",从伯克利、麻省理工等名校引进教师,极大促进了我国人工智能领域的科研攻关与人才培养。

如今,越来越多高校聚焦世界科技前沿和国内薄弱、空白、紧缺学科专业,同世界一流资源开展高水平合作办学和跨领域、跨国界科研合作,加快把我国建设成为世界重要教育中心。

以多元互动为途径,人文交流格局不断完善,中外"民心联通"更紧密了——

漫步在浙江温州肯恩大学校园内,随处可见东西方文化交流融汇的景象。在这里,美国学生威廉·赫索姆中秋赏月吃月饼时"体会到了什么是真正的'色香味'",更充分感受到中国传统节日的文化意蕴。

国之交在于民相亲,民相亲在于心相近。如今,中美青年创客大赛、中俄同类大学联盟、中英中法百校交流、中南(非)职业教育联盟等教育品牌项目成果卓著,为中国外交注入积极力量。

以加强与国际组织和多边机制的合作为抓手，积极参与全球教育治理，中国教育的国际影响力更强了——

机关重重的迷宫里，机器人快速穿梭，短短几秒就闯关成功。2022年，在由我国政府首次发起并主办的世界职业技术教育发展大会上，这样的精彩一幕引得外国嘉宾频频点赞。

立足中国教育核心议题，着眼全球教育动态，近年来，中国教育不断向世界呈现中国方案、贡献中国智慧。

我国与联合国教科文组织合作，连续实施三期援非信托基金项目，惠及12个非洲国家、3万多名教师和众多非洲高等职业技术学校学生；举办世界数字教育大会、国际人工智能与教育大会等国际会议，搭建国际交流合作平台……以更加积极的姿态参与全球教育治理和区域教育合作，中国教育自信昂扬。

千年潮未落，风起再扬帆。

面向未来，加快中国教育由"大"向"强"的进程，更需要主动超前布局、有力应对变局、奋力开拓新局。在以习近平同志为核心的党中央坚强领导下，14亿多用信念与知识武装起来的中国人民，正为建成教育强国笃学躬行，为托举复兴梦想积蓄更大力量。

(《光明日报》2024年7月8日)

人民至上，全面深化改革增进百姓福祉

——"新思想引领新时代改革开放"专栏报道

光明日报记者　邱　玥　任　欢

"这里是具有医养结合服务功能的养老院，老伴儿有护理员照顾，不用操心。晚上有什么事，我一按呼叫键，工作人员就来了。"自从住进养老院，山东青岛84岁的秦玉方睡得更踏实了。

"原本一个疗程要自费8万多元，自从今年1月份新药艾加莫德纳入医保报销，一个疗程只需花费1万多元。"患重症肌无力多年的福建福州居民刘阿姨重燃起生活的信心。

悠悠万事，民生为大。

回顾过去10多年间，全面深化改革引领着社会民生的巨大变迁，就业、增收、就医、养老、住房，这些最关乎群众日常的领域，无不铭刻着改革的脚步和发展的力量。

"中国共产党在中国执政就是要为民造福，而只有做到为民造福，我们党的执政基础才能坚如磐石""增进民生福祉是发展的根本目的。必须多谋民生之利、多解民生之忧""中国式现代化，民生为大。党和政府的一切工作，都是为了老百姓过上更加幸福的生活"。

…………

随着全面深化改革向纵深推进，广大群众真切感受到以人民为中心的发展思想落地生根，收获了实实在在的获得感、幸福感和安全感。

兜牢底线，夯实民生之本

近日，上海的一场招聘会人头攒动，多家企业带来招聘需求，汇集工程师、产品经理、销售、会计、管培生等岗位512个。

"这里岗位多、辐射广、点位近，跑一趟就能'面'到好几家用人单位。"求职者小汪拿着简历高兴地说。

2024年春风行动发布岗位4300多万个、发放就业补贴66亿多元；中央财政安排就业补助资金预算667亿元，支持落实就业创业扶持政策；各部门精准施策、协同发力，强化财政、货币、产业、区域等政策支持就业导向，形成减负稳岗扩就业政策合力。

2024年以来，随着经济延续回升向好态势，经济发展对就业的带动力不断增强，就业基本盘不断夯实。5月份，城镇调查失业率为5%，与上个月持平，较2023年同期下降0.2个百分点。

党的十八大以来，党中央、国务院坚持以人民为中心，在幼有所育、学有所教、劳有所得、病有所医、老有所养、住有所居、弱有所扶上持续用力。各地各部门着力补短板、解难题、兜底线，提高公共服务可及性和均等化水平，推进城乡区域协调发展，让全体人民共享改革发展成果——

就业总体平稳。城镇新增就业年均1300万人；2024年1—4月，全国城镇新增就业436万人，同比增加12万人，就业形势总体稳定，最基本的民生稳如磐石。

收入持续增加。居民人均可支配收入从2012年的16510元增加到2023年的39218元，扣除价格因素，增速快于经济增长，城乡居民收入差距继续缩小。

社保更加健全。基本医疗保险覆盖超13亿人，基本养老保险覆盖超10亿人，建成全球最大的社会保障网。看病更加省心。

截至目前，9批国家组织药品集中带量采购已覆盖374种药品，平均降价超50%；跨省异地就医直接结算覆盖范围进一步扩大，截至

2023 年底，全国跨省联网定点医疗机构达 19.8 万家，定点零售药店达 35.24 万家。

居住条件不断改善。10 多年来，我国累计完成投资 16.5 万亿元，建设各类保障性住房和棚户区改造安置住房 6400 多万套，低保、低收入住房困难家庭基本实现应保尽保，帮助约 1.6 亿群众实现安居。

民生底线更加稳固。10 多年来，中国特色社会救助体系基本建成，年均保障低保人员 4000 万人以上、特困人员近 500 万人、临时救助人员 1000 万人次左右、各类生活无着流浪乞讨人员 230 万人次以上。

民生保障标准持续提升。2012 年至 2021 年，全国城乡低保平均标准分别增长 1.2 倍和 2.1 倍，特困人员基本生活标准已达到或超过当地低保标准的 1.3 倍。

民生保障覆盖面不断扩大。事实无人抚养儿童被纳入国家保障范围，建立了针对农村留守老年人、妇女、儿童、残疾人的关爱服务制度，确保更多群体得到必要的支持和帮助。

把惠民生、暖民心、顺民意的工作做到群众心坎上，这背后，是国家真金白银的投入。

党的十八大以来，我国对社保、教育、医疗卫生、保障性住房等重要民生领域的财政投入力度不断加大，基本民生保障水平稳步提高——

中央财政持续补助企业职工基本养老保险基金，2023 年，中央财政安排基本养老保险补助资金约 1 万亿元，重点向基金收支困难的中西部地区和老工业基地倾斜，养老保障更为坚实。

2012 年至 2021 年，国家财政性教育经费累计支出 33.5 万亿元，年均增长 9.4%；学生资助资金累计超过 2 万亿元，年均增长 8.24%。财政投入持续稳增，支撑起世界上规模最大的国民教育体系和覆盖最广的学生资助体系。

"全面建成小康社会，一个也不能少。"2013 年至 2020 年，中央财政安排的专项扶贫资金从 379 亿元增加到 1461 亿元，推动我国历史性解决了绝对贫困问题，建档立卡贫困人口实现"两不愁三保障"。

相关救助政策与受灾人员救助政策的衔接得到加强，确保符合条件的受灾困难群众能够及时被纳入救助范围。2023年，各地为受灾困难群众提供救助保障127万人次，将9万名受灾困难群众及时纳入低保和特困供养等保障范围，实施临时救助25万人次，共支出临时救助资金2.5亿元。

投入力度，彰显民生温度。

坚持尽力而为、量力而行，坚持基本民生投入只增不减、惠民力度只强不弱。这份书写百姓福祉的民生答卷，在绵绵用力中向前铺展。

关键改革，织密民生保障网

今年20岁的福建南平松溪县低保户杨晓岚总是感叹，"幸好有医保，每年缴费参保后，就可以安心地治病"。

2019年，杨晓岚还是一名在校学生，不幸患上急性淋巴细胞白血病。在她和家人为治疗费用忧心忡忡时，当地政府对低保户参保进行资助，为她撑起健康保护伞。

"依托基本医疗保险、大病保险和医疗救助三重保障，我一共报销医疗费81.8万元，帮助很大。"杨晓岚感慨地说，"不仅如此，我在外省看病，医疗救助费用和基本医疗保险、大病保险报销费用出院时可直接'一站式'结算，不用先垫款再跑医疗救助的程序了，既方便又快捷。"

10多年来，聚焦病有所医，增进人民群众健康福祉的改革举措逐步推进：新版国家医保药品目录2024年1月1日起实施，目录内药品总数增至3088种，包含74种肿瘤靶向药、80余种罕见病用药，保障水平进一步提升；居民医保人均财政补助标准提高；异地就医直接结算机制不断完善；长护险制度试点扩大至49个城市，切实为失能人员家庭减轻负担。

社会救助事关困难群众安危冷暖和柴米油盐，是社会保障体系中的最后一道防线。

"我们感受到了党和政府的关心关爱！"在黑龙江孙吴县奋斗乡奋

斗村，村民李某与患有智力残疾的儿子多年来靠微薄的收入维持基本生活。2023年10月，乡政府工作人员了解情况后，及时帮助他们申请低保边缘家庭，将李某儿子纳入低保。

"您的孩子上几年级了？教育补贴落实了吗？生活上还有什么困难？"2023年8月，山东青岛市民政局社会救助处处长华玉芹深入困难群众家中，了解他们的需求和困难，向他们传递政府的关怀。

10多年来，围绕难有所帮，各地加快健全社会救助制度体系。2023年10月，国务院办公厅转发民政部等单位《关于加强低收入人口动态监测做好分层分类社会救助工作的意见》，明确了根据低收入人口的困难程度分层、困难类型分类，提供针对性的救助帮扶措施，扩大了救助范围，实现了专项社会救助的精准覆盖。民政部社会救助司有关负责人表示，这将充分发挥医疗、教育、住房、就业等专项救助的作用和潜力，为困难群众提供更有力的保障。

托底保障，既要有细致的政策安排，也要有便捷的触达渠道；既要有物质帮助，也要有精神关怀。

广西南宁宾阳县中华镇育才村的小霆，是一名留守儿童，因父母外出打工缺少关爱变得内向。村委副主任、"爱心妈妈"张清秀与他结成帮扶对子。在张妈妈的关爱下，小霆变得开朗起来，如今已是一名大二学生。

走进江苏徐州市儿童福利指导中心，几名小朋友依次将手搭在前面人的肩膀上，排成"小火车"，"开"进教室里。他们的家长和老师紧随其后，一堂康复训练课即将开始。作为一家为孤儿和弃婴提供养育、治疗、康复、教育等服务的儿童福利机构，现有孤弃儿童260人。该指导中心还将专业技术服务资源向社会家庭延伸，形成"开门办院"的特色模式，帮助孤独症患儿更好地融入社会，为众多患儿家庭带来希望。

10多年来，锚定弱有所扶，各地坚持儿童优先，积极维护儿童合法权益。持续提高孤儿、事实无人抚养儿童保障水平，截至2024年一季度，集中养育孤儿平均保障标准达每人每月1928.3元，社会散居孤儿平均保障标准达每人每月1478.4元；事实无人抚养儿童平均保障标准达每人每月 1466.1 元。

民生无小事，枝叶总关情。一系列保障政策不断完善，织就更密更牢的民生保障网，民生福祉温暖人心。

持续推进，补齐民生短板

"我买房时申请了青年购房消费券和房企配套消费券，再加上房地产开发企业的一些优惠政策，共节省了约 13 万元。"拿到新居的钥匙，山东聊城的俞先生很开心，自己有了安稳的家。

有针对性地解决青年人、新市民过渡住房、租房和购房不同阶段的困难，实现从"一张床"到"一间房"再到"一套房"的有序衔接……新一轮保障性住房建设在全国如火如荼展开。

城市更新的步伐亦不停歇。老旧小区改造、电梯加装、无障碍环境建设、适老化改造，每一处细节的打磨，都回应着百姓最真切的生活需求。

"今年将再改造 5 万个老旧小区，改造城市燃气、供水、污水、供热等老旧管网 10 万公里以上，推进城市生命线安全工程建设，启动 100 个城市、1000 个以上易涝积水点治理。"住房和城乡建设部部长倪虹说。

城市，更加宜居；乡村，更加宜人。

在苏北地区，20 万户农民搬进了新居。改造后的农房布局合理、功能齐全，与乡村风貌和谐相融。基础设施和公共服务升级，让农村面貌焕然一新，观光农业、休闲旅游蓬勃兴起，乡村焕发新活力。

在甘肃张掖甘州区，农房抗震改造积极推进。政策扶持、资金整合、国企参与……多种建设方式并举，不仅提升了农房的抗震能力，更提升了基础设施现代化水平。农民从被动到主动，从"要我拆"到"我要拆"，农房改造提升了生活质量，展现了现代化乡村风采。

农村人居环境整治、垃圾分类、清洁取暖、厕所革命……一桩桩民生关键事，一次次成为改革发力点，一步步提升民生温度。

"只要拨打养老服务热线，养老服务人员就会及时上门，还能送餐、送药，别提多省心了。"天津静海区的马淑芬老人说。近年来，静海区民政局探索智慧养老模式，让更多老年人舒心安心享受服务。

10多年来，围绕老有所养，从中央到地方以改革破难题、解民忧，养老服务供给能力不断增强，养老服务质量持续提升，老年人幸福指数越来越高。《关于推进基本养老服务体系建设的意见》《国家基本养老服务清单》发布；所有省份均出台实施方案或发布省级基本养老服务清单，养老服务向居家社区倾斜，服务精准性、便捷性、可及性得到有效提高。

"我们将继续提供高质量、高效率、可持续的养老服务，让老年人能有一个幸福美满的晚年。"民政部养老服务司相关负责人说。

创新机制，优化民生服务供给

有效保障和改善民生，还需发挥市场优势，增加高质量民生服务供给。

位于福建厦门的东荣社区，是一个以拆迁安置户和老港口建设者为主的社区，存在老旧小区多、老年人多、困难群体多等问题。

为提升居民生活质量，东荣社区创新采用"EPC+O"模式，即项目改造的工程设计、采购、施工和运营全流程整体发包，为28个无物业管理小区引进了优质物业管理服务，不仅更新了老旧小区的基础设施，还完善了商业配套，美化了环境景观。

同时，社区创新资金筹集渠道，引入社会资本，鼓励居民自筹资金，共撬动了1200余万元的社会资本。这一举措不仅增加了民生服务供给，还推动了生活性服务业向高品质和多样化升级。

全面深化改革，进一步放宽市场准入，既可以满足人民美好生活需要，也可以释放需求潜力、培育新的经济增长点。上海财经大学公共政策与治理研究院院长胡怡建说："购买第三方服务、引入社会资本，有助于满足日益多层次、多元化的民生需求。"

10多年来，各地聚焦群众关切、回应社会期盼，改革创新、做实做细社会事务领域各项工作，为民生服务增加温度。

数据赋能和"跨省通办"政策为新人们带来便利。2023年6月1日起,内地居民婚姻登记"跨省通办"试点范围扩大到21个省份,覆盖全国78.5%的人口,方便了群众异地办理结婚登记。目前,全国已累计办理婚姻登记"跨省通办"344205对。同时,婚俗改革不断深化,民政部推动省、市、县级婚俗改革实验区建设,形成了四级同步抓试点的责任体系,全面推行婚姻家庭辅导服务,覆盖率接近90%。

殡葬领域积极推进移风易俗,各地民政部门积极推行惠民殡葬政策,全国31个省份和新疆生产建设兵团均出台了覆盖困难群众的惠民殡葬政策,还将惠民殡葬政策覆盖全体居民,积极倡导现代文明的殡葬方式,新型祭扫方式越来越受欢迎。

流浪乞讨等临时遇困人员得到有效及时救助,民政部连续12年部署开展"寒冬送温暖""夏季送清凉"专项救助行动。通过科技赋能提升救助寻亲水平。近5年来,累计救助各类临时遇困人员435万人次,帮助7.3万名离家走失人员找到家人、回归家庭,为他们撑起安全伞,搭建避风港。

残疾人两项补贴制度不断完善,截至2024年5月底,共有2010.6万人领取了补贴,"跨省通办"累计申请2697例,"全程网办"累计申请54960例,发送主动服务信息204203条。

民政部社会事务司相关负责人表示:"今后,我们还将聚焦群众的操心事、烦心事,推动社会事务加快发展、加大供给,让改革发展成果更多、更公平地惠及全体人民,增强人民群众的获得感、幸福感、安全感。"

民有所呼、政有所应。一项项惠民措施,一件件民生实事,持续回应群众诉求,推动成果落实,为幸福提质,让群众感受到实实在在的温暖。

坚持以人民为中心,切实保障和改善民生,解决人民的急难愁盼,将不断凝聚起亿万人民的意志和力量,共同绘就人民美好生活新图景。

(《光明日报》2024年7月9日)

美丽中国，人与自然和谐共生

——"新思想引领新时代改革开放"专栏报道

光明日报记者 张 蕾 张 胜 王美莹 李春剑

在实现中华民族伟大复兴的壮阔征程上，面对发展和保护这一世界性难题，如何走出一条可持续发展的新路子，既关乎民族永续发展，也关乎人类前途命运。

党的十八大以来，以习近平同志为核心的党中央将生态文明建设作为关系中华民族永续发展的根本大计，开展了一系列开创性工作，决心之大、力度之大、成效之大前所未有，我国生态文明建设从理论到实践都发生了历史性、转折性、全局性变化，创造出举世瞩目的生态奇迹和绿色发展奇迹，美丽中国建设迈出重大步伐。

思想之变：朴素真理在实践中闪光

远山如黛、白云缭绕、竹林摇曳、溪水叮咚……走进浙江省安吉县天荒坪镇余村村，满眼绿意，仿佛置身世外桃源。

此情此景让人难以想象，20多年前，一门心思发展"石头经济"的余村村，山变成"秃头光"，水成了"酱油汤"。

痛定思痛的余村人，决定换种活法，不破坏环境也能过上好日子。

2005年8月，时任浙江省委书记的习近平同志到余村考察，得知当地相继关停矿山和水泥厂后，评价这是"高明之举"，并首次明确提出"绿水青山就是金山银山"。

思路一变天地宽。矿山复绿复垦，重焕生机活力，关停的水泥厂旧址化身五彩田园；村里流转的土地，经过规划设计成为油菜花田、荷花藕塘、观光垂钓、户外拓展、果蔬采摘等休闲旅游产业链逐步形成。如今，余村的乡村旅游风生水起，竹林碳汇还让村里实现了"好空气也能卖个好价钱"。正是靠着良好生态环境，余村走上一条生态美、产业兴、百姓富的可持续发展之路。

一个小山村，如同一扇窗，映射出习近平总书记对我国生态文明建设的深邃思考和长远布局。

深刻洞察人与自然的关系，提出坚持人与自然和谐共生的基本方略；深刻理解发展与保护的关系，提出绿水青山就是金山银山的重要理念；深刻阐明自然生态各要素之间的关系，提出山水林田湖草沙是生命共同体的系统思想……立足新时代生态文明建设实践，着眼中华民族永续发展战略高度，习近平总书记创造性提出一系列新理念新思想新战略，系统回答了建设什么样的生态文明、怎样建设生态文明等重大理论和实践问题，形成了习近平生态文明思想，引领中国大地开启一场深刻的绿色变革。

曾经，沙尘肆虐，雾霾频发，河流黑臭……2012年，中国经济总量约占全球的11.5%，单位国内生产总值能耗却是世界平均水平的2.5倍。

发展，到了必须转型的十字路口！

"保护生态环境就是保护生产力，改善生态环境就是发展生产力，这是朴素的真理。我们要摒弃损害甚至破坏生态环境的发展模式，摒弃以牺牲环境换取一时发展的短视做法。"习近平总书记为推进全球环境治理指明了方向。

"换言之，只有让自然财富、生态财富源源不断带来经济财富、社会财富，实现经济效益、生态效益、社会效益同步提升，中国绿色发展之路才能越走越宽。"国务院发展研究中心资源与环境政策研究所所长高世楫如是解读。

思想之光照亮前行之路。

不简单以GDP论英雄，推广应用节能降碳技术，发展绿色低碳产业，培育绿色消费动力，倡导绿色低碳生活……在不断探索与实践中，全国各地转变发展思路，逐渐走出一条环境保护与经济发展相协调的路，绿色、循环、低碳发展迈出坚实步伐。

相关统计表明：中国正以年均3%的能源消费增速支撑年均超过6%的经济增长，同时实现单位国内生产总值能耗下降26.8%，单位国内生产总值二氧化碳排放下降超过35%，主要资源产出率提高60%以上。

最新数据显示：当前，全球光伏发电装机容量近一半在中国。截至2023年底，中国的风电、光伏累计装机量达到10.5亿千瓦，占全球新能源总装机量的四成；新能源汽车销售接近950万辆，连续9年位居全球第一位。

作为世界上最大的发展中国家，中国站在人与自然和谐共生的高度谋划发展，不断塑造发展的新动能、新优势，成为全球环境治理的引领者。

在2023年7月召开的全国生态环境保护大会上，习近平总书记全面总结了党的十八大以来我国生态文明建设取得的巨大成就，并用"四个重大转变"进行概括：实现由重点整治到系统治理的重大转变，实现由被动应对到主动作为的重大转变，实现由全球环境治理参与者到引领者的重大转变，实现由实践探索到科学理论指导的重大转变。

分析当前面临的新情况新问题，习近平总书记深刻阐述了新征程上继续推进生态文明建设需要处理好的"五个重大关系"，即高质量发展和高水平保护、重点攻坚和协同治理、自然恢复和人工修复、外部约束和内生动力、"双碳"承诺和自主行动。

在习近平生态文明思想研究中心副主任俞海看来，"五个重大关系"的重要论述将马克思主义自然观、生态观，同我国生态文明建设实践和中华优秀传统生态文化相结合，蕴含着深刻的唯物辩证法，体现了马克思主义认识论和方法论的有机统一，是对生态文明建设规律性认识的进一步深化，为新征程上继续推进生态文明建设提供了方向指引。

"理者，物之固然，事之所以然也。"如今，在习近平生态文明思想的指引下，绿色发展理念深入人心，绿色生活方式渐成时尚，百姓享有更多、更普惠、更可持续的绿色福祉。

创新之路：生态文明实践扎实推进

广袤的中华大地上，一场关乎文明形态、万物和谐的现代化创新实践扎实推进。

——生态文明建设被正式纳入"五位一体"总体布局，成为新时代治国理政的重要组成部分。

党的十八大把生态文明建设与经济建设、政治建设、文化建设、社会建设一道列入"五位一体"总体布局，要求把生态文明建设融入经济、政治、文化、社会建设的各方面和全过程，建设富强民主文明和谐美丽的社会主义现代化强国。党的十九大对加快生态文明体制改革、建设美丽中国作出系统安排，部署实施了一系列重大改革措施。

——法治化进程加速，范围之广、力度之大、尺度之严前所未有。

将生态文明写入宪法，实施"史上最严的环境保护法"。全国人大常委会制修订20多部与生态环境相关的法律，涵盖了大气、水、土壤、噪声等污染防治领域，以及长江、湿地、黑土地等重要生态系统和要素。目前，我国已有生态环境保护法律30余部、行政法规100多件、地方性法规1000余件，初步形成了覆盖全面、务实管用、严格严厉的生态环境保护法律体系。

——加强顶层设计，生态文明制度体系的"四梁八柱"基本形成。

生态环境立法实现从量到质的全面提升。党中央、国务院出台《关于加快推进生态文明建设的意见》和《生态文明体制改革总体方案》后，一系列创新性制度陆续出台，比如中央生态环境保护督察、排污许可制度等，为推进生态文明建设提供了重要制度保障。

——以高品质生态环境为基石，助力高质量发展。

坚决打赢蓝天保卫战，还老百姓蓝天白云、繁星闪烁；下大力气治理水环境污染，还给老百姓清水绿岸、鱼翔浅底的景象；多措并举推动农村环境整治，为老百姓留住鸟语花香田园风光……党的十九大把"污染防治攻坚战"列为决胜全面建成小康社会的三大攻坚战之一。党中央、国务院先后印发《关于全面加强生态环境保护坚决打好污染防治攻坚战的意见》《关于深入打好污染防治攻坚战的意见》，对加快推动绿色低碳发展，深入打好蓝天、碧水、净土保卫战等工作作出战略部署。

在擘画美丽中国蓝图的同时，习近平总书记的生态文明建设考察调研足迹，也如同一条激扬勃发的绿色丝带，穿越千山万水，串联起我国生态文明建设的最美画卷。

从东南沿海到黄土高坡，从东北平原到青藏高原，党的十八大以来，习近平总书记走到哪里，就把生态文明建设的理念讲到哪里。对生态文明建设，他始终念兹在兹，倾注巨大心血。

"从长远来看，推动长江经济带高质量发展，根本上依赖于长江流域高质量的生态环境。要毫不动摇坚持共抓大保护、不搞大开发，在高水平保护上下更大功夫。"近年来，从印发《长江经济带发展规划纲要》，启动长江流域重点水域十年禁渔，施行我国首部流域法长江保护法，到统筹陆海开放，长江干线连续多年成为全球内河运输最繁忙、运量最大的黄金水道，再到围绕产业基础高级化、产业链现代化，沿岸一大批战略性新兴产业茁壮成长……今天，长江经济带日益成为我国生态优先绿色发展主战场、畅通国内国际双循环主动脉、引领经济高质量发展主力军，发展成就有目共睹，发展质量稳步提升，发展态势日趋向好。

"治理黄河，重在保护，要在治理。要坚持山水林田湖草综合治理、系统治理、源头治理，统筹推进各项工作，加强协同配合，推动黄河流域高质量发展。"印发《黄河流域生态保护和高质量发展规划纲要》，通过并实施《中华人民共和国黄河保护法》，搭建黄河保护治理"四梁八柱"，整治生态环境问题，推进生态保护修复，完善治理体系，一批生态环境突出问题得到有效治理，各地大保护的自觉性不断增强。

如今，黄河流域河湖保护治理管理取得显著成效，黄河流域河湖面貌发生全局性改善。

"保护好秦岭生态环境，对确保中华民族长盛不衰、实现'两个一百年'奋斗目标、实现可持续发展具有十分重大而深远的意义。"曾经，一栋栋违规、违法修建的别墅蚕食着秦岭山脚的绿色，严重破坏当地生态环境。治沉疴，需下猛药。如今，依山而建的连片别墅不见了踪影，成片的杨树、松树郁郁葱葱。秦岭又恢复了昔日的宁静美丽。

"青山绿水、碧海蓝天是建设国际旅游岛的最大本钱""海南以生态立省，海南热带雨林国家公园建设是重中之重。要跳出海南看这项工作，视之为'国之大者'"。海南着力在"增绿""护蓝"上下功夫，对热带雨林实行严格保护，实现生态保护、绿色发展、民生改善相统一，向世界展示中国国家公园建设和生物多样性保护的丰硕成果。

············

从浙江安吉的"绿水青山就是金山银山"初心启航，生态文明建设的创新实践，正汇聚成磅礴伟力，推动美丽中国向着更加绿色、和谐、可持续的未来迈进。

改革答卷：万里河山愈加多姿多彩

这是一份写在绿水青山间的答卷，更是一份写在人民心里的答卷——

党的十八大以来，在以习近平同志为核心的党中央掌舵领航下，在习近平生态文明思想的科学指引下，全党全国人民坚持绿水青山就是金山银山的理念，全方位、全地域、全过程加强生态环境保护，创造了举世瞩目的生态奇迹和绿色发展奇迹。

——头顶的天空被擦亮。

2013年9月，我国第一个以改善环境空气质量为目标的行动计划——《大气污染防治行动计划》出台，京津冀、长三角、珠三角地区率先打响蓝天保卫战。此后，国务院先后印发实施《打赢蓝天保卫战三年行动计划》《空气质量持续改善行动计划》，推动空气质量明显改善，细颗粒物（$PM_{2.5}$）浓度和重污染天数大幅下降。

十年治理，久久为功，曾被雾霾笼罩的天空逐渐被擦亮，中国成为全球空气质量改善速度最快的国家。

从2013年开始，北京市民邹毅坚持每天早上拍摄同一地点的天空。3800多张照片，从"灰蒙蒙的色调为主"到"蓝天白云成为常态"，邹毅所记录的，不仅是看得见、实打实的大气质量改善成效，也是人民群众不断增强的环境获得感和幸福感。

来自生态环境部的数据显示，2023年全国地级及以上城市细颗粒物（$PM_{2.5}$）平均浓度为30微克/立方米，优于年度目标（32.9微克/立方米）约3.0微克/立方米，相比2019年下降了16.7%。2023年全国优良天数比率为85.5%，较2019年上升3.5个百分点。

——身边的河湖变澄清。

2015年4月，国务院印发《水污染防治行动计划》，治水成为国家重要民生工程。通过开展重点流域水污染防治、饮用水源地保护、城市黑臭水体治理、农业农村污染治理等行动，我国的水环境持续改善，水清岸绿、鱼翔浅底的美好画卷正一步步成为现实。

"江豚吹浪立，沙鸟得鱼闲。"江豚的生存状况，是长江生态环境质量的晴雨表。近几十年来，由于生态环境恶化，长江江豚的数量一度呈下降趋势。2021年1月1日零时起，随着长江流域重点水域十年禁渔的全面启动与持续推进，长江鱼类资源开始恢复，江豚的食物变多了，数量也开始有所增长。

来自生态环境部的数据显示：与2012年相比，2023年全国地表水水质优良断面比例提高27.8个百分点，已接近发达国家水平；长江、黄河干流全线水质稳定保持Ⅱ类，水环境质量发生转折性变化。

——脚下的大地绿意浓。

20世纪70年代，"三北"工程区森林覆盖率仅为5.05%，每年风沙天数超过80天。多年来，我国高度重视防沙治沙，尤其是党的十八大以来，加速推进"三北"等重点生态工程建设，努力在祖国北疆筑起一道绵亘万里的绿色屏障。

6月17日是世界防治荒漠化与干旱日。位于塔克拉玛干沙漠西北缘的柯柯牙，草木葳蕤、花果飘香。30多年前，这里还是一片荒漠；30多年来，一代代治沙人、植绿人、护林员，一棒接着一棒干，硬是把这片戈壁荒滩变成了绿色果园。年近六旬的新疆维吾尔自治区阿克苏地区林业发展保障中心管护员宋建江感触颇深："原来是'拌着沙吃饭'，现在是'蘸着蜜吃肉'，日子一天比一天好。"

来自国家林草局的数据显示：2023年，我国完成造林、种草改良1.25亿亩，治理沙化石漠化土地2857万亩，超额完成年度任务，实现了森林面积和森林蓄积连续40年"双增长"。

——人与自然更加和谐。

来自自然资源部的数据显示：近年来，我国推动建立以国家公园为主体的自然保护地体系，正式设立三江源、大熊猫、东北虎豹、海南热带雨林、武夷山等第一批国家公园，对9000多处自然保护地进行整合优化，把最珍贵的自然资产、最美的国土严格保护起来；深入实施山水林田湖草沙一体化保护和修复工程，完成治理面积8000万亩，"中国山水工程"入选联合国首批十大"世界生态恢复旗舰项目"；完成历史遗留矿山生态修复近435万亩，整治修复海岸线2000公里，修复滨海湿地60万亩，我国成为世界上少数几个红树林面积净增加的国家之一。

"万物各得其和以生，各得其养以成。"美丽中国，因生物多样性而美；维护地球家园、促进人类可持续发展，同样离不开生物多样性保护。

2022年12月，作为《生物多样性公约》第十五次缔约方大会（COP15）主席国，中国带领各方达成"昆明—蒙特利尔全球生物多样性框架"，为未来10年乃至更长一段时间的全球生物多样性治理贡献中国智慧和中国方案。

2024年5月,《中华人民共和国生态环境部与联合国环境规划署关于昆明生物多样性基金的合作谅解备忘录》和《昆明生物多样性基金信托合作协议》在北京签署,这标志着由我国率先出资15亿元人民币的昆明生物多样性基金正式启动。"中国在保护生物多样性方面取得了丰富的经验,我们希望能将这些经验传授给其他国家。"联合国副秘书长、环境规划署执行主任安诺生表示,昆明生物多样性基金启动意义重大,将为发展中国家生物多样性保护提供帮助。

时时逐"绿"而行,处处向"新"发力。放眼中华大地,经济社会绿色低碳转型持续推进,高质量发展动能澎湃。在习近平生态文明思想指引下,坚持生态优先、绿色发展理念,加快推进人与自然和谐共生的现代化之路,一个蓝天白云、水清岸绿、万物和谐的美丽中国必将书写出更加华彩的新篇章!

(《光明日报》2024年7月10日)

共建共治共享
社会治理新格局加快形成

——"新思想引领新时代改革开放"专栏报道

光明日报记者　陈慧娟　杨桐彤

一个街道党群服务中心能做什么？可以为居民提供政务服务、法律咨询、文体活动、民生便利，是"城市驿站"，也是"小区客厅"。而在上海市长宁区虹桥街道社区党群服务中心，居民还可以参与国家立法。

作为全国人大常委会法工委设立的首批4个基层立法联系点之一，这里汇集过事关未成年人、老年人权益保护的法律意见，提交过关于民事诉讼法修正草案的修改意见。2015年以来，这个基层立法联系点的触角已经延伸到居民区、楼宇园区、社区组织和专业机构，将群众所关心的问题、所思考的建议传达至立法机关，很多鲜活的声音最终被纳入法律法规。

这个基层立法联系点是人民群众直接参与国家立法的制度平台之一，也是我国共建共治共享社会治理格局的生动注脚。如今，全国各地已有超过5500个基层立法联系点，形成了国家级、省级、市级联系点三级联动的工作格局，映射出我国社会治理理念的变革。

当今中国社会同时承受着工业化、城市化、市场化、信息化等多重挑战，社会治理的艰巨性与复杂性不断凸显。在中国社会的历史转型大潮中，治理没有现成经验可循。

党的十八届三中全会审议通过《中共中央关于全面深化改革若干重大问题的决定》，将完善和发展中国特色社会主义制度，推进国家治理体系和治理能力现代化作为全面深化改革的总目标，明确提出了"创新社会治理体制"的要求。

习近平总书记深刻指出："治理和管理一字之差，体现的是系统治理、依法治理、源头治理、综合施策。"

此后，党的十八届五中全会首次提出了"构建全民共建共享的社会治理格局"的决策论断。党的十九大报告指出："打造共建共治共享的社会治理格局。加强社会治理制度建设，完善党委领导、政府负责、社会协同、公众参与、法治保障的社会治理体制，提高社会治理社会化、法治化、智能化、专业化水平。"党的二十大报告强调，建设人人有责、人人尽责、人人享有的社会治理共同体。

变革，总能迸发出前进的力量。社会治理理念的创新不断转化为社会治理实践的势能，在全国开枝散叶、硕果累累。

坚持党的领导，基层底座更加坚实

辽宁省沈阳市皇姑区牡丹社区是始建于1983年的老旧小区，道路不平、路灯不亮曾是居民习以为常的无奈之事。因为基础设施的不完善，80岁的老人张云秀一度搬离了这个住了大半辈子的家。

像这样的老旧小区，在沈阳并不少见。如何做好老旧小区的民生保障工作，是当地基层治理的重要课题。

一个社区动辄上千户居民，但往往只有10多名社区干部，精细化服务难免力不从心。牡丹社区想到的办法是把党支部建在小区，党小组建在楼院，让党员带动群众积极参与社区治理。近年来，沈阳加强党建引领，在基层社区构建起"社区党组织—小区（网格）党支部—楼院党小组—党员中心户"组织体系。

与百姓日常生活联系最密切的小事，不再仅仅等待各职能部门解决，在社区党组织的带领下，"末梢治理"大文章成为邻里互助、社会参与的协奏曲。牡丹社区变了模样，张云秀老人又回来了。

群雁高飞靠头雁。

2021年，中共中央、国务院印发《关于加强基层治理体系和治理能力现代化建设的意见》，对"完善党全面领导基层治理制度"作出专门部署。近年来，各地各部门始终把加强基层党的建设、巩固党的执政基础作为贯穿社会治理的一条红线。

上面千条线，下面一根针，有责没有权不行。各地普遍把街道管理体制改革作为"先手棋"，推动管理服务下移、权限下放、资源下沉，变"治理末梢"为"治理靶心"，力求落实人财物向基层倾斜。

作为首都北京的商业金名片，王府井往来观光旅游人群庞大，胡同周边人流、车流密集，曾经交通秩序混乱问题突出。

王府井所在的东城区从顶层设计开始，形成了街道内设机构职责清单，在确权基础上，赋予街道对重大事项的意见建议权、对综合性事项的统筹调度权，同时将街道对政府部门的绩效考核权重提高到30%，实现了"条条围着块块转"。

"一根针"撬动了"千条线"。"街乡吹哨、部门报到"，王府井的交通问题有了解法。东华门街道"一声哨响"，区交通委、交通支队、街道综合执法队等众多职能部门集合，对交通秩序进行综合整治，胡同道路豁然开朗。

类似的机制建设在全国各地展开，不少地方探索编制基层公权力清单、明确公权力运行规范、促进上级政府部门与基层自治组织之间合理衔接，让权限下移在有序、规范的轨道上运行。

10多年来励精图治，中国之治气象万千，基层底座更加坚实。

注重社会参与，治理实践不断创新

有一项发端于基层的治理经验，经过60余载风雨，仍历久弥新。

萌生于浙江省绍兴市诸暨枫溪江畔的"枫桥经验"与时俱进，充分发动群众、组织群众、依靠群众解决群众自己的事情，创造性地把矛盾风险最大限度化解在基层。新时代"枫桥经验"已经成为基层社会治理的一面旗帜、"中国之治"的一张名片。

在诸暨市暨阳街道桂花园小区，曾经因为加装电梯事宜，居民们产生了分歧，几经波折无法达成一致。社区党委兼职委员、业委会主任周立初与网格员、业委会成员商量后牵头召开了恳谈会。不久，电梯安装新方案出炉，通过改变设计，拓宽了小区道路，减少了绿化破坏，业主申诉的权益——得到落实。

近年来，诸暨市实体化运行"网格微阵地"，除了在职党员、热心居民、执法人员，快递小哥和外卖骑手也被吸收"入网"，推动网格内居民实现共建共治共享。通过搭建"民意直通车""凉亭恳谈会"等协商平台，诸暨把位于网格里的"微阵地"，拓展成居民议事的"主阵地"，逐步构建起"民事民问、民事民管"的新格局。

随着社会的不断发展，仅靠政府单一主体的力量已难以满足愈益庞杂的治理需求。在党和政府的推动下，社会治理主体日益多元化。各地各部门充分发挥人民群众在社会治理中的积极作用，群众工作队伍、志愿服务队伍、社会工作队伍、应急管理队伍不断壮大，民众在参与中达成共识、共担服务、共创价值，社会治理模式大步迈向系统性、整体性、协同性。

江苏省淮安市打造"红石榴家园"服务平台等17个群团共治阵地，设立新媒体民意"绿色通道"，征集社会治理"金点子"，以群团组织的桥梁纽带推进共建共治。

湖北省武汉市武昌区组织律师、调解员、热心群众、物业公司员工等11类力量共同成为平安合伙人，承担矛盾调解、安全监测和法治宣传等任务，成为筑牢社会和谐稳定的一道防线。

陕西省西安市在以社区为平台、以社会组织为载体、以专业社工为支撑、以社区志愿者为补充的"四社联动"工作基础上，又增加"一社"——社区基金，形成"五社联动"工作模式。

…………

以最广大人民根本利益为坐标，以人民群众最直接的参与为导向，从人民群众最关心最现实的利益问题入手，基层实践不断创新。

彰显法治思维，循法而行蔚然成风

法者，治之端也。法治是治国理政的基本方式，是国家治理体系和治理能力的重要依托，在国家治理现代化进程中具有固根本、稳预期、利长远的重要作用。社会治理法治化是全面依法治国的重要组成部分，也是提高社会治理水平的有效路径。

中国社会科学院法学研究所所长莫纪宏认为，推动法治社会建设，必须在基层社区和社会公众中形成尊重法律、依法办事以及遇事找法的行为习惯，"遇事去哪儿找法？只能是在身边寻找。对于普通老百姓来说，身边必须有一些'法律明白人'，才能遇事找到法，解决问题靠法"。

有些邻里纠纷打官司也难解，有的矛盾调处看似合理合情却不合法，有的居民"信访不信法"……针对这些社会治理中的现实难题，安徽省铜陵市建立由律师、法官、检察官、民警组成的"法治超市"，让法律服务深入社区、楼栋；内蒙古阿尔山市将法院解纷职能延伸至社区、村屯网格，强化"无讼社区（村屯）"建设；江西省抚州市建立健全村（居）法律顾问与"法律明白人"对接联动机制，由专职律师传帮带，不断充实"法律明白人"的知识储备和实践经验……

如今，实施乡村（社区）"法律明白人"培养工程已被纳入全国"八五"普法规划。截至2023年9月底，全国已培育"法律明白人"394万余名，基本实现"法律明白人"在每个行政村的全覆盖。

法治建设既要抓末端、治已病，更要抓前端、治未病。2021年2月19日召开的中央全面深化改革委员会第十八次会议强调，要坚持和发展新时代"枫桥经验"，把非诉讼纠纷解决机制挺在前面，推动更多法治力量向引导和疏导端用力，加强矛盾纠纷源头预防、前端化解、关口把控，完善预防性法律制度，从源头上减少诉讼增量。

任文秀原是江西省樟树市某养殖场的员工，2022年因在工作时被喂食设备压断了脚掌，她被鉴定为九级伤残。任文秀与养殖场负责人多次就赔偿问题进行协商，但赔偿金额相差太大，一直没有谈成。

2022年底，樟树市成立矛盾纠纷多元化解中心。抱着试试看的态度，任文秀来到该中心请求帮助解决问题。在矛盾纠纷多元化解中心牵头下，卫健、公安、司法等部门开展联合调处，按照法律法规厘清赔偿金额，最终双方认可调处方案，压在任文秀心头两年的"大石头"终于放下了。

该中心按照"流程再造、制度重塑、组织重构"的改革创新理念，重组"信访+法院"的"一窗受理"工作团队，法院、检察院、公安、司法等多个部门联动工作，为群众提供"菜单式"服务，实现矛盾化解向专业化、多元化、法治化转变。

这是一场全社会共同参与的诉源治理实践。

10多年来，非诉解纷主体如雨后春笋，各地区各部门都形成了既符合本地实际又各具特色的解纷模式，以低成本、弱对抗、源头化解并且有利于修复关系的方式，最大限度使纠纷止于未发、止于萌芽。办事依法、遇事找法、解决问题用法、化解矛盾靠法的氛围正在全社会形成。

强化科技支撑，实现智能高效精准

近年来，内蒙古鄂尔多斯市居民深切感受到二维码带来的便利。家住康巴什区康新街道的叶女士曾在小区里不小心将车开到台阶下面，造成不小损失，她通过二维码"随手拍"功能上报了这件事，不到两天时间，小区所有台阶旁边都安装了护栏。

2021年，鄂尔多斯市以人工智能、大数据等前沿技术为支撑，整合汇聚城市数据资源，推出了"多多评·码上生活"智能综合服务平台，涵盖基层治理、城市管理、民生服务、商贸服务等功能。同时，还创新了"积分激励、社区下单、部门抢单"的市民积分治理模式，激发群众参与社区治理的积极性。

科技创新始终是社会发展和治理变革的重要推动力。北京师范大学中国社会管理研究院院长李韬表示："数字技术的创新发展和应用，在重塑社会治理流程、提升治理效率、开辟公共服务新渠道、满足个性化便利化服务需求等方面发挥着重要作用。"

10多年来，我国互联网加速发展，网民规模扩大至10.92亿，5G基站已覆盖所有地级市城区、县城城区，大数据、云计算、人工智能、量子信息等数字技术日新月异。数字化、智能化发展不断赋能社会治理，加快推进社会治理现代化。

——构建起协同高效的数字政府服务体系，提升公共服务效能，促进政务服务更加标准化、规范化、便利化。

重庆市搭建起一体化智能化公共数据平台、三级数字化城市运行和治理中心，实现各类数据贯通共享。2023年4月以来，重庆推出"企业开办一件事""出生一件事"等集成服务80件，覆盖90%以上高频事项，日均办理群众诉求2000余件。

——立体化、信息化的社会治安防控体系加快完善，进一步增强社会治安防控整体性、协同性、精准性。

广东省广州市黄埔区人民法院研发了"埔法善治e平台"，整合优化全区司法解纷服务资源，通过在线调解，实现矛盾纠纷化解掌上办、随时办。上线4个月成功化解诉前案件1.5万余件。

——创新智慧化基层社会治理，进一步完善网格化管理、精细化服务、信息化支撑的基层治理平台。

浙江省杭州市滨江区以"民呼我为·滨安码"为切入口，实现群众上报事件1分钟受理、5分钟出动，紧急事项24小时内办结、非紧急事项3个工作日内办结。

从高处着眼、细处着笔、实处着色，我国正描绘着社会治理的数字全景图，以数字赋能切实增强基层群众的获得感、幸福感、安全感。

加强队伍建设，专业水平不断提高

"这样的培训接地气、有干货，很对我们的胃口，收获非常大！"

一场历时 5 个月、开到家门口的培训，让吉林省榆树市正阳街道城南社区党总支书记崔晓红受益匪浅。

2023 年，榆树市开展正阳街道全面提升社区干部职工政治素质和履职能力专项培训行动，来自吉林大学、吉林长春社区干部学院、长春市社工协会等的专家学者深入正阳街道各个社区调研，根据社区面临的问题和具体需求来设计课程，开展有针对性的培训。

作为基层干部队伍的重要组成部分、社区治理和服务的骨干力量，社区工作者的能力和素质直接影响到社区治理和服务水平的高低。

10 多年来，党中央、国务院出台了一系列加强基层治理的政策文件，对加强社区工作者队伍建设提出明确要求。

2017 年，中共中央、国务院出台《关于加强和完善城乡社区治理的意见》，提出建设一支素质优良的专业化社区工作者队伍；2021 年，中共中央、国务院印发《关于加强基层治理体系和治理能力现代化建设的意见》，提出加强基层治理队伍建设；2024 年，第一个专门关于加强社区工作者队伍建设的中央文件——《中共中央办公厅　国务院办公厅关于加强社区工作者队伍建设的意见》印发，对队伍建设有了更明确的时间表和更细化的要求。

各地纷纷创新方式方法，完善工作举措，大力推动专业化社区工作者队伍建设。

天津市和平区聚焦社区工作者职业认同、发展规划、能力提升、工作保障四大需求，探索实施了社工"磐石"成长计划；浙江省宁波市大力实施社区工作领军人才培养计划，每个社区普遍配备至少 1 名 40 岁以下"一肩挑"后备人才；河南省郑州市积极开展社区工作者职业能力竞赛，以赛促学、以赛促训、以赛促评，全面提升社区工作者服务能力和履职本领……

前不久，2024 年度全国社会工作者职业资格考试举行，考试报名人数达 188.9 万人，较 2023 年增长 26%，再创历史新高。不断升温的报考热，也折射出社会工作者专业化职业化的发展趋势。目前，我国初、中、高级相衔接的社会工作者职业资格体系已经建立，全国共有

116.1万人取得社会工作者职业资格证书。

这支政治坚定、素质优良、敬业奉献的队伍,广泛分布在基层治理、职工帮扶、儿童福利、青少年事务、老龄和养老服务、禁毒戒毒、社会救助、社区矫正、卫生健康、信访工作等领域,围绕满足群众需求和解决具体民生问题开展专业服务,成为参与基层治理的重要力量。

社会治理为了人民,社会治理依靠人民。

新时代新征程,推进社会治理现代化,要始终坚持和加强党的全面领导,坚持以人民为中心的发展思想,顺应人民新期待,确保人民安居乐业、社会安定有序,在神州大地奏响一曲共建共治共享的和谐乐章。

(《光明日报》2024年7月11日)

激荡文化繁荣发展的万千气象

——"新思想引领新时代改革开放"专栏报道

光明日报记者　许馨仪　李　韵　李笑萌　牛梦笛

文化遗产保护与现代科学技术的交叉融合不断深化，在各种"黑科技"的加持下，文博考古频频跨界"出圈"；舞台艺术在传统剧场之外，创造了多元灵活的演艺新空间，形成一波波观剧热潮；国产剧精品创作不断开发新题材、新角度，兼具历史厚度与时代色彩，还走出国门，受到海外观众的喜爱。

文化领域这些新发展、新现象，呈现出一派欣欣向荣的景象，广大文化工作者创新进取，正汇聚起建设文化强国的磅礴力量，谱写新时代新征程的文化华章。

科技创新：为文化遗产保驾护航

灿烂瑰丽的敦煌石窟，盛大辉煌。其壁画用了哪些制作材料和工艺？如何防止壁画发霉？如何将壁画原位保护？在扫描电子显微镜、拉曼光谱、X射线荧光光谱等现代科技襄助下，这些问题逐渐有了答案。

2020年，位于甘肃省敦煌市的文化遗产领域首个多场耦合实验室——国家古代壁画与土遗址保护多场耦合实验室通过验收并正式投运。在这个实验室中，时间可控、精度可调，短时间内就能模拟不可移动的文物经历多种不同自然条件"摧残"后的模样，给保护工艺和材料的使用、研发提供了数据，从而为土遗址"问诊开方"。

近年来，文物保护科技创新深入文物防、保、研、管、用等五大需求领域的全过程、全链条，用科技为文物保护保驾护航已成共识。截至2023年底，国家文物局已设立重点科研基地40家，在全国建立了125个工作站。从古建筑到馆藏文物，从墓葬到石窟，从陶瓷到金属，从壁画到丝织品，文物保护科技百花齐放，重大课题关键技术攻关成果丰硕。

如今，文博界频繁与大数据、云计算、区块链、人工智能等数字技术"搭档"，文物数字化采集、三维重建工作稳步推进，越来越多的文物有了"电子身份证"，为后续保护修缮、展示利用奠定基础。而化学、物理学、植物学、动物学、地质学、环境学等学科的陆续加盟，更是让科技考古家族不断开枝散叶，涉及环境考古、人骨考古、动物考古、植物考古、冶金考古、陶瓷考古等诸多领域；同位素分析、古基因提取、空间遥感等前沿技术的运用，也在持续重塑现代考古，逐渐拓展着我们对中国百万年人类史、一万年文化史、五千多年文明史的认知。比如，专家学者运用古基因组学最新的实验技术和分析方法，从人类化石、骨骼遗骸甚至是曾经生活过的地层沉积物里，提取到千年、万年乃至十几万年前的人类DNA，用肉眼不可见的微观"钥匙"，探究人类起源、演化的历史，破译藏在基因里的人类族群迁徙、演变、融合的"密码"，证实了我国福建古人群与南岛语系人群的同源性，揭示了新疆、青藏高原等边疆地区人群多元融合而相对连续的遗传结构。

此外，潜水、海洋勘测、遥感与空间技术等自然科学和工程技术的进步，使我国水下考古从内水扩展到海洋，并向深海挺进。2018年4月，国家文物局水下文化遗产保护中心、中国科学院深海科学与工程研究所等联合实施中国深海考古首次调查，标志着中国深海考古的正式开始；2023年至2024年进行的"南海西北陆坡一号、二号沉船遗址"的考古发现，被专家称为世界级的重大发现，是中国水下考古由浅海迈入深海的里程碑。

近年来，新工艺、新设备、新材料被运用于文化遗产保护的方方面面。科技让我们对古代社会生活的认知不断深化，让遥远的历史逐渐清晰；科技让古老与时尚在当下对话，让今人得以体味古人的心路历程；科技让饱经沧桑的文物祛病延年，让后世子孙亦可知晓自己民族的血脉根源。

舞台出新：让文化生活丰富多彩

古典与现代兼容并蓄，传承与发展交相辉映，艺术与科技深度融合……舞台之上的变化万千，不断丰富着观众的审美体验。

京剧《摘星楼》、秦腔《狸猫换太子》、豫剧《杜甫·大河之子》、扬剧《郑板桥》等一批老戏新编、经典改写作品，彰显戏曲的传统美学特质。民族舞剧、芭蕾舞剧、越剧、话剧、昆曲、赣剧等多种体裁的《红楼梦》改编作品受到观众热捧，以新颖叙事结构、现代舞美设计，创新演绎经典文学IP、传递时代价值，使传统文化在舞台上持续绽放巨大魅力。

文艺工作者有了更多的文化底气和勇气，展现中华历史之美、山河之美、文化之美。

以名画《千里江山图》入舞，舞蹈诗剧《只此青绿》以浓郁的中华美学气质，向中华优秀传统文化的创造者和传承者致敬。"双非遗"题材舞剧《咏春》，以"武舞相融"的独特舞蹈语汇，将咏春拳、香云纱的魅力尽现于舞台之上。中国首部4K全景声粤剧电影《白蛇传·情》不仅为观众带来了全新的视听体验，更在美术、造型、置景等方面呈现出绝美"国风范"，一度成为热点话题。

中国人民绘就了人类发展史上波澜壮阔的壮美画卷，书写生活之变，为人民而歌，是文艺工作者不竭的创作源泉。近年来，革命历史题材、现实题材成为创作热潮。《白毛女》《党的女儿》《沂蒙山》等歌剧，在一代代演员的传承演绎中，淬炼成为当代歌剧的新经典。"中国核潜艇之父"黄旭华、作家路遥、云南华坪女子高级中学校长张桂梅、战略科学家刘永坦——这些代表着今日中国奋斗精神的英模人物也频频出现在舞台作品之中，《深海》《路遥》《桂梅老师》《坦先生》等一批话剧作品，在探索话剧民族化、现代化的进程上不断求索。

这些作品背后，是文艺工作者对时代的敏锐体悟和深度开掘。

从"互联网+"到"AI+"，科技元素与舞台艺术双向赋能、深度融合，正在重塑艺术创作、演出、传播、评论的各个方面。话剧《抗战中的文艺》，不仅用影像加表演在舞台上构建出了一个多媒体的"文献博物馆"，还依托"中国戏剧现场"云演播平台在全网线上演播，"线上线下、双演融合"，"互联网+"为文艺创作赋能，让更多观众感受到艺术的魅力。当数字科技走进舞台，从剧本生成的创作引擎，到远程交互的虚拟排演，到扩展现实的演剧空间，再到戏剧影像的交汇融合……"数字戏剧"正在以未来戏剧的新形态出现在新时代的视野之中，挑战着人们的想象力。

不仅传统剧场在科技的加持下变幻出无限可能，越来越多的戏曲、话剧、音乐剧也正走出传统剧场与城市融为一体——博物馆、咖啡厅、书店、观光巴士、艺术园区、旅游景区、城市地标建筑，沉浸式、交互式、环境式……剧场的概念在不断被重新定义，开放的舞台上、互动的演出中，"观"与"演"的界限开始变得模糊，舞台的"第四堵墙"消失不见。当戏外人走进戏中，戏剧也以更轻松的方式更深入地走进日常生活。闲暇之余，看一出戏，欣赏一部音乐剧，听一段相声，正在成为人们越来越便捷的选择。

打造精品：书写动人的中国故事

近年来，"一部剧带火一座城"现象频出，让影视 IP 与文旅资源实现了双向奔赴，也让视听作品成了城市新名片。电视剧《去有风的地方》让云南大理"出圈"，观众纷纷来到大理寻找同款美食，拍摄与剧中主角同款照片；《繁花》播出后，上海和平饭店一房难求，黄河路等网红打卡点至今仍热闹非凡……从数据上来看，《去有风的地方》拍摄时，大理凤阳邑村的日流量小于 20 人，而播出时日均旅游人数达到了 10 万人次；《我的阿勒泰》也让阿勒泰旅游旺季提前 2 个月到来。这种双向赋能的模式，不仅促进了文化旅游产业的发展，也为视听作品的创作和传播提供了新的空间和机遇。

随着社会的发展，国产影视剧的创作理念发生深刻变化，时代意识、精品意识、创新意识的融入，让国产剧呈现良好的发展势头，精品剧集数量稳步提升——《三体》给观众带来关于科幻与未来的想象，《漫长的季节》用生活流的表达呈现出悬疑剧的另一种创作方式，《开端》《天才基本法》等作品采用了无限流、平行空间等新的叙事手段，而《我的阿勒泰》用散文诗般的表达、电影一样的质感满足了观众对高质量视听作品的审美追求，拓展了国产剧集的传统思维方式，为精品创作探索出新的路径。

一部部关注社会变迁，描绘人间冷暖的精品力作，正用影像力量书写着动人的中国故事。这些视听作品不仅在国内受到观众的喜爱，成为大众讨论的热门话题，它们也走出国门，受到越来越多海外观众的欢迎。

前不久，《我的阿勒泰》哈语配音版在哈萨克斯坦7频道（tv7）的黄金时段首播，吸引了不少哈萨克斯坦年轻人观看，让海外观众感受到中国各民族的交流融合，也促进了中哈两国的民心相通。此外，《去有风的地方》在国内热播期间，也在海外多个国家和地区播出，累计播放覆盖了全球225个国家和地区；《大唐狄公案》在全球190多个国家和地区上映，成为继《长安十二时辰》之后又一部成功进入国外市场的古装悬疑剧……

如今，越来越多的国家和地区开始购买中国剧集的版权进行翻拍，《三十而已》泰国版、《好事成双》蒙古国版等都在开发中。

电视剧的高质量发展迎来了视听与文旅的深度融合，拉动了国内旅游消费的增长，也拓展了海外市场。中国故事不仅在中国大地上熠熠夺目，也在世界舞台上绽放光彩。

文化兴国运兴，文化强民族强。未来，新时代的文艺工作者将继续坚持以文弘业、以文培元，以文立心、以文铸魂，让博大精深的中华文明焕发出更加迷人的光彩，激荡文化繁荣发展的万千气象。

(《光明日报》2024年7月12日)

锐意进取，全面深化改革筑牢人才根基

——"新思想引领新时代改革开放"专栏报道

光明日报记者　任　欢　杨桐彤

2024年6月25日14时7分，嫦娥六号返回器携带来自月背的月球样品安全着陆在内蒙古四子王旗预定区域，探月工程嫦娥六号任务取得圆满成功。

蟾宫再折桂的背后，离不开一个个科研团队的共同努力。党中央决策实施探月工程以来，全国数千家单位、数万名科技工作者一步一个脚印，一棒接着一棒，让中华民族飞天揽月之梦日趋变成现实。

党的十八大以来，以习近平同志为核心的党中央作出全方位培养、引进、使用人才的重大部署，推动新时代人才工作取得历史性成就、发生历史性变革，为全面推进强国建设、民族复兴伟业提供有力人才支撑。当前，神州大地日新月异，正唱响"聚天下英才而用之"的时代强音。

明确方向，坚持党对人才工作的全面领导

2021年9月，中央人才工作会议在京召开。这是时隔11年后，党中央召开的又一次人才工作会议，具有里程碑意义。

"要坚持党管人才，坚持面向世界科技前沿、面向经济主战场、面向国家重大需求、面向人民生命健康，深入实施新时代人才强国战略，全方位培养、引进、用好人才，加快建设世界重要人才中心和创新高地，为2035年基本实现社会主义现代化提供人才支撑，为2050年全面

建成社会主义现代化强国打好人才基础。"习近平总书记的重要讲话，为新时代人才强国战略擘画了新的蓝图。

办好中国的事情，关键在党，关键在人，关键在人才。

10多年来，党对人才工作的领导全面加强，人才队伍快速壮大，人才效能持续增强，人才比较优势稳步增强，我国人才工作已站在新的历史起点上。

2021年5月，《中国共产党组织工作条例》印发，明确了党管人才的体制机制。2023年，《中央党内法规制定工作规划纲要（2023—2027年）》印发，明确"完善党管人才工作格局，推动人才强国战略深入实施"。如今，党委统一领导，组织部门牵头抓总，有关部门各司其职、密切配合，用人单位发挥主体作用、社会力量广泛参与的党管人才工作格局日益完善。

2023年4月，山东省青岛市委常委、组织部部长于玉参加了"党管人才·人才向党"访谈节目，同怡维怡橡胶研究院院长王梦蛟和青岛海尔生物医疗股份有限公司总经理刘占杰两位人才代表进行交流。据了解，青岛自开展"党管人才·人才向党"品牌创建活动以来，从"得人心、增人数、畅渠道、强保障"4方面出台多条举措，促进人才引育留用由"松散集聚"向"团结凝聚"转变。

人心是最大的政治，共识是奋进的动力。

2023年11月27日至12月2日，2023年高层次专家咨询服务活动在广西举办，一批高层次专家深入产业园区、重点企业、项目现场，面对面提供咨询服务。

活动期间，专家纷纷表示，举办这样的高层次专家咨询服务，是加强对高端人才政治引领、政治吸纳的重要举措，有效增强了大家报效祖国、奉献人民的责任感、使命感和向心力。

当前，随着各地不断改进党管人才方式方法，积极营造有利于人才辈出、人尽其才、才尽其用的政策环境，加大对各类人才的团结凝聚、教育引导、联系服务力度，广大人才纷纷集聚到党和人民的伟大奋斗中，坚定不移跟党走，为国分忧、为国解难、为国尽责。

破除桎梏，人才发展体制机制改革向纵深推进

人才发展体制机制改革是我国全面深化改革的重要组成部分，是党的建设制度改革的重要内容。唯有不断破除束缚人才发展的思想观念和体制机制障碍，方能解放和增强人才活力，进而形成具有国际竞争力的人才制度优势。

2022年11月，第一学历只有中专的技术人员崔平永，通过晨光生物科技集团股份有限公司评审，获得轻工工程专业高级工程师职称资格。

位于河北省邯郸市的晨光集团，是全省首批获得职称评审自主权的民营企业。截至2023年5月，河北共有149个用人单位开展高级职称自主评审。2018年至2023年5月，共有1.5万余名专业技术人才通过自主评审取得高级职称。

崔平永的故事，是各地加快推进人才体制机制改革的缩影。党的十八大以来，我国人才发展体制机制改革全面提速，中国特色人才制度体系的"四梁八柱"基本形成。

2016年2月，党中央印发第一个人才发展体制机制改革综合性文件《关于深化人才发展体制机制改革的意见》，着力破除束缚人才发展的体制机制障碍。随后，中央和国家相关部门以及各省区市出台配套改革政策，体制机制改革呈现密集创新突破态势。

2021年，江苏省印发《关于促进劳动力和人才社会性流动体制机制改革的实施意见》，破除劳动力和人才在机会、渠道、空间、服务等方面的社会性流动障碍，释放和增强社会发展活力。2023年10月，广东省深圳市人大常委会表决通过了新修订的《深圳经济特区人才工作条例》，通过立法进一步破除制约人才发展的体制机制障碍。

当前，我国人才发展体制机制改革正在向纵深推进，一系列束缚人才脱颖而出的体制机制"坚冰"开始消融，人才满意度、获得感不断增强，广大人才创新创造活力充分迸发。

人才辈出，更多千里马竞相奔腾

2024年6月，2023年度国家最高科学技术奖、国家自然科学奖、国家技术发明奖、国家科学技术进步奖等评选结果揭晓。

据国家科技奖励工作办公室相关负责人介绍，国家自然科学奖、国家技术发明奖和国家科学技术进步奖三大奖通用项目中，45岁以下完成人占比40%左右；国家自然科学奖中，45岁以下完成人超过一半。

10多年来，针对青年科技人才的评价机制尚不完善，青年科技人才面临成长通道窄、生活压力大等现实问题，我国围绕深入实施人才强国战略，不断优化体制机制，为青年科技人才"减负"，促进青年科技人才成长，让更多青年科技人才在国家重大科技任务中挑大梁、当主角。

习近平总书记强调，要用好用活各类人才。党的二十大报告提出："加快建设国家战略人才力量，努力培养造就更多大师、战略科学家、一流科技领军人才和创新团队、青年科技人才、卓越工程师、大国工匠、高技能人才。"

如今，我国已经拥有一支规模宏大、素质优良、结构不断优化、作用日益突出的人才队伍。

——当前，我国人才资源总量已经达到2.2亿人，研发人员总量多年保持世界首位。

——截至2021年底，全国技能人才总量超过2亿人，其中高技能人才总量超过6000万人。

——当前，全国农业农村系统着力壮大乡村人才队伍，形成了40多万人的农业科研队伍；3.6万名"头雁"领飞、620多万个新型农业经营主体跟进，打造乡村产业发展"雁阵"，累计培育900多万名高素质农民。

济济多士，乃成大业。

如今，在锦绣壮美的华夏大地，更多千里马竞相奔腾，激发出澎湃的人才活力，共同谱写着人才事业与国家梦想同频共振的雄浑乐章！

(《光明日报》2024年7月13日)

一切为了人民的健康福祉

——"新思想引领新时代改革开放"专栏报道

光明日报记者　田雅婷　金振娅　王美莹　李春剑

人民健康是民族昌盛和国家富强的重要标志。

人民至上、生命至上。党的十八大以来，以习近平同志为核心的党中央把维护人民健康摆在更加突出的位置，确立了新时代卫生与健康工作方针，把健康中国建设上升为国家战略，努力全方位、全周期地保障人民健康。

民之所系，政之所向。一项项新政策新举措密织着14亿多人民的健康保障网，分级诊疗、慢病管理、健康促进、医学创新、组建医联体、改善医疗服务、设置国家医学中心、爱国卫生运动、加大医学人才培养力度、加快新药好药上市、建立健全中医药法规、完善家庭医生签约服务、推进疾病预防控制体系改革……

这10余年，我国建成了世界上规模最大的医疗卫生服务体系和医疗保障体系，人民健康状况和基本医疗卫生服务的公平性、可及性持续改善；

这10余年，居民健康素养水平从8.8%提至29.7%，"每个人是自己健康第一责任人"理念深入人心；

这10余年，居民人均预期寿命从73.5岁提至78.2岁，主要健康指标居于中高收入国家前列，人民群众的健康权益得到有力保障。

把保障人民健康放在优先发展的战略位置

健康是幸福之基。

党的十八大以来，以习近平同志为核心的党中央着力解决好人民群众最关心最直接最现实的利益问题，在医疗卫生方面推出一系列重大举措，把保障人民健康放在优先发展的战略地位，取得了历史性成就。

2016年8月，全国卫生与健康大会隆重召开，这是新世纪以来我国召开的第一次卫生与健康大会，具有里程碑意义！

从"以治病为中心"到"以人民健康为中心"，自源头维护人民健康，为人民群众带来看得见摸得着的健康福祉；"将健康融入所有政策"被确定为新时代卫生与健康工作方针之一，随后，《"健康中国2030"规划纲要》出台，健康中国建设上升为国家战略。

公立医院是我国医疗服务体系的主体，是党联系人民、服务群众的重要窗口。截至2023年底，全国共建成各种形式的医联体1.8万余个；设置13个类别的国家医学中心和儿童类别的国家区域医疗中心，建设125个国家区域医疗中心、114个省级区域医疗中心；在81个城市开展紧密型城市医疗集团建设试点，全面推进紧密型县域医共体建设，为群众提供预防、治疗、康复、健康促进等一体化、连续性医疗卫生服务。

健康扶贫是遏制因病致贫因病返贫的重大举措。近年来，我国不断推进医疗资源下沉，通过开展医疗人才组团式帮扶国家乡村振兴重点帮扶县工作、三级医院对口帮扶工作，帮助重点帮扶医院与对口帮扶县医院提升医疗服务能力；组织国家医疗队开展巡回医疗，累计派出170支国家医疗队、超过1000名医务人员。

发展从未止步。

到2030年，我国人均预期寿命将进一步提高到79岁，接近高收入国家水平——《"健康中国2030"规划纲要》的目标，离我们越来越近。

加速破解老百姓"看病难、看病贵"问题

病有所医是老百姓的基本健康需求，但长期以来，"看病难、看病贵"问题一直存在。

"难"要怎么解？

党的十八大以来，我国积极推进分级诊疗制度，引导优质医疗资源下沉，形成科学合理就医秩序，切实促进基本医疗卫生服务的公平可及。

慢阻肺是我国最常见的慢性呼吸系统疾病。这个病通过肺功能检查就能诊断出来，但等患者出现憋喘等症状时，疾病往往已到了中晚期。对慢阻肺的检测，主要是用肺功能仪做肺功能测量。但就是这么一个小小的仪器，在基层医院配备却严重不足。2020年，国家拨出专项经费，为全国基层医疗机构配备肺功能仪，有效提升了慢阻肺的防控与诊疗。

这只是我国破解看病难的一个缩影。10余年来，我国分级诊疗取得积极进展，基层医疗服务能力不断增强。据不完全统计，全国县域内常见病多发病就诊率已超过90%。

"贵"要怎么破？

社会保障网全方位织密织牢。我国基本医疗保险参保人数超过13.6亿，参保率稳定在95%以上。

10余年来，居民医保人均财政补助标准提高到640元；建立医疗服务价格动态调整机制，超过90%的统筹地区开展医保支付方式改革。全国跨省异地就医直接结算工作取得显著成效。

山东省济宁市鱼台县的田烁在北京工作，8年前，母亲患乳腺癌到北京治疗。田烁说："以前在北京看病，必须回老家的社保中心报销，不仅人多且流程烦琐。票据单子一大堆，都要保存好。还有很多特殊药品必须提前在当地备案，否则不予报销。现在异地就医可直接在当地医院的窗口结算，太方便了。不仅如此，以前需要攒一堆，集中回老家报一次，现在随时可以报，钱能及时拿回来，对于有重病患者的家庭来说，经济负担也减轻不少。"

医药方面的改革也扎实推进——深入拓展药品耗材集中采购的广度和深度，进一步降低虚高价格；深化审评审批制度改革，加快临床急需短缺药、儿童用药、创新医疗器械注册上市；修订完善医保药品目录，减轻群众用药负担。

从进一步推动优质医疗资源扩容和下沉到建成世界上最大的全民医疗保障网；从进一步降低药品虚高价格到加快临床急需短缺药品审评审批……一项项成就，勾勒出我国努力全方位、全周期保障人民健康的新图景。

医疗卫生人才队伍建设筑牢健康根基

推动健康中国建设，人才是关键。

党的十八大以来，我国卫生健康事业取得历史性成就，离不开一支敬佑生命、救死扶伤、甘于奉献、大爱无疆的医务人员队伍。

青海省泽库县人民医院外科专家马文义，在海拔3700米以上的高地草原，数十年守护着牧民的健康，被牧民群众亲切地称为"高原好曼巴（医生）"；

北京大学第三医院妇产科主任、国家产科质量控制中心副主任、北京市危重孕产妇转诊救治中心负责人赵扬玉，只要接到求救电话，必会第一时间安排救治，她的手机常年保持24小时畅通；

时任北京协和医院检验科副主任的邱玲，主动报名医疗人才"组团式"援藏工作，带领团队填补三项空白：推动建立西藏自治区临床检验中心，通过西藏自治区首家"基因扩增检测实验室"验收，建成世界上海拔最高的符合国际标准的临床实验室。

…………

医者仁心，或是无影灯下的废寝忘食，或是处方笺上的精研极虑，或是随时奔赴需要他们的地方！他们忠诚地护佑着亿万人民的健康。

党的十八大以来，我国医师队伍支撑起世界上最大的医疗卫生服务体系，成为"全球医疗服务可及性和质量指数"排名进步幅度最大的国家之一。

数据，给出新时代卫生健康人才队伍建设的优异答卷：

——卫生健康人才资源总量稳步增长。"十三五"期间，全国卫生人员总量年均增长5%。

——卫生健康人才素质能力持续提高。"十三五"期间，卫生技术人员中大学本科及以上学历所占比例由 30.6% 提高到 42.1%。

——卫生健康人才结构分布不断优化。"十三五"期间，医护人才结构持续优化，东、西部地区每千人口卫生技术人员配比由 1∶0.94 提高到 1∶1.01。

健康是人类永恒的追求，它连着千家万户的幸福，关系国家和民族的未来。广大卫生与健康工作者定能为增进人民健康福祉作出更多新贡献，为健康中国建设书写更多新篇章！

（《光明日报》2024 年 7 月 14 日）

强化自主培养，让拔尖创新人才不断涌现

——"新思想引领新时代改革开放"专栏报道

光明日报记者 姚晓丹

"大运河漂来了北京城，一条跨越2500多年的运河滔滔而来。"时隔多年，北京博物馆之城建设馆校融合课题组组长吕文清依然记得，这是七年级历史教材《隋朝大运河》备课教案中的第一句。"当年是先讲课，课后布置学生去博物馆参观。"吕文清说，现在依然以这句话开场，教法却变了，"我们以问题链为驱动，进行项目合作学习和跨学科探究实践，在大运河博物馆和学校'双师'指导下，结合中小学语文、历史、地理等学科内容，引导学生进行知识与能力建构。"

这个看似微小的变化背后，是教学理念、教学方式、教学内容的全面变革——从注重知识灌输的学习变为项目制、探究式、跨学科主题学习，着力培养拔尖创新人才。

党的十八大以来，教育改革不断深化，科学有效的大中小学一体化拔尖创新人才贯通培养机制初步形成。学校、师生乃至社会各界齐心协力，为实现全面提高人才自主培养质量，着力造就拔尖创新人才的目标而不懈努力。

改革招生评价制度，把人才送上合适赛道

"拔尖计划"自启动以来，累计在77所高水平研究型大学布局建

设 288 个基础学科拔尖学生培养基地，共吸引 3 万余名优秀学生投身基础学科。

与"拔尖计划"相辅相成的，还有"英才计划""强基计划"等。"英才计划"选拔品学兼优、学有余力的中学生走进高校，参加学术研讨和科研实践，探索高校、科研机构与中学联合培养青少年科技创新人才的有效模式；"强基计划"突出基础学科的支撑引领作用，选拔培养有志于服务国家重大战略需求且综合素质优秀的学生。这些专项计划各有侧重、协同发力，为各类拔尖创新人才提供适合他们"向阳生长"的广阔舞台。

"创新人才培养改革中，招生和评价制度是重要一环，旨在拓宽人才选拔路径，让具有创新潜质的各类人才都能冒出来。尤其是自 2014 年开始，随着国务院印发《关于深化考试招生制度改革的实施意见》，启动高考综合改革试点，试卷命题越来越注重实践和真实情境，着重考查学生解决实际问题和综合性问题的能力，机械性的背题、刷题从此不灵了。"吕文清说。

在中国教育科学研究院基础教育研究所所长李铁安看来，评价方式改革具有先行效应："2020 年中共中央、国务院印发的《深化新时代教育评价改革总体方案》，提出'改进结果评价，强化过程评价，探索增值评价，健全综合评价'，为拔尖创新人才的选育提供了有力支撑。"此后，一系列举措落地实施。其一，在中小学广泛开展综合素质评价实践探索，将德智体美劳纳入评价体系，全面考查学生的知识能力素养。如新中考采用"学业考试成绩＋综合素质评价"的录取模式，国家基础教育质量监测开发了艺术类与体育测试系统，这些都在引导中小学关注学生的全面发展。其二，探索多元录取方式，开辟多条升学路径。如统一高考、综合评价招生、基础学科招生改革试点等。

为了既选拔到适合的学子又兼顾公平，教育部会同有关部门陆续出台完善高中学业水平考试和综合素质评价、规范高考加分、实施支援中西部地区招生协作计划和"专项计划"等 20 多项重要政策，如今"专项计划"已累计录取学生110万余人，形成保障农村和脱贫地区学生就读重点高校的长效机制。新中考则采取名额分配政策，将招生计划中一定比例的名额分配到普通中学，多地的分配生比例逐渐从10%—30%提升到50%—60%。

革新育人方式，激发学生主体动能

随着评价改革这一"指挥棒"的变化，学校育人方式也发生了显著变革。

中国教育科学研究院研究员储朝晖介绍："从关注学生某方面的能力变成了关注'全人'，把人的全面成长放在了第一位。"

"作为班主任，我经常带学生到劳动基地一起种植西红柿、红薯、花生等农作物，既促进学生的学科学习，也让他们切身体会到劳动的乐趣和辛苦，锻炼持之以恒、吃苦耐劳、勤俭节约的品质。这些都是课程教学改革中强调的，也是培养拔尖人才所需要的。"大连经济技术开发区第一中学教师崔雪子告诉记者。她还指导学生在种植农作物的同时撰写调研报告，"让他们以问题为驱动力，自主探索、合作交流，感受学习的趣味性，掌握分析问题、解决问题的能力。"

大连经济技术开发区红星海国际学校党总支书记刘慧图介绍，学校通过设计高品质作业引导学生主动学习、深度思考。"高品质作业涵盖了跨学科、项目式、情境化任务，注重学生的主体性和实践性。通过完成真实情境中的任务，学生的好奇心得以满足，想象力得以释放，探求欲得以增强，创新素养得到持续开发。"

很多突破常规的奇思妙想，开始改变学校教学方式——北京十一学校学生通过调研，帮助顺义区特产"古法手工豆腐"进入不少饭店和企事业单位食堂；北京育英学校初二学生与北京农林科学院实验室合作，利用数学建模知识设计出新款肉食新鲜度测试的工具模型；西安理工大学附中学生观察到"人类拿小物件时会用拇指和食指的指腹"，据此改进了人工智能机械手抓取物品的方式，使机械手的精细动作完成度大幅提升……

在广大高校，教学方式更是发生了显著变革。

荣誉学院、实验班等新型育人载体百花齐放，北京大学元培学院、上海交通大学致远学院、浙江大学竺可桢学院、清华大学姚期智班等实现大师引领、科教融汇、贯通培养，成为广大学子心目中的"梦院""梦班"；注重浸润、熏陶的中国特色现代书院制，彰显了大学教育本质，构建起融通式拔尖人才创新培养体系；"一部六院"（教育部、中国科学院、中国社会科学院、中国工程院、中国农业科学院、中国医学科学院、中国中医科学院）合作机制不断完善，持续推动80所左右高校与100家左右科研院所深度合作，实现师资队伍、科研项目、实验实践条件等资源共享，提升基础学科人才培养质量……

在教育、科技、人才"三位一体"协同发展理念指引下，越来越多高校摒弃千篇一律的"标准化"育人方式，为学生量体裁衣，制定个性化培养方案。

优化教学内容，构建素养导向的"大课程观"

教学内容的变革是拔尖创新人才培养的重要环节。党的十八大以来，在习近平总书记关于教育的重要论述精神的科学指引下，深化课程教学改革的发展方向更加明晰，素养导向的"大课程观"得以构建。《普通高中课程方案（2017年版）2020年修订》和《义务教育课程方案（2022年版）》明确提出，要坚持育人为本，培养学生核心素养，突出课程价值的文化性、课程目标的整体性、课程实施的过程性。

"在中小学层面，鼓励学校积极开发科创类校本课程，大力推进科学教育、工程教育，帮助学生培养科研兴趣，增强创新精神与实践能力。同时，鼓励高校通过与中学联合建立贯通式人才培养模式、联合建设科技实验室及特色试验班等方式，丰富中学课程的学术含量，积极开展创新人才早期培养。"李铁安介绍。

为新质生产力发展提供坚实人才支撑，是高等教育人才培养的时代使命。这一目标追求，深刻体现在高校教学内容的调整革新上。

2024年高考前夕，教育部公布了2023年度普通高等学校本科专业备案和审批结果。智能视觉工程、智能海洋装备、健康科学与技术……在新增设的24种本科专业中，大多是"含智率"高、交叉融合的新专业，体现出服务国家战略、支撑高质量发展的鲜明导向。

"一方面，坚持扎根中国大地办教育，紧扣高质量发展这个首要任务，课程设置与专业前沿研究、产业技术创新等紧密结合，将前沿创新优势转化为人才自主培养胜势；另一方面，注重全球视野、世界眼光，通过合作办学、联合培养、智力引进等方式，将世界一流的教育教学资源有效融入拔尖人才培养全过程。"南京大学校长谈哲敏介绍的做法，颇具代表性。

未来还需在哪些方面努力？

李铁安认为，要继续"夯实一个基点，将激发青少年好奇心、想象力和探求欲落到实处；创新一种机制，进一步深化中高考改革，探索构建价值引领、素养导向、能力为重、知识为基的综合评价模式；搭建一个平台，统筹大中小学、科研院所等优质资源，有效衔接不同学段拔尖创新人才培养。"

教育部党组书记、部长怀进鹏在十四届全国人大二次会议民生主题记者会上表示，"我们特别提倡'刀在石上磨，人在事上练'，在实战中培养拔尖创新人才。我们会加大对高校青年科技人才的支持，在学术生涯起步阶段就开始长周期、高强度、稳定支持，允许试错、宽容失败，让青年人才产出重要的原创性、颠覆性成果。"

教育强国建设，步履铿锵稳健。面向国家战略需求，深刻把握人工智能等技术发展带来的新机遇新挑战，越来越多的拔尖创新人才正不断涌现，为建设世界重要人才中心和创新高地提供坚实支撑。

（《光明日报》2024年7月15日）

蹄疾步稳，阔步迈向网络强国

——"新思想引领新时代改革开放"专栏报道

光明网记者　雷渺鑫　李　飞　李政葳

在近日举行的中国互联网大会上，搭建了一条"中国互联网30年时光长廊"，镌刻着过去30年来一系列重要节点：从1994年我国全功能接入国际互联网，到1999年互联网创业黄金年，再到2014年网络强国战略目标提出、2018年"互联网+"深入推进、2024年"人工智能+"行动实施……它们，不仅勾起了大众的"触网"记忆，也彰显了互联网发展带来的巨大变革。

党的十八大以来，我国网信事业取得历史性成就、发生历史性变革，探索走出了一条中国特色治网之道，正从网络大国阔步迈向网络强国。如今，网络强国建设的新成效不断助力中国式现代化建设，推动数字文明造福世界。

技术红利，赋能网民美好生活

互联网的本质是连接。依托这张"网"，跨越千里的远程医疗实现了"触屏可及"，乡村特产搭乘电商快车成了"网红尖货"，高原海岛网络信号不再"等风来"……

一直以来，互联网技术的飞速发展，不仅深刻影响着世界，也影响着每个人的生产生活方式。从电子商务到社交媒体，从智能制造到智慧城市，从在线教育到远程医疗，亿万网民正在共享互联网发展成果，"数字"触角延伸至祖国大地的每一个角落。

数据显示，我国网民规模已达 10.92 亿人，互联网普及率达 77.5%，农村地区互联网普及率为 66.5%，已形成全球最大、生机勃勃的数字社会；在互联网基础设施方面，宽带网络规模和覆盖水平全球领先，固定宽带家庭普及率达 110.2 部/百户，千兆用户占比超过 1/4，5G 基站总数达 383.7 万个，全国行政村通 5G 比例超 90%，我国骨干网架构持续优化，已形成"全方位、立体化"互联互通格局。

"党的十八大以来，中国互联网发展不断开拓新局，网络基础设施全球领先，网民规模飞速增长，信息技术创新空前活跃，互联网应用蓬勃发展，多项关键指标位居全球第一，取得了举世瞩目的成就。"中国互联网协会理事长尚冰深有感触。

建设网络强国，必须掌握关键核心技术。5G 全面领先、北斗全球组网、"超级光盘"诞生，一股股新浪潮势不可挡。

在中国工程院院士邬贺铨看来，中国全功能接入互联网 30 年，经历了数字化、网络化的时代，已进入到互联网的数字化时代。

诚然，在数字时代的新赛道、新场景中，我国人工智能展现出源源不断的向"新"力：AI 发展提供支撑，促进大模型、机器人赋能百业；技术出海促进交流，带动数字化应用创新拓展；智能向善协同共治，推动全球人工智能治理凝聚共识……

"截至 2023 年 12 月，人工智能核心产业规模达 5784 亿元""我国人工智能企业数量超过 4500 家，约占全球企业总数的 1/7""2013 年至 2023 年，全球人工智能专利累计申请量超 129 万件，中国占比高达 64%"……从最新发布的《中国互联网发展报告（2024）》看出，我国人工智能产业在产业发展、企业数量、技术创新等方面稳步提升。

凝聚共识，筑牢网络安全之堤

万物互联的时代，发展与安全共生，机遇与风险并存。

揭开 AI 诈骗"画皮"之谜、多场景构建移动支付"防火墙"、精准锁定局域网的"安全暗礁"……一款款"黑科技"展现着安全与风险的"矛"与"盾"。

没有网络安全就没有国家安全。近年来，以总体国家安全观为指导，各地各部门坚持发展和安全同步推进，不断完善网络安全工作体制机制，加强网络安全保障体系和能力建设，推动全社会网络安全意识和防护能力的明显提升。

"我国在网络安全领域取得可喜成绩，法律法规治理体系逐步完善，网络安全产业发展有法可依、有章可循。"中国工程院院士沈昌祥说。

顶层设计日臻完善——

数据安全法、个人信息保护法、《关键信息基础设施安全保护条例》等法律法规颁布，《生成式人工智能服务管理暂行办法》等新规新策先后出台，300余项网络安全国家标准陆续发布……我国加快推进网络安全领域顶层设计，网络安全的"四梁八柱"基本构建。

应急响应显著提升——

通过实施《国家网络安全事件应急预案》，有效提升网络安全应急响应和处置能力；建立网络安全审查评估制度，发布《网络安全审查办法》，有效防范化解供应链网络安全风险；制定《云计算服务安全评估办法》，提高党政机关、关键信息基础设施运营者采购使用云计算服务的安全可控水平；出台《数据出境安全评估办法》，提升国家数据出境安全管理水平。

人才培养创新提质——

网信事业发展，离不开高水平的专业人才队伍。2016年6月，《关于加强网络安全学科建设和人才培养的意见》印发；国家网络安全人才与创新基地建设深入推进，网络安全产业不断壮大，人才培育、技术创新、产业发展加快融合，网络安全的基础更加坚实。

社会意识不断加强——

维护网络安全是全社会的共同责任，需要政府、企业、社会组织、广大网民共同参与。2014年以来，在全国范围内持续举办国家网络安全宣传周活动，以百姓愿意看、看得懂、记得住的形式和内容，有力推动全社会网络安全意识和防护技能的提升；多家媒体平台开设网络安全类频道、专栏，充分发挥媒体优势推进安全教育、技术、产业融合发展，持续做好网络安全科普工作，不断提升公众网络安全意识。

网络无边，安全有界。如今，网络安全齐抓共管的良好局面已然形成，越来越多的普通民众自觉成为网络安全的守护者、监督者，不断开辟网络安全工作新格局。

持续发力，构建网上精神家园

一片甲骨惊天下。"写意中国——探寻汉字起源"网上主题宣传活动，以甲骨文化为"起点"，释放了5000多年华夏文明的深厚底蕴。近年来，网络空间成为亿万民众共同的精神家园，网络空间治理依法加强，网络内容建设日益做强，积极健康、向上向善的网络文化有效培育，网络空间正能量愈发充沛。

网络空间正能量澎湃大流量。通过开展"万山磅礴看主峰""把青春华章写在祖国大地上"等品牌专项，让党的声音成为网络空间最强音；举办中国网络媒体论坛等重磅活动，助力全媒体传播体系建设，塑造主流舆论新格局；举行中国网络文明大会等重要会议，不断凝聚起网络文明向上向善的社会共识；推进"网络中国节""争做中国好网民"等重点工程、项目，大力发挥典型示范效应，让崇德向善榜样和优质内容供给助推网络文明蔚然成风。

网络综治体系基本建成。近年来，中央网信办会同各地区各部门严厉打击网络乱象。比如，持续推进深化网络生态治理，集中整治"饭圈"乱象、"自媒体"乱象等问题；全国网络辟谣联动机制建立，有效治理网络谣言……《中国网络文明发展报告2023》显示，我国网络空间生态环境日益清朗，基本建成网络综合治理体系，各类问题乱象得到有效整治，网络辟谣、网络举报等工作机制不断健全，网络生态持续向善向好。

网络空间法治化进程加快推进，互联网不是法外之地的观念深入人心。2024年1月1日起施行《未成年人网络保护条例》，让未成年人网络保护有法可依；通过持续加大网络执法力度，坚决查处网上各类违法违规行为；网络司法不断深入，互联网法院创立，智慧法院、智慧检务加快推进；加大网络普法力度，创新打造"全国网络普法行"品牌；颁布《互联网信息服务算法推荐管理规定》等新规新策，规范算法推荐技术应用，促进互联网信息服务健康有序发展。

共建共治，携手推动全球互联网治理

2024年7月1日，第78届联合国大会通过了中国主提的加强人工智能能力建设国际合作决议，140多个国家参加决议联署，并一致认为该决议聚焦人工智能能力建设，提出一系列务实举措，对弥合全球数字鸿沟、推动各国共享人工智能发展成果，具有重要里程碑式意义。

诸多探索，不胜枚举——从倡导全球发展倡议、全球安全倡议，到发布《全球人工智能治理倡议》；从签署《二十国集团数字经济发展与合作倡议》，到发起"中非携手构建网络空间命运共同体倡议"；从举办全球发展倡议数字合作论坛，到召开亚太经合组织数字减贫研讨会……

近年来，我国积极参与全球互联网发展治理，打造网络空间国际交流合作高端平台，加快构建网络空间命运共同体，越来越多的中国理念、中国主张、中国方案，日益赢得认同和支持。

在历史长河里，10年只是短暂的一瞬。然而，对于乌镇而言，过去的10年，浓缩了太多的波澜壮阔。自2014年起，世界互联网大会已连续10年在这里举办，这场国际互联网盛会已成为推动全球互联网共享共治的重要平台。

在这里，创造性提出了构建网络空间命运共同体理念，峰会从概念文件到行动倡议，再到实践案例全球开花，思想共识化为具体行动，携手共谋全球互联网发展、构建网络空间命运共同体的美好图景清晰可见；

在这里，积极打造网络空间国际交流合作高端平台，不断凝聚各方智慧共识，持续深化数字领域合作；

在这里，坚持推进全球互联网发展治理变革进程，发布《携手构建网络空间命运共同体》概念文件、《携手构建网络空间命运共同体行动倡议》等一系列成果……

始于中国、属于世界。2024年7月12日，世界互联网大会国际组织迎来成立两周年的日子。截至目前，已有来自6大洲近30个国家和地区的约140家互联网领域的机构、组织、企业及个人成为世界互联网大会会员，不断推动中国与世界的互联互通和国际互联网的共享共治。

大道无垠，征途壮阔。我国全功能接入国际互联网30年来，从一条网速仅有64千比特每秒的网线出发，筚路蓝缕、以启山林，开辟了网络空间的新天地。站在新的历史起点，我国网信事业发展必将掀开崭新一页，在强国建设、民族复兴新征程上书写更加精彩的篇章。

（《光明日报》2024年7月16日）

馥郁书香萦绕神州大地

——"新思想引领新时代改革开放"专栏报道

光明日报记者 韩 寒

燕山脚下，一座沉朴巍峨的三进院落，掩映在群峰间。在这个名为文瀚阁的版本馆里，从龟甲刻符到青铜铭文，从简牍上的律令到典籍里的经史，百世阙文尽收。

海南三沙，一座整洁雅致的图书馆，矗立在海岛上。图书馆里，历史、文学、文化、艺术……各类书籍尽有。挑选一本，就能沉浸在纸墨的余香中。

东海之滨，都市上海，即将迎来一年一度的书展。届时，这个城市的展览馆、图书馆、实体书店将书香萦绕，为市民带来一场又一场精神的宴飨。

西部深山，西藏羌纳乡西嘎村，农家书屋购入了一批新书。知识的力量，如阳光般洒满书屋每一个角落。群山的怀抱里，村民的生活同样被书籍照亮。

党的十八大以来，以习近平同志为核心的党中央高度重视全民阅读工作。放眼中华大地，书香氛围日益浓厚，全民阅读蔚然成风；出版行业融合发展步履稳健，创新成果层出不穷。

日渐完备的制度，推动全民阅读

2022年春，首届全民阅读大会在北京举办。

习近平总书记在致大会的贺信中，这样论述阅读的力量："阅读是人类获取知识、启智增慧、培养道德的重要途径，可以让人得到思想启发，树立崇高理想，涵养浩然之气。"

最是书香能致远。阅读，不仅是个人提升修养的重要方式，也是一个国家和民族丰盈自己的精神力量。

党的十八大以来，党中央、国务院高度重视全民阅读工作，与阅读相关的制度建设全面推进——

2012 年，党的十八大报告提出，开展全民阅读活动。

2016 年，"十三五"规划纲要提出，推动全民阅读。

2021 年，"十四五"规划和 2035 年远景目标纲要明确提出，深入推进全民阅读，建设"书香中国"。

2022 年，党的二十大报告强调，深化全民阅读活动。

2024 年，"全民阅读"已连续 11 年写入《政府工作报告》。

在此期间，首个国家级全民阅读规划《全民阅读"十三五"时期发展规划》2016 年印发。《关于促进全民阅读工作的意见》2020 年印发。多个省（区、市）发布地方性全民阅读规划。

不仅如此，2017 年施行的《中华人民共和国公共文化服务保障法》，2018 年施行的《中华人民共和国公共图书馆法》，都明确提出为全民阅读提供保障，确立了全民阅读的法律地位。江苏、湖北出台了地方全民阅读法规或办法，上海、福建、深圳等地全民阅读立法工作正稳步推进。

日臻完善的设施，助力书香中国建设

建设书香中国，阅读基础设施是重要支撑。

党的十八大以来，以习近平同志为核心的党中央深入推动实施文化惠民工程，持续加大阅读设施建设投入力度，一个遍及城乡、数量庞大的阅读基础设施网络体系建立起来，广大人民群众的阅读需求得到有效满足。

图书馆是国家文化发展水平的重要标志。当前，我国图书馆覆盖国家、省、市、县四级，已成为滋养人民心灵的重要场所。

据统计，2012年至2022年，我国公共图书馆数量由3076个增加到3303个，藏书量由78852万册增长到135959万册，书刊文献外借量从3.32亿册次提高到6.07亿册次，阅览室座席数达155万个，平均每万人公共图书馆建筑面积达148.61平方米。

"我来东莞17年，其中来图书馆看书有12年，书能明理，对人百益无一害唯书也""想起这些年的生活，最好的地方就是图书馆了"……2020年，一位农民工给东莞图书馆的留言，感动了无数网友。图书馆，成为城市旅居者心灵的归宿。

耕读传家久，诗书继世长。作为党中央、国务院推动实施的公共文化五大惠民工程之一，农家书屋工程，是社会主义新农村建设的重要文化工程。

当前，我国共有约58.7万家农家书屋。这些如群星般点缀在东西南北的书屋，累计向农村地区配送图书13亿多册。各地依托农家书屋组织的导向鲜明、内容丰富、形式新颖的乡村阅读活动，为农村少年儿童启智增慧提供了阅读滋养，在广大农村营造了爱读书、读好书、善读书的浓厚氛围。

"我的家乡红星村的农家书屋坐落在村委会，一棵百年银杏树掩映着几间白墙青瓦的平房……村里的人空闲时就会到书屋看书。"这是《我的书屋·我的梦：2023湖北少年儿童阅读实践征文书画手抄报优秀作品汇编》里记载的一个故事。故事的主人公刘叶琪，是湖北省仙桃市郭河镇的一名学生，她是农家书屋的常客。

实体书店，不仅是书刊的销售场所，亦是重要的文化空间。中宣部印刷发行局、中国书刊发行业协会联合发布的《2021年度全国出版物发行业发展报告》显示，全国有实体书店100765家。

2024年，被广大读者誉为"共和国第一店"的王府井书店，迎来了75岁生日。岁月流金，进入新时代的王府井书店，始终不忘初心使命，坚持传播先进文化，为广大读者提供优质的阅读空间。

此外，各类实体书店也正加速转型升级，适应新时代读者更多元的阅读需求。不仅如此，外形美观、业态丰富的实体书店，不再是城市专属，还走进乡村，在浙东、滇南、豫北、闽东等地的田间地头，播撒书的韵律与芬芳。

日新月异的产品，促进出版融合发展

2024年春，在春城昆明举办的第三届全民阅读大会上，第21次全国国民阅读调查结果发布。

将调查结果与往年数据对比，不难发现，从2012年到2023年，全民阅读率显著上升——成年国民包括书、报、刊和数字出版物在内的各种媒介的综合阅读率由76.3%提升到81.9%，图书阅读率从54.9%提升至59.8%，数字化阅读方式的接触率从40.3%提升至80.3%。年人均纸质图书和电子书合计阅读量由6.74本提升至8.15本。

图书阅读率的攀升，离不开优质内容的供给。

党的十八大以来，我国出版业以高质量发展为目标，致力于为读者打造好的作品——《复兴文库》第一至三编与读者见面，点校本《史记》《旧五代史》《新五代史》《宋书》《隋书》《南史》等书的修订本问世，《辞源》《新华字典》《辞海》最新版接续出版，《人世间》《牵风记》《雪山大地》等精品力作迭出。

放眼全国，图书品种和印数大幅度提升。国家统计局数据显示，2012年至2022年，我国图书品种由41.4万种增长到50万种，图书总印数由79.2亿册增长到114亿册。

新媒体和数字出版新产品的不断涌现，助力媒介综合阅读率大幅提升。

"小时候，我在新疆最北端的阿勒泰地区的富蕴县，一个以哈萨克族为主要人口的小县里，度过了一大段童年……"打开喜马拉雅APP，作家李娟《我的阿勒泰》已有约800万的播放量。《红楼梦》原著朗读、《道德经》等经典作品导读节目，播放量则分别达到了2.3亿、2.8亿。

2012年，用手机"听书"还是一件新鲜事，能够听书的平台也

不多。然而到了 2023 年，中国新闻研究院发布的报告显示，我国有 36.3% 的成年国民通过听书的方式进行阅读。喜马拉雅、蜻蜓、咪咕、考拉、荔枝等可以听书的平台，如雨后春笋般成长起来。

第十三届中国数字出版博览会上，一组数据让数字出版人感到振奋——截至 2022 年，我国数字出版产业总收入达 1.35 万亿元。其中，互联网期刊、电子图书、数字报纸的总收入为 104.91 亿元，移动出版收入 463.52 亿元，在线教育总收入 2620 亿元，网络动漫总收入 330.94 亿元，数字音乐收入 637.5 亿元。

如果要用一个词来形容中国数字出版行业的态势，中国新闻出版研究院院长魏玉山认为是"勇毅前行"："政策体系日臻完备，文化主阵地地位凸显，出版融合向纵深推进，走出去迈出稳健步伐……"

数字时代，带给出版界最大的变化，一是出版单位普遍加强了融合发展的统筹谋划，探索适合自身的数字出版模式；二是出版单位正加快构建全媒体营销体系，抖音、快手、B 站、小红书、微信公众号及视频号等成为其吸引流量、增强营收的重要平台。

凡益之道，与时偕行。党的十八大以来，全民阅读工作取得了一系列新成就新突破。

放眼中华大地，一幅书香充盈的美丽图景，正徐徐铺展开来。

（《光明日报》2024 年 7 月 18 日）

破除准入壁垒、赋能新型业态——
"一张清单"打开市场空间

——"新思想引领新时代改革开放"专栏报道

经济日报记者　银　晟　佘　颖

市场准入制度是我国社会主义市场经济基础制度之一，负面清单的概念最早源自外资准入管理制度。2018年，我国将二者有机结合，正式实行全国统一的市场准入负面清单制度。这一改革举措是新时代全面深化改革"坚持以制度建设为主线"的生动实践。

推动平等准入

在深圳世界之窗景区，游客秦女士通过美团点了一份奶茶套餐，仅过了5分钟左右，无人机就将奶茶送到了手上。

"无人机如何能合法地飞起来？过去4年，政府有关部门和企业经历了长时间探索。"美团无人机公共事务负责人闫琰说，低空经济的发展不仅需要技术创新和产业升级的支撑，更需要主管部门、地方政府在空域审批、适航审定、适航标准等方面积极改革创新，突破阻碍新生事物发展的藩篱。

低空经济是近年来悄然兴起的"四新经济"代表之一。2023年我国新设企业1002.9万户，"四新经济"企业占比达39.4%。这种新经济形态能在中国大地上如雨后春笋般破土而出，离不开市场准入负面清单制度的全面实施。

实施市场准入负面清单制度，就是要真正实现"非禁即入"。我国先后出台了4版负面清单，清单事项主要做"减法"，由2018年版的151项缩减至2022年版的117项，缩减比例达到23%。每一个"减法"落地，都意味着一个更加开放的领域。市场准入的放宽，使更多社会力量能进入过去被视为"高门槛"的行业。此举既有利于优化资源配置，也助推经济结构调整和产业升级。

杭台高铁是我国首条民营控股的高铁线路。开通两年来，累计客流超2000万人次。这条线路的开通，让越来越多社会资本有了稳定预期，有望吸引更多社会资本参与铁路投资建设。项目的示范效应也将促进我国铁路投融资体制更加健全完善，为铁路行业持续健康发展提供有力保障。

截至2024年5月底，民营经济经营主体占所有经营主体的比例从2019年的95.5%增长到96.4%。随着新能源汽车、集成电路等新兴领域市场准入持续放宽，我国战略性新兴产业成长空间巨大。

扩大制度型开放

从最初的190条，到目前全国版的31条、自贸试验区版的27条……外资准入负面清单上的"减法"见证着中国开放的力度，也为外资企业共享中国发展机遇创造了条件。

在日前结束的夏季达沃斯论坛上，毕马威中国咨询首席战略官蔡伟表示，中国不断减少外资准入限制，提高外商投资自由化水平，在外资企业关心的医疗、电信等领域开展准入试点，表达了中国深化对外开放、吸引外资的诚意，为外资企业在华投资合作创造了条件。

2018年版外资准入负面清单明确，到2022年，汽车行业取消外资股比限制，同时取消合资企业不超过两家的限制。

2018年10月，宝马集团拟定协议，将收购在华合资公司华晨宝马25%股份。2022年，协议伴随负面清单生效而正式履行，宝马集团在华晨宝马所持股份增至75%。2024年，宝马再次宣布计划对沈阳生产基地增加投资 200 亿元，准备启动新车型的本土化生产。

作为全国首家独资造车外企，特斯拉上海超级工厂的设立，也是制造业负面清单"减法"效应的生动例证。

2019 年初，特斯拉超级工厂在上海开工，短短一年内完成了建厂、生产、交付，并在这几年接连完成第 100 万辆、第 200 万辆整车下线，跑出了"中国速度"。

受益于负面清单的缩减，外商投资准入负面清单关于金融业的相关限制措施已经清零。2020 年版的负面清单取消了证券公司、证券投资基金管理公司、期货公司、寿险公司外资股比限制，加快了一批外资金融企业在华投资的步伐。

国家金融监督管理总局数据显示，截至 2023 年底，外资银行在华总资产已达 3.86 万亿元，外资保险公司总资产达到 2.4 万亿元，在境内保险行业总资产比例已经达到 10%。2024 年 3 月 22 日，我国首家新设外商独资证券公司渣打证券在北京正式开展业务。

优化监管机制

运用改革的方式不断革除体制机制弊端，在解决问题的同时完成建章立制、体系创新，是改革顺利推进、改革成果得以巩固的有效路径。

中国宏观经济研究院市场与价格研究所所长申兵认为，近年来市场准入负面清单的调整坚持以构建高水平社会主义市场经济体制为主攻方向，聚焦落实非禁即入、依法准入、精简必要的原则，注重与事中事后监管体系衔接配套，致力于根除"一放就活，一活就乱，一乱就管，一管就死"的不良土壤环境，建立了违背市场准入负面清单的常态化清理机制，以点带面持续优化新业态、新领域市场准入环境。

记者从国家发展改革委了解到，我国建立了违背全国统一市场准入负面清单的案例归集与通报制度。按照"一案一核查、一案一通报"

原则，定期归集违背有关"统一性"规定的案例，并在国家发展改革委门户网站和"信用中国"网站向社会公示。目前已经开展了第六批排查清理。同时，国家发展改革委建立了不当干预全国统一大市场建设行为问题整改和典型案例约谈通报制度，开展妨碍建设全国统一大市场问题线索核实整改工作，征集了1100余条问题线索，其中超九成有效问题线索已督促地方完成整改。

中国宏观经济研究院市场与价格研究所副主任王丹说，当前，重点行业领域市场分割问题仍需继续清理。要在深化改革上下更大功夫，进一步优化产权保护、社会信用等市场经济基础性制度。同时创新监管机制，运用信用监管、行业监管、"互联网+"监管与触发式监管等手段，构建"准入+监管"的闭环管理体系，营造更加公平、稳定、透明、可预期的营商环境。

（《经济日报》2024年7月14日）

电力市场化改革向纵深推进——
两部制电价加快煤电功能转型

——"新思想引领新时代改革开放"专栏报道

经济日报记者　王轶辰

"煤电容量电价有利于稳定煤电企业经营业绩，保障电力安全稳定供应。"这是火电上市公司在2024年一季度财报中，提到最多的表述之一。从实际业绩表现来看，此前几年深陷亏损泥潭的多家火电企业都交出了喜报。

这一重大转变来自煤电价格机制改革。2023年底，国家发展改革委、国家能源局联合印发《关于建立煤电容量电价机制的通知》，决定自2024年1月1日起建立煤电容量电价机制，对煤电实行两部制电价政策。这是推动电力市场化改革的重要举措，对于煤电向基础保障性和系统调节性电源并重转型，保障国家能源安全，助力"双碳"目标达成和经济高质量发展具有重要意义。

能源绿色转型的必然要求

"煤电容量电价机制是继2021年《关于进一步深化燃煤发电上网电价市场化改革的通知》之后，对煤电电价形成机制的重大调整和完善。"中国电力企业联合会党委书记、常务副理事长杨昆说。

煤电经营成本包括折旧费、人工费、修理费、财务费等固定成本和燃煤等变动成本两大部分。过去，我国对煤电实行单一制电量电价，即煤电只有发电才能回收成本。新推出的两部制电价包括容量电价和电量电价，其中容量电价是为回收煤电机组固定成本而专门制定的电价。通俗地说，容量电价相当于"底薪"，即便煤电不工作也能获取稳定收入；电量电价则是"奖金提成"，根据发电量多少获取相应报酬。

为何要建立煤电容量电价机制？国家发展改革委有关负责人表示，我国建立煤电容量电价机制、对煤电实行两部制电价政策，既是我国新能源快速发展的现实需要，也是下一步推动新能源进一步加快发展和能源绿色低碳转型的必然要求。

近年来，我国新能源快速发展，迫切需要煤电更好发挥基础性支撑调节作用。2023 年我国新能源新增装机达 2.9 亿千瓦，根据市场机构测算，未来几年国内新能源装机规模还将快速增长。由于新能源发电具有间歇性和波动性，客观上需要更多的调节性资源，为电力系统提供更加充裕的调节能力。煤电是我国最重要、成本较低的支撑调节电源，推动煤电加快向提供容量支撑保障和电量并重转型，平常时段为新能源发电让出空间、高峰时段继续顶峰出力，对促进新能源进一步加快发展具有重要意义。

在现行单一制电价体系下，煤电企业只有发电才能回收成本并获得回报。随着煤电转变经营发展模式，煤电机组越来越多时间"备而不用"，通过单一电量电价难以完全回收成本，近年来出现行业预期不稳等现象，长此以往可能影响电力系统安全运行，并导致新能源利用率下降。因此，建立煤电容量电价机制、通过容量电价回收部分或全部固定成本，从而稳定煤电行业预期，是保障电力系统安全运行、为承载更大规模的新能源提供有力支撑、更好促进能源绿色低碳转型的必然要求。

具有里程碑意义的改革举措

"这一政策对煤电企业来说盼望已久，被业内人士称为一项具有里程碑意义的电价改革举措。"中国电力企业联合会首席专家陈宗法认为，煤电容量电价机制出台意义重大。

杨昆分析，此次煤电容量电价机制改革，充分考虑了电力系统运行、煤电运营和经济发展实际，具有较强的可操作性。

——建立了反映煤电电能量市场化价值和容量价值的两部制电价机制。通过电能量电价的市场化形成机制，反映燃料成本变化和电力市场供需状况；结合全国典型煤电机组投资成本，明确了煤电机组容量电价的适用范围和国家补偿标准。

——统筹兼顾了各地区经济社会发展、能源低碳转型进展和煤电企业实际生产经营情况。综合考虑了各地电力系统供需结构、市场化用户电价承受能力、清洁能源发展状况以及煤电转型进程情况等多方面因素。

——明确了容量电价疏导方式以及容量电费考核机制。明确了煤电容量电费纳入系统运行费用，由工商业用户按用电比例分摊；明确了跨省跨区外送煤电机组容量电费的分摊方式，对不能满足系统容量调用要求的机组，明确了考核机制。

——充分考虑了社会可承受能力，保障居民、农业用电价格稳定。明确了容量电费仅在工商业用户分摊，没有增加居民、农业和学校、医院等这类优先保障性用户的用电负担，在通过容量电价机制改善煤电企业经营状况、提高电力系统安全稳定供应的同时，兼顾了民生稳定和社会公平。

此次建立容量电价机制采取了明确预期、逐步提高的方式，既释放清晰明确的信号，稳定煤电行业预期，又有利于凝聚各方共识，确保机制平稳实施。

电力市场建设的重要一步

煤电容量电价机制的建立，将使我国电价机制进一步完善，改变煤电项目投资成本的回收模式，有利于稳定煤电行业预期、保障电力系统安全运行、促进新能源加快发展。

容量电价兜底，可增强煤电企业盈利稳定性，改善企业经营困境，鼓励企业进行必要的投资和改造，顺利完成煤电功能转型。

容量电价有助于煤电为新能源"保驾护航"。"在新型电力系统中，煤电将主要发挥支撑性和调节性作用。"杨昆表示，随着新能源快速增长，燃煤发电利用小时数还在逐年下降，在此情况下，煤电为电力系统提供了持续稳定的安全保障出力、灵活可控的电力调节能力和充足可靠的旋转备用容量，提高了清洁能源的消纳水平。

此外，完善煤电容量电价形成机制，能够有效促进电力市场建设。杨昆介绍，在电力市场中，不同电源在电力系统中发挥的功能和作用不尽相同，以往各类电源定价时通常以煤电基准价为参照，各类电源的容量价值、灵活性调节价值和绿色环境价值没有得到充分体现。煤电容量电价打破了单一制电价模式的桎梏，将煤电基准价进一步拆分为电量电价和容量电价两部分，更有利于明确不同电源在电力系统中承担的义务、应当享受的权利和应当获得的合理收益，有利于推动电力市场建设和新的电价机制形成。

实施容量电价后，电费会上涨吗？这是广大电力用户最关心的问题。国家发展改革委有关负责人表示，短期看，对终端用户用电成本的影响总体较小，工商业用户终端用电成本总体有望稳中略降。长期看，可有力推动构建多层次电力市场体系，引导煤电、新能源等市场参与者各展所长、各尽所能、充分竞争，全面优化电力资源配置，提升整个电力系统的经济性，对降低终端用户用电成本也有好处。

（《经济日报》2024年7月15日）

143 项科技体制改革任务全面完成——创新发展动能更澎湃

——"新思想引领新时代改革开放"专栏报道

经济日报记者 沈 慧

"嫦娥"奔月、"神舟"飞天、"夸父"逐日、"天眼"巡空……党的十八大以来，我国科技体制改革全面发力、多点突破、纵深发展。143 项科技体制改革任务全面完成，科技创新的基础性制度框架基本确立，推动国家创新体系整体效能显著提升。

《国家创新驱动发展战略纲要》提出到 2020 年我国进入创新型国家行列的战略目标，如今已如期实现。根据世界知识产权组织发布的《2023 年全球创新指数报告》，我国创新能力在世界排名第 12 位，拥有的全球百强科技创新集群数量首次跃居世界第一。

成绩的取得，并非一蹴而就。科技资源分散、重复，科研人员各种非学术负担较重，科技创新组织化协同化程度仍然不高……长期以来，我国科技创新体系建设存在一些短板弱项，制约着我国创新能力的提升和创新主体活力的激发。

创新驱动发展，深化改革是根本动力。时间回溯到 2013 年 9 月，这一次，中共中央政治局集体学习把"课堂"搬到了中关村。习近平总书记在这次集体学习中指出，实施创新驱动发展战略是一项系统工程，涉及方方面面的工作，需要做的事情很多。最为紧迫的是要进一步解放思想，加快科技体制改革步伐，破除一切束缚创新驱动发展的观念和体制机制障碍。

高瞻远瞩，领航定向，全面深化科技体制改革的集结号就此吹响。

加强顶层设计——

2015年3月，《中共中央国务院关于深化体制机制改革加快实施创新驱动发展战略的若干意见》出台，从八大方面30个领域，着手推动创新驱动发展战略落地；2015年9月，《深化科技体制改革实施方案》出炉，部署了到2020年要完成的10方面143项改革任务，并给出了明确清晰的时间表和路线图；2023年3月，《党和国家机构改革方案》明确，组建中央科技委员会，重新组建科学技术部，对科技管理体制进行系统性重构。

优化科技计划——

2014年12月，《关于深化中央财政科技计划（专项、基金等）管理改革的方案》印发，"啃"起了深化科技体制改革的"硬骨头"。"天女散花""九龙治水"……科技计划管理条块分割、科研项目重复申报等问题，曾让广大科研人员疲惫不堪。在最难处攻坚、向关键处挺进，成效很快显现。科技部统计显示，仅2016年立项实施的1300个科研项目，与改革前相比，项目数量减少了约50%，重复申报现象有效改善，平均资助强度增加约54%。

促进成果转化——

修订《促进科技成果转化法》、实施《促进科技成果转化法》若干规定、制定《促进科技成果转移转化行动方案》，环环相扣的科技成果转化"三部曲"，铺就科研成果转化的快车道；《关于实行以增加知识价值为导向分配政策的若干意见》，构建科研人员"三元"薪酬结构，让科研人员可以依法依规兼职兼薪。

释放人才活力——

"减负行动1.0、2.0"陆续实施，剑指"表格多、报销繁、检查多"等顽疾；扩大预算调剂自主权，"买酱油的钱可以用来打醋"了；改革重塑国家科技计划体系，"揭榜挂帅""赛马制"支持科学家大胆探索；"破四唯""立新标"并举，以创新价值、能力、贡献为导向的人才评价体系正在形成……

按下改革快进键，一项项有力举措加速落地，一系列细微而深刻的变化正在发生。

以"解决报销繁"为突破口，中国科学院组织自动化研究所开发了智能财务系统，传统报销模式下平均耗时3小时的财务报销手续只需10秒就能完成；2018年，世界首例体细胞克隆猴"中中""华华"登上《细胞》封面，凭借这一出色成果，当年30岁的刘真提前结束了博士后工作，被破格聘为中国科学院脑科学与智能技术卓越创新中心的研究组长……

惟改革者进，惟创新者强，惟改革创新者胜。以改革之火点燃创新引擎，拥有9000多万科技工作者的中国正展现前所未有的生机和活力。

最新数据显示，2023年我国全社会研发经费超过3.3万亿元，是2012年的3.2倍，居世界第二位；研发投入强度达到2.64%；研发人员全时当量居世界第一。

改革只有进行时，没有完成时。科技部党组书记、部长阴和俊表示，按照党中央部署，科技部将进一步深化科技体制改革，不断破除制约科技创新活力的深层次体制机制障碍，提升国家创新体系整体效能。

（《经济日报》2024年7月16日）

全国统一的国土空间规划体系总体形成——"多规合一"绘就美丽中国

——"新思想引领新时代改革开放"专栏报道

经济日报记者 纪文慧

美丽中国，规划先行。2018年，党中央、国务院作出改革部署，将原分属不同部门的主体功能区规划、土地利用规划、城乡规划、海洋功能区划等空间规划职责统一整合到自然资源部，由其负责建立国土空间规划体系并监督实施，推进实现"多规合一"。

国土空间规划是国家空间发展的指南，是各类开发保护建设活动的基本依据。改革实施以来，《全国国土空间规划纲要（2021—2035年）》正式印发，"三区三线"成果高标准划定，"五级三类"国土空间规划编制实施，国土空间规划体系建设取得决定性进展……"多规合一"绘就的崭新蓝图，正在华夏大地渐次展开。

做好顶层设计

元荡湖，地处上海与江苏交界，一座以"同心结"为设计理念的步行长桥横跨清澈湖面。曾因缺乏跨省份生态治理路径一度无人问津的"死水潭"，如今已变身流域共治的"样板间"。

水上一座桥，架起沪苏两地居民水清岸绿、生态和谐的幸福感受；制度一座桥，联通两地共同协作，破除发展掣肘。

江苏省自然资源厅国土空间规划局局长朱凤武介绍，国土是生态文明建设的空间载体。以我国首个跨行政区国土空间总体规划，以及首个跨省域国土空间详细规划为指引，长三角生态绿色一体化发展示范区先行先试，打造了一片共建、共治、共享、共赢的制度创新试验田。

"多规合一"改革前，治理难题不只在元荡湖。彼时，由于规划种类多且分属不同部门，容易出现内容重叠冲突、审批流程复杂、部分地方规划朝令夕改等问题，无法满足高质量发展需要。通过建立统一的国土空间规划体系，在"一张图"上对各类要素进行统筹协调与配置，全面提升国土空间治理体系和治理能力现代化水平，加速提上议程。

2022年，我国首部"多规合一"的国家级国土空间规划——《全国国土空间规划纲要（2021—2035年）》印发，地方各级总体规划、详细规划和专项规划编制统筹推进。截至目前，除北京、上海城市总体规划已于2017年批复不需再报外，江苏、广东、重庆等28个省级国土空间规划已获国务院批复；市县国土空间总体规划均已编制完成，八成以上已批准实施。法定化的国土空间开发保护蓝图总体形成。

筑牢安全底线

当前，高质量发展稳步推进。一边是耕地保护的严峻形势，一边是项目建设的用地需求，如何以科学规划为引领，处理好保护与发展的关系？

打开全国国土空间规划"一张图"，960多万平方公里土地幅员辽阔，约300万平方公里海域碧水微澜，农业、生态、城镇等功能空间清晰划分，生态保护红线、耕地和永久基本农田、城镇开发边界3条控制线界限分明。"三区三线"划定后，何处种粮、哪里用作生态保护、何地进行城镇开发建设，一目了然。

"三区三线"作为国土空间规划的核心内容，确定了保障国家粮食安全、生态安全、城镇化健康发展的3条空间底线，奠定了整个国土空间布局的骨架和基础。

全国划定不低于 18.65 亿亩的耕地和 15.46 亿亩的永久基本农田；完成陆域生态保护红线约 304 万平方公里划定，初步划定约 15 万平方公里海洋生态保护红线；城镇开发边界扩展倍数控制在基于 2020 年城镇建设用地规模的 1.3 倍以内。

自然资源部国土空间规划局局长张兵表示，在统筹划定耕地和永久基本农田、生态保护红线、城镇开发边界 3 条控制线的基础上，再对农业、生态、城镇等功能空间布局进行优化，统筹海岸带、海域、海岛开发利用保护活动，保障重大基础设施建设，保护传承和塑造国土的文化与自然价值。充分发挥国土空间规划在国土空间开发保护上的战略引领和刚性约束作用，实现生产空间集约高效、生活空间宜居适度、生态空间山清水秀。

激活发展动能

规划引领，纲举目张。"多规合一"改革激发的澎湃动能，正源源不断注入经济社会发展。

全国 683 个城市城区范围首次精准上图落位，城市更新行动有了重要抓手。城区是观察城市化发展演化趋势、研究城市化的基本空间单元。基于第三次全国国土调查，按照"统一数据、统一标准、统一技术流程"，叠加人口、用地、产权、产业等信息，能够科学准确观察城市高质量发展情况，统筹做好空间布局和用地安排。

村庄规划编制有了细化指南，和美乡村建设各具风貌。我国农村地域广阔，部分乡村存在资源闲置、粗放利用的情况。《关于学习运用"千万工程"经验提高村庄规划编制质量和实效的通知》提出，要结合县乡级国土空间规划编制，统筹新型城镇化和乡村全面振兴，优化细化县域镇村体系布局，明确重点发展村庄，引导人口、产业适度集聚紧凑布局；统筹优化县域产业园区、公共服务设施、基础设施等空间布局，形成宜居宜业和美乡村建设的县域整体优势。

规划绘就发展蓝图，关键在于落地见效。自然资源部国土整治中心研究员郧文聚表示，一方面，以"多规合一"为基础，实现规划用地"多审合一、多证合一"，提升审批效能和监管服务水平，深化"放管服"改革，助力优化营商环境，持续向市场释放改革红利。另一方面，以城市有机更新和全域土地综合整治为抓手，加强规划与土地政策深入融合，因地制宜优化空间布局，让蓝图成为现实。

(《经济日报》2024年7月17日)

为人民健康提供有力保障

——"新思想引领新时代改革开放"专栏报道

经济日报记者 吴佳佳

党的十八大以来，以习近平同志为核心的党中央坚持把人民生命安全和身体健康放在第一位。党的十八届五中全会明确提出"推进健康中国建设"，健康中国成为统领健康相关领域改革发展的国家战略，更好保障人民健康的制度性安排一项项扎实推进。

其中，大力减轻群众就医的药费负担，一直是党中央高度重视的问题。自2018年12月以来，国家组织开展药品和医用耗材集中带量采购，以规模团购的优势，换来产品的优质低价，节约的医保基金用于更多新药好药，人民群众的"救命钱"得以更好利用。截至2024年5月，集采药品平均降价超50%，集采高值医用耗材平均降价超80%。

大幅降低药价

集采常态化开展挤压了虚高的药品价格水分，让患者直接享受到政策红利。湖南郴州市市民马慧说："我患有2型糖尿病，刚确诊时，每个月买胰岛素得花800多元。2021年底，国家组织开展胰岛素专项集采，平均降价48%。现在我使用的胰岛素每天仅花费10元左右，负担轻了很多。"

2018年至今，国家医保局已组织开展9批药品集采，覆盖374种药品，涵盖抗感染、心脑血管疾病等常见病、慢性病用药；开展4批高值医用耗材集采，涵盖心脏支架、人工关节、人工晶体及运动医学类等产品。每一次集采都让一些价格高但用量大的好药、大牌药大幅降价。

2021年起，国务院常态化制度化开展集中带量采购，优先纳入临床用量大、采购金额高、市场竞争充分的品种，特别是药品费用累计前80%的品种，逐步覆盖国内上市的临床必需、质量可靠的各类药品，做到应采尽采，改革红利进一步惠及更多患者。

集采后中选药品和医用耗材价格大幅下降，质量却不打折扣。国家医保局此前对第二、三批国家组织集采药品开展了临床疗效和安全性真实世界研究。研究课题组组长、首都医科大学宣武医院药学部主任张兰介绍，集采中选仿制药的临床疗效和安全性与原研药相当。此外，集采药品落地后，通过一致性评价的仿制药快速投入临床，迫使高价原研药降价促销。统计显示，集采前，未过评仿制药的使用量占了近50%的市场；集采后，这一比例降至5%以下。

改善行业生态

降药价只是第一步，带量集采正成为推动企业、医院、医药行业改革的重要一环。北京中医药大学卫生健康法治研究与创新转化中心主任邓勇表示，对药企而言，由于利润空间被大幅压缩，行业内部进行了一轮企业和产品的洗牌，挑战与机遇并存；对医院而言，打破医药销售端的潜规则，将医师收入合法化、阳光化，也对医保支付率和医院效益形成了新挑战；对患者而言，集中采购使他们能够以比较低廉的价格用上质量更高的药品，减轻了经济负担，提升了获得感、幸福感、安全感。

集采通过确保用量压缩企业销售费用，通过及时回款降低企业财务成本，在降低药价的同时确保生产企业有合理利润，提高了企业参与的积极性。中标产品越多、营销转型越彻底的企业，获益越多。在第四批国家组织高值医用耗材集采中，爱尔康公司有8款人工晶体产品入选。"通过集采能够打开更多医院的准入，有助于公司中长期的市场发展。"爱尔康（中国）手术产品事业部总经理张健表示，今后，公司将更注重内部资源的全球联动和人员培训提升，进一步推动研发创新。

国家组织药品集采对医药行业产生正面导向作用，促进产业分工更明确，加快了产业分类和转型。"此次集采对于目前国内高端人工晶体市场竞争来说非常关键。"张健介绍，一些业务比较单一的企业可能因此失去竞争力，这将推进行业高质量发展。

持续扩围提质

随着集采常态化、制度化实施，众多用量大、费用占比高的药品不断被纳入集采，也给更多创新药通过谈判进入医保创造了机会。统计显示，与6年前相比，我国药品销售前20名榜单中，大量创新药、治疗性用药进入，大批辅助用药、重点监控用药退出，推进我国患者用药结构改善。

首都医科大学国家医疗保障研究院院长助理蒋昌松介绍，将前8批333种集采药品的采购总金额和总用量按年度统计后发现，国采仿制药实现了"费降量增"；把2017年至2022年谈判成功的药品累加，分年度统计采购总金额和总用量后发现，国谈创新药实现了"费量双增"。仿制药集采节约的金额60%腾给了国谈创新药。在集采影响下，加速创新布局已成为医药行业发展的一大趋势，国家创新药的数量将不断攀升。

国家医保局结合不同品种药品既往资金占用、临床考量等情况，不断优化调整集采规则。第六批胰岛素集采，是首次针对生物制品进行集采试水，在中标规则、承诺量等方面都有较大变化；第八批、第九批集采在加强批件管理、中选产品价格联动协同等方面做出调整，进一步规范企业行为。每进入一个全新领域，国家医保局都采用"先试点后铺开"及"小步快走"的模式，让集采在短期内取得实质性进展。

2024年6月印发的《深化医药卫生体制改革2024年重点工作任

务》提出，推进药品和医用耗材集中带量采购提质扩面。国家医保局副局长黄华波介绍，预计到 2024 年底，国家和省级集采药品将累计达 500 个，提前完成"十四五"规划的目标任务。随着集采覆盖面扩大，规则不断完善，配套政策协同发力，越来越多的患者将用上优质优价的药品。

(《经济日报》2024 年 7 月 18 日）

始终以新发展理念为行动引领

——"全面深化改革成就回眸"系列报道

经济日报记者　牛　瑾

"必须完整、准确、全面贯彻新发展理念，始终以创新、协调、绿色、开放、共享的内在统一来把握发展、衡量发展、推动发展。"

不断更新、与时俱进的发展理念，引领着中国改革走过千山万水，在不同发展阶段履险如夷。党的十八届五中全会提出创新、协调、绿色、开放、共享的新发展理念，回答了关于发展的目的、动力、方式、路径等一系列理论和实践问题，阐明了我们党关于发展的政治立场、价值导向、发展模式、发展道路等重大政治问题，开启了一场关系全局的深刻变革。

围绕贯彻新发展理念，全面深化改革从制约高质量发展的突出问题和关键环节入手，重点突破、全面布局。改革与发展深度融合、高效联动的丰富实践，已化作历史性成就、历史性变革的多彩画卷。新发展理念引领下的中国，必定是创新中国、活力中国，是美丽中国、开放中国，是风雨无阻向前进的中国。

创新引领，打开动力转换之门

在北京亦庄，自动驾驶汽车往来穿梭；在浙江德清，采摘机器人手臂翻飞摘下西红柿；在重庆两江新区，微纳3D打印技术把器官"种"在芯片上……越来越多的科幻场景成为现实，生动诠释着科技创新的无限可能。

当中国特色社会主义进入新时代，面对的是全球科技竞争、经济竞争日趋激烈的世界，也面临着关键核心技术受制于人的局面尚未根本改变、创造新产业和引领未来发展的科技储备远远不够、产业还处于全球价值链中低端等问题。创新能力不强，成为我国这个经济大块头的"阿喀琉斯之踵"，不仅影响发展效率，甚至会威胁国家安全。

把握时与势，习近平总书记反复强调"创新是引领发展的第一动力"，并作出一系列科学部署。

从量的积累到质的飞跃，从点的突破到系统能力的提升，"第一动力"结出累累硕果——

自主创新成果喷涌。"天问""天和""嫦娥"叩问浩瀚苍穹，"奋斗者"号、"深海一号"挑战极限海深，"中国鹰""中国船""中国路""中国芯""中国车"铸就中国名片。

关键核心技术突破推动产业向中高端攀升。高性能装备、智能机器人、增材制造、激光制造等技术突破有力推动制造业升级发展，超级计算、大数据、区块链、智能技术等加快应用。

区域创新高地发挥辐射带动作用。北京、上海、粤港澳大湾区国际科技创新中心建设深入推进，布局建设重大科技基础设施项目，科技创新空间布局持续优化。

············

如果把科技创新比作发展新引擎，那么，改革就是点燃这个新引擎必不可少的点火系。

从破除"四唯"到推进创新攻关的"揭榜挂帅"体制机制，从开展减轻科研人员负担专项行动到赋予科研人员更大的人财物支配权和学术自主权，全面深化改革以来，一系列科技体制改革举措密集落地，剑指一个个阻碍科技创新的藩篱，极大释放了创新引擎的动能。

唯有敢于创新的国度，才是充满希望的热土。2024年6月11日，中央全面深化改革委员会第五次会议审议通过了《关于建设具有全球竞争力的科技创新开放环境的若干意见》等文件。采取更加有效的措施完善点火系，打开的将是动力转换之门。

统筹协调，共谱融合发展乐章

2023年以来，习近平总书记结合地方考察调研，围绕国家重大区域战略主持召开多场座谈会——

高标准高质量推进雄安新区建设座谈会、深入推进京津冀协同发展座谈会、加强荒漠化综合防治和推进"三北"等重点生态工程建设座谈会、新时代推动东北全面振兴座谈会、进一步推动长江经济带高质量发展座谈会、深入推进长三角一体化发展座谈会、新时代推动中部地区崛起座谈会、新时代推动西部大开发座谈会……这种主题的座谈会，有的已经是第四次召开，彰显一张蓝图绘到底的战略定力，彰显改革开放不断深化的逻辑力量。

这是贯通东中西、协调南北方的"大手笔"：设立雄安新区，打造京津冀、长三角、粤港澳大湾区三大高质量发展"动力源"；实施长江经济带发展、黄河流域生态保护和高质量发展"江河战略"；深入推进西部大开发、东北全面振兴、中部地区崛起、东部率先发展……

这是全局上谋势、关键处落子的"大棋局"：深圳中国特色社会主义先行示范区、浦东社会主义现代化建设引领区、海南中国特色自由贸易港、浙江高质量发展建设共同富裕示范区探路先行，活力迸发……

从全面建成小康社会到全面建设社会主义现代化国家，重在"全面"，难在"全面"。这个"全面"，既要城市繁荣，也要乡村振兴；既要东部率先，也要西部开发、中部崛起、东北振兴；既要物质丰裕，也要精神丰富。

要"全面"，就得以"善弹钢琴"的智慧推动协调发展，在十个指头和谐配合中，着力推动区域协调发展、城乡协调发展、物质文明和精神文明协调发展，不断增强我国发展的整体性与韧性。习近平总书记把协调发展比作一个"制胜要诀"，充分凸显了协调在我国发展全局中的地位。

绿色发展，厚植美丽中国底蕴

大舸中流下，青山两岸移。增大的下行压力、不合理的经济结构、接近极限的资源环境承载力……10多年前，当"中国号"巨轮再度扬帆起航，承接的不仅有累累硕果，还有发展中叠加的矛盾和增多的隐患。

如果仍然对粗放式发展方式过度依赖，"后发优势"就会转变为"后发劣势"，错过经济发展转型升级的最佳时间窗口。坚持绿色发展的中国，探索的正是实现人与自然和谐共生的发展方式。

强调"我们在生态环境方面欠账太多了，如果不从现在起就把这项工作紧紧抓起来，将来会付出更大的代价"，倡导"像保护眼睛一样保护生态环境，像对待生命一样对待生态环境"，要求"在生态环境保护建设上，一定要树立大局观、长远观、整体观"……在以习近平同志为核心的党中央坚强领导下，中国以前所未有的决心和勇气向污染宣战，以前所未有的改革力度和政策密度推动绿色转型，美丽中国画卷徐徐铺就。

——将生态文明写入宪法，确立了生态文明的宪法地位。初步形成了覆盖全面、务实管用、严格严厉的生态环境保护法律体系。

——加强顶层设计，让制度成为刚性约束和不可触碰的高压线。数十项改革方案接连实施，构建起生态文明制度体系的"四梁八柱"。

——创新举措，谱写新时代生态文明建设新篇章。全面推行河长制、湖长制、林长制，逐步形成保障有力、运行有效的制度体系，实现山水"长治"。

这些重大转变，看得见、摸得着，人民群众感受最真、体会最深。"十面霾伏""心肺之患"逐渐消失，空气质量保持长期向好态势；"掩鼻而过""避而远之"成为过去，地表水质量持续向好。越来越多的企业认识到加强环境保护符合自身长远利益，努力在环保标准提升中提高效益。

近10年，中国是全球能耗强度降低最快的国家之一。中国超额完成到2020年碳排放强度下降40%至45%的目标，建成全球规模最大的碳市场和清洁发电体系。这些重大转变得到世界认可。

开放融通，拓展合作共赢空间

"各国经济，相通则共进，相闭则各退。"

深谙此理的中国，改革不停顿，开放不止步。

在开放中创造机遇，在合作中破解难题：加快构建新发展格局，在立足扩大内需战略基点的同时，打造更高水平开放型经济新体制；外商投资法、《优化营商环境条例》同步落地实施，以法治方式营造一流营商环境；陆续设立22个自贸试验区，从沿海省份扩大到中部、东北、西北、西南等区域，内陆地区从"后卫"变成"前锋"；连年举办进博会、广交会、服贸会、消博会等，搭建经贸盛会"矩阵"……

一系列举措，是中国基于发展需要作出的战略抉择，更是在以实际行动推动建设开放型世界经济，拓展合作共赢的空间。

海纳百川的开阔格局，基于"世界好，中国才能好；中国好，世界才更好"的深刻逻辑；弄潮涛头的勇毅担当，源于"以人民之心为心、以天下之利为利"的深厚情怀。

当今世界既不太平也不安宁。在变乱交织的国际环境中，中国以稳固、坚实、可预期的姿态，为世界带来信心和力量——

中国经济对世界经济增长的贡献总体上保持在30%左右，成为世界经济增长的最大引擎；中国保持国际市场份额的总体稳定，连续7年保持货物贸易第一大国地位。

2023年，是共建"一带一路"倡议提出十周年。这10年，中国与150多个国家、32个国际组织签署200余份共建"一带一路"合作文件。

《区域全面经济伙伴关系协定》（RCEP）生效以来，中国对RCEP

贸易伙伴进出口额、非金融类直接投资额均较上年明显增长。

提出全球发展倡议、全球安全倡议、全球文明倡议，形成围绕构建人类命运共同体理念的中国"三大全球倡议"，受到国际社会广泛欢迎。

…………

迈向更高层次的"开放中国"交出的"成绩单"，足够亮眼。

共建共享，汇聚发展磅礴伟力

"共享理念实质就是坚持以人民为中心的发展思想，体现的是逐步实现共同富裕的要求。"2016年1月18日，习近平总书记在省部级主要领导干部学习贯彻党的十八届五中全会精神专题研讨班开班式上，点明了共享发展理念的深刻内涵。

从打赢人类历史上规模最大的脱贫攻坚战、实现小康这个中华民族的千年梦想，到建成世界最大的高速铁路网、高速公路网，再到建成世界上规模最大的教育体系、社会保障体系、医疗卫生体系……波澜壮阔的发展画卷，也就成了恢宏壮丽的民生答卷。

"发展大计"中，有民生之重。全国财政支出中，约有70%以上用于民生。"厕所革命"、垃圾分类、清洁取暖、食品安全监管、污染防治攻坚……一桩桩民生"小事"，一项项被列入中央深改领导小组和中央深改委会议日程，一次次成为改革的关注点、发力点。

户籍制度改革让1.4亿农业转移人口落户城镇；加强基金互济余缺，养老保险全国统筹确保养老金按时足额发放；强化兜底保障，房地产制度改革为1.4亿多困难群众解决住房难题；为中低收入群体减负，个人所得税改革惠及2.5亿人；司法改革靠"智慧创新"提效能、用"能动履职"践行使命，"努力让人民群众在每一个司法案件中感受到公平正义"……

新时代以来，2000多个改革方案，涉及衣、食、住、行、教育、医疗、养老等各个环节，织密一张张民生保障网，让人民生活的幸福成色更足、更暖，激活了生产力中最活跃的因素，释放出了蕴藏于亿万人民的巨大活力。

这是一场人民广泛参与的深刻变革。崇尚创新、注重协调、倡导绿色、厚植开放、推进共享，都立于"以人民为中心"的基石之上，蕴含着"中国式现代化，民生为大"的深层逻辑。迈步强国建设、民族复兴的新征程，始终以新发展理念为行动引领，汇聚推动国家改革发展的磅礴力量，我们有信心不断从胜利走向新的胜利，不断实现人民对美好生活的向往！

走好新时代发展壮大的必由之路

经济日报评论员

研判中国经济形势、制定未来方略策略，秉持什么样的发展理念是决定成效的关键。

新时代以来取得的历史性成就、发生的历史性变革，奠定了高质量发展的基础，充分彰显了新发展理念的实践伟力，深刻证明了"贯彻新发展理念是新时代我国发展壮大的必由之路"。推进中国式现代化是一个探索性事业，还有许多未知领域，尤须走好这条必由之路，在实践中大胆开拓。

新发展理念是指挥棒，也是信号灯。在更具战略性和可塑性的机遇、更具复杂性和全局性的挑战面前，完整、准确、全面贯彻新发展理念，对系统筹划政策部署提出了更高要求。无论是着力推进城乡融合和区域协调发展，还是加快新质生产力培育步伐；无论是推动发展方式绿色转型，还是处理好自立自强和开放合作的关系，都要求重视政策配套和衔接，更加精准地出台改革方案，更加全面地完善制度体系，实现发展质量、结构、规模、速度、效益、安全相统一。

这也对各级领导干部提出了更高要求。崇尚创新、注重协调、倡导绿色、厚植开放、推进共享，样样是政治，样样离不开政治，必须善于用政治眼光观察分析问题，以铁的政治纪律保证新发展理念的贯彻落实。在以新发展理念推动高质量发展的过程中，"适合本地区实际"是必须予以重视的前提。各地资源禀赋、产业基础、生态条件等各不相同，这就决定了必须坚持具体问题具体分析，深入分析自身的优势领域和短板不足，走出适合本地区实际的高质量发展之路。

非知之难，行之惟难。非行之难，终之斯难。奋力谱写全面建设社会主义现代化国家新篇章，是我们这一代人肩负的使命。挑战虽艰，希望在前。路子找对了，就要大胆去做、敢于去闯，推动发展质量越攀越高、发展空间越拓越宽、发展道路越走越广，才能在新时代新征程上赢得更加伟大的荣光。

(《经济日报》2024年6月17日)

构建新发展格局　　赢得竞争新优势

——"全面深化改革成就回眸"系列报道

经济日报记者　熊　丽

夏天有"淄"有味，冬天"滨"至如归，贵州"村超"火爆出圈，甘肃天水"麻辣滚烫"……2023年以来，我国文旅市场爆款频出。刚刚过去的端午假期，全国国内旅游出游合计1.1亿人次，国内游客出游总花费403.5亿元，同比分别增长6.3%、8.1%。持续升温、好戏连台，国内消费涌动蓬勃活力。

2024年5月8日，辽宁沈阳华晨宝马大东工厂，一辆磨砂纯灰色创新纯电动汽车BMW i5缓缓驶出总装线。在德国宝马集团进入中国市场的"而立之年"，华晨宝马汽车有限公司迎来第600万辆整车下线。深耕中国、布局未来，中国市场展现出强大"磁力"。

大国经济纵深广阔，大循环动力持续释放。

2020年4月10日，习近平总书记在中央财经委员会第七次会议上首次提出"构建以国内大循环为主体、国内国际双循环相互促进的新发展格局"。当年10月，党的十九届五中全会对构建新发展格局作出全面部署。此后，习近平总书记在不同场合多次就形成新发展格局发表重要论述。2023年1月31日，习近平总书记在中共中央政治局第二次集体学习时再次强调，加快构建新发展格局，增强发展的安全性主动权。

领航定向，擘画蓝图。在以习近平同志为核心的党中央坚强领导下，构建新发展格局扎实推进，思想共识不断凝聚、工作基础不断夯实、政策制度不断完善。今天的中国经济，在更高质量、更有效率、更加公平、更可持续、更为安全的发展之路上阔步前行。

把握未来发展主动权的战略部署

格局关乎全局。

习近平总书记深刻指出:"构建以国内大循环为主体、国内国际双循环相互促进的新发展格局,是根据我国发展阶段、环境、条件变化,特别是基于我国比较优势变化,审时度势作出的重大决策。构建新发展格局是事关全局的系统性、深层次变革,是立足当前、着眼长远的战略谋划。"

这是全面建设社会主义现代化国家的必然要求——

我国 14 亿多人口整体迈进现代化社会,规模超过现有发达国家人口的总和,其艰巨性和复杂性前所未有,必须把发展的主导权牢牢掌握在自己手中。当前,世界百年未有之大变局加速演进。只有加快构建新发展格局,持续增强国内大循环内生动力和可靠性,不断提升国际循环质量和水平,才能夯实我国经济发展的根基,有效应对前进道路上各种可以预见和难以预见的风险挑战。

这是适应我国新发展阶段的主动选择——

我国作为全球第二大经济体和制造业第一大国,国内经济循环同国际经济循环的关系客观上已产生调整的要求。在新发展阶段,如果还是依靠过去那种市场和资源"两头在外、大进大出",通过增加资源要素投入来发展的原有模式,生产体系内部循环不畅和供求脱节现象将日益严重,"卡脖子"问题会日益突出,产业链难以走向中高端。必须通过构建新发展格局,打通生产、分配、流通、消费循环中的阻滞,破解供需流转、产业协同、区域协调的瓶颈,巩固增强我国发展的基础和韧性。

这是深入贯彻新发展理念的重大举措——

我国继续发展具有多方面的优势和条件,也面临不少困难和挑战,主要体现在发展不平衡不充分问题。只有加快构建新发展格局,才能更好践行新发展理念，使创新、协调、绿色、开放、共享发展相互协同、形成合力。

这是发挥我国发展优势的内在要求——

大国经济的特征都是以内需为主导，内部可循环。我国具有社会主义市场经济的体制优势、超大规模市场的需求优势、产业体系配套完整的供给优势、大量高素质劳动者和企业家的人才优势，经济发展具备强劲的内生动力、韧性、潜力。加快构建新发展格局，才能更好利用大国经济纵深广阔的优势，提高我国对全球要素资源的吸引力、在全球产业链供应链创新链中的影响力，使规模效应和集聚效应充分发挥，释放出巨大而持久的发展动能。

其时已至，其势已成。

中共中央党校（国家行政学院）中国式现代化研究中心主任张占斌表示，在新中国成立特别是改革开放以来我国取得一系列发展成就的基础上，新时代10多年来党和国家事业取得了历史性成就、发生历史性变革，我国正从经济大国向经济强国迈进，已经具备加快构建新发展格局的综合优势。

夯实高质量发展根基的必然选择

习近平总书记指出，构建新发展格局是一个系统工程，既要"操其要于上"，加强战略谋划和顶层设计，也要"分其详于下"，把握工作着力点。

构建新发展格局的关键在于实现经济循环的畅通无阻。这就需要把扩大内需战略同深化供给侧结构性改革有机结合起来，供需两端同时发力、协调配合，形成需求牵引供给、供给创造需求的更高水平动态平衡。

从内需潜力看，我国有14亿多人口、4亿多中等收入群体，人均国内生产总值超过1.2万美元，实现了从低收入国家到中等偏上收入国家的历史性跨越，是全球规模最大、最具发展潜力的消费市场之一。从供给能力看,我国拥有全球最完整、规模最大的工业体系和完善的配套能力,人才资源总量、科技人力资源、研发人员总量均居全球首位。

张占斌表示,市场是稀缺资源,大国市场更是全球性稀缺资源。随着我国不断深化改革开放,持续改善收入分配结构,到2035年基本实现社会主义现代化时,中等收入群体有可能翻一番达到8亿人至9亿人,强大的购买力会持续推进消费转型升级,将形成全球最具竞争力的市场优势。

高水平科技自立自强是加快构建新发展格局的本质要求。当前,新一轮科技革命和产业变革加速演进。全球科技创新进入空前密集活跃期,围绕未来科技制高点的竞争空前激烈。关键核心技术是要不来、买不来、讨不来的,必须加快实现高水平科技自立自强,解决"卡脖子"问题,把发展的主动权牢牢掌握在自己手中。

新发展格局以现代化产业体系为基础。经济循环需要各产业有序链接、高效畅通。要继续把发展经济的着力点放在实体经济上,推动短板产业补链、优势产业延链、传统产业升链、新兴产业建链,打造自主可控、安全可靠、竞争力强的现代化产业体系。

首都经济贸易大学副校长陈彦斌表示,随着我国产业深入参与全球化并不断向价值链上游延伸,依靠低劳动力成本、低环境成本的发展模式将难以为继。中国迫切需要形成参与国际合作与竞争的新优势。构建新发展格局的内在要求是以国内大循环为主体,立足完整产业体系提升产业链供应链韧性,依托超大规模市场形成强大的要素资源引力场,促进国内国际双循环。

张占斌认为,构建新发展格局,要从整体上把握国内国际两个市场、两种资源。一方面,要增强国内大循环内生动力和可靠性,特别是把科技自立自强作为国家发展的战略支撑,将创新、协调、绿色、开放、共享的新发展理念贯穿于加快构建新发展格局的全过程、全环节。另一方面,要提升国际循环质量和水平。在更大范围、更宽领域、更深层次实施对外开放,稳步扩大规则、规制、管理、标准等制度型开放，加快建设贸易强国，推动共建"一带一路"高质量发展，同时还要积极参与全球经济治理体系改革，维护多元稳定的国际经济格局和经贸关系。

构建新发展格局取得重要进展

在危机中育新机、于变局中开新局。构建新发展格局蹄疾步稳，气象万千。

科技支撑不断强化——

2023年，我国全社会研发经费超过3.3万亿元，是2012年的3.2倍，居世界第二位；研发投入强度达2.64%，超过欧盟国家平均水平。发明专利申请量、专利合作条约国际专利申请量多年蝉联世界第一。我国全球创新指数排名从2012年的第34位上升到2023年的第12位。"嫦娥"探月、"天问"探火、中国空间站等重大科技成果持续涌现。C919大飞机展翅翱翔，国产大型邮轮乘风远航。重离子加速器、腔镜手术机器人、体外膜肺氧合机等高端医疗装备取得突破。战略性新兴产业发展壮大，新能源汽车、锂电池、光伏产品"新三样"扬帆出海。

堵点卡点有效破除——

构建新发展格局，必然要以全国统一大市场为基础。我国着力破除各种形式的地方保护和市场分割，持续完善产权保护、市场准入、公平竞争、社会信用等市场经济基础制度。供给体系质量和水平不断提升，2023年制造业增加值达33万亿元，规模连续14年居世界首位。产业绿色低碳转型迈出新步伐，服务业有效供给持续提升，新产业新业态新模式蓬勃发展。扩内需政策体系进一步健全，消费和投资相互促进的良性循环加快形成。2023年，我国固定资产投资规模达到50.3万亿元，社会消费品零售总额和实物商品网上零售额分别达到47.1万亿元、13.0万亿元；内需对经济增长的贡献率达111.4%，比2022年提高25.3个百分点，国内大循环动力更加强劲。

国内国际双循环更加畅通——

对标高标准国际贸易和投资通行规则，我国稳步扩大规则、规制、管理、标准等制度型开放，持续打造市场化、法治化、国际化一流营商环境。我国已成为140多个国家和地区的主要贸易伙伴，连续多年对世界经济增长贡献率超过30%。2023年进出口规模达5.94万亿美元，连续7年保持货物贸易第一大国地位。党的十八大以来，我国签署的自贸协定由10个增至22个，自贸伙伴由18个增至29个。2023年在华新设外商投资企业近5.4万家，同比增长39.7%。近5年外商在华直接投资收益率约9%，在国际上处于较高水平。从广交会到进博会，从服贸会到消博会，中国开放的大门越开越大。

安全基础不断夯实——

我国粮食产量连续9年稳定在1.3万亿斤以上，人均粮食占有量明显高于世界平均水平，实现了谷物基本自给、口粮绝对安全。深化煤电油气产供储销体系建设，强化能源和战略性矿产资源保障能力。支持集成电路、工业母机、基础软件等"卡脖子"领域关键核心技术攻关，扎实推进产业基础再造工程和重大技术装备攻关工程，产业链供应链韧性和安全水平稳步提升。

准确识变、科学应变、主动求变。加快构建新发展格局，牢牢把握发展主动权，任由国际风云变幻，中国经济将始终充满朝气，乘风破浪。

实现供需更高水平动态平衡

经济日报评论员

2023年，我国新能源汽车产销量连续9年居全球首位，全球一半以上的新能源汽车行驶在中国，为推动全球绿色低碳转型作出了中国贡献。

从名不见经传到全球领先，中国新能源汽车产业的蓬勃发展，得益于完善的产业链供应链体系，以及超大规模市场优势和充分的市场竞争，是在构建新发展格局中，推动"形成需求牵引供给，供给创造需求的更高水平动态平衡"的又一生动例证。

2023年12月召开的中央经济工作会议深刻总结了新时代做好经济工作的规律性认识，其中一条是："必须坚持深化供给侧结构性改革和着力扩大有效需求协同发力，发挥超大规模市场和强大生产能力的优势，使国内大循环建立在内需主动力的基础上，提升国际循环质量和水平。"

我国经济总量居世界第二位，作为超大规模经济体，可以也必须内部可循环。加快构建新发展格局，是我们牢牢把握战略主动的一着"先手棋"，有利于更好发挥我国的"大国优势"，塑造强大的国内经济循环体系和稳固的基本盘，支撑并带动外循环。

供给和需求是经济运行的一体两面，二者互为条件、相互依存。经济循环畅通的一个重要标志是，供给、需求不仅要在总量和结构上平衡，而且要在动态上平衡。从外部环境看，经济全球化遭遇逆流，保护主义、单边主义上升，对全球总供需平衡产生重大冲击。从国内看，我国正处于经济恢复与产业升级的关键期，特别是总需求不足是经济运行面临的突出矛盾，对形成供给和需求的更高水平动态平衡提出了更高要求。

坚持深化供给侧结构性改革这条主线。紧紧抓住新一轮科技革命和产业变革的机遇，以科技创新推动产业创新，加快建设现代化产业体系，统筹推进补短板、锻长板、强基础，增强产业链供应链的竞争力和安全性，以自主可控、高质量的供给适应满足现有需求，创造引领新的需求。

牢牢把握扩大内需这个战略基点。未来一个时期，我国国内市场主导经济循环的特征会更加明显，经济增长的内需潜力将不断释放。要加快培育完整内需体系，着力扩大有收入支撑的消费需求、有合理回报的投资需求、有本金和债务约束的金融需求，使建设超大规模的国内市场成为一个可持续的历史过程。

当前，我国经济呈现增长较快、结构趋优、质效向好的特点。新质生产力加快培育，制造业高端化、智能化、绿色化发展趋势更加明显，超长期特别国债支持"两重"建设、大规模设备更新和消费品以旧换新等政策加快落地实施。供需两侧协同发力，为巩固经济回升态势、推动长期发展向好进一步夯实了基础。

构建新发展格局是发展问题，但本质上是改革问题。着力打通经济循环卡点堵点，加快建设全国统一大市场，促进生产、分配、流通、消费各环节有机衔接，推动供需良性互动……顺势而为、精准施策，我们完全有条件构建新发展格局、重塑新竞争优势，为中国经济行稳致远注入更持久更稳定的动力。

(《经济日报》2024年6月18日）

新的生产力理论指导高质量发展实践

——"全面深化改革成就回眸"系列报道

经济日报记者 黄 鑫

聚焦发展量子计算、人形机器人等未来产业，加快形成新能源、集成电路等新兴产业集群，积极打造绿色工厂、未来工厂……围绕发展新质生产力，各地积极制定"线路图"，因地制宜找准优势特色，抢占新一轮科技革命和产业变革制高点，布局新赛道，培育新动能，重塑新优势。

从地方考察调研时第一次提出"新质生产力"，到"新质生产力"正式进入中央文件，习近平总书记提出的新质生产力概念和发展新质生产力重大任务，指导和推动着技术革命性突破、生产要素创新性配置、产业深度转型升级。新时代的先进生产力，正在神州大地涌动。

竞逐新赛道

新质生产力是什么？概括地说，是创新起主导作用，摆脱传统经济增长方式、生产力发展路径，具有高科技、高效能、高质量特征，符合新发展理念的先进生产力质态。它由技术革命性突破、生产要素创新性配置、产业深度转型升级而催生，以劳动者、劳动资料、劳动对象及其优化组合的跃升为基本内涵，以全要素生产率大幅提升为核心标志，特点是创新，关键在质优，本质是先进生产力。

习近平总书记的重要论述，是对马克思主义生产力理论的创新发展和重要拓展，是习近平经济思想的原创性贡献，理论意义深刻，实践意义重大。

以此为根本遵循，各地积极推动传统产业迭代、新兴产业抢滩、未来产业争先，竞逐发展新赛道。四川重点培育生物技术、卫星网络、新能源与智能网联汽车等新兴产业；广东积极打造未来电子信息、未来智能装备、未来生命健康、未来材料、未来绿色低碳五大未来产业矩阵；湖北加快推动传统产业转型升级……

小米汽车5月交付新车8630辆，并计划6月交付1万辆以上，并且承诺2024年冲刺交付12万辆。小米汽车不断扩充产能，靠的是智能化。位于北京经济技术开发区的小米汽车工厂，拥有超过700台机器人，可实现大压铸、冲压、车身连接、车身装配、涂装、总装等关键工艺100%自动化。在车间满产情况下，每76秒就有一辆小米SU7下线。

点击眼前"凭空出现"的巨幕，感受"意念控制、意随心动"的脑机接口技术……在杭州未来科技城梦想小镇，AR（增强现实）眼镜、智能仿生手、睡眠仪等未来产业标志性产品让人目不暇接。这些产品都已实现量产，梦想在这里变成现实。杭州未来科技城明确，未来网络、未来医疗、空地一体、元宇宙、类脑智能、前沿新材料是重点发展的六大未来产业。

布局新赛道是培育新质生产力的重要路径。工业和信息化部科技司副司长刘伯超表示，工信部密切跟踪前沿科技发展动向，持续布局原子级制造等新赛道，为新质生产力提供新动能。

先进制造业集群是布局新赛道的关键力量。赛迪研究院科技与标准研究所所长程楠介绍，党的十九大以来，政策文件多次对培育产业集群提出明确要求，工信部积极落实推动培育先进制造业集群。截至目前，工信部通过集群竞赛方式遴选出45个国家先进制造业集群，这些集群正在成为产业技术创新"策源地"、专精特新企业"集聚地"、重大创新项目"承载地"和区域经济发展"新高地"。

配置新要素

新质生产力的显著特点是创新，既包括技术和业态模式层面的创新，也包括管理和制度层面的创新。必须继续做好创新这篇大文章，推动新质生产力加快发展。

2024年5月，全球权威赛事——QASC挑战赛更新国际排名结果，浪潮海若大模型以93.70%的准确率刷新世界纪录，成功斩获榜单第一名。2024年以来，浪潮集团在政策保障、激发创新要素活力、加快成果转化等方面持续用力，培育发展新质生产力动能。截至5月底，产生新技术、新产品、新模式、新标准"四新"成果280余项，新突破云计算、区块链等领域关键技术138项，新增有效专利2200余件，参与制定各类标准60余项。

创新是一个系统工程，创新链、产业链、资金链、政策链相互交织、相互支撑。发展新质生产力，必须打破制约科技创新、生产要素创新性配置的体制机制障碍。全面深化改革中，这些堵点和难点逐渐被打通。

赛智产业研究院院长赵刚介绍，随着科技体制改革深化，制约创新的藩篱被打破，科技创新的战略导向、基础研究和原始创新能力、科技成果转化能力、企业作为科技创新的主体地位等显著加强，加快推动我国高水平科技自立自强。

同时，随着要素市场化配置改革深化，土地、劳动力、资本、技术、数据等要素领域制度性障碍和机制性梗阻逐渐被打通，产权保护、市场准入、公平竞争、社会信用、收入分配等市场经济制度不断完善，生产要素逐渐从低质低效领域流向优质高效领域，各类要素协同配置并向新质生产力集聚，数据要素的倍增效应得以发挥，全要素生产率显著提升。

"要建立高标准市场体系，创新生产要素配置方式，让各类先进优质生产要素向发展新质生产力顺畅流动。其中，科技体制改革中有两点比较突出。"程楠分析，一是管理制度改革，将科技部与产业紧密相关的职责分别划入工信部和农业农村部，为科技创新和产业创新深度融合创造了更好条件，不仅进一步强化了产业科技创新工作的战略地位，而且进一步压实了产业部门科技创新责任。二是攻关机制改革，围绕关键核心技术攻关，探索"揭榜挂帅"和"赛马机制"。通过"揭榜挂帅"，建立起以需求为牵引、以能够解决问题为评价标准的新机制，奖优罚劣，鼓励有能力的团队承担关键技术攻关。通过"赛马机制"，以多主体攻关、阶段性考核的方式，让有能力的团队脱颖而出，提高攻关质量和效益。

中国信息协会常务理事、国研新经济研究院创始院长朱克力表示，全面深化改革以来，一方面实施创新驱动发展战略，加大对创新活动支持力度，吸引和培育一批高端创新人才，为发展新质生产力提供有力的人才保障；另一方面深化金融体制改革，优化金融服务，为创新型企业提供多元化融资渠道，破解创新活动资金瓶颈。这些举措推动生产要素顺畅流动和高效配置，为发展新质生产力提供了坚实支撑。

激发新动能

发展新质生产力是推动高质量发展的内在要求和重要着力点。必须加快建设现代化经济体系、推进高水平科技自立自强、加快构建新发展格局、统筹推进深层次改革和高水平开放、统筹高质量发展和高水平安全，才能为推动高质量发展打牢基础。

中国信息通信研究院院长余晓晖分析，从技术层面看，我国新质生产力持续追赶，部分领域达到国际领先水平。前沿技术加快研发布局与应用探索。例如，量子计算原型机研发性能指标不断提升，量子纠错实验验证取得突破，应用探索广泛开展。数字技术开源共享生态逐步建立。中国开源云联盟先后发布系列许可协议，我国云原生开源项目数量破百，主要国际社区项目中超过20%的开源项目来自中国，贡献度跃居世界第二位。

从要素层面看，新质生产力量质齐升，数据成为经济发展新动能。要素禀赋结构优化。我国经济发展的比较优势加速从劳动密集型向资本和技术密集型转变，劳动力全球占比由2010年的24.7%降至2022年的22.8%，资本要素全球占比由2010年的20.8%升至2022年的27.8%。技术研发投入和产出快速增长，数字技术对工业效率赋能在2017年至2022年提升了1.14倍。形成数据驱动创新发展新模式，数据要素对经济发展的贡献开始显现。

从产业层面看，新质生产力加速升级，打造经济高质量发展重要载体。制造业重点领域数字化水平提升，关键工序数控化率、数字化研发设计工具普及率分别达到62.2%和79.6%；服务业数字化、适老化和无障碍改造取得新进展；农业科技进步贡献率超63%，农作物耕种收综合机械化率超73%，提质增效显著。战略性新兴产业企业总数突破200万家，新材料、机器人等一批新兴行业快速成长，"新三样"产品增势迅猛。加速打造人形机器人、量子计算机等未来产业创新标志性产品。

"通过深化市场体制改革，实现资源高效配置；实施重大科技项目，加强基础研究和应用研究；激发各类经营主体创新活力，为经济高质量发展注入强劲动力，也为发展新质生产力提供有力支撑。"朱克力说。

赵刚表示，加快发展新质生产力，要继续紧扣推进中国式现代化，着力破解深层次体制机制障碍和结构性矛盾，深化科技创新、要素市场化配置、人才发展、财税金融、市场监管等一系列改革举措，建设现代化产业体系，推动经济社会高质量发展。

走好创新"先手棋"

经济日报评论员

习近平总书记指出，新质生产力的显著特点是创新，既包括技术和业态模式层面的创新，也包括管理和制度层面的创新。必须继续做好创新这篇大文章，推动新质生产力加快发展。这为我们理解把握、培育壮大新质生产力提供了根本遵循，指明了方向和路径。

科技创新是关键要义。发展新质生产力的核心要素就在科技创新，在于技术的革命性突破。当前，世界百年未有之大变局加速演进，新一轮科技革命和产业变革突飞猛进，科技创新不断催生新产业、新模式、新动能。要于变局中开新局，只有牢牢抓住科技创新这个"牛鼻子"，以关键共性技术、前沿引领技术、现代工程技术、颠覆性技术创新为突破口，整合优化创新资源，持续加大研发投入，实现高水平科技自立自强。

以科技创新推动产业创新是根本路径。只有让科技创新与产业创新相互促进、同频共振，加强产业科技创新体系建设，在生产实践中不断优化生产要素，才能实现以新技术催生新产业、新模式、新业态、新动能，进而实现生产力的迭代跃升。要发展壮大战略性新兴产业，前瞻布局未来产业，充分运用先进适用技术改造提升传统产业，围绕发展新质生产力布局产业链，将科技创新成果切实转化为先进生产力。

体制机制创新是基本保障。生产关系必须与生产力发展要求相适应。要进一步全面深化改革，着力打通束缚新质生产力发展的堵点卡点，建立与发展新质生产力相适应的新型生产关系。要健全要素参与收入分配机制，引导各类先进优质生产要素协同向先进生产力集聚。破除地方保护和区域壁垒，加快建设高效规范、公平竞争、充分开放的全国统一大市场。坚持"两个毫不动摇"，充分发挥国有企业作为现代化产业体系建设主力军的作用，促进民营经济发展壮大，充分激发各类经营主体的内生动力。

人才工作机制创新是决定因素。人才资源是第一资源，也是发展新质生产力最具决定性的因素。要为发展新质生产力、推动高质量发展培养急需人才，不断提高各类人才素质。畅通教育、科技、人才的良性循环，鼓励人才大胆创新，为科技创新积蓄第一资源。大力弘扬科学家精神、企业家精神、工匠精神，充分激发各类人才创新创造的热情与活力，营造勇于创新、善于创新的良好氛围。

开放创新是重要前提。发展新质生产力不是闭门造车，高水平对外开放将为之注入强大动力。要更高质量"引进来"，持续建设市场化、法治化、国际化一流营商环境，加强知识产权保护，引导外资更多投向先进制造业、高新技术、节能环保等领域；更高水平"走出去"，深度参与全球产业分工和合作，增强企业全球资源整合配置能力，汇聚全球创新要素，持续做好创新这篇大文章。

（《经济日报》2024年6月19日）

共建"一带一路"推动合作共赢

——"全面深化改革成就回眸"系列报道

经济日报记者　朱　琳

2013年秋，习近平主席在访问哈萨克斯坦、印度尼西亚期间，分别提出共同建设"丝绸之路经济带"和"21世纪海上丝绸之路"两大倡议，简称共建"一带一路"倡议。10多年来，共建"一带一路"已成为高效的、深受欢迎的国际公共产品和国际合作平台，其合力不断凝聚，并持续引领国际合作共赢发展。

哈萨克斯坦当地时间2024年7月3日，中哈货运车辆登上跨里海轮渡、中欧班列集装箱装船，共同迎接中欧跨里海直达快运的开通；当天，阿斯塔纳中国文化中心、北京哈萨克斯坦文化中心和北京语言大学哈萨克斯坦分校揭牌；6月6日，中国—吉尔吉斯斯坦—乌兹别克斯坦铁路项目三国政府间协定签字仪式在北京举行……共建"一带一路"持续推进，中国同共建"一带一路"国家在经贸投资合作、人文交流往来等领域实现跨越式发展。

"硬联通"铺就共同发展之路

10多年来，共建"一带一路"从理念转化为行动、从愿景转变为现实，取得了实打实、沉甸甸的重大历史性成就——中国与150多个国家、32个国际组织签署200余份共建"一带一路"合作文件，形成3000多个合作项目，拉动近万亿美元投资规模，为世界经济繁荣发展注入了新动力、开辟了新空间。

2023年7月4日，习近平主席在上海合作组织成员国元首理事会第二十三次会议上发表重要讲话指出，我们要加强高质量共建"一带一路"同各国发展战略和地区合作倡议对接，深入推进贸易和投资自由化便利化，加快口岸基础设施和区域国际物流大通道建设，保障区域产业链供应链稳定畅通。

国家发展改革委"一带一路"建设促进中心主任翟东升表示，基础设施互联互通是共建"一带一路"的最优先选项和最鲜明标签。"一带一路"的基础设施建设让多方受益：一方面改善所在国生产生活条件，消除发展的瓶颈制约，提高其经济运行效率；另一方面降低了西方发达国家与这些国家的贸易成本，最终有利于在全球范围内优化资源配置，促进更广更深层次的全球化。

道路通，百业兴。共建"一带一路"带来的"陆海天网"四位一体互联互通格局，正为世界经济带来强劲、均衡、联动发展的新希望。

白沙瓦—卡拉奇高速公路打通巴基斯坦中部南北交通大动脉；中老铁路让老挝从"陆锁国"变成"陆联国"；佩列沙茨跨海大桥让克罗地亚分隔多年的南北领土实现连通；阿联酋阿布扎比哈利法港与中东地区产业园形成"园港互联"；中欧班列开辟亚欧陆路运输新通道；匈塞铁路全线通车后，将布达佩斯至贝尔格莱德的旅行时间缩短至3个小时；东海岸铁路将成为马来西亚东西海岸的"陆上桥梁"……

发展是共建"一带一路"聚焦的根本性问题，通过深化各领域务实合作，为共建国家发展注入新动力，不断推动共建国家共同走向美好未来。

数据显示，2013年至2023年10月，我国与共建国家进出口总额累计超过21万亿美元，对共建国家直接投资总额累计超过2700亿美元。

共建"一带一路"倡议传承丝路精神，直面当今全球发展面临的多重挑战，致力于开创发展新机遇，谋求发展新动力，拓展发展新空间，实现共建国家优势互补、互利共赢。

"软联通"深化务实合作之道

2015年10月，习近平主席在英国伦敦中英工商峰会上的致辞中提出，"一带一路"是开放的，是穿越非洲、环连亚欧的广阔"朋友圈"，所有感兴趣的国家都可以添加进入"朋友圈"。"一带一路"是多元的，涵盖各个合作领域，合作形式也可以多种多样。"一带一路"是共赢的，各国共同参与，遵循共商共建共享原则，实现共同发展繁荣。这条路不是某一方的私家小路，而是大家携手前进的阳光大道。

截至2023年6月底，共建"一带一路"倡议与俄罗斯欧亚经济联盟战略、哈萨克斯坦"光明之路"新经济政策、印尼"全球海洋支点"构想、沙特"2030愿景"等多国战略实现对接，并与巴基斯坦、俄罗斯、希腊、埃塞俄比亚等65个国家标准化机构以及国际和区域组织签署了107份标准化合作文件。

哈萨克斯坦"一带一路"专家俱乐部成员萨多夫斯卡娅表示，共建"一带一路"标志性项目增进了双方社会对对方国家的认知，从而促进民间经贸往来，最终让双边关系在"官热"基础上增添了"民热"。中哈霍尔果斯国际边境合作中心的200多家免税企业、1000多家商户，中哈两国在采矿冶金、加工制造等经济领域的3300多家合资企业，以及难以统计具体数字的个体经营者，成为"互联互通"的真正受益者。

规则标准是促进互联互通的桥梁和纽带。自共建"一带一路"倡议提出以来，中国把规则标准"软联通"作为重要支撑，稳步扩大制度型开放，持续推进与共建国家在标准规范、税收征管、知识产权、数字信息等领域合作，推动共建"一带一路"沿着高质量发展方向前进。

安永大中华区业务主管合伙人毕舜杰表示，规则标准的"软联通"是高质量共建"一带一路"倡议的重要支撑。不断强化国际间的合作机制建设是共建"一带一路"倡议"软联通"的关键。

经济合作与发展组织（OECD）的研究表明，标准和产品合格评定影响着全球80%的投资和贸易，技术标准可以促进经济全球化、投资便利化。自共建"一带一路"倡议提出以来，中国参与国际标准化工作的步伐加快。

匈牙利国际事务研究院院长格拉登·帕平认为，共建"一带一路"倡议提供了一个新的思维模式帮助人们思考全球如何发展和交流。而在此倡议下，"软联通"所希望的是更加务实的合作，使各国在充分参与全球平台的同时能够维持自己的民族身份，这种参与能够反映各国文化以及政策中的优先事项，同时找到更多方式保持互联互通。

"心联通"架设和平繁荣之桥

民心相通是共建"一带一路"的重要基础，是最坚实最持久的互联互通。10多年来，中国与共建"一带一路"国家互办文化年、电影节、艺术节、音乐节、图书展等活动，并开展了联合考古、联合申遗等项目，促进中华文明、印度文明、伊斯兰文明和西方文明等不同文明之间的交流，把世界的多样性和各国的差异性转化为促进各国共同发展的活力和动力，使文明之花成为增进人民友谊的桥梁、推动人类进步的纽带，民心相通已经成为推动"一带一路"建设行稳致远和汇聚构建人类命运共同体力量的重要抓手。

"菌草"、鲁班工坊、打井供水、"光明行"活动、送医上岛——一批"小而美"民生项目，为共建国家摆脱贫困、培育职业能力、改善生活条件等发挥了重要作用，共建国家民众获得感幸福感不断增强。

在马尔代夫胡鲁马累岛，由中国企业建设的5座桥使胡鲁马累一期岛和二期岛上的居民实现了通行便利，同时也带动了当地商业、文化旅游业的发展。当地居民感慨：中国企业在胡鲁马累岛承建了住房、桥梁等项目，丰富了这座城市的面貌，改善了我们的生活。

除了为当地经济社会发展作出实实在在的贡献外,"一带一路"还被视为世界上最具活力和潜力的黄金旅游之路。近年来,中国与共建"一带一路"国家互办"旅游年",创办丝绸之路旅游城市联盟、中蒙俄"万里茶道"国际旅游联盟等旅游合作机制,不断提高旅游便利化水平,推动共建国家间旅游规模不断扩大。

共建"一带一路"民意基础得到不断巩固。10多年来,共建"一带一路"国家在文化、教育、旅游、智库、脱贫和抗疫合作上开展了形式多样的合作。实践证明,文明交流互鉴,是推动人类文明进步和世界和平发展的重要动力,是解决全球文明发展面临的共同难题,让世界变得更加美丽、各国人民生活更加美好的必由之路。

当前,世界之变、时代之变、历史之变正以前所未有的方式展开,国际形势更加错综复杂,不确定、不稳定、不可控、不可预测因素明显增多,全球经济复苏道阻且长,传统安全与非传统安全风险增多。但10多年来的成功实践证明,共建"一带一路"站在了历史正确一边,顺应了广大发展中国家的需求,为推动世界经济全球化发展、加快全球治理体系变革发挥了重要引领作用,成为推动人类社会发展进步的光辉典范,必将为全人类创造和平、发展、合作、共赢的美好未来。

为构建人类命运共同体注入强大动力

经济日报评论员

共建"一带一路"是我国在新的历史条件下实行高水平对外开放的重大举措,10多年来为世界经济增长开辟了新空间,为完善全球经济治理拓展了新实践。百年未有之大变局下,面对国际局势中的风风雨雨乃至惊涛骇浪,世界期待中国,也期待共建"一带一路"高质量发展,继续惠及世界。

推动共建"一带一路"高质量发展,要遵循"共商共建共享"原则。当前经济全球化遭遇逆流,单边主义、霸权主义沉渣泛起,南北发展鸿沟不断拉大;同时气候变化、网络安全等全球治理挑战日益加剧。各国迫切需要以对话弥合分歧、以团结反对分裂、以合作促进发展。坚持"共商共建共享",就是大家的事由大家商量着办,共同参与、共担责任、共享成果。共建国家因此能够跨越不同文明、文化、社会制度、发展阶段差异,跳出美西方冷战思维窠臼,开辟出各国交往的新路径,搭建起国际合作的新框架,汇聚起人类共同发展的最大公约数。

推动共建"一带一路"高质量发展,要以互联互通为主线。伴随共建国家"陆海天网"四位一体互联互通扎实推进,"六廊六路多国多港"联通架构基本形成,极大促进了共建国家间经贸产能合作、战略规则对接,更方便了文化交流和人员往来。面对后疫情时代全球产业链供应链收缩重构,中国将和共建国家携手建设更多高质量、可持续、抗风险、包容可及的交通基础设施项目,加快内部产业协同,主动对接高标准国际经贸规则,推动构建全球互联互通伙伴关系,为世界经济复苏注入合作动能与信心。

推动共建"一带一路"高质量发展,要落实好八项行动。在第三届"一带一路"国际合作高峰论坛上,中国提出支持高质量共建"一带一路"的八项行动,加快推进中欧班列高质量发展;创建"丝路电商"合作先行区;全面取消制造业领域外资准入限制措施;统筹推进标志性工程和"小而美"民生项目,实施1000个小型民生援助项目;加大对"一带一路"绿色发展国际联盟的支持……这些内容既包括合作倡议也有务实举措,聚焦绿色发展和科技创新,为高质量共建"一带一路"合作指明了方向,助力落实2030年可持续发展议程。

十年栉风沐雨，十年春华秋实。共建"一带一路"走过了第一个蓬勃十年，正值风华正茂，务当昂扬奋进，奔向下一个金色十年！面向未来，共建"一带一路"具有旺盛的生命力和广阔的发展前景。中国将与各国一道，坚定不移推动共建"一带一路"高质量发展，建设一个开放包容、互联互通、共同发展的世界，为构建人类命运共同体注入新的强大动力，为人类开创出更加美好的未来。

(《经济日报》2024年7月15日)

文化事业和文化产业繁荣发展

——"全面深化改革成就回眸"系列报道

经济日报记者　姜天骄

党的十八大以来，以习近平同志为核心的党中央高度重视文化工作，作出一系列重大决策部署，推出一系列重大政策举措，推动中国特色社会主义文化繁荣发展。党的二十大报告明确指出，要繁荣发展文化事业和文化产业。

以深化改革激发创新活力

党的十八大以来，以习近平同志为核心的党中央高度重视文化改革发展，把文化建设作为中国特色社会主义"五位一体"总体布局的重要内容作出战略部署，把文化体制改革作为全面深化改革的重要组成部分加以谋划推进。

组建文化和旅游部，成立中央网络安全和信息化委员会，由中宣部统一管理新闻出版和电影工作，组建国家广播电视总局和中央广播电视总台……习近平总书记多次强调，要坚定不移将文化体制改革引向深入，不断激发文化创新创造活力。

国有文化企业是展现市场活力的主力军。党的十八大以来，国有文化企业深化改革，文化生产力和创造力不断释放。2023年，中国国际电视总公司实现营业收入256.47亿元，同比增长15.24亿元，增幅6.32%；利润总额18.25亿元，同比增长1.59亿元，增幅9.55%。《许你万家灯火》《新大头儿子和小头爸爸——欢乐亲子营》《大敦煌》等一大批内容精品受到观众欢迎和市场青睐；作为国内规模最大、全产业链实力最强的国有上市电影企业，中国电影股份有限公司在 2023 年创作出品 37 部影片，在国产影片票房前十中占据六席。科幻电影《流浪地球 2》在 40 多个国家和地区上映，掀起了中国科幻电影热潮，打破多项海内外票房纪录，实现了社会效益与经济效益双丰收。

非公有制文化企业成为我国文化产业的一支重要力量。在 2024 年全国文化企业 30 强评选中，北京快手科技有限公司、北京爱奇艺科技有限公司等民营企业榜上有名。这些民营企业不仅在各自的领域内取得了显著成就，还积极推动文化内容的创新与传播，为社会带来了积极影响。

文化体制机制改革变革深、影响大，涉及国有文化资产管理、文艺创作、文艺评奖、媒体融合、新型智库、文化贸易、文化金融、文化市场和文化财税等各方面，电影、戏曲、动漫、出版等行业在深化改革中加速成长，不断向高质量发展目标迈进。

文化产业实现高质量发展

近年来，《我的阿勒泰》《大江大河》《人世间》等电视剧作引发社会热议；《只此青绿》《永不消逝的电波》等舞台作品成为爆款；《雪山大地》《千里江山图》《繁花》等文学作品获得茅盾文学奖……这些作品是文化繁荣的成果、产业创新的结晶。

文化产业日益成为国民经济支柱性产业。我国文化产业规模持续扩大，利润平稳增长，结构不断优化，文化产业增加值在国民经济中的占比逐年提高，数字文化产业等新业态带动作用进一步增强，国内外影响力持续攀升。数据显示，2023 年，全国规模以上文化及相关产业企业实现营业收入 129515 亿元，比 2022 年增长 8.2%。文化服务业支撑作用增强，文娱休闲行业快速恢复，文化新业态带动效应明显。

电影产业加速崛起。2023 年，中国电影总票房为 549.15 亿元人民币，稳居全球第二大电影市场。全年票房过亿元影片共73部，其中国产影片50部，票房排名前10位均为国产影片。中国电影在越来越好地满足人民群众文化需求的同时，也越来越深入地影响着世界电影格局。

出版业高质量发展。出版业坚持以内容为王，把握数字化、网络化、智能化方向，大力推进出版供给侧结构性改革。出版品牌由高速增长向高质量发展的方向不断迈进，品牌国际竞争力显著提升。

数字赋能文化产业新业态。如今，越来越多景区建起了VR体验馆，让游客随时随地实现沉浸式游览；高新技术广泛渗透文化产业的生产、传播、消费、体验等各个层面和环节，线上虚拟文化消费和体验不断增长……从国家公共文化云平台、智慧广电、智慧图书馆、智慧博物馆等建设深入推进，到数字文化与影视、旅行等社会场景融合互嵌，数字文化服务能力大大提升。数据显示，以数字为特征的文化产业营收规模占比超过40%，已成为推动文化产业繁荣发展的"新引擎"。

人民群众获得感显著增强

人民美好生活少不了丰富多彩的精神文化需求。党的十八大以来，文化领域以高质量文化供给增强人民群众的文化获得感、幸福感，促进人民精神生活共同富裕。电影《长津湖》、长篇小说《主角》、电视剧《山海情》、舞剧《永不消逝的电波》等一批反映时代呼声、展现人民奋斗、振奋民族精神、陶冶高尚情操的文化精品不断涌现，为人民群众提供更丰富、更有营养的精神食粮。

公共文化服务实现均等化是保障广大人民群众基本文化权益的主要途径。在浙江，包括之江文化中心在内的百亿文化设施建设工程顺利实施，构建覆盖全省的"15分钟品质文化生活圈"，促进公共文化网络向基层延伸，建设乡村博物馆、城市书房、文化驿站等"小而美"的覆盖城乡的新型公共文化空间。在广西，自治区本级补助31.24亿元、拉动地方投资近200亿元建设村级综合文化中心，全区覆盖率达

99.56%，有效提升了基层公共文化服务能力。目前，全国已建成公共图书馆超 3300 个，文化馆和博物馆超 1 万家；所有公共图书馆、文化馆、美术馆、综合文化站和 90% 以上的博物馆免费开放。

国家文化和旅游公共服务专家委员会委员、上海社会科学院研究员巫志南表示，党的十八大以来，我国大步跨入现代公共文化服务体系建设新阶段，公共文化基础设施网络建设突飞猛进，与人民美好生活相适应的公共文化产品生产供给日趋丰富，城乡人民群众对公共文化服务的满意度显著提升。

更多历史文化遗产活起来

考古热、文博热、非遗热……党的十八大以来，以习近平同志为核心的党中央将文化遗产保护提升到功在当代、利在千秋的高度，下大力气予以推进，我国文化遗产保护传承工作取得历史性成就，收藏在博物馆里的文物、陈列在大地上的遗产、书写在古籍里的文字"活起来""火起来""潮起来"。

76.7 万处不可移动文物、1.08 亿件／套国有可移动文物，这些文化遗产是中华优秀传统文化的重要载体，是全人类的共同财富。党的十八大以来，习近平总书记调研考察 100 多处历史文化遗产，就文物、考古、非遗等作出一系列重要指示批示。

北京东城，草厂四条胡同青砖灰瓦、曲径通幽，氤氲着千年古都的深厚文化底蕴；江苏南京，小西湖片区院落雅致、花草缤纷，成为市民休闲打卡的惬意空间；福建福州，三坊七巷白墙黛瓦、飞檐翘角，软木画、牛角梳、油纸伞等民间艺术相映成趣。历史文化和现代生活相得益彰，成为促进历史文化遗产保护、传承、发展的重要途径。

湖南省社会科学院副院长侯喜保说，历史文化是城市的灵魂。在城市规划建设中，既要大胆用现代建筑与设施置换那些缺乏历史价值的街区，也要高度注重文明传承、文化延续，让城市留下记忆，让人们记住乡愁。

中华文明传播力明显提升

文明因交流而多彩,因互鉴而丰富。

彰显中国形象和大国领袖风采的图书日益受到海外市场关注。《习近平谈治国理政》《之江新语》《摆脱贫困》等一批宣介推广中国共产党治国理政新理念新思想新战略、展现中华文化独特魅力的主题图书走向世界,在宣传党的创新理论、激扬人民奋斗实践、展示中国良好形象方面发挥了重要作用。

我国京剧、昆曲、影视剧等纷纷出海,持续圈粉,丝绸之路国际艺术节、"欢乐春节""四海同春"以及中国文化年(节)等重大文化交流活动类型丰富、形式多样,以自信开放的姿态更好推动中华文化走出去。

国产影视剧的海外表现十分亮眼,让海外观众领略了中华文明的独特魅力。比如,《人世间》早在拍摄阶段就被海外公司看中,聚焦脱贫攻坚的《山海情》在50多个国家和地区播出,《三体》实现国产科幻剧集海外传播零的突破,展现中华优秀传统文化的《长安三万里》在海外受到关注……

通过书籍、影视剧、文化交流活动等讲好中国故事、传播好中国声音,世界上越来越多的人得以了解发展中的中国、开放中的中国、为人类文明作贡献的中国。

推动文化产业成经济增长新引擎

经济日报评论员

文化产业既提供精神产品、创造精神财富,又拉动经济促进就业、创造物质财富,是既"富口袋"又"富脑袋"的产业，在中国式现代化进程中发挥着重要作用。国家统计局数据显示，2023年，全国规模以上文化及相关产业企业实现营业收入129515亿元，比2022年增长8.2%。文化产业成为经济增长新引擎，为经济持续回升向好注入新动能。

我国文化资源丰富多彩、类型繁多，构成了文化产业高质量发展的基石。近年来，我国大力加强公共文化服务设施的建设力度，积极搭建文化消费新场景，持续推进文化产业与传统一二三产业实现深度融合，让深厚的文化资源优势变成强大的产业发展优势，助推文化产业高质量发展。

提升文化产业管理能力。要在体制机制、文化政策、文化工程等方面做好顶层设计，不断完善以高质量发展为导向的文化经济政策，为文化产业繁荣发展提供坚强保障。既要发挥市场在文化资源配置中的积极作用，又要更好发挥政府作用，加快完善有利于激发文化创新创造活力的文化管理体制和生产经营机制，坚持和完善繁荣发展社会主义先进文化的制度，提升文化治理效能。

提升文化产品吸引力。文化产品是否有市场取决于其文化内涵的丰富程度。衡量文化产业发展质量和水平，最重要的不是看经济效益，而是看能不能提供更多既满足人民文化需求又增强人民精神力量的产品。文化企业要坚持内容为王，正确处理好社会效益和经济效益的关系，注重文化资源的挖掘、文化创意的提升、文化品牌的打造。还要聚焦科技赋能，培育相关专业人才，创新文化消费模式，实现多元发展。

发挥文化新业态引领作用。近年来，"国风汉服旅拍""跟着微短剧去旅行""一部剧带火一座城"等融合发展业态成为文旅新时尚，文化新业态的引领作用日益凸显。

新时代，要深刻把握文化产业发展面临的机遇和挑战，站在更高起点、更深层次上推进文化产业持续繁荣。下一步，应增加优质文化产品和服务的供给，广泛激发人们潜在的文化消费需求，构建全方位、多样化、高质量的文化供给体系，形成供给创造需求的良性循环。还要多措并举推动文化领域的数字化升级，促进文化与科技深度融合，完善虚拟化的文化消费场景，发展文旅融合、夜间经济等创新性文化消费场景，丰富文化消费体验模式。

（《经济日报》2024年7月17日）

全面深化改革
中国将释放更多发展新动能

——"改革进行时"系列报道

中新社记者 王恩博

从将中国视作功能单一的"世界工厂",到如今争相设立承担全球研发等重任的"中国中心"——跨国公司对华业务定位的这种调整表明,他们观察中国市场不再局限于规模和速度,而是着眼于不断涌现的新动能。

这种变化与中国持续推进的各领域改革密切相关。进一步全面深化改革、推进中国式现代化的种种举措落地,成为外界感知中国发展新动能的重要窗口。

更新经济结构

中国向来擅长用改革的办法解决发展中的问题。

时间回到2012年,中国经济增速在新世纪以来首次回落到8%以下,长期积累的深层次结构性矛盾浮出水面。一个突出表现是,产业结构中低附加值产业、高消耗、高污染、高排放产业的比重偏高。2015年,中央财经领导小组第十一次会议上首次提出"供给侧结构性改革",旨在减少无效和低端供给,扩大有效和中高端供给,增强供给结构对需求变化的适应性和灵活性,提高全要素生产率。

随着"三去一降一补"深入推进,资源配置持续优化,传统产业

图为山西晋中，工人在汽车生产线上工作。

中新社记者　张云／摄

加快转型，新兴产业蓬勃发展。2023年，中国规模以上高技术制造业、装备制造业增加值占规模以上工业增加值比重分别达15.7%、33.6%，均较2012年明显提高。

供给侧结构性改革是长期任务。升级产业结构、改善需求结构、优化区域结构，中国推动经济结构调整和新旧动能转换，仍有大量工作要做。在进一步全面深化改革中，如何接续推进这项系统工程，是人们关注的一大重点。

打造创新引擎

时值年中，中国车企密集发布上半年销量数据，新能源汽车继续成为重要增长点。有行业机构统计，上半年中国新能源汽车市场渗透率一度超过五成，创历史新高。

6月18日，第二十二届中国·海峡创新项目成果交易会（简称"海创会"）在福建福州开幕。图为参观者在中国中车展馆内参观。

中新社记者　张斌/摄

这番火热景象反映出眼下中国一大趋势：越是高科技、高效能、高质量的行业，表现越抢眼。究其原因，是新质生产力在不断壮大、构建优势。

加快形成新质生产力，既是发展命题，也是改革命题。以高标准市场体系优化创新资源配置，引导更多资本流入创新创业领域，支持民营企业参与重大科技攻关……改革"组合拳"护航下，中国全球创新指数排名从2012年的第34位跃升至2023年的第12位，成为全球创新版图中日益重要的一极。

当前，一些束缚新质生产力发展的堵点卡点仍待攻克。中国宏观经济研究院经济研究所副所长郭丽岩表示，要深化经济体制、科技体制等改革，让各类先进优质生产要素向发展新质生产力的方向顺畅流动和高效配置。

刷新发展理念

2024年中央全面深化改革委员会"新春第一会"审议通过促进经济社会发展全面绿色转型的文件，引起人们关注。

经过不懈努力，2013年至2023年，中国以年均3.3%的能源消费增速支撑了年均6.1%的经济增长，能耗强度累计下降26.1%。在此背景下，上述会议明确，要"推进产业结构、能源结构、交通运输结构、城乡建设发展绿色转型"，要"加快形成节约资源和保护环境的生产方式和生活方式"。

如今，"绿水青山就是金山银山"已成为中国全社会的发展共识和行动方向。有观察认为，改革持续深化，将推动绿色发展理念贯穿于经济社会发展全过程各方面。

由此带来的发展动力获各方肯定和期待。国务院发展研究中心原副主任刘世锦表示，绿色创新带动了大量绿色投资，已成为现阶段和今后一个时期中国经济增长最重要的新动能之一。近年来持续在华布局创新中心、制造中心、研发中心的西门子中国董事长肖松认为，绿色低碳转型是当下众多不确定性当中的确定性。

"绿色"只是中国新发展理念的其中一项。可以预见，随着改革继续深化和推进，理念的刷新与行动的落地将形成共振，释放更多发展新动能。

（中新社北京2024年7月16日电）

从侨乡晋江看民营经济向"新"而行

——"改革进行时"系列报道

中新社记者 孙 虹

在福建著名侨乡晋江，有这样的说法：每7个人就有一位老板、每21个人就有一家企业；世界范围内，每5双运动鞋就有一双"晋江造"，每3把伞就有一把产自晋江……这些数字折射出晋江民营经济的澎湃活力。

当下，晋江正向"新"而行，向智转型、向绿升级，以重点产业链建设培育新质生产力，正加速民企转型和产业升级。

产业升级注入新动力

以一双鞋为例，内含多少高科技？承重超过1吨的"举重鞋"，单只自重仅613克；超临界发泡EVA材料实现物理发泡且无化学残留物，真正做到绿色环保；人工骨骼科技融入运动鞋底，可以调节运动员的前掌折弯刚度……用创新、功能性、绿色环保"武装"鞋子，已成为晋江制鞋产业链上下游企业的共识。

"作为原材料商，必须走在创新、变革的前沿，才能推动产业链转型升级。"福建嘉怡塑胶有限公司董事长张念博近日向中新社记者表示，超临界发泡EVA材料2024年一经推出，市场反响超预期。

不仅如此，数字化转型已逐步融入晋江民营企业管理、销售等领域，"数字+""智能+"的应用场景为产业发展注入新动力。

位于晋江市陈埭镇的安踏一体化产业园里，物流小车、轻载堆垛机、多层穿梭车智能运转，轻松实现数千万件货品的准确存取。

安踏一体化产业园内的轻载堆垛机实现货品智能调度。

安踏集团／提供

"物流仓内的货架高24米，共35层，有48.5万个标准存储位，可存80万箱、1200万件商品。若单纯依靠人工清点、存取，几乎是不可能的。"安踏集团物流项目副总监黄盛芽说，通过轻载堆垛机则简单得多，这是目前世界上最先进的自动化存储设备之一；货品通过系统智能调度，依托多层穿梭车实现"货找人"的运转，而拣货员只需在工作站完成人工拣货、订单核验等操作即可，效率提升以百倍计。

作为中国民营经济最具活力的地区之一，晋江已经走出一条独具特色的县域发展之路，拥有一个产值超3000亿元（人民币，下同）的鞋服产业、一个产值超千亿元的纺织产业、两个产值超800亿元的建材和食品产业，以及三个产值超百亿元的集成电路、智能装备和医疗健康产业集群。

产业园区焕发新活力

智能制鞋成型生产线、伞中棒制造"熄灯工厂"、陶瓷机械研发生

入驻晋江永佳智能装备产业园的智能制鞋成型生产线正在运行中。

吴亦彬／摄

产线……位于晋江经济开发区五里园的永佳智能装备产业园汇聚着一批智能制造"潜力股"。而几年前，该产业园所在的56亩土地上仅有一栋建筑。

盘活低效闲置用地，开展标准化建设，让产业园焕发新活力：左右楼就是上下游，产业园就是产业链，工作圈就是生活圈……如今，永佳智能装备产业园建筑面积达到10万平方米，容积率也从原来的0.63提升到现在的2.97，工业亩产值也大大提升。

晋江新智造产业园一期于2024年5月底开园，交付即实现100%招商，涵盖智能装备、智能轻工、智能轻纺等战略性新兴产业。目前，大部分入驻企业正加紧装修，计划8月陆续投产。

晋江首个以"新质生产力"为主题的众创空间也落户新智造产业园，包含金融超市、科技孵化器、企业赋能平台、行政审批一站式服务平台等公共载体，将构建全产业链运营服务生态圈。

国际化迈出新步伐

近年来,依托"搬不走"的产业链优势,晋江深入实施增品种、提品质、创品牌"三品"战略,开展新国货、新国牌、新国潮"三新"行动,打造16个"国字号"区域品牌,推动鞋服、纺织、食品、建材、智能装备、伞具等特色产品畅销海内外。

2024年6月底,晋江以一场内外贸高质量发展场景创新大会,邀请俄罗斯、印度、菲律宾等36个国家和地区的海外采购商,与当地品牌企业、国内采购商、平台资源商等面对面洽谈,推动供需双方零距离、低成本、高效率对接合作。

据晋江市商务局统计,截至目前,晋江已有90家企业在23个国家和地区建设境外分支机构,并购国际品牌超40个,国际化步伐越走

6月24日,在福建晋江召开的内外贸高质量发展场景创新大会上,海外采购商与当地企业洽谈对接。

中新社记者 孙虹/摄

越快、越走越宽。

"晋江已成为全球民生消费品的重要生产基地和品牌基地。"晋江市委书记张文贤表示,晋江将持续深化改革,补齐短板、完善配套,同时释放更多合作机会,打造全球消费品集采中心,推动更多"晋江创造"直通海内外。

(中新社福建晋江2024年7月18日电)

□ 本书编写组 编

新思想引领新时代改革开放

——中央主要媒体主题报道重点作品集——

（上册）

学习出版社

图书在版编目（CIP）数据

新思想引领新时代改革开放 : 中央主要媒体主题报道重点作品集 : 上、下册 /《新思想引领新时代改革开放》编写组编. -- 北京 : 学习出版社, 2024.9.
ISBN 978-7-5147-1291-9

Ⅰ. I253

中国国家版本馆CIP数据核字第2024DK0974号

新思想引领新时代改革开放
XINSIXIANG YINLING XINSHIDAI GAIGE KAIFANG
——中央主要媒体主题报道重点作品集

本书编写组　编

责任编辑：徐　阳
技术编辑：刘　硕
装帧设计：映　谷

出版发行：学习出版社
　　　　　北京市崇外大街11号新成文化大厦B座11层（100062）
　　　　　010-66063020　010-66061634　010-66061646
网　　址：http://www.xuexiph.cn
经　　销：新华书店
印　　刷：北京顶佳世纪印刷有限公司

开　　本：787毫米×1092毫米　1/16
印　　张：49.75
字　　数：693千字
版次印次：2024年9月第1版　2024年9月第1次印刷

书　　号：ISBN 978-7-5147-1291-9
定　　价：156.00元（上、下册）

如有印装错误请与本社联系调换，电话：010-66064915

序　言

2024年7月15日至18日，党的二十届三中全会在北京举行。这次全会，是在以中国式现代化全面推进强国建设、民族复兴伟业关键时期召开的一次十分重要的会议，具有重大时代意义和深远历史影响。中央主要媒体从6月下旬起集中开展"新思想引领新时代改革开放"主题报道，在重要版面、重点时段、首页首屏突出位置开设专栏专题，持续推出一大批见思想深度、有叙事温度的重点报道和新媒体产品，深入宣传阐释习近平总书记关于全面深化改革的一系列新思想、新观点、新论断，宣传新时代改革开放的非凡成就和重大意义，广泛凝聚起进一步全面深化改革、推进中国式现代化的共识和力量，为全会召开营造了浓厚舆论氛围。

为进一步推动学习贯彻全会精神，同时总结主题报道的经验做法，展示主题报道优秀案例，我们从人民日报、新华社、中央广电总台、求是杂志、光明日报、经济日报、中国新闻社等中央主要媒体刊播的主题报道中，精心遴选140余篇重点稿件结集出版，形成了《新思想引领新时代改革开放——中央主要媒体主题报道重点作品集》。全书分4个部分：第1部分"改革近镜头"专题报道，集中收录新华社播发的11篇重要图文稿件，选取习近平总书记引领新时代改革开放的经典瞬间，生动讲述照片背后的改革故事；第 2 部分"重点报道"，集中收录重磅报道、理论文章等，深入宣传阐释习近平总书记关于全面深化改革的重要论述，全方位展现习近平总书记领航新时代改革开放的壮阔征程；第 3 部分"评论集萃"，收录中央主要媒体刊发的评论员文章、述评、短评等；第 4 部分"专栏专题"，收录中央主要媒体刊发的专栏文章、专题报道、系列综述等。

这些主题报道，始终突出思想引领，深入宣传阐释习近平总书记关于全面深化改革的重要论述，生动展现习近平总书记领导推进新时代改革开放的大气魄、大格局、大担当；细腻描绘历史巨变，立体式宣传新时代改革开放的历史性成就，具象化反映各地区各部门的鲜活改革实践；持续聚焦民生福祉，既反映全面深化改革的"大逻辑"，也描写普通百姓的"小日子"，多视角展现广大人民群众的获得感、幸福感、安全感；不断创新传播形式，推出一批形式多样、简洁明快、可读耐看的轻量化、定制化产品，提升宣传报道的体验感和覆盖面；注重加强对外宣介，客观反映新时代改革开放的巨大成就及给世界带来的发展机遇，取得了良好传播效果。

这些主题报道具有较强的创新性和示范性，对于中央和地方各级各类媒体结合自身实际，在新时代新征程的主题报道实践中推广运用，不断提升新闻舆论传播力引导力影响力公信力，具有一定的参考借鉴价值。

目　录

（上册）

"改革近镜头"专题报道

高山榕下，春天的故事谱新篇　/ 3

风雨改革路，扬帆再起航　/ 6

发出新时代全面深化改革的总动员令　/ 9

"小岗梦也是广大农民的梦"　/ 12

改革不停顿、开放不止步　/ 15

"上海就是一个生动例证"　/ 18

"未来之城"，拔节生长　/ 21

为三明医改"点赞"　/ 24

海南，春潮拍岸正扬帆　/ 27

小商品闯出了大市场　/ 30

"通过！"一份标注时代的改革新蓝图　/ 33

重点报道

把全面深化改革作为推进中国式现代化的根本动力　/ 39

任仲平

为中国式现代化提供强大动力和制度保障 / 50
——总书记引领我们谱写新时代改革开放新篇章
人民日报记者　汪晓东　刘志强　王　浩　韩　鑫　罗珊珊

紧紧依靠人民推动改革 / 63
人民日报记者　张　洋　张　璁

立足关键时期，用好重要法宝 / 72
任仲平

为全面深化改革提供强大思想武器 / 84
任理轩

微观察·党的二十届三中全会
"当代中国人民最鲜明的精神标识" / 97
人民日报记者　杜尚泽　王　洲

弘扬伟大改革开放精神　进一步推进全面深化改革 / 102
仲　音

以前所未有的力度开辟事业发展新天地 / 105
——习近平总书记带领全党全军全国各族人民全面深化改革扩大开放纪实
新华社记者　林　晖　张辛欣　高　蕾　王子铭

以进一步全面深化改革开辟中国式现代化广阔前景 / 120
——写在党的二十届三中全会召开之际
新华社记者　张晓松　朱基钗　黄　玥　姜　琳　陈炜伟　孙少龙

将新时代改革开放进行到底 / 138
——从72次中央深改委（领导小组）会议读懂习近平的改革之道
新华社记者　邹　伟　韩　洁　谢希瑶　丁小溪　严赋憬

在新征程上谱写改革开放新篇章 / 152
钟华论

习近平总书记引领全面深化改革扩大开放
谱写中国式现代化崭新篇章 / 162
中央广电总台央视记者　张　勤　王　琰　丁雅妮等

新时代的文化长卷如此绚烂　／ 167

　　　　　　　　　　　　　　　　　　　光明日报记者　刘江伟

为中国式现代化注入强劲动力　／ 175

　　　　　　　　　　　　　　　　　　　经济日报编辑部

评论集萃

精准发力、协同发力、持续发力　／ 185
——坚持用好改革开放这个重要法宝①

　　　　　　　　　　　　　　　　　　　人民日报评论员

奔着问题去、盯着问题改　／ 187
——坚持用好改革开放这个重要法宝②

　　　　　　　　　　　　　　　　　　　人民日报评论员

充分调动各方面改革积极性　／ 189
——坚持用好改革开放这个重要法宝③

　　　　　　　　　　　　　　　　　　　人民日报评论员

最公平的公共产品　最普惠的民生福祉　／ 191
——新时代生态文明建设观察

　　　　　　　　　　　　　　　　　　　任　平

处理好经济和社会的关系　／ 199
——"坚持系统观念，处理好几个重大关系"评论之一

　　　　　　　　　　　　　　　　　　　李　拯

处理好政府和市场的关系　／ 202
——"坚持系统观念，处理好几个重大关系"评论之二

　　　　　　　　　　　　　　　　　　　周珊珊

处理好效率和公平的关系　／ 204
——"坚持系统观念，处理好几个重大关系"评论之三

　　　　　　　　　　　　　　　　　　　何　娟

处理好活力和秩序的关系 / 206
——"坚持系统观念,处理好几个重大关系"评论之四

邹 翔

处理好发展和安全的关系 / 208
——"坚持系统观念,处理好几个重大关系"评论之五

盛玉雷

以巨大的政治勇气和智慧推进全面深化改革 / 210
——新时代全面深化改革的实践与启示述评之一

新华社记者 赵 超

坚持党的领导为全面深化改革提供根本政治保证 / 217
——新时代全面深化改革的实践与启示述评之二

新华社记者 朱基钗 高 蕾 孙少龙 范思翔

确保改革开放沿着正确方向前进 / 225
——新时代全面深化改革的实践与启示述评之三

新华社记者 林 晖 王子铭 王 鹏 徐 壮

坚持以人民为中心推进改革 / 232
——新时代全面深化改革的实践与启示述评之四

新华社记者 齐中熙 姜 琳 高 敬 严赋憬 李晓婷

坚持在法治轨道上深化改革 / 240
——新时代全面深化改革的实践与启示述评之五

新华社记者 杨维汉 王 琦 刘 硕 熊 丰

增强改革系统性整体性协同性 / 247
——新时代全面深化改革的实践与启示述评之六

新华社记者 吴 晶 胡 浩 董瑞丰 张 泉 温竞华

统筹推进深层次改革和高水平开放 / 254
——新时代全面深化改革的实践与启示述评之七

新华社记者 韩 洁 胡 璐 潘 洁 何宗渝 唐诗凝

敢于啃硬骨头敢于涉险滩　/ 261
　　——总书记的改革论·短评之一
　　　　　　　　　　　　　　　　　　新华社记者　叶　前

改革有阵痛，但不改革就是长痛　/ 263
　　——总书记的改革论·短评之二
　　　　　　　　　　　　　　　　　　新华社记者　涂洪长

善于从焦点、难点中寻找改革切入点　/ 264
　　——总书记的改革论·短评之三
　　　　　　　　　　　　　　　新华社记者　刘怀丕　翟　濯

坚持眼睛向下，脚步向下　/ 266
　　——总书记的改革论·短评之四
　　　　　　　　　　　　　　　　　　新华社记者　刘　阳

既当改革促进派、又当改革实干家　/ 268
　　——总书记的改革论·短评之五
　　　　　　　　　　　　　　　　　　新华社记者　张丽娜

胆子要大、步子要稳　/ 269
　　——总书记的改革论·短评之六
　　　　　　　　　　　　　　　　　　新华社记者　梁建强

改革开放只有进行时没有完成时　/ 270
　　——总书记的改革论·短评之七
　　　　　　　　　　　　　　　　　　新华社记者　冯　源

以改革到底的坚强决心动真碰硬　/ 271
　　——总书记的改革论·短评之八
　　　　　　　　　　　　　　　　　　新华社记者　晏国政

既挂帅、又出征　/ 272
　　——总书记的改革论·短评之九
　　　　　　　　　　　　　　　　　　新华社记者　徐　扬

从实际出发，先立后破 / 273
　　——总书记的改革论·短评之十

　　　　　　　　　　　　　　　　　　　新华社记者　杨金志

奋力推进强国建设、民族复兴伟业 / 274

　　　　　　　　　　　　　　　　　　　《求是》杂志编辑部

坚定不移走自己的路 / 288

　　　　　　　　　　　　　　　　　　　《求是》杂志编辑部

锚定建成科技强国的战略目标奋勇前进 / 298

　　　　　　　　　　　　　　　　　　　《求是》杂志评论员

为中国式现代化提供强大动力和制度保障 / 303

　　　　　　　　　　　　　　　　　　　《求是》杂志评论员

改革开放是"重要法宝" / 307
　　——学习习近平总书记关于全面深化改革的重要论述①

　　　　　　　　　　　　　　　　　　　学而时习

始终坚持改革开放正确方向 / 311
　　——学习习近平总书记关于全面深化改革的重要论述②

　　　　　　　　　　　　　　　　　　　学而时习

不能忘记改革为了谁、依靠谁 / 314
　　——学习习近平总书记关于全面深化改革的重要论述③

　　　　　　　　　　　　　　　　　　　学而时习

推进改革必须坚持正确的方法论 / 317
　　——学习习近平总书记关于全面深化改革的重要论述④

　　　　　　　　　　　　　　　　　　　学而时习

"中国的改革开放之路一定可以成功" / 322
　　——学习习近平总书记关于全面深化改革的重要论述⑤

　　　　　　　　　　　　　　　　　　　学而时习

中国经济沿高质量发展航道破浪前行 / 326

　　　　　　　　　　　　　　　　　光明日报记者　刘　坤　鲁元珍

改革，为科技强国建设提供不竭动力　／ 334
　　　　　　　　　　　　光明日报记者　齐　芳　金振娅　詹　媛　杨　舒

坚持党的全面领导是根本保证　／ 342
　　——一论新时代全面深化改革的宝贵经验
　　　　　　　　　　　　　　　　　　　　　　　　　经济日报评论员

改革脉搏与人民向往同频共振　／ 345
　　——二论新时代全面深化改革的宝贵经验
　　　　　　　　　　　　　　　　　　　　　　　　　经济日报评论员

确保改革沿着正确方向前进　／ 348
　　——三论新时代全面深化改革的宝贵经验
　　　　　　　　　　　　　　　　　　　　　　　　　经济日报评论员

"中国之制"成就"中国之治"　／ 351
　　——四论新时代全面深化改革的宝贵经验
　　　　　　　　　　　　　　　　　　　　　　　　　经济日报评论员

在法治轨道上深化改革　／ 354
　　——五论新时代全面深化改革的宝贵经验
　　　　　　　　　　　　　　　　　　　　　　　　　经济日报评论员

同向发力增强改革整体效能　／ 356
　　——六论新时代全面深化改革的宝贵经验
　　　　　　　　　　　　　　　　　　　　　　　　　经济日报评论员

（下册）

专栏专题

全面深化改革必须坚持党的全面领导　／ 361
　　——"新思想引领新时代改革开放"专栏报道
　　　　　　　　　　　　　　　　　　　　　　　　　人民日报记者　张　洋

人民的获得感　改革的含金量　/ 367
——从身边变化看新时代改革开放

人民日报记者　姜　赟　李　翔　钱一彬

坚持系统观念　建设美丽中国　/ 372
——从绿色发展看新时代改革开放

人民日报记者　寇江泽

以开放促改革、促发展、促创新　/ 378
——从港口口岸看新时代改革开放

人民日报记者　叶　琦　罗珊珊

"一张清单"激发市场活力　/ 384
——从市场准入制度看新时代改革开放

人民日报记者　赵展慧　贺林平　罗珊珊

在法治下推进改革　在改革中完善法治　/ 389
——从立改废释看新时代改革开放

人民日报记者　张　璁

优化政务服务　利企便民为民　/ 394
——从政务服务窗口看新时代改革开放

人民日报记者　徐　隽　金正波

全国一盘棋　共谱协奏曲　/ 399
——从协调发展看新时代改革开放

人民日报记者　林　琳　韩春瑶

创新中国生机勃勃　/ 404
——从科技创新看新时代改革开放

人民日报记者　杨　旭　杨烁壁

促进公平正义　增进人民福祉　/ 409
——从公正司法看新时代改革开放

人民日报记者　张　璁　魏哲哲

更好满足人民精神文化生活新期待 / 414
——从文化惠民看新时代改革开放

人民日报记者 王 珮

阔步迈向农业强国 / 419
——"新思想引领新时代改革开放"专栏报道

人民日报记者 朱 隽 王 浩 郁静娴

开业办手续效率高 / 426
——"百姓身边的改革事"系列通讯

人民日报记者 靳 博

夸夸我的新能源汽车 / 428
——"百姓身边的改革事"系列通讯

人民日报记者 林子夜

先一步，鲜一步 / 430
——"百姓身边的改革事"系列通讯

人民日报记者 温素威

立法立到心坎上 / 432
——"百姓身边的改革事"系列通讯

人民日报记者 巨云鹏

我家在城市扎下了根 / 434
——"百姓身边的改革事"系列通讯

人民日报记者 于 洋 张丹华

"跨省通办"省事还省心 / 436
——"百姓身边的改革事"系列通讯

人民日报记者 贺林平

数字敦煌别样美 / 438
——"百姓身边的改革事"系列通讯

人民日报记者 苏显龙

公租房圆了安居梦 / 440
——"百姓身边的改革事"系列通讯
　　　　　　　　　　　　　　人民日报记者　李增辉　姜　峰

在家门口幸福养老 / 442
——"百姓身边的改革事"系列通讯
　　　　　　　　　　　　　　人民日报记者　辛　阳

石梁河水库又见银鱼 / 444
——"百姓身边的改革事"系列通讯
　　　　　　　　　　　　　　人民日报记者　尹晓宇

"救命药"越来越便宜 / 446
——"百姓身边的改革事"系列通讯
　　　　　　　　　　　　　　人民日报记者　付　文

医药费报销不再两头跑 / 448
——"百姓身边的改革事"系列通讯
　　　　　　　　　　　　　　人民日报记者　邵玉姿

创造中华民族新的更大奇迹 / 450
——"新思想引领新时代改革开放"专栏报道
　　　　　　　　　　　　　　新华社记者　胡　浩　王　鹏　温竞华　顾天成

沿着正确道路推进全面深化改革 / 457
——"新思想引领新时代改革开放"专栏报道
　　　　　　　　　　　　　　新华社记者　施雨岑　罗　沙　徐　壮

推动中国特色社会主义制度更加成熟更加定型 / 463
——"新思想引领新时代改革开放"专栏报道
　　　　　　　　　　　　　　新华社记者　安　蓓　高　敬　申　铖　王悦阳

让改革发展成果更多更公平惠及人民群众 / 470
——"新思想引领新时代改革开放"专栏报道
　　　　　　　　　　　　　　新华社记者　张辛欣　叶昊鸣　严赋憬

以改革开放推动党和国家各项事业取得历史性成就、
发生历史性变革 / 477
——"新思想引领新时代改革开放"专栏报道

新华社记者 赵晓辉 李延霞 吴 雨

以科学方法论推进全面深化改革伟大实践 / 485
——"新思想引领新时代改革开放"专栏报道

新华社记者 于佳欣 王 希 刘 慧 任 军

为推动高质量发展注入强劲动力 / 492
——党的十八届三中全会以来经济体制改革成就综述

新华社记者 谢希瑶 严赋憬 周 圆

社会主义民主法治更加健全 / 499
——党的十八届三中全会以来政治体制改革成就综述

新华社记者 罗 沙 范思翔 齐 琪

汇聚起强国建设民族复兴的强大精神力量 / 506
——党的十八届三中全会以来文化体制改革成就综述

新华社记者 周 玮 史竞男 王 鹏

持续增进民生福祉 促进社会公平正义 / 513
——党的十八届三中全会以来社会体制改革成就综述

新华社记者 叶昊鸣 王悦阳 王聿昊

书写在绿水青山间的生态答卷 / 519
——党的十八届三中全会以来生态文明体制改革成就综述

新华社记者 高 敬 黄韬铭

为不断推进新时代党的建设新的伟大工程提供坚强保障 / 526
——党的十八届三中全会以来党的建设制度改革成就综述

新华社记者 孙少龙 王子铭 周闻韬

开创改革强军新局面 / 533
——党的十八届三中全会以来国防和军队改革成就综述

新华社记者 梅世雄 李秉宣

全面深化改革　谱写中国经济高质量发展崭新篇章　/ 544
——"新思想引领新时代改革开放"系列报道
中央广电总台央视记者　张　勤　王　琰　岳　群等

"创新中国"　逐梦新征程　/ 548
——"新思想引领新时代改革开放"系列报道
中央广电总台央视记者　张　勤　王　琰　朱　江等

澎湃改革新动力　绘就农业农村现代化发展新篇章　/ 552
——"新思想引领新时代改革开放"系列报道
中央广电总台央视记者　张　勤　王　琰　梁丽娟等

筑牢生态文明根基　谱写美丽中国建设新篇章　/ 556
——"新思想引领新时代改革开放"系列报道
中央广电总台央视记者　张　勤　王　琰　崔　霞等

发展全过程人民民主　保障人民当家作主　/ 560
——"新思想引领新时代改革开放"系列报道
中央广电总台央视记者　白　央　李文杰　程　琴等

人民军队实现整体性革命性重塑　/ 563
——"新思想引领新时代改革开放"系列报道
中央广电总台央视记者　张　伟　张建庆　刘　洁等

以文化自信筑牢强国复兴精神之基　/ 566
——"新思想引领新时代改革开放"系列报道
中央广电总台央视记者　白　央　曹　岩　赵继哲等

为了人民对美好生活的向往　/ 570
——"新思想引领新时代改革开放"系列报道
中央广电总台央视记者　张　勤　王　琰　李　欣等

协调发展为中国式现代化注入澎湃动力　/ 574
——"新思想引领新时代改革开放"系列报道
中央广电总台央视记者　张　勤　王　琰　岳　群等

开创新时代高水平对外开放新局面　/ 578
——"新思想引领新时代改革开放"系列报道
　　　　　　　中央广电总台央视记者　张　勤　王　琰　刘　颖等

创新引领新超越　/ 582
——"伟大的历史变革"专题节目
　　　　　　　　　　　　中央广电总台《焦点访谈》专题节目组

绘就生态新画卷　/ 588
——"伟大的历史变革"专题节目
　　　　　　　　　　　　中央广电总台《焦点访谈》专题节目组

强农富民美乡村　/ 594
——"伟大的历史变革"专题节目
　　　　　　　　　　　　中央广电总台《焦点访谈》专题节目组

民生福祉总关情　/ 599
——"伟大的历史变革"专题节目
　　　　　　　　　　　　中央广电总台《焦点访谈》专题节目组

新时代文化使命　/ 604
——"伟大的历史变革"专题节目
　　　　　　　　　　　　中央广电总台《焦点访谈》专题节目组

高水平对外开放　/ 609
——"伟大的历史变革"专题节目
　　　　　　　　　　　　中央广电总台《焦点访谈》专题节目组

"中国之治"新境界　/ 614
——"伟大的历史变革"专题节目
　　　　　　　　　　　　中央广电总台《焦点访谈》专题节目组

协调发展新格局　/ 619
——"伟大的历史变革"专题节目
　　　　　　　　　　　　中央广电总台《焦点访谈》专题节目组

打铁还需自身硬 / 624
——"伟大的历史变革"专题节目
中央广电总台《焦点访谈》专题节目组

奋楫改革,教育强国建设足音铿锵 / 629
——"新思想引领新时代改革开放"专栏报道
光明日报记者 邓 晖

人民至上,全面深化改革增进百姓福祉 / 639
——"新思想引领新时代改革开放"专栏报道
光明日报记者 邱 玥 任 欢

美丽中国,人与自然和谐共生 / 647
——"新思想引领新时代改革开放"专栏报道
光明日报记者 张 蕾 张 胜 王美莹 李春剑

共建共治共享 社会治理新格局加快形成 / 656
——"新思想引领新时代改革开放"专栏报道
光明日报记者 陈慧娟 杨桐彤

激荡文化繁荣发展的万千气象 / 665
——"新思想引领新时代改革开放"专栏报道
光明日报记者 许馨仪 李 韵 李笑萌 牛梦笛

锐意进取,全面深化改革筑牢人才根基 / 670
——"新思想引领新时代改革开放"专栏报道
光明日报记者 任 欢 杨桐彤

一切为了人民的健康福祉 / 674
——"新思想引领新时代改革开放"专栏报道
光明日报记者 田雅婷 金振娅 王美莹 李春剑

强化自主培养,让拔尖创新人才不断涌现 / 679
——"新思想引领新时代改革开放"专栏报道
光明日报记者 姚晓丹

蹄疾步稳，阔步迈向网络强国　/ 684
　　——"新思想引领新时代改革开放"专栏报道

　　　　　　　　　　　　　　　光明网记者　雷渺鑫　李　飞　李政葳

馥郁书香萦绕神州大地　/ 690
　　——"新思想引领新时代改革开放"专栏报道

　　　　　　　　　　　　　　　光明日报记者　韩　寒

破除准入壁垒、赋能新型业态——
"一张清单"打开市场空间　/ 695
　　——"新思想引领新时代改革开放"专栏报道

　　　　　　　　　　　　　　　经济日报记者　银　晟　佘　颖

电力市场化改革向纵深推进——
两部制电价加快煤电功能转型　/ 699
　　——"新思想引领新时代改革开放"专栏报道

　　　　　　　　　　　　　　　经济日报记者　王轶辰

143项科技体制改革任务全面完成——
创新发展动能更澎湃　/ 703
　　——"新思想引领新时代改革开放"专栏报道

　　　　　　　　　　　　　　　经济日报记者　沈　慧

全国统一的国土空间规划体系总体形成——
"多规合一"绘就美丽中国　/ 706
　　——"新思想引领新时代改革开放"专栏报道

　　　　　　　　　　　　　　　经济日报记者　纪文慧

为人民健康提供有力保障　/ 710
　　——"新思想引领新时代改革开放"专栏报道

　　　　　　　　　　　　　　　经济日报记者　吴佳佳

始终以新发展理念为行动引领　/ 714
　　——"全面深化改革成就回眸"系列报道

　　　　　　　　　　　　　　　经济日报记者　牛　瑾

构建新发展格局　赢得竞争新优势　／722
——"全面深化改革成就回眸"系列报道

               经济日报记者　熊　丽

新的生产力理论指导高质量发展实践　／730
——"全面深化改革成就回眸"系列报道

               经济日报记者　黄　鑫

共建"一带一路"推动合作共赢　／737
——"全面深化改革成就回眸"系列报道

               经济日报记者　朱　琳

文化事业和文化产业繁荣发展　／744
——"全面深化改革成就回眸"系列报道

               经济日报记者　姜天骄

全面深化改革　中国将释放更多发展新动能　／751
——"改革进行时"系列报道

               中新社记者　王恩博

从侨乡晋江看民营经济向"新"而行　／755
——"改革进行时"系列报道

               中新社记者　孙　虹

「改革近镜头」专题报道

"改革近镜头"专题报道

2012年12月8日，习近平总书记在深圳莲花山公园种下一棵高山榕树

高山榕下
春天的故事谱新篇

新华通讯社

高山榕下，春天的故事谱新篇

深圳莲花山，一棵迎风而立的高山榕，挺拔茂盛。树前一方花岗石碑上，镌刻着"习近平手植树"。

2012年12月，当选中共中央总书记20多天的习近平，在党的十八大后首次离京考察，就来到改革开放前沿深圳。

天朗气清，惠风和畅。8日上午9时许，莲花山公园，习近平总书记缓步走上台阶，来到山顶广场，向改革开放总设计师邓小平同志的铜像敬献花篮，带领大家三鞠躬。

距离铜像不远处，在一片开阔草地，习近平总书记挥锹铲土、围堰浇水，亲手植下一棵高山榕。

植完树后，他凝望良久。

高山榕是岭南本土树种，四季常绿、苍劲挺拔。1992年，邓小平同志在深圳仙湖植物园也曾亲手种下一棵高山榕。"高山榕的特质与坚韧顽强、奋发向上的改革精神相契合。"时任深圳市莲花山公园管理处主任杨义标说。

杨义标记得，那天有4位见证邓小平同志南方之行的老同志受邀来到莲花山，习近平总书记同他们一起回顾广东改革开放历程。"这样的安排连缀起中国不同年代的改革故事，是历史的交汇，也是改革的接续。"杨义标说。

新时代，习近平总书记发出新号召："党中央做出的改革开放的决定是正确的，我们今后仍然要走这条正确的道路。富国之路、富民之路，要坚定不移地走下去，而且要有新开拓，要上新水平。"

2013年，党的十八届三中全会拉开全面深化改革大幕。15个领域336项重大改革举措，涵盖从党的建设到经济、政治、文化、社会、生态文明等各领域。

迎着阳光、不惧风雨，高山榕蓬勃生长，见证新时代改革开放的万千气象。

2020年10月，深圳经济特区建立40周年之际，习近平总书记再次登临莲花山公园，向邓小平铜像敬献花篮。莲花山公园仪仗队队长贺晋元是现场的一员。

贺晋元说，10月14日下午，总书记在敬献花篮后，又去看了当年植下的高山榕。曾经3米多高的小树长成13米多高的大树，已是亭亭如盖、枝繁叶茂。

总书记走到树下，深有感慨地说："8年了，弹指一挥间啊。选的这个地方很好，树冠能展开，树长得也快。"

从莲花山俯瞰，高楼林立、生机盎然，深圳城市风貌尽收眼底。植根改革土壤、挺立时代潮头，深圳已成长为社会主义中国的一棵"大树"。

站在山顶平台上，习近平总书记瞻望现代化的未来中国。正如他所说："今后还要以更大气魄深化改革、扩大开放，续写更多'春天的故事'。"

总策划：傅华、吕岩松

总监制：霍小光

策划：孙承斌、郭建业

监制：赖向东、张晓松

记者：黄玥、孙飞、兰红光

编辑：张爱芳、何晓、虞东升、张浩波

海报：殷哲伦

新华社第一工作室出品

新思想引领新时代改革开放
——中央主要媒体主题报道重点作品集

改革镜头

2013年7月21日,习近平总书记冒雨来到武汉新港阳逻集装箱港区考察

风雨改革路
扬帆再起航

新华通讯社

风雨改革路，扬帆再起航

2013年7月21日上午，大雨滂沱。习近平总书记赴湖北考察，一下飞机就直奔位于长江北岸的武汉新港阳逻集装箱港区。

当时，距离党的十八届三中全会召开还有不到4个月，习近平总书记亲自主持的《中共中央关于全面深化改革若干重大问题的决定》起草工作正在加紧推进。

上午11时许，正在阳逻港区中控室值班的余立麒通过视频监控系统看到，一支车队冲破雨帘，驶入港区，在中控楼前依次停下。

不一会儿，亲切的问候声在身后响起——"同志们好"。余立麒和大伙儿回头一看，发现来人竟是习近平总书记，便都惊喜地从座位上站起来。习近平总书记依次走到每一位中控员的工位前同大家一一握手。

随后，习近平总书记在中控室听取了港区信息化建设情况汇报，还在电脑屏幕前仔细察看了集装箱卡车从港区卡口到堆场再到码头前沿的完整操作过程。

从屏幕上可以清晰看到，作业区内集装箱堆垛如山，桥吊起落不停。

在听取港区建设情况汇报后，习近平总书记微笑着同在场同志交流。

"三峡通航的标准是多少？"习近平总书记问起港口上游航道条件。

"单船6000吨级。"时任武汉港务集团有限公司董事长何跃明回答。

习近平总书记点头称赞。这一数据表明长江上游通航能力已是世界内河航运领先水平。

离开中控室，习近平总书记乘车前往作业码头考察。

此时，风更大了，雨更急了。码头地面上已经积了一层雨水。

"车门一开，总书记自己撑着伞就下车了，裤腿也卷好了。"陪同考察的时任武汉港务集团有限公司总经理顾强生回忆起当时的场景，"积水深的地方能到皮鞋一半高度，但总书记根本没在意。他把伞靠向我，和我边走边聊。"

"内地港口是不是发展潜力很大，到东南沿海的集装箱多吗？"总书记问。

"60%是外贸箱，40%是内贸箱，内地港口很有潜力。"顾强生回答。

如何解决投资资金问题、设备是进口的还是国产的……习近平总书记冒着大雨在码头上考察了10多分钟，一路走、一路看、一路问。雨水打湿了衬衫，却没能停下总书记深入调研的脚步。

两天后，在部分省市负责人座谈会上，习近平总书记征求了对全面深化改革的意见和建议，强调必须以更大的政治勇气和智慧，不失时机深化重要领域改革。

3个多月后，具有划时代意义的《中共中央关于全面深化改革若干重大问题的决定》审议通过。其中，"扩大内陆沿边开放"正是重要改革举措之一。

总策划：傅华、吕岩松

总监制：霍小光

策划：孙承斌、郭建业

监制：赖向东、张晓松

记者：高蕾、胡梦雪、李思远、李学仁

编辑：杨文荣、金小茜、虞东升、张浩波

海报：殷哲伦

新华社第一工作室出品

"改革近镜头"专题报道

改革近镜头

2013年11月12日，习近平总书记在中国共产党第十八届中央委员会第三次全体会议上作重要讲话

发出新时代全面深化改革的总动员令

新华通讯社

发出新时代全面深化改革的总动员令

2013年11月12日,全世界的目光聚焦中国——

北京,人民大会堂,灯光璀璨,气氛庄重而热烈。党的十八届三中全会闭幕会在此举行。

主席台上方,"中国共产党第十八届中央委员会第三次全体会议"的会标十分醒目,10面红旗分列两侧。帷幕正中,金色的中国共产党党徽熠熠生辉,见证着这一历史时刻。

下午3时,闭幕会开始,习近平总书记等中央政治局领导同志在主席台就座。

这次划时代的盛会,开启了全面深化改革的新时代——

几上几下、反复修改,散发着墨香的《中共中央关于全面深化改革若干重大问题的决定(草案)》,摆在每一位中央委员、候补中央委员面前。

党的十八届三中全会文件起草组,由习近平总书记亲自担任组长。这是进入新世纪以来党的最高领导人首次担任全会文件起草组负责人,彰显了党中央对全面深化改革的高度重视。

从4月24日文件起草组第一次全体会议,到11月9日党的十八届三中全会召开,《决定》稿起草工作历经了整整200个日夜。逐条、逐句、逐字,习近平总书记对文件起草组上报的每一稿,都认真审阅,提出许多重要修改意见,倾注了大量心血。

文件中涉及60项具体任务、336项改革举措,范围之广、力度之大前所未有。《决定》稿鲜明提出使市场在资源配置中起"决定性作用",参与文件起草的一名成员回忆说,这一新提法最后是习近平总书记拍板定论,实现了重大理论突破。

这是一份具有里程碑意义的宣言书:高举改革开放旗帜、努力开拓中国特色社会主义事业更加广阔的前景。

这是一份全面深化改革的宏伟蓝图：完善和发展中国特色社会主义制度，推进国家治理体系和治理能力现代化。

出席全会的中央委员经表决，一致通过了《中共中央关于全面深化改革若干重大问题的决定》。

掌声如潮，响彻全场。

习近平总书记发出全面深化改革的动员令："制定出一个好文件，只是万里长征走完了第一步，关键还在于落实文件，真正把全会精神转化成改造现实世界的强大力量。"

青山万重，乘风好去。

如今，党的十八届三中全会提出的改革目标任务总体如期完成，各方面共推出2000多个改革方案。中国特色社会主义制度更加成熟更加定型，国家治理体系和治理能力现代化水平明显提高。

在习近平总书记掌舵领航下，中国改革的航船仍将劈波斩浪、壮阔前行！

总策划：傅华、吕岩松

总监制：霍小光

策划：孙承斌、郭建业

监制：赖向东、张晓松

记者：史竞男、董博婷、兰红光

编辑：金小茜、郝晓静、虞东升、张浩波

海报：殷哲伦

新华社第一工作室出品

改革?镜头

2016年4月25日,习近平总书记在滁州市凤阳县小岗村看望当年"大包干"带头人严金昌(右三)一家

"小岗梦也是广大农民的梦"

新华通讯社

"小岗梦也是广大农民的梦"

"做梦也想不到,我们在家门口迎到了总书记。"回想起2016年的4月25日那一幕,"大包干"带头人严金昌至今印象深刻——

当天下午,车到了家门口,总书记微笑着下了车,一家人又惊又喜地迎了上去,"总书记一把握住我的手,并向我们问好"。

"总书记还记得我啊,那一刻我心都要跳出来了!"2010年严金昌随沈浩先进事迹报告团去北京,总书记见过他。

小岗村是农村改革的重要发源地。1978年,习近平同志曾经到安徽滁州调查研究。2014年全国两会期间,在同安徽代表团代表一同审议时,总书记深切地说:"我对滁州很有感情。"总书记对当年的人和事记忆犹新,如数家珍:"我有笔记,还能翻出来。""我想有机会一定再去!"

两年之后,总书记如约而至。

总书记像老朋友一样,亲切地同严金昌的家人一一握手,和蔼地问起家里情况。严金昌的老伴紧紧握住总书记的手回答:"孙子就在家门口上学,我们身体都好,感谢总书记的关心。"

严金昌一家人簇拥着总书记,请总书记进屋看看。总书记一边走,一边关切地询问农民增收情况。

"总书记放心,我们家家户户盖房子,还有私家车,农家乐一年收入能有十几万。"严金昌高兴地回答。

经过大厅、连廊,在农家乐的冷柜前,总书记停下脚步,细细察看。半成品肉类、各种绿色蔬菜……"这是咱们小岗的农家菜。"严金昌朴实地笑笑,介绍道。"好!农家乐,乐农家。"总书记的点赞,让严金昌觉得温暖而自豪。

严金昌真切感受着巨大的变化:从当年家里6个娃,每天睁开眼就愁吃的,于是贴着身家性命在茅草房里摁下红手印,搞起"大包干",到现在住上了宽敞明亮的新房,用上了自来水,通上了宽带,公共服务进入社区,生活环境干净整洁……"是改革让我们吃饱了饭,也是改革让我们过上了好日子。"

严金昌向总书记汇报:"您提出中华民族伟大复兴的中国梦,我们小岗也有小岗梦。"总书记高兴地说:"改革开放30多年,真是发生了翻天覆地的变化。小岗梦也是广大农民的梦。"

"实践证明,唯改革才有出路,改革要常讲常新。"习近平总书记称赞小岗村当年的创举是我国改革开放的一声春雷,叮嘱要好好记住这段历史。

总策划:傅华、吕岩松

总监制:霍小光

策划:孙承斌、郭建业

监制:赖向东、张晓松

记者:于文静、陈诺、李学仁

编辑:郝晓静、包昱涵、虞东升、张浩波

海报:殷哲伦

新华社第一工作室出品

"改革近镜头"专题报道 15

改革近镜头

2018年10月24日，习近平总书记在深圳参观"大潮起珠江——广东改革开放40周年展览"

改革不停顿
开放不止步

新华通讯社

改革不停顿、开放不止步

火红的标语,忙碌的人群……具有鲜明改革开放时代特色的展区里,习近平总书记与众人交流着观展体会与感悟。

2018年10月24日上午,习近平总书记在广东考察期间,来到深圳改革开放展览馆,参观了"大潮起珠江——广东改革开放40周年展览"。

一位展览工作人员回忆,习近平总书记在展览第一部分"敢为人先,勇立潮头"展区长时间驻足观看,随行的新华社摄影记者记录下这一瞬间。

劳动者群像和现场摆放的人物雕塑形成自行车"洪流",后面是"时间就是金钱,效率就是生命"硕大的红色标语牌……展区生动还原了20世纪80年代深圳经济特区建立初期的激情岁月。

习近平总书记问:"'时间就是金钱,效率就是生命'这个口号,最早出自哪里?"有工作人员回答:"这是蛇口工业区最早提出来的。"

深圳,中国改革开放的窗口,曾诞生过许多催人奋进的口号。1984年,邓小平同志视察深圳时,对"时间就是金钱,效率就是生命"作出肯定,当年国庆游行时,口号还被写上了彩车。

这句体现特区精神和改革开放愿望的口号,迅速传遍大江南北,产生巨大影响。

习近平总书记问深圳市委宣传部一位负责同志:"深圳在精神文明建设方面有哪些精品作品?"他回答:"歌曲《春天的故事》《走进新时代》、电视剧《钢铁是怎样炼成的》等文艺作品,都是从深圳向全国传播开来的。"

"广东要弘扬敢闯敢试、敢为人先的改革精神,立足自身优势,创造更多经验,把改革开放的旗帜举得更高更稳。"在此次考察期间,习近平总书记表示，希望广东推动思想再解放、改革再深入、工作再落实。

冲破思想的牢笼、大踏步前行，深圳经济特区引领并见证着中华民族追赶时代、迈向富强的壮阔历程，成为我国改革开放的鲜明标志。

2012年12月，党的十八大后首次离京考察，习近平总书记就来到深圳，发出"将改革开放继续推向前进"的动员令。

改革开放40周年之际，习近平总书记在深圳再次强调："就是要向世界宣示中国改革不停顿、开放不止步，中国一定会有让世界刮目相看的新的更大奇迹。"

总策划：傅华、吕岩松

总监制：霍小光

策划：孙承斌、郭建业

监制：赖向东、张晓松

记者：高亢、印朋、谢环驰

编辑：张惠慧、张爱芳、虞东升、张浩波

海报：殷哲伦

新华社第一工作室出品

改革 镜头

2018年11月6日,习近平总书记在上海中心大厦119层观光厅俯瞰上海城市风貌

"上海就是一个生动例证"

新华通讯社

"上海就是一个生动例证"

浦江两岸风光旖旎，高楼大厦鳞次栉比。

2018年11月6日上午，恰逢改革开放40周年的重要节点，习近平总书记来到黄浦江畔的上海中心大厦119层观光厅，俯瞰上海城市风貌。

在552米高空望去，整座城市尽收眼底：东方明珠广播电视塔、环球金融中心、金茂大厦……一处处经典建筑各展风姿，勾勒出上海城市天际线。

"习近平总书记在落地窗前驻足良久，回顾了上海城市发展历程。"上海中心大厦建设发展有限公司原总经理顾建平回忆道。

上海，改革开放的排头兵、创新发展的先行者。

新中国成立后特别是改革开放以来，上海经济社会飞速发展，城市面貌日新月异。从开发开放之初的阡陌农田，到一座座高楼大厦如雨后春笋般拔地而起，浦东已蝶变为一座现代化新城。

观光大厅内，一幅幅照片今昔对比，生动展示了上海百年沧桑巨变。习近平总书记不时驻足观看，同大家交流。

抚今追昔，习近平总书记感慨万千："改革开放以来，中国发生了翻天覆地的变化，上海就是一个生动例证。"

习近平同志在上海工作期间，十分重视上海中心大厦建设，多次到陆家嘴地区实地调研，亲自研究陆家嘴地区规划，亲自审定上海中心大厦设计方案，推动相关工作。

2018年11月6日至7日，习近平总书记在上海考察时，特别来到上海中心大厦，此时这里已投入运营一年多。

"总书记仔细询问了上海中心大厦开工、运行的情况，以及社会各方面的评价等。"顾建平清晰记得，当时大厦商业办公楼75%已被租用，酒店部分正在装修，观光厅接待的游客络绎不绝。

如今，上海中心大厦所在的陆家嘴金融城，以及外滩金融聚集带，已崛起为具有全球重要影响力的国际金融中心的核心功能区。上海更是成为改革开放的先锋，有力服务全国改革开放大局。

俯瞰着这座曾经工作生活过的城市，习近平总书记强调，要发扬"海纳百川、追求卓越、开明睿智、大气谦和"的上海城市精神，立足上海实际，借鉴世界大城市发展经验，着力打造社会主义现代化国际大都市。

总策划：傅华、吕岩松

总监制：霍小光

策划：孙承斌、郭建业

监制：赖向东、张晓松

记者：吴雨、姚玉洁、郭敬丹、李学仁

编辑：谭谟晓、孙鹏程、虞东升、张浩波

海报：殷哲伦

新华社第一工作室出品

改革近镜头

2019年1月16日，习近平总书记在河北雄安新区"千年秀林"大清河片林一区造林区域远眺林区全貌

"未来之城"
拔节生长

新华通讯社

"未来之城",拔节生长

河北雄安新区,郁郁葱葱的"千年秀林"宛如这座城市昂然挺立、拔节生长。

2019年1月16日,习近平总书记来到"千年秀林"大清河片林一区造林区域,乘车穿行林区察看林木长势,登上秀林驿站平台远眺林区全貌。

当时的林区,乔灌草高低错落,经济林生态林比肩而立……总书记望着一株株风中摇曳的小树幼苗,欣喜地说:"让它们跟着雄安新区一起慢慢生长。不要搞急就章,不要搞一时的形象工程。"

"先植绿、后建城",这是习近平总书记赋予雄安新区建设的新理念。他强调,"千年大计",就要从"千年秀林"开始,努力接续展开蓝绿交织、人与自然和谐相处的优美画卷。

自2017年"千年秀林"栽下第一棵树以来,雄安新区已累计造林47.8万多亩,森林覆盖率由新区设立前的11%提升至34.9%,"300米进公园、1公里进林带、3公里进森林"正逐渐成为现实……从幼苗到树林,"千年秀林"是"千年大计"的秀美起笔,更是"功成不必在我"的生动例证。

动工,生态先行;建设,规划先行。

早在谋划设立新区之时,总书记就郑重告诫:雄安新区将是我们留给子孙后代的历史遗产。"要坚持用最先进的理念和国际一流水准规划设计建设,经得起历史检验。"

总书记反复强调:"把每一寸土地都规划得清清楚楚再开始建设"。一笔一画细致勾勒这项历史性工程,目光更远、起点更高、标准更严。

谋定之后的雄安,建设发展全面提速。俯瞰现在的雄安新区,"千年秀林"苍翠茂盛,白洋淀波光潋滟,地标性建筑气势如虹……

从"一块地"到"一张图",再到"一座城",如今的雄安新区已进入大规模建设与承接北京非首都功能疏解并重阶段,工作重心已转向高质量建设、高水平管理、高质量疏解发展并举。

建设雄安新区,总书记亲笔写下的这个"千年大计",正在燕赵大地一步步变为现实。

总策划:傅华、吕岩松

总监制:霍小光

策划:孙承斌、郭建业

监制:赖向东、张晓松

记者:申铖、严赋憬、苏凯洋、鞠鹏

编辑:包昱涵、朱思明、虞东升、张浩波

海报:殷哲伦

新华社第一工作室出品

改革镜头

2021年3月23日,习近平总书记来到福建省三明市沙县总医院,实地了解医改惠民情况

为三明医改"点赞"

新华通讯社

为三明医改"点赞"

病有所医，是人民对美好生活的向往，也是习近平总书记心之所系。

2021年3月23日，习近平总书记来到福建省三明市沙县总医院，实地了解医改惠民情况。

在医院一楼大厅的一块展板前，习近平总书记驻足细看。

展板主题是"百姓得实惠"，上面有一组数据：2019年三明人均医疗费用仅为全国平均水平的46%。

"总书记看得很仔细。"沙县总医院党委书记万小英身着白大褂，在一旁结合展板介绍医改工作。

药价降了、报销多了、就医更方便了，三明医改破解群众看病难、看病贵问题，交出一份亮眼的答卷。听着万小英的汇报，总书记频频点头。

"我很关注你们的改革。这是一种敢为人先的精神，人民至上、生命至上理念的觉悟担当。"习近平总书记说。

医护人员和患者闻声而来。在大厅里，总书记同大家亲切交流，关心地询问看病就医问题。

"总书记问我母亲看病费用、报销情况，我一一回答了，总书记听后很欣慰。"当天的场景，患者家属张丽萍仍历历在目。

"现代化最重要的指标还是人民健康，这是人民幸福生活的基础。"面对围拢的人群，习近平总书记的话语温暖而坚定，"健康是1，其他都是后面的0。1没有了，什么都没有了。"

把人民健康放在优先发展的战略地位，这是三明医改的出发点和立足点。

2012年，三明为虚高药价挤水分，多部门联动打通堵点，医改率先"试深水"。

这场自下而上的改革探索,关键时刻受到习近平总书记的充分肯定。

"三明医改方向是正确的、成效是明显的,要注意推广",习近平总书记态度鲜明。

由一域至全局,14亿多人口大国的医改"成绩单"令人瞩目:374种国家集中带量采购药品平均降价超过50%,居民个人卫生支出占比降至27%,世界最大基本医疗保障网覆盖约13.34亿人……

三明医改是一个缩影,映射着改革的底色和方向。

正如习近平总书记所指出的:"改革发展必须坚持以人民为中心,把人民对美好生活的向往作为我们的奋斗目标,依靠人民创造历史伟业!"

总策划:傅华、吕岩松

总监制:霍小光

策划:孙承斌、郭建业

监制:赖向东、张晓松

记者:董瑞丰、陈弘毅、王晔

编辑:贾伊宁、孙鹏程、虞东升、张浩波

海报:殷哲伦

新华社第一工作室出品

"改革近镜头"专题报道 27

改革近镜头

2022年4月12日,习近平总书记在海南洋浦国际集装箱码头小铲滩港区,同现场作业人员、挂职干部代表等亲切交流

海南
春潮拍岸
正扬帆

新华通讯社

海南，春潮拍岸正扬帆

2022年4月12日，习近平总书记来到海南洋浦国际集装箱码头小铲滩港区，同现场作业人员、挂职干部代表等亲切交流。

4月的洋浦，阳光明媚，波光粼粼。不远处高塔林立，一艘艘货轮在泊位上有序装卸，港通四海、货畅其流、天地辽阔。

习近平总书记伫立岸边，在了解港口建设发展情况后强调，振兴港口、发展运输业，要把握好定位，增强适配性，坚持绿色发展、生态优先，推动港口发展同洋浦经济开发区、自由贸易港建设相得益彰、互促共进，更好服务建设西部陆海新通道、共建"一带一路"。

"习近平总书记对洋浦发展非常关注，对洋浦港建设给予了重要指导。"洋浦经济开发区管委会首席规划师林光明清晰地记得，习近平总书记在同大家交流时提到，2010年4月他就来过这里。"他说，早在任职于福建期间，他就已经关注洋浦，一直以来都很牵挂这个地方。"

洋浦是海南自贸港建设的先行区、示范区、"样板间"，在自贸港建设中被赋予多项独有或先行先试的政策。

"总书记对洋浦国际集装箱码头二期建设指导得非常具体，还勉励大家再接再厉。"海南港航控股有限公司党委书记、董事长王善和当时就在现场，"他的讲话深深鼓舞着在场每一个人，更加坚定了我们建设西部陆海新通道国际航运枢纽的信心。"

远洋巨轮的汽笛，鸣响在全球航线，奏响中国全方位对外开放的强音。

先后完成40多项制度创新，建成港口码头泊位53个，码头设计通过能力达1.2亿吨/年……洋浦，这个昔日名不见经传的小渔村，逐步成长为海南及我国高水平对外开放的一扇"窗口"。

这次考察中，习近平总书记深情嘱托，"解放思想、开拓创新，团结奋斗、攻坚克难,加快建设具有世界影响力的中国特色自由贸易港,让海南成为新时代中国改革开放的示范"。

海风吹拂,春潮涌动。新时代新征程,海南正向更高起点、更深层次改革开放挺进!

总策划:傅华、吕岩松

总监制:霍小光

策划:孙承斌、郭建业

监制:赖向东、张晓松

记者:张辛欣、赵叶苹、燕雁

编辑:朱思明、张惠慧、虞东升、张浩波

海报:殷哲伦

新华社第一工作室出品

改革·镜头

2023年9月20日,习近平总书记在义乌国际商贸城考察时,同商户热情地打招呼

小商品闯出了大市场

新华通讯社

小商品闯出了大市场

义乌，一座建在市场上的城市。

2023年9月20日，习近平总书记来到这里，在义乌国际商贸城二区考察调研。新华社记者的镜头记录下这样的生动瞬间：总书记深入商户中间，同他们面对面亲切交流，热烈的掌声、问候声此起彼伏。

回想起那次和总书记的见面，星宝伞业商铺负责人张吉英仍然激动不已。

"那天，商贸城内的经营户都从商铺走出来，在门口欢迎总书记。我当时也大声叫'总书记好'。他走进我的商铺，我向总书记介绍了店内的雨伞商品。"张吉英说，总书记问她是哪里人、店开了多久，"他对浙江情况非常熟悉"。

尼泊尔客商毕需努清晰地记得，当总书记问他来采购什么商品时，他说："想到的都买得到，想不到的也买得到！"大家都笑了。

他还告诉总书记，自己在义乌待了20多年了，经营义乌与尼泊尔间的商品贸易和物流专线，把义乌小商品发到加德满都，再销往尼泊尔全境。

面对在场的商户、小企业主代表，习近平总书记强调，义乌小商品闯出了大市场、做成了大产业，走到这一步很了不起，每个人都是参与者、建设者、贡献者。商贸城要再创新辉煌，为拓展国内国际市场、畅通国内国际双循环作出更大贡献。

"当时，我们在场的商户听了都非常振奋。"张吉英说。

早在2002年底，刚从福建调任浙江担任省委书记不久，习近平同志就来到义乌国际商贸城，深入市场交易区考察调研。在浙江工作期间，他曾10多次到义乌，并多次深入小商品市场调研。

总书记这样概括"义乌发展经验"："这个地方，既不临海也不临边，怎么就变成了全世界的一个贸易中心呢？是因为义乌人做到了'无中生有''莫名其妙'。"

从浙江中部一个交通不便、资源有限的小城，到拥有铁路开放口岸、空港口岸的国际化商贸城市；从手摇拨浪鼓走街串巷鸡毛换糖，到全球最大的小商品市场，义乌的不断创新突破，正是中国改革开放进程的一个生动缩影。

总策划：傅华、吕岩松

总监制：霍小光

策划：孙承斌、郭建业

监制：赖向东、张晓松

记者：潘洁、魏一骏、李学仁

编辑：谭谟晓、贾伊宁、虞东升、张浩波

海报：殷哲伦

新华社第一工作室出品

改革近镜头

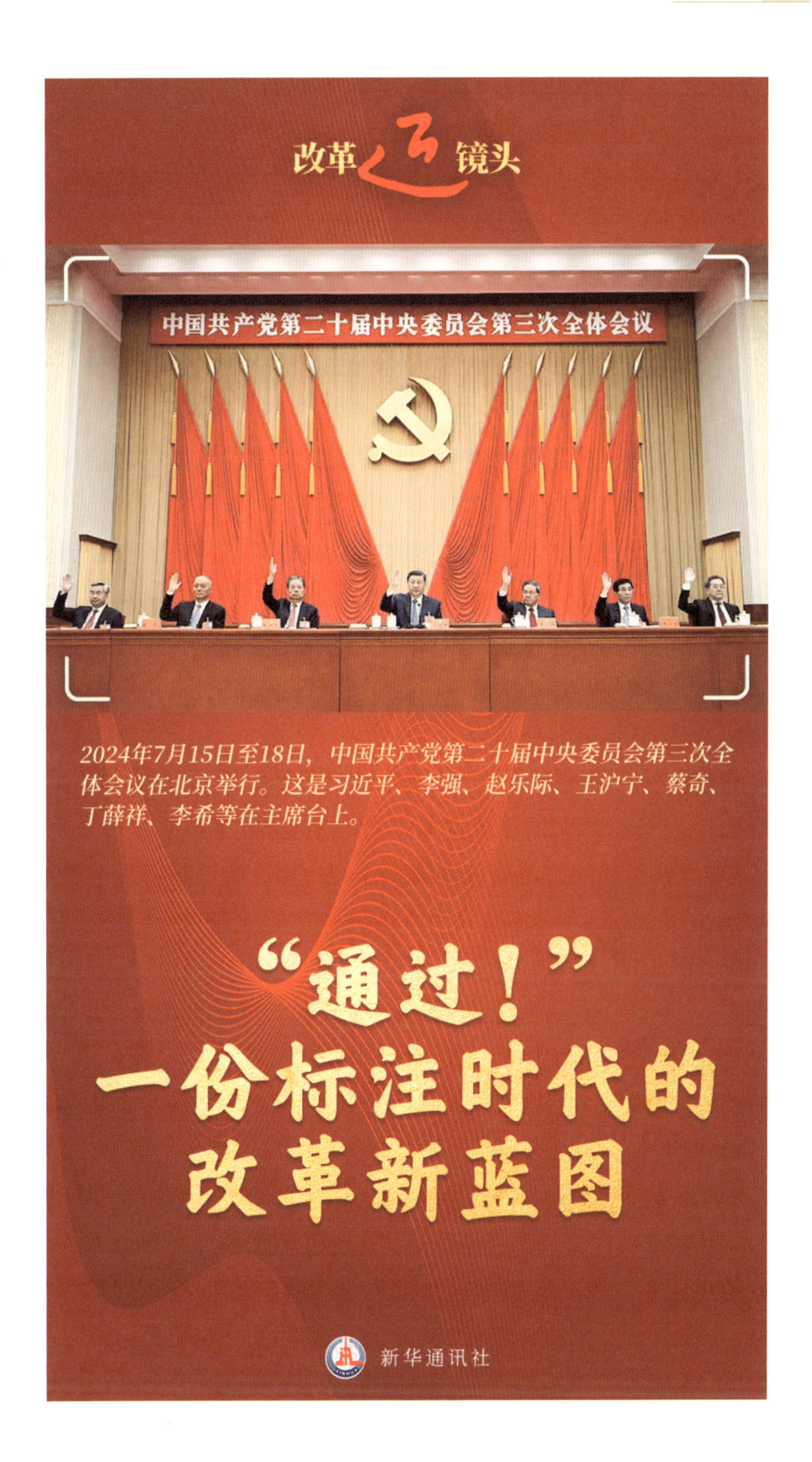

2024年7月15日至18日，中国共产党第二十届中央委员会第三次全体会议在北京举行。这是习近平、李强、赵乐际、王沪宁、蔡奇、丁薛祥、李希等在主席台上。

"通过！"
一份标注时代的改革新蓝图

新华通讯社

"通过！"一份标注时代的改革新蓝图

盛夏时节，晴空万里。

7月18日下午，北京，人民大会堂二层宴会厅，灯光璀璨，气氛庄重热烈，党的二十届三中全会第二次全体会议在此举行。

下午3时许，在热烈的掌声中，习近平总书记和中央政治局其他领导同志步入会场。

主席台帷幕正中，金色的中国共产党党徽熠熠生辉，见证历史性的时刻——

本着对党和国家事业高度负责的态度，出席会议的中央委员会委员，郑重表决《中共中央关于进一步全面深化改革、推进中国式现代化的决定》。

"通过！"

随着习近平总书记的庄严宣布，全场响起热烈掌声。

一份标注时代的改革新蓝图诞生了，中国改革开放矗立起新的里程碑。

2013年11月12日，也是在这里，划时代的党的十八届三中全会审议通过《中共中央关于全面深化改革若干重大问题的决定》，开启了全面深化改革、系统整体设计推进改革的新时代。

10多年砥砺奋进，新时代中国共产党人在新的伟大变革中，成功推进和拓展了中国式现代化。

当前和今后一个时期是以中国式现代化全面推进强国建设、民族复兴伟业的关键时期。

"党的二十大之后，我一直在思考进一步全面深化改革问题。"站在新的历史起点，洞察"两个大局"交织激荡的时与势，习近平总书记作出战略抉择："这一次改革，我们将紧扣推进中国式现代化主题。"

翻开 2 万余字的《决定》，15 个部分、60 条任务、300 多项重要改革举措，进一步全面深化改革的主题、指导思想、总目标、重大原则、改革举措、根本保证布局宏阔、路径清晰。

锚定 2035 年，重点部署未来 5 年改革任务；"六个坚持"，指明进一步全面深化改革的重要遵循；"七个聚焦"，囊括推进中国式现代化的战略重点；300 多项重要改革举措，内容摆布彰显"五个注重"，牵住经济体制改革"牛鼻子"，又统筹推进其他各领域改革……一幅风雷激荡、气象万千的改革"全景图"铺展开来。

中国式现代化是在改革开放中不断推进的，也必将在改革开放中开辟广阔前景！

总策划：傅华、吕岩松

总监制：霍小光

策划：孙承斌、郭建业

监制：赖向东、张晓松

记者：朱基钗、黄玥、谢环驰

编辑：谭谟晓、张惠慧、李琰

海报：殷哲伦

新华社第一工作室出品

「重点报道

把全面深化改革作为推进中国式现代化的根本动力

任仲平

（一）

改革开放是党和人民事业大踏步赶上时代的重要法宝。"中国要前进，就要全面深化改革开放。"习近平总书记的铿锵话语，是历史的回声，也是时代的号角。

秉承数千年变革和开放的精神气韵，从开启新时期到跨入新世纪，从站上新起点到进入新时代，中国共产党接续推进改革开放这场伟大革命，绘就了壮阔恢宏的历史画卷，创造了世人惊叹的人间奇迹。

党的十一届三中全会是划时代的，开启了改革开放和社会主义现代化建设历史新时期。党的十八届三中全会也是划时代的，开启了全面深化改革、系统整体设计推进改革的新时代，开创了我国改革开放的全新局面。

党的十八大以来，习近平总书记亲自谋划、亲自部署、亲自推动全面深化改革，提出一系列具有原创性、时代性、指导性的新思想、新观点、新论断。党中央明确全面深化改革总目标是完善和发展中国特色社会主义制度、推进国家治理体系和治理能力现代化，开启了气势如虹、波澜壮阔的改革新进程，许多领域实现历史性变革、系统性重塑、整体性重构，全面深化改革取得历史性伟大成就。

当前和今后一个时期，是以中国式现代化全面推进强国建设、民族复兴伟业的关键时期。中国之问、世界之问、人民之问、时代之问给我们提出的新考题比过去更复杂、更艰难。

"实现新时代新征程的目标任务，要把全面深化改革作为推进中国式现代化的根本动力"。

"推进中国式现代化，必须进一步全面深化改革开放，不断解放和发展社会生产力、解放和增强社会活力。"

着眼中心任务，用好重要法宝，习近平总书记对进一步全面深化改革作出战略部署。

2024年4月，习近平总书记主持召开中共中央政治局会议。会议强调："全党必须自觉把改革摆在更加突出位置，紧紧围绕推进中国式现代化进一步全面深化改革。"

2024年5月，在企业和专家座谈会上，习近平总书记深刻指出，"进一步全面深化改革，要锚定完善和发展中国特色社会主义制度、推进国家治理体系和治理能力现代化这个总目标，紧扣推进中国式现代化"。

总目标一以贯之，主题十分明确。

（二）

从党的十八大开始，中国特色社会主义进入新时代。我国发展处于新的历史方位，"改革开放到了一个新的重要关头"。

发展中不平衡、不协调、不可持续问题依然突出，发展方式依然粗放，城乡区域发展差距和居民收入分配差距依然较大，社会矛盾明显增多，关系群众切身利益的问题较多，形式主义、官僚主义、享乐主义和奢靡之风问题突出，一些领域消极腐败现象易发多发……

"解决这些问题，关键在于深化改革""我们中国共产党人干革命、搞建设、抓改革，从来都是为了解决中国的现实问题"，习近平总书记的话语振聋发聩。

"改革开放也是有方向、有立场、有原则的""不实行改革开放死路一条，搞否定社会主义方向的'改革开放'也是死路一条"，习近平总书记的话语清醒坚定。

历史，往往历经时间沉淀，更显脉络之清晰、变革之深刻。

新时代以来，以习近平同志为核心的党中央以前所未有的决心和力度，义无反顾把改革开放推向前进，开创了以改革开放推动党和国家各项事业取得历史性成就、发生历史性变革的新局面，推动我国迈上全面建设社会主义现代化国家新征程。

习近平总书记主持召开70多次中央深改领导小组和中央深改委会议，党的十八届三中全会确定的目标任务全面推进，各方面共推出2000多个改革方案……全面深化改革向广度和深度进军，以"中国之制"推进"中国之治"，为中国式现代化注入不竭动力源泉。

聚焦发展不平衡不充分问题，区域协调发展战略激活澎湃动能，户籍制度改革打破城乡二元体制；瞄准增强经营主体内生动力，深化财税体制改革减税降费，科技体制改革赋能创新；围绕群众反映强烈的现实利益问题，医疗卫生体制改革破解群众看病难、看病贵；满足人民群众对公平正义的更高需求，司法体制综合配套改革持续深化；针对管党治党宽松软的问题，从中央八项规定破题，深化党的建设制度改革……始终坚持问题导向，冲破思想观念束缚，突破利益固化藩篱，坚决破除各方面体制机制弊端，全社会形成改革创新活力竞相迸发、充分涌流的生动局面。

新时代以来不平凡的征程上，在习近平新时代中国特色社会主义思想科学指引下，我们党推动的改革是全方位、深层次、根本性的，取得的成就是历史性、革命性、开创性的。

放眼全世界，没有哪个国家和政党，能有这样的政治气魄和历史担当，敢于大刀阔斧、刀刃向内、自我革命，也没有哪个国家和政党，能在这么短时间内推动这么大范围、这么大规模、这么大力度的改革。由此，我们更加深刻领悟"两个确立"的决定性意义，更加坚决做到"两个维护"，更加真切体会"中国特色社会主义制度的鲜明特征和显著优势"。

四川成都，坐落着国家级民用无人驾驶航空试验基地"天空之眼"。在这片海拔高度1200米以下、半径范围5公里的空域内，各类无人机来回穿梭,完成一系列测试任务。

以前,企业测试无人机,要先申报飞行任务,再申报飞行计划、放飞许可,没有一周时间下不来。经过低空空域协同管理改革,如今测试无人机,提前一小时报备即可。以改革之力助推低空经济"加速起飞",从中能够读懂"发展新质生产力,必须进一步全面深化改革,形成与之相适应的新型生产关系"的道理。

关键时期,重要节点。进一步全面深化改革,"这既是党的十八届三中全会以来全面深化改革的实践续篇,也是新征程推进中国式现代化的时代新篇"。

"推进中国式现代化,是一项前无古人的开创性事业"。面对既定奋斗目标,我们始终保持战略自信,通过改革创新来推动事业发展,坚决破除妨碍推进中国式现代化的思想观念和体制机制弊端,推动生产关系和生产力、上层建筑和经济基础、国家治理和社会发展更好相适应,为中国式现代化提供强大动力和制度保障。

"千万不能在一片喝彩声中迷失自我。"面对取得的改革发展成绩,我们始终保持战略清醒,以勇于自我革命的精神,以改革到底的坚强决心,动真格、敢碰硬。

"决不能有松口气、歇歇脚的想法。"面对改革道路上依然存在的很多复杂矛盾和问题,我们始终保持战略主动,坚持用改革开放这个重要法宝解决发展中的问题、应对前进道路上的风险挑战,推动中国式现代化建设披荆斩棘、一往无前。

改革开放只有进行时、没有完成时。"改革不停顿、开放不止步,中国一定会有让世界刮目相看的新的更大奇迹"。

历史启迪当下、昭示未来。

(三)

中国式现代化,民生为大。习近平总书记指出:"抓改革、促发展,归根到底就是为了让人民过上更好的日子。"这一重要论断,揭示了全面深化改革的逻辑起点、价值旨归。

为了人民而改革,改革才有意义;依靠人民而改革,改革才有动力。

一粒药,见证改革初心。恩替卡韦——一种治疗乙肝的药品。通过药品和医用耗材集中带量采购,相同厂家的一片药,价格大幅下降,一年下来患者花费也大幅降低。

一间房,彰显改革温度。在松江的保障性租赁住房里租下一套两居室,补贴后租金不到之前的一半。近年来上海加大保障性租赁住房筹措建设,让更多新市民、年轻人实现安居梦。

一条河,擦亮改革底色。赤水河生态一度遭到严重破坏,通过生态补偿机制"攥指成拳",河水一年比一年清,河流两岸村民居住环境不断改善。

"我们党推进全面深化改革的根本目的,就是要促进社会公平正义,让改革发展成果更多更公平惠及全体人民。"习近平总书记的话语掷地有声。

为了人民——改革由此而启程,因此而壮阔。

城乡义务教育一体化改革发展,让人民享有更公平的教育;社保城乡统筹、有序衔接,让人民获得更可靠保障;稳步实施城市更新行动,让人民生活品质不断提高;大力推进公共文化产品供给侧改革,使人民在精神生活上更加充盈……

老百姓关心什么、期盼什么,改革就要抓住什么、推进什么。站在人民立场上把握和处理好涉及改革的重大问题,从人民利益出发谋划改革思路、制定改革举措,让人民群众收获着改革带来的丰硕成果。

人民心声是改革所向。"办事难、办事慢、办事繁"反映强烈,就持续深化"放管服"改革;基层负担过重,就持续深化整治形式主义为基层减负……从群众最关心的事情做起,一系列既有针对性又有含金量的改革举措,让群众感受到了变化、得到了实惠。

时代在发展,人民群众的需求也在不断变化。注重从老百姓急难愁盼中找准改革的发力点和突破口，多推出一些民生所急、民心所向的改革举措，多办一些惠民生、暖民心、顺民意的实事，就能更好托举起老百姓"稳稳的幸福"。

依靠人民——改革由此而获得动力，因此而创造奇迹。

改革开放在认识和实践上的每一次突破和深化，改革开放中每一个新生事物的产生和发展，改革开放每一个领域和环节经验的创造和积累，无不来自亿万人民的智慧和实践。

2020年9月，湖南长沙。习近平总书记专门请来基层代表，听取大家对"十四五"规划编制的意见和建议。他们中有乡村教师、农民工，也有货运司机、种粮大户。这样"听取意见和建议"的座谈会，习近平总书记在2个月内主持召开了7场。

"正确的道路从哪里来？从群众中来。"正是在一次次问计于民、广集民智中，改革找到破题的思路，凝聚起奋进的共识。

从坚持和发展新时代"枫桥经验"夯实"中国之治"的根基，到河长制、林长制等基层探索走向全国，坚持人民主体地位，发挥群众首创精神，及时总结群众创造的新鲜经验，全面深化改革拥有了最坚实的依托、最强大的底气、最澎湃的动力。

回望过往的奋斗路，改革让机会无限拓展，国家的前行成就着个人的梦想；亿万人民自觉自愿参与和支持改革，推动和促进改革劈波斩浪、奋楫向前。只有充分尊重人民意愿，形成广泛共识，人民才会积极支持改革、踊跃投身改革。

眺望前方的奋进路，一切改革的推进，都离不开人民的力量。改革无论改什么、改到哪一步，都要牢记宗旨、以人民为念，都要"把为人民谋幸福作为检验改革成效的标准"，都要懂得"现代化不仅要看纸面上的指标数据，更要看人民的幸福安康"。

天地之大，黎元为本。坚守人民至上理念，坚持以人民为中心的改革价值取向，紧紧依靠人民推动改革，汇聚起的是更加深沉而磅礴的力量。

（四）

改革之路无坦途。习近平总书记强调："改革有破有立，得其法则事半功倍，不得法则事倍功半甚至产生负作用。"这是对新时代改革经验的深刻总结，也是新征程上谱写改革新篇章的鲜明昭示。

"容易的、皆大欢喜的改革已经完成了，好吃的肉都吃掉了，剩下的都是难啃的硬骨头。这就要求我们胆子要大、步子要稳。"2014年2月，习近平总书记深刻指出："胆子要大，就是改革再难也要向前推进，敢于担当，敢于啃硬骨头，敢于涉险滩。步子要稳，就是方向一定要准，行驶一定要稳，尤其是不能犯颠覆性错误。"

守正才能不迷失方向、不犯颠覆性错误，创新才能把握时代、引领时代。守正创新是我们党在新时代治国理政的重要思想方法，为进一步全面深化改革、推进中国式现代化提供了重要方法论指导。

"我的问题是：在中国，人大代表是怎样代表人民利益的？"2023年9月，各国议会联盟主席帕切科走进北京东城区前门街道的"小院议事厅"，与基层人大代表直奔主题、你问我答。从"协商议事室"到"屋场恳谈会"，从线下"圆桌会"到线上"议事群"……一个个全过程人民民主的改革创新实践，诠释了一条符合我国国情的民主发展之路，展示出勃勃生机和强大生命力。

"改革无论怎么改，坚持党的全面领导、坚持马克思主义、坚持中国特色社会主义道路、坚持人民民主专政等根本的东西绝对不能动摇"，这是始终如一的战略清醒和定力。"把该改的、能改的改好、改到位，看准了就坚定不移抓"，呼唤敢闯敢试的改革魄力和胆识。以守正为创新凝心铸魂，以创新为守正注入活力，改革就能在正确道路上稳步前行。

在考虑党的十八届三中全会议题时，"提出要制定一个全面深化改革的方案，而不是只讲经济体制改革，或者只讲经济体制和社会体制改革"，习近平总书记强调"这样考虑，是因为要解决我们面临的突出矛盾和问题，仅仅依靠单个领域、单个层次的改革难以奏效"。

系统观念是具有基础性的思想和工作方法。党的十八届三中全会之所以"也是划时代的",一个重要方面就在于坚持系统观念,系统整体设计推进改革。新时代改革开放具有许多新的内涵和特点,其中很重要的一点就是制度建设分量更重,对改革的系统性、整体性、协同性要求更强。

实行大部门制、扁平化管理,设立跨境电子商务综合试验区,在全国率先上线企业跨省份迁移全程网办系统,推进自贸试验区"证照分离"改革全覆盖试点……河北雄安新区每一天都在书写新的历史。设施互联、票制互通、安检互信、信息共享……从理念到机制,从标准到规则,坚持运用好系统观念,粤港澳大湾区成为全球经济最活跃的地区之一,每天跨城通勤的人超过百万。

新时代以来,我们党以全局观念和系统思维谋划推进改革,实现了由局部探索、破冰突围到系统集成、全面深化的历史性转变。进一步全面深化改革,必须更加注重系统集成,加强各项改革举措的协调配套,防止和克服各行其是、相互掣肘的现象,使各领域各方面改革举措同向发力,形成推进改革开放的强大合力。

面对严峻复杂的国际环境和艰巨繁重的国内改革发展稳定任务,习近平总书记果断作出我国经济发展进入新常态、我国进入新发展阶段等重大判断,提出创新、协调、绿色、开放、共享的新发展理念,作出加快构建新发展格局的重大战略决策,提出新质生产力概念并作出重大部署……高瞻远瞩的战略谋划、审时度势的改革举措,为加快建设现代化经济体系、推动高质量发展不断向前迈进提供了行动指引。

在全局上谋势,在关键处落子。党的十八大以来的改革实践告诉我们,只要紧紧围绕发展这个第一要务来部署各方面改革,紧紧扭住解放和发展社会生产力,就能为其他各方面改革提供强大推动,影响其他各个方面改革相应推进。

高质量发展是"首要任务",是"新时代的硬道理"。进一步全面深化改革,必须更加注重突出重点,以经济体制改革为牵引,坚持和发展我国基本经济制度,构建高水平社会主义市场经济体制,从最紧迫的事情抓起，在整体推进中实现重点突破，以重点突破带动全局工作提升。

作为优化政务服务、提升行政效能的重要抓手，推动"高效办成一件事"顺应群众呼声、彰显改革决心。从国务院制定出台指导意见、明确第一批13个重点事项清单，到各部门迅速行动、加快健全常态化推进机制，再到各地出台实施方案、结合实际情况推进落实……压茬推进的时间表上，有分秒必争的紧迫感，也有事不避难的执行力。

"改革要重谋划，更要重落实。"习近平总书记强调："要以钉钉子精神抓改革落实，既要积极主动，更要扎实稳健，明确优先序，把握时度效，尽力而为、量力而行，不能脱离实际。"进一步全面深化改革，必须更加注重改革实效，把抓改革作为一项重大政治责任，增强推进改革的思想自觉和行动自觉，既当改革促进派、又当改革实干家。

知之愈明，则行之愈笃。在守正创新中砥砺前行，在攻坚克难中越沟迈壑，路在何方？路在脚下。

（五）

在历史前进的逻辑中前进，在时代发展的潮流中发展。习近平总书记指出："以开放促改革、促发展是我国现代化建设不断取得新成就的重要法宝。"

2024年5月，特斯拉又一座超级工厂在上海临港动工。从洽谈到签约仅用时1个月，再次刷新"临港速度"。这离不开优化营商环境制度的支撑。

首张外商投资负面清单、率先实施商事登记制度改革，全国第一家外商独资公募基金公司、第一家外商独资汽车制造企业……诸多"第一""首家"标注了自贸试验区"敢为人先"的精神特质。从一花独放到繁花似锦，全国22个自贸试验区建设加快推进，海南自由贸易港扬帆起航。用心耕好这块"大试验田"，制度创新的"苗圃"结出了累累硕果。

开放也是改革。笃定"开放带来进步，封闭导致落后"，中国坚定不移推进高水平对外开放，坚持以开放促改革、促发展、促创新，推动建设开放型世界经济。从落实准入前国民待遇加负面清单管理制度，到构建面向全球的高标准自由贸易区网络，形成更大范围、更宽领域、更深层次对外开放格局，开放的大门越开越大，进一步激活了中国发展的澎湃春潮。

现代化离不开开放，开放成就现代化。过去40多年中国经济发展是在开放条件下取得的，未来中国经济实现高质量发展也必须在更加开放条件下进行。不断扩大高水平对外开放，以高水平开放促进深层次改革、推动高质量发展，稳步推进规则、规制、管理、标准等制度型开放，定能不断拓展中国式现代化的发展空间。

短短6天，第六届中国国际进口博览会，按年计意向成交金额达到784.1亿美元，创历届新高。借助进博会这个平台，埃塞俄比亚2023年向中国出口咖啡生豆超2万吨。进博会6年间，巴西甜瓜、巴基斯坦樱桃、马来西亚菠萝蜜等80多个水果新品种，被准入中国市场。

"下一个'中国'，还是中国"。2024年以来，阿斯利康在江苏无锡高新区投资4.75亿美元新建小分子创新药工厂，法雷奥在上海嘉定打造"舒适及驾驶辅助系统生产研发基地"……外商纷纷持续投资中国，所关注的不仅仅是庞大的市场，更是以创新为驱动、以全要素生产率提升为核心标志的新质生产力，正在全球产业版图里形成新的吸引力。

"开放是人类文明进步的重要动力，是世界繁荣发展的必由之路。"新时代以来，作为世界第二大经济体，我们以30%左右的增长贡献率成为全球发展的重要引擎；发挥中国超大规模市场的优势，为世界贸易、投资增长提供更加宽广的天地；利用工业门类最齐全的产业链供应链，为全球提供质优物美的产品，助力全球绿色低碳发展转型……中国不断扩大开放，为世界经济注入强劲动力。

习近平总书记强调，"中国坚持对外开放的基本国策，坚定奉行互利共赢的开放战略，不断以中国新发展为世界提供新机遇"。在开放中扩大共同利益，在合作中实现机遇共享，中国始终是全球共同开放的重要推动者、世界经济增长的稳定动力源、各国拓展商机的活力大市场，必将为世界发展提供更多机遇。

2024年5月25日，X8157次中欧班列从西安国际港站驶出，在十几天后抵达波兰的边境小镇马拉舍维奇。累计开行达到9万列、总里程已超7亿公里，中欧班列通达欧洲25个国家、连接11个亚洲国家，是当之无愧的"黄金通道"。

比数字更直观的，是各国人民的获得感。肯尼亚鲜食牛油果进入中国市场，成千上万的当地种植户受益；一条阿富汗羊毛地毯在中国销售，四五个当地编织工人家庭增收；中国的菌草技术已经在100多个国家和地区落地生根，给当地创造了数十万个绿色就业机会……

英国历史学家彼得·弗兰科潘在《丝绸之路：一部全新的世界史》一书中预言：丝绸之路曾经塑造了过去的世界，甚至塑造了当今的世界，也将塑造未来的世界。共建"一带一路"源自中国，成果和机遇属于世界，汇集着人类共同发展的最大公约数。

新时代以来，从中国倡议扩大为国际共识，从美好愿景转化为丰富实践，从理念主张发展为科学体系，构建人类命运共同体成为引领时代前进的光辉旗帜。面向未来，中国坚持胸怀天下，坚定站在历史正确的一边、站在人类文明进步的一边，携手各国共行天下大道，推动建设更加美好的世界。

为中国人民谋幸福、为中华民族谋复兴，为人类谋进步、为世界谋大同。以中国式现代化全面推进强国建设、民族复兴伟业，既是中国人民追求美好幸福生活的光明之路，也是促进世界和平和发展的正义之路。

实践发展永无止境，解放思想永无止境，改革开放也永无止境。

"我们都是奋斗者，从过去奋斗到今天，取得这么辉煌的成就。我们未来的目标很明确很伟大，要实现它，还得靠我们继续实干奋斗。要有这样的信心和底气，让我们共同努力！"2024年5月，习近平总书记在山东考察，来到黄海之滨的日照港，一番话鼓舞人心、催人奋进——

"我们应当坚定一种信念，中国的改革开放之路一定可以成功。"

（《人民日报》2024年6月26日）

为中国式现代化提供强大动力和制度保障

——总书记引领我们谱写新时代改革开放新篇章

人民日报记者　汪晓东　刘志强　王　浩　韩　鑫　罗珊珊

党的十八大以来，中国特色社会主义进入新时代。划时代的党的十八届三中全会开创了我国改革开放新局面。

以习近平同志为核心的党中央高举改革开放伟大旗帜，以巨大的政治勇气和智慧，提出全面深化改革的总目标：完善和发展中国特色社会主义制度，推进国家治理体系和治理能力现代化。

方向决定前途，道路决定命运。

习近平总书记深刻指出，前进道路上，我们必须"牢牢把握改革开放的前进方向。改什么、怎么改必须以是否符合完善和发展中国特色社会主义制度、推进国家治理体系和治理能力现代化的总目标为根本尺度"。

面对艰巨复杂的改革任务，习近平总书记亲自谋划、亲自部署、亲自推动全面深化改革工作，以新的改革思想指导新实践、引领新变革，着力增强改革系统性、整体性、协同性，着力抓好重大制度创新，着力提升人民群众获得感、幸福感、安全感，改革全面发力、多点突破、蹄疾步稳、纵深推进，推动党和国家事业取得历史性成就、发生历史性变革，为以中国式现代化全面推进强国建设、民族复兴伟业提供坚强制度保证和强劲动力源泉。

锚定全面深化改革的总目标

"这是完善和发展中国特色社会主义制度的必然要求，是实现社会主义现代化的应有之义"

2013年11月，在党的十八届三中全会上，习近平总书记亲自主持起草的《中共中央关于全面深化改革若干重大问题的决定》获得通过，首次提出了全面深化改革的总目标。

"这是完善和发展中国特色社会主义制度的必然要求，是实现社会主义现代化的应有之义。"习近平总书记强调。

2014年2月，习近平总书记在省部级主要领导干部学习贯彻十八届三中全会精神全面深化改革专题研讨班开班式上指出："我们推进国家治理体系和治理能力现代化，要往什么方向走呢？这是一个带有根本性的问题，必须回答好。考虑这个问题，必须完整理解和把握全面深化改革的总目标，这是两句话组成的一个整体，即完善和发展中国特色社会主义制度、推进国家治理体系和治理能力现代化。""两句话都讲，才是完整的。只讲第二句，不讲第一句，那是不完整、不全面的。"

为什么要提出全面深化改革的总目标？习近平总书记作了深刻阐述，强调"总目标问题，要用广阔的世界历史眼光来看""总目标问题，还要放到近代以来我国社会变革的历史过程中去看"。总书记指出："改革开放以来，我们党开始以全新的角度思考国家治理体系问题，强调领导制度、组织制度问题更带有根本性、全局性、稳定性和长期性。今天，摆在我们面前的一项重大历史任务，就是推动中国特色社会主义制度更加成熟更加定型，为党和国家事业发展、为人民幸福安康、为社会和谐稳定、为国家长治久安提供一整套更完备、更稳定、更管用的制度体系。"

"这项工程极为宏大，必须是全面的系统的改革和改进，是各领域改革和改进的联动和集成，在国家治理体系和治理能力现代化上形成总体效应、取得总体效果。"习近平总书记强调。

新时代新征程，全面深化改革总目标一以贯之。

2024年5月，习近平总书记在企业和专家座谈会上强调，"进一步全面深化改革，要锚定完善和发展中国特色社会主义制度、推进国家治理体系和治理能力现代化这个总目标，紧扣推进中国式现代化，坚持目标导向和问题导向相结合，奔着问题去、盯着问题改，坚决破除妨碍推进中国式现代化的思想观念和体制机制弊端，着力破解深层次体制机制障碍和结构性矛盾，不断为中国式现代化注入强劲动力、提供有力制度保障。"

"不断革除体制机制弊端，让我们的制度成熟而持久"。进入新时代，中华民族伟大复兴进入关键阶段，改革开放站在了新的历史关口。国内外环境都在发生极为广泛而深刻的变化，我国发展面临一系列突出矛盾和挑战，前进道路上还有不少困难和问题。比如：发展中不平衡、不协调、不可持续问题依然突出，科技创新能力不强，产业结构不合理，发展方式依然粗放，城乡区域发展差距和居民收入分配差距依然较大，社会矛盾明显增多，等等。

变局如何应对？矛盾如何化解？动力如何激活？改革开放航船将驶向何方？

"解决这些问题，关键在于深化改革。"新时代中国共产党人立场坚定、从容作答。

党的十八大后，习近平总书记第一次赴地方考察调研，直奔改革开放前沿广东。

"全党全国各族人民要坚定不移走改革开放的强国之路"。在这里，总书记发出"改革不停顿、开放不止步"的动员令，彰显将改革开放进行到底的决心与信心。

确定全面深化改革的总目标、战略重点、优先顺序、主攻方向、工作机制、推进方式和时间表、路线图；60项具体任务、336项改革举措涵盖方方面面，形成了改革理论和政策的一系列新的重大突破……锚定总目标，中国进入了新的"改革时间"。

2013年12月30日,中国共产党历史上第一次在党中央层面设置专司改革工作的领导机构——中央全面深化改革领导小组,习近平总书记担任组长,加强党中央对全面深化改革的集中统一领导。

伟大思想指引伟大实践。习近平总书记夙兴夜寐思考改革,提出一系列具有突破性、战略性、指导性的重要思想和重大论断,科学回答了在新时代为什么要全面深化改革、怎样全面深化改革等一系列重大理论和实践问题。

思想的光芒,汇聚起磅礴的力量。在以习近平同志为核心的党中央坚强领导下,在习近平新时代中国特色社会主义思想科学指引下,全党全国各族人民同心同德、锐意进取,将改革开放伟大实践引向更高境界。

把制度建设和治理能力建设摆到更加突出的位置

"继续深化各领域各方面体制机制改革,推动各方面制度更加成熟更加定型,推进国家治理体系和治理能力现代化"

安徽小岗村,农村改革的发源地。

2016年4月25日,习近平总书记来到这里,与当地市、县领导和小岗村"两委"班子成员、大包干带头人、村民代表座谈,部署新形势下农村改革工作。习近平总书记边听边记,不时同他们交流。

就是在这次农村改革座谈会上,习近平总书记指出,"新形势下深化农村改革,主线仍然是处理好农民和土地的关系""要抓紧落实土地承包经营权登记制度,真正让农民吃上'定心丸'"。

4个月后,中央深改领导小组第二十七次会议审议通过《关于完善农村土地所有权承包权经营权分置办法的意见》。继农村土地承包责任制之后数十年来的再一次农村土地制度重大改革创新,就此破题。

进入新时代,改革更多面对的是深层次体制机制问题,对改革顶层设计的要求更高,对改革的系统性、整体性、协同性要求更强,相应地建章立制、构建体系的任务更重。

习近平总书记深刻指出:"新时代谋划全面深化改革,必须以坚持和完善中国特色社会主义制度、推进国家治理体系和治理能力现代化为主轴,深刻把握我国发展要求和时代潮流,把制度建设和治理能力建设摆到更加突出的位置,继续深化各领域各方面体制机制改革,推动各方面制度更加成熟更加定型,推进国家治理体系和治理能力现代化。"

"一张清单",为企业经营清路障。2018年12月21日,随着《市场准入负面清单(2018年版)》发布,我国市场准入负面清单制度进入全面实施新阶段。政府和市场边界法定,政府管理模式实现重大变革,经营主体预期更明晰更稳定。截至2023年底,登记在册经营主体达1.84亿户,其中民营企业超过5300万户,分别比2012年增长了2.3倍和3.9倍。

"史上最严",向环境污染出重拳。制定修订20多部生态环境相关的法律,涵盖大气、水、土壤、噪声等领域,相继出台《关于加快推进生态文明建设的意见》《生态文明体制改革总体方案》,开展中央环保督察,全面推行河长制、湖长制、林长制,美丽中国画卷徐徐铺展……一系列根本性、开创性、长远性的改革,推动美丽中国建设迈出重大步伐,我国生态环境保护发生历史性、转折性、全局性变化。

新时代以来,以习近平同志为核心的党中央突出制度建设这条主线,既向积存多年的顽瘴痼疾开刀,又对成熟的改革成果和改革经验及时进行总结提升,并用法律法规等形式固定下来,推动许多领域实现了历史性变革、系统性重塑、整体性重构。

党的领导制度体系、人民当家作主制度体系、中国特色社会主义法治体系、中国特色社会主义行政体制、统筹城乡的民生保障制度、共建共治共享的社会治理制度……全面深化改革一路向前,支撑中国特色社会主义制度的根本制度不断筑牢、基本制度更加完善、重要制度不断创新,各领域基础性制度框架基本确立,系统完备、科学规范、运行有效的制度体系日渐成型,为当代中国发展进步提供了根本保证。

一路攻坚克难,"中国之制"锻造出新优势;一路勇毅向前,"中国之治"开启了新境界。

2021年7月1日,中国共产党百年华诞,天安门广场见证历史性盛典。习近平总书记代表党和人民庄严宣告:

"经过全党全国各族人民持续奋斗,我们实现了第一个百年奋斗目标,在中华大地上全面建成了小康社会"。

8年时间,五级书记抓脱贫,层层动员促攻坚,现行标准下9899万农村贫困人口全部脱贫,832个国家级贫困县全部摘帽,创造了彪炳史册的人间奇迹。

反贫困、建小康、战疫情、斗洪峰,稳经济、促发展,化危机、应变局……党的十八大以来,我们紧紧依靠、充分发挥中国特色社会主义制度的独特优势,集中力量办大事、办难事、办急事,取得一个又一个胜利。

从经济总量超过126万亿元、稳居全球第二大经济体,到粮食产量连续9年站稳1.3万亿斤台阶,从成功举办北京冬奥会、冬残奥会,到中国空间站全面建成、国产大飞机直冲云霄……新时代中国,书写了经济快速发展和社会长期稳定两大奇迹新篇章,为中国式现代化提供更为完善的制度保证、更为坚实的物质基础、更为主动的精神力量。

"历史和现实都告诉我们,只要坚持和完善中国特色社会主义制度、推进国家治理体系和治理能力现代化,善于运用制度力量应对风险挑战冲击,我们就一定能够经受住一次次压力测试,不断化危为机、浴火重生。"

坚持以人民为中心推进改革

"我们抓改革、促发展,归根到底就是为了让人民过上更好的日子"

中国式现代化,民生为大。

"党的十八大后,我提出坚持人民至上、坚持以人民为中心、人民对美好生活的向往就是我们的奋斗目标,必须将其落实到全面深化改革的全过程各方面。"习近平总书记强调。

上海浦东新区三林镇，偌大的快递网点里，顺丰速运三林片区运营经理宋开杰正忙着理货。在沪打拼8年，这位34岁的山东小伙收获满满——

2018年7月，迎来第一个宝宝，"靠着生育保险，2.8万元生育费用报销了一大半，政策实惠摸得着"。

2020年2月，一家三口搬进公租房，"加上水电费，每月租金千余元。设施齐全、设备全新，离公司1公里，舒心又便捷"。

2024年，女儿到了上小学的年纪，"在'随申办市民云'APP里填好材料，两三天就办好了居住证，9月份即将顺利入读一所公立小学"。

生娃、安居、孩子入学，从一线快递员晋升至片区经理的宋开杰对未来有了新谋划：快递业已全面推行职业技能等级制度，今年准备参加职业比武，凭技能涨工资，早日赚钱买房，"一项项好政策，让老百姓拥有了人生出彩的机会"。

涓涓细流，汇聚成河。

"人民是历史的创造者，是我们的力量源泉""我们推进改革的根本目的，是要让国家变得更加富强、让社会变得更加公平正义、让人民生活得更加美好"。以习近平同志为核心的党中央始终坚持以人民为中心，推动改革不断顺应人民期待、满足群众需求，坚定践行着"把人民对美好生活的向往作为我们的奋斗目标"的郑重承诺。

"为了人民而改革，改革才有意义"。全面深化改革，以促进社会公平正义、增进人民福祉为出发点和落脚点，使改革发展成果更多更公平惠及全体人民。

2022年8月17日，正在辽宁考察的习近平总书记来到沈阳市皇姑区三台子街道，专门来看一个改造后的老旧小区。

始建于20世纪80年代的牡丹社区，居住着3000多户居民，是典型的老旧小区。作为实施城市更新的重要举措，近年来，沈阳市加大城镇老旧小区改造力度，让更多人实现安居梦。经过改造，这里已成为远近闻名的基层治理示范社区。

"路平了，灯亮了，各项设施完善了，休闲健身设施也建起来了，小区'颜值'高了，大家伙儿的心里也亮堂了。"社区干部自豪地说。

"老百姓关心什么、期盼什么，改革就要抓住什么、推进什么"。人民有所呼，改革有所应。

稳就业、增收入，让获得感更加充实。端稳"饭碗"，城镇新增就业年均1300万人；打破"壁垒"，户籍制度改革让1.4亿农业转移人口落户城镇；切实"减负"，个人所得税改革惠及2.5亿人。

补短板、促公平，让幸福感更有保障。从保护学生视力、提高养老院服务质量到加强食品安全监管、推进清洁取暖，从推进"厕所革命"、垃圾分类到打造"城市书房""农家书屋"……聚焦急难愁盼，一项项惠民生、暖民心、顺民意的改革举措相继出台。

兜底线、强保障，让安全感更可持续。建成世界上规模最大的社会保障体系，基本养老保险覆盖10.7亿人，基本医疗保险参保率稳定在95%以上。累计建设各类保障性住房6000多万套，城乡居民住房条件明显改善。完善残疾人社会保障体系，参保人数、参保比例持续提高。

幼有所育、学有所教、劳有所得、病有所医、老有所养、住有所居、弱有所扶，为人民谋利、为民生解忧，改革的含金量化作人民的获得感。

"依靠人民而改革，改革才有动力"。全面深化改革，坚持以人为本，尊重人民主体地位，发挥群众首创精神，紧紧依靠人民推动改革。

福建三明，中国医改的"探路者"。

过去，这里医保亏损严重，医患矛盾突出。2012年以来，三明市以公立医院综合改革为切入点，在市、县、乡、村统筹推进医药、医保、医疗"三医联动改革"，实现了患者、医生、医院、医保基金等多方共赢。

2016年2月，中央深改领导小组会议专门听取福建三明市关于深化医药卫生体制改革情况的汇报。当年8月，包括三明市在内的8个方面24条医改典型经验向全国推广。2017年底，全国所有公立医院已取消药品加成，公立医院综合改革已推广至全国338个地市。

"改革开放在认识和实践上的每一次突破和发展，改革开放中每一个新生事物的产生和发展，改革开放每一个方面经验的创造和积累，无不来自亿万人民的实践和智慧。"北京探索"接诉即办",天津推行"一颗印章管审批",上海政务服务"一网通办",各地推广用好新时代"枫桥经验"……想人民之所想,行人民之所嘱,及时总结群众创造的新鲜经验,充分调动群众推进改革的积极性、主动性、创造性,全面深化改革得到群众衷心拥护和积极参与。

"我们抓改革、促发展,归根到底就是为了让人民过上更好的日子。"总书记平实的话语,映照出"我将无我,不负人民"的赤子之心,彰显了我们党全面深化改革的价值取向。

"中国共产党是为中国人民谋幸福、为中华民族谋复兴的党,也是为人类谋进步、为世界谋大同的党。"新时代中国,把开放的大门越开越大,努力让现代化成果更多更公平惠及各国人民。

进博会,通往中国市场的"金色大门"。眼下,离第七届进博会正式举办还有100多天,已有来自70多个国家和地区的1000多家企业签约参展,签约展览面积超过规划面积的90%。"办出水平、办出成效、越办越好",世界上首个以进口为主题的国家级展会,已成为中国与世界双向开放、合作共赢的新舞台。

习近平总书记指出:"中国的发展离不开世界,世界的繁荣也需要中国。"2013年秋,习近平总书记开创性提出共建"一带一路"重大倡议。截至目前,中国已与150多个国家、30多个国际组织签署了230多份共建"一带一路"合作文件。不断以中国新发展为世界带来新动力、新机遇,中国式现代化道路越走越宽广。

改革有破有立,得其法则事半功倍

"改革开放是前无古人的崭新事业,必须坚持正确的方法论,在不断实践探索中推进"

时间是最忠实的见证者。

"我们7年多来的全面深化改革成就,都在这里了,沉甸甸的!"

2020年12月30日，十九届中央全面深化改革委员会第十七次会议上，习近平总书记举起手中2万余字的党的十八届三中全会以来全面深化改革总结评估报告，感慨地说。

正是在这次会议上，总书记指出："党的十八届三中全会确定的目标任务全面推进，各领域基础性制度框架基本确立，许多领域实现历史性变革、系统性重塑、整体性重构，为推动形成系统完备、科学规范、运行有效的制度体系，使各方面制度更加成熟更加定型奠定了坚实基础"。

"改革有破有立，得其法则事半功倍""改革开放是前无古人的崭新事业，必须坚持正确的方法论，在不断实践探索中推进"。以习近平同志为核心的党中央坚持科学的方式方法，引领新时代全面深化改革取得历史性伟大成就。

——坚持守正创新，看准了就坚定不移抓。

"我们的改革开放是有方向、有立场、有原则的。我们当然要高举改革旗帜，但我们的改革是在中国特色社会主义道路上不断前进的改革，既不走封闭僵化的老路，也不走改旗易帜的邪路。"

在企业和专家座谈会上，习近平总书记在阐述进一步全面深化改革要讲求方式方法时，第一条谈的就是坚持守正创新。

"改革无论怎么改，坚持党的全面领导、坚持马克思主义、坚持中国特色社会主义道路、坚持人民民主专政等根本的东西绝对不能动摇，否则就是自毁长城。"总书记的话重若千钧。

无论改什么、改到哪一步，都要坚持党的领导，确保党把方向、谋大局、定政策，确保党始终总揽全局、协调各方。

党的十八届四中全会，作出全面依法治国的部署，推动全面深化改革在法治轨道上持续稳步推进；党的十九大，将"坚持全面深化改革"确立为新时代坚持和发展中国特色社会主义的基本方略之一；党的十九届四中全会，专门研究坚持和完善中国特色社会主义制度、推进国家治理体系和治理能力现代化并作出决定；党的二十大，明确了前进道路上必须牢牢把握的"五个重大原则"，其中一个原则就是"坚持深化改革开放"……习近平总书记高瞻远瞩、掌舵领航，确保改革始终沿着正确方向坚定前行。

从财税体制改革、司法体制改革等重大改革，到异地办理身份证、减轻学生作业负担等民生实事……新时代以来，习近平总书记亲自主持召开70多次中央深改领导小组和中央深改委会议，部署了一系列重大改革事项，点面结合、统筹兼顾，构建起制度建设的"四梁八柱"。

——更加注重系统集成，坚持以全局观念和系统思维谋划推进。

从创造"当年开工、当年竣工、当年投产"的"特斯拉速度"，到推出全国第一张外商投资准入负面清单、上线全国第一个国际贸易"单一窗口"，上海自贸试验区大胆试、大胆闯，探路全方位高水平开放。

由一花独放，到百花满园。自上海启航，22个自贸试验区先后设立，形成覆盖东西南北中的试点格局，累计开展3500余项改革试点，形成了许多标志性、引领性制度创新成果。

习近平总书记强调："改革和开放相辅相成、相互促进，改革必然要求开放，开放也必然要求改革。"

从连续举办进博会、服贸会等高水平国际展会到高质量共建"一带一路"，从出台实施外商投资法到实施《区域全面经济伙伴关系协定》……主动对接高标准国际经贸规则，稳步扩大规则、规制、管理、标准等制度型开放，加快构建新发展格局，我国的国际经济合作和竞争新优势进一步塑造。

进入新时代，全面深化改革涉及经济社会发展各领域，"零敲碎打调整不行，碎片化修补也不行，必须是全面的系统的改革和改进，是各领域改革和改进的联动和集成"。

紧紧围绕"充分发挥市场在资源配置中的决定性作用，更好发挥政府作用"，处理好政府和市场、公平和效率、发展和安全等关系，经济体制改革扎实向前；

坚持党的领导、人民当家作主、依法治国有机统一，政治体制改革不断深化；

建设社会主义核心价值体系、社会主义文化强国，文化体制改革激活"一池春水"；

完善公共服务、缩小收入差距、强化社会保障，社会体制改革持续推进；

健全自然资源资产产权制度、建立国土空间开发保护制度、健全资源有偿使用和生态补偿制度，生态文明体制改革勠力攻坚；

提高科学执政、民主执政、依法执政水平，党的建设制度改革蹄疾步稳；

……

广泛推进、充分衔接、相互耦合，各领域改革方案落地见效，改革红利日益显现，经济社会发展的动力活力更加强劲。

——重谋划更重落实，以钉钉子精神抓改革落实。

北京西直门外，北京动物园对面的新动力金融科技中心灯光熠熠。这里曾是华北地区最大的服装批发市场——动物园批发市场。经过疏解、转型，此地日均客流量从10万人减少到1万人，年税收却从0.6亿元上升到20亿元，带动国家级金融科技示范区快步发展。

牵住疏解北京非首都功能这个"牛鼻子"和主要矛盾，抓住交通一体化、生态环保、产业发展等重点领域先行启动……京津冀协同发展战略实施10年来，有关部门和地区积极行动、高效落实，推动区域经济总量连跨5个万亿元台阶、达到10.4万亿元，区域协调发展绽放新光彩。

抓铁有痕，踏石留印！

习近平总书记强调："改革进行到今天，抓改革、抓落实的有利条件越来越多，改革的思想基础、实践基础、制度基础、民心基础更加坚实，要投入更多精力、下更大气力抓落实"。

国有企业、财税金融、科技创新、土地制度、司法公正、文化教育、养老就业……以习近平同志为核心的党中央优先确立并推动具有"四梁八柱"性质的重大改革，既抓重要问题、重要任务、重要试点，又抓关键主体、关键环节、关键节点，推动改革不断取得新成效。

中央层面总体设计、统筹协调、整体推进、督促落实，熔铸统揽全面深化改革的坚强中枢，相关方面明确任务、落实责任、倒排工期、压茬推进，有关部门深入督察，真刀真枪促进改革落地……各地区各部门把抓改革作为一项重大政治责任，坚定改革决心和信心，增强推进改革的思想自觉和行动自觉，既当改革促进派、又当改革实干家。

从夯基垒台、立柱架梁到全面推进、积厚成势，再到系统集成、协同高效。全方位、深层次、根本性的改革，取得历史性、革命性、开创性的成就。

改革开放已走过千山万水，但仍需跋山涉水。

新的使命就在前方——

党的二十大擘画了以中国式现代化全面推进强国建设、民族复兴伟业的宏伟蓝图，将"坚持深化改革开放"作为前进道路上必须牢牢把握的重大原则之一。

中国式现代化是一项前无古人的开创性事业，艰巨性和复杂性前所未有。"实现新时代新征程的目标任务，要把全面深化改革作为推进中国式现代化的根本动力，作为稳大局、应变局、开新局的重要抓手"。

推进中国式现代化，是新征程上凝聚全党全国人民智慧和力量的旗帜，也必然是进一步全面深化改革的主题。

在企业和专家座谈会上，习近平总书记强调："进一步全面深化改革，要紧扣推进中国式现代化这个主题，突出改革重点，把牢价值取向，讲求方式方法，为完成中心任务、实现战略目标增添动力。"

举世瞩目的党的二十届三中全会将于2024年7月在北京召开，这次全会将重点研究进一步全面深化改革、推进中国式现代化问题。习近平总书记指出："党的二十大之后，我一直在思考进一步全面深化改革问题。改革开放后，党的历届三中全会都是研究改革。这一次改革，我们将紧扣推进中国式现代化主题。"

实践发展永无止境，解放思想永无止境，改革开放也永无止境。

（《人民日报》2024年6月27日）

紧紧依靠人民推动改革

人民日报记者　张　洋　张　璁

"人民是历史的创造者,是我们的力量源泉。"

"为了人民而改革,改革才有意义;依靠人民而改革,改革才有动力。"

"抓改革、促发展,归根到底就是为了让人民过上更好的日子。"

新时代全面深化改革的壮阔历程中,最浓墨重彩的一笔是紧紧依靠人民推动改革,人民对美好生活的向往不断变为现实。

新征程上,紧紧围绕推进中国式现代化进一步全面深化改革,最需依靠的,也是人民。习近平总书记强调,"改革任务越繁重,我们越要依靠人民群众支持和参与,善于通过提出和贯彻正确的改革措施带领人民前进,善于从人民的实践创造和发展要求中完善改革的政策主张。"

全面深化改革始终坚持以人民为中心

依靠人民铸就历史伟业,是我们党攻坚克难、赢得胜利的根本保证,也是党初心使命的集中体现。

"我们的目标很宏伟,也很朴素,归根到底就是让老百姓过上更好的日子。"

"人民对美好生活的向往,就是我们的奋斗目标。"2012年11月,在十八届中共中央政治局常委同中外记者见面会上,习近平总书记的一席话铿锵有力、直抵人心。

为中国人民谋幸福、为中华民族谋复兴，这是中国共产党始终不变的初心和使命。在百余年奋斗的赓续前行中，在全面深化改革的时代大潮中，"人民至上"始终不渝。

2024年6月27日，习近平总书记主持中共中央政治局会议，研究进一步全面深化改革、推进中国式现代化问题。会议指出，"进一步全面深化改革要总结和运用改革开放以来特别是新时代全面深化改革的宝贵经验"，贯彻的原则之一，就是"坚持以人民为中心，尊重人民主体地位和首创精神，坚持人民有所呼、改革有所应，做到改革为了人民、改革依靠人民、改革成果由人民共享"。

时间回溯至2013年11月12日，习近平总书记在党的十八届三中全会第二次全体会议上指出："这次全会决定强调，全面深化改革必须以促进社会公平正义、增进人民福祉为出发点和落脚点。这是坚持我们党全心全意为人民服务根本宗旨的必然要求。"

改革千头万绪，以人民利益为旨归，改革的科学性才有支撑，落实的有效性才有保障。

民之所忧，我必念之。改革，从群众最不满意的地方改起。

医改是一道世界性难题，承载着破解"看病难、看病贵"的民生期盼。在福建三明，人口不多、经济体量相对较小、退休人员占比较高，一度面临医保基金收不抵支等情况。2012年，三明剑指医改，整顿虚高药价、过度诊疗等乱象，堵住"以药养医"的老路。此后，多次调整医疗服务收费标准，提高医院的医务性收入占比；探索全民健康管理新模式，推动"以治病为中心"向"以人民健康为中心"转变。

2021年3月，习近平总书记在福建考察期间，来到三明了解医改惠民情况。总书记指出："现代化最重要的指标还是人民健康，这是人民幸福生活的基础。把这件事抓牢，人民至上、生命至上应该是全党全社会必须牢牢树立的一个理念。"如今，三明医改经验已在全国推广，我国建成了世界上规模最大的社会保障体系、医疗卫生体系。

民之所盼，我必行之。改革，从群众最期盼的领域改起。

黄海之滨，山东日照，一条长约28公里的阳光海岸绿道，纵贯南北，配以观景平台、运动步道、游客休憩广场等设施，成为市民和游客休闲度假的热门打卡点。2024年5月，习近平总书记来到这里考察调研时指出："生态环境好，老百姓就多了一份实实在在的幸福感。"

前些年我国经济保持快速发展，但多年积累下来的环境问题也凸显出来，人民群众对优美生态环境的需要越来越迫切。

老百姓关心什么、期盼什么，改革就要抓住什么、推进什么。近年来，"大气十条""水十条""土十条"相继实施，持续深入打好污染防治攻坚战，绿水青山就是金山银山的理念成为全党全社会的共识和行动。如今，人们普遍感受到天更蓝、水更清、空气更清新、环境更优美了。

为了人民而改革，改革才有意义。

习近平总书记深刻指出："我们推进改革的根本目的，是要让国家变得更加富强、让社会变得更加公平正义、让人民生活得更加美好""如果不能给老百姓带来实实在在的利益，如果不能创造更加公平的社会环境，甚至导致更多不公平，改革就失去意义，也不可能持续"。

党的十八大以来，70多次中央深改领导小组和中央深改委会议，2000多个改革方案，一切的逻辑起点和价值旨归都是为了把人民对美好生活的向往不断变成现实。无论推进什么领域的改革，无论改革推进到哪个阶段，我们党始终把人民拥护不拥护、赞成不赞成、高兴不高兴、答应不答应作为衡量一切工作得失的根本标准。

坚守改革初心，得到了亿万人民的拥护和支持。

骄阳似火，麦收过后的皖北田野一望无际，刚刚获得丰收的安徽滁州凤阳县小岗村村民又播种下新的希望。

这里是我国农村改革的发源地。2016年4月，习近平总书记来到小岗村，称赞"小岗村当年的创举是我国改革开放的一声春雷"，指出"新形势下深化农村改革，主线仍然是处理好农民和土地的关系"。

"总书记走进我家小院，和我们唠家常，问得很细致。总书记的心始终与我们农民连在一起。"今年81岁的严金昌说。

作为大包干带头人之一，严金昌当年与另外17名村民按下改变农民自身命运的红手印。亲历了农村改革起步的历史，如今他又见证着新时代全面深化改革的壮阔历程：这些年，小岗村不断享受改革红利，从土地确权登记颁证试点到集体资产股份合作制改革，再到农村"三变"（资源变资产、资金变股金、农民变股东）改革，村民由"户户包田"变成了"人人持股"；从红手印到产权证红本子，再到分红利，老百姓的日子越来越红火。

新时代，各地各部门坚持以人民为中心的发展思想，在幼有所育、学有所教、劳有所得、病有所医、老有所养、住有所居、弱有所扶上持续用力，人民生活全方位改善。人民群众获得感、幸福感、安全感更加充实、更有保障、更可持续，共同富裕取得新成效。

"中国式现代化，民生为大。党和政府的一切工作，都是为了老百姓过上更加幸福的生活。"2024年4月，习近平总书记在重庆考察时饱含深厚人民情怀的话语，为新征程上始终坚持人民至上，以高质量发展推进中国式现代化锚定正确方向、指明科学方法。

在中国式现代化中不断增进民生福祉

民生连着民心，民心是最大的政治。中国式现代化之所以走得通、行得稳，关键在于坚持以人民为中心，为增进民生福祉行之笃之。

大凉山深处的阿土列尔村，位于海拔1400多米的悬崖之上，在极其漫长的岁月里，垂直于绝壁的17条藤梯曾是村民与外界相连的唯一通道。党的十八大以来，"悬崖村"的藤梯换成了更安全的钢梯，村民们享受易地扶贫搬迁政策，搬到了县城安置点，住进了宽敞明亮的楼房。

"安居还要乐业。山上的土地闲置了，我们就想开发利用起来，发展产业。"村民莫色拉博说。如今，一些村民重返"悬崖村"，有的搞养殖，有的种油橄榄，有的从事旅游服务。"悬崖村"变了模样，百姓生活越来越好。

攻克贫中之贫、困中之困，实现从"藤梯"到"钢梯"再到"楼梯"的跨越，正是新时代改革发展的生动注脚。

改革关头勇者胜，勇气来自哪里？来自坚定的理想信念，来自强烈的事业心和责任感，来自人民的重托、期盼与支持。

一方面，改革越往后，越是难啃的硬骨头，我国改革进入了攻坚期和深水区。另一方面，我国社会主要矛盾发生转化，人民对美好生活的需要日益广泛，不仅对物质文化生活提出了更高要求，而且在民主、法治、公平、正义、安全、环境等方面的要求日益增长。

坚持人民至上，既是价值观，也是方法论。只有站稳人民立场，改革才能行稳致远。

在党的十八届三中全会第二次全体会议上，习近平总书记语重心长地告诫广大党员、干部："在全面深化改革进程中，遇到关系复杂、难以权衡的利益问题，要认真想一想群众实际情况究竟怎样？群众到底在期待什么？群众利益如何保障？群众对我们的改革是否满意？"

曾经，一些地方的政务大厅"门难进、脸难看、事难办"，各政务服务窗口、各部门之间经常相互推诿扯皮。老百姓办证办事，反复跑、跑断腿。对此，能不能改、敢不敢改、改到什么程度，考验着新时代共产党人的魄力与担当。

以习近平同志为核心的党中央坚持以改革精神管党治党，坚持"刀刃向内"，向顽瘴痼疾开刀，突破利益固化藩篱，深入推进行政审批制度改革。上海的"一网通办"、江苏的"不见面审批"、天津滨海新区的"一枚印章管审批"……不该有的审批事项被"瘦身"清理，有法可依的权力晒在阳光下，能下放的审批权限逐步得到下放，能网办的事项尽可能在"指尖"办理，企业和群众办事越来越便捷、越来越舒心。

坚持问题导向和目标导向相结合，奔着问题去、盯着问题改，这是习近平新时代中国特色社会主义思想蕴含的认识论和方法论。

解决问题、推动改革发展的过程，就是赢得民心的过程。

发展新质生产力、推进乡村全面振兴、在传承与发展中推动新时代文化繁荣、深化司法体制改革、加强食品安全监管、长江十年禁渔……广大党员、干部牢固树立正确的权力观、政绩观、事业观，攻坚克难、动真碰硬。

放眼今天的神州大地，数不清的变化就发生在我们身边。

在"上有老、下有小"的家庭眼里，改革是为了托起稳稳的幸福。2023年，提高"一老一小"个人所得税专项附加扣除标准，6600多万纳税人受益。2024年6月，民政部联合21个部门出台的《关于加快发展农村养老服务的指导意见》对外公布，这是全国层面对发展农村养老服务作出的首份总体性、系统性部署，让更多农村老年人老有所养。

在怀揣梦想的青年人眼里，改革是为了激发创新创业的活力。人才发展体制机制改革不断深入，向用人主体放权，为人才松绑，人才创新创造活力充分迸发。江苏常州近3年建成人才公寓10余万套，"常有安居"让人才与城市"双向奔赴"；浙江宁波推进人才创业创新全周期"一件事"改革，优化人才生态环境。

在进城打拼的城市建设者眼里，改革是为了让他们拥有更公平的机会、更广阔的舞台。户籍制度改革，打破城乡二元体制壁垒；全国范围已实现户口迁移等"跨省通办"，节省大量往返时间和经济成本；基本公共服务均等化、普惠化、便捷化，努力实现"进得来""留得住"。

在深耕市场的民营企业家眼里，改革是为了让他们更加放心投资、安心经营、专心发展。出台《中共中央国务院关于促进民营经济发展壮大的意见》，推出减税降费政策，持续打造市场化、法治化、国际化营商环境，不断提振民营企业家的发展信心，推动民营经济持续健康发展。

2024年4月22日，正在重庆考察的习近平总书记走进更新改造后的九龙坡区谢家湾街道民主村社区，语重心长地说："党中央很关心的一件事，就是把老旧小区改造好。"

新时代以来，蹄疾步稳的改革背后，是一个坚定而又温暖的指向——促进社会公平正义，增进人民群众福祉。

党的领导，是全面深化改革的根本保证。当好改革促进派、实干家，坚持不懈用党的创新理论凝心铸魂，用改革精神管党治党，以自我革命精神推进全面从严治党，党在革命性锻造中更加坚强有力，始终成为中国人民最可靠、最坚强的主心骨。

尊重人民主体地位和首创精神

新时代全面深化改革，在一次次问计于民中，找到破题的关键；在群策群力中，凝聚奋进的共识。

习近平总书记指出："改革开放在认识和实践上的每一次突破和深化，改革开放中每一个新生事物的产生和发展，改革开放每一个领域和环节经验的创造和积累，无不来自亿万人民的智慧和实践。"

为起草好"十四五"规划建议稿，2020年9月，湖南长沙，习近平总书记亲自主持召开基层代表座谈会，会上的一席话掷地有声、意味深远——

"正确的道路从哪里来？从群众中来。"

基层有真经，一线有答案。党的十八大以来，习近平总书记走遍大江南北，深入城市、农村、高校、企业、科研机构等，了解社情民意。习近平总书记多次同基层代表、专家学者、民营企业家等座谈，听取意见建议。

2024年5月，习近平总书记在山东省济南市主持召开企业和专家座谈会。座谈会上，习近平总书记指出："党中央作出重大决策、制定重要文件，都深入调研，广泛听取各方面意见，这是我们党的一贯做法和优良传统。"

既问需于民也问计于民。2019年11月，正在上海考察的习近平总书记来到虹桥街道，同正在参加立法意见征询的社区居民代表亲切交流，首次提出"人民民主是一种全过程的民主"。2021年10月，习近平总书记在中央人大工作会议上对全过程人民民主重大理念和实践要求作出系统精辟的阐述。党的二十大报告明确将"发展全过程人民民主"写入中国式现代化的本质要求。

从基层立法联系点到"小院议事厅",各地持续推进全过程人民民主建设,把人民当家作主具体地、现实地体现到实现人民对美好生活向往的工作上来。

学前教育改革,牵动着每一个家庭的心,相关立法工作同步推进。2024年初,一场学前教育法草案的立法意见征询会,在位于上海市长宁区的全国人大常委会法工委虹桥街道基层立法联系点举行。社区居民、学校教师、律师等齐聚一堂,你一言、我一语。几十条意见建议被原汁原味记录下来,"直通"立法机关。

"一头连着立法机关,一头连着基层群众,立法联系点让普通人也能参与立法、参与改革。这激发了大家的主人翁意识,调动起群众的热情。"虹桥街道基层立法联系点信息员朱国萍说。

2015年至2024年4月,全国人大常委会法工委先后就183件次法律草案征求设在全国各地的基层立法联系点意见27880多条,其中有3200多条被立法研究采纳,有力推动民法典、个人所得税法、人口与计划生育法等一系列重要法律制度的制定、修改。

习近平总书记指出:"新时代改革开放具有许多新的内涵和特点,其中很重要的一点就是制度建设分量更重""为党和国家事业发展提供一整套更完备、更稳定、更管用的制度体系"。

加强顶层设计和摸着石头过河相结合,是富有中国特色、符合中国国情的改革方法。一直以来,我们党充分尊重群众首创精神,鼓励基层先行先试,大胆试验、大胆突破,不断把改革引向深入。

在浙江国际油气交易中心,电子大屏上滚动着各类油品交易挂牌行情,这里的"舟山价格"日益受到境内外市场关注。2017年浙江自贸试验区成立以来,舟山片区开启了"无中生油""聚气发展"的改革探索之路,瞄准油气全产业链,建成全国最大的石化基地之一。

"去大胆探索"。2013年以来,在上海自贸试验区试点基础上,党中央、国务院先后部署设立22个自贸试验区,各自贸试验区累计开展3500余项改革试点,一批标志性、引领性制度创新成果孕育而生。

"看准了就坚定不移抓"。国家监察体制改革试点、公益诉讼改革试点、人民陪审员制度改革试点、"多规合一"改革试点、知识产权综合管理改革试点……在一块块改革试验田里,广大党员干部锐意进取、积极作为,结出累累硕果。

基层是改革创新的源头活水。坚持和发展新时代"枫桥经验",落实"四下基层"制度,推行"民呼我为""接诉即办"等做法,开展调查研究,走好网络群众路线,党心与民心始终同频共振。新时代,我们党所展现出的"那种精神,那种力量,那种欲望,那种热情",广大人民群众焕发出的积极性、主动性、创造性,开创了全面深化改革开放新局面。

改革为了人民、改革依靠人民、改革成果由人民共享。

2024年5月,山东济南,在企业和专家座谈会上,当有学者发言提到"接下来的这轮改革,力争让更多群体有更强的获得感"时,习近平总书记赞许道:"这句话正是点睛之笔,老百姓的获得感是实实在在的。"

党的十八届三中全会以来,以习近平同志为核心的党中央以巨大的政治勇气和智慧推进全面深化改革,亿万人民一笔一画绘就了蔚为壮观的新时代全面深化改革画卷。

即将召开的党的二十届三中全会,将擘画进一步全面深化改革、推进中国式现代化的宏伟蓝图。

新征程上,有习近平总书记掌舵领航,坚持以人民为中心,紧紧依靠人民推动改革,我们必将以进一步全面深化改革开辟中国式现代化广阔前景。

(《人民日报》2024年7月14日)

立足关键时期，用好重要法宝

任仲平

（一）

伟大的事业，在接续奋斗中掀开新的一页。

2024年7月15日，中国共产党第二十届中央委员会第三次全体会议在北京开始举行，将科学谋划围绕中国式现代化进一步全面深化改革的总体部署。这既是党的十八届三中全会以来全面深化改革的实践续篇，也是新征程推进中国式现代化的时代新篇。

"当前和今后一个时期是以中国式现代化全面推进强国建设、民族复兴伟业的关键时期。面对纷繁复杂的国际国内形势，面对新一轮科技革命和产业变革，面对人民群众新期待，必须继续把改革推向前进。"

立足关键时期，用好重要法宝，以习近平同志为核心的党中央坚定历史自信、把握历史主动，号召全党"必须自觉把改革摆在更加突出位置"，展现了以进一步全面深化改革开辟中国式现代化广阔前景的坚强决心。

历史的江河奔腾向前，有静水深流，亦有波澜壮阔。

从开启改革开放和社会主义现代化建设历史新时期，到开启全面深化改革、系统整体设计推进改革的新时代，党的全部理论和实践的主题是坚持和发展中国特色社会主义。

作为"伟大觉醒"，改革开放孕育了党从理论到实践的伟大创造；作为"伟大革命"，改革开放推动了中国特色社会主义事业的伟大飞跃。党的十八大以来，我们党团结带领人民开创了中国特色社会主义新时代，成功推进和拓展了中国式现代化，中国特色社会主义正成为21世纪科学社会主义发展的旗帜。

实践充分证明，党的十一届三中全会和党的十八届三中全会都是划时代的。改革开放决定当代中国命运，决定中国式现代化成败，是党和人民事业大踏步赶上时代的重要法宝，是坚持和发展中国特色社会主义、实现中华民族伟大复兴的必由之路。

习近平总书记深刻指出："改革开放这场中国的第二次革命，不仅深刻改变了中国，也深刻影响了世界！"这是对昨天的总结，是对今天的启迪，也是对明天的昭示。

新征程，再扬帆。把握时代发展大势，抓住历史变革时机，以改革开放的姿态继续走向未来，我们更加充满信心、更加富有力量。

（二）

从历史深处奔涌而来，向着民族复兴澎湃而去，改革开放潮涌东方，新时代中国日新月异。

"史诗般的进步"，新中国成立75年来，中国从一穷二白发展为世界第二大经济体，创造了人类发展史上的伟大成就。

在这一历史进程中，新时代以来的这些年极不寻常、极不平凡，面临的重大风险挑战世所罕见、史所罕见，以习近平同志为核心的党中央团结带领亿万人民书写了"两大奇迹"新篇章。

重庆赛力斯汽车超级工厂，一分钟下线两台新能源汽车。这家全球标杆级数字化工厂，超3000台机器人智能协同，实现关键工序100%自动化；运用质量自动化测试技术，实现100%质量监测追溯。

中国新能源汽车蓬勃发展，引领全球汽车产业绿色转型，见证我国从汽车大国迈向汽车强国的坚实步伐。2023年，我国跃升为全球最大的汽车出口国，新能源汽车产销量占全球比重超过60%，连续9年位居世界第一。

时间是常量，也是奋进者的变量。党的十八大后，习近平总书记第一次出京考察来到广东深圳，就是要向世界宣示中国改革不停顿、开放不止步。放眼今日之中国，日均诞生企业超过 2.7 万家、授权发明专利 2500 多件，京津冀协同发展、粤港澳大湾区建设、长三角一体化发展等区域重大战略高质量推进，22 个自贸试验区覆盖东西南北中、海南自贸港建设蓬勃兴起……

历史是勇敢者创造的。从"落后时代"到"赶上时代"再到"引领时代"，改革开放深刻改变了中国的面貌，成为当代中国最显著的特征、最壮丽的气象。

国产大飞机实现商飞，高速动车组首次出口欧洲，生物育种助力粮食安全，新药创制护航"健康中国"，绿色低碳技术托举"美丽中国"……从创新引领到绿色转型，以改革增动力，我国经济迈上更高质量、更有效率、更加公平、更可持续、更为安全的发展之路。

今天的中国，综合国力持续跃升。2023 年国内生产总值超过 126 万亿元，稳居世界第一大粮食生产国、第一大工业国、第一大货物贸易国，是 140 多个国家和地区的主要贸易伙伴，正以新质生产力强劲推动高质量发展。

坚持"全国一盘棋"，从开展东西部扶贫协作和定点帮扶，五级书记抓扶贫，打赢脱贫攻坚战，到推动巩固拓展脱贫攻坚成果同乡村全面振兴有效衔接，充分发挥了我国社会主义制度集中力量办大事、办难事、办急事的独特优势，有力彰显了我国国家制度和国家治理体系的优越性。从"五位一体"总体布局到"四个全面"战略布局，以改革扬优势，中国特色社会主义制度更加成熟更加定型。

今天的中国，内生动力更加强劲。以"中国之制"推进"中国之治"，在法治轨道上深化改革、推进中国式现代化，以良法保障善治，制度优势正在不断转化为治理效能。

2024 年 6 月 25 日，嫦娥六号返回器安全着陆，实现世界首次月球背面采样返回。习近平总书记指出："我国科技队伍蕴藏着巨大创新潜能，关键是要通过深化科技体制改革把这种潜能有效释放出来。"科技体制改革激发科研人员的积极性、创造性，要素市场化配置改革实现资本、技术、数据等高效配置……从破除体制机制束缚到激发创业创新创造热情，以改革添活力，我国进入创新型国家行列。

今天的中国，发展活力更为充沛。推进教育强国、科技强国、人才强国建设，全社会创新创造活力竞相迸发、聪明才智充分涌流。

走向光明宏大的未来，我国发展具备了更为坚实的物质基础、更为完善的制度保证，中华民族迎来了从站起来、富起来到强起来的伟大飞跃，实现中华民族伟大复兴进入了不可逆转的历史进程。

"我们推动的改革是全方位、深层次、根本性的，取得的成就是历史性、革命性、开创性的。"新时代以来，以习近平同志为核心的党中央以巨大的政治勇气和智慧推进全面深化改革，科学回答了在新时代为什么要全面深化改革、怎样全面深化改革等一系列重大问题。实践充分证明，"两个确立"是党和人民应对一切不确定性的最大确定性、最大底气、最大保证，对于我们应对各种风险挑战、推进中国式现代化建设具有决定性意义。

乘历史大势而上，走人间正道致远。

（三）

最深刻的变化在于人，最根本的利益归于人，最强大的动力源于人。新时代中国人民前进动力更加强大、奋斗精神更加昂扬、必胜信念更加坚定，为实现中华民族伟大复兴提供了更为主动的精神力量。

住进新房子，圆了"安居梦"；走好绿色路，"生态饭"吃得香；秀出民族风，"农文旅"魅力足……浙江景宁畲乡人民把大变化写进新时代，在"好风景"里奔向"好光景"。

在景宁畲族自治县建县40周年之际，习近平总书记给该县各族干部群众回信，对景宁发展提出殷切希望。畲乡群众的生活之变、精神之变，是新时代中国人民更加奋发向上的生动写照。

以人民为中心推进改革，创造人民美好生活，改革开放深刻改变了中国人民的面貌。所铸就的伟大改革开放精神,成为当代中国人民最鲜明的精神标识。

以发展强底气,今天的中国人民更加自信。

从历史性解决绝对贫困问题、实现小康"千年梦想",到建成世界上规模最大的教育体系、社会保障体系、医疗卫生体系……中国式现代化以人民为念、以民生为大,扎实推进全体人民共同富裕,不断提升着人民群众的获得感、幸福感、安全感。

习近平总书记指出:"当今世界,要说哪个政党、哪个国家、哪个民族能够自信的话,那中国共产党、中华人民共和国、中华民族是最有理由自信的。"今天,中国道路越来越宽广,中国理论越来越彰显,中国制度越来越成熟,中国精神越来越雄健,中国人民正在党的领导下信心百倍书写着新时代中国发展的伟大历史。

以奋进壮骨气,今天的中国人民更加自立。

"人民群众不仅是浩瀚的力量之海,也是浩瀚的智慧之海。"从坚持和发展新时代"枫桥经验"到科技创新实施"揭榜挂帅",从推广林长制、河长制到民法典草案先后10次公开征求意见……发展全过程人民民主,人民当家作主得到最大限度保障,人民主体地位和首创精神得到充分尊重。

40多年前,美国《时代周刊》曾质疑:让全球1/4的人口迅速摆脱孤立、与世界接轨,有过这样的先例吗?中国人民在党的领导下用奋斗实践把"不可能"变成了"一定能"——坚持独立自主、开拓创新,开辟了强国建设、民族复兴的康庄大道,具有无比强大的前进定力。

中国的事情必须由中国人民自己作主张,中国的问题必须由中国人民自己来解答。中国人民坚定"道不变、志不改"的决心,把国家和民族发展放在自己力量的基点上,把国家发展进步的命运牢牢掌握在自己手中。

以斗争扬志气,今天的中国人民更加自强。

中华大地上不仅有高楼大厦遍地林立,中华民族精神的大厦也已经巍然耸立。抵御极限施压,经受疫情大考,防洪抗震救灾,除霾减污降碳……面对重大风险挑战，14亿多中国人民团结在党的旗帜下，主动出击，积极应对，充分彰显"不信邪、不怕压、不避难"的精气神。

"我是党员我先上"的逆行出征，"请党放心、强国有我"的青春誓言，"清澈的爱、只为中国"的深情告白……中国式现代化赋予中华文明以现代力量，亿万人民感悟千年传承的浩然之气，激发改革的旺盛活力，知难而进、迎难而上，书写下发愤图强的动人篇章。

从"开始从精神上由被动转为主动"，到"焕发出前所未有的历史主动精神、历史创造精神"，在改革开放这一伟大历史进程中，中国人民以"国家的主人、社会的主人、自己命运的主人"的使命感和责任感，展现出更加积极的历史担当，"百折不挠为自己的前途命运而奋斗"。

（四）

"放眼全世界，没有哪个国家和政党，能有这样的政治气魄和历史担当，敢于大刀阔斧、刀刃向内、自我革命，也没有哪个国家和政党，能在这么短时间内推动这么大范围、这么大规模、这么大力度的改革，这是中国特色社会主义制度的鲜明特征和显著优势。"这是党的十八大以来全面深化改革历史进程的深刻总结。

从新时期到新时代，中国共产党人披荆斩棘、砥砺奋进，接续推进改革开放这场伟大革命。改革开放深刻改变了中国共产党的面貌，党的政治领导力、思想引领力、群众组织力、社会号召力在新时代不断增强。

以党的领导核心作用凝聚团结奋斗的磅礴力量，今天的中国共产党具有无比坚强的领导力，始终是中国人民和中华民族最可靠的主心骨。

河北平山县里庄村。2019年全国开展医联体建设，次年平山建设县域医共体。在村卫生室享受体检、理疗等健康服务的乡亲，10年前不足 1000 人次，2023 年增至近 7000 人次。2021 年国家"双减"政策落地，村小学也有了课后服务，从瑜伽、跳绳，到书法、腰鼓，目前已扩充到 9 类。

里庄村的变迁，是新时代中国深刻变化的缩影。从政策制定到落地见效，一个个百姓之盼变成民生之利，离不开上下贯通、执行有力的严密组织体系。这是世界上任何其他政党都不具备的强大优势。

观大势、谋全局、抓根本。新时代全面深化改革的一个鲜明特点，就是党的领导得到全面加强，党总揽全局、协调各方的领导核心作用充分发挥。

从把中国共产党领导这一"中国特色社会主义最本质的特征"载入党章和宪法，到深化党和国家机构改革把党的领导融入各类工作全过程、各方面……坚持用改革精神管党治党，有力解决了党的领导弱化、虚化、淡化问题，推动横向到边、纵向到底的党的领导制度体系更加成熟定型。

以理论创新引领实践创新，今天的中国共产党及时科学解答时代新课题，始终走在时代前列。

"我在浙江考察时发现，在疫情冲击下全球产业链供应链发生局部断裂，直接影响到我国国内经济循环。"习近平总书记这样回顾构建新发展格局这一重大战略任务提出的过程："我感觉到，现在的形势已经很不一样了，大进大出的环境条件已经变化，必须根据新的形势提出引领发展的新思路。"2020 年 4 月，在中央财经委会议上，构建新发展格局的重大论断首次提出，成为把握发展主动权的先手棋。2022 年 10 月，"加快构建新发展格局，着力推动高质量发展"写进党的二十大报告。

理论一经掌握群众，也会变成物质力量。新时代以来，"法治是最好的营商环境"激发各类经营主体的内生动力和创新活力，"绿水青山就是金山银山"让万里河山更加多姿多彩……始终保持与时俱进的理论创新品质，我们党掌握了强大的真理力量。

"第二个结合"是又一次的思想解放，打开了理论和制度创新的新空间。以"两个结合"破解"古今中西之争",夯实制度的中华文化根基,形成了众多熔铸古今的崭新制度成果。以真理的精神追求真理,我们党坚持推进理论创新,续写着马克思主义中国化时代化新篇章。

以党的自我革命引领社会革命,今天的中国共产党在革命性锻造中更加坚强有力,始终成为中国特色社会主义事业的坚强领导核心。

"得罪千百人,不负十四亿",新时代以来,我们党坚持以雷霆之势反腐惩恶,成功走出一条依靠制度优势、法治优势反腐败之路。

从构建集中统一、权威高效的国家监察体系,到修订出台《中国共产党纪律处分条例》等制度规范,再到把巡视作为党内监督战略性制度安排……我们党以前所未有的勇气和定力打出一套自我革命的"组合拳",构建起全面从严治党体系。党找到跳出治乱兴衰历史周期率的"第二个答案",自我净化、自我完善、自我革新、自我提高的能力不断增强。

"千万不能在一片喝彩声中迷失自我。"时刻保持解决大党独有难题的清醒和坚定,把党的伟大自我革命进行到底,中国共产党将始终赢得保持同人民群众的血肉联系、人民衷心拥护的历史主动,赢得全党高度团结统一、走在时代前列、带领人民实现中华民族伟大复兴的历史主动。

(五)

改革开放是中国和世界共同发展进步的伟大历程。习近平总书记指出:"中国不断扩大对外开放,不仅发展了自己,也造福了世界。"

一片叶子兴绿富民——老挝占巴塞省巴松县,野生古茶树一度面临被砍伐的命运。依托进博会,古树茶以年均20%的增速出口到中国,在生机盎然中带动老挝当地民众增收。

进博会,被誉为通往中国市场的"金色大门"。迄今已连续举办6届,来自170余个国家和地区的企业精彩亮相,累计意向成交额超4200亿美元。

中国好，世界才更好。新时代以来，以对世界经济增长 30% 左右的年平均贡献率，成为全球增长的最大引擎；新能源汽车、锂电池、光伏产品"新三样"出口不断增长，有力助推全球绿色低碳发展转型，中国的绿色产能为落实联合国 2030 年可持续发展议程、建设清洁美丽世界作出贡献。

当今世界，变革创新的潮流滚滚向前。习近平总书记强调："中国进行改革开放，顺应了中国人民要发展、要创新、要美好生活的历史要求，契合了世界各国人民要发展、要合作、要和平生活的时代潮流。"

"在历史前进的逻辑中前进、在时代发展的潮流中发展"，中国坚定不移推进改革开放，不断以自身的新发展为世界提供新机遇、作出新贡献。

历史的进程有多么激越浩荡，它产生的影响就有多么广泛深远。

"在习近平主席领导下，中国在治国理政方面的成功经验和取得的举世瞩目成就，为广大发展中国家提供了有益借鉴"，2024 年 6 月，《习近平谈治国理政》中塔读者会在塔吉克斯坦首都杜尚别成功举办，与会嘉宾这样表示。

"为什么中国式现代化对巴西如此重要？因为中国的成功经验对巴西来说可资借鉴。"2023 年 3 月，在巴西举行的一场"中国式现代化与世界新机遇"研讨会上，巴西总统府机构关系部国务秘书佩雷拉总结说。

英国剑桥大学教授马丁·雅克认为："中国的改革促成了当代人类历史上最伟大的经济转型，甚至也堪称迄今全部人类历史上最伟大的经济转型。"

今天，中国式现代化的理论和实践，打破了现代化就是西方化的迷思，开辟的是人类迈向现代化的新道路；来自中国前无古人的创举，破解了人类社会发展的诸多难题，开创的是人类文明新形态。

"光明之路""正义之路"，中国坚定不移推进改革开放，为人类对更好社会制度的探索提供了中国方案。

2023年10月17日，中印尼共建"一带一路"合作旗舰项目——雅万高铁正式开通运营。一首中印尼双语歌曲唱出当地民众的心声："手牵手，肩并肩，只要我们团结，没有什么不可能。"

共建"一带一路"源自中国，成果和机遇属于世界。依托这一平台，塞尔维亚斯梅戴雷沃钢厂涅槃重生，东部非洲有了第一条高速公路……

坚持共商共建共享，高质量共建"一带一路"开辟了各国交往的新路径，搭建起国际合作的新框架，汇集着人类共同发展的最大公约数。据测算，到2030年，共建"一带一路"有望使共建国家760万人摆脱极端贫困、3200万人摆脱中度贫困，每年将为全球产生1.6万亿美元收益。

从共建"一带一路"倡议，到全球发展倡议、全球安全倡议、全球文明倡议……构建人类命运共同体成为引领时代前进的光辉旗帜，有力推动世界走向和平、安全、繁荣、进步的光明前景。

"站在历史正确的一边、站在人类文明进步的一边"，中国坚定不移推进改革开放，倡导弘扬全人类共同价值，携手共行天下之大道。

为中国人民谋幸福、为中华民族谋复兴，也为人类谋进步、为世界谋大同，中国共产党以自强不息的奋斗深刻改变了世界发展的趋势和格局。这是正在发生的历史，这是影响深远的变革。

（六）

改革是推动国家发展的根本动力。习近平总书记强调："要谋划进一步全面深化改革重大举措，为推动高质量发展、推进中国式现代化持续注入强劲动力。"

南海之滨，改革逐浪。2024年3月1日起横琴粤澳深度合作区正式封关运行。从2015年正式启动中国（广东）自由贸易试验区珠海横琴新区片区，到2021年公布《横琴粤澳深度合作区建设总体方案》，再到深入推进规则衔接、机制对接，横琴开发开放按下"快进键"。从中，能够读懂"实践发展永无止境，解放思想永无止境，改革开放也永无止境"。

当代中国正在经历着有史以来最为广泛而深刻的社会变革，正在推进中国式现代化这一人类历史上非常宏大而独特的实践创新。坚持用改革开放这个重要法宝解决发展中的问题、应对前进道路上的风险挑战，才能打开事业发展新天地。

"进一步全面深化改革的总目标是继续完善和发展中国特色社会主义制度，推进国家治理体系和治理能力现代化"，从党的十八届三中全会到党的二十届三中全会，总目标一以贯之，实践要求一脉相承。

改革开放以来，我国经济社会发展取得了巨大成就，原因就在于我们通过不断调整生产关系激发了社会生产力发展活力，通过不断完善上层建筑适应了经济基础发展要求。新征程上，锚定总目标，把牢实践要求，写好改革的"实践续篇"，定能不断彰显中国特色社会主义制度优势，不断增强社会主义现代化建设的动力和活力。

推进中国式现代化是新征程上凝聚全党全国人民智慧和力量的旗帜。面对大量从未出现过的全新课题，需要我们在实践中去大胆探索，寻求有效解决新矛盾新问题的思路和办法。只有奔着问题去、盯着问题改，才能破除妨碍推进中国式现代化的思想观念和体制机制弊端。

发展出题目，改革做文章。新征程上，紧扣推进中国式现代化，坚持目标导向和问题导向相结合，写好改革的"时代新篇"，定能不断为中国式现代化注入强劲动力、提供有力制度保障。

"犯其至难而图其至远"，习近平总书记引用这句话，道出了新时代改革者的坚定："向最难之处攻坚，追求最远大的目标"。

改革进入深水区，"剩下的都是难啃的硬骨头"。尤需以改革到底的坚强决心，动真格、敢碰硬，精准发力、协同发力、持续发力。要坚持守正创新，激发"明知山有虎、偏向虎山行"的干劲闯劲，看准了就坚定不移抓，奋力谱写新时代改革开放新篇章。

穿云破海、踏浪伶仃。前不久，深中通道建成开通。历时7年建设，这一超大型交通工程，攻克多项世界级技术难题，创造多项世界纪录，书写了世界桥隧建设史上的新奇迹。

"这充分说明，中国式现代化是干出来的，伟大事业都成于实干！"习近平总书记的话语鼓舞人心，激励亿万人民聚力奋进。

跋山涉水不改一往无前，山高路远但见风光无限。让我们更加紧密地团结在以习近平同志为核心的党中央周围，全面贯彻习近平新时代中国特色社会主义思想，深刻领悟"两个确立"的决定性意义，坚决做到"两个维护"，永葆"闯"的精神、"创"的劲头、"干"的作风，当好进一步全面深化改革的坚定促进派、实干家，在推进中国式现代化的新征程上创造新的辉煌。

历史已经证明，并将继续证明，习近平总书记高瞻远瞩的重大判断："中国特色社会主义在改革开放中产生，也必将在改革开放中发展壮大。"

（《人民日报》2024年7月15日）

为全面深化改革提供强大思想武器

任理轩

"实践发展永无止境，解放思想永无止境，改革开放也永无止境"。2013年11月，具有划时代意义的党的十八届三中全会召开，波澜壮阔、气势如虹的全面深化改革由此开启。当历史进程从这里开启时，思想进程也随之开启。历史进程与思想进程交互激荡、交相辉映。

"这是一场思想理论的深刻变革。我们坚持以思想理论创新引领改革实践创新，以总结实践经验推动思想理论丰富和发展"。对于全面深化改革，习近平总书记从"思想理论"层面作了这样的定义。一系列具有突破性、战略性、指导性的重要思想和重大论断，诠释着全面深化改革的思想含量，也充分彰显了党的创新理论的真理力量和实践伟力。

全面深化改革，锚定完善和发展中国特色社会主义制度、推进国家治理体系和治理能力现代化这个总目标，是要实现改革由局部探索、破冰突围到系统集成、全面深化的转变，其广度和深度前所未有，难度可想而知。习近平总书记从世界发展大势、时代发展潮流、中国式现代化发展要求出发，坚持以人民为中心，着眼于增进人民福祉、让人民过上更好的日子，从人民的整体利益、根本利益、长远利益出发谋划和推进改革，对全面深化改革进行深邃思考，提出一系列具有原创性、时代性、指导性的新思想新观点新论断，充分彰显了一位马克思主义政治家、思想家、战略家的非凡理论勇气、卓越政治智慧、强烈使命担当、深厚人民情怀。习近平总书记关于全面深化改革的重要论述，是一个内涵丰富、系统完备、逻辑严密的科学理论体系，不仅具有政治性、人民性、实践性等马克思主义理论的共性特征，还有许多新的理论特质。这些理论特质，深刻体现这一重要论述的精髓要义、价值追求、实践要求等，是其世界观和方法论的彰显、立场观点方法的映照，指引全面深化改革取得历史性、革命性、开创性成就。进一步全面深化改革、推进中国式现代化，就要深入学习贯彻习近平总书记关于全面深化改革的重要论述，牢牢把握这一重要论述的理论特质，将其作为强大思想武器。

强烈的历史主动

"时间不等人！历史不等人！"在2020年春节团拜会上，习近平总书记号召全党全国人民"同时间赛跑、同历史并进"。"我将无我，不负人民"，在新时代波澜壮阔的历程中，习近平总书记始终怀着深沉的忧患意识、强烈的历史主动精神，将改革开放的大旗高高举起。

"世界在发展，社会在进步，不实行改革开放死路一条，搞否定社会主义方向的'改革开放'也是死路一条。"2012年12月31日，党的十八大召开后不久，十八届中央政治局第二次集体学习的主题就是坚定不移推进改革开放，习近平总书记在主持学习时发表的这一重要论述充满深沉的忧患意识。当今世界的发展大势是百舸争流、不进则退。改革是发展的动力，不敢改革、不愿改革、不善改革，发展就会失去动力，社会就会停滞甚至倒退，因此必须"义无反顾把改革开放不断向前推进"。2013年4月，中央政治局经过深入思考和研究、广泛听取党内外各方面意见，决定党的十八届三中全会研究全面深化改革问题并作出决定，抓住了全社会最关心的问题，也掌握住了党和国家事业发展的历史主动。

"进一步把握历史发展规律和大势，始终掌握党和国家事业发展的历史主动。"党的十八大以来，习近平总书记一再强调要掌握历史主动。掌握历史主动，最鲜明的体现就是积极主动地谋划和推进全面深化改革，不断增强抓改革的机遇意识、责任意识、紧迫意识，提高抓改革的主动性、自觉性。党的十八届三中全会闭幕一个多月后，中共中央政治局就召开会议，决定成立由习近平总书记担任组长的中央全面深化改革领导小组，从那时起，习近平总书记主持召开了70多次中央全面深化改革领导小组会议和中央全面深化改革委员会会议，科学谋划和部署全面深化改革。

历史总是要前进的，历史从不等待一切犹豫者、观望者、懈怠者、软弱者。习近平总书记指出："路虽然还很长，但时间不等人，容不得有半点懈怠。"党的十八大以来，习近平总书记到各地考察调研，无论是在东部改革开放的先行地，还是在西部内陆地区，都一再强调全面深化改革。2015年5月25日至27日，习近平总书记在浙江调研，要求浙江"在推进改革开放和社会主义现代化建设中更快一步，继续发挥先行和示范作用"，强调"改革是推动发展的制胜法宝。路总是有的，路就在脚下，关键是要通过变革打通道路"。2020年3月29日至4月1日，习近平总书记到浙江考察时，要求浙江"深入推进重要领域和关键环节改革，加大改革力度，完善改革举措，加快取得更多实质性、突破性、系统性成果，为全国改革探索路子、贡献经验"。2023年9月20日至21日，习近平总书记再到浙江考察，强调浙江"要在深化改革、扩大开放上续写新篇"。一以贯之的要求，是一种历史紧迫感，更是一种历史主动精神。对浙江是如此要求，对其他地区也有着明确要求。

强烈的历史主动，是基于对历史规律的深刻把握，以大历史观审视党和国家事业，确保我们在历史前进的逻辑中前进、在时代发展的潮流中发展。"从形成更加成熟更加定型的制度看，我国社会主义实践的前半程已经走过了""后半程，我们的主要历史任务是完善和发展中国特色社会主义制度，为党和国家事业发展、为人民幸福安康、为社会和谐稳定、为国家长治久安提供一整套更完备、更稳定、更管用的制度体系"。2014年2月17日，习近平总书记在省部级主要领导干部学习贯彻十八届三中全会精神全面深化改革专题研讨班上的这一重要论述，深刻阐明了全面深化改革要完成推动中国特色社会主义制度更加成熟更加定型"后半程"的主要历史任务。这是遵循历史发展规律，着眼于党和国家事业长远发展的一种强烈的历史担当、历史自觉、历史主动，是要确保党和国家事业始终与历史同步伐，赢得更加光明的未来。

"现代化不会从天上掉下来，而是要通过发扬历史主动精神干出来。"深入学习贯彻习近平总书记关于全面深化改革的重要论述，就要深刻把握其强烈的历史主动这一理论特质，坚定将改革进行到底的决心，以更强的自觉性和主动性进一步全面深化改革、推进中国式现代化。

坚定的守正创新

改革开放是守正与创新的有机统一，唯有如此才能确保改革开放事业行稳致远。习近平总书记强调："我们的改革是在中国特色社会主义道路上不断前进的改革，既不走封闭僵化的老路，也不走改旗易帜的邪路。""该改的、能改的我们坚决改，不该改的、不能改的坚决不改。"这些重要论述都彰显了守正与创新的有机统一。

全面深化改革，首先要守正。曾经有一个时期，一些敌对势力和别有用心的人在那里摇旗呐喊、制造舆论、混淆视听，有的人把改革开放定义为往西方"普世价值"、西方政治制度的方向改，否则就是不改革开放。针对于此，习近平总书记旗帜鲜明亮明态度："这是偷换概念，曲解我们的改革。""我们的改革开放是有方向、有立场、有原则的。"习近平总书记强调，我们不断推进改革"不是为了迎合某些人的'掌声'，不能把西方的理论、观点生搬硬套在自己身上"，"在方向问题上，我们头脑必须十分清醒，不断推动社会主义制度自我完善和发展，坚定不移走中国特色社会主义道路"。

守正，就必须加强党对改革的领导。改革必定要触及深层次利益格局的调整和制度体系的变革，必定会面临这样那样的风险挑战。如何确保改革立场不移、方向不偏，始终朝着完善和发展中国特色社会主义制度、推进国家治理体系和治理能力现代化这个总目标推进？"这里面最核心的是坚持和改善党的领导、坚持和完善中国特色社会主义制度，偏离了这一条，那就南辕北辙了。"在庆祝海南建省办经济特区30周年大会上，习近平总书记又指出："无论改什么、改到哪一步，都要坚持党的领导，确保党把方向、谋大局、定政策，确保党始终总揽全局、协调各方"。

守正守的是本、是根，守正才能不迷失方向、不犯颠覆性错误，"改革无论怎么改，坚持党的全面领导、坚持马克思主义、坚持中国特色社会主义道路、坚持人民民主专政等根本的东西绝对不能动摇，否则就是自毁长城。"习近平总书记的这一重要论述，深刻阐明了我们的改革开放要守住哪些根本的东西，为我们牢牢把握改革开放的前进方向提供了根本遵循。

在守正的基础上必须创新，只有创新才能把握时代、引领时代。习近平总书记强调"要敢于创新，把该改的、能改的改好、改到位，看准了就坚定不移抓"。党的十八大以来，习近平总书记对创新讲了很多、讲得很透。"惟改革者进，惟创新者强，惟改革创新者胜。""创新是一个民族进步的灵魂，是一个国家兴旺发达的不竭动力，也是中华民族最深沉的民族禀赋。""抓创新就是抓发展，谋创新就是谋未来。"习近平总书记的这些话掷地有声，把我们党对创新的认识提升到了新的高度。

2015年10月，在党的十八届五中全会上，习近平总书记提出了创新、协调、绿色、开放、共享的发展理念。新发展理念阐明了我们党关于发展的政治立场、价值导向、发展模式、发展道路等重大政治问题，"创新"摆在五大发展理念之首，足见对创新的重视。

全面建设社会主义现代化国家，实现第二个百年奋斗目标，创新是一个决定性因素。"深入推进改革创新，坚定不移扩大开放，着力破解深层次体制机制障碍，不断彰显中国特色社会主义制度优势，不断增强社会主义现代化建设的动力和活力，把我国制度优势更好转化为国家治理效能。"习近平总书记在党的二十大上的这一重要论述，深刻阐明了改革创新对于把我国制度优势更好转化为国家治理效能的重要作用。

2023年立春刚过，党的二十大后首次省部班开班，主题聚焦"中国式现代化"。面对新进中央委员会的委员、候补委员和省部级主要领导干部，习近平总书记要求"把创新摆在国家发展全局的突出位置，顺应时代发展要求，着眼于解决重大理论和实践问题，积极识变应变求变，大力推进理论创新、实践创新、制度创新、文化创新以及其他各方面创新"。唯有解放思想、改革创新，坚决破除妨碍推进中国式现代化的思想观念和体制机制弊端，着力破解深层次体制机制障碍和结构性矛盾，才能"为中国式现代化注入不竭动力源泉"。

"守正创新是我们党在新时代治国理政的重要思想方法。"深入学习贯彻习近平总书记关于全面深化改革的重要论述，就要深刻把握其坚定的守正创新这一理论特质，在进一步全面深化改革、推进中国式现代化的进程中既守好本和源、根和魂，又大力推进理论创新、实践创新、制度创新、文化创新以及其他各方面创新。

鲜明的问题导向

问题是时代的声音，坚持问题导向是马克思主义的鲜明特点。习近平总书记强调："问题是创新的起点，也是创新的动力源""我们党领导人民干革命、搞建设、抓改革，从来都是为了解决中国的现实问题""改革是由问题倒逼而产生，又在不断解决问题中得以深化"。习近平总书记的这些重要论述，体现鲜明的问题导向。新时代全面深化改革，就是奔着问题去、盯着问题改的，"问题清单"亦是"改革清单"。

进入新时代，国内外环境都在发生极为广泛而深刻的变化，我国发展面临一系列突出矛盾和挑战，前进道路上还有不少困难和问题。2013年11月，在《关于〈中共中央关于全面深化改革若干重大问题的决定〉的说明》中，习近平总书记列举了前进道路上的不少困难和问题，强调"解决这些问题，关键在于深化改革"。《中共中央关于全面深化改革若干重大问题的决定》正是以亟待解决的重大问题为提领，突出重要领域和关键环节，回应人民群众呼声和期待。

问题是事物矛盾的表现形式，而矛盾是普遍存在的。习近平总书记指出："我们强调增强问题意识、坚持问题导向，就是承认矛盾的普遍性、客观性，就是要善于把认识和化解矛盾作为打开工作局面的突破口""在认识世界和改造世界的过程中，旧的问题解决了，新的问题又会产生，制度总是需要不断完善，因而改革既不可能一蹴而就、也不可能一劳永逸"。鲜明的问题导向，决定了改革必须跟着问题走，哪里出现新问题，改革就跟进到哪里。这也是为什么改革只有进行时、没有完成时。

坚持问题导向，就要把存在的突出问题搞准，这是做实改革举措、提高改革效能的基础。2023年全国两会上，习近平总书记在参加江苏代表团审议时提起看过的一个关于"培养一批'一县一业'重点基地"的文件："我看了以后皱了眉头，这个事情不好下指标。一个县是不是光靠一个产业去发展，要去深入调研，不能大笔一挥，拨一笔钱，这个地方就专门发展养鸡、发展蘑菇，那个地方专门搞纺织，那样的话肯定要砸锅。"朴实而深刻的话语，凸显了通过调查研究解决实际问题的重要意义。因此，坚持问题导向与进行全面深入的调查研究是紧密结合在一起的。习近平总书记高度重视调查研究工作，强调"听真话、察真情，真研究问题、研究真问题，不能搞作秀式调研、盆景式调研、蜻蜓点水式调研"。

"我提出精准扶贫战略，就是在深入调查研究的基础上提出来的。"如何啃下深度贫困这块硬骨头，打好脱贫攻坚战？习近平总书记坚持访真贫、问真苦，走遍了全国所有集中连片特困地区，找准了导致深度贫困的主要原因，采取有针对性的扶贫措施。新时代以来，习近平总书记坚持问题导向，调研足迹遍及大江南北、内陆边疆，进社区、进企业、进学校、进科研院所……了解基层群众所思、所想、所盼，发现问题的痛点、难点、堵点，找到啃硬骨头、涉险滩的路径，推动全面深化改革不断取得新突破。

党的二十大擘画了以中国式现代化全面推进中华民族伟大复兴

的宏伟蓝图。面对新的战略机遇、新的战略任务、新的战略阶段、新的战略要求、新的战略环境，习近平总书记在党的二十大报告中强调"必须坚持问题导向""增强问题意识"，在党的二十届一中全会上要求"聚焦实践遇到的新问题、改革发展稳定存在的深层次问题、人民群众急难愁盼问题、国际变局中的重大问题、党的建设面临的突出问题，不断回答中国之问、世界之问、人民之问、时代之问"。

"进一步全面深化改革要突出问题导向"。深入学习贯彻习近平总书记关于全面深化改革的重要论述，就要深刻把握其鲜明的问题导向这一理论特质，奔着解决最突出的问题去，坚决破除妨碍推进中国式现代化的思想观念和体制机制弊端，着力破解深层次体制机制障碍和结构性矛盾，不断为中国式现代化注入强劲动力、提供有力制度保障。

系统的战略布局

不谋全局者，不足谋一域。战略布局事关党和国家事业发展全局。"改革推进到现在，必须在深入调查研究的基础上提出全面深化改革的顶层设计和总体规划，提出改革的战略目标、战略重点、优先顺序、主攻方向、工作机制、推进方式，提出改革总体方案、路线图、时间表。"2012年12月在广东考察时，习近平总书记就对全面深化改革的战略布局提出要求。党的十八届三中全会审议通过的《中共中央关于全面深化改革若干重大问题的决定》，正是体现了习近平总书记的这一重要要求。

加强顶层设计，形成系统的战略布局，首先需要明确目标。目标如同灯塔，目标明确才能指引前进的方向。党的十八届三中全会明确全面深化改革的总目标是完善和发展中国特色社会主义制度、推进国家治理体系和治理能力现代化。对于这个全面深化改革的总目标，习近平总书记作了深刻阐述："全面深化改革，全面者，就是要统筹推进各领域改革，就需要有管总的目标，也要回答推进各领域改革最终是为了什么、要取得什么样的整体结果这个问题。"围绕全面深化改革的总目标，党的十八届三中全会对经济体制、政治体制、文化体制、社会体制、生态文明体制、国防和军队改革和党的建设制度改革作出部署。这既是改革进程向前拓展的客观要求，也体现了我们党对改革认识的深化和系统化。

2019年10月，党的十九届四中全会在北京举行，专题研究坚持和完善中国特色社会主义制度、推进国家治理体系和治理能力现代化重大议题。党的十九届四中全会审议通过的《中共中央关于坚持和完善中国特色社会主义制度、推进国家治理体系和治理能力现代化若干重大问题的决定》，重点阐述坚持和完善支撑中国特色社会主义制度的根本制度、基本制度、重要制度，部署需要深化的重大体制机制改革、需要推进的重点工作任务。这是对全面深化改革工作进一步作出部署，使全面深化改革围绕总目标在战略布局上更加系统。

"党的十九届四中全会和党的十八届三中全会历史逻辑一脉相承、理论逻辑相互支撑、实践逻辑环环相扣，目标指向一以贯之，重大部署接续递进。"习近平总书记深刻阐释了两次全会的关系，并强调"要以坚持和完善中国特色社会主义制度、推进国家治理体系和治理能力现代化为主轴，增强以改革推进国家制度和国家治理体系建设的自觉性，突出制度建设这条主线，继续全面深化改革"。"主轴"和"主线"紧密相连，主轴引领主线、主线围绕主轴，全面深化改革的重心和工作重点清晰呈现，战略布局更加系统科学。

全面深化改革，全面之中有重点，这是系统的战略布局不可或缺的。习近平总书记指出："我们也突出强调了要以经济建设为中心、发挥经济体制改革牵引作用。这就是说，要把握住我国现阶段社会基本矛盾的主要方面，重点是发展。"在突出重点的同时又兼顾其他，其中的原因习近平总书记作了深刻分析："是因为要解决我们面临的突出矛盾和问题，仅仅依靠单个领域、单个层次的改革难以奏效，必须加强顶层设计、整体谋划，增强各项改革的关联性、系统性、协同性。"

"战略上判断得准确，战略上谋划得科学，战略上赢得主动，党和人民事业就大有希望。"深入学习贯彻习近平总书记关于全面深化改革的重要论述，就要深刻把握其系统的战略布局这一理论特质，着眼以中国式现代化全面推进强国建设、民族复兴伟业，紧紧围绕进一步全面深化改革的总目标，更加强调顶层设计、突出制度建设，注重改革措施的系统性、整体性、协同性。

深厚的人文观照

从历史深处走来的中华文明，历经风雨而绵延不绝，饱经沧桑而历久弥新，是中华民族独特的精神标识，是当代中国文化的根基。我们要通过全面深化改革推进中国式现代化，让中华文明重焕荣光、创造人类文明新形态，必须从中华文明的历史深处汲取营养和智慧。习近平总书记关于全面深化改革的重要论述，是把马克思主义基本原理同中国具体实际、同中华优秀传统文化相结合形成的重大成果，彰显深厚的人文观照，充盈着浓郁中国味、深厚中华情。

2014年9月，纪念孔子诞辰2565周年国际学术研讨会暨国际儒学联合会第五届会员大会在人民大会堂举行，习近平总书记在开幕会上强调："中国共产党人是马克思主义者，坚持马克思主义的科学学说，坚持和发展中国特色社会主义，但中国共产党人不是历史虚无主义者，也不是文化虚无主义者。"此后，习近平总书记对于中国特色社会主义与中华优秀传统文化的关系作出了一系列重要论述。2021年3月，在福建武夷山朱熹园，习近平总书记深刻指出："如果没有中华五千年文明，哪里有什么中国特色？如果不是中国特色，哪有我们今天这么成功的中国特色社会主义道路？"2022年6月，在四川眉山三苏祠，习近平总书记指出："要善于从中华优秀传统文化中汲取治国理政的理念和思维"。2023年6月，文化传承发展座谈会在北京召开，习近平总书记强调"中国特色的关键就在于'两个结合'"，并深刻阐述了"第二个结合"。这是习近平总书记对待中华优秀传统文化的科学态度，也决定了实现全面深化改革的总目标必然要从中华优秀传统文化中汲取营养和智慧。

在省部级主要领导干部学习贯彻十八届三中全会精神全面深化改

革专题研讨班上，习近平总书记指出："一个国家选择什么样的治理体系，是由这个国家的历史传承、文化传统、经济社会发展水平决定的，是由这个国家的人民决定的。我国今天的国家治理体系，是在我国历史传承、文化传统、经济社会发展的基础上长期发展、渐进改进、内生性演化的结果。"这就把我国国家治理体系与我国的历史传承、文化传统紧密联系了起来。同样是在这一年的 10 月 13 日，十八届中央政治局就我国历史上的国家治理进行第十八次集体学习，习近平总书记在主持学习时强调："要治理好今天的中国，需要对我国历史和传统文化有深入了解，也需要对我国古代治国理政的探索和智慧进行积极总结。"

2019 年 10 月 31 日，在党的十九届四中全会第二次全体会议上，习近平总书记就学习贯彻全会精神提出要求，在谈到"坚定中国特色社会主义制度自信"时，习近平总书记深刻阐述了中国特色社会主义制度和国家治理体系具有的深厚历史底蕴，强调"中国特色社会主义制度和国家治理体系是以马克思主义为指导、植根中国大地、具有深厚中华文化根基、深得人民拥护的制度和治理体系"。在全面深化改革进程中，我们的许多制度建设都汲取了中华优秀传统文化的营养和智慧。

"中华优秀传统文化是我们党创新理论的'根'，我们推进马克思主义中国化时代化的根本途径是'两个结合'。"深入学习贯彻习近平总书记关于全面深化改革的重要论述，就要深刻把握其深厚的人文观照这一理论特质，始终坚持"两个结合"，坚守马克思主义魂脉，传承中华优秀传统文化根脉。

深邃的世界眼光

党的十一届三中全会拉开改革开放的大幕，就是为了让中国赶上这个时代、赶上这个世界。新时代，中国与世界的互联互动空前紧密。中国对世界的影响，从未像今天这样全面、深刻、长远；世界对中国的关注，也从未像今天这样广泛、深切、聚焦。习近平总书记指出："今天的中国，是紧密联系世界的中国""中国的发展离不开世界，世界的繁荣也需要中国"。新时代，习近平总书记一再强调"坚持胸怀天下""树立世界眼光"。

中国是世界的中国，中国要发展，必须既观照自己，也观照世界。2014年11月，中央外事工作会议在京举行，习近平总书记在会上强调："认识世界发展大势，跟上时代潮流，是一个极为重要并且常做常新的课题。中国要发展，必须顺应世界发展潮流。"秉持深邃的世界眼光，看准、看清、看透当今世界的风云变幻，从林林总总的表象中发现本质，习近平总书记作出"世界处于百年未有之大变局"的重大论断。基于此，习近平总书记强调："领导干部要胸怀两个大局，一个是中华民族伟大复兴的战略全局，一个是世界百年未有之大变局，这是我们谋划工作的基本出发点。"胸怀两个大局，就要胸怀中国与世界，树立世界眼光。

以深邃的世界眼光推进全面深化改革，就要推动高水平对外开放。世界百年未有之大变局加速演进，逆全球化思潮抬头，单边主义、保护主义明显上升，但中国决不会关起门来搞建设。习近平总书记强调："改革不停顿、开放不止步""中国开放的大门会越开越大"。这是一种顺应世界历史发展趋势和时代发展潮流的世界眼光。新时代以来，中国稳步扩大制度型开放，促进"引进来"和"走出去"更好结合，以扩大开放促进深化改革、以深化改革促进扩大开放。

以深邃的世界眼光推进全面深化改革，就要积极回应各国人民普遍关切，为解决人类面临的共同问题作出贡献。"中国共产党是为中国人民谋幸福、为中华民族谋复兴的党，也是为人类谋进步、为世界谋大同的党。"习近平总书记的这一重要论述，彰显博大天下情怀。坚持胸怀天下，树立世界眼光，中国式现代化就具有无比广阔的舞台，就能为构建人类命运共同体作出重大贡献。2013年秋，习近平总书记提出共建"一带一路"倡议，这一倡议思接千载、视通万里，体现深邃的世界眼光。今天，共建"一带一路"倡议为世界经济增长注入了新动能，为全球发展开辟了新空间，为国际经济合作打造了新平台。从共建"一带一路"倡议到全球发展倡议、全球安全倡议、全球文明倡议……中国在全面深化改革中发展自己，也造福世界。

有了深邃的世界眼光，就会有海纳百川的宽阔胸襟。习近平总书记指出："我们从来不排斥任何有利于中国发展进步的他国国家治理经验，而是坚持以我为主、为我所用，去其糟粕、取其精华。"有了深邃的世界眼光，就能看穿单线式历史观的苍白无力。习近平总书记指出："我国的实践向世界说明了一个道理：治理一个国家，推动一个国家实现现代化，并不只有西方制度模式这一条道，各国完全可以走出自己的道路来。"事实就是如此。全面深化改革取得的历史性成就、中国式现代化的推进和拓展，拓展了发展中国家走向现代化的路径选择，"为人类对更好社会制度的探索提供了中国方案"。

"中国的发展惠及世界，中国的发展离不开世界。"深入学习贯彻习近平总书记关于全面深化改革的重要论述，就要深刻把握其深邃的世界眼光这一理论特质，深刻洞悉世界百年未有之大变局，在融入世界中发展中国，以中国发展惠及世界，既积极借鉴国际社会先进的治理理念和治理经验，又为对人类更好社会制度的探索提供中国方案。

新时代的全面深化改革是全方位、深层次、根本性的。放眼全世界，没有哪个国家和政党，能在这么短时间内推动这么大范围、这么大规模、这么大力度的改革。全面深化改革之所以能取得历史性、革命性、开创性的成就，根本在于有以习近平同志为核心的党中央坚强领导，有习近平新时代中国特色社会主义思想的科学指引。习近平总书记关于全面深化改革的重要论述，以其鲜明的理论特质在中国式现代化进程中展现出强大的真理力量。

党的二十届三中全会重点研究进一步全面深化改革、推进中国式现代化问题。进一步全面深化改革，这既是党的十八届三中全会以来全面深化改革的实践续篇，也是新征程推进中国式现代化的时代新篇。以思想之光照亮改革之路，我们对写好实践续篇和时代新篇充满信心，我们对中国的未来充满信心。

（《人民日报》2024年7月17日）

微观察·党的二十届三中全会
"当代中国人民最鲜明的精神标识"

人民日报记者　杜尚泽　王　洲

矢志复兴的民族，一步步拾级而上。

从改革，到全面深化改革，再到进一步全面深化改革，中国式现代化之路又行进到关键节点。党的二十届三中全会重点研究"进一步全面深化改革、推进中国式现代化"，再次释放"坚定不移高举改革开放的旗帜"这一信号。

"改革开放铸就的伟大改革开放精神，极大丰富了民族精神内涵，成为当代中国人民最鲜明的精神标识！"5年多前，改革开放40周年之际，习近平总书记从精神的维度注解改革开放伟大实践，这是当代中国在改革之路上从容坚定的底气所在。

中国，14亿多人口的泱泱大国；改革，既涉及经济基础又涉及上层建筑的系统工程；中国的改革，纵深推进，包罗万象，见深见广。观察进一步全面深化改革向何处去，可从一项项制度、一个个领域见微知著，更要在"当代中国人民最鲜明的精神标识"这个宏阔视野中去把握。

物质决定意识，特质的形成植根于时代的发展。从改革开放新时期到中国特色社会主义新时代，最鲜明的精神标识，融汇于山一程、水一程的改革开放伟大实践。从历史维度剖析改革开放精神，那些蕴含其中的特质、品格、风范贯穿始终。

回望1978年，一场关于真理标准问题的大讨论，一篇《解放思想，实事求是，团结一致向前看》的讲话，冲破了人们思想观念的禁锢。

党的十一届三中全会,在重大历史关头作出"实行改革开放的历史性决策"。解放思想、实事求是思想路线,为新时期改革开放事业从胜利走向胜利,提供了科学指引。

解放思想,在一定意义上是触及思想和利益的。唯有勇于破除陈旧的思想和僵化的思维,推进观念更新、创新发展,才能推动深刻的革命和巨大的进步。力主包产到户,让全县成为河北省第一批包产到户试点县;颁布"人才九条",破除用人的条条框框……回忆在河北正定的日子,习近平总书记曾说:"现在回过头来想一想,如果说我们做到了什么,其中之一就是做到了解放思想这一条。"

2023年秋天赴浙江考察,总书记来到具有改革标志性意义的义乌。在浙江工作时,习近平同志就多次到了那儿。针对义乌发展遇到的体制机制障碍,他的一句话深入人心:小孩子成长太快,而衣服太小,"得给成长快的孩子换上一件大衣服"。今天,义乌从"买卖全国"到"买卖全球",拥有"全世界最大的小商品市场"。如何"不断再创新辉煌"?仍要靠解放思想、革故鼎新。

这些年,习近平总书记多次鼓励"大胆地试、勇敢地改""去大胆探索"。改革,要有敢闯善试、敢为人先的闯劲,也要有埋头苦干、迎难而上的韧劲。没有极大的政治勇气和智慧,没有扎扎实实的作为,历史性转折很难发生,历史性变革也无从谈起。"永葆'闯'的精神、'创'的劲头、'干'的作风,努力续写更多'春天的故事',努力创造让世界刮目相看的新的更大奇迹!"习近平总书记这席话,让无数改革弄潮儿心潮澎湃。

新时代伊始,历经30多年的改革、站在高速发展的十字路口,中国的改革进入攻坚期和深水区。"容易的、皆大欢喜的改革已经完成了","还要看到,随着改革不断推进,对利益关系的触及将越来越深"。历史行进到此时,唯有啃硬骨头、涉险滩,唯有较真碰硬、越是艰险越向前,唯有一以贯之、一抓到底,钉钉子般一锤锤敲下去。

采取一系列战略性举措,推进一系列变革性实践,实现一系列突破性进展,取得一系列标志性成果……2020年,中央全面深化改革委员会第十七次会议上，习近平总书记举起手中 2 万多字的党的十八届三中全会以来全面深化改革总结评估报告："我们 7 年多来的全面深化改革成就，都在这里了，沉甸甸的！"

改革只有进行时。这之后，2023 年新年贺词中，习近平总书记引用了苏轼的一句话表明新时代共产党人"向最难之处攻坚，追求最远大的目标"的改革决心："犯其至难而图其至远"。

啃硬骨头，胆子要大，步子也要稳。改革无论怎么改，"坚持党的全面领导、坚持马克思主义、坚持中国特色社会主义道路、坚持人民民主专政等根本的东西绝对不能动摇"。

新时代，稳中求进、以进促稳、先立后破，稳中求进工作总基调贯穿始终。全面深化改革注重试点探索、成熟推开，系统谋划、辩证施策，正所谓"立治有体，施治有序"。海南，中国特色自由贸易港建设扬帆起航；深圳，从"先行先试"到"先行示范"，转型跨越活力更显；上海浦东，担当打造社会主义现代化建设引领区的新使命；浙江，承担建设共同富裕示范区的新任务，漫漫征途行而不辍……新时代，全局上谋划，关键处落子，各地区在全国发展大局中的战略定位也是时代赋予的使命职责。一域接着一域的改革试点，彼此交映、连点成面，如灿烂星河光灿神州，彰显顶层设计与实践探索辩证统一。

最鲜明的精神标识中，蕴含着命运与共的天下观。

对外开放是我国的基本国策，以开放促改革是改革开放的实践逻辑。坚持高水平对外开放与推进深层次改革，最终统一于中国式现代化的伟大实践。百年变局加速演进，习近平总书记顺势而变提出构建新发展格局。这是舍弃开放了？面对疑问，总书记态度鲜明："'双循环'不是要闭关锁国，而是当别人不给我们开门的时候，我们自己还能活下去、活得更好。我们敞开大门，谁来与我们合作都欢迎。"

在改革开放浩荡进程中，中国与世界的关系发生广泛而深刻的历史性变化。2000 多年前就连接起东西方的古丝绸之路，而今正以高质量共建"一带一路"的新貌，挥笔新篇章；人类命运共同体、三大全球倡议赢得广泛共鸣，全人类共同价值收获普遍共识……还有，

2013年上海自贸试验区设立，至今扩展到全国22个自贸试验区，统筹用好国际国内两个市场、两种资源。从积极借鉴人类文明有益成果，到创造人类文明新形态、共享中国的发展机遇，中国用行动表明，中国的发展离不开世界，世界的繁荣也需要中国。

而从更深层的角度端详这个"当代中国人民最鲜明的精神标识"，更能激发新征程上的自信和底气。

最鲜明的精神标识，关键词在"精神"二字。

改革在极大促进生产力发展的同时，也在塑造着中国人的精神世界、改变着中国人的精神面貌、淬炼着中国人的价值观念、涵养着中国人的自信襟怀。习近平总书记深刻指出："当今世界，要说哪个政党、哪个国家、哪个民族能够自信的话，那中国共产党、中华人民共和国、中华民族是最有理由自信的。"

在中国共产党人的精神谱系中，改革开放铸就的伟大改革开放精神纳入其中。这种由物质富裕而精神富足的蝶变，与"我们要把命运掌握在自己手中"的逻辑是贯通的。在中国这样一个大国"推进改革发展，没有可以奉为金科玉律的教科书，也没有可以对中国人民颐指气使的教师爷"。什么是路？总书记多次引用鲁迅先生的那句话，"就是从没路的地方践踏出来的，从只有荆棘的地方开辟出来的。"

改革之难，首先难在统一思想、形成共识。"我们这么大一个党、这么大一个国家，如果没有党中央定于一尊的权威"，"不仅会误事，而且要乱套！"唯有自觉站在全局高度认识改革，在解放思想中统一思想，正确对待利益调整，积极拥护、支持、参与改革，才能最大限度凝聚改革共识、形成改革合力，才能有足够的底气、能力、智慧战胜各种风险考验，构筑起团结奋斗的最大同心圆。

最鲜明的精神标识，冠之在前的是"中国人民"。"我将无我，不负人民"的心声，之所以赢得亿万人民的深切认同，也是因为新时代不断推动改革答人民之问、解人民之忧，坚定践行着"把人民对美好生活的向往作为我们的奋斗目标"的郑重承诺和紧紧依靠人民、发挥人民首创精神所汇聚的磅礴之力。

"最鲜明"的特征是从最管用的改革实践中淬炼出来的。

40多年，一条改革路，中国人民走得坚定。从计划经济走向市场经济，从封闭半封闭走向全方位开放，从温饱不足到全面小康，从面对"被开除球籍的危险"到"大踏步赶上时代"平视世界……正如在2013年那场"划时代的"党的十八届三中全会上，习近平总书记所强调的，"改革开放是我们党在新的时代条件下带领人民进行的新的伟大革命"。

继续完善和发展中国特色社会主义制度，推进国家治理体系和治理能力现代化，进一步全面深化改革是必由之路，"这既是党的十八届三中全会以来全面深化改革的实践续篇，也是新征程推进中国式现代化的时代新篇。"

伟大的事业需要伟大的精神，伟大的精神托举伟大的梦想。恩格斯说，历史从哪里开始，思想进程也应当从哪里开始，而思想进程的进一步发展不过是历史过程在抽象的、理论上前后一贯的形式上的反映。改革开放精神贯通过去、现在与未来，在中华优秀传统文化中浸润滋养，在波澜壮阔的改革开放实践中形成和发展，丰富而璀璨，深刻而管用，如大音希声，如大象无形。

这一当代中国人民最鲜明的精神标识，正是我们紧扣中国式现代化、进一步全面深化改革，在强国建设、民族复兴新征程上，历久弥新、生生不息的精神力量。

(《人民日报》2024年7月17日)

弘扬伟大改革开放精神
进一步推进全面深化改革

仲 音

改革不停顿，开放不止步。正在举行的党的二十届三中全会，重点研究进一步全面深化改革、推进中国式现代化问题，充分彰显了我们党将改革开放进行到底的坚定决心和历史担当。

改革开放是我们党在新的时代条件下带领人民进行的新的伟大革命，"是当代中国最鲜明的特色，是我们党在新的历史时期最鲜明的旗帜。"

伟大事业孕育伟大精神，伟大精神引领伟大事业。习近平总书记强调："改革开放铸就的伟大改革开放精神，极大丰富了民族精神内涵，成为当代中国人民最鲜明的精神标识！"

事非经过不知难，成如容易却艰辛。

从农村到城市，从试点到推广，从经济体制改革到全面深化改革，从"落后时代"到"赶上时代"再到"引领时代"，中国人民在党的坚强领导下，依靠自己的辛勤和汗水书写了国家和民族发展的雄浑史诗，改革开放成为当代中国最显著的特征、最壮丽的气象。

锚定完善和发展中国特色社会主义制度、推进国家治理体系和治理能力现代化这个新时代全面深化改革总目标，以习近平同志为核心的党中央团结带领亿万人民敢于突进深水区，敢于啃硬骨头，敢于涉险滩，敢于面对新矛盾新挑战，把一个个"不可能"变成了"一定能"，开创了改革开放的全新局面。

上海黄浦江潮涌，海南自贸港成形起势，深圳转型跨越，雄安拔节生长……今天的神州大地上，奏响着改革开放的激扬乐章。

这是思想引领的强大力量。习近平总书记关于全面深化改革的重要论述，深刻回答了为什么改、为谁改、怎么改等重大理论和实践问题，为新时代全面深化改革提供了科学指引和行动指南。

这是人民广泛参与的深刻变革。我们党坚持以人民为中心推进改革，抓住人民最关心最直接最现实的利益问题推进重点领域改革，不断增强人民获得感、幸福感、安全感，全社会形成改革创新活力竞相迸发、充分涌流的生动局面。

正是在改革开放的历史进程中，中国人民焕发出前所未有的历史主动精神、历史创造精神，为以中国式现代化全面推进强国建设、民族复兴伟业提供了势不可挡的磅礴力量。

人无精神则不立，国无精神则不强。

与中华民族的变革和开放精神一脉相承，伟大改革开放精神在新时代奋斗实践中绽放出更加耀眼的光芒，是中国共产党人精神谱系的重要组成部分，是党和人民弥足珍贵的精神财富，是新时代更好坚持和发展中国特色社会主义的强大精神动力。

推进中国式现代化，是一项前无古人的开创性事业，必然会遇到大量从未出现过的全新课题、遭遇各种艰难险阻、经受许多风高浪急甚至惊涛骇浪的重大考验。深入学习贯彻习近平总书记关于全面深化改革的重要论述，大力弘扬伟大改革开放精神，把进一步全面深化改革推向前进，才能解决发展中的问题、应对前进道路上的风险挑战，为中国式现代化注入更为主动、更为强大的精神力量。

2024年6月27日召开的中共中央政治局会议，指出进一步全面深化改革要总结和运用改革开放以来特别是新时代全面深化改革的宝贵经验，贯彻"六个坚持"重要原则。新征程上，贯彻好这些重要原则，紧紧围绕推进中国式现代化进一步全面深化改革，必能推动改革开放事业行稳致远，赢得新的更大胜利。

改革开放是有方向、有立场、有原则的。习近平总书记强调："改革无论怎么改，坚持党的全面领导、坚持马克思主义、坚持中国特色社会主义道路、坚持人民民主专政等根本的东西绝对不能动摇，否则就是自毁长城。"

道不变，志不改。

从党的十八届三中全会到党的二十届三中全会，改革总目标一以贯之。"继续完善和发展中国特色社会主义制度，推进国家治理体系和治理能力现代化"，两句话组成一个有机统一的整体。

持续深化行政管理体制改革、坚持改革和法治同步推进、重拳正风肃纪反腐……新时代以来，正是始终锚定改革总目标，沿着正确方向，瞄准重点领域，抓住关键环节，国家治理体系和治理能力现代化水平明显提高。

新征程上，保持战略定力，紧扣推进中国式现代化这个主题，着力破解深层次体制机制障碍和结构性矛盾，才能不断增强社会主义现代化建设的动力和活力，把我国制度优势更好转化为国家治理效能。

推进中国式现代化，是一个探索性事业，还有许多未知领域，需要我们增强改革系统性、整体性、协同性，在实践中去大胆探索、改革创新，寻求有效解决新矛盾新问题的思路和办法。

新征程上，要永葆"闯"的精神，用改革的方法破解制约发展的难题。要鼓足"创"的劲头，哪里矛盾和问题最突出，哪个疙瘩最难解，就重点抓哪项改革，实现以重点突破带动整体推进，以改革为发展添活力、增动力。要发扬"干"的作风，自觉当好改革的实干家，以"滴水穿石"的韧劲、"踏石留印"的干劲，积极有为，善作善为，以钉钉子精神抓好改革落实，把进一步全面深化改革的战略部署转化为推进中国式现代化的强大力量。

精神上站得住、站得稳，一个民族就能在历史洪流中屹立不倒、挺立潮头。高举新时代改革开放旗帜，弘扬伟大改革开放精神，锐意进取、开拓创新，中国式现代化建设一定能披荆斩棘、一往无前，中国一定会创造让世界刮目相看的新的更大奇迹。

（《人民日报》2024年7月18日）

以前所未有的力度开辟事业发展新天地

——习近平总书记带领全党全军全国各族人民全面深化改革扩大开放纪实

新华社记者 林 晖 张辛欣 高 蕾 王子铭

改革开放，当代中国最显著的特征、最壮丽的气象。

党的十八大以来，习近平总书记以伟大的历史主动精神、巨大的政治勇气、强烈的责任担当，掌舵领航、力担千钧，在新的历史关头作出全面深化改革的重大战略决策，带领全党全军全国各族人民以前所未有的力度开辟事业发展新天地。

这是具有划时代意义的关键一招，更是一场关系党和国家前途命运和事业兴衰成败的伟大革命。

改革潮涌、惊涛拍岸，神州大地日新月异，东方大国气象万千。

领航掌舵再扬帆——"将改革开放进行到底"

绿意盎然的深圳前海石公园，镌刻着"前海"二字的巨石赫然醒目，宛如高扬的风帆。

2012年12月，上任伊始，习近平总书记首次赴地方考察，就前往改革开放"得风气之先"的广东，第一站来到前海。

当年，开山填海的炮声犹如滚滚春雷，震醒沉睡的深圳蛇口，"春天的故事"拉开序幕。

如今，一片泥泞滩涂上崛起的新一轮改革开放"桥头堡"——深圳前海，与蛇口仅仅一山之隔。

两座地标，两次见证。踏上新征程，新时代改革引领者胸有丘壑、眼存山河，擘画着中华民族的崭新前景。

正是在那次考察中，习近平总书记抚今追昔，指明"改革开放是决定当代中国命运的关键一招"，发出了新时代"改革不停顿、开放不止步"的动员令。

清醒的判断、果敢的抉择，源自对时代脉搏的准确把握。

彼时的中国，行至一个新的历史关头，面临一系列新的重大课题。

审视国内，历经数十年高速增长，"成长的烦恼"逐步浮出水面，人民对美好生活的需要呈现多样化多层次多方面特点，发展不平衡不充分问题愈发凸显。

放眼全球，世界面临百年未有之大变局，新一轮科技和产业革命方兴未艾，贸易保护主义与逆全球化思潮抬头，走近世界舞台中央的中国面临更多挑战。

关键时刻，习近平总书记深刻把握我国发展新的历史方位、深邃洞察新的使命任务，将改革开放伟大旗帜高高举起：

回答"要不要改"的疑虑，阐明"没有改革开放，就没有中国的今天，也就没有中国的明天。改革开放中的矛盾只能用改革开放的办法来解决"；

针对"往哪儿改"的困惑，指出"在方向问题上，我们头脑必须十分清醒，不断推动社会主义制度自我完善和发展，坚定不移走中国特色社会主义道路"；

破解"怎么改"的难题，强调"胆子要大、步子要稳"，"既勇于冲破思想观念的障碍，又勇于突破利益固化的藩篱"。

2013年11月，全世界的目光聚焦中国，党的十八届三中全会在北京胜利召开。

会议审议通过了习近平总书记亲自主持起草的《中共中央关于全面深化改革若干重大问题的决定》，绘就全面深化改革的宏伟蓝图。

这份约两万字的决定中，16个部分、60项具体任务、336项改革举措涵盖方方面面，全面深化改革的战略重点、优先顺序、主攻方向、工作机制、推进方式和时间表、路线图布局宏阔、清晰醒目。

消息甫一披露，外媒感叹："自中国1978年改革开放之后，中共第一次做出范围如此之广、内容如此具体及有抱负的改革计划。"

1978年党的十一届三中全会，开启了第一次划时代的改革，推动了经济社会持续快速发展，中国大踏步赶上了时代。

2013年党的十八届三中全会，推动了又一次划时代的改革，开启了全面深化改革、系统整体设计推进改革的新时代。

以此为新起点，在习近平总书记领导下，气势如虹的全面深化改革扬帆起航。

这是高瞻远瞩的战略擘画——

2019年10月31日下午，人民大会堂，党的十九届四中全会胜利闭幕。

锚定全面深化改革总目标，全会通过的《中共中央关于坚持和完善中国特色社会主义制度、推进国家治理体系和治理能力现代化若干重大问题的决定》，擘画了新时代推进国家制度和治理体系建设的宏伟蓝图。

小智治事，大智治制。

以坚持和完善中国特色社会主义制度、推进国家治理体系和治理能力现代化为主轴，突出制度建设这条主线，正是全面深化改革的鲜明特点。

党的十八届四中全会提出了190项对依法治国具有重要意义的改革举措，全面推进依法治国的决定与全面深化改革的决定，形成了"姊妹篇"；

党的十九大报告提出158项改革举措，直探"深水区最深处"、直面"最难啃硬骨头"；

党的十九届三中全会审议通过深化党和国家机构改革的决定和方案，改革开放以来最大规模的机构改革拉开帷幕；

党的二十届二中全会对继续深化党和国家机构改革作出重要部署……

习近平总书记从党和国家事业发展全局出发，把全面深化改革纳入"五位一体"总体布局和"四个全面"战略布局，对全面深化改革作出顶层设计，推动改革实现由局部探索、破冰突围到系统集成、全面深化的历史性转变。

这是坚毅笃行的责任担当——

2024年6月11日下午，北京中南海。

习近平总书记主持召开二十届中央全面深化改革委员会第五次会议。

会上，总书记同大家一道审议了《关于完善中国特色现代企业制度的意见》等多份改革方案。

党的十八大以来，像这样的会议，习近平总书记主持召开了72次。总书记认真审阅重大改革方案的每一稿，逐字逐句亲笔修改。

"犯其至难而图其至远"。

习近平总书记引用苏轼《思治论》中的这句话，道出了新时代改革者的心声："向最难之处攻坚，追求最远大的目标"。

深知前路险峻，习近平总书记以"明知山有虎、偏向虎山行"的责任担当，亲自挂帅中央全面深化改革领导小组、中央全面深化改革委员会，把关掌舵、拍板决断，推动全面深化改革向纵深挺进。

出席深圳经济特区建立40周年庆祝大会、庆祝海南建省办经济特区30周年大会、浦东开发开放30周年庆祝大会，考察安徽小岗村、河北雄安新区……每逢重大节点，习近平总书记一次次奔赴改革地标、开放高地，重温改革历程、部署改革新举。

号召"将改革开放进行到底"，把集体学习课堂搬到中关村，带头起立向"改革先锋"鼓掌……每到关键时刻，习近平总书记一次次宣示改革开放决心、致敬改革开放精神，凝聚起气吞山河、攻坚克难的强大精神力量。

这是勇于突破的非凡魄力——

2020年初,受疫情影响,全球产业链供应链发生局部断裂。浙江宁波舟山港、宁波北仑大碶高端汽配模具园区……习近平总书记深入一线实地调研。

"我感觉到,现在的形势已经很不一样了,大进大出的环境条件已经变化,必须根据新的形势提出引领发展的新思路。"

2020年4月,中央财经委员会第七次会议上,构建新发展格局的重大论断首次提出。

构建新发展格局是发展问题,但本质上是改革问题。扫除阻碍国内大循环和国内国际双循环畅通的制度、观念和利益羁绊,习近平总书记创造性提出这一重大理论,明确了我国经济现代化的路径选择,将发展主动权牢牢掌握在自己手中。

从提出"新常态"、供给侧结构性改革,到阐释新发展阶段、新发展理念、新发展格局,再到提出发展新质生产力……习近平总书记把握改革脉搏、洞察发展规律,提出一系列具有突破性、战略性、指导性的重大理论,中国发展"怎么看"和"怎么办"的思路愈加清晰。

在理论上创新、在实践中突破,习近平总书记带领全党全军全国各族人民以排除万难、一往无前的魄力,将全面深化改革进行到底。

征途越是壮阔、任务越是艰巨,越需要思想的灯塔引航。

习近平强军思想、习近平经济思想、习近平生态文明思想、习近平外交思想、习近平法治思想、习近平文化思想相继确立,以原创性理论贡献、严密性科学体系、标志性思想观点、引领性行动价值,标注了中国共产党理论创新的新高度,为新时代伟大变革提供有力指引。

在领导推动全面深化改革的伟大历程中,习近平总书记以马克思主义政治家、思想家、战略家的深刻洞察力、敏锐判断力、理论创造力,不断总结升华实践经验推动思想理论丰富和发展:

创造性提出全面深化改革的历史定位和重大意义,强调改革开放是党和人民事业大踏步赶上时代的重要法宝;

创造性提出全面深化改革的正确道路,强调要坚持中国共产党的领导和社会主义制度不能动摇,既不走封闭僵化的老路,也不走改旗易帜的邪路；

创造性提出全面深化改革的总目标，强调各项改革都要朝着完善和发展中国特色社会主义制度、推进国家治理体系和治理能力现代化的总目标聚焦发力；

创造性提出全面深化改革的价值取向，强调改革要以促进社会公平正义、增进人民福祉为出发点和落脚点；

创造性提出全面深化改革的主攻方向和路线图，深刻回答了各领域改革中具有方向性、全局性、战略性的重大问题；

创造性提出全面深化改革的科学方法和有效路径，形成改革开放以来最丰富、最全面、最系统的改革方法论；

…………

这些重要理论，蕴含着非凡的政治勇气、深厚的人民情怀、深邃的历史眼光、科学的辩证思维，既是改革实践的重要经验总结，也是改革理论的重大创新，把中国特色社会主义改革理论和改革实践推向新的广度和深度。

纵横正有凌云笔——"改革有破有立，得其法则事半功倍"

泉城济南，南郊宾馆草木蓊郁。2024年5月23日，一场关于改革的企业和专家座谈会在这里召开。

正值党的二十届三中全会将要召开、新征程上全面深化改革再起步之时，习近平总书记在会上谈起改革之"法"："改革有破有立，得其法则事半功倍"。

人们清晰记得，早在2012年12月底，向世界宣示"将改革开放继续推向前进"后不到一个月，习近平总书记就在十八届中央政治局第二次集体学习时鲜明指出："改革开放是前无古人的崭新事业，必须坚持正确的方法论"。

思路决定出路，方法关乎成效。

在波澜壮阔的全面深化改革伟大实践中，习近平总书记深刻把握改革规律，深入开展调查研究，运用马克思主义立场观点方法解决实际问题，引领全面深化改革不断迈上新台阶、取得新胜利。

着眼"一盘棋"，坚持系统集成，不断增强改革的系统性、整体性、协同性——

2021年3月5日下午，正值惊蛰，万物萌发。全国两会期间，习近平总书记来到他所在的内蒙古代表团参加审议。

"统筹山水林田湖草沙系统治理，这里要加一个'沙'字。"谈到生态环境治理，总书记郑重指出。

一个"沙"字，意味深长。面对关乎民族永续发展的生态环境治理，必须以系统观念统筹推进。

治理如此，改革亦如此。

《生态文明体制改革总体方案》架起生态文明体制"四梁八柱"，组建权责清晰的自然资源部、生态环境部，建立并实施中央生态环境保护督察、河湖长制等制度……一系列生态文明体制改革加强系统谋划，准确把握改革的相互关系和耦合作用，推动中华大地天更蓝、地更绿、水更清。

全面深化改革，新在全面，难在深化。

全面，意味着零敲碎打调整不行，碎片化修补也不行，"必须是全面的系统的改革和改进，是各领域改革和改进的联动和集成"；

深化，意味着蜻蜓点水不行、浮于表面不行，必须"敢于啃硬骨头，敢于涉险滩"。

建立适应新时代要求的党和国家机构职能体系，党的十九届三中全会通过的《深化党和国家机构改革方案》仅中央和国家机关层面就涉及80多个部门，解决了60多项长期存在的部门职责交叉、关系不顺事项，推动党和国家组织结构和管理体制实现系统性、整体性重构；

围绕做强做优做大国有资本和国有企业，国资国企改革不断向纵深挺进，改革综合成效显著提升，国有经济布局优化和结构调整加快，国有经济功能作用进一步发挥；

着眼担负起新的文化使命,加强党对宣传思想文化工作的全面领导,建设具有强大凝聚力和引领力的社会主义意识形态,积极推进文物保护利用和文化遗产保护传承,推动中华文化焕发新的时代光彩……

在以习近平同志为核心的党中央坚强领导下,各领域改革更加注重一体构思、统筹谋划,更加注重改革配套、串点成线,一系列改革"组合拳"集中推出,推动在目标取向上相互配合、实施过程中相互促进、改革成效上相得益彰。

牵牢"牛鼻子",坚持问题导向,确保奔着问题去、对着问题改——

2018年3月,北京平安里西大街。随着红绸飘下,一个具有创制意义的国家反腐败工作机构——"中华人民共和国国家监察委员会"挂牌成立。

几天后,贵州省人民政府原副省长王晓光落马。在中央纪委国家监委的通报措辞中,以往的"接受组织审查"首次变更为"接受纪律审查和监察调查"。

字词之变背后,是反腐败领域体制机制的重大变革。

彼时,我国反腐败斗争形成压倒性态势,但斗争形势依然严峻复杂。我国监察体制机制与现实工作需求相比,存在监察范围过窄、反腐败力量分散等不适应问题。

问题所指,改革所向。

2016年1月,十八届中央纪委六次全会,习近平总书记明确要求:"要整合监察力量,健全国家监察组织架构"。

经过地方试点,国家监察委员会整合监察部、国家预防腐败局、最高检查处贪污贿赂等相关职责,成为党统一领导下的国家反腐败工作机构,实现对行使公权力的公职人员监察全覆盖。

改革由问题倒逼而产生,又在不断解决问题中深化。全面深化改革,本质上就是一个不断解决问题的过程。

剑指"和平积弊",国防和军队建设改革将能打胜仗作为改革的逻辑起点和核心指向，人民军队体制一新、结构一新、格局一新、面貌一新；

拒绝以"帽"取人，深化项目评审、人才评价、机构评估改革，让各方面人才各得其所、尽展其长；

应对"三农"难题，提出农村土地"三权分置"改革思路，加快构建新型农业经营体系，改革的春风再次吹绿希望的田野……

守护"国之本"，坚持法治思维，推动全面深化改革在法治的轨道上行稳致远——

"通过！"

2014年10月23日，党的十八届三中全会召开后第二年，庄严的人民大会堂再次见证历史性时刻。

如潮的掌声中，党的十八届四中全会通过了《中共中央关于全面推进依法治国若干重大问题的决定》。

第一次专门研究法治建设的中央全会、第一个关于加强法治建设的专门决定，由此定格在党的光辉历史上。

"党的十八届三中全会对全面深化改革作出了顶层设计，实现这个奋斗目标，落实这个顶层设计，需要从法治上提供可靠保障。"习近平总书记的一番话，道出两次全会接续聚焦改革和法治两大主题的深意。

改革，意味着除旧与布新；法治，意味着秩序与稳定。如何处理改革与法治的关系，是衡量国家治理体系和治理能力现代化水平的重要标志。

习近平总书记明确要求："在整个改革过程中，都要高度重视运用法治思维和法治方式，发挥法治的引领和推动作用，加强对相关立法工作的协调，确保在法治轨道上推进改革。"

全国人大常委会多次授权国务院积极稳妥推进农村土地制度改革试点，海南自由贸易港法以法治护航自贸港建设，将外商投资管理改革成果以法律形式固定下来……

舟楫相配，得水而行。在习近平总书记引领推动下，全面深化改革与全面依法治国齐头并进，二者如鸟之两翼、车之两轮，法治体系在深化改革中不断健全，改革步伐在法治保障下更加坚实。

走好"开放路"，坚持以开放促改革，始终将扩大开放作为深化改革的重要动力——

南海之滨，椰风阵阵，浪激潮涌，千帆竞发。

"党中央决定支持海南全岛建设自由贸易试验区，支持海南逐步探索、稳步推进中国特色自由贸易港建设，分步骤、分阶段建立自由贸易港政策和制度体系。"2018年4月，在庆祝海南建省办经济特区30周年大会上，习近平总书记郑重宣布。

而立之年的海南，由此成为"寓改革于开放之中"的新标杆。

开放与改革从来都是相伴而生、相互促进。习近平总书记深刻指出，"以开放促改革、促发展，是我国发展不断取得新成就的重要法宝"，反复强调"开放带来进步，封闭必然落后"。

大开放倒逼大改革，大改革促进大发展。

全国22个自贸试验区在开放"红利"持续滋养下，产业链不断延长，产业竞争力明显上升；

进博会、服贸会、广交会、消博会等经贸盛会喜迎四海宾朋，"窗口效应""溢出效应"持续迸发；

广东深圳、上海浦东新区等改革开放前沿阵地不断开拓创新，以高水平开放育新机、增优势；

……

在以习近平同志为核心的党中央引领下，我国坚持推进高水平对外开放，稳步扩大规则、规制、管理、标准等制度型开放，建设更高水平开放型经济新体制，为中国打开更大发展空间，为世界提供全新发展机遇。

坚持守正创新，既保持定力，守正不动摇，又大胆探索，创新不停步；

坚持稳中求进，确保方向一定要准，行驶一定要稳，尤其是不能犯颠覆性错误；

坚持讲求实效，以雷厉风行、见底见效的态度解决改革中的问题；

坚持发扬首创精神，有效激发地方和基层、企业改革动力……

习近平总书记既部署"过河"的任务，又指导解决"桥或船"的问题，推动全面深化改革实现思想理论的深刻变革、改革组织方式的深刻变革、国家制度和治理体系的深刻变革、人民广泛参与的深刻变革，开创了以改革开放推动党和国家各项事业取得历史性成就、发生历史性变革的新局面。

无边光景一时新——"我们推动的改革是全方位、深层次、根本性的，取得的成就是历史性、革命性、开创性的"

2023年4月21日，北京中南海。习近平总书记主持召开二十届中央全面深化改革委员会第一次会议。

会议全面回顾了党的十八大以来全面深化改革历史进程，力透纸背的总结令人心潮澎湃：

"党的十八大以来，我们以巨大的政治勇气全面深化改革，坚持目标引领，突出问题导向，敢于突进深水区，敢于啃硬骨头，敢于涉险滩，敢于面对新矛盾新挑战，坚决破除各方面体制机制弊端，以前所未有的力度打开了崭新局面。新时代10年，我们推动的改革是全方位、深层次、根本性的，取得的成就是历史性、革命性、开创性的。"

山河为证，岁月为名。

放眼全世界，没有哪个国家和政党，能有这样的政治气魄和历史担当，敢于大刀阔斧、刀刃向内、自我革命，没有哪个国家和政党，能在这么短时间内推动这么大范围、这么大规模、这么大力度的改革，也没有哪个国家和政党，能在改革进程中取得这样的历史性变革、系统性重塑、整体性重构。

一路风雷激荡，一路凯歌嘹亮。习近平总书记带领全党全军全国各族人民将全面深化改革作为应对变局、开拓新局的重要抓手，在危机中育先机、于变局中开新局、从优势中积胜势，为经济社会发展注入强大生机活力。

改革潮涌，为高质量发展蓄势赋能——

产销量同比增长均超30%！刚出炉的新能源汽车2024年前5月成绩单，进一步彰显了我国在这一新兴产业的领先优势。

"发展新能源汽车是我国从汽车大国迈向汽车强国的必由之路"。早在2014年，习近平总书记就把握历史大势、作出深刻论断。

面对新能源汽车产业起步之初面临的实际困难，持续优化市场环境"放水养鱼"，取消外资股比限制倒逼竞争……一系列改革举措不断打开结构调整、产业升级新局面。我国新能源汽车产销量连续9年全球第一，成功实现"弯道超车"。

历史前进的逻辑，就是解放和发展生产力，让中华民族一路走向复兴。当外部环境复杂严峻、内部压力挑战重重，如何进一步解放和发展社会生产力，为加快构建新发展格局、推动高质量发展提供不竭动力？

习近平总书记精辟阐明改革与发展的辩证关系："紧扣贯彻新发展理念、推进高质量发展、构建新发展格局，紧盯解决突出问题，提高改革的战略性、前瞻性、针对性，使改革更好对接发展所需、基层所盼、民心所向，推动改革和发展深度融合、高效联动。"

改革"一子落"，发展"满盘活"。

加快完善社会主义市场经济体制，有效激发市场活力。截至2023年底，全国登记在册经营主体达1.84亿户，其中民营企业超5300万户，分别比2012年增长了2.3倍和3.9倍。

深入实施创新驱动发展战略，持续增强创新动力。2023年，全社会研发经费投入从2012年的1.03万亿元增长到3.3万亿元，与国内生产总值之比达2.64%，超过欧盟国家平均水平。

坚定不移扩大开放，充分释放发展潜力。与29个国家和地区签署了22个自贸协定，深入实施自贸试验区提升战略，推动共建"一带一路"高质量发展，连续7年保持货物贸易第一大国地位，吸引外资和对外投资均居世界前列。

改革潮涌，人民群众拥有更多获得感、幸福感、安全感——

"得糖尿病头几年,每到年底,医保账户就没钱了。现在到年底,账户里还能剩下不少钱呢。"打开"闽政通",福建省三明市沙县区中学教师翁华医保账户里还有不少余额。

2021年3月23日上午,翁华在医院门诊大厅遇到了正在考察的习近平总书记。总书记亲切询问了他的病情,并嘱咐他注意健康,保重身体。

从"入不敷出"到"年年有余",医保账户的变化,源于持续深化的医药卫生体制改革。

从健全基本医疗保障制度到完善医疗卫生服务体系,一系列改革举措剑指看病难、看病贵。截至2023年底,全国基本医疗保险参保人数约13.34亿人,已开展的九批国家药品集采中选药品平均降价超过50%。

改革千头万绪,归根到底就是一个"人"字。

习近平总书记鲜明指出,"老百姓关心什么、期盼什么,我们就要重视什么、关注什么,改革就要抓住什么、推进什么,通过改革给人民群众带来更多获得感"。

收入分配制度改革持续深化,建成世界上规模最大的教育体系、社会保障体系、医疗卫生体系,户籍制度改革打破横亘在城乡之间的户籍二元化壁垒,个人所得税改革惠及2.5亿人,编纂新中国第一部以法典命名的法律民法典,推进农村"厕所革命",探索城市垃圾分类……

10多年闯关夺隘,2000多个改革方案涉及衣、食、住、行等各个环节,覆盖政治、经济、文化、社会、生态等各个领域。沉甸甸的成绩单,记录全面深化改革造福人民的温暖步伐,生动诠释"让人民生活幸福是'国之大者'"。

改革潮涌,中国特色社会主义制度优势不断转化为治理效能——

沿着草厂四条胡同走向深处,叩开一扇深红色木质大门,就来到了北京市东城区的"小院议事厅"。

小到院子里的晾衣空间如何设置,大到"煤改电"、厕所改造,只要是关系街坊邻居生活的，大家都来到"小院议事厅"，充分沟通，集思广益。

2019年春节前夕，习近平总书记来到这里同正在议事的居民亲切交谈："设立'小院议事厅'，'居民的事居民议，居民的事居民定'，有利于增强社区居民的归属感和主人翁意识，提高社区治理和服务的精准化、精细化水平。"

民事民提、民事民议、民事民决、民事民办、民事民评。"烟火深处"的基层民主，是健全共建共治共享的社会治理制度的生动写照。

立治有体，施治有序。

党的十八大以来，全面深化改革突出制度建设这条主线，坚决破除一切妨碍科学发展的思想观念和体制机制弊端，着力构建系统完备、科学规范、运行有效的制度体系。

经济体制改革牢牢抓住处理好政府和市场关系这个核心问题，全面发力、多点突破，社会主义市场经济体制不断完善；

民主法治改革迈出重大步伐，发展全过程人民民主，不断推进社会主义民主政治制度化、规范化、程序化，中国特色社会主义法治体系日益完善；

文化体制改革深入推进，牢牢把握社会主义先进文化前进方向，推动中华优秀传统文化创造性转化、创新性发展，不断铸就中华文化新辉煌；

民生保障制度基础不断巩固，持续推进幼有所育、学有所教、劳有所得、病有所医、老有所养、住有所居、弱有所扶取得新进展；

生态文明制度体系基本建立，坚持源头严防、过程严管、后果严惩，绿色发展成为美丽中国建设的鲜明底色；

党的建设制度和纪检监察体制改革取得历史性突破，党的领导落实到国家治理各领域各方面各环节，全面从严治党体系日益健全，党的执政根基不断巩固；

国防和军队改革开创新局面，重塑重构军队领导指挥体制、现代军事力量体系、军事政策制度，为强军事业注入强大动力；

健全党对外事工作领导体制机制，加强对外工作顶层设计，对中国特色大国外交作出战略谋划，推动建设新型国际关系，推动构建人类命运共同体……

一项项前所未有的改革举措，推动中国特色社会主义制度更加成熟更加定型，国家治理体系和治理能力现代化水平不断提高，党和国家事业焕发出新的生机活力，中华民族伟大复兴进入不可逆转的历史进程。

惟改革者进，惟创新者强，惟改革创新者胜。

面对经济全球化遭遇逆流，及时作出稳经济一揽子部署，充分调动各方积极性，有效激发经济韧性与潜力，我们稳住了；

面对突如其来的世纪疫情，充分发挥社会主义制度优势，统一指挥、全面部署、立体防控，我们顶住了；

面对消除绝对贫困的世界难题，尽锐出战、攻坚克难，打赢人类历史上规模最大的脱贫攻坚战，全面建成小康社会，我们胜利了！

新时代新征程，我们坚定不移全面深化改革，善于运用制度力量有效应对各种风险挑战，促进制度建设和治理效能更好转化融合，中国式现代化展现出更加光明的前景。

夏日，山东日照港。一字排开的万吨货轮，展现出港通四海的宏大气魄。

"最年轻"的5亿吨级港口、全球首个顺岸开放式全自动化集装箱码头、年货物吞吐量居世界第七位……正是改革开放的伟大力量，让这座港口从寂寂无名到挺立潮头。

习近平总书记感慨系之："从中，我们应当坚定一种信念，中国的改革开放之路一定可以成功。"

凭海临风，海天壮阔。

听，新时代改革开放大潮滂滂，从历史深处奔涌而来，向着民族复兴澎湃而去……

（新华社北京2024年6月25日电）

以进一步全面深化改革
开辟中国式现代化广阔前景

——写在党的二十届三中全会召开之际

新华社记者　张晓松　朱基钗　黄玥
　　　　　　姜　琳　陈炜伟　孙少龙

在中华民族伟大复兴的历史长卷中，改革开放是具有深远意义的伟大事件。

40多年前，中国共产党作出改革开放的关键抉择。

进入新时代，以习近平同志为核心的党中央以巨大的政治勇气和智慧推进全面深化改革，开创中国特色社会主义事业崭新局面。

如今，在全面建设社会主义现代化国家的新征程上，又将矗立起新的里程碑——党的二十届三中全会将于7月15日至18日在北京召开，对进一步全面深化改革、推进中国式现代化作出战略部署。

历史，必将在新的伟大变革中迸发出更加澎湃的力量。

九万里风鹏正举——党的十八大以来，以习近平同志为核心的党中央掌舵领航，以伟大的历史主动精神、巨大的政治勇气和智慧，掀起全面深化改革的春江大潮

珠江入海口，是为伶仃洋，潮起潮落，风起云涌。

6月30日，全长约24公里的超级工程——深中通道正式通车，跨越伶仃洋、连接东西岸，为当今世界最大湾区之一的粤港澳大湾区注入发展新动力。

放眼珠江两岸，正是在这里，炸响了改革开放的"开山第一炮"，吹响了新时代改革再出发的嘹亮号角。

2012年12月，就任中共中央总书记20多天的习近平首次出京考察，便前往深圳、珠海、佛山、广州，到在我国改革开放中得风气之先的地方，现场回顾我国改革开放的历史进程。一个宣示振聋发聩："改革不停顿、开放不止步"。

4个月后，中共中央政治局作出历史性决策——党的十八届三中全会将研究全面深化改革问题并作出决定。习近平总书记亲自担任全会文件起草组组长。

历经200个日日夜夜，在文件起草组上报的每一稿上，习近平总书记都逐字逐句审阅，倾注了大量心血，高瞻远瞩提出全面深化改革的总目标，提出市场在资源配置中起"决定性作用"等重大论断。总书记旗帜鲜明表示"如果做了一个不痛不痒的决定，那还不如不做"。

2013年11月，党的十八届三中全会通过了《中共中央关于全面深化改革若干重大问题的决定》，以2万多字的篇幅，一揽子推出15个领域、336项改革举措。

这份改革开放以来历次三中全会中篇幅最长的决定文件，将改革全面扩展深化至经济、政治、文化、社会、生态文明、党的建设、国防和军队等各个领域，绘就了有史以来最全面最系统最深入的改革蓝图。

越是恢宏的改革蓝图，越需要改革者的勇毅与担当。

"攻坚期和深水区"——这是新时代改革所处的时代背景和现实条件。习近平总书记形容，"好吃的肉都吃掉了，剩下的都是难啃的硬骨头"，必须"敢于啃硬骨头，敢于涉险滩"。

为了带领全党全国各族人民攻坚克难，习近平总书记既举旗定向又细致指导，既领衔挂帅又作战出征。

党的十八届三中全会决定，在党中央首次设置专司改革工作的领导机构。从中央深改领导小组到中央深改委，习近平总书记亲自主持召开72次会议，研究审议每一项重要改革方案，提出重大改革议题、部署重大改革任务，关键环节亲自协调、落实情况亲自督察。

2018年，一场"全面深化改革的战略性战役"——深化党和国家机构改革拉开大幕。

这是党的历史上首次统筹进行党中央部门和国务院机构的重大改革，是对国家治理体系进行系统性重塑的集中行动。

短短一年多时间，调整80多个中央和国家机关部门、直属单位，核减21个部级机构，仅在中央和国家机关层面就涉及180多万人……涉及范围之广、触及利益之深，让海外媒体直呼"力度空前""出乎预料"。

"深化党和国家机构改革是要动奶酪的、是要触动利益的、也是真刀真枪的，是需要拿出自我革新的勇气和胸怀的。"习近平总书记态度坚决。

"明知山有虎、偏向虎山行。"改革深水区绕不开、躲不过，必须愈难愈进、勇往直前。

军队改革打破长期实行的四总部制，正师级以上机构减少200多个，人员精简1/3；国税地税征管体制改革为长达24年的国地税分设局面画上句号，3.4万个机构被撤销，2万多名干部由正职转为副职；户籍制度改革冲破城乡壁垒，全面取消农业户口与非农业户口的性质区分，推动1亿非户籍人口在城市落户；废止劳动教养制度，延续半个世纪的劳教制度退出历史舞台……

面对一项项议论多年、久推不动、牵涉深层次调整的改革，习近平总书记亲自破局开路、破藩篱、扫障碍，推动实现历史性变革。

越是恢宏的改革蓝图，越需要改革者的谋略与智慧。

新形势下如何深化农村改革，是总书记一直思考的重要问题。40多年前，正在上大学的习近平曾到安徽滁州实地调研包产到户，"当时来我记了一本笔记，我还收藏着"。

时移世易。随着城镇化快速发展、大量农民进城和农村分工分业的巨变，农村农业生产关系亟需新的调整。

2013年7月,农历大暑时节,习近平总书记来到湖北武汉农村综合产权交易所,同工作人员和前来办理产权流转交易鉴证手续的农民交谈,详细询问产权交易具体流程。

同年12月,习近平总书记在中央农村工作会议上提出一个重大论断:"把农民土地承包经营权分为承包权和经营权,实现承包权和经营权分置并行。"

从"两权分离"到"三权分置",这是中国农村改革的又一次重大创新,以四两拨千斤之力,为在坚持农村土地集体所有、保障农民承包权益前提下,推动农村土地经营权有序流转、促进多种形式农业适度规模经营打开了崭新空间。

目前,全国家庭承包耕地土地经营权流转面积大幅提升,家庭农场、农民合作社等新型农业经营主体蓬勃发展,成为推动现代农业发展的重要力量。

全面深化改革改到深处,没有经验可循,没有模式可依,需要"逢山开路、遇水搭桥"的探索和创新。

面对党内存在的腐败和作风问题,从制定中央八项规定切入,大刀阔斧推进党的建设制度改革,不断健全全面从严治党体系,找到跳出治乱兴衰历史周期率的第二个答案;破解司法改革困境,紧紧牵住司法责任制这个"牛鼻子",建立办案质量终身负责制,推进以审判为中心的诉讼制度改革,把司法权力关进制度笼子;针对产权保护不同等不规范问题,把"有恒产者有恒心"写入中央文件,从顶层设计强化产权保护的法治化路径……

致广大而尽精微,一子落而满盘活。

面对新的时代形势和课题,习近平总书记瞄准重点任务、抓住关键环节,以高超的政治智慧和非凡的政治胆略,推动许多领域实现历史性变革、系统性重塑、整体性重构。

从党的十八届四中全会推动全面深化改革在法治轨道上稳步推进,到党的十九届三中全会部署改革开放以来最大规模的机构改革,从党的十九届四中全会系统描绘中国特色社会主义的制度图谱,到党的二十届二中全会对继续深化党和国家机构改革作出重要部署……新时代波澜壮阔的改革图卷，铺展在气象万千的神州大地上。

"啊，中国！你迈开了气壮山河的新步伐……"

2018年12月18日上午，庆祝改革开放40周年大会隆重举行。《春天的故事》熟悉而深情的旋律在人民大会堂响起。

这是首次以改革开放为主题的国家级表彰。农村改革的先行者、资本市场的开创者、民营经济的拓荒者、科技创新的推动者……数十名为改革开放作出杰出贡献的"改革先锋"受邀走上主席台，同习近平等党和国家领导人坐在一起。

在少先队员向他们敬献鲜花时，坐在主席台前排的习近平总书记带头起立转身，面向受表彰人员代表鼓掌致意。

掌声，是献给历史的敬意，是接续奋斗的号召。

"在这个千帆竞发、百舸争流的时代，我们绝不能有半点骄傲自满、固步自封，也绝不能有丝毫犹豫不决、徘徊彷徨，必须统揽伟大斗争、伟大工程、伟大事业、伟大梦想，勇立潮头、奋勇搏击。"习近平总书记激情满怀。

纵横正有凌云笔——科学把握改革规律，以全新的改革思想指导新实践、引领新变革，习近平总书记提出一系列关于全面深化改革的新思想新观点新论断，成为指引新时代改革开放的根本遵循

伟大时代孕育伟大思想，伟大思想引领伟大征程。

新时代全面深化改革之所以能取得历史性成就，根本在于习近平总书记作为党中央的核心、全党的核心领航掌舵，在于习近平新时代中国特色社会主义思想科学指引。

2013年7月21日，江城武汉，大雨滂沱。

习近平总书记卷起裤腿，蹚着积水，打着伞，边走边向工作人员了解有关情况。

此时距离党的十八届三中全会召开不到4个月,大会文件起草正值关键阶段。进入深水区的改革,面对更多风雨、更大阻力,如何穿越险滩暗礁、激流巨浪?

在这次考察中,习近平总书记拨云见日:"必须从纷繁复杂的事物表象中把准改革脉搏,把握全面深化改革的内在规律",并提出要正确处理解放思想和实事求是、整体推进和重点突破、顶层设计和摸着石头过河、胆子要大和步子要稳、改革发展稳定等五大关系,被外界认为"给接下来的全面深化改革定调"。

思想的闪电,总是先于巨变的雷鸣。

党的十八大以来,以习近平同志为核心的党中央高瞻远瞩、把脉定向,及时回答时代之问、人民之问,廓清困扰和束缚改革发展的迷雾,以一系列创造性的新思想、新观点、新论断,将中国特色社会主义改革理论和改革实践推进到新的广度和深度。

——始终旗帜鲜明,牢牢把握改革的方向、立场和原则,确保改革开放事业行稳致远。

2015年6月,一份关于在深化国有企业改革中坚持党的领导加强党的建设的若干意见稿被摆上中南海的议事案头。

国企改革是经济体制改革的重头戏。习近平总书记一语定调:

"要坚持党的建设与国有企业改革同步谋划、党的组织及工作机构同步设置""坚持党对国有企业的领导是重大政治原则,必须一以贯之;建立现代企业制度是国有企业改革的方向,也必须一以贯之"。

把准改革方向、尺度、节奏,制定"1+N"政策体系,党对国企国资的领导力掌控力大为增强,现代企业制度加快建设,活力效率显著提升。

改革愈进愈深、愈行愈艰,必须熟稔水性、把稳船舵,决不能在根本问题上出现颠覆性错误。

正如习近平总书记所指出:"我们的改革开放是有方向、有立场、有原则的。我们当然要高举改革旗帜,但我们的改革是在中国特色社会主义道路上不断前进的改革,既不走封闭僵化的老路,也不走改旗易帜的邪路。"

思之深，行之笃。

坚持守正创新，改革无论怎么改，坚持党的全面领导、坚持马克思主义、坚持中国特色社会主义道路、坚持人民民主专政等根本的东西绝对不能动摇，同时要敢于创新，把该改的、能改的改好、改到位，看准了就坚定不移抓。

——善用辩证法，做到改革与法治相统一、改革与开放相促进。

2024年6月28日，十四届全国人大常委会第十次会议表决通过农村集体经济组织法，对保障农村集体产权制度改革成果，促进新型农村集体经济高质量发展、维护和发展农民群众利益、推进乡村全面振兴具有重要意义。

习近平总书记指出，"在整个改革过程中，都要高度重视运用法治思维和法治方式，发挥法治的引领和推动作用"。

准确把握改革与法治的辩证关系，以"鸟之两翼、车之两轮"为喻，要求在法治下推进改革，在改革中完善法治，重大改革于法有据、及时把改革成果上升为法律制度，改革和法治同步推进，增强改革的穿透力；

深刻揭示改革和开放的内在统一，坚持以开放促改革、促发展，实行更加积极主动的开放战略，建设更高水平开放型经济新体制，不断拓展发展新空间；

处理好经济和社会、政府和市场、效率和公平、活力和秩序、发展和安全等重大关系……

审大小而图之，酌缓急而布之。敏锐而有力的思想杠杆，不断撬动历史车轮，推动时代进程。

——注重方法论，切实推动各项改革举措相互促进、协同配合、相得益彰。

2015年9月3日，首都北京，纪念中国人民抗日战争暨世界反法西斯战争胜利70周年大会隆重举行，天安门广场举行盛大阅兵仪式，铁流奔涌、战鹰呼啸。

"我宣布，中国将裁减军队员额30万。"习近平总书记发出新时代国防和军队改革的出征号令。

习近平总书记指出，能打仗、打胜仗方面存在的问题就是最大的短板、最大的弱项，有的甚至可以说是致命的。令人揪心！不改革，军队是打不了仗、打不了胜仗的。

撤销七大军区、调整划设五大战区，正风肃纪反腐力克管理松懈、作风松散、纪律松弛现象……变革重塑后的人民军队，格局、面貌焕然一新。

改革，是弄潮儿的历史自觉，也是直面问题的政治勇气。习近平总书记强调，改革攻坚要有正确方法，坚持创新思维，要跟着问题走、奔着问题去。

党的十八大以来，72次中央深改领导小组和中央深改委会议，几乎每次都要求突出问题导向、聚焦重大问题。

瞄准"审者不判、判者不审"顽疾推进司法体制改革，力克"机关化、行政化、贵族化、娱乐化"倾向加大群团改革，破除"印章围墙"乱象深化行政审批制度改革……疏堵点除痛点，改革不断为发展增动力、添活力。

全面深化改革，新在全面，难在深化。如何防止和克服改革各行其是、相互掣肘？

习近平总书记明确指出："零敲碎打调整不行，碎片化修补也不行，必须是全面的系统的改革和改进，是各领域改革和改进的联动和集成"。

2021年10月12日，中国宣布设立三江源、大熊猫、东北虎豹等第一批国家公园，彻底改变过去"山一块、水一块、林一块、草一块"的碎片化管理，破除"九龙治水"困局。

更加注重系统集成，以全局观念和系统思维谋划推进，全面深化改革整体效应加快显现。

改革重在落实，也难在落实。推动改革落地见效，被摆在更加突出的位置。

强调"抓铁有痕、踏石留印""一抓到底",提出"要以钉钉子精神抓改革落实,既要积极主动,更要扎实稳健"……在习近平总书记亲自领导指挥下,当年勾勒的改革蓝图,已化作大潮奔涌、千帆竞发的壮美实践。

——践行价值观,始终做到改革为了人民、改革依靠人民、改革成果由人民共享。

新时代波澜壮阔的改革进程背后,"人民"是逻辑起点,也是价值旨归。

2021年3月23日,福建省三明市沙县总医院。

在此考察的习近平总书记,向市民张丽萍询问陪母亲看病的费用情况。得知1.3万元花费中报销了8000多元,总书记十分欣慰。

"人民至上、生命至上应该是全党全社会必须牢牢树立的一个理念。"习近平总书记强调,"看大病在本省解决,一般的病在市县解决,日常的头疼脑热在乡村解决。这个工作要在'十四五'期间起步。"

习近平总书记多次提出,老百姓关心什么、期盼什么,改革就要抓住什么、推进什么。

从农村"厕所革命"到城市垃圾分类,从防治"小眼镜"到推进清洁取暖,一件件民生"小事"融入国家发展顶层设计,成为改革发力点、落脚点,人民群众获得感、幸福感、安全感不断提升。

为了人民而改革,改革才有意义;依靠人民而改革,改革才有动力。

尊重人民群众首创精神,注重总结推广农村综合改革、"最多跑一次"、新时代"枫桥经验"等基层经验……全面深化改革充分调动各方面积极性、主动性、创造性,凝聚起持续向前的磅礴力量。

历史的长河奔流不息,思想的波涛卷起巨澜。

坚持党的领导,坚持中国特色社会主义道路,坚持开拓创新,坚持以人民为中心推进改革,坚持问题导向,坚持解放思想,坚持在法治轨道上深化改革,坚持科学方法论,坚持以开放促改革促发展,坚持以党的自我革命引领伟大社会革命……

善于运用战略思维、辩证思维、系统思维、创新思维、历史思维、法治思维、底线思维，抓"总开关"、啃"硬骨头"、牵"牛鼻子"、下"先手棋"、打"主动仗"、破"中梗阻"……

习近平总书记关于全面深化改革的一系列新思想、新观点、新论断，不断引领中国改革发展开辟新境界。

风生水起逐浪高——新时代全面深化改革范围、规模、力度世所罕见，所推动的改革是全方位、深层次、根本性的，取得的成就是历史性、革命性、开创性的

2023年4月21日，北京中南海，习近平总书记主持召开二十届中央全面深化改革委员会第一次会议。会议全面回顾党的十八大以来全面深化改革的历史进程，深刻指出：

"新时代10年，我们推动的改革是全方位、深层次、根本性的，取得的成就是历史性、革命性、开创性的。"

10多年砥砺奋进，绘出一个民族向上生长的脉络，见证新时代迈向更广阔天地的伟大变革。

时间回到2012年。

这一年，中国经济增速新世纪以来首次回落至8%以下，环境污染频发、粗放发展难以为继等"发展起来以后的问题"避无可避。

同年12月，习近平总书记来到广东考察，在广州主持召开经济工作座谈会。会上，总书记道出改革的紧迫性："加快推进经济结构战略性调整是大势所趋，刻不容缓。"

回京后不到一周，中央经济工作会议上，习近平总书记又强调："不能不顾客观条件、违背规律盲目追求高速度。"

从判断我国经济发展处在"三期叠加"阶段、提出"新常态"，到部署供给侧结构性改革，再到作出"我国经济已由高速增长阶段转向高质量发展阶段"的重大判断……

习近平总书记敏锐把握发展之变，以改革引领新时代中国经济

变革。

"质量变革"——"三去一降一补"深入推进,助推传统产业转型升级、新兴产业蓬勃发展,高端装备制造、智能制造等多个领域取得新突破,新旧动能加速转换;

"效率变革"——行政审批制度改革、要素市场化改革等牢牢抓住处理好政府和市场关系这个核心问题,使市场在资源配置中的决定性作用更为显著;

"动力变革"——从"破四唯""立新标",以"揭榜挂帅""赛马制"支持科学家大胆探索,到坚持科技创新和体制机制创新"双轮驱动",创新活力不断迸发、科技新成果层出不穷;

……

党的十八届三中全会以来,全面深化改革锚定发展这个第一要务,不断开辟新空间、提供新动能、创造新条件,中国经济在高质量发展的轨道上行稳致远。

对于人民群众来说,全面深化改革意味着什么?

对于家住山东烟台的独居老人杨布昭来说,是一段安心温暖的晚年生活——得益于基本养老服务清单制度的建立健全,像他一样的独居、空巢、留守等特殊困难老年人可以享受到探访关爱、健康管理等多项基本养老服务;

对于在广州工作的刘建雄来说,是一张沉甸甸的居住证——得益于在广东率先开始的居住证制度改革,从"暂"到"居"的一字之变,数以千万计像刘建雄一样的流动人员也能享受到住房、社保、医疗、子女入学等多项公共服务;

对于西藏雅尼湿地管护员白玛乔来说,是绿绿的草、清清的水——得益于生态保护红线划定和湿地公园建设推进,当地的砂石厂关闭了,村民们的环保意识越来越强,湿地的秀美风光逐渐恢复;

……

"我们推进改革的根本目的,是要让国家变得更加富强、让社会变得更加公平正义、让人民生活得更加美好。"这是新时代中国共产党人的拳拳赤子之心，也是新时代全面深化改革的成绩单。

以改革促脱贫攻坚，建立精准扶贫、精准脱贫机制，创造了8年间让近1亿农村贫困人口脱贫的伟大奇迹，在中华大地上全面建成了小康社会；

以改革解急难愁盼，取消实行多年的药品和耗材加成，建立集采制度，医药卫生体制改革下大力气啃"硬骨头"，破解群众看病难、看病贵难题；

以改革护社会公平，从努力让每个孩子都享有公平而有质量的教育，到建成世界上规模最大的社会保障体系，生动诠释"让人民生活幸福是'国之大者'"；

以改革汇民智民意，发展全过程人民民主，让群众智慧广泛纳入决策程序，"小院议事厅""居民智囊团"等议事平台让人民当家作主落地落实；

…………

党的十八届三中全会以来，2000多个改革方案，大写的"人"字贯穿始终，书写着人民至上的新篇章。

相比过去，新时代改革开放具有许多新的内涵和特点，其中很重要的一点就是制度建设分量更重。

到2023年11月中旬，全国31个省（区、市）和新疆生产建设兵团市县一级监察官等级首次确定工作全面完成。这标志着自2022年起推进的全国监察官等级首次确定工作圆满收官，国家监察体制改革迈出重要一步。

从监察法通过施行，到国家和省、市、县四级监察委员会组建完成，再到公职人员政务处分法等配套法规制定出台……国家监察体制改革从试点到全面推开，实现从监督"狭义政府"到"广义政府"的转变，改革形成的制度优势逐步转化为治理效能。

完善和发展中国特色社会主义制度、推进国家治理体系和治理能力现代化，这是全面深化改革的总目标。

抓住"关键点"。文化体制改革确立和坚持马克思主义在意识形态领域指导地位的根本制度，健全用党的创新理论武装全党、教育人民、指导实践工作体系，不断健全现代文化产业体系、市场体系和公共文化服务体系，全民族文化创新创造活力大大激发；

避免"碎片化"。生态文明体制改革摒弃旧有思路，组建自然资源部、生态环境部，建立实施中央环保督察、河湖长制，出台"史上最严"环保法，以一系列系统集成的举措使美丽中国蔚为大观；

善打"组合拳"。行政体制改革以加快转变政府职能为突破口，大幅削减行政审批事项，全面取消非行政许可审批，全面推行权力清单、责任清单、负面清单制度，营造良好营商环境，更好发挥政府管理服务作用；

…………

党的十八届三中全会作出全面深化改革的顶层设计，党的十八届四中全会部署全面依法治国，党的十九届四中全会作出13个方面制度安排。

全面深化改革始终突出制度建设这条主线，不断健全制度框架，筑牢根本制度、完善基本制度、创新重要制度，构建起制度建设的"四梁八柱"。

改革和开放相辅相成、相互促进。

2023年9月，我国首个自贸试验区——上海自贸试验区迎来10周岁生日。

一个多月后，我国第22个自贸试验区——新疆自贸试验区揭牌成立，成为西北沿边地区首个自贸试验区。

一东一西，从沿海到内陆的两个自贸试验区遥相呼应，见证着中国开放的大门越开越大。

仅2023年一年，我国自贸试验区合计进出口就达7.67万亿元，占我国进出口总值的18.4%。

扩大开放之门，走稳改革之路。

实施外商投资法，修订扩大鼓励外商投资产业目录，持续缩减外资准入负面清单，吸引和利用外资力度不断加大，中国开放的"磁力"

日益增强；

从200多份共建"一带一路"合作文件，到广交会、进博会、服贸会、消博会等组成的"展会矩阵"，中国开放的"舞台"越来越大；

对世界经济增长贡献率超过30%，制造业增加值占全球比重约30%，出口全球占比保持约14%的较高水平，是全球140多个国家和地区的主要贸易伙伴，中国开放的"分量"越来越重；

…………

党的十八届三中全会以来，开放新机制加快建设，规则、规制、管理、标准等制度型开放稳步推进，中国正以开放的姿态拥抱世界，为全球经济发展注入强大动能。

时间是最客观的见证者。

党的十八届三中全会公报公布时，曾有外媒预测：全会让中国向前迈出关键一步，加速推动这个国家30多年前开始的改革开放事业。

10多年后，中国没有令人失望，全面深化改革取得的历史性、革命性、开创性成就让我们信心满怀：

放眼世界，没有哪个国家和政党，能在这么短时间内推动这么大范围、这么大规模、这么大力度的改革，也没有哪个国家和政党，能在改革进程中实现这样的历史性变革、系统性重塑、整体性重构。

扬帆破浪再启航——紧扣党和国家中心任务进一步全面深化改革，为中国式现代化提供强大动力和制度保障

回望40多年改革开放史，每逢党的三中全会，党中央都会研究改革开放重大问题；每到国家发展关键时期，人们都会对新的改革开放政策寄予厚望。

党的二十届三中全会召开在即，全社会翘首以盼，全世界聚焦中国。

"党的二十大之后，我一直在思考进一步全面深化改革问题。"习近平总书记念兹在兹。

党的二十大，开启了以中国式现代化全面推进强国建设、民族复兴伟业的新征程。

站在新起点，发展面临新的困难挑战：

向外看，百年变局加速演进，地缘政治形势严峻；向内看，经济持续回升向好仍面临挑战，关键核心技术"卡脖子"问题尚未根本解决；向未来，新一轮科技浪潮扑面而来，大国博弈和竞争空前激烈……

站在新起点，改革到了新的重要时期：

推动高质量发展，需要通过改革让新质生产力活力迸发；构建新发展格局，需要通过改革畅通经济循环；实现全体人民共同富裕，需要通过改革更好解决发展不平衡不充分的问题；参与全球竞争，需要以改革促创新，赢得发展主动权……

新的历史关头，需要新的思考谋划。

在广东考察提出"坚定不移全面深化改革扩大高水平对外开放"；在上海强调"要在更高起点上全面深化改革开放"；在江西要求"打造内陆地区改革开放高地"……

在中央政治局会议等多个场合强调改革开放是党和人民事业"大踏步赶上时代的重要法宝"；在全国两会上要求"必须坚定不移深化改革开放、深入转变发展方式"；在中央深改委会议上明确"要把全面深化改革作为推进中国式现代化的根本动力"……

党的二十大以来，习近平总书记利用各种方式深入调查研究，思考进一步全面深化改革重大问题；在多个重要场合，阐明对进一步全面深化改革的重要考量。

2024年5月23日，习近平总书记在山东济南主持召开企业和专家座谈会。

在听取大家的发言后，总书记发表重要讲话，从"紧扣改革主题""突出改革重点""把牢价值取向""讲求方式方法"4个方面，就如何擘画进一步全面深化改革的宏伟蓝图作出战略指引。

——进一步全面深化改革，必须进一步解放思想、解放和发展社会生产力、解放和增强社会活力。

理念一变天地宽。推进中国式现代化，是一项前无古人的开创性事业，必须开阔视野、打开格局。

从中国版图看，漫长的东部海岸线宛如一张蓄力已久的长弓，长三角正是箭镞，既是发展的排头，也是改革的前沿。

"率先形成更高层次改革开放新格局"，2023年11月30日，习近平总书记主持召开深入推进长三角一体化发展座谈会并发表重要讲话，对长三角提出更高要求，强调"在中国式现代化中走在前列"。

凝聚改革共识，激发社会活力，将为新征程上推进中国式现代化注入源源动力。

——进一步全面深化改革，必须更加注重系统集成，更加注重突出重点，更加注重改革实效。

全面深化改革是一场深刻而全面的社会变革，也是一项复杂的系统工程，必须坚持科学的方法论。

南海之滨，海南自由贸易港进入封关运作攻坚期。2024年6月1日，海南自贸港建设全面实施迎来4周年。4年前，《海南自由贸易港建设总体方案》发布，制度集成创新被摆在突出位置。

集成，意味着什么？一件专利授权，从过去的600天至1000天缩短到了50天至90天。

这得益于三亚崖州湾科技城推行专利、商标、版权、地理标志、植物新品种权等知识产权"五合一"综合管理体制改革，推动知识产权保护由"散"向"合"。

改革，不仅要系统集成、协同发力，更要抓住关键、精准发力。进一步全面深化改革，必须牵住"牛鼻子"。

总书记深刻指出，"要抓住主要矛盾和矛盾的主要方面""推进经济体制改革要从现实需要出发，从最紧迫的事情抓起"，为进一步全面深化改革指明主攻方向。

系统集成、突出重点，归根结底是为了提升改革的实效性。

春耕备耕时节，2024年3月19日，习近平总书记来到湖南常德市鼎城区谢家铺镇。种粮大户戴宏告诉总书记，去年种田纯收入55万多元，政府还补贴了7万多元。总书记听了十分高兴："种粮户不能吃亏，有钱赚，才有种粮积极性。"

2个多月后的6月11日，习近平总书记在京主持召开中央深改委第五次会议，审议通过重要文件，健全种粮农民收益保障机制和粮食主产区利益补偿机制。

改革有破有立，得其法则事半功倍。三个"更加注重"，蕴含着进一步全面深化改革的方法论。

——进一步全面深化改革，必须推动生产关系和生产力、上层建筑和经济基础、国家治理和社会发展更好相适应。

改革，就是调整生产关系中不适应生产力发展要求的部分，调整上层建筑中不适应经济基础的部分。

"今年是全面深化改革又一个重要年份"，总书记明确要求，"改革味要浓、成色要足"。

平稳通过斜坡和楼梯，可以轻快奔跑，遇到磕绊能够敏捷调整……2024年4月，我国自主研发的通用人形机器人"天工"首次亮相。

发展新质生产力，正引导中国开启以创新和科技进步赋能经济发展的变革之旅。

2023年，习近平总书记在地方考察中提出"加快形成新质生产力"，此后在多个场合作出系统阐释和重大部署。

发展新质生产力，既是发展命题，也是改革命题。关键是通过进一步全面深化改革，让各类先进优质生产要素向发展新质生产力顺畅流动。

党的二十大之后，中央深改委先后召开五次会议，审议通过了改革土地管理制度、加快形成支持全面创新的基础制度等多项重大改革方案，指向的正是生产关系和上层建筑的优化调整。

"社会基本矛盾总是不断发展的，所以调整生产关系、完善上层建筑需要相应地不断进行下去。"习近平总书记科学阐明"改革开放只有进行时、没有完成时"的深刻道理。

走过千山万水，仍需跋山涉水。

46年前，党的十一届三中全会是划时代的。

11年前，党的十八届三中全会是划时代的。

而今迈步从头越。以进一步全面深化改革开辟中国式现代化广阔前景，即将召开的党的二十届三中全会必将成为中国改革开放又一座标注时代的里程碑。

（新华社北京2024年7月14日电）

将新时代改革开放进行到底

——从 72 次中央深改委（领导小组）会议读懂习近平的改革之道

新华社记者　邹　伟　韩　洁　谢希瑶　丁小溪　严赋憬

党的十八大以来，从中央全面深化改革领导小组，到中央全面深化改革委员会，习近平总书记主持召开 72 次重要会议，引领波澜壮阔、气象万千的改革航程。

这是改革的催征鼓点。72 次中央深改委（领导小组）会议锚定全面深化改革总目标进行顶层设计，审议通过超过 600 份改革文件，指引各方面出台 3000 多项改革方案，展现了习近平总书记逢山开路、遇水架桥的改革精神和不断发展、日臻精深的改革之道。

掌舵定向："坚定不移朝着全面深化改革目标前进"

夏日的中国，涌动改革的热潮。

2024 年 6 月 11 日，北京中南海，习近平总书记主持召开二十届中央全面深化改革委员会第五次会议。

会议审议通过了《关于完善中国特色现代企业制度的意见》《关于健全种粮农民收益保障机制和粮食主产区利益补偿机制的指导意见》《关于建设具有全球竞争力的科技创新开放环境的若干意见》等一系列改革文件，直指经济社会发展的一些重点难点问题，推动改革精准发力、落地生效。

10 年多来，这样的会议，习近平总书记主持召开了 72 次。总体设计、统筹协调、整体推进、督促落实，习近平总书记掌舵领航，中国改革航船沿着正确航线向更深水域、更广天地前进。

2013年11月，党的十八届三中全会召开，擘画了新时代全面深化改革的蓝图：

提出"完善和发展中国特色社会主义制度，推进国家治理体系和治理能力现代化"的总目标，勾勒全面深化改革的"四梁八柱"，明确任务书、时间表、施工图，336项改革举措涵盖方方面面。

此时的中国，经济社会发展正在跨越新的重要关口：经济长期高速增长过程中积累的一系列深层次矛盾不断积聚，发展不平衡不充分问题日益突出；新一轮科技革命和产业变革浪潮下的国际竞争形势逼人，逆全球化、贸易保护主义沉渣泛起……推进全面深化改革的复杂程度、艰巨程度、敏感程度，可想而知。

致广大而尽精微。越是庞大复杂的工程，越是需要精确定向、周密部署、扎实落实。

党的十八届三中全会召开后一个多月，2013年12月，中国共产党历史上第一次在党中央层面设置专司改革工作的领导机构——中央全面深化改革领导小组。习近平总书记亲自挂帅，担任组长。

对于这一机构的责任，习近平总书记阐明要旨："就是要把党的十八届三中全会提出的各项改革举措落实到位。"

党的十九届三中全会后，中央全面深化改革领导小组改为中央全面深化改革委员会。习近平总书记仍亲任主任。这一机构职能更加全面、组织更加健全、运行更加稳定，形成统揽改革开放的坚强中枢，汇聚最为广泛的改革力量。

船载千钧，掌舵一人。在全面深化改革这场深刻的社会变革中，习近平总书记始终把重任扛在肩上：

深远谋划，为改革纵深推进提供科学指引；系统部署，研究制定重大改革议题；亲力亲为，认真审阅修改重大改革方案，引领督促每一项改革落地见效……

回望来时路，中国改革开放从来都是在党中央集中统一领导下，沿着中国特色社会主义道路坚定前行。

进入新时代，改革举什么旗、走什么路？为什么改、为谁改、怎么改？习近平总书记指明方向——

2014年1月，十八届中央全面深化改革领导小组第一次会议上，习近平总书记就指出："坚定不移朝着全面深化改革目标前进""要牢牢把握改革正确方向"。

2017年11月，习近平总书记主持召开的十九届中央全面深化改革领导小组第一次会议，以三个"不能变"标定改革方向："无论改什么、改到哪一步，坚持党对改革的集中统一领导不能变，完善和发展中国特色社会主义制度、推进国家治理体系和治理能力现代化的总目标不能变，坚持以人民为中心的改革价值取向不能变。"

2023年4月，二十届中央全面深化改革委员会第一次会议上，习近平总书记强调，"要把全面深化改革作为推进中国式现代化的根本动力"。

思想在伟大变革中升华。

习近平总书记以马克思主义政治家、思想家、战略家的深刻洞察力、敏锐判断力、理论创造力，提出关于全面深化改革的一系列新思想、新观点、新论断，为新时代的中国拓开改革的大格局、厘清改革的大逻辑——

关于改革和开放："以开放促改革、促发展，是我国改革发展的成功实践。改革和开放相辅相成、相互促进，改革必然要求开放，开放也必然要求改革"；

关于改革和发展："发展前进一步就需要改革前进一步，改革不断前进也能为发展提供强劲动力""推动改革和发展深度融合、高效联动"；

关于改革和法治："凡属重大改革都要于法有据""全面深化改革需要法治保障，全面推进依法治国也需要深化改革""在法治下推进改革、在改革中完善法治"；

……

进入深水区的改革，尤其难在冲破思想观念的障碍，难在突破利益固化的藩篱。

72次会议不仅指明进军的方向，更是擂响出征的战鼓——

紧紧围绕处理好政府和市场的关系这一核心问题，深化经济体制改革，从现实需要出发，从最紧迫的事情抓起，着力打通制约高质量发展的堵点、卡点；

着眼中华民族永续发展，深化生态文明领域改革，改革干部考核制度，开展中央生态环保督察，打好蓝天碧水净土保卫战；

以"得罪千百人、不负十四亿"的担当，深化党的纪律检查和国家监察体制改革，推进全面从严治党，为全面深化改革营造良好政治生态；

……

10年多来，72次会议部署一系列重大改革事项，构建起制度建设的"四梁八柱"，推动内政外交国防、治党治国治军各项改革不断打开新局面、迈上新台阶。

"新时代10年，我们推动的改革是全方位、深层次、根本性的，取得的成就是历史性、革命性、开创性的。"2023年4月，习近平总书记主持召开的二十届中央全面深化改革委员会第一次会议上的凝练总结，再一次印证了这一重大论断——

"党的十一届三中全会是划时代的，开启了改革开放和社会主义现代化建设新时期。党的十八届三中全会也是划时代的，实现改革由局部探索、破冰突围到系统集成、全面深化的转变，开创了我国改革开放新局面。"

精准指引："改革开放是前无古人的崭新事业，必须坚持正确的方法论"

改革有破有立，得其法则事半功倍。

党的十八大以来，以习近平同志为核心的党中央立足新时代改革实践，不断深化对改革规律的认识，形成了改革开放以来最丰富、最全面、最系统的改革方法论，为全面深化改革提供了科学指导和行动指南。

从"加强对跨区域跨部门重大改革事项协调"，到"试点是改革的重要任务，更是改革的重要方法"，再到"以全局观念和系统思维谋划推进改革"……历次会议中，一系列行之有效的改革方法令人耳目一新，并在实践中确保全面深化改革精准发力、精准落地。

坚持问题导向，以调研开路，用改革破题——

"改革要坚持从具体问题抓起""在是否解决了突出问题上下功夫""制定实施方案直奔问题去"……会议多次强调这一重要方法。

"奔着问题去，跟着问题走"，一次次会议、一项项部署也正是以问题为抓手，让改革有的放矢、纵深推进：

针对唯分数论、一考定终身等事关亿万学生前途的问题，研究审议关于深化考试招生制度改革的实施意见，部署各地启动高考综合改革，形成分类考试、综合评价、多元录取的考试招生模式，中国特色现代教育考试招生制度基本建立；

为解决人民群众反映强烈的"立案难"问题，改革人民法院案件受理制度，变立案审查制为立案登记制，改进工作机制、加强责任追究，推动"有案必立、有诉必理"，保障当事人诉权，为老百姓打开一条通往公平正义的便捷之门；

剑指企业群众办事难、办事慢、多头跑、来回跑等突出问题，深入推进审批服务便民化，围绕直接面向企业群众、依申请办理的行政审批和公共服务事项，推动审批服务理念、制度、作风全方位深层次变革，改出了政务服务的温度，改到了群众心坎上……

在分析问题、解决问题的过程中，以问题为导向的改革方法论更加鲜明。

问题是时代的声音，调查研究是破题之道。

2020年4月21日，在陕西考察的习近平总书记来到平利县老县镇卫生院。

在《安康市城乡居民医疗保险政策一览表》前，总书记驻足察看，详细询问了报销政策等很多细节问题。

6天后，习近平总书记主持召开十九届中央全面深化改革委员会第十三次会议，审议通过了《关于推进医疗保障基金监管制度体系改革的指导意见》。会议强调，"医保基金是人民群众的'看病钱'、'救命钱'，一定要管好用好"。

尊重首创精神，坚持顶层设计与实践探索相结合——

2019年7月，十九届中央全面深化改革委员会第九次会议审议通过《关于支持深圳建设中国特色社会主义先行示范区的意见》。次年10月，深圳经济特区建立40周年庆祝大会上，习近平总书记部署深圳实施综合改革试点，要求深圳"建设好中国特色社会主义先行示范区"。

5年来，对标高质量发展高地、法治城市示范、城市文明典范、民生幸福标杆、可持续发展先锋"五大战略定位"，先行示范区建设正在深圳这片改革热土上加快推进。

2024年6月，深圳市发布2024年优化市场化、法治化、国际化营商环境工作方案，拿出了持续优化营商环境改革新的年度"施工图"。

改革必须推动顶层设计和基层探索良性互动。

习近平总书记多次在会议上强调"要牢固树立改革全局观，顶层设计要立足全局，基层探索要观照全局""发挥好试点对全局性改革的示范、突破、带动作用""坚持顶层设计和摸着石头过河相协调"。

部署设立22个自由贸易试验区，形成覆盖东西南北中的试点格局；推行国务院部门权力和责任清单编制试点；开展承担行政职能事业单位改革试点……一块块全面深化改革的试验田，播下良种、精耕细作，将更多制度创新成果推向全国。

注重系统集成，坚持以全局观念和系统思维谋划推进——

从前期夯基垒台、立柱架梁，到中期全面推进、积厚成势，再到现阶段加强系统集成、协同高效，全面深化改革愈加强调把握各项改革的相互关系和耦合作用，在目标上相互配合、在实施中相互促进、在效果上相得益彰。

对此，会议有着许多精辟阐述："注重系统性、整体性、协同性是全面深化改革的内在要求，也是推进改革的重要方法""要准确把握改革内在联系，提高改革系统集成能力""推进改革要树立系统思想，推动有条件的地方和领域实现改革举措系统集成"……

系统集成，就不能"九龙治水、各管一头""头痛医头、脚痛医脚"，而要推动各领域各方面改革同向发力，做到"十个指头弹钢琴"。

推动经济、政治、文化、社会、生态文明、党的建设、国防和军队等各领域各方面改革相结合；促使理论创新、制度创新、科技创新、文化创新以及其他各方面创新相衔接；抓好改革方案协同、改革落实协同、改革效果协同……正是由于坚持全局筹划、统筹兼顾，各项改革发生"化学反应"，持续释放改革效能。

人民至上："老百姓关心什么、期盼什么，改革就要抓住什么、推进什么"

曾经，一纸户籍，在城乡间划出一道"鸿沟"。

2014年6月，习近平总书记主持召开十八届中央全面深化改革领导小组第三次会议。《关于进一步推进户籍制度改革的意见》，摆上了中南海的议事案头。

习近平总书记在会上强调："推进人的城镇化重要的环节在户籍制度，加快户籍制度改革，是涉及亿万农业转移人口的一项重大举措。"

自此，户籍制度改革按下"加速键"：破难题、蹚新路，统一城乡户口登记制度，全面实施居住证制度，1.4亿农业转移人口落户城镇，全国户籍人口城镇化率达到48.3%，逐步打破城乡二元对立，让更多奋斗者找到温暖归属。

"只要有利于增加人民群众获得感，就坚决地破、坚决地改"，改革价值取向始终鲜明。

人民有所呼，改革有所应。

72次会议的公开报道中，"人民"和"群众"分别出现了200多次和100多次。一件件关乎百姓的大小事，被列入会议议程，成为改革的关注点、发力点。

——使改革精准对接发展所需、基层所盼、民心所向。

"集采前要68元一支，降价后一支只要20元。"对于患糖尿病多年的湖南患者谭赛喜而言，胰岛素是日常必需的药物。如今通过专项集采，胰岛素价格降了下来，还可以通过特殊门诊报销70%，为他减轻很大负担。

悠悠民生，健康为大。

多次会议将深化医卫改革的议题列入议程。其所触及的，不仅有深化公立医院改革、整合城乡居民基本医疗保险制度这样的整体性改革，也有加强儿科医务人员培养和队伍建设、推进家庭医生签约服务等具体安排，还有福建三明医改等经验示范。

多谋民生之利、多解民生之忧。正如习近平总书记所说，"老百姓关心什么、期盼什么，改革就要抓住什么、推进什么"。

垃圾分类、环境保护、法律援助、养老托育、教育减负……一份份改革文件获得通过，一项项制度安排渐次落地，事关民生福祉的改革被放在更加突出位置，更好地回应了人民群众的急难愁盼。

——依靠人民群众的支持和参与书写改革新篇章。

"要充分调动各方面积极性，改革任务越繁重，我们越要依靠人民群众支持和参与""善于从人民的实践创造和发展要求中完善改革的政策主张"……

2014年1月，习近平总书记在十八届中央全面深化改革领导小组第一次会议上的一席话，深刻揭示亿万人民是全面深化改革的力量之源、智慧之源。

壮阔的改革进程中，认识上的每一次突破和进展，实践中的每一个创造和积累，无不源于人民群众的拼搏奋斗和聪明才智。

2016年底，浙江提出"最多跑一次"，开始了政务服务改革历程。从理念化为实践，"最多跑一次"成为中央深改委（领导小组）会议上审议讨论的典型经验，在全国各地推广开来、创新发展。

"正确的道路从哪里来？从群众中来。"习近平总书记这样强调。

要求"尊重基层群众实践""发动群众参与改革，引导社会支持改革"，指出"改革创新最大的活力蕴藏在基层和群众中间"，一次次会议释放明确信号，引领改革找准开启人民伟力的金钥匙。

——把人民群众的获得感作为改革成效的评价标准。

2015年2月，十八届中央全面深化改革领导小组第十次会议上，习近平总书记突出强调了改革的"获得感"问题。

总书记指出，处理好改革"最先一公里"和"最后一公里"的关系，突破"中梗阻"，防止不作为，把改革方案的含金量充分展示出来，让人民群众有更多获得感。

此后的多次会议对此作出深入的阐释："把是否促进经济社会发展、是否给人民群众带来实实在在的获得感，作为改革成效的评价标准""要把有利于增强人民群众获得感的改革放到更加突出位置来抓"……

良好生态环境是最普惠的民生福祉。

"十三五"以来全国地级及以上城市细颗粒物（$PM_{2.5}$）平均浓度累计下降28.6%，全国地表水优良水质断面比例"八连升"至89.4%，全国受污染耕地和重点建设用地安全利用得到有效保障。

成绩单背后，是一系列有力的改革举措：建立环保督察工作机制，深入打好污染防治攻坚战，健全生态保护补偿机制，编制重点生态功能区产业准入负面清单，划定并严守生态保护红线……调查显示，老百姓对生态环境的满意度超过90%。

保障和改善民生没有终点，只有连续不断的新起点。

"更好的教育、更稳定的工作、更满意的收入、更可靠的社会保障、更高水平的医疗卫生服务、更舒适的居住条件、更优美的环境"，习近平总书记用心回应人民的期盼。

一件接着一件办，一年接着一年干，以人民为中心的发展思想在全面深化改革中绽放更加耀眼的光芒。

担当实干:"既当改革促进派、又当改革实干家,以钉钉子精神抓好改革落实"

2016年2月23日,农历元宵节刚过,习近平总书记主持召开十八届中央全面深化改革领导小组第二十一次会议。

这次会议没有安排审议新的改革方案,而是听取10项改革推进落实情况汇报。习近平总书记在讲话中一连讲了三个"抓":"盯着抓、反复抓,直到抓出成效"。

"把抓改革作为一项重大政治责任,坚定改革决心和信心,增强推进改革的思想自觉和行动自觉,既当改革促进派、又当改革实干家,以钉钉子精神抓好改革落实",总书记斩钉截铁地说。

改革争在朝夕,落实难在方寸。

72次会议中,"落实"一词贯穿始终,在公开报道里共出现300多次。会议多次专题听取重大改革落实情况汇报,重点了解改革举措落实情况,部署改革推进的步骤和次序。

回望新时代全面深化改革历程,抓落实是要求,是行动,更是改革制胜之道。

挺膺担当、迎难而上——"真刀真枪、大刀阔斧,涉险滩、动奶酪、啃硬骨头"。

2014年2月,习近平主席在索契接受俄罗斯电视台专访时指出:"中国改革经过30多年,已进入深水区,可以说,容易的、皆大欢喜的改革已经完成了,好吃的肉都吃掉了,剩下的都是难啃的硬骨头。"

农村改革,就是"难啃的硬骨头"之一。

2016年4月,习近平总书记来到农村改革主要发源地安徽小岗村。在"当年农家"院落,他俯身察看当年18户村民按下红手印的大包干契约,感慨不已。

4个月后,十八届中央全面深化改革领导小组第二十七次会议审议通过《关于完善农村土地所有权承包权经营权分置办法的意见》,直指农村土地所有权制度与当前农村经济社会发展新形势不适应的难题。

不只农村改革，司法体制改革、院士制度改革、中央管理企业负责人薪酬制度改革……一项项涉及深层次利益调整、多年未有进展的改革在历次会议推动下持续突破。

既挂帅又出征，以精准扶贫方略，带领全党全国各族人民打赢了一场历时8年的脱贫攻坚战；多次作出重要指示批示，掀起祁连山等多地生态问题整治风暴，并亲自考察验收整治效果；针对政法领域权力制约监督不到位等突出问题，推进政法领域改革，抓紧完善权力运行监督和制约机制……

习近平总书记率先垂范，以实际行动践行"把改革抓在手上、落到实处、干出成效""使各项改革都能落地生根"，引领全面深化改革走深走实。

跟踪问效、推动落实——"做到改革推进到哪里、督察就跟进到哪里"。

2020年7月，浙江金华，一场"改革督察员"聘请会议引人关注。

由企业主、群众代表、基层代办员、新闻工作者等组成的第一期35位改革督察员正式"上岗"。他们将发挥专业所长，紧盯重要领域、关键环节和重点项目，精准发现问题，推动改革不断深化。

中央改革办专门成立督察局，专司改革方案督检之责；浙江探索建立特约改革督察员（观察员）制度，山东建立重点改革任务挂牌督办机制，湖南不断健全改革督察统筹联动机制……

10年多来，督察工作和全面深化改革各项工作紧密协同，始终是党中央狠抓改革落实的重要手段。

2014年9月，十八届中央全面深化改革领导小组第五次会议召开。

"要调配充实专门督察力量，开展对重大改革方案落实情况的督察，做到改革推进到哪里、督察就跟进到哪里。"习近平总书记在会上发表重要讲话，明确提出要高度重视改革方案的制定和落实工作，"严把改革督察关"。

提出"要抓督察落实，强化督察职能，健全督察机制"，明确"既要督任务、督进度、督成效，也要察认识、察责任、察作风"，强调"下更大气力抓好改革督察工作"……一次次会议围绕改革督察作出明确要求，推动各地区各部门将改革落到实处。

压实责任、形成合力——"建立全过程、高效率、可核实的改革落实机制"。

"每条河流要有'河长'了"，习近平总书记在2017年新年贺词中提到了这个好消息。

此前不久召开的十八届中央全面深化改革领导小组第二十八次会议审议通过《关于全面推行河长制的意见》。随后，中共中央办公厅、国务院办公厅印发了该意见。

一层抓一层，层层抓落实。

从各地党政主要负责同志主动将河湖作为自己的责任田，到企业、校园、社区涌现一批"民间河长"……2018年6月底，我国全面建立河长制；半年后，湖长制全面建立；2022年，在南水北调工程全面推行河湖长制。

"河长制"带来"河长治"，正是压实各级责任、形成各方合力、建立落实机制的生动例证。

多次会议强调：要遵循改革规律和特点，建立全过程、高效率、可核实的改革落实机制；推动落实主体责任，建立健全科学合理的改革评价机制；要盯责任主体，抓"关键少数"……

"党政主要负责同志是抓改革的关键，要把改革放在更加突出位置来抓，不仅亲自抓、带头干，还要勇于挑最重的担子、啃最硬的骨头，做到重要改革亲自部署、重大方案亲自把关、关键环节亲自协调、落实情况亲自督察，扑下身子，狠抓落实。"2017年2月，习近平总书记在十八届中央全面深化改革领导小组第三十二次会议上的重要讲话掷地有声。

压实责任明确"人"、动态监测精准"督"、追责问效科学"评"，从中央到地方，全链条改革落实闭环机制逐步建立完善。

积小胜为大胜，积跬步至千里。如今，党的十八届三中全会确定的改革任务已总体完成。

新加坡《联合早报》曾经评价，环顾世界，没有一个国家能够像当今中国这样，以一种说到做到、只争朝夕的方式全面推进改革进程。

永不止步："在新征程上谱写改革开放新篇章"

发展永无止境，改革不会停步。

"实现新时代新征程的目标任务，要把全面深化改革作为推进中国式现代化的根本动力，作为稳大局、应变局、开新局的重要抓手，把准方向、守正创新、真抓实干，在新征程上谱写改革开放新篇章。"

2023年4月，在党的二十大闭幕后召开的第一次中央全面深化改革委员会会议上，习近平总书记鲜明定调。

开启新的征程，中国如何谋划进一步全面深化改革新蓝图举世关注，中央深改委会议无疑是一扇重要的观察窗口。

紧扣"以中国式现代化全面推进强国建设、民族复兴伟业"这一新时代最大的政治，明确要坚持用改革开放"解决发展中的问题、应对前进道路上的风险挑战"；

"要科学谋划进一步全面深化改革重大举措，聚焦妨碍中国式现代化顺利推进的体制机制障碍，明确改革的战略重点、优先顺序、主攻方向、推进方式"；

坚持以开放促改革、促发展，建设更高水平开放型经济新体制，积极主动把我国对外开放提高到新水平……

中央深改委会议不断传递出新的改革强音，宣示"改革不停顿、开放不止步"的坚定决心。

与此同时，中央深改委会议接连出台一系列重大改革举措，面向未来运筹帷幄，在重点领域布局落子。

审议通过《关于加强基础学科人才培养的意见》《关于完善科技激励机制的若干意见》《关于健全社会主义市场经济条件下关键核心技术攻关新型举国体制的意见》《关于强化企业科技创新主体地位的意见》

《关于加快形成支持全面创新的基础制度的意见》《关于建设具有全球竞争力的科技创新开放环境的若干意见》……顺应新一轮科技革命和产业变革浪潮，一系列改革新举措推动加快形成新质生产力。

党的二十届三中全会大幕开启，进一步全面深化改革大潮澎湃。

"逢山开路，遇水架桥，敢于向顽瘴痼疾开刀，勇于突破利益固化藩篱，将改革进行到底"，习近平总书记的重要论述精神一以贯之，彰显中国无比坚定的改革决心和信心。

今天的中国，奋进的脚步愈发铿锵。发展与改革融合激荡，汇聚起推进强国建设、民族复兴伟业的磅礴力量。

上下同欲者胜。勇立改革潮头，弘扬改革精神，将党的意愿与人民意愿相统一，将党的行动和广大人民心声相结合，进一步全面深化改革必然成功，也一定能够成功！

（新华社北京 2024 年 7 月 15 日电）

在新征程上谱写改革开放新篇章

钟华论

历史的巨笔,常在关键处落墨;伟大的征途,总在开拓中奋进。

盛夏时节,万物蓬勃。即将召开的党的二十届三中全会,重点研究进一步全面深化改革、推进中国式现代化问题,对围绕中国式现代化进一步全面深化改革作出总体部署。

风雨兼程,大道无垠。在强国建设、民族复兴的新征程上,新时代中国共产党人坚定不移高举改革开放伟大旗帜,汇聚起亿万中国人民的智慧和力量,必将谱写改革开放新篇章,创造令世人刮目相看的新奇迹!

(一)

太空再次闪耀中国红!不久前,嫦娥六号在人类历史上首次实现月球背面采样返回。这是我国建设航天强国、科技强国取得的又一标志性成果。

探月工程的新高度,背后是科技体制改革不断深化的力度。通过深化改革,激发各方面创新活力,集聚国家战略科技力量合力攻坚,充分发挥新型举国体制优势,中国走出了一条高质量、高效益的月球探测之路。以改革之火点燃创新引擎,科技领域的"中国式浪漫"不断震撼世人:"嫦娥"揽月、"天和"驻空、"天问"探火、"地壳一号"挺进地球深处、"奋斗者"号探万米深海……

拉长视角,更能读懂改革开放之于当代中国发展进步的重要意义。

党的十八届三中全会以来，以习近平同志为核心的党中央以巨大的政治勇气和智慧、前所未有的决心和力度，领导全党全国人民冲破思想观念的束缚，突破利益固化的藩篱，坚决破除各方面体制机制弊端，积极应对外部环境变化带来的风险挑战，开启了气势如虹、波澜壮阔的全面深化改革进程。

10多年来，全面深化改革是全方位、深层次、根本性的，实现改革由局部探索、破冰突围到系统集成、全面深化的转变。看广度，2000多个改革方案覆盖经济、政治、文化、社会、生态文明、党的建设、国防和军队等各个领域，改革的系统性、整体性、协同性显著提升；看深度，关键领域改革步入深水区，有效破解重大体制机制问题、深层次矛盾和问题；看力度，敢于啃硬骨头，敢于涉险滩，许多领域实现历史性变革、系统性重塑、整体性重构；看温度，历史性地解决了绝对贫困问题，建成世界上规模最大的教育体系、社会保障体系、医疗卫生体系，人民生活全方位改善；看开放度，设立22个自贸试验区，不断缩减外资准入负面清单，免签"朋友圈"持续扩容，成为140多个国家和地区的主要贸易伙伴，对世界经济增长年均贡献率超过30%……

山河为卷，改革为笔，画出更新更美的图画。全面深化改革，淬炼了发展亮色，彰显了政治本色，提升了治理成色，增添了生态绿色，厚植了为民底色，在中华大地上描绘出"无边光景一时新"的壮阔图景。

改革开放是当代中国最显著的特征、最壮丽的气象。通过全面深化改革，各领域基础性制度框架基本建立，中国特色社会主义制度更加成熟更加定型，国家治理体系和治理能力现代化水平明显提高，党和国家事业焕发出新的生机活力，中国式现代化展现出光明前景。

在深圳市委大院门前，埋头奋蹄的铜雕"拓荒牛"充满力量，彰显改革者敢为人先、干事创业的精气神；在雄安新区雄狮公园内，威武大气的石雕"雄安狮"眺望"一带一路"主题广场，展现着新时代中国拥抱世界的博大胸怀。定格时代记忆的两座雕塑，在人们心中激荡起振聋发聩的时代强音：改革不停顿，开放不止步！

（二）

泉城五月，万物并秀，企业和专家座谈会在这里举行。"这一次改革，我们将紧扣推进中国式现代化主题。"党的二十届三中全会前，习近平总书记主持召开这场面向基层的座谈会，深刻阐述了进一步全面深化改革的一系列重大理论和实践问题，释放出以全面深化改革推进中国式现代化的鲜明信号。

没有科学理论的指引，就没有伟大实践的推进。党的十八大以来，习近平总书记深刻总结历史经验，精准把握改革规律，运用马克思主义立场观点方法，发表一系列富有创造性、战略性、指导性的重要论述，实现了改革理论的一系列重大创新和突破。

鲜明提出"我们的改革是在中国特色社会主义道路上不断前进的改革""全面深化改革必须加强和改善党的领导"，指明了全面深化改革的正确方向；鲜明提出"要把全面深化改革作为推进中国式现代化的根本动力"，揭示了新的历史条件下全面深化改革的重大意义；鲜明提出"完善和发展中国特色社会主义制度、推进国家治理体系和治理能力现代化"，确立了全面深化改革的总目标；鲜明提出"以促进社会公平正义、增进人民福祉为出发点和落脚点"，阐明了以人民为中心的改革价值取向；鲜明提出"加强顶层设计和整体谋划""运用法治思维和法治方式"等科学方法，形成了改革开放以来最丰富、最全面、最系统的改革方法论；系统总结新时代全面深化改革"六个坚持"的宝贵经验和重大原则，进一步深化对改革规律的认识……这些重要论述，构成一个内涵丰富、系统完整、逻辑严密的科学理论体系，深刻回答了为什么改、为谁改、怎么改等重大理论和实践问题，为全面深化改革提供了科学行动指南和强大精神力量。

这是"一张蓝图绘到底"的战略谋划。全面深化改革，关键在"深化"，重点在"全面"。习近平总书记亲自担任中央全面深化改革领导小组组长、中央全面深化改革委员会主任，主持召开72次中央深改领导小组和中央深改委会议,议大事、抓要事、谋全局,亲力亲为谋划指导改革的总体设计、统筹协调、整体推进、督促落实,为改革提供了最坚强有力的领导保障。在以习近平同志为核心的党中央坚强领导下,自上而下形成党领导改革工作体制机制,对全面深化改革作出一系列重大战略部署,有效应对重大风险挑战、克服艰难险阻,推动党和国家事业取得历史性成就、发生历史性变革。

这是"知重负重、攻坚克难"的责任担当。"没有习近平总书记下决心,很多重大改革是难以出来的",一位参与党的十八届三中全会文件起草的成员如是感慨。攻克险峻之难关,必有非凡之魄力;冲破崔嵬之要隘,必有卓绝之勇毅。面对"四大考验""四种危险",习近平总书记以"得罪千百人、不负十四亿"的使命担当,深化党建领域改革,驰而不息推进全面从严治党;面对"和平积弊",深化国防和军队改革,人民军队体制一新、结构一新、格局一新、面貌一新;面对"大进大出的环境条件已经变化",提出构建以国内大循环为主体、国内国际双循环相互促进的新发展格局,引领新时代中国牢牢把握发展主动权……一系列重大部署和举措既有"破"的魄力,更有"立"的担当,凝聚起攻坚克难的强大力量,推动"中国号"巨轮破浪前行。

这是"看准了就坚定不移抓"的实干精神。"既当改革促进派、又当改革实干家",习近平总书记率先垂范,更对广大党员干部提出明确要求,汇聚起共同为改革想招、一起为改革发力的磅礴力量。实干,体现在以钉钉子精神抓好改革任务落实的行动中,体现在对形式主义、官僚主义的有力纠治中,体现在让改革者想干事、能干事、干成事的良好氛围中,体现在各领域改革带来的可喜变化中……

回望来路自慷慨,再赴征程气如虹。站在新的历史起点上,我们更加深刻地认识到,全面深化改革之所以取得历史性伟大成就,根本在于习近平总书记领航掌舵,在于习近平新时代中国特色社会主义思想的科学指引。新征程上,深刻领悟"两个确立"的决定性意义,坚决做到"两个维护",自觉在思想上政治上行动上同以习近平同志为核心的党中央保持高度一致，我们抓改革、促发展、推进中国式现代化，就有了根本政治保证，就有了最大的底气和信心。

（三）

1978年，邓小平同志在党的十一届三中全会上指出："实现四个现代化是一场深刻的伟大的革命。在这场伟大的革命中，我们是在不断地解决新的矛盾中前进的。"2024年，习近平总书记在全国两会期间强调："要谋划进一步全面深化改革重大举措，为推动高质量发展、推进中国式现代化持续注入强劲动力。"历史和实践昭示，改革开放是党和人民大踏步赶上时代的重要法宝。

当今世界，变革创新的潮流滚滚向前。党的二十大擘画了全面建设社会主义现代化国家的宏伟蓝图，确立了以中国式现代化全面推进强国建设、民族复兴伟业的中心任务。推进中国式现代化，是新征程上凝聚全党全国人民智慧和力量的旗帜，也必然是进一步全面深化改革的主题。

推进中国式现代化是前无古人的事业，还有许多未知领域，需要我们在实践中去大胆探索，通过改革创新来推动事业发展。实现新时代新征程的目标任务，要把全面深化改革作为推进中国式现代化的根本动力，作为稳大局、应变局、开新局的重要抓手，把准方向、守正创新、真抓实干，在新征程上不断谱写改革开放新篇章。

当前和今后一个时期，是以中国式现代化全面推进强国建设、民族复兴伟业的关键时期。向外看，世界百年未有之大变局加速演进，外部环境的复杂性、严峻性、不确定性上升，世界进入新的动荡变革期。向内看，我国改革发展稳定面临不少深层次矛盾躲不开、绕不过，发展不平衡不充分问题仍然突出，推动高质量发展还有许多卡点瓶颈。时间不等人，历史不等人。面对纷繁复杂的国际国内形势，面对新一轮科技革命和产业变革，面对人民群众新期待，必须义无反顾把改革开放不断向前推进。

进一步全面深化改革,就是要锚定继续完善和发展中国特色社会主义制度、推进国家治理体系和治理能力现代化这个总目标,紧扣推进中国式现代化这个主题,坚决破除妨碍推进中国式现代化的思想观念和体制机制弊端,着力破解深层次体制机制障碍和结构性矛盾,不断解放和发展社会生产力,不断完善和发展中国特色社会主义制度,不断满足人民群众对美好生活的向往,为中国式现代化注入强劲动力、提供有力制度保障。

每小时385公里!不久前,杭温高铁试验列车顺利跑出了试验目标速度值,而时速400公里的CR450动车组正在加紧研制,将于年内下线。沿着中国式现代化道路阔步向前,向着更高更远的目标挺进,实践发展永无止境,改革开放未有穷期……

(四)

进一步全面深化改革,工作千头万绪,攻坚千难万险,向何处发力,在何处突破?实践启示我们,抓住了改革重点,就能找到破解问题的支点。

以"三权分置"改革为龙头推动农村基本经营制度重大创新,以司法责任制改革为抓手深化司法体制改革,以国家监察体制改革为驱动健全党和国家监督体系……牢牢抓住主要矛盾和矛盾的主要方面,把握关键环节,实现重点突破,是新时代全面深化改革的宝贵经验,也是进一步全面深化改革的战略考量。

发展是第一要务,坚持高质量发展是新时代的硬道理。进一步全面深化改革,要以经济体制改革为牵引,坚持和发展我国基本经济制度,构建高水平社会主义市场经济体制,健全宏观经济治理体系和推动高质量发展体制机制,完善支持全面创新、城乡融合发展等体制机制,进一步解放和发展社会生产力、增强社会活力,推动生产关系和生产力、上层建筑和经济基础更好相适应。

问题是时代的声音,改革是发展的动力。必须坚持目标导向和问题导向相结合，奔着问题去、盯着问题改，从现实需要出发，从最紧迫的事情抓起，在解决实践问题中深化理论创新、推进制度创新。

优化营商环境要打破哪些"隐形门"？加快全国统一大市场建设要拆除哪些"篱笆墙"？加快发展新质生产力要搬除哪些"绊脚石"？释放创新活力需要怎样的"点火系"？增进人民幸福有哪些亟待解决的"急难愁盼"问题？……无论是推进经济体制改革还是其他领域改革，只有聚焦全局性、战略性问题谋划改革举措，打通发展堵点、消除体制卡点、破解实践难点，才能实现纲举目张，以重点突破带动改革整体推进，为推动高质量发展、加快中国式现代化建设不断注入强大动力。

北京深入推进接诉即办改革，用一根热线"绣花针"穿起民生"万根线"，让越来越多市民分享首都城市治理变革红利；上海设立"基础研究特区"，鼓励勇闯科学"无人区"，从源头和底层解决关键技术问题；广东以"百县千镇万村高质量发展工程"促进城乡区域协调发展，着力让"短板"变为"潜力板"；贵州通过创新生态产品价值实现机制，更好守护绿水青山、带来"金山银山"……改革之路没有坦途，但只要牵住"牛鼻子"、打好关键仗，就一定能跨越重重关山，迈向高质量发展新境界，创造中国式现代化新辉煌。

（五）

试点机动车行驶证电子化，实行摩托车登记"一证通办"，治理大数据"杀熟"、"自动续费"等问题……进入 7 月，一批新规开始施行，折射出改革便民、惠民、利民的温度。

习近平总书记强调"抓改革、促发展，归根到底就是为了让人民过上更好的日子"，深刻指出"中国式现代化，民生为大"，宣示着鲜明的价值取向——坚持以人民为中心。在全面深化改革的精彩答卷中，"民生"是点睛之笔。户籍制度改革让 1.4 亿农业转移人口落户城镇，加快完善住房保障体系建设让 1.4 亿多群众喜圆安居梦，个人所得税改革惠及 2.5 亿人……

在人民群众眼中，改革是什么？是看得见的蓝天，从"PM250"到"永久的蓝"，蓝天保卫战久久为功；是摸得着的温度，清洁取暖让老百姓暖身又暖心；是买得起的药品，医药卫生体制改革不断深化，把不少救命药的价格"打了下来"；是握得住的幸福，通过改革发展带来更广阔的就业门路、更贴心的养老服务、更加公平更有质量的教育……改革向前，民生更暖。

改革为了人民，改革依靠人民，改革成果由人民共享。新征程上，进一步全面深化改革，必须坚持以人民为中心，从人民的整体利益、根本利益、长远利益出发来谋划和推进。人民有所呼，改革有所应。从就业到增收，从入学到就医，从住房到托幼养老，老百姓关心什么、期盼什么，改革就要抓住什么、推进什么。多推出一些民生所急、民心所向的改革举措，多办一些惠民生、暖民心、顺民意的实事，不断把"问题清单"变成"惠民清单"，让人民群众有更多获得感、幸福感、安全感。

马克思主义认为，历史活动是群众的事业，决定历史发展的是"行动着的群众"。从小岗村"大包干"的一声春雷，到深圳蛇口的开山炮声；从"三来一补"的发展模式，到乡镇企业的创业历程；从深化集体林权制度改革，到推广用好新时代"枫桥经验"……实践证明，改革创新的最大活力就在人民群众中间，改革发展的无穷动力就在人民群众中间。以人民为念，汇人民之力，改革开放事业必将生生不息，中国式现代化建设必将浩荡前行。

（六）

领导中国改革有怎样的感悟？——10 年前，习近平总书记访问欧洲，交流中，各方领导人问得最多的就是这个问题。总书记坦诚作答："胆子要大、步子要稳。始终保持着清醒沉着，行百里者半九十。"一番话寓意深远，道出了改革方法的重要性。

改革有破有立，得其法则事半功倍。发展无止境，改革有章法。新征程上，进一步全面深化改革，更要讲求方式方法，从实际出发，按规律办事。

进一步全面深化改革，必须坚持守正创新。守正才能不迷失方向、不犯颠覆性错误，创新才能把握时代、引领时代。我们坚守的"正"，指明了改革开放的正确政治方向。改革无论怎么改，坚持党的全面领导、坚持马克思主义、坚持中国特色社会主义道路、坚持人民民主专政等根本的东西绝对不能动摇，必须坚持志不改、道不变，既不走封闭僵化的老路，也不走改旗易帜的邪路。我们追求的"新"，奔涌着国家发展进步的不竭动力。紧跟时代步伐，顺应实践发展，突出问题导向，在新的起点上推进理论创新、实践创新、制度创新、文化创新和其他各方面创新，把该改的、能改的改好、改到位。坚志而勇为，载道以日新，我们必能推动改革开放事业行稳致远，不断驶向胜利的彼岸。

进一步全面深化改革，必须注重系统集成。行棋观大势，落子谋全局。在全面深化改革这盘大棋中，任何一个领域的改革都会牵动其他领域，同时也需要其他领域密切配合。唯有坚持系统观念，加强各项改革举措的协调配套，推动各领域各方面改革举措同向发力、形成合力，拧成一股绳、攒起一股劲，才能做到远近结合、上下贯通、内容协调，防止和克服各行其是、相互掣肘的现象，不断把改革推向前进。

进一步全面深化改革，必须狠抓落实。改革是实干的事业。"事者，生于虑，成于务"，新征程上推进深层次改革、扩大高水平开放，要重谋划，更要重落实。以实干精神筑牢改革之基，既要积极主动，更要扎实稳健，明确优先序，把握时度效，因地制宜、科学施策，做到量力而行、尽力而为。"行之苟有恒，久久自芬芳。"拿出"拼"的精神、"闯"的劲头、"实"的作风，一锤接着一锤敲，一茬接着一茬干，就能把进一步全面深化改革的战略部署转化为推进中国式现代化的强大力量。

不久前，深中通道正式通车。这是继港珠澳大桥后粤港澳大湾区建成的又一超大型交通工程，攻克了多项世界级技术难题，创造了多项世界纪录，凝结着广大建设者改革创新的不懈努力。逢山开路，遇水架桥，改革开放是干出来的，中国式现代化是干出来的，伟大事业都成于实干！

（七）

"平均3天推出一项制度创新"——这是前海对"深圳速度"新的定义；"从签约到开工仅用3个多月"——这是让外企为之震撼的"上海时间"；"300米进公园、1公里进林带、3公里进森林"——这是蓝绿交织、水城共融的"雄安画卷"，承载希望与梦想的"未来之城"正崛起于燕赵大地……今日之中国，涌动着改革创新的澎湃活力，升腾起中国式现代化的万千气象。

循大道，至万里；秉初心，谋远图。沿着改革开放这条强国建设、民族复兴的必由之路，中国共产党团结带领中国人民顽强拼搏、开拓前行，谱写了气壮山河的奋斗史诗。站在新的历史起点上，党的二十届三中全会将对进一步全面深化改革作出新的重大部署。这既是党的十八届三中全会以来全面深化改革的实践续篇，也是新征程推进中国式现代化的时代新篇。

"我们应当坚定一种信念，中国的改革开放之路一定可以成功。"新征程上，让我们更加紧密地团结在以习近平同志为核心的党中央周围，坚持以习近平新时代中国特色社会主义思想为指导，矢志不渝将改革开放进行到底，同心协力推进中国式现代化建设，谱写民族复兴伟业的历史新篇章！

（新华社北京2024年7月13日电）

习近平总书记引领全面深化改革扩大开放谱写中国式现代化崭新篇章

中央广电总台央视记者　张　勤　王　琰　丁雅妮等

习近平总书记指出，改革开放是党和人民事业大踏步赶上时代的重要法宝。党的十八大以来，习近平总书记以伟大的历史主动精神、巨大的政治勇气、强烈的责任担当，作出全面深化改革的重大战略部署，带领全党全军全国各族人民开启气势如虹、波澜壮阔的改革新进程。我国在许多领域实现历史性变革、系统性重塑、整体性重构，全面深化改革取得历史性伟大成就，谱写中国式现代化崭新篇章。

今天的中国，国内生产总值从 2013 年的 57 万亿元增加到 2023 年的 126 万亿元，占世界经济比重从 12.3% 提高到 18% 左右；粮食产量

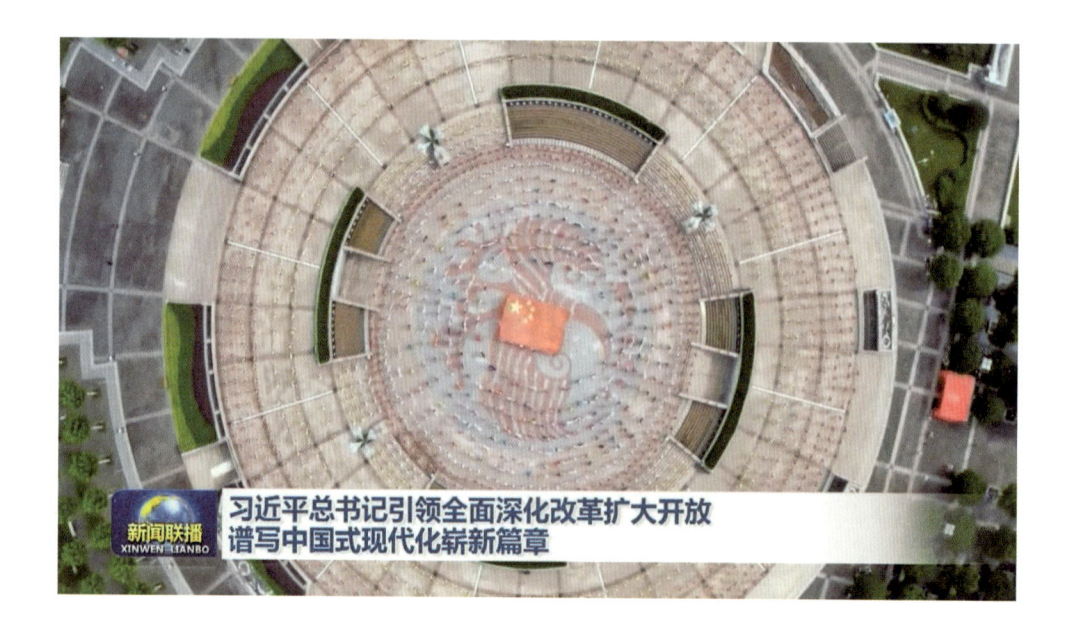

连续 9 年站稳 1.3 万亿斤台阶；全球创新指数排名由第 35 位上升到第 12 位；城乡居民收入倍差由 2.81 缩小到 2.39；人均预期寿命在 10 年间提高到 78.2 岁；中国人民在精神上更为主动，文化自信明显增强；生态环境实现历史性转折，天更蓝、山更绿、水更清，生态恶化趋势基本被遏制。

10 年多时间，全面深化改革、扩大开放，推动中国社会取得一系列历史性、革命性、开创性成就。2012 年 12 月，党的十八大结束不到 1 个月，在改革开放前沿广东，习近平总书记向世界宣示，改革不停顿、开放不止步。

坚定的改革宣言，源自深刻的历史自觉与宏阔的全球视野。进入新时代的中国已经是全球第二大经济体，取得举世瞩目的成就。然而发展中面临着一系列突出矛盾和挑战，前进道路上还有不少困难和问题。习近平总书记指出，解决这些问题，关键在于深化改革。

面对世界百年未有之大变局，面对发展中遇到的深层次体制机制障碍，习近平总书记深刻洞悉历史发展规律，精准把握世界发展大势，掀开了全面深化改革新的历史一页。党的十八届三中全会通过《中共中央关于全面深化改革若干重大问题的决定》，习近平总书记首次提出了全面深化改革的总目标——完善和发展中国特色社会主义制度，推进国家治理体系和治理能力现代化。60 项具体任务、336 项改革举措，从经济体制、政治体制、文化体制、社会体制、生态文明体制、国防和军队改革、党的建设制度等方面明确了改革的方向和重点领域。这次划时代的重要会议开启了改革由局部探索、破冰突围到系统协调、全面深化的历史性转变，开创了我国改革开放的全新局面。

循大道，可至千里。10 年多来，习近平总书记在一次次深入基层的考察调研中，不断思考谋划改革全局、推动改革实践。在农村改革发源地安徽小岗，他提出新形势下深化农村改革；在上海浦东，他要求深入推进高水平制度型开放；在对外开放新高地海南，他赋予海南全面深化改革开放和建设中国特色自由贸易港的重大使命；3 次来到深圳前海，为前海的改革发展把脉定向，提出深化前海深港现代服务业合作区改革开放；3次赴雄安新区考察，从谋划选址到规划建设，习近平总书记亲自决策、亲自部署、亲自推动，以大历史观擘画这项历史性工程。

面对千头万绪的改革任务和空前巨大的改革压力，习近平总书记亲自主持召开70多次中央全面深化改革领导小组和中央全面深化改革委员会会议，推动全面深化改革向纵深挺进。创造性提出全面深化改革的总目标；创造性提出全面深化改革的价值取向，坚持"以人民为中心"推进改革；创造性提出充分发挥市场在资源配置中的决定性作用，更好发挥政府作用，实现对社会主义市场经济体制的一次重大理论突破；创造性提出构建中国特色社会主义根本制度、基本制度、重要制度体系，形成"中国之治"的制度图谱。

犯其至难而图其至远。加强党对全面深化改革的集中统一领导。党在把方向、谋大局、定政策、促改革等方面充分发挥领导核心作用，坚持以伟大自我革命引领伟大社会革命。

持续推进党和国家机构改革，设立国家监察委员会、组建中央金融委员会、设立中央科技委员会，一系列重大改革举措，理顺多头分散、条块分割等问题，党和国家机构实现系统性、整体性重构，党的领导力、政府执行力进一步增强，国家治理效能显著提升。面对中国经济从高速增长向高质量发展阶段转变的重要关口，以供给侧结构性改革为主线，推动经济发展质量变革、效率变革、动力变革，提高全要素生产率，实现质的有效提升和量的合理增长。加快完善社会主义市场经济体制，实施全国统一的市场准入负面清单制度，产权保护制度体系逐步形成，有为政府和有效市场更好结合，为中国经济高质量发展打下坚实基础。实行更加积极主动的开放战略，颁布实施外商投资法，《区域全面经济伙伴关系协定》全面落地实施，统筹推进22个自贸试验区建设，形成更大范围、更宽领域、更深层次对外开放格局，更高水平开放型经济新体制加快形成。在坚持全面依法治国战略设计中，深化司法体制改革，努力让人民群众在每一个司法案件中都感受到公平正义。以社会主义核心价值观引领文化建设，大力推动完善现代公共文化服务体系，弘扬中华优秀传统文化，以文化自信挺立民族精神。生态文明体制改革打破既有利益格局，从顶层设计到全面部署，从最严格制度到最严密法治，制度体系不断完善，环保督察、河湖长制、国家公园等创新举措陆续出台，绿水青山就是金山银山的发展理念深入人心；国防和军队改革将能打胜仗作为改革的逻辑起点和核心指向，人民军队体制一新、结构一新、格局一新、面貌一新。

奔着问题去，盯着问题改，这正是全面深化改革的鲜明特征。

10年多时间，改革充分衔接、相互耦合，不断形成"1+1>2"的"化学反应"，许多领域实现历史性变革、系统性重塑、整体性重构。用8年时间打赢脱贫攻坚战，全国832个贫困县、近1亿农村贫困人口摆脱贫困，书写下彪炳史册的人间奇迹，14亿多中国人民携手进入全面小康社会；从深海、深地到深空，创新之路上不断标记下新的中国坐标；从中国"天眼"到散裂中子源，从量子信息到大飞机，科技实力从量的积累迈向质的飞跃，中国进入创新型国家行列。与世界的联系更加紧密。连续7年保持货物贸易第一大国地位，是140多个国家和地区的主要贸易伙伴；和150多个国家、30多个国际组织签署了230多份共建"一带一路"合作文件，不断以中国新发展为世界带来新机遇。

一切发展，都是为了人民。

全面深化改革推动下，我国建成世界上规模最大的教育体系、最大的社会保障体系、最大的医疗卫生体系。教育普及水平实现历史性跨越，基本养老保险覆盖10.7亿人，基本医疗保险参保率稳定在95%以上；累计建设各类保障性住房6000多万套，城乡居民住房条件明显改善；户籍制度改革让1.4亿农业转移人口落户城镇。

新时代的中国依靠全面深化改革、扩大开放，中国特色社会主义制度更加成熟更加定型，国家治理体系和治理能力现代化水平明显提高，书写了经济快速发展和社会长期稳定两大奇迹新篇章，为中国式现代化提供更为完善的制度保证、更为坚实的物质基础、更为主动的精神力量。

道阻且长，行则将至。一切伟大成就都是接续奋斗的结果，一切伟大事业都需要在继往开来中推进。千山万水，披荆斩棘，全面深化改革、扩大开放走出新时代的波澜壮阔。中华民族伟大复兴的征程上，以全面深化改革为不竭动力，必将书写出中国式现代化的新篇章！

风正劲，帆高悬，"中国号"巨轮向着强国复兴的宏伟目标，前进！

（2024年6月26日中央广电总台《新闻联播》）

新时代的文化长卷如此绚烂

光明日报记者 刘江伟

时间川流不息,却总有一些刻度恒久如新:

——北京冬奥会、冬残奥会开闭幕式,四部匠心之作向世界展现诗意盎然的"中国式浪漫",奉献无与伦比的冬奥文化盛宴。

——良渚文明申遗成功,文明定义有了中国叙述,"中华文明史,上下五千年"被世界广泛认可。

——中国国家版本馆开馆,收天下典籍、彰千古文盛,钟鼎千秋的文化工程,汇聚起史册间流淌的文化江河。

不仅是万众瞩目的盛大时刻,读一本书、观一出戏、赏一幅画、看一场电影,乃至来一次"说走就走的旅行",也会在生活中留下回味无穷的印记。

文化绵绵,如此令人心神激荡,又如此意蕴悠长。

"文化是一个国家、一个民族的灵魂。""没有高度的文化自信,没有文化的繁荣兴盛,就没有中华民族伟大复兴。"党的十八大以来,以习近平同志为核心的党中央把文化建设摆在治国理政的突出位置,不断深化文化领域改革,指引社会主义文化事业取得历史性成就、发生历史性变革。

全面深化改革,百姓文化生活更加丰富多彩,文艺作品力作迭出,"博物馆热""非遗热"蔚然成风,文化创意等新业态新模式蓬勃发展,产融聚合壮大升级,文化在价值创造方面发挥着越来越强大的作用……以文为魂、以新促质,在中国式现代化建设的新征程上,当代中国展现出蓬勃的文化创新创造活力,书写着中国特色社会主义文化高质量发展的壮丽篇章。

人人参与：文化生活崭新气象

在 2024 年中国人的消费意愿榜单上，有超 1/3 的人打算在旅游方面增加消费，这一比例为 5 年来最高——"出门玩"成了人们文化生活的首选。

上一个冬季，黑龙江哈尔滨的冰天雪地令人向往，仅元旦假期，就累计接待游客 304.79 万人次，实现旅游总收入 59.14 亿元。

此时的盛夏，贵州台江县台盘乡"村 BA"更加火爆，数万人现场围观，几百亿次网上浏览量，仅"五一"假期，台江县就接待游客 38 万余人次，实现旅游综合收入近 6 亿元。

近年来，山东淄博烧烤，重庆"魔幻 8D"，陕西西安"大唐文化"……"明星城市"不断涌现，各自的城市特色被提炼出某种载体或符号，成为吸引游客的文化密码。

文旅融合引发旅游热。以文塑旅、以旅彰文，人们在"出门玩"的时候，不仅感悟文化之美、陶冶心灵之美，也增强了对家乡、对祖国的文化自豪感。

行万里路，读万卷书——如今，物质生活愈加丰盛，人们对多样化、多层次、多方面的精神文化生活需求愈加强烈。只有让文化变得触手可及，文化才能浸润人心。

在河南卢氏县陈家埪村，农家书屋以前在三楼，读者前往不方便。村里想出巧办法——让书屋"下楼"，与一楼的便民服务中心共用办公空间，前来办事的村民可随手翻阅，原本闲置的农家书屋立时热闹起来。

暮色降临，浙江温州南塘街城市书房亮起灯光，翻书声不时响起。附近的居民只需步行 15 分钟，便可来潜心阅读，放松身心。

窗外河水蜿蜒，屋内书香缕缕。在安徽马鞍山当涂县城沿护城河布局的阅读空间，春节等公众假期如常开放。近 300 平方米的室内空间里，上万册图书沿墙壁旋转排列，爱书的读者沉浸其中。

近年来，新型公共文化空间不断涌现。广东广州的天河湿地文化角，由绿荫小径、湖畔长廊、艺术设施、休憩椅凳等组成，融美术馆、图书馆、咖啡馆、茶室等场馆功能于一体；上海嘉定在街镇与村居的中间片区，建立大量新型文化空间，优质演出、展览、讲座等不再局限于文化馆、社区文化活动中心等传统场地，哪里有地方，就在哪里办。

不断改革完善公共文化服务，满足人们从"悦耳悦目"到"悦心悦情"的多层次需求。而文化从来不是单纯的耳目之娱、感官享受。

"'数字+文化'的模式，是为了让红色课堂不落幕。"不久前，江西南昌八一起义纪念馆策划推出"八一献礼"主题教育网络直播活动，结合"跨越时空的追寻"系列宣传报道，联动全国50多家博物馆开展"致敬八一"宣传接力活动，将为观众带来可感可触的沉浸式体验，让更多年轻人铭记历史。

"为广大农牧民送去欢乐和文明，传递党的声音和关怀。"乌兰牧骑的使命一直在延续。夏天的内蒙古库伦苏木草原生机盎然。乌兰牧骑队员载歌载舞，将文化送到农牧民家门口。作为送文化的主力军，哪里有演出需要，他们就赶到哪里，平均一年演出100多场次。

日益丰富的文化产品，不断兴起的文化风尚，壮大繁荣的文化产业，见证我国文化建设迈向新高度，推动人民群众精神文化生活再上新台阶。

在全国31个省区市的城乡区域开展的"2023年居民文化发展满意度调查"显示：文化发展得到广泛认可与高度评价。近八成受访民众认为，党的十八大以来中国文化发展整体水平持续提升；八成以上受访民众表示"我为中国文化感到骄傲和自豪"，认为未来10年中国人的文化自信会进一步提升。

随着改革发展，演出、展览等文化消费市场不断下沉，带火小城市文旅经济，拓展了增量市场；沉浸式演出、互动体验、文化主题餐饮、智慧旅游等新产品新业态层出不穷；文化周边产品、汉服、老字号等国潮文化和品牌展现文化消费新场景。青少年踊跃参加研学旅行，城市漫步刷屏社交网络，人民群众多样化、品质化的旅游需求带动行业不断升级，持续以文化创新推动生活品质提升。

数据显示，2023年，全国规模以上文化及相关产业企业实现营业收入129515亿元，比2022年增长8.2%。人民既是文化建设的参与者，又是文化建设成果的享受者，中国式现代化本质要求之一的"丰富人民精神世界"得到生动呈现。

勇攀高峰：文艺力作层出不穷

2014年，习近平总书记主持召开文艺工作座谈会并发表重要讲话，锚定了新的时代条件下文艺创作的价值航标，标注了中国文艺发展的历史方位。新时代的文艺史诗，由此起笔。

回首10年，从西北大漠到沿海小岛，从边防哨所到森林草原，从城市建设到兴农一线，从科技前沿到车间码头，文艺工作者的足迹遍及大江南北，一次次远行，又一次次满载而归。

剧场内外、线上线下、大屏小屏，无数高光时刻、心动瞬间，装点着美好生活，振奋着民族豪情，汇聚成文艺最美丽、最丰盈的风景。

——文学创作萌发新的活力。《雪山大地》《本巴》《千里江山图》《回响》等小说编织出中国文学创作的斑斓色彩。备受称赞的网络剧《我的阿勒泰》，画面融进文学的细腻笔触，抚慰无数观众的心灵。小说《宝水》捕捉乡村点滴变化，涵容传统中国深厚绵延的伦常智慧和新时代朝气蓬勃的新观念、新情感、新经验。在中国作协"新时代山乡巨变计划"的倡导下，一批优秀作家倾情投入新时代农村题材文学创作。网络文学创作充满生机，我国网络用户规模已超5亿人，海外活跃用户总数近2亿人，成为中国文化走出去的生力军。

——影视创作呈现兴盛态势。《长津湖》《十八洞村》《我和我的祖国》《流浪地球2》等电影佳作，令人惊艳；《山海情》《人世间》《觉醒年代》《去有风的地方》《繁花》等电视剧集，受到热捧。崭新纪录不断被镌刻在中国电影史上：2023年暑期档，电影总票房、观影人次、国产电影市场占比，均创暑期档历史新高；2024年春节档，总票房、观影人次，均刷新春节档影史纪录。

——舞台艺术焕发无限魅力。大型文艺晚会《胜利与和平》，大型音乐舞蹈史诗《奋斗吧 中华儿女》，大型情景史诗《伟大征程》，话剧《香山之夜》，歌剧《沂蒙山》，舞剧《永不消逝的电波》，越剧《新龙门客栈》，展现了丰富的思想底蕴、澎湃的艺术激情、炫目的舞台呈现、崭新的创作理念。

一部部深入人心的作品，一个个持续走强的数据，是中国文艺不断改革创新、精品力作迭出的缩影。其背后，是文化自信对文化创造力的有力支撑，更是文艺工作者勇攀高峰的不懈追求。

——日新月异的科技，正拓展文艺创作的内容边界、想象空间，为人们带来"跨屏时代"更具吸引力、更有感染力、更富影响力的文化盛宴。

浩渺如宇宙，抑或微小似光晕，所有天马行空在银幕上都有了被看见的可能。研发"粒子水墨"技术，第一次实现中国水墨画与三维技术的结合；为数字角色设计一套毛孔算法，使想象中的人物"活"了起来；利用拍摄机器人拍出了月球行走时的飘逸……

杭州亚运会开幕式惊艳世界：灯光交织，水墨入画，京杭运河流淌千年；舞台变换，烟雨江南，两岸灯火映照古今。在现代声光色配合下，开篇表演《国风雅韵》向全球观众展示跨越时间与空间的艺术旅程。数字媒体、投影技术等现代科技手段的广泛应用，为艺术创新提供了新的范式与可能。

——中华优秀传统文化创造性转化、创新性发展，为当代中国文艺创新提供取之不尽的灵感和底气。

动画电影《长安三万里》中，穿越千年的诗句透过银幕与观众相遇，长安的繁华气派、江南的婀娜多姿、塞北的苍凉辽阔，与回响在历史深处的诗词吟诵，共同唤醒观众的文化记忆。

国风舞蹈频繁"破圈"。《唐宫夜宴》让一群憨态可掬的唐俑小姐姐"复活"了传世名画《唐人宫乐图》;《只此青绿》的女舞者们以刚柔并济的舞姿化作险峰卧石,实现了与王希孟的《千里江山图》合而为一;《洛神水赋》更是将舞台挪移至水下,裙带飞舞、衣袂飘飘,曹植笔下《洛神赋》描述的超然意境跃然而出。

中央广播电视总台的《中国诗词大会》《中国考古大会》《典籍里的中国》等节目,从传统文化中提炼主题、萃取题材,带给观众美的享受和文化的丰富体验。

内容选材严、思想开掘深、艺术创造精,提升文艺作品的精神能量、文化内涵、艺术价值,越来越成为创作者的自觉追求。

今日之中国,江山壮丽、人民豪迈、前程远大。波澜壮阔的时代巨变为文艺创作敞开了极为广阔的生活图景。向着人类最先进的方面注目,向着人类精神世界的最深处探寻,向着新时代中国人民创造美好生活的最生动处开掘,中国文艺正阔步迈向气象万千、群峰耸峙的壮丽境界。

守正创新:中华文脉薪火相传

漫步山西平遥古城,青砖黛瓦,古道悠长,高耸厚实的古城墙诉说着悠悠历史。这座中国境内保存最完整的古代县城,也曾遭遇坍塌危机。如何处理好传统与现代、继承与发展的关系,是文化遗产保护必须直面的问题。

"历史文化遗产承载着中华民族的基因和血脉,不仅属于我们这一代人,也属于子孙万代。"习近平总书记的深刻论述给人以启迪。

76.7万处不可移动文物、1.08亿件/套国有可移动文物,星散在中华大地上、绵延于岁月长河中。老祖宗留给我们的宝贵财富,蕴含着不可估量的历史、艺术、科学价值。

历史文化遗产是不可再生、不可替代的宝贵资源,必须始终把保护放在第一位。"处理好城市改造开发和历史文化遗产保护利用的关系,切实做到在保护中发展、在发展中保护。"

如今，平遥古城既保留了旧时的风韵，也展现着年轻的活力，既延续了古城的遗产，又焕发着市井街巷的"烟火气"，是一座名副其实"活着的古城"，展示着灿烂文明曾经的模样。

守护巍巍长城，习近平总书记念兹在兹。

长城，我国现存规模最大的文化遗产。它翻崇山峻岭、穿荒漠戈壁，上下两千年、纵横数万里，在中华大地上留下雄浑有力的身影。

2024年5月14日，习近平总书记给北京市延庆区八达岭镇石峡村的乡亲们回信，勉励大家"像守护家园一样守护好长城"。

这些散落在大地上的遗迹，是岁月的低语，是历史的回响，是时光的印记。浓缩着时间的厚重，承载着集体的记忆，连接着过去与未来。

护文明之火种、传永续之文脉。10多年来，8800多项考古发掘项目得以推进，良渚、石峁、二里头等遗址考古取得重要成果，新疆、西藏等地边疆考古取得大量发现，"致远舰""经远舰""定远舰"等水下考古陆续开展。以建设中国特色、中国风格、中国气派的考古学为奋斗目标，考古工作呈现全新气象。

2023年10月，"圆明园石柱回归展"在北京开展，7件圆明园流失的石柱文物，漂泊海外百年，终回祖国怀抱。流失文物回家，始终牵动亿万国人的心。近年来，我国文物追索力度不断增强，文物追索返还国际合作不断扩展深化，先后与27个国家签订了防止盗窃、盗掘和非法进出境文物的政府间协定，1900多件/套流失文物艺术品回到祖国怀抱。

盲人阿炳去世前演奏的二胡曲《二泉映月》、新疆老艺人吐尔地阿洪生前演唱的全套十二木卡姆、从黄土高原河曲收集来的1500多首民歌……一份沉甸甸的传统音乐录音档案，记录了民间音乐的原生状态，守护着中国音乐文化记忆。2022年，中国传统音乐录音档案数字平台上线，赋予这批珍贵档案新的生命，使其在新时代重新焕发生机和活力。

成千上万的非遗项目是传统文化的"活化石"，是现代人走进历史、了解过去的窗口。截至 2023 年底，我国共有各级非遗代表性项目 10 万余项，共有各级代表性传承人 9 万余名，有 43 个项目列入联合国教科文组织非遗名录、名册。在全国范围内，已设立非遗工坊 6700 余家、23 个国家级文化生态保护（实验）区、100 家国家级非遗生产性保护示范基地。

一座博物馆就是一所大学校，一件文物承载的就是一段厚重的历史，一处文化遗产就包含着中华文化传承的密码。不能"养在深闺人未识"，要让文物说话、让历史说话、让文化说话。

鼠标轻点，云冈石窟大佛与文保专家隔空"对话"，揭秘驻颜"秘方"。云冈石窟充分发挥数字化技术在文物保护传承中的优势，让文化遗产从现场延伸到了线上，以"年轻"的呈现方式"活起来、动起来"。

从数千年的历史中走来，融入万物互联、无远弗届的数字时代，奔向更广阔的世界和更遥远的未来。如今，收藏在博物馆里的文物、陈列在广阔大地上的遗产、书写在古籍里的文字，正激活人们的情感空间，唤醒民族的文化记忆。

历史必定会标注这一刻。2023 年 10 月，全国宣传思想文化工作会议召开，会议正式提出习近平文化思想。

水到渠成，正当其时。全面建设社会主义现代化国家，比以往任何时候都更加需要思想的引领、文化的滋养、精神的支撑，中国式现代化也将是物质文明和精神文明相协调的现代化。

眼纳千江水，胸起百万兵。在习近平文化思想指引下，未来之中国，必定国强、民富、文盛，时时涌动着"天工人巧日争新"的充沛活力，处处充盈着"郁郁乎文哉"的盛大气象。

（《光明日报》2024 年 6 月 27 日）

为中国式现代化注入强劲动力

经济日报编辑部

当中国特色社会主义进入新时代,改革开放也进入了新的历史时间。

党的十八届三中全会吹响全面深化改革号角,指引着当代中国最重要的治理变革闯关夺隘。以习近平同志为核心的党中央,以巨大的政治勇气和强烈的责任担当破藩篱、革积弊、去沉疴,推动诸多领域实现历史性变革、系统性重塑、整体性重构。新时代改革开放蓝图,从顶层设计化作千帆竞发、百舸争流,为中国式现代化延展出新的广阔空间。

改革开放只有进行时,没有完成时。"实现新时代新征程的目标任务,要把全面深化改革作为推进中国式现代化的根本动力,作为稳大局、应变局、开新局的重要抓手,把准方向、守正创新、真抓实干,在新征程上谱写改革开放新篇章。"在二十届中央全面深化改革委员会第一次会议上,习近平总书记发出了把改革开放进行到底的时代强音。

(一)

审天下之时,度天下之势,从来是我们党科学决策、精准施策的重要依据,也是统一思想、协调步伐的重要方法。

习近平总书记多次强调:"当今世界正经历百年未有之大变局,但时与势在我们一边,这是我们定力和底气所在,也是我们的决心和信心所在。""当前和今后一个时期,我国发展仍然处于重要战略机遇期,但机遇和挑战都有新的发展变化。"这一系列科学判断,为把握战略主动、进行历史擘画奠定了坚实自信，对于继续在大有可为的时代大有作为具有重大指导意义。

行之力则知愈进，知之深则行愈达。唯有积极应变、主动求变，才能把握机遇，与时代同行。

2013年11月，党的十八届三中全会通过的《中共中央关于全面深化改革若干重大问题的决定》在国内外引起热烈反响。广大干部群众认为，《决定》体现了"最大共识"和"最大公约数"；国际社会认为，这是观察中国"后30年"变革的历史线索。

从最紧迫的事项改起，从老百姓最期盼的领域改起，从制约经济社会发展最突出的问题改起，从社会各界能够达成共识的环节改起……确立起"完善和发展中国特色社会主义制度、推进国家治理体系和治理能力现代化"总目标，全面深化改革的大幕由此拉开。

在当代中国的辞典里，"现代化"与"改革开放"始终紧密相连。随着实践深入，我们党更是深刻认识到，制度关系党和国家事业发展的根本性、全局性、稳定性、长期性问题，只有在各方面形成一整套更加成熟更加定型的制度，现代化才能平稳持续地向前推进。

"破"与"立"并举，"制"与"治"融通，把制度建设和治理能力建设摆到更加突出的位置，全面深化改革开启了系统设计整体推进的新阶段，为"中国号"巨轮破浪前行注入了澎湃动力。

——推动实现经济高质量发展。2012年，我国国内生产总值是53.86万亿元，占全球比重为11.4%；2023年，国内生产总值突破126万亿元，比重保持在18%左右。10多年来，加强财政、货币、就业、产业、投资、消费、生态、区域等政策的协调配合，宏观调控前瞻性、针对性、有效性进一步提高。经济领域一批基础性改革优化了市场竞争环境，激活了经营主体，拓展了发展空间，为高质量发展提供了强劲动力。

——开放型经济新体制加快建立。过去10多年，国际环境很不太平。单边主义和保护主义持续蔓延，侵蚀各国互信协作，冲击国际规则秩序，拖累全球经济增长。与此同时，中国经济的持续发展，成为深刻影响国际政治经济战略格局的重要变量。这期间，我国实施更大范围、更宽领域、更深层次的全面开放，面向全球的贸易、投融资、生产、服务网络加快构建，规则、规制、管理、标准等制度型开放快速推进，成为国际形势演变中的正能量。

——人民群众获得感幸福感安全感不断增强。居民人均可支配收入从2012年的16510元提高到2023年的39218元；建成世界上规模最大的教育体系、社会保障体系、医疗卫生体系；如期全面建成小康社会，历史性解决了绝对贫困问题，为全球减贫事业作出重大贡献。从生存到发展，从物质到精神，从福利到权利，以人民为中心的发展思想不断续写新篇章。

——统筹发展与安全能力持续提升。维护安全，是生存发展的基本保障，也是经济治理现代化的能力体现。不断巩固和发展全球最全工业门类，我国基础产业和基础设施保障能力显著提高，产业安全发展短板加快补齐，大宗商品、原材料保供稳价有力有序。粮食产购储加销体系逐步健全，实现谷物基本自给、口粮绝对安全，中国饭碗端得更稳，14亿多人的粮食安全得到有效保障……

党的十八届三中全会闭幕时，对当时提出的涉及15个领域、330多项较大的改革举措，海外舆论称作"当今世界最具雄心的改革计划"，同时也不乏怀疑否定之声。如今，越来越多的人们看到，世界上，没有一个国家能像中国这样，以一种说到做到、只争朝夕的方式推进改革！

改革开放，这个决定当代中国命运的关键一招，在新时代结出的累累硕果，再一次有力证明：机遇是历史发展的产物，但历史从不会慷慨地把机遇恩赐给谁；机遇在顺时谋势聚势、妥善应对危机中来，唯明察、进取、勇毅者得之。

（二）

世界上最难的是变革。因为这意味着直面问题、摒弃积习、自我革命，也由此考验勇气、磨砺信念、衡量担当。

对于在现代化道路上奋力追赶的中国而言，只有用宽广的视野来审视、在奋斗的进程中去观照，才能洞察新时代全面深化改革走过的这条"光荣的荆棘路"——

从改革领域看，经济长期高速增长过程中积累的深层次矛盾渐次显现，一些发展中的问题已不仅仅局限于经济层面，必须在更多领域、更深层次冲破利益固化的藩篱。

从改革对象看，容易的、皆大欢喜的改革已经完成，剩下的都是难啃的硬骨头，更加要求风雨无阻的雄心、锐意进取的勇气。

从改革目标看，完善和发展中国特色社会主义制度、推进国家治理体系和治理能力现代化，亟须制度建设向更深层次挺进、更广范围拓展。

能够战胜严峻挑战、取得非凡业绩，先立于准确判断，后成于科学方法。改革开放是前无古人的崭新事业，必须不懈探索，坚持正确的方法论。

——立治有体，建立完善具有"根本性、全局性、稳定性、长期性"的制度和治理体系。"只有扎根本国土壤、汲取充沛养分的制度，才最可靠、也最管用。"中国特色社会主义制度的最大优势是中国共产党领导，马克思主义政党的根本政治立场是人民立场。将党的领导贯穿改革全过程，将满足人民对美好生活的向往和实现人的全面发展作为价值旨归，治国理政正其制度，全面深化改革坚守本根，才能战胜新征程上各种困难挑战，在中国特色社会主义道路上走得正、行得稳。

——施治有序，在法治下推进改革、在改革中完善法治。全面深化改革，是与全面依法治国齐头并进的姊妹篇。市场经济本质上是法治经济，以法治保障和服务改革发展是应有之义。"凡属重大改革都要于法有据"，澄清了那种认为"改革就是冲破法律的束缚""改革要上路、法律要让路"的错误观点。法随时变，经济社会发展到哪里，立法就跟进到哪里；依靠法治平等保护各类经营主体产权，就是保护社会生产力。

——尊重规律，勇于推进从理论到实践的伟大创造。坚持和发展中国特色社会主义，必须不断适应社会生产力发展调整生产关系，不断适应经济基础发展完善上层建筑。新时代改革开放取得重大成就，进一步激发了社会生产力发展活力，新质生产力已经在实践中形成并展示出对高质量发展的强劲推动力、支撑力。以新发展理念为主要内容的习近平经济思想为遵循，以新的生产力理论为指导，全面深化改革还要相应地进行下去，推动形成与新质生产力相适应的新型生产关系。

——直面问题，善于把认识和化解矛盾作为打开局面的突破口。问题是时代的声音，解决问题是改革的根本任务。始终坚持目标导向和问题导向相结合，聚焦实践遇到的新问题、改革发展稳定的深层次问题、人民群众的急难愁盼问题、国际变局中的重大问题、党的建设面临的突出问题，更加精准地出台改革方案，形成真正解决问题的新理念、新思路、新办法，也最大程度地保证改革的实践成效。

——上下协同，顶层设计与基层探索实现良性互动。面对改革深水区的新旧矛盾纠结、利益诉求庞杂，更加注重顶层设计，以战略性思维和整体性规划为引导，才能突破"只见树木，不见森林"的视野障碍；鼓励基层大胆探索，自由贸易试验区、新旧动能转换综合试验区、共同富裕示范区等一系列试点，发挥了对全局性改革的示范、突破、带动作用，通过复制经验、聚合共识，转化为推动全局工作的伟力。

——兼收并蓄，以自信开放姿态汲取和创造人类优秀文明成果。面对百年变局加速演进中的风云激荡，"各国经济，相通则共进，相闭则各退"，习近平总书记一语道破世界经济发展规律。以开放促改革、促发展、促创新，推动我国形成更高水平、更高层次的开放型经济；主动参与全球可持续发展，创造性提出人类命运共同体、全人类共同价值、全球文明倡议等重大成果，为促进同各国互利共赢、共享发展增添了动力。

此外，"更加注重系统集成""上下贯通、层层负责""扭住关键，精准落实"……新时代实践探索出的方法论求真务实、用之见效，指导着全面深化改革有的放矢、精准施策，中国特色社会主义事业一路攻坚克难，不断迈上新台阶、取得新胜利。

（三）

与改革开放初期提出"我们要赶上时代，这是改革要达到的目的"相比，加速追赶的中国，已经蹚出了一条中国式现代化道路。

与21世纪初提出"21世纪头20年是一个必须紧紧抓住并且可以大有作为的重要战略机遇期"相比，今天对战略机遇作出新的判断，必须充分估量一个持续影响世界大势的、地位作用日益彰显的变量——中国分量。

接续5000多年未曾中断的中华文明，站在新中国成立75周年的历史时刻，一个奋斗不息致力于长期执政的政党，一个矢志不渝肩负民族复兴重任的政党，一个胸怀天下善于规划未来的政党，势必要思考：面向未来的改革开放如何谋划？中国式现代化道路如何越走越宽广？

抬望眼，"两个大局"交织激荡，勾勒出宏阔复杂的时代背景。面对纷繁复杂的国际国内形势，面对新一轮科技革命和产业变革，面对人民群众新期待，必须继续把改革开放推向前进。

看未来，百年奋斗初心弥坚，铺展出催人奋进的宏伟蓝图——到2035年基本实现社会主义现代化，到本世纪中叶建成富强民主文明和谐美丽的社会主义现代化强国。在成功实现第一个百年奋斗目标之后，奋力实现第二个百年奋斗目标，必须把改革摆在更加突出的位置，紧紧围绕推进中国式现代化进一步全面深化改革。

我们的面前，有一张长长的"问题清单"：世界经济复苏乏力，逆全球化暗流涌动，各种"黑天鹅""灰犀牛"事件随时可能发生；国内经济持续回升向好仍面临诸多挑战，有效需求有待提振，经营主体信心不足，重点领域风险隐患较多，改革发展稳定面临不少深层次矛盾，躲不开、绕不过……

由此，我们的面前，也就有了一张长长的"任务清单"：坚持和完善社会主义基本经济制度，着力构建高水平社会主义市场经济体制，推动高水平对外开放，加快构建以国内大循环为主体、国内国际双循环相互促进的新发展格局，优化各类企业发展环境，大力提升产业链供应链韧性和安全水平，打通束缚新质生产力发展的堵点卡点，不断破除民生领域的痛点难点，推动经济实现质的有效提升和量的合理增长……

有风险挑战，更有机遇在前。建成社会主义现代化强国、实现中华民族伟大复兴的梦想，体现了中国共产党人的伟大创造和勇毅担当，也意味着在前进道路上不可能一帆风顺，还将面对许多富有新的历史特点、富有新的时代内涵的斗争。伟大梦想召唤伟大变革。我们决不能丢失那种敢于直面矛盾、较真碰硬的精神状态，敢于尽职尽力、善作善成的务实作风。无论是清除制约发展的体制机制障碍，还是全方位优化治理结构、治理机制、治理理念、治理效率，都需要以壮士断腕的勇气、凤凰涅槃的决心，敢于向顽瘴痼疾开刀，敢于触及深层次利益关系和矛盾。

新征程上，习近平总书记的宣示愈发坚定而豪迈："我们已经走出了建设中国特色社会主义制度的成功之路，只要我们沿着这条道路继续前进，就一定能够实现国家治理体系和治理能力现代化。"

此时此刻，没有任何力量能够阻挡中华民族的前进步伐。凝结崇高的价值追求，积蓄强大的精神能量，激发深厚的制度优势，中国人民一起向着未来出发。我们深信，建成社会主义现代化强国，一定能达成！中华民族的伟大复兴，必定会实现！

（《经济日报》2024年6月27日）

评论集萃

精准发力、协同发力、持续发力

——坚持用好改革开放这个重要法宝①

人民日报评论员

改革开放只有进行时、没有完成时。2024年以来，从印发《扎实推进高水平对外开放更大力度吸引和利用外资行动方案》，到审议通过《关于完善中国特色现代企业制度的意见》，再到系统部署新时代推动中部地区崛起、推动西部大开发等区域协调发展战略……一项项重大改革开放举措加速落地，彰显了"将改革开放进行到底"的坚定决心，为推进中国式现代化注入了强大动力和活力。

一路披荆斩棘，一路凯歌前行。新时代以来，习近平总书记亲自谋划、亲自部署、亲自推动全面深化改革工作，改革全面发力、多点突破、蹄疾步稳、纵深推进，推动党和国家事业取得伟大成就。实践充分表明：改革开放是党和人民事业大踏步赶上时代的重要法宝。处在以中国式现代化全面推进强国建设、民族复兴伟业的关键时期，坚持用改革开放这个重要法宝解决发展中的问题、应对前进道路上的风险挑战，才能把我国发展进步的命运牢牢掌握在自己手中，一步一个脚印把宏伟蓝图变成美好现实。

"精准发力、协同发力、持续发力，坚决破除一切制约中国式现代化顺利推进的体制机制障碍"，这是习近平总书记提出的明确要求，是新时代推进全面深化改革的重要方法。

精准发力，才能切实解决问题。以"破四唯"和"立新标"为突破口，加快建立以创新价值、能力、贡献为导向的人才评价体系；紧扣制约科技与经济深度融合的突出问题，加快建设全面创新的基础制度……新时代我国科技体制改革打开新局面，一个重要方面就是聚焦重点领域和关键环节改革攻坚，激活科技创新的"一池春水"。致广大而尽精微是成事之道。正是找准改革的发力点和突破口，切实提升改革的精准性、针对性、实效性，扭住关键、精准发力，推动全面深化改革不断迈上新台阶。

协同发力，才能形成合力。全面深化改革是一项复杂的系统工程，在各项改革协同配合中，既实现了重点突破，又实现了整体推进。新时代以来，从《生态文明体制改革总体方案》架起生态文明体制"四梁八柱"，到实施"史上最严"新环保法，建立中央生态环境保护督察制度，全面实施河长制、湖长制、林长制……系统谋划生态文明体制改革，准确把握改革的相互关系和耦合作用，中华大地天更蓝、地更绿、水更清。新征程上进一步全面深化改革，尤须坚持系统观念，处理好经济和社会、政府和市场、效率和公平、活力和秩序、发展和安全等重大关系，增强改革系统性、整体性、协同性，加强各项改革举措的协调配套，形成推进改革开放的强大合力。

持续发力，才能更好发挥制度优势。当前我国改革发展稳定面临不少深层次矛盾躲不开、绕不过，需要应对的风险挑战、防范化解的矛盾问题比以往更加严峻复杂。顺应时代发展新趋势、实践发展新要求、人民群众新期待，必须以制度建设为主线，动真格、敢碰硬，继续把改革推向前进。无论是加快形成有利于高质量发展的体制机制，还是着力打通束缚新质生产力发展的堵点卡点，抑或是稳步推进规则、规制、管理、标准等制度型开放……唯有保持"咬定青山不放松"的战略定力，增强"明知山有虎、偏向虎山行"的勇气，久久为功、持续发力，推动改革向更深层次挺进，才能不断彰显中国特色社会主义制度优势，不断增强社会主义现代化建设的动力和活力，把我国制度优势更好转化为国家治理效能。

全面深化改革是推进中国式现代化的根本动力。新征程上，高扬改革之帆、把稳发展之舵、紧握奋斗之桨，精准发力、协同发力、持续发力，奋力谱写改革开放新篇章，中国式现代化一定能乘风破浪、一往无前。

（《人民日报》2024年7月12日）

奔着问题去、盯着问题改

——坚持用好改革开放这个重要法宝②

人民日报评论员

问题是时代的声音。中国共产党人干革命、搞建设、抓改革，从来都是为了解决中国的现实问题。我们推进改革的过程，就是不断发现问题、分析问题、解决问题的过程。

涉险滩、破坚冰、闯难关，新时代全面深化改革取得历史性伟大成就，许多领域实现历史性变革、系统性重塑、整体性重构，其中一条很重要的经验就是坚持问题导向。聚焦发展不平衡不充分问题，区域协调发展战略激活澎湃动能；紧盯老百姓在社会保障方面的急难愁盼问题，深化社会保障制度改革织密织牢民生保障网；瞄准"关系党和国家生死存亡"的党风廉政建设和反腐败斗争中遇到的问题，一体推进党的纪检体制改革、国家监察体制改革、纪检监察机构改革……实践充分表明，坚持问题导向是马克思主义的鲜明特点，体现着习近平新时代中国特色社会主义思想的世界观和方法论，是我们党重要的思想方法和工作方法。

"每个时代总有属于它自己的问题，只要科学地认识、准确地把握、正确地解决这些问题，就能够把我们的社会不断推向前进。"奋进在以中国式现代化全面推进强国建设、民族复兴的新征程上，中国之问、世界之问、人民之问、时代之问给我们提出的新考题比过去更复杂、更艰难，我们所面临问题的复杂程度、解决问题的艰巨程度明显加大。"解决前进道路上的困难和问题，关键在于全面深化改革。"唯有始终坚持问题导向，坚决破除妨碍推进中国式现代化的思想观念和体制机制弊端，着力破解深层次体制机制障碍和结构性矛盾，不断为中国式现代化注入强劲动力、提供有力制度保障，才能推动中国特色社会主义巍巍巨轮乘风破浪、行稳致远。

改革是由问题倒逼而产生，又在不断解决问题中而深化。习近平总书记强调，"坚持目标导向和问题导向相结合，奔着问题去、盯着问题改"。奔着问题去，关键要正视问题、直面问题，突出改革举措的鲜明指向性，着力解决制约构建新发展格局和推动高质量发展的卡点堵点问题、发展环境和民生领域的痛点难点问题、有悖社会公平正义的焦点热点问题，改革味要浓、成色要足。盯着问题改，就要坚持从人民群众普遍关注、反映强烈、反复出现的问题背后查找体制机制弊端，找准深化改革的重点和突破口，把坚持问题导向贯穿始终，扭住深层次矛盾和重点难点问题持续用力，以钉钉子精神抓改革落实，确保改革不断取得突破。

回顾过往的奋斗路，我们党团结带领亿万人民用改革的办法解决发展中的问题，把解决实际问题作为打开工作局面的突破口，开创了以改革开放推动党和国家各项事业取得历史性成就、发生历史性变革的新局面。眺望前方的奋进路，把习近平新时代中国特色社会主义思想的世界观、方法论和贯穿其中的立场观点方法转化为科学思想方法，作为研究问题、解决问题的"总钥匙"，把准改革的正确方向、掌握正确的方式方法，定能不断赢得优势、赢得主动、赢得未来。

（《人民日报》2024年7月13日）

充分调动各方面改革积极性

——坚持用好改革开放这个重要法宝③

人民日报评论员

改革开放是亿万人民自己的事业,全面深化改革是一场人民广泛参与的深刻变革。越是向深水区挺进,越要在党的领导下大胆探索,把最广大人民智慧和力量凝聚到改革上来,紧紧依靠人民将改革推向前进。

为了人民而改革,改革才有意义;依靠人民而改革,改革才有动力。新时代以来,以习近平同志为核心的党中央坚持以人民为中心推进改革,坚持加强党的领导和尊重人民首创精神相结合,抓住人民最关心最直接最现实的利益问题推进重点领域改革,全社会形成改革创新活力竞相迸发、充分涌流的生动局面。从坚持和发展新时代"枫桥经验"夯实"中国之治"的根基,到全面推行河长制、湖长制、林长制绘就美丽中国新画卷,再到福建三明"三医联动"改革经验向全国推广……实践充分表明,改革创新最大的活力蕴藏在基层和群众中间。只有充分调动群众推进改革的积极性、主动性、创造性,全面深化改革才能拥有最坚实的依托、最强大的底气、最澎湃的动力。

习近平总书记指出:"改革开放之所以得到广大人民群众衷心拥护和积极参与,最根本的原因在于我们一开始就使改革开放事业深深扎根于人民群众之中。"笃定"老百姓关心什么、期盼什么,改革就要抓住什么、推进什么",户籍制度改革让1.4亿农业转移人口落户城镇,教育、医疗、养老、住房等领域改革不断增强人民获得感、幸福感、安全感;着眼"提高改革决策的科学性",来自基层群众的意见建议写入"十四五"规划纲要，化为一项项惠民生、暖民心、顺民意的改革举措。新征程上，坚持以人民为中心的改革价值取向，尊重人民主体地位和首创精神，坚持人民有所呼、改革有所应，做到改革为了人民、改革依靠人民、改革成果由人民共享，就一定能充分调动各方面改革积极性，凝聚推进改革的强大正能量。

　　共识是奋进的动力。新时代全面深化改革气势如虹、波澜壮阔，一个重要方面就在于最大限度凝聚社会共识，引导社会各界理解改革、支持改革、参与改革。"深化党和国家机构改革是要动奶酪的、是要触动利益的、也是真刀真枪的"，广大党员干部讲政治、顾大局、守规矩，正确对待利益格局调整和个人进退留转；建设全国统一大市场是构建新发展格局的基础支撑和内在要求，各地打破自家"一亩三分地"的思维定式，着力破除各种形式的地方保护和市场分割。实践启示我们，在新征程上谱写改革开放新篇章，要把激发创新活力同凝聚奋进力量结合起来，强化激励机制，进一步凝聚改革共识。广大党员干部要把抓改革作为一项重大政治责任，增强推进改革的思想自觉和行动自觉，既当改革促进派，又当改革实干家，推动形成勇于创新、真抓实干、开拓奋进的浓厚改革氛围。

　　"大鹏之动，非一羽之轻也；骐骥之速，非一足之力也。"在以习近平同志为核心的党中央坚强领导下，14亿多中国人民拧成一股绳，心往一处想、劲往一处使，充分调动各方面改革积极性，举全党全国之力抓好重大改革任务推进和落实，就一定能以进一步全面深化改革开辟中国式现代化广阔前景，在新征程上继续创造令人刮目相看的新奇迹。

（《人民日报》2024年7月14日）

最公平的公共产品　最普惠的民生福祉

——新时代生态文明建设观察

任　平

良好生态环境是最公平的公共产品，是最普惠的民生福祉。

今天的中国，天更蓝、地更绿、水更清，人民群众共享自然之美、生命之美、生活之美。习近平总书记深刻指出："从历史长河来看，如果说我们这一代人能留给后人点什么，我看生态文明建设就是很重要的一个方面。"

生态文明建设是党的十八大以来党中央作出的最重要的决策之一，也是党的执政宗旨、执政纲领的重要组成部分。建设生态文明，功在当代、利在千秋，是关系中华民族永续发展的根本大计。

新时代以来，以习近平同志为核心的党中央开展了一系列开创性工作，决心之大、力度之大、成效之大前所未有，生态文明建设从理论到实践都发生了历史性、转折性、全局性变化。

实现由实践探索到科学理论指导的重大转变。坚持人民至上、自信自立，习近平生态文明思想把握人民愿望、集中人民智慧，展现出强大的真理力量和实践伟力。

实现由重点整治到系统治理的重大转变。坚持系统观念、守正创新，看准了就坚定不移抓，协同推进降碳、减污、扩绿、增长。

实现由被动应对到主动作为的重大转变。坚持问题导向、抓住主要矛盾，对突出生态环境问题采取有力措施，激发全社会共同呵护生态环境的内生动力。

实现由全球环境治理参与者到引领者的重大转变。坚持胸怀天下、展现大国担当，促进人类可持续发展，推动建设清洁美丽世界。

新时代生态文明建设的成就举世瞩目，是我们观察全面深化改革开放开创全新局面的一个独特视角。

（一）

中国特色社会主义进入新时代，我国发展处于新的历史方位，面临一系列突出矛盾和挑战，生态环境是其中之一。

从一穷二白起步，用几十年时间走完发达国家几百年走过的工业化历程，高度浓缩的现代化创造了奇迹，"也积累了大量生态环境问题"。

"胡焕庸线"东南方43%的国土，居住着全国94%左右的人口，生态环境压力巨大；该线西北方57%的国土，以草原、戈壁沙漠、绿洲和雪域高原为主，生态系统非常脆弱。

社会主要矛盾发生了关系全局的历史性变化，人民群众对优美生态环境的需要成为这一矛盾的重要方面，加快提高生态环境质量成为热切期盼。

理论创新推动全党、全社会思想认识趋于统一。

"生态环境是关系党的使命宗旨的重大政治问题，也是关系民生的重大社会问题。"

"生态环境没有替代品，用之不觉、失之难存，不仅关系经济发展质量，而且攸关每个人的生活品质。"

"加快发展面临更多的能源资源和环境约束，这决定了我国不可能走西方现代化的老路。"

回答时代课题，推动实践发展，以理论创新引领实践创新，是新时代全面深化改革的鲜明特点。

理论创新指明生态文明建设方法路径。

强调"绿水青山就是金山银山""像保护眼睛一样保护生态环境，像对待生命一样对待生态环境"，指出"要统筹山水林田湖草沙系统治理"，要求"用最严格制度最严密法治保护生态环境"，提出"共同构建地球生命共同体，共同建设清洁美丽的世界"……

习近平生态文明思想深刻回答了为什么建设生态文明、建设什么样的生态文明、怎样建设生态文明等重大理论和实践问题，为建设美丽中国提供了科学指引。

岁月为名，山河为证。

2014年2月下旬，北京遭遇严重雾霾。2月25日，习近平总书记在北京考察调研，强调"环境治理是一个系统工程，必须作为重大民生实事紧紧抓在手上"。

调整产业、降尘控车、压减燃煤……啃下一个个"硬骨头"，打赢一场场"大硬仗"，北京迎来蓝天常在、空气常新。

大气污染治理，国外一些观察者曾认为"不花三五十年是不可能改变的事"。从北京到全国，蓝天保卫战让蓝天白云、繁星闪烁的日子一年比一年多，我国成为全球空气质量改善速度最快的国家。

从下大气力治理水环境污染，到多措并举推动农村环境整治；从土壤环境风险得到有效管控，到大规模国土绿化行动持续科学开展……绿水青山的"生态颜值"和人民生活的"幸福指数"同步提升。

生态环境问题归根结底是发展方式和生活方式问题。必须贯彻新发展理念，加快推动发展方式绿色低碳转型，加快形成绿色生产方式和生活方式，走生态优先、绿色低碳的高质量发展之路。

江苏苏州，位于太湖之滨的"千年绸都"盛泽小镇，越来越多面料有了绿色"基因"。一家印染企业用数码打印替代传统染缸，用水环节全部省略，大大提高了清洁生产水平。用新技术改造传统产业，催生了新质生产力，推动纺织产业迈上"绿色路"、织就"新图景"。

党的十八大以来，在流域经济总量翻番、城镇化率提高10%、人口增加380万的情况下，太湖水质仍得到明显改善，"水边芦苇青""湖是碧玉杯"的美景正在逐渐恢复。

实践深刻表明，绿色低碳发展是解决生态环境问题的治本之策。加快绿色科技创新和先进绿色技术推广应用，构建绿色低碳循环经济体系，通过高水平环境保护不断塑造发展的新动能、新优势，才能厚植高质量发展的绿色底色。

"我国经济社会发展已进入加快绿色化、低碳化的高质量发展阶段，生态文明建设仍处于压力叠加、负重前行的关键期。"习近平总书记作出的重要判断，为新时代生态文明建设确立了新坐标。

中国式现代化是人与自然和谐共生的现代化。把建设美丽中国摆在强国建设、民族复兴的突出位置，以高品质生态环境支撑高质量发展，一定能把新时代生态文明建设这篇大文章做好，为子孙后代留下山清水秀的生态空间。

这是一份写在山川大地的答卷，也是一份写在人民心里的答卷。

（二）

建设生态文明，是一场涉及生产方式、生活方式、思维方式和价值观念的革命性变革。习近平总书记强调："要把制度建设作为推进生态文明建设的重中之重"。

如何践行绿水青山就是金山银山的理念，坚持节约资源和保护环境的基本国策，落实节约优先、保护优先、自然恢复为主的方针？通过改革创新加快推进生态文明顶层设计和制度体系建设是重要方法。

改革发力，以"制"促"治"，守护绿水青山的力量更强。

让青山有"价"、绿水含"金"，生态保护补偿制度是生态文明制度的重要组成部分。党的十八大以来，国家出台一系列政策措施，全面推进生态保护制度体系及相关领域改革。

2015年4月，《关于加快推进生态文明建设的意见》印发，对生态文明建设作出全面部署；同年9月，《生态文明体制改革总体方案》印发，明确提出"开展跨地区生态补偿试点"。

2016年4月，《关于健全生态保护补偿机制的意见》印发，提出了我国生态保护补偿机制建设的目标任务。

2021年9月，《关于深化生态保护补偿制度改革的意见》印发，对进一步推进生态保护补偿制度改革作出部署。

实践深刻证明：对改革进程中已经出现和可能出现的问题，困难要一个一个克服，矛盾要一个一个解决，既敢于出招又善于应招，做到"蹄疾而步稳"。

从"一江清水出新安"的浙皖实践，到一河"赤水"、两岸青山、三省共护的云贵川探索，再到变"分段治水"为"全域治水"的京津冀协同……生态保护补偿制度在实践中释放出强大"乘数效应"，有效调动起各方参与生态保护的积极性主动性创造性。

新时代以来，生态文明体制改革紧锣密鼓——

构建以国家公园为主体的自然保护地体系，创造性提出生态保护红线制度，全面推行生态文明建设目标评价考核制度……以解决生态环境领域突出问题为导向，我国生态文明制度体系不断完善，真正实现"用制度保护生态环境"。

创新赋能，点"绿"成"金"，绿水青山向金山银山转化的通道更宽。

甘肃张掖，大力保护祁连山生态，发展生态游、种植养殖多样化经营，完成35.1万亩林业碳汇和400万亩草原碳汇交易，实现净收益7450万元。

山东日照，探索生态环境导向的开发模式，将日照水库生态环境治理项目与关联产业"融合"开发——生态环境改善有力提升生态渔业、生态农业、生态旅游等的开发品质和价值，生态产业建设又"反哺"水库周边群众、带动增收。

四川泸州，推出"绿芽积分"小程序，建立个人碳账户，把个人的低碳减排行为量化，变成人人看得见的"碳钱包"、碳资产。北京"绿色生活季"、黑龙江哈尔滨"碳惠冰城"、广东深圳"低碳星球"等小程序，开发了一系列便民服务和公益活动，成为撬动居民参与绿色低碳发展的支点。

习近平总书记指出："要倡导简约适度、绿色低碳、文明健康的生活方式，引导绿色低碳消费，鼓励绿色出行，开展绿色低碳社会行动示范创建，增强全民节约意识、生态环保意识。"用好包括碳账户在内的创新机制和实践，奏响的是全社会节能降碳的"交响曲"。

从把碳排放权、用能权、用水权、排污权等资源环境要素一体纳入要素市场化配置改革总盘子，到加速构建碳达峰、碳中和"1+N"政策体系；从加强绿色信贷、绿色保险、绿色债券等产品创新，到完善高耗能行业阶梯电价制度……今天的神州大地，一系列创新举措汇聚起生态文明建设的强大合力。

惟改革者进，惟创新者强，惟改革创新者胜。

（三）

奉法者强则国强，奉法者弱则国弱。坚持全面依法治国，在法治轨道上深化改革、推进中国式现代化，做到改革和法治相统一，重大改革于法有据、及时把改革成果上升为法律制度，是新时代全面深化改革的一条宝贵经验。

实践告诉我们，只有实行最严密的法治，才能为生态文明建设提供可靠保障。

2024年6月1日起，《生态保护补偿条例》施行。这是我国首部生态保护补偿领域的法律法规，标志着我国生态保护补偿开启法治化新篇章。

三江源头，重现千湖美景，藏羚羊种群数量由20世纪80年代末的不足2万只恢复增长到7万多只……青藏高原生态保护法施行，成为高原上生灵草木、山川河流的"守护神"。

九曲黄河，尽显奔腾壮阔，黄河保护法直指"九龙治水"病灶，强化流域一盘棋意识，助力唱响新时代"黄河大合唱"。

以法治之力护佑生态之美，新时代以来，我们持续强化生态环保领域立法。从将"生态文明"写入宪法，到实施"史上最严环保法"，再到制定修订20多部生态环境相关法律……目前，我国已有生态环境保护法律30余部、行政法规100多件、地方性法规1000余件，初步形成了覆盖全面、务实管用、严格严厉的生态环境保护法律体系。

中国特色社会主义法治体系的一个鲜明特点和突出优势，就是坚持依法治国和依规治党相衔接，一体建设国家法治体系和党内法规体系。

长江岸线保护、洞庭湖非法矮围整治、祁连山生态修复、秦岭违建别墅整治……自2015年建立实行以来，中央生态环境保护督察"敢于动真格，不怕得罪人，咬住问题不放松"，有力推动各级党政领导坚持党政同责，扛起生态文明建设的政治责任，解决了一大批长期想解决而未能解决的突出生态环境问题。

中央生态环境保护督察是习近平总书记亲自谋划、亲自部署、亲自推动的重大制度创新，取得了"中央肯定、百姓点赞、各方支持、解决问题"的显著成效，"成为推动地方党委和政府及其相关部门落实生态环境保护责任的硬招实招"。

2019年6月，《中央生态环境保护督察工作规定》印发实施，以生态环境保护领域第一部党内法规的形式规范督察工作。2022年1月，《中央生态环境保护督察整改工作办法》印发实施。督察工作保障更加有力。

党规党纪严于国家法律。从"增强绿水青山就是金山银山的意识"被写入党章，到建立健全生态环境保护"党政同责"和"一岗双责"等制度，再到开展领导干部自然资源资产离任审计、实行生态环境损害责任终身追究制……面对"硬约束"，领导干部对"国之大者"始终做到心中有数，以更高标准严格要求自己，才能真正对党、对历史、对人民高度负责。

"在生态环境保护问题上，就是要不能越雷池一步，否则就应该受到惩罚。"新时代生态文明建设成就之所以成为新时代党和国家事业取得历史性成就、发生历史性变革的显著标志，关键就在于坚持加强党的全面领导和党中央集中统一领导，坚持用党纪国法管权治吏、护蓝增绿，让制度成为刚性约束和不可触碰的高压线，保证了党中央关于生态文明建设决策部署落地生根见效。

令在必信，法在必行。习近平总书记强调："要进一步建立健全和严格执行生态环境法规制度，坚持运用好、巩固拓展好强力督察、严格执法、严肃问责等做法和经验。"以良法保障善治，以严格执行彰显法律权威，打好法治、市场、科技、政策"组合拳"，汇聚的是守护绿水青山的磅礴力量。

人不负青山，青山定不负人。新征程上，保持加强生态文明建设的战略定力，着力推动经济社会发展全面绿色转型，努力建设人与自然和谐共生的现代化，我们一定能让中华大地蓝天永驻、青山常在、绿水长流。

（《人民日报》2024年7月16日）

习近平总书记强调，"改革要更加注重系统集成，坚持以全局观念和系统思维谋划推进，加强各项改革举措的协调配套，推动各领域各方面改革举措同向发力、形成合力，增强整体效能"。前不久召开的中共中央政治局会议指出："坚持系统观念，处理好经济和社会、政府和市场、效率和公平、活力和秩序、发展和安全等重大关系，增强改革系统性、整体性、协同性。"本版今日推出专题评论，立足改革实践，总结宝贵经验，深入阐释经济和社会、政府和市场、效率和公平、活力和秩序、发展和安全这五个重大关系，为进一步全面深化改革凝聚智慧和力量。

——编　者

处理好经济和社会的关系

—— "坚持系统观念，处理好几个重大关系"
评论之一

李　拯

小田变大田，低产田变高产田，从"户户分田包地"到"人人持股分红"……安徽凤阳小岗村，拿到全省土地承包经营权登记第一批"红本本"，又探索集体资产股份合作制改革。亩产高了，产业多了，村子美了，村民富了，医院、学校、养老服务中心等设施一应俱全。2023年，小岗村集体经济收入达到1420万元，比2016年增长了一倍多。

在经济领域，实行农村土地所有权、承包权、经营权分置并行，激活农村"沉睡资源"，增加农民财产性收入；在社会领域，不断促进优质资源下沉，实现城乡公共服务均等化。经济和社会齐头并进，共同绘就乡村全面振兴的崭新画卷。

全面深化改革,需要处理好经济和社会的关系。习近平总书记强调:"抓改革、促发展,归根到底就是为了让人民过上更好的日子。"实现经济体制改革和社会事业改革相互促进、相得益彰,才能让发展更有动力、社会更有温度、民生更有保障。

经济发展是社会稳定的基础,也是推动社会进步和改善民生的关键驱动力。不断解放和发展社会生产力,持续做大经济"蛋糕",着力解决发展不平衡不充分的问题,才能为发展社会事业、改善民生福祉提供源头活水。

一组经济数据耐人寻味。从2012年到2022年,居民人均可支配收入增速"跑赢"经济增速;累计实现城镇新增就业超1.4亿人,筑牢民生之本。可见,经济发展的过程,就是民生持续改善的过程。坚持在发展中保障和改善民生,改革的力度、发展的效度,将转化为增进民生福祉的温度。

社会稳定为经济发展提供保障,社会保障事业的发展发挥着经济运行减震器的作用。在浙江,推动优质公共服务资源均衡配置,发布实施公共服务"七优享"省级地方标准63项;坚持和发展新时代"枫桥经验",打造人人有责、人人尽责的社会治理共同体……朝着共同富裕的目标,大力推进社会事业改革,不仅可以激发和增强社会活力,而且能为经济发展营造和谐稳定的社会环境。

提高人民生活品质、保持社会和谐稳定,是中国式现代化的题中应有之义。既尽力而为又量力而行,把提高社会保障水平建立在经济和财力可持续增长的基础之上,不脱离实际、超越阶段,是我们的成功经验。正如习近平总书记指出的,"什么时候都不能忘记一个道理,经济发展和社会保障是水涨船高的关系,水浅行小舟,水深走大船,违背规律就会搁浅或翻船"。

经济社会发展是一个相互关联的复杂系统,经济和社会相互牵动、互为条件。今天的经济体制改革与社会事业发展,早已不是单个领域的单兵突进、零敲碎打,而是各领域、各层次的系统推进。

调整完善户口迁移政策，深化高频户政业务"跨省通办"，以户籍制度改革助力新型城镇化建设和乡村全面振兴；已开展的9批国家药品集采，中选药品平均降价超过50%，切实减轻患者负担，也促进制药产业高质量发展。经济领域和社会领域的改革深度融合、协调配合，就能形成进一步全面深化改革的强大合力，提升改革的整体效能。

坚持以全局观念和系统思维谋划推进改革，统筹经济和社会发展，实现两者互促共进，我们定能续写经济快速发展和社会长期稳定两大奇迹的新篇章。

（《人民日报》2024年7月17日）

处理好政府和市场的关系

——"坚持系统观念，处理好几个重大关系"评论之二

周珊珊

"事事分头办"转为"高效办成一件事"，企业获得感强不强？前段时间，广州融捷能源科技有限公司投资新项目，"尝鲜"了市政公用基础设施"六联办"，用电、用水、用气等线上联合报装。无须逐个网点跑，登录一个平台、提交一套资料、填写一份表单，即可一次性报装全套业务，企业办理业务耗时压减75%。

政府服务更到位，企业办事少跑腿，广州营商环境改革从"简政放权"到"宜商兴业"的6次迭代，成为全面深化改革、进一步理顺政府和市场关系的生动例证。

在社会主义条件下发展市场经济，是我们党的一个伟大创举。习近平总书记指出："我国经济发展获得巨大成功的一个关键因素，就是我们既发挥了市场经济的长处，又发挥了社会主义制度的优越性。"

全面深化改革，一个重要方面就是处理好政府和市场的关系，使市场在资源配置中起决定性作用，更好发挥政府作用。坚持辩证法、两点论，既要"有效的市场"，也要"有为的政府"，把两方面优势都发挥好，才能最大限度释放活力。

市场经济是资源配置最有效率的体制，也是发展生产力最有效的手段。完善煤电价格市场化形成机制，系统推进水资源价格改革……深化价格改革，我国97%以上的商品和服务价格由市场说了算。多证合一、证照分离、一网通办……推动商事登记制度改革，截至2023

年底，我国登记在册经营主体比 2012 年增长 2.3 倍。厘清政府和市场的边界，有效市场和有为政府更好结合，发展的潜力就能持续释放。

科学的宏观调控、有效的政府治理，是发挥社会主义市场经济体制优势的内在要求。习近平总书记强调："更好发挥政府作用，不是要更多发挥政府作用，而是要在保证市场发挥决定性作用的前提下，管好那些市场管不了或管不好的事情。"不越位，不缺位，才能够弥补市场失灵，保持宏观经济运行稳定。

顺应人们对高标准市场体系的期待，在完善产权、市场准入、信用等方面出台了一批配套政策，废止、修订和纠正了一批妨碍统一市场和公平竞争的政策措施，加大对滥用行政权力排除、限制竞争行为的查处力度，全国统一大市场建设取得初步成效。在尊重市场规律的基础上，用改革激发市场活力，用调控引导市场预期，用规划明确投资方向，用法治规范市场行为，有为政府既能有效改善市场环境，又能及时监管市场失序，体现了我们集中力量办大事的制度优势。

处理好政府和市场的关系，是一道世界级难题，也是中国经济体制改革的核心问题。要让二者形成有机统一、相互补充、相互协调、相互促进的格局，就应坚持"该放给市场和社会的权一定要放足、放到位，该政府管的事一定要管好、管到位"。

中国新能源汽车的快速崛起，正是有效市场和有为政府有机结合的生动体现。前瞻性开展产业规划并坚持一张蓝图绘到底，推动公共充电设施加速普及，建立产学研用紧密结合的产业科技创新体系……政府不断培厚创新土壤，激活了新能源汽车市场的一池春水，造车新势力如雨后春笋般不断涌现，我国新能源汽车产销量连续 9 年居世界第一，实现了汽车工业的"换道超车"。

新征程上，继续处理好政府和市场的关系，让"看得见的手"和"看不见的手"各展其长、同向而行，定能形成发展新质生产力的强大合力，让中国式现代化不断取得新突破。

（《人民日报》2024 年 7 月 17 日）

处理好效率和公平的关系

——"坚持系统观念，处理好几个重大关系"评论之三

何 娟

在重庆，有一条"背篓专线"。连接渝北区石船镇和市区的轨道交通4号线开通后，不少老乡背着背篓、搭地铁去城里卖菜。两年来，沿线村庄村集体收入涨了，闲置土地少了，返乡创业的人多了。让乡村更好融入经济循环，体现效率提升；装得下公文包、容得下背篓，彰显社会公平。一条专线，生动诠释出改革发展的温暖与包容。

新时代以来，我们不断激发各类经营主体活力、制度活力和社会创造力，提升经济社会发展的效率。同时，更好维护社会公平正义，让改革发展成果更多更公平惠及广大人民群众，扎实推进共同富裕。

改革是动力，发展是目的，公平是前提。习近平总书记强调，"改革既要往有利于增添发展新动力方向前进，也要往有利于维护社会公平正义方向前进""要在推动高质量发展、做好做大'蛋糕'的同时，进一步分好'蛋糕'"。全面深化改革，必须处理好效率和公平的关系，不断提升发展的平衡性、协调性、包容性，更好实现效率与公平相兼顾、相促进、相统一。

效率支撑公平。不提升经济发展的效率，"蛋糕"无法做大，那么公平的实现就是无源之水、无本之木。

一个集装箱，写出改革大文章。多式联运"一箱制""一单制"，使海铁联运总成本较传统运输方式降低30%，运输效率大幅提升。用

改革的方式打通堵点卡点，全社会物流总费用占国内生产总值比重由2003年的21.4%下降到2023年的14.4%。实践证明，全面深化改革极大解放和发展了社会生产力，这为促进社会公平正义提供了坚实物质基础。

效率以公平为前提才能够持续。让改革发展成果更多更公平惠及广大人民群众，不仅能让改革赢得人民群众的衷心拥护，更能激发人民群众参与改革、推动改革的积极性主动性创造性。

一条网线，连接同一个梦想。相隔2000多公里，西藏日喀则的中学生与成都七中的学生，借助互联网，可同上一堂数学课。优质教育资源打破时空限制，成功输送到偏远地区。从巩固脱贫攻坚成果与乡村全面振兴相衔接，到推动城乡融合和区域协调发展，从完善收入分配制度，到建成全球最大的社会保障网，把促进全体人民共同富裕摆在更加重要的位置，改革获得了广泛认同和支持。

经济不发展，一切都无从谈起；公平无保障，改革就失去了意义。片面追求效率容易导致富者愈富、穷者愈穷，片面强调公平则会影响经济社会发展活力的释放。处理好效率和公平的关系，必须坚持统筹兼顾、有机结合，在不断发展的基础上尽量把促进社会公平正义的事情做好，实现动态平衡。

2023年底，内蒙古赤峰市翁牛特旗乌丹镇大新井村，一场分红大会令村民们喜气洋溢，159位股东一起领到了136万元的"年终奖"，厚实的集体经济"家底子"，鼓起了共同富裕"钱袋子"。可见，效率与公平并非"鱼和熊掌"的选择，创新制度安排，就能二者兼得。

"中国式现代化既要创造比资本主义更高的效率，又要更有效地维护社会公平"。始终坚持以人民为中心的价值取向，把激励机制搞对，把社会保障搞好，我们定能开辟中国式现代化广阔前景。

（《人民日报》2024年7月17日）

处理好活力和秩序的关系

——"坚持系统观念,处理好几个重大关系"评论之四

邹 翔

珠江之浦,南海之滨,深中通道架起一条粤港澳大湾区的"超级通道",开通72小时内,日均车流量超过10万车次。长桥如虹,架起车水马龙;伶仃洋上,巨轮穿梭往来。这幅活力奔涌又秩序井然的发展画卷,成为新时代的生动缩影。

一个现代化的社会,应该既充满活力又拥有良好秩序,实现活力和秩序的有机统一。习近平总书记指出:"中国式现代化应当而且能够实现活而不乱、活跃有序的动态平衡。"推进全面深化改革,处理好活力和秩序的关系,实现活而不乱、活跃有序的动态平衡,是一条宝贵经验。

改革开放是活力之源。通过改革除障松绑、除弊纠顽,充分调动人民群众的积极性主动性创造性,才能让创新创造的活力充分涌流、竞相迸发,让经济社会发展永葆蓬勃生机。

山东威海临港区深化工程建设项目审批制度改革,通过推行"多证合一"审批、"无证明"办理等举措,企业办事时长平均缩短80%以上。项目审批的"加速度",激发区域经济的新活力。

瞄准增强经营主体内生动力,深化财税体制改革减税降费;聚焦发展不平衡不充分问题,区域协调发展战略激活澎湃动能……奔着问题去、盯着问题改,坚决破除妨碍活力释放的思想观念和体制机制弊端,就能充分激发全社会创造活力。

社会发展需要充满活力，但这种活力又必须是有序的。只有保持安全稳定、和谐有序的社会环境，才能绵绵不断地释放发展活力。唯有如此，活力才能持久，秩序才能巩固。

2022年12月26日，最高人民法院知识产权法庭发出"蜜胺"案二审判决书，改判全额支持权利人主张的2.18亿元损失，刷新了该庭成立以来的判赔数额纪录。让侵权人得不偿失，让权利人理直气壮，知识产权案件上诉审理机制不断完善，有效激励科技创新、维护市场法治环境，为加快发展新质生产力、推动高质量发展提供有力保障。

习近平总书记指出："社会治理是一门科学，管得太死，一潭死水不行；管得太松，波涛汹涌也不行。"活力和秩序是有机的统一体，寓活力于秩序之中，建秩序于活力之上，科学有效协调活力和秩序的关系，才能确保全面深化改革行稳致远。

北京东城草厂四条胡同"小院议事厅"内，小到院内晾衣空间如何设置，大到架空线入地、厕所改造，都是街坊邻居热议的话题。通过充分沟通，消除分歧、凝聚共识，不仅把矛盾化解在基层，还有效提升了治理的活力。新时代"枫桥经验"成为处理好活力和秩序关系的生动实践。

改革开放是亿万人民的共同事业。通过共建共治共享，激发人民群众参与改革的热情，能够实现社会有序运行与社会活力迸发相统一、相协调。

浙江绍兴有一种乌篷船，它的船桨分为踏桨和划桨。船夫要划好船，既要踩踏桨增加动力，又要摇划桨控制方向，协同发力船才能平稳向前，其中蕴藏着活力与秩序的辩证法。

活力与秩序可以并行不悖，生机勃勃与井然有序能够有机统一。进一步全面深化改革，保持活力与秩序的动态平衡，将为我国发展注入蓬勃新活力，为社会稳定和长治久安提供坚实保障，为推进中国式现代化汇聚磅礴力量。

(《人民日报》2024年7月17日)

处理好发展和安全的关系

——"坚持系统观念，处理好几个重大关系"评论之五

盛玉雷

当前，多地进入农作物夏管关键期。在北大荒集团鹤山农场，地块有"身份证"，监测靠"千里眼"，"银期保"项目为种植户送上抗风险"定心丸"……深化农业经营体制改革和供给侧结构性改革，农业科技、数字技术、普惠金融合力赋能，让"大国粮仓"更加殷实。

粮食安全是"国之大者"。新时代以来，一项项改革举措背后，有"不能认为进入工业化，吃饭问题就可有可无"的务实清醒，也有"只有把牢粮食安全主动权，才能把稳强国复兴主动权"的战略考量。

发展和安全，一体之两翼、驱动之双轮。习近平总书记指出，"要坚持高质量发展和高水平安全相互促进"。统筹发展和安全，增强忧患意识，做到居安思危，是我们党治国理政的一个重大原则。全面深化改革，要求处理好发展和安全的关系，实现高质量发展和高水平安全良性互动。

发展是安全的基础和目的，不发展是最大的不安全。一个国家只有通过发展不断提升自身的综合国力，才能有足够的资源和能力来保障安全。推进全面深化改革，为高质量发展注入强劲动力，才能与时俱进筑牢安全屏障。

上海自贸试验区外商投资准入负面清单从190条减至27条，2023年上海实际使用外资规模创历史新高，利用外资的质量和水平不断提升。"一减一增"有力证明，发展是解决我国一切问题的基础和关键。

坚持以发展为第一要务，持续增强发展的内生动力和活力，就能以发展之效夯实安全之基。

安全是发展的条件和保障，安全基础不牢，发展的大厦就会地动山摇。改革进程中，"以高水平安全保障高质量发展"，才能笃定前行、行稳致远。

金融是国民经济的血脉，"坚持把防控风险作为金融工作的永恒主题"，我们切实提高金融监管有效性，健全具有硬约束的金融风险早期纠正机制；科技是国家强盛之基，"只争朝夕突破'卡脖子'问题"，我们加快关键核心技术攻关，不断构建自主可控、安全可靠的产业链供应链……改革过程中，把困难估计得更充分一些，把风险思考得更深入一些，把应对措施部署得更周密一些，才能确保社会主义现代化事业顺利推进。

发展和安全互为条件、相互支撑。习近平总书记强调"先立后破"，这是实践经验的科学总结，也是解决改革发展稳定一系列问题的重要方法论。先立后破、谋定而动，既善于运用发展成果夯实国家安全的实力基础，又善于塑造有利于经济社会发展的安全环境，才能始终把我国发展进步的命运牢牢掌握在自己手中。

能源大省山西，一手推进5G智慧矿山建设，煤炭先进产能占比提升至80%；一手抓新能源发展，风光发电装机容量居全国前列，新能源和清洁能源装机规模占比提高到45.83%。基于省情国情，推进能源革命，才能在确保供给安全的同时促进能源绿色低碳转型。可见，高质量发展和高水平安全完全可以在改革进程中有机统一起来，越发展就越安全，越安全就越有利于发展。

"发展是实现人民幸福的关键。"既抓牢发展这个第一要务，又办好保证国家安全这个"头等大事"，更好统筹高质量发展和高水平安全，我们定能无惧风雨、闯关夺隘，在强国建设、民族复兴的康庄大道上不断谱写新华章。

（《人民日报》2024年7月17日）

以巨大的政治勇气和智慧推进全面深化改革

——新时代全面深化改革的实践与启示述评之一

新华社记者 赵超

党的二十届三中全会召开在即，全面深化改革将掀开新的篇章。

伟大实践，彰显大气魄大格局大担当。

11年前，党的十八届三中全会吹响了全面深化改革的号角，以习近平同志为核心的党中央以巨大的政治勇气和智慧推动许多领域实现历史性变革、系统性重塑、整体性重构，开创了改革开放新局面。

"改革开放的旗帜必须继续高高举起"

日照港，全自动化集装箱码头一派繁忙。这座改革开放后新建的港口，年货物吞吐量已跃居世界第七位。

2024年5月22日，习近平总书记在山东考察时来到这里，驻足码头岸边，远眺凝思。

大潮奔涌，改革又到了新的历史关头。

习近平总书记感慨系之："我们应当坚定一种信念，中国的改革开放之路一定可以成功。"

这是着眼"关键一招"的不变初心——

广东深圳，改革开放的前沿阵地。仙湖植物园和莲花山公园，邓小平同志和习近平总书记分别种下的高山榕树遥遥相望。

2012年12月，党的十八大后首次离京考察，习近平总书记来到广东，发出"将改革开放继续推向前进"的动员令。

习近平总书记深刻指出："改革开放是决定当代中国命运的关键一招，也是决定实现'两个一百年'奋斗目标、实现中华民族伟大复兴的关键一招。"

2023年2月，习近平总书记在学习贯彻党的二十大精神研讨班开班式上发表重要讲话进一步指出，改革开放"也是决定中国式现代化成败的关键一招"。

"关键一招"连通历史、现在和未来。改革开放是一项长期的、艰巨的、繁重的事业，必须一代又一代人接力干下去。

伟大的历史主动精神，凸显强烈的责任担当。

习近平总书记强调，"我们在改革开放上决不能有丝毫动摇，改革开放的旗帜必须继续高高举起"。

这是"明知山有虎，偏向虎山行"的坚定决心——

40多年前，安徽省凤阳县小岗村农民立下生死状，率先实行"大包干"，拉开了农村改革序幕。

2016年4月，习近平总书记在安徽考察时来到当年农民签字的茅草屋，称赞小岗村的创举是我国改革开放的一声春雷，强调要好好记住这段历史。

改革开放经历了从起步之初的艰难探索，到击水中流的豪迈挺进，中国经济社会发展已过万重山岳，在国内外环境极为广泛而深刻的变化中，面临更加突出的矛盾和挑战。

习近平总书记作出"现在我国改革已经进入攻坚期和深水区"的重大判断，指出"容易的、皆大欢喜的改革已经完成了，好吃的肉都吃掉了，剩下的都是难啃的硬骨头"。

全面深化改革，所处的是愈进愈难、愈进愈险而又不进则退、非进不可的时候。

改革推进到今天，比认识更重要的是决心。

从党和国家机构改革到行政审批制度改革，从力克群团"机关化、行政化、贵族化、娱乐化"到实施行业协会商会与行政机关脱钩，从深化农村土地制度改革到户籍制度改革破冰前行，全面深化改革不断冲破陈旧思想观念的束缚，突破利益固化的藩篱。

"开弓没有回头箭，改革关头勇者胜"，当代中国共产党人有这样的胆识与魄力。

这是"久久为功，坚定不移将改革进行到底"的必胜信心——

2024年全国两会期间，习近平总书记参加政协联组会，谈到生态环境建设时，回忆起10年前亚太经合组织第二十二次领导人非正式会议召开时北京的蓝天。

"那几天天气很好，当时有人问，这是'APEC蓝'，能持久吗？我回答他们，这并不是短暂的蓝天，几年后它将是永久的蓝。"说起当年这个细节，总书记语气坚定。

持之以恒，必有回响。

党的十八大以来，建立中央生态环境保护督察制度，实施河长制湖长制林长制，进行生态环境损害责任追究……一系列生态文明体制改革举措持续发力，推动我国生态环境保护发生历史性、转折性、全局性变化。

一个山头一个山头地攻，一个难关一个难关地破。无论是国有企业改革、供给侧结构性改革有效推进，还是科技体制改革、医药卫生体制改革取得突破，全面深化改革始终保持一往无前、蹄疾步稳的姿态。

谋长远之势，行长久之策，积小胜为大胜。

习近平总书记郑重宣示："中国改革开放必然成功，也一定能够成功！"

"改革再难也要向前推进"

2023年4月21日，中南海，习近平总书记主持召开二十届中央全面深化改革委员会第一次会议。

会议全面回顾党的十八大以来全面深化改革的历史进程，深刻指出：

"放眼全世界，没有哪个国家和政党，能有这样的政治气魄和历史担当，敢于大刀阔斧、刀刃向内、自我革命，也没有哪个国家和政党，能在这么短时间内推动这么大范围、这么大规模、这么大力度的改革，这是中国特色社会主义制度的鲜明特征和显著优势。"

"改革再难也要向前推进"。习近平总书记强调，要强化改革责任担当，看准了的事情，就要拿出政治勇气来，坚定不移干。

拿出政治勇气，确保改革坚持正确方向。

"使市场在资源配置中起决定性作用和更好发挥政府作用"——党的十八届三中全会提出这一重大论断，对经济体制改革产生深远影响。

参与这次全会文件起草的一名成员回忆说，"没有习近平总书记下决心，很多重大改革是难以出来的"。

从担任党的十八届三中全会文件起草组组长，到担任中央全面深化改革领导小组组长、中央全面深化改革委员会主任，习近平总书记既挂帅又出征，把改革的总体设计、统筹协调、整体推进、督促落实紧紧抓在手中。

方向决定道路，道路决定命运。

"对看准了的改革，要下决心推进""有些不能改的，再过多长时间也是不改"。全面深化改革是在中国特色社会主义道路上不断前进的改革，既不走封闭僵化的老路，也不走改旗易帜的邪路。

在以习近平同志为核心的党中央坚强领导下，党的十八届三中全会提出的改革目标任务总体如期完成。

拿出政治勇气，确保改革坚持问题导向。

2024年4月8日，国家金融监管总局县域监管支局统一挂牌，标志着"四级垂管"架构正式建立，金融监管组织体系进一步完善，金融管理体制改革取得重要进展。

从组建国家监察委员会到组建中央社会工作部，从组建国家医疗保障局到组建国家数据局……党的十八大以来的党和国家机构改革，聚焦关键、切中要害，不搞模棱两可，下决心解决长期存在的突出矛盾和问题。

习近平总书记指出，改革是由问题倒逼而产生，又在不断解决问题中而深化。

直面党风廉政建设和反腐败斗争中遇到的问题，一体推进党的纪检体制改革、国家监察体制改革、纪检监察机构改革；

向"和平积弊"开刀，深化国防和军队改革，形成军委管总、战区主战、军种主建新格局，人民军队体制一新、结构一新、格局一新、面貌一新；

破解司法不公、司法公信力不高等问题，推进最高人民法院设立巡回法庭、以审判为中心的诉讼制度改革等司法体制改革，努力让人民群众在每一个司法案件中都感受到公平正义……

奔着问题去，既要加强顶层设计，也要摸着石头过河。

从自由贸易试验区先行先试，到支持建设共同富裕示范区，再到推广三明医改经验，一系列重大改革通过试点探索形成可复制经验，然后上升为制度性成果，最终大范围铺开。

拿出政治勇气，确保改革把牢价值取向。

重庆市民主村社区，曾是远近闻名的"老破小"，2022年初启动更新改造项目后旧貌换新颜。

2024年4月22日傍晚，正在重庆考察的习近平总书记走进小区，对居民说："党中央很关心的一件事，就是把老旧小区改造好。"

几天后，财政部会同住房城乡建设部发布通知，通过竞争性选拔，确定部分基础条件好、积极性高、特色突出的城市开展典型示范，扎实有序推进城市更新行动，中央财政对示范城市给予定额补助。

为了人民而改革，改革才有意义。

习近平总书记明确要求，做到老百姓关心什么、期盼什么，改革就要抓住什么、推进什么。

不论是农村厕所革命、城市垃圾分类等民生小事，还是平安中国建设、食品安全监管等民生要事，都是改革大事。

户籍制度改革让1.4亿农业转移人口落户城镇,加快完善住房保障体系建设让1.4亿多群众喜圆安居梦……改革给人民群众带来更多获得感、幸福感、安全感。

"必须坚持正确的方法论"

全面深化改革是一场深刻而全面的社会变革,也是一项复杂的系统工程。

习近平总书记强调:"改革开放是前无古人的崭新事业,必须坚持正确的方法论,在不断实践探索中推进。"

进入新时代,以习近平同志为核心的党中央不断深化对改革规律的认识,形成了改革开放以来最丰富、最全面、最系统的改革方法论,保证了改革在攻坚克难中不断迈上新台阶、取得新胜利。

注重统筹推进,实现"点"与"面"的协调——

党的十八届三中全会通过的《中共中央关于全面深化改革若干重大问题的决定》,16个部分、60项具体任务、336项重大举措,堪称新中国成立以来最为全面系统的改革部署。

习近平总书记指出,全面深化改革,全面者,就是要统筹推进各领域改革。

以实施整合重组、混合所有制改革等助力深化国有企业改革,在打破户籍屏障、提升保障水平等基础上推进新型城镇化,科技体制改革涉及管理体制、人才评价和激励机制、成果转化机制等方方面面……

以经济体制改革作为全面深化改革的重点,以加快转变政府职能打开行政体制改革突破口,以放宽投资准入为抓手构建开放型经济新体制……

优先解决主要矛盾和矛盾的主要方面、用小切口解决大问题、以重点突破实现整体推进,全面深化改革更加注重系统性、整体性、协同性,避免碎片化,打出组合拳,做到前后呼应、相互配合、良性互动，形成更强大的合力。

强化制度保障，实现"变"与"稳"的平衡——

2024年4月23日上午，重庆市数字化城市运行和治理中心，习近平总书记考察了重庆的"城市大脑"。重庆正在探索实现超大城市治理体系整体重构，让过去散落各处的数据聚合、赋能。

治理体系和治理能力现代化是中国式现代化的应有之义。全面深化改革，指向一个前所未有的宏伟目标——完善和发展中国特色社会主义制度，推进国家治理体系和治理能力现代化。

习近平总书记指出，"新时代改革开放具有许多新的内涵和特点，其中很重要的一点就是制度建设分量更重"，"为党和国家事业发展提供一整套更完备、更稳定、更管用的制度体系"。

从党的十八届四中全会部署全面推进依法治国，到落实"凡属重大改革都要于法有据"，全面深化改革始终在法治轨道上运行，推动我国各领域基础性制度框架基本建立，中国特色社会主义制度更加成熟更加定型。

坚持一抓到底，实现"上"与"下"的合奏——

2024年5月23日，习近平总书记主持召开企业和专家座谈会，谈到下一步全面深化改革方式方法时指出："改革要重谋划，更要重落实。"

早在2014年1月，中央全面深化改革领导小组第一次会议上，习近平总书记强调，凡是议定的事要分头落实，不折不扣抓出成效。

在习近平总书记垂范引领下，全国上下构建起层层传导、环环相扣的改革责任体系，为全面深化改革各项任务如期完成提供了坚强保障。

改革大潮，浩浩荡荡，势不可挡。

新征程上，以习近平同志为核心的党中央团结带领全国各族人民，继续高擎改革开放伟大旗帜，将改革开放进行到底，必将在进一步全面深化改革中创造全面推进中国式现代化的新辉煌。

（新华社北京2024年7月3日电）

坚持党的领导为全面深化改革提供根本政治保证

——新时代全面深化改革的实践与启示述评之二

新华社记者　朱基钗　高　蕾　孙少龙　范思翔

"全面深化改革必须加强和改善党的领导，充分发挥党总揽全局、协调各方的领导核心作用"。

党的十八大以来，以习近平同志为核心的党中央引领实行全方位、深层次、根本性的改革，取得了历史性、革命性、开创性的成就。

改革开放，我们党最鲜明的旗帜。党的领导，改革开放取得成功的根本保证。

波澜壮阔的伟大征程，正因坚强有力的掌舵领航，确保了新时代全面深化改革的航船劈波斩浪、行稳致远。

"坚持党的领导，全面从严治党，是改革开放取得成功的关键和根本"——新时代全面深化改革的伟大成就根本在于以习近平同志为核心的党中央坚强领导，根本在于习近平新时代中国特色社会主义思想的科学指引

珠江入海口，是为伶仃洋。一座名为南头的半岛直插其中，犹如巨锚入水，又似扬起的风帆。

数十年前，半岛东岸，蛇口工业区建设的"开山第一炮"犹如惊蛰春雷，"春天的故事"恢宏起笔。如今，半岛西岸，"特区中的特区"

前海一年一个样,"荒滩涂"正变为"聚宝盆"。

2012年12月7日,党的十八大闭幕不到一个月,习近平总书记来到改革开放"得风气之先"的广东,第一站就来到这里。

这次考察中,习近平总书记发出"改革不停顿、开放不止步"的号召,更高举起新时代改革开放的旗帜。

强烈的历史担当,源自清醒的历史自觉。

40多年前,在"向何处去"的十字路口,中国共产党作出改革开放的历史性抉择。这是我们党的一次伟大觉醒,古老民族踏上了迈向现代化的新的征程。

习近平总书记深刻指出:"改革开放是我们党在新的时代条件下带领人民进行的新的伟大革命,是当代中国最鲜明的特色,也是我们党最鲜明的旗帜。"

历史翻开新的一页,改革谱写新的篇章。

党的十八大以来,面对国内外环境发生的广泛而深刻的变化,面对一系列新矛盾、新挑战,以习近平同志为核心的党中央将改革开放作为决定当代中国命运的关键一招,决定实现"两个一百年"奋斗目标、实现中华民族伟大复兴的关键一招,坚定不移将改革开放继续推向前进。

位于北京西长安街延长线的京西宾馆,见证了中国共产党两次"划时代"的三中全会。

1978年12月,党的十一届三中全会在这里召开,改革开放和社会主义现代化建设历史新时期由此开启。

30多年后,2013年11月,党的十八届三中全会在这里召开,吹响了全面深化改革的号角,开启了全面深化改革、系统整体设计推进改革的新时代。

从创造性提出全面深化改革总目标,到系统部署60项具体任务、336项改革举措……全面深化改革的战略重点、优先顺序、主攻方向、工作机制、推进方式和时间表、路线图布局宏阔、清晰醒目。

以党的十八届三中全会为新起点,我国改革开放事业实现由局部探索、破冰突围到系统集成、全面深化的转变。

历史的重任赋予改革者，时代的课题呼唤领航人。

习近平总书记亲自挂帅出征，议大事、抓大事、谋全局，以非凡的政治勇气、卓越的政治智慧、强烈的使命担当，带领全党奋力突破、攻坚克难，为全面深化改革提供了最坚强有力的领导。

从党的十八届四中全会推动全面深化改革在法治轨道上持续稳步推进，到党的十九届三中全会部署改革开放以来最大规模的机构改革，从党的十九届四中全会系统描绘中国特色社会主义的制度图谱，到党的二十届二中全会对继续深化党和国家机构改革作出重要部署……

10多年来，在以习近平同志为核心的党中央引领下，我们党提出的一系列创新理论、采取的一系列重大举措、取得的一系列重大突破，都是革命性的。

一自高丘传号角，千红万紫进军来。

如今，2000多个改革方案落地，覆盖经济、政治、文化、社会、生态文明、党的建设、国防和军队等各个领域。

全面深化改革从夯基垒台、立柱架梁到全面推进、积厚成势，再到系统集成、协同高效，许多领域实现历史性变革、系统性重塑、整体性重构。

环顾世界，没有哪个国家和政党，能在这么短时间内推动这么大范围、这么大规模、这么大力度的改革。

为何中华大地能凝聚起如此蓬勃的改革力量？

"坚持党的领导，全面从严治党，是改革开放取得成功的关键和根本。"习近平总书记道出我国改革开放风景独好的奥秘，更揭示了未来怎样继续推进全面深化改革的法宝。

"切实把党的领导落实到改革发展稳定、内政外交国防、治党治国治军等各领域各方面各环节"——坚持和加强党的全面领导确保改革顺利推进和各项改革任务落实，全面深化改革也进一步完善了党的全面领导制度体系

2024年6月11日下午，北京中南海。

习近平总书记主持召开二十届中央全面深化改革委员会第五次会议，审议通过了《关于完善中国特色现代企业制度的意见》等文件。

10多年来，这样的会议，习近平总书记主持召开了72次。

2013年12月，我们党历史上首次在党中央层面设置专司改革工作的领导机构——中央全面深化改革领导小组，负责改革的总体设计、统筹协调、整体推进、督促落实，下设6个专项小组，统筹协调处理全局性、长远性、跨地区跨部门的重大改革问题。党的十九届三中全会后，中央全面深化改革领导小组改为中央全面深化改革委员会。

"中央全面深化改革领导小组的责任，就是要把党的十八届三中全会提出的各项改革举措落实到位。"习近平总书记指出。

紧锣密鼓，笃行不怠。10多年来，一个强有力的领导"中枢"，以钉钉子精神抓好各领域重大改革举措落实。

中国共产党领导是中国特色社会主义最本质的特征，是中国特色社会主义制度的最大优势。在国家制度和国家治理体系中，党是决定整个系统运行的关键。

党的十九届四中全会将党的领导制度明确为我国根本领导制度，进一步从制度层面上确保发挥党的领导这个最大优势。

始终将党的领导贯穿改革全过程，成为全面深化改革顺利进行并取得成功的根本保证。

2020年6月30日，十九届中央深改委第十四次会议审议通过了《国企改革三年行动方案（2020—2022年）》，发出进一步深化国企改革的动员令。

央企集团"党建入章"，推动"双向进入、交叉任职"，党委（党组）书记、董事长"一肩挑"，党委（党组）前置研究讨论重大经营管理事项清单……新时代国企改革，坚持落实"坚持党对国有企业的领导是重大政治原则，必须一以贯之；建立现代企业制度是国有企业改革的方向，也必须一以贯之"的要求，成为坚持和加强党的领导在各领域全覆盖的一个缩影。

党的十八大以来，党中央把全面深化改革纳入"五位一体"总体布局和"四个全面"战略布局，建立健全了落实党的全面领导的一系列重要制度、具体制度。

党中央层面，中央全面深化改革委员会负责把方向、谋大局、定政策、促改革；在党的地方组织，各地全面深化改革机构确保党中央决策部署在本地区贯彻执行，有令即行、有禁即止。

党的十八届三中全会后，省市县等各地全面深化改革机构逐一亮相，中央到地方全面深化改革新格局形成。

从健全高等学校实行党委领导下的校长负责制，到在公立中小学、医院、科研院所逐步实行党组织领导下的校（院、所）长负责制，基层党组织在改革发展中地位作用不断增强。

横向到边、纵向到底，坚持党的全面领导制度体系更加成熟更加定型，为推进全面深化改革提供坚强保证。

办好中国的事情，关键在党，关键在人，关键在各级领导班子和党员干部。

雄安新区，新时代改革开放的新地标。

设立雄安新区企事业和两新组织综合党委，支部建在重点区域、重大项目上……

雄安新区，沐浴着阳光，这座"未来之城"的高标准规划蓝图，正化为高质量发展的现实画卷。设立以来，雄安新区改革、建设到哪里，党的组织就覆盖到哪里。各级党组织充分调动起党员干部的力量与活力，助力新区建设跑出"加速度"。

一个支部就是一个堡垒，一名党员就是一面旗帜。

在全面深化改革的春潮中，党中央高瞻远瞩、系统部署，各级党组织积极主动、担当作为，形成了集中统一的改革领导体制、务实高效的改革决策机制、上下联动的统筹协调机制、有力有序的督办督察机制，打通各项改革举措落地见效的"最后一公里"。

"确保改革开放这艘航船沿着正确航向破浪前行"——把坚持和加强党的全面领导作为进一步全面深化改革的政治引领和政治保障，不断谱写新时代新征程改革开放新篇章

当下的中国，在更高起点上继续把全面深化改革推向深入，信念比金子还重要。

环顾国内，经济持续回升向好仍面临诸多挑战，周期性和结构性矛盾叠加，改革发展稳定依然有不少深层次矛盾；

放眼全球，世界之变、时代之变、历史之变正以前所未有的方式展开，世界进入新的动荡变革期；

检视自身，党的建设还面临不少顽固性、多发性问题，党面临的"四大考验""四种危险"将长期存在……

推进中国式现代化的伟大事业，在攻坚克难中奋力突破，在披荆斩棘中坚定前行，在重大历史关头、重大考验面前，党中央的领导力、判断力、决策力、行动力有着决定性作用。

习近平总书记深刻指出，改革开放任务越繁重，越要加强和改善党的领导，越要确保党始终成为中国特色社会主义事业的坚强领导核心。

新征程上，进一步推进全面深化改革，必须更加深刻领悟"两个确立"的决定性意义，更加坚定做到"两个维护"，才能克服前进道路上的重重困难，才能凝聚起上下一心、攻坚克难的强大合力。

2024年5月23日下午，泉城济南，南郊宾馆草木葱郁。一场关于改革的企业和专家座谈会在这里召开。

会场中，既有来自国有企业、民营企业、外资企业、港澳台资企业、专精特新"小巨人"企业、个体工商户的代表，也有来自经济领域的专家学者，还有来自有关部门和地方的负责同志。

习近平总书记说："党中央作出重大决策、制定重要文件，都深入调研，广泛听取各方面意见，这是我们党的一贯做法和优良传统。"

正是通过一次次问计于民、广集民智，改革找到破题的关键，凝

聚起奋进的共识。

新征程上，进一步推进全面深化改革，必须始终坚持科学执政、民主执政、依法执政，完善党的领导方式和执政方式，提高党的执政能力和领导水平，不断提高党把方向、谋大局、定政策、促改革的能力和定力，确保改革开放这艘航船沿着正确航向破浪前行。

2024年3月，全国两会结束不到一周，习近平总书记来到湖南考察。此行，总书记专门考察了农村基层减负情况。

牌子变少了、基层承担的事务减少了，村干部们有了更多时间和精力为老百姓服务……在常德市鼎城区谢家铺镇港中坪村党群服务中心的院子里，深入了解基层减负情况，习近平总书记强调，党中央明确要求为基层减负，要坚决整治形式主义、官僚主义问题，精兵简政，持之以恒把这项工作抓下去。

从在天津考察时指出"持续整治形式主义为基层减负，引导广大党员干部真抓实干、开拓进取"，到在参加全国两会江苏代表团审议时强调"坚决纠治形式主义、官僚主义，切实为基层减负，激发全党全社会创造活力，提振党员干部干事创业的精气神"，再到在重庆考察时要求"持续深化整治形式主义为基层减负，为基层干部干事创业创造良好条件"……"减负"二字，成为近段时间来习近平总书记强调的"高频词"。

面对艰巨繁重的改革发展稳定任务，党员干部饱满的精神状态、过硬的工作作风，是攻坚克难的坚强保障。

新征程上，进一步推进全面深化改革，必须最大限度地调动和激发干部队伍的积极性、主动性、创造性，完善干部担当作为激励和保护机制，保护和支持改革创新，让各方面优秀干部投身新一轮改革大潮，形成人才辈出、人尽其才生动局面。

2024年6月27日，习近平总书记主持召开中共中央政治局会议，研究进一步全面深化改革、推进中国式现代化问题。

会议提出进一步全面深化改革应贯彻的原则，第一条即是："坚持党的全面领导，坚定维护党中央权威和集中统一领导，发挥党总揽全局、协调各方的领导核心作用，把党的领导贯穿改革各方面全过程，确保改革始终沿着正确政治方向前进"。

当天下午，中共中央政治局就健全全面从严治党体系进行第十五次集体学习。

习近平总书记在主持学习时强调，全党必须永葆"赶考"的清醒和坚定，以健全全面从严治党体系为有效途径，不断把新时代党的建设新的伟大工程推向前进。

新征程上，必须坚持党中央对进一步全面深化改革的集中统一领导，保持以党的自我革命引领社会革命的高度自觉，坚持用改革精神管党治党，以钉钉子精神抓好改革落实，把进一步全面深化改革的战略部署转化为推进中国式现代化的强大力量。

上下同心启新局，击鼓催征又出发。

在以习近平同志为核心的党中央坚强领导下，毫不动摇坚持和加强党的全面领导，亿万人民团结一心、踔厉奋发，新时代改革开放一定能续写新的壮丽篇章、创造新的更大奇迹。

（新华社北京 2024 年 7 月 4 日电）

确保改革开放沿着正确方向前进

——新时代全面深化改革的实践与启示述评之三

新华社记者　林　晖　王子铭　王　鹏　徐　壮

改革开放是一场深刻革命，必须坚持正确方向，沿着正确道路推进。

习近平总书记深刻指出，在方向问题上，我们头脑必须十分清醒，不断推动社会主义制度自我完善和发展，坚定不移走中国特色社会主义道路。

方向决定道路，道路引领未来。

党的十八大以来，以习近平同志为核心的党中央牢牢把握改革开放的前进方向，锚定全面深化改革总目标，不动摇、不偏轨、不折腾、不停顿，确保改革开放事业行稳致远，引领中国特色社会主义事业迸发出新的生机活力。

举旗定向——"我们的改革是在中国特色社会主义道路上不断前进的改革"

党的十八大闭幕不久，2012年12月，习近平总书记首次赴地方考察就前往改革开放"得风气之先"的广东，并来到深圳莲花山公园向邓小平铜像敬献花篮，发出改革开放的新号令。

习近平总书记深刻总结历史经验，为新时代改革事业正本清源、举旗定向——

"我们的改革开放是有方向、有立场、有原则的。我们当然要高举改革旗帜，但我们的改革是在中国特色社会主义道路上不断前进的改革，既不走封闭僵化的老路，也不走改旗易帜的邪路。"

全面深化改革往什么方向走，这是一个带有根本性的命题。

党的十八大以来，习近平总书记高瞻远瞩、总揽全局，作出一系列重要论述，科学回答了一系列事关改革方向的重大理论和实践问题：

阐释改革历史定位，指明"改革开放是坚持和发展中国特色社会主义、实现中华民族伟大复兴的必由之路"。

指明改革目的任务，强调"通过全面深化改革，不断拓展中国特色社会主义道路，不断丰富中国特色社会主义理论体系，不断完善中国特色社会主义制度"。

廓清改革思想认识，指出"我们全面深化改革，不是因为中国特色社会主义制度不好，而是要使它更好"。

在习近平总书记指引下，全面深化改革始终沿着中国特色社会主义方向前进。

沿着中国特色社会主义方向前进，根本立场是坚持以人民为中心，全面深化改革必须以促进社会公平正义、增进人民福祉为出发点和落脚点。

习近平总书记明确要求："把以人民为中心的发展思想体现在经济社会发展各个环节，做到老百姓关心什么、期盼什么，改革就要抓住什么、推进什么，通过改革给人民群众带来更多获得感。"

这一重大论断，具有极强的方向性，校正了"唯 GDP"思维，彰显了以人民为中心的价值取向。

个人所得税改革持续惠及百姓民生、教育体制改革不断缩小地区和城乡差距、医药卫生体制改革向虚高药价"动刀"……一项项举措坚守共产党人初心使命，办群众最盼事、解人民最难题。

改革既要坚持人民至上的政治本色，也要增强政治定力，树牢底线思维。

2018 年 12 月 18 日，北京人民大会堂，庆祝改革开放 40 周年大会隆重举行，习近平总书记发表重要讲话。

"改什么、怎么改必须以是否符合完善和发展中国特色社会主义制度、推进国家治理体系和治理能力现代化的总目标为根本尺度""不该改的、不能改的坚决不改"。习近平总书记掷地有声的话语,进一步明确了全面深化改革的底线原则。

什么是不该改的、不能改的?

坚持党的全面领导、坚持马克思主义、坚持中国特色社会主义道路、坚持人民民主专政等根本的东西绝对不能动摇。对此,我们态度坚决、行动有力。

明确坚持党的全面领导是坚持和发展中国特色社会主义的必由之路,将党的全面领导融入机构改革、国有企业治理、高校领导体制、群团组织建设等各类工作全过程;

确立和坚持马克思主义在意识形态领域指导地位的根本制度,健全意识形态工作责任制,推动全党动手抓宣传思想文化工作;

深化社会主义市场经济体制改革,毫不动摇地巩固和发展公有制经济,毫不动摇地鼓励、支持、引导非公有制经济发展;

健全人大组织制度、选举制度和议事规则等,不断完善人民代表大会制度这一根本政治制度;

…………

党的十八大以来,志不改、道不变的决心,体现在全面深化改革事业的方方面面。

今天,致力于在新征程上谱写改革开放新篇章,新时代中国坚持改革的方向、立场、原则,将发展进步的命运牢牢掌握在自己手中。

纲举目张——"完善和发展中国特色社会主义制度,推进国家治理体系和治理能力现代化"

2013年11月12日,人民大会堂,具有划时代意义的党的十八届三中全会胜利闭幕。

大会通过了《中共中央关于全面深化改革若干重大问题的决定》,

首次提出全面深化改革的总目标：完善和发展中国特色社会主义制度，推进国家治理体系和治理能力现代化。

中国特色社会主义是改革开放以来党的全部理论和实践的主题。党的十八大以来，以习近平同志为核心的党中央团结带领全党全国各族人民，不断挥写完善和发展"中国之制"新画卷，破解国家治理体系和治理能力现代化这一重大课题，将改革开放事业引向更加壮阔的航程。

冲破障碍、突破藩篱，激发党和国家事业新活力——

处理好政府和市场的关系是经济体制改革的核心问题。党的十八大以来，我们充分发挥市场在资源配置中的决定性作用，更好发挥政府作用，瞄准束缚市场活力的条条框框深化经济体制改革，各类市场主体活力充分迸发。

平均每天超过2.7万家企业诞生，超过8万辆汽车下线，超过350亿元商品在网上售出，超过3亿个包裹快递寄送……今天的中国大市场，气象万千、生机勃勃。

以经济体制改革为牵引，全面深化改革冲破思想观念束缚，突破利益固化藩篱，坚决破除各方面体制机制弊端；重拳正风肃纪反腐，一体推进党的纪检体制改革、国家监察体制改革、纪检监察机构改革；向"和平积弊"开刀，人民军队体制一新、结构一新、格局一新、面貌一新；解决金钱案、人情案等问题，司法改革深入开展……

真刀真枪抓改革，动真碰硬求实效，推动中国特色社会主义事业不断焕发新活力、取得新成就。

夯基垒台、立柱架梁，中国特色社会主义制度日益成熟定型——

2023年5月18日，国家金融监督管理总局正式挂牌，金融监管机构改革迈出重要一步。

组建中央金融委员会、组建中央金融工作委员会、组建国家金融监督管理总局、深化地方金融监管体制改革……新一轮党和国家机构改革进一步加强党中央对金融工作的集中统一领导，深化金融监管体系改革，确保走中国特色金融发展之路。

小智治事，大智治制。习近平总书记指出，我们说坚定制度自信，不是要固步自封，而是要不断革除体制机制弊端，让我们的制度成熟而持久。

党的领导制度体系、人民当家作主制度体系、中国特色社会主义法治体系、中国特色社会主义行政体制、社会主义基本经济制度……党的十九届四中全会专题研究制度建设，以13个方面制度体系系统描绘了中国特色社会主义的制度图谱，奠定"中国之治"的制度基石。

在全面深化改革大潮中，习近平总书记带领全党突出制度建设这条主线，不断健全制度框架，筑牢根本制度、完善基本制度、创新重要制度，推动许多领域实现历史性变革、系统性重塑、整体性重构。

蹄疾步稳、积厚成势，开辟"中国之治"新境界——

2020年5月28日，十三届全国人大三次会议表决通过《中华人民共和国民法典》。

这部具有中国特色、体现时代特点、反映人民意愿的民法典，在新时代中国特色社会主义事业奋斗征程上树起又一座法治丰碑，助推"中国之治"跃上更高境界。

完善和发展以宪法为核心的中国特色社会主义法律体系，努力建设法治中国；以愈加成熟的社会主义民主政治制度，推动实现最广泛、最真实、最管用的民主；不断解放和发展社会生产力，满足人民过上美好生活的新期待；通过越来越完善的对外开放制度，深度融入全球经济发展……

从历史性地解决绝对贫困问题到有效应对重大自然灾害，从稳妥处理突发风险事件到积极应对世界百年未有之大变局，实践一次次证明，"中国之治"蕴含着无限生机活力，为政治稳定、经济发展、文化繁荣、民族团结、人民幸福、社会安宁、国家统一提供着有力保障。

守正创新——"这一次改革，我们将紧扣推进中国式现代化主题"

2024年5月，习近平总书记在山东济南主持召开企业和专家座谈会并发表重要讲话指出:"改革开放后,党的历届三中全会都是研究改革。这一次改革,我们将紧扣推进中国式现代化主题。"

中国式现代化是中国共产党领导的社会主义现代化,党的领导是进一步全面深化改革、推进中国式现代化的根本保证。

进一步全面深化改革,必须坚持党的全面领导,坚定维护党中央权威和集中统一领导,发挥党总揽全局、协调各方的领导核心作用,把党的领导贯穿改革各方面全过程,确保改革始终沿着正确政治方向前进。

顺应时代发展新趋势——

当前,世界百年未有之大变局全方位、深层次加速演进,我国发展进入战略机遇和风险挑战并存、不确定难预料因素增多的时期,对新时代改革提出了新要求。

站在新的历史起点,面对以中国式现代化全面推进强国建设、民族复兴伟业的关键时期,唯有继续自强不息、自我革新,坚定不移全面深化改革,敢于向顽瘴痼疾开刀,勇于突破利益固化藩篱,把全面深化改革作为推进中国式现代化的根本动力,方能赢得优势、赢得主动、赢得未来。

顺应实践发展新要求——

从提出"新质生产力"这一重大概念,到2023年底中央经济工作会议部署"发展新质生产力",再到2024年初中央政治局集体学习时进行系统阐述,习近平总书记就发展新质生产力作出一系列重要论述、重大部署。

新质生产力代表先进生产力的演进方向。面对实践发展新要求,必须进一步全面深化改革,形成与新质生产力相适应的新型生产关系,为高质量发展注入强劲动能。

顺应人民群众新期待——

2024年2月,党的十八大以来第12个指导"三农"工作的中央一号文件公布。汲取习近平总书记在浙江工作时亲自谋划推动的"千村示范、万村整治"工程经验,这份文件提出集中力量抓好办成一批群众可感可及的实事,绘就宜居宜业和美乡村新画卷。

为了人民而改革，改革才有意义；依靠人民而改革，改革才有动力。

当前，人民对美好生活的向往更加强烈，人民群众的需要呈现多样化多层次多方面的特点。要从人民的整体利益、根本利益、长远利益出发谋划和推进改革，多推出一些民生所急、民心所向的改革举措，多办一些惠民生、暖民心、顺民意的实事，使改革能够让人民群众有更多获得感、幸福感、安全感。

循大道，至万里。

在以习近平同志为核心的党中央坚强领导下，始终沿着中国特色社会主义道路奋力前行，以进一步全面深化改革开辟中国式现代化广阔前景，中华民族必将迎来更加光明的未来。

（新华社北京 2024 年 7 月 5 日电）

坚持以人民为中心推进改革

——新时代全面深化改革的实践与启示述评之四

新华社记者　齐中熙　姜琳　高敬　严赋憬　李晓婷

"为了人民而改革，改革才有意义；依靠人民而改革，改革才有动力。"

在新时代的伟大变革中，以习近平同志为核心的党中央不断深化对改革规律的认识，坚持人民有所呼、改革有所应。全面深化改革从解决群众最关心最直接最现实的利益问题切入，深入推进就业、教育、收入分配、医药卫生、社会保障、养老托幼、公共文化、基层治理等民生领域改革，着力用改革的方法解决人民群众急难愁盼问题，不断满足人民对美好生活新期待。

人民是历史的创造者，是推动改革开放的主体力量。进一步全面深化改革，必须坚持以人民为中心、尊重人民主体地位和首创精神，让现代化建设成果更多更公平惠及全体人民。

"老百姓关心什么、期盼什么，改革就要抓住什么、推进什么"

为了谁的问题，是检验一个政党、一个政权性质的试金石。抓改革、促发展，归根到底就是为了让人民过上更好的日子。

习近平总书记强调，"老百姓关心什么、期盼什么，改革就要抓住什么、推进什么，通过改革给人民群众带来更多获得感"。

全面深化改革必须以促进社会公平正义、增进人民福祉为出发点和落脚点，从人民利益出发谋划改革思路、制定改革举措。这充分体现了我们党全心全意为人民服务的根本宗旨，彰显了全面深化改革的价值取向。

党的十八大以来，全面深化改革向纵深推进。各方面推出的2000多个改革方案，大写的"人"字贯穿始终。

立足当前，瞄准群众的急难愁盼问题，改革从群众最期盼的事情做起，从群众最不满意的地方改起。

"这两年药品降价非常明显，看病负担明显减轻了。"60多岁的广西南宁市市民韦华强说，他因患高血压需要长期服用苯磺酸氨氯地平片，"从前买这个药一年得花上千块，现在只需要几十块。"

近年来，医药卫生体制改革推进国家组织药品和高值耗材集中采购和使用，医药费用过快增长势头得到初步遏制。

药品价格降下来，民生温度升上去。

深化医药卫生体制改革铺就一条健康中国之路——持续提高基本医保和大病保险水平，将更多群众急需药品纳入医保报销范围，住院和门诊费用实现跨省直接结算。全面推开公立医院综合改革，持续提升县域医疗卫生服务能力，完善分级诊疗体系。

以改革促进教育公平和质量提升——从推动城乡义务教育一体化发展，到完善职业教育和培训体系，深化产教融合、校企合作；从深化教育体制机制改革，到全面深化新时代教师队伍建设改革，教育改革深刻体现着办好人民满意的教育的坚定初心。

改革户籍制度让人的活力充分迸发——城乡统一的户口登记制度全面建立，户口迁移政策全面放开放宽，人口流动的户籍障碍基本消除，打破了横亘在城乡之间的户籍二元化壁垒，助推新型城镇化进程……

"民之所忧，我必念之；民之所盼，我必行之。"

党的十八大以来，党中央始终践行"人民对美好生活的向往，就是我们的奋斗目标"的庄严承诺，一系列既有针对性又有含金量的改革举措，为民谋利、为民解忧，让人民群众真真切切感受到了改革带来的变化。

着眼长远，寻找最大公约数，以改革力求实现好、维护好、发展好最广大人民群众的根本利益。

新铺设的柏油路、彩色塑胶篮球场、规划合理的健身器材……看着焕然一新的家，在仪材小区住了近40年的魏洪德非常满意："以前小区楼面破旧、路面坑坑洼洼，老人、孩子没有休闲场地。现在环境好了，住着舒心多了！"

建于20世纪80年代的仪材小区是重庆市北碚区龙凤桥街道一家老国企职工家属区，有600余户居民。此前由于设施年久失修、物业管理缺失等问题突出，居民反映强烈。

2023年3月，该小区被纳入老旧小区改造项目。当地针对小区老年居民多的特点，在着力解决房屋修缮、管网完善、停车规范等共性问题的同时，增设了休闲健身场地，对道路等进行了适老化改造。

"中国式现代化，民生为大。"

人民幸福安康是推动高质量发展的最终目的。今天，人民对美好生活的向往更加强烈，人民群众的需要呈现多样化多层次多方面的特点。面对人民群众新期待，必须继续把改革推向前进。

应对老龄化挑战，做好全国近3亿老年人的服务工作，改革发力扩大普惠养老供给，构建居家社区机构相协调、医养康养相结合的养老服务体系，实施老年健康服务体系建设工程。

满足群众更多精神需求，新时代公共文化服务体系更加健全、供给日益丰富、品质不断提升，统筹推进建设长城、大运河、长征、黄河、长江国家文化公园，深入实施革命文物保护利用工程等重大工程，推进文化和旅游深度融合。

新时代以来波澜壮阔的改革实践，在幼有所育、学有所教、劳有所得、病有所医、老有所养、住有所居、弱有所扶上持续用力，人民幸福生活的温暖底色更加鲜亮。

"没有人民支持和参与，任何改革都不可能取得成功"

"改革开放在认识和实践上的每一次突破和深化，改革开放中每一个新生事物的产生和发展,改革开放每一个领域和环节经验的创造和积累,无不来自亿万人民的智慧和实践。"习近平总书记强调指出。

无论遇到任何困难和挑战,只要有人民支持和参与,就没有克服不了的困难,就没有越不过的坎。

"小伙伴们,咱们的葡萄味道香甜可口……""美丽小岗"助农直播间里,安徽省凤阳县小岗村的几名年轻人正介绍着本地特色农产品。"我们希望小岗村的优质农产品被更多人看到。"这些"新农人"充满干劲。

1978年冬,正是小岗村18位农民按下红手印、分田到户搞起"大包干",催生了家庭联产承包责任制,开启了我国农村改革的大幕。如今,村民们继续推动农业技术改造,加快建设和美乡村,让新时代的小岗焕发新活力。

改革开放是亿万人民自己的事业。改革开放在认识和实践上的每一次突破和进展,每一个新生事物的产生和发展,每一个方面经验的创造和积累,无不来自亿万人民的拼搏奋斗和聪明才智。

臂挽会稽山、面朝枫溪水,蓝天白云下的浙江诸暨枫桥镇屋舍俨然,铺展成一幅和谐宜居的动人画卷。

2023年9月20日,习近平总书记来到这里,参观枫桥经验陈列馆。他指出,要坚持好、发展好新时代"枫桥经验",坚持党的群众路线,正确处理人民内部矛盾,紧紧依靠人民群众,把问题解决在基层、化解在萌芽状态。

诞生于20世纪60年代的"枫桥经验",源于诸暨枫桥干部群众的创造和政法工作的生动实践。以为了人民、依靠人民作为其创新发展的基本点,"枫桥经验"从枫桥出发,不断与时俱进,展现出历久弥新的魅力:

北京"街乡吹哨、部门报到"、浙江"最多跑一次"、福建三明综合医改……依靠群众进行社会基层治理创新,一系列切实有效的改革举措从地方探索,逐步复制推广到全国。

问需于民、问计于民。

2020年9月17日，习近平总书记在湖南长沙主持召开一场"特殊"的基层代表座谈会。

村支书、乡村教师、扶贫干部、农民工、种粮大户、货车司机、快递小哥、餐馆店主、法律工作者……30名基层代表齐聚一堂，10名代表先后发言，发表对"十四五"规划编制的意见和建议。两个多小时的座谈会上，习近平总书记同每一名发言代表都进行了交流。

"正确的道路从哪里来？从群众中来。我们要眼睛向下，把顶层设计同问计于民统一起来。"在这次座谈会上，总书记深刻指出。

为了起草好"十四五"规划建议，从2020年7月到9月，像这样的座谈会，习近平总书记主持召开了7场。

2022年4月15日至5月16日，党的二十大相关工作网络征求意见活动开展。活动开展前后，习近平总书记都作出重要指示批示，强调这是"全党全社会为国家发展、民族复兴献计献策的一种有效方式，也是全过程人民民主的生动体现"。

"要从人民的整体利益、根本利益、长远利益出发谋划和推进改革，走好新时代党的群众路线"，2024年5月23日，习近平总书记在山东济南主持召开企业和专家座谈会并发表重要讲话时指出。

"大鹏之动，非一羽之轻也；骐骥之速，非一足之力也。"

回望过去，正是因为得到人民的拥护支持，激发出人民的无穷力量，我们才在披荆斩棘的奋斗中，创造了经济社会发展的奇迹。

随着改革进入攻坚期和深水区，更要汇聚广大人民群众的智慧力量，紧紧依靠人民将改革推向前进。

"一路走来，我们紧紧依靠人民交出了一份又一份载入史册的答卷。面向未来，我们仍然要依靠人民创造新的历史伟业。"在二十届中共中央政治局常委同中外记者见面时，习近平总书记话语坚定。

"让改革发展成果更多更公平惠及全体人民"

习近平总书记深刻指出："我们党推进全面深化改革的根本目

的，就是要促进社会公平正义，让改革发展成果更多更公平惠及全体人民。"

这是中国共产党人的初心所在，也是新征程全面深化改革再出发的原动力、出发点。

从"有没有"转向"好不好"，人民对美好生活的向往更加强烈。面对人民群众新期待，进一步全面深化改革，必须在高质量发展中持续增进民生福祉，让现代化建设成果更多更公平惠及全体人民。

改革，提高人民生活品质——

在湘赣两省交界处，有一条萍水河，是江西萍乡和湖南醴陵的母亲河。

2019年以前，河流上下游遍布钢铁、建材等工厂，水体一度受到严重污染。2019年7月，赣湘两省签订了针对该流域的生态保护补偿协议，明确上下游的职责和义务，共同守护一江碧水。

如今，萍水河犹如一条绿飘带，两岸群山叠翠，农家屋舍错落有致。生态环境提升后的沿河两岸，不仅吸引了艺术区、海绵城市植物培育基地等项目落地，也让流域周边的群众吃上了生态饭、文旅饭。

2021年，中共中央办公厅、国务院办公厅印发《关于深化生态保护补偿制度改革的意见》。2024年6月1日，《生态保护补偿条例》开始施行，深化生态文明体制改革进入新阶段。

发展出题目，改革做文章。

医疗教育要更好保障、环境污染要更有效治理、社会公平正义要更大彰显……当前，人民群众对美好生活的需要正从单一化转向多样化、个性化。

顺应时代发展新趋势、人民群众新期待，改革只有精准发力、协同发力、持续发力，才能破除制约高品质生活的体制机制障碍。

正如习近平总书记所指出的，"注重从就业、增收、入学、就医、住房、办事、托幼养老以及生命财产安全等老百姓急难愁盼中找准改革的发力点和突破口"。

改革，扎实推进共同富裕——

浙江银轮机械股份有限公司，员工谢先龙正在为新产品试制和设备管理忙碌："我们的技能等级与薪酬挂钩。我从最初的钳工装配技师成长为工艺主管，收入不断增长。"

作为我国首部为提高技术工人待遇而制定的地方性法规，《台州市提高技术工人待遇扩大中等收入群体若干规定》7月1日起施行，为全市134万技术工人打通"以技提薪"的共富路径。

中国式现代化是全体人民共同富裕的现代化。

展望未来，在做好做大"蛋糕"的同时，必须进一步分好"蛋糕"，通过全面深化收入分配制度改革和社会保障制度改革，缩小东西部之间、城乡之间、区域之间、行业之间的收入差距。

改革完善社会救助制度，加强低收入人口认定和动态监测；健全基本公共服务体系，进一步完善共建共治共享的社会治理制度；以社会主义核心价值观引领文化建设，更好丰富人民精神世界……截至2023年底，我国基本养老、失业、工伤保险参保人数分别达到10.66亿人、2.44亿人、3.02亿人，建成世界上覆盖人口规模最大的社会保障安全网。

一项项改革成果，强了信心，暖了人心，聚了民心。

改革，推动人的全面发展——

现代化的本质是人的现代化。

2024年以来，安徽、山东、四川等地相继印发科技人才评价改革试点方案，力克"唯论文、唯职称、唯学历、唯奖项"倾向，改革探索科技人才分类评价的新标准，激发科技人才创新活力。

人是生产力中最活跃的因素。

"我们的方向就是让每个人获得发展自我和奉献社会的机会，共同享有人生出彩的机会，共同享有梦想成真的机会，保证人民平等参与、平等发展权利，维护社会公平正义"。

在习近平总书记指引下，进一步全面深化改革必将更加充分重视人的因素，促进人的幸福和全面发展，调动人民群众参与中国式现代化建设的主动性、积极性和创造性。

建立健全生育支持政策体系，大力发展普惠托育服务体系，显著减轻家庭生育养育教育负担；贯通技能等级认定与职称评定，超2亿"蓝领"有机会打破人才成长的"天花板"；创新巡回法庭制度，"家门口的最高法院"覆盖全国……

制度改革与人民创造同向发力，顶层设计与基层探索良性互动，改革将不断增进共识、凝聚力量。

人人都是参与者，人人都是受益者。

把人民放在心中最高的位置，在进一步全面深化改革中激扬广大人民奋进新时代的磅礴伟力，没有任何力量能够阻挡中国人民实现强国建设、民族复兴伟大梦想的步伐。

（新华社北京 2024 年 7 月 6 日电）

坚持在法治轨道上深化改革

——新时代全面深化改革的实践与启示述评之五

新华社记者 杨维汉 王琦 刘硕 熊丰

法者,治之端也。

新时代改革开放具有许多新的内涵和特点,其中很重要的一点就是制度建设分量更重。习近平总书记深刻指出,在整个改革过程中,都要高度重视运用法治思维和法治方式,发挥法治的引领和推动作用。

布局科学系统,推进蹄疾步稳。

党的十八大以来,以习近平同志为核心的党中央坚持改革和法治相统一、相促进,在法治下推进改革、在改革中完善法治,开辟"中国之治"新境界,为以中国式现代化全面推进强国建设、民族复兴伟业提供坚强保障。

在法治轨道上推进改革,推动国家治理体系和治理能力现代化,构筑"中国之治"新优势

国徽高悬,宪法庄严。

2023年3月10日,人民大会堂大礼堂。全票当选国家主席、中央军委主席的习近平,左手抚按《中华人民共和国宪法》,右手举拳,面向近3000名全国人大代表郑重宣誓。庄严场景,印刻在亿万人民心头。

宪法,治国安邦的总章程,国家政治和社会生活的最高法律规范。实行宪法宣誓制度,是推进依宪执政、完善中国特色社会主义制度的重要举措。

四十余载斗转星移。改革开放以来，我们党高度重视法治，把依法治国确定为党领导人民治理国家的基本方略。改革与法治共同推动中国特色社会主义伟大事业阔步向前。

新时代的中国，跃上新的起点，也面对新的挑战——如何在法治轨道上推进国家治理体系和治理能力现代化？如何解决法治领域突出问题促进社会公平正义？如何回应人民群众新期待，确保党和国家长治久安？

党的十八大以来，以习近平同志为核心的党中央全面深化改革、厉行法治，面对新形势新任务，习近平总书记一锤定音："要高度重视运用法治思维和法治方式推进改革，坚持重大改革于法有据。"

旗帜鲜明，正本清源——

习近平总书记在省部级主要领导干部学习贯彻党的十八届四中全会精神全面推进依法治国专题研讨班上，鲜明指出一些人的认识误区：

"一种观点认为，改革就是要冲破法律的禁区，现在法律的条条框框妨碍和迟滞了改革，改革要上路、法律要让路。另一种观点则认为，法律就是要保持稳定性、权威性、适当的滞后性，法律很难引领改革。这两种看法都是不全面的。"

习近平总书记强调："我们要坚持改革决策和立法决策相统一、相衔接，立法主动适应改革需要，积极发挥引导、推动、规范、保障改革的作用，做到重大改革于法有据，改革和法治同步推进，增强改革的穿透力。"

高瞻远瞩，宏阔布局——

2013年11月，具有划时代意义的党的十八届三中全会在京召开，全会审议通过的《中共中央关于全面深化改革若干重大问题的决定》，设专门一个部分部署"推进法治中国建设"。

2014年金秋十月，党的十八届四中全会把"全面推进依法治国"，第一次镌刻在党的中央全会历史坐标上。

习近平总书记在会上深刻指出："党的十八届三中、四中全会分别把全面深化改革、全面推进依法治国作为主题并作出决定，有其紧密的内在逻辑，可以说是一个总体战略部署在时间轴上的顺序展开。全面建成小康社会、全面深化改革都离不开全面推进依法治国。"

如鸟之两翼、车之两轮。此后，全面深化改革、全面依法治国纳入"四个全面"战略布局，上升到新的高度。

系统集成，顶层设计——

习近平法治思想明确为全面依法治国的指导思想。习近平总书记亲自担任中央全面依法治国委员会主任，管宏观、谋全局，定规划、抓落实，推动法治领域改革向纵深推进，以法治之力护航全面深化改革。

2021年初，《法治中国建设规划（2020—2025年）》一亮相，就受到海内外高度关注。这份规划与《法治社会建设实施纲要（2020—2025年）》《法治政府建设实施纲要（2021—2025年）》一道，勾勒出法治国家、法治政府、法治社会一体建设的"施工表""路线图"，构建起法治中国建设的"四梁八柱"。

筑法治之基、行法治之力、积法治之势，法治保障新时代全面深化改革的巨轮劈波斩浪，行稳致远。

在改革中完善法治，改革成效更好转化为国家治理效能，迈上"中国之治"新台阶

时值盛夏，海南自贸港机场口岸等封关运作项目建设现场一片忙碌，"压力测试"等各项封关运作准备工作井然有序。

习近平总书记在海南考察时指出，"把制度集成创新摆在突出位置"。海南自由贸易港法施行三年来，海南紧扣改革需求制定一批相关法规，为促进自由贸易港建设夯实法治基础。

处理好改革决策和立法决策的关系，把深化改革同完善立法有机结合，关系着法治进步、改革成效。

苟利于民，不必法古；苟周于事，不必循俗。采取"打包"修法、作出决定等方式，为改革顺利推进提供法律保障；修改人口与计划生

育法，促进人口长期均衡发展；修改刑事诉讼法，完善监察与刑事诉讼衔接机制；修订国务院组织法，为建设人民满意的法治政府、创新政府、廉洁政府和服务型政府提供坚实法治保障；修订人民法院组织法、人民检察院组织法，确认和巩固深化司法体制改革成果……

重大改革于法有据、及时把改革成果上升为法律制度，立法决策与改革决策相统一的路径愈发清晰。

司法体制改革"动真碰硬"，守住维护社会公平正义最后一道防线。

碧波浩渺，清风拂面，乌江干流水面，宛若一幅流动的画作。曾几何时，两岸的生活垃圾等污染，一度让乌江部分江段饱受摧残，治理困境亟待破解。

面对难题，作为重大改革举措的检察机关提起公益诉讼制度，显示巨大威力。贵州省市县三级检察机关联动开展公益诉讼，有力督促行政部门和地方政府依法履职、治理污染，乌江终于碧波重现。

生态环境和资源保护、食品药品安全、英烈保护、维护妇女权益……检察公益诉讼触及范围越来越广，监督"利剑"效能在攻坚克难中不断彰显。

解决法治领域突出问题，根本途径在于改革。

司法资源如何科学合理配置？冤错案件怎样防范？"案多人少"矛盾如何化解？……

习近平总书记为改革指明方向："坚定不移推进法治领域改革，坚决破除束缚全面推进依法治国的体制机制障碍。"

推行员额制改革，让司法力量集中到办案一线；推动司法责任制改革，"让审理者裁判、由裁判者负责"；推进以审判为中心的刑事诉讼制度改革，守住防范冤错案件底线；出台规定防止领导干部干预司法"批条子""打招呼"；认罪认罚从宽制度、案件繁简分流等推进实施；最高人民法院巡回法庭"全覆盖"……一系列改革举措环环相扣、落地见效。

惟其艰难，才更显勇毅。"做成了想了很多年、讲了很多年但没有做成的改革",改的是体制机制,破的是利益藩篱,顺应的是民心所向。

废除劳教制度、纠正冤错案件、改革律师制度、推进公安机关执法规范化建设……努力让人民群众在每一项法律制度、每一个执法决定、每一宗司法案件中都感受到公平正义。

在改革中完善法治,必须坚持以人民为中心。

推行立案登记制改革、破解案件"执行难"、构建多元解纷机制、推进减证便民、推动政务服务"一窗通办"、治理"奇葩证明"等一系列改革创新举措,聚焦短板弱项,直击堵点痛点。

以法为纲,崇法善治。

推行行政执法公示制度、执法全过程记录制度、重大执法决定法制审核制度,促进严格规范公正文明执法;制定重大行政决策程序暂行条例等,建立科学民主依法决策机制……法治政府建设扎实推进,依法行政焕发新气象。

从法律体系向囊括立法、执法、司法、守法各环节的法治体系全面提升,从"制"到"治"的飞跃,彰显新时代法治中国建设与全面深化改革相互促进,改革成效更好转化为国家治理效能。

发挥法治固根本稳预期利长远作用,护航改革开放行稳致远,筑牢中国式现代化法治根基

"通过!"

2023年12月29日,十四届全国人大常委会第七次会议表决通过粮食安全保障法,自2024年6月1日起施行。

粮食安全是"国之大者"。习近平总书记指出,"全方位夯实粮食安全根基""确保中国人的饭碗牢牢端在自己手中"。

仓廪实,天下安。在一批改革成果、实践经验基础上,制定粮食安全保障法,对耕地保护利用和粮食生产、储备等各环节作出系统规定,为我国粮食安全提供"全链条"保障。

进一步全面深化改革，必须更好发挥法治固根本、稳预期、利长远的保障作用，在法治轨道上全面建设社会主义现代化国家。

加强法治保障，统筹好发展和安全，完善制度建设、巩固制度基础——

当前，世界百年未有之大变局加速演进，中华民族伟大复兴进入关键时期，战略机遇和风险挑战并存、不确定难预料因素增多。

近年来，国家安全法、粮食安全保障法、反外国制裁法、反间谍法、反恐怖主义法、网络安全法、生物安全法、数据安全法等法律制定或修改，逐步完善的中国特色国家安全法律体系，为新时代推进国家安全领域治理体系和治理能力现代化提供最基本、最稳定、最可靠的保障。

不仅要制定法律，还要监督法律正确实施，才能使制度基础越发坚实巩固。从开展执法检查到听取报告再到专题询问，全国人大常委会"全链条"监督模式运用更加广泛，法律制度的"牙齿"充分咬合。

首次听取审议国有资产管理情况综合报告，首次听取审议国家监委有关专项工作报告，首次开展对"两高"专项工作报告的专题询问……这些"首次"，背后是全国人大常委会对监督工作的持续探索改革创新。

确保改革有序进行，以法治之力提振发展信心，稳定社会预期——

2024年2月21日，一场民营企业家关注的座谈会——民营经济促进法立法座谈会在司法部举行，会场气氛热烈。民营企业代表和专家学者畅谈对立法的意见建议。

民营经济促进法列入全国人大常委会2024年度立法工作计划。以法治方式保障各种所有制经济依法平等使用生产要素、公平参与市场竞争，优化民营企业发展环境。

用法治方式提振市场信心、稳定社会预期，激发各类经营主体的内生动力和创新活力，有效推动高质量发展。

制定权力清单和责任清单，厘清政府权力边界；加强产权司法保护，让"有恒产者有恒心"；设立最高人民法院国际商事法庭，创立国际商事专家委员会制度，创新一站式国际商事纠纷多元化解决机制……

在法治轨道上推进一系列改革举措，营造更加稳定公平透明、可预期的法治化营商环境，坚定不移贯彻新发展理念，健全推动高质量发展体制机制。

增强全民法治观念，使改革在良好的法治环境中不断深化——

社会和谐稳定，是改革发展的前提。

党中央部署开展为期三年的扫黑除恶专项斗争，打掉涉黑组织数量是前10年总和的1.3倍；深入开展政法队伍教育整顿，清除积弊沉疴，政法队伍面貌焕然一新……法治权威得到彰显，为进一步在法治轨道上深化改革营造良好社会环境、提供组织保证。

法治的力量，在于人民发自内心的信仰。在法治轨道上进一步深化改革，必须厚植法治社会土壤。

2024年5月，"民法典宣传月"活动在全国如火如荼开展，向广大群众普及民法典知识，提高法律素养和法治观念，让民法典走到群众身边、走进群众心里。

维护英烈尊严，鼓励见义勇为，保护正当防卫，依法惩戒"老赖"，树立规矩意识……社会主义核心价值观融入立法，法治德治相得益彰，助推社会风清气正，让改革发展更有保障。

改革开放大潮波澜壮阔，在新时代奋进激荡，向着民族复兴澎湃而去；全面依法治国步履铿锵，法治中国建设前景光明、催人奋进。

新时代新征程上，我们继续吹响法治与改革冲锋号，在改革中不断完善法治，开创法治中国建设新局面；在法治护航下全面深化改革，汇聚起改革开放和社会主义现代化建设的强大法治力量，为以中国式现代化全面推进中华民族伟大复兴提供坚强保障。

（新华社北京2024年7月7日电）

增强改革系统性整体性协同性

——新时代全面深化改革的实践与启示述评之六

新华社记者 吴晶 胡浩 董瑞丰 张泉 温竞华

"改革有破有立，得其法则事半功倍，不得法则事倍功半甚至产生负作用。"

党的十八大以来，以习近平同志为核心的党中央不断深化对改革规律的认识，增强改革系统性、整体性、协同性，形成改革开放以来最丰富、最全面、最系统的改革方法论，推动全面深化改革事业在攻坚克难中不断迈上新台阶、取得新胜利。

系统谋划——以科学的顶层设计，规划合理的改革路径；以明晰的统筹部署，引领扎实的改革措施

2024年5月23日，山东济南。习近平总书记在这里主持召开企业和专家座谈会，聚焦改革开门问策："改革要更加注重系统集成，坚持以全局观念和系统思维谋划推进，加强各项改革举措的协调配套"。

改革进入"深水区"，涉及问题之多、领域之广、矛盾之深前所未有，靠某个部门单兵突进行不通，靠几项改革举措零敲碎打更行不通，必须更加注重顶层设计和整体谋划，增强各项改革间的关联性、系统性。

党中央统揽全局、举旗定向——

我国的改革发展始终是在党的领导下进行的。确保各项改革任务不折不扣贯彻落实，首先要把思想和行动统一到党中央的决策部署上来。

党的十八届三中全会后，以习近平同志为核心的党中央成立全面深化改革领导小组，这是我们党历史上首次在党中央层面设置专司改革工作的领导机构。党的十九大之后，中央全面深化改革领导小组改为中央全面深化改革委员会，自上而下形成党领导改革工作体制机制。

习近平总书记既挂帅又出征，对改革整体布局、重大问题、关键环节等作出一系列重要论述，在实践中进一步丰富和发展了改革认识论和方法论，引领新时代改革实现由局部探索、破冰突围到系统集成、全面深化的转变。

总目标清晰明确、纲举目张——

2013年11月，党的十八届三中全会通过《中共中央关于全面深化改革若干重大问题的决定》。16个部分、60项具体任务、336项重大举措，全部围绕一个总目标——完善和发展中国特色社会主义制度，推进国家治理体系和治理能力现代化。

既符合改革进程本身的客观要求，也体现出对改革的认识更加深化。这份1978年以来历次三中全会篇幅最长的改革决定，被外媒称为"范围如此之广、内容如此具体及有抱负的改革计划"。

从以经济体制改革为主到全面深化经济、政治、文化、社会、生态文明体制和党的建设制度改革，全面深化改革紧紧围绕总目标明确战略重点、优先顺序、主攻方向、推进方式，到2020年的时间表和路线图科学有序、一目了然。

改革部署系统全面、形成合力——

迈上全新高度，步入全新境界。以习近平同志为核心的党中央统筹设计部署改革方略，为全面深化改革夯基垒台、立柱架梁。

强调"经济、政治、文化、社会、生态文明各领域改革和党的建设改革紧密联系、相互交融，任何一个领域的改革都会牵动其他领域"；将全面深化改革和全面依法治国比作鸟之两翼、车之两轮，相互贯通、协同推进；明确提出"五大发展理念"，带来我国发展方式深刻变革；聚焦全面从严治党，为全面深化改革提供根本保证；将"坚持全面深化改革"确立为新时代坚持和发展中国特色社会主义的基本方略之一……

以科学的顶层设计，规划合理的改革路径。

在形成改革布局时，按照党的十八大报告提出的"五位一体"总体布局，从架构上涵盖经济、政治、文化、社会、生态文明、党的建设等多个领域。

在推进改革进程中，将全面深化改革纳入"四个全面"战略布局，上升为事关党和国家发展全局的重大战略。

以明晰的系统谋划，引领扎实的改革措施。

一整套更加成熟更加定型的制度体系加速形成，全面深化改革沿着正确方向蹄疾步稳、一往无前。

整体推进——坚持全国一盘棋，加强改革政策统筹、进度统筹、效果统筹，发挥改革整体效应

2024年6月11日，中央全面深化改革委员会第五次会议。

在习近平总书记主持下，会议研究通过一批重要改革文件，从完善中国特色现代企业制度，到健全种粮农民收益保障机制和粮食主产区利益补偿机制，集中力量解决高质量发展急需、群众急难愁盼的突出问题。

党的十八大以来，由中央深改组至中央深改委，这样的会议已召开72次。从研究问题到制定方案、从谋划设计到协调推动，全国上下构建层层传导、环环相扣的改革责任体系。

不谋全局者，不足谋一域。

关系全局的改革，特别是涉及重大制度创新的改革，要统一行动，任何时候不能放松、不能滞后。

习近平总书记多次主持会议研究党和国家机构改革，提出"转变和优化职责是关键""先立后破、不立不破""不仅要把'块'切好，还要把'条'理顺"等具体要求。

党和国家机构改革的力度规模之大、涉及范围之广、触及利益之深，让海外媒体直呼"力度空前"。

优先解决主要矛盾和矛盾的主要方面，在整体推进中实现重点突

破,以重点突破带动整体跃升,是我们谋划改革、推动发展的宝贵经验。

全面深化改革的重点是经济体制改革,经济体制改革的核心问题是处理好政府和市场的关系。牵住"牛鼻子",就能以重点带动全局。

"我们应该在完善社会主义市场经济体制上迈出新的步伐";

"提出使市场在资源配置中起决定性作用,是我们党对中国特色社会主义建设规律认识的一个新突破";

"努力形成市场作用和政府作用有机统一、相互补充、相互协调、相互促进的格局";

……

深化要素市场化配置改革,实施全国统一的市场准入负面清单制度……瞄准的是束缚市场活力的条条框框,带来的是系统性重塑、整体性重构。

全面深化改革本身就是一项系统工程,既需要强化整体推进,又需要加强点面结合。

2021年2月,习近平总书记主持召开中央深改委第十八次会议。会议指出,改革系统集成有的需要从中央层面加大统的力度、集中力量整体推进,有的需要从地方基层率先突破、率先成势,根据实际情况来推动。

海南和宁夏开展"多规合一"试点、福建三明统筹推进"三医"联动改革、浙江杭州探索建立互联网法院……习近平总书记主持审议相关改革方案、听取工作汇报,确保改革顺利推进。

中央定方案,地方蹚路子。

大胆试、大胆闯、自主改的基层探索,聚合起改革整体推进的磅礴力量。

协同发展——加强各项改革协调配套,推动各领域各方面改革举措同向发力、形成合力

"改革越深入,越要注意协同"。习近平总书记强调,促进各项改

革举措在政策取向上相互配合、在实施过程中相互促进、在改革成效上相得益彰，朝着全面深化改革总目标聚焦发力。

区域协同、握指成拳——

上海本地，提供芯片、软件等组成的"大脑"；江苏常州，提供作为"心脏"的动力电池；浙江宁波，提供完成"身体"的一体化压铸机……长三角新能源汽车整车厂可在 4 小时车程内解决所需配套零部件供应。

"4 小时产业圈"是长三角推进产业协同创新的缩影，而长三角是国家推进区域协调发展的写照。

促进人口、土地、资金、技术等各类要素合理流动和高效集聚；织密织牢区域间生态保护补偿的合作网络；加快建设全国统一大市场、启动实施基本养老保险全国统筹……

党的十八大以来，习近平总书记不断丰富完善区域协调发展的新理念新思想新战略，推动我国加快形成优势互补、高质量发展的区域经济布局。

如今，960 多万平方公里广袤大地上，京津冀、长三角、粤港澳大湾区高质量发展动力源作用日益增强，长江、黄河两条母亲河走上生态优先、绿色发展道路，东西部发展差距持续缩小，重要功能区关键作用更加凸显。

联动协调、合力攻坚——

杭州富阳区，有着千年造纸历史的秀美之地，一度陷入美丽和发展难两全的困境。

对造纸产业实行整体腾退，以先进制造、生物医药、网络新零售等现代产业代替传统产业，富阳依靠全面深化改革腾笼换鸟，真正把"绿水青山"变成"金山银山"。

新时代的"富春山居图"，由改革合力绘就。

《生态文明体制改革总体方案》等数十项举措相继出台；生态文明建设目标评价考核、自然资源资产离任审计、生态环境损害责任追究等举措有效实施；生态环境监测数据质量管理、河（湖）长制、禁止洋垃圾入境等环境治理制度落地生效……以协同发力破局开路，美丽中国一步步变为现实。

向协同要动力，以协同聚合力。

促进医保、医疗、医药协同发展和治理，破解教育体系割裂化难题，强化科技创新和产业创新深度融合……全面深化改革不断啃下硬骨头，打赢攻坚战。

齐心协力，惠及人民——

"要从人民的整体利益、根本利益、长远利益出发谋划和推进改革，走好新时代党的群众路线""注重从就业、增收、入学、就医、住房、办事、托幼养老以及生命财产安全等老百姓急难愁盼中找准改革的发力点和突破口""多推出一些民生所急、民心所向的改革举措，多办一些惠民生、暖民心、顺民意的实事"……改革为了人民、依靠人民，这是改革生生不息、蓬勃发展的根本所在。

"还老百姓蓝天白云、繁星闪烁""努力让每个孩子都能享有公平而有质量的教育""努力让人民群众在每一个司法案件中感受到公平正义"……让改革成果更多更公平惠及全体人民，才能最大范围地凝聚共识，最大程度地激发力量，最大程度地体现系统性、整体性、协同性。

注重系统性、整体性、协同性，是一种工作方法、也是一种战略思维，是改革成功的经验密码、也是继续前进的制胜之道。

2023年9月8日，习近平总书记在地方考察时指出："整合科技创新资源，引领发展战略性新兴产业和未来产业，加快形成新质生产力。"

科教兴国战略、人才强国战略、创新驱动发展战略有效联动，教育发展、科技创新、人才培养一体推进，原始创新、集成创新、开放创新一体设计，创新链、产业链、人才链一体部署……发展新质生产力，形成与之相适应的新型生产关系，全面深化改革持续推进。

历史的画卷，在砥砺前行中一路铺展；时代的华章，在接续奋斗里不断书写。

面对人民群众新期待，面对纷繁复杂的国际国内形势，面对新一轮科技革命和产业变革，坚持科学方法论，增强改革系统性、整体性、协同性，把全面深化改革作为推进中国式现代化的根本动力，我们必将共同开创高质量发展新境界，奋力谱写中国式现代化新篇章。

(新华社北京 2024 年 7 月 8 日电)

统筹推进深层次改革和高水平开放

——新时代全面深化改革的实践与启示述评之七

新华社记者 韩洁 胡璐 潘洁 何宗渝 唐诗凝

党的十八大以来，神州大地上改革与开放彼此激荡、相得益彰。

"以扩大开放促进深化改革，以深化改革促进扩大开放，为经济发展注入新动力、增添新活力、拓展新空间。"习近平总书记深刻阐明改革与开放的内在统一关系。

必须坚持依靠改革开放增强发展内生动力，统筹推进深层次改革和高水平开放——这是新时代我们党做好经济工作的规律性认识之一，也是新征程上坚定不移以进一步全面深化改革书写中国式现代化新篇章的制胜之道。

"以开放促改革、促发展，是我国改革发展的成功实践"

上海东部，滴水湖畔，重大工程热火朝天，科创地标拔节生长。

2024年6月21日，上海自由贸易试验区临港新片区对外发布了涵盖提升贸易投资环境、外籍人士服务等推进高水平开放的十项新举措。

10年前的2014年5月，习近平总书记深入上海自贸试验区考察调研，寄语这块试验田"要播下良种，精心耕作，精心管护，期待有好收成，并且把培育良种的经验推广开来"，同时提出要把扩大开放同改革体制结合起来。

自2013年首设上海自贸试验区至今，我国已先后设立22个自贸试验区。一个个开放新地标上，以制度创新为核心的改革持续深化，不断释放高质量发展活力,成为我国以高水平开放促改革、促发展的生动样板。

"以开放促改革、促发展,是我国改革发展的成功实践。"

2015年9月15日,习近平总书记在主持召开中央全面深化改革领导小组第十六次会议时深刻指出,改革和开放相辅相成、相互促进,改革必然要求开放,开放也必然要求改革。

2024年5月15日,我国宣布在沿海所有邮轮口岸全面实施外国旅游团乘坐邮轮入境免签政策,这是继扩大免签入境"朋友圈"后对外国人入境的又一开放政策。

不断缩减外资准入负面清单,制造业准入全面放开,服务业开放加速推进,搭建进博会、服贸会、消博会等国际经贸平台,高水平实施《区域全面经济伙伴关系协定》(RCEP)……党的十八大以来,我国实行高水平开放,统筹推进自贸试验区建设,高质量建设海南自由贸易港,全方位、多层次、宽领域的全面开放新格局加速形成。

开放也是改革,扩大开放是深化改革的重要动力。

加入世界贸易组织20多年来,我国以开放促改革,推进机构改革,修订法律、削减关税,关税总水平由15.3%降至7.3%,以自身发展激活世界经济的一池春水。

如今,我国正在建设更高水平开放型经济新体制,在经贸领域推进规则、规制、管理、标准等与国际对接,开放与改革更深度融合。

2023年7月11日,习近平总书记主持召开二十届中央全面深化改革委员会第二次会议时强调,建设更高水平开放型经济新体制是我们主动作为以开放促改革、促发展的战略举措。

这次会议审议通过了《关于建设更高水平开放型经济新体制促进构建新发展格局的意见》,释放出我国深化对外开放重点领域体制机制改革的积极信号。

开放,可以促改革,亦能促发展。

习近平总书记在党的二十大报告中指出:"高质量发展是全面建设社会主义现代化国家的首要任务。"推进高质量发展需要高水平对外开放与之相适应、相配合。

"当前，中国正以高水平开放促进深层次改革、推动高质量发展，改造提升传统产业，培育壮大新兴产业，布局建设未来产业，加快发展新质生产力。"2024年5月，习近平主席在巴黎同法国总统马克龙共同出席中法企业家委员会第六次会议闭幕式时，如是强调高水平开放对于促进改革和发展的重要作用。

加快构建新发展格局，是实现高水平对外开放的内在要求，也是推动高质量发展的战略基点。

2024年5月25日，随着X8157次中欧班列（西安—马拉舍维奇）从西安国际港站开出，中欧班列累计开行9万列。一列列呼啸而过的班列，让越来越多内陆腹地变成开放前沿。

第七届进博会截至年中已有来自70多个国家和地区的1000多家企业签约；第135届广交会吸引215个国家和地区的24.6万名境外采购商线下参会；与29个国家和地区签署22个自贸协定；与150多个国家、30多个国际组织签署230多份共建"一带一路"合作文件……

高水平对外开放为构建新发展格局筑牢基础，不断开辟高质量发展新空间。

今天的中国，京津冀、长三角、粤港澳大湾区高质量发展动力源作用日益增强，长江、黄河两条母亲河走上生态优先、绿色发展的道路，中西部加快发展，东北振兴蓄势待发，边疆地区兴边富民……一个个改革开放高地，铺展出一幅幅充满生机活力的画卷。

今天的中国，稳居全球第一货物贸易大国，成为140多个国家和地区的主要贸易伙伴，经济总量从2012年53.9万亿元到2023年超过126万亿元，翻了一番多，对世界经济增长年均贡献率超过30%。

加快建设更高水平开放型经济新体制，中国必将以开放的主动赢得改革发展的主动，以更高水平开放赢得未来。

"以深化改革促进扩大开放"

海风扑面，潮平岸阔。茫茫天海间，一台台高耸的桥吊舒展长臂，精准地从岸边货轮上抓取一个个集装箱，无人驾驶卡车往来穿梭，将集装箱运往相应堆场……

1982年开工建设的山东日照港，是全球最年轻的5亿吨级港口，年货物吞吐量已跃居世界第七位。乘着山东港口一体化改革发展东风，日照港发展成为我国重要的能源和大宗原材料中转基地，通过海路与100多个国家和地区便利通航。

"你们是改革开放的排头兵。"2024年5月22日，习近平总书记来到日照港考察调研时指出，日照港是在改革开放以后建设起来的，各种综合因素聚集优化，异军突起，成为一个重要港口。

日照港的发展，正是我国以深化改革促进高水平开放的缩影。

"以深化改革促进扩大开放"，习近平总书记的重要论述，一语点明改革之于开放的重要性。

党的十八大以来，全面深化改革在重点领域和关键环节取得突破性进展，深层次改革与高水平开放协调互促，制度优势不断转化为治理效能。

以深层次改革破除体制机制障碍，营造良好的营商环境——

2019年建成上海超级工厂，成为中国首个外商独资整车制造项目；2023年超级工厂第200万辆整车下线，实现不到40秒下线一辆车；2024年5月23日，上海储能超级工厂项目正式开工……

对特斯拉而言，中国的吸引力，除了巨大的消费市场、完备的制造能力，更有开放包容的创新生态和营商环境。

这得益于全面深化改革的纵深推进。

"推进改革的目的是要不断推进我国社会主义制度自我完善和发展，赋予社会主义新的生机活力。"2013年11月12日，习近平总书记在党的十八届三中全会第二次全体会议上强调。

深层次改革推动破除对外开放的体制机制障碍，有利于塑造更高水平开放型经济新优势。

党的十八大以来，我们党把深化改革攻坚同促进制度集成结合起来，聚焦基础性和具有重大牵引作用的改革举措，推动构建高水平社会主义市场经济体制，充分发挥市场在资源配置中的决定性作用，更好发挥政府作用，产权保护、市场准入、公平竞争、社会信用等制度加快健全，不断营造市场化、法治化、国际化一流营商环境。

最新发布的《中国欧盟商会商业信心调查2024》显示，45%的受访企业认为其所处行业市场准入得到放开，较2023年上升9个百分点。其中，金融服务行业受访企业对于中国市场开放最为乐观。

以深层次改革畅通经济循环，形成参与国际竞争合作新优势——

2024年4月22日，习近平总书记走进重庆国际物流枢纽园区。看着调度中心屏幕上从重庆向南跨山越海的西部陆海新通道，总书记有感而发：

"建设西部陆海新通道，对于推动形成'陆海内外联动、东西双向互济'的对外开放格局具有重要意义。"

中国大市场的魅力，在于能发挥社会主义制度优势，以国内大循环吸引全球资源要素，以国际循环提升国内大循环效率和水平，形成参与国际竞争合作新优势，让世界共享中国发展红利。

坚持深化供给侧结构性改革和着力扩大有效需求协同发力，以培育和壮大新质生产力为抓手大力推进现代化产业体系建设，发布关于加快建设全国统一大市场的意见，出台《公平竞争审查条例》……

党的十八大以来，一系列改革举措持续攻坚，打通制约经济循环的关键"堵点"，更好联通国内与国际市场，极大提升了我国对外开放的水平和韧性，推动形成我国参与国际竞争合作的新优势。

"既扩大开放之门，又将改革之路走稳"

推进中国式现代化是一项前无古人的开创性事业，我们既面临难得的历史机遇，也面临诸多风险挑战。

发展环境越是严峻复杂，越需要统筹好深层次改革和高水平开放。

2023年9月27日，北京中南海。二十届中共中央政治局就世界贸易组织规则与世界贸易组织改革进行第八次集体学习。

习近平总书记发表了重要讲话，指出"今年是改革开放 45 周年，要继续做好自身改革这篇大文章，既扩大开放之门，又将改革之路走稳"。

不到 3 个月后，新时代以来的第 12 次中央经济工作会议召开，明确提出"必须坚持依靠改革开放增强发展内生动力，统筹推进深层次改革和高水平开放"，释放了改革不停顿、开放不止步的鲜明信号。

当前，改革已步入深水区，冲破思想观念障碍，突破利益固化藩篱，啃掉各种"硬骨头"都需要以开放促改革、以改革促开放，形成以高质量发展推进中国式现代化的有效体制机制，更好运用制度优势应对风险挑战冲击。

锚定中国式现代化这个目标，以更大力度统筹推进深层次改革和高水平开放，需要在重点领域和关键环节上取得新突破。

开放是世界繁荣发展的必由之路，创新是引领世界发展的重要动力。

2024 年 6 月 11 日，习近平总书记主持召开二十届中央全面深化改革委员会第五次会议，审议通过了一份名为《关于建设具有全球竞争力的科技创新开放环境的若干意见》的重要文件。

"要坚持以开放促创新，健全科技对外开放体制机制，完善面向全球的创新体系，主动融入全球创新网络，突出重点领域和关键环节，补齐开放创新制度短板。"习近平总书记在会上强调。

发展新质生产力，既是改革命题，也是开放命题。

习近平总书记明确指出，"要深化经济体制、科技体制等改革，着力打通束缚新质生产力发展的堵点卡点""要按照发展新质生产力要求，畅通教育、科技、人才的良性循环"……

更大力度统筹推进深层次改革和高水平开放，关键要把完善社会主义市场经济体制与构建开放型经济新体制有机结合起来，对内改革与对外开放互促共进，推动生产关系和生产力、上层建筑和经济基础更好相适应。

全面深化经济体制改革，完善落实"两个毫不动摇"的体制机制，充分发挥市场在资源配置中的决定性作用，更好发挥政府作用，加快构建新发展格局，构建全国统一大市场，加快形成有利于高质量发展的体制机制；

加大民生领域改革力度，深化收入分配制度改革，健全就业公共服务体系、多层次社会保障体系、分层分类的社会救助体系，健全区域协调、城乡融合发展体制机制；

更高水平扩大开放，稳步推进制度型开放，推动货物贸易优化升级，不断完善外商投资权益保护机制，推动共建"一带一路"高质量发展，积极参与全球治理体系改革和建设，统筹好发展和安全；

聚焦全局性、战略性问题谋划改革举措，协同推进科技体制、文化体制、社会体制、生态文明体制等各领域改革，全方位为中国式现代化源源不断注入新的动力……

每一轮改革总是伴随着新一轮开放，更深层次的开放总是推动着改革向纵深迈进。

新征程上，在以习近平同志为核心的党中央坚强领导下，中国以永不停滞、永不懈怠的干劲统筹好深层次改革和高水平开放，高质量发展道路必将越走越宽广，以中国式现代化新篇章为世人带来更多智慧启迪。

（新华社北京 2024 年 7 月 9 日电）

敢于啃硬骨头敢于涉险滩

——总书记的改革论·短评之一

新华社记者 叶 前

习近平总书记强调，要坚持改革开放正确方向，敢于啃硬骨头，敢于涉险滩，既勇于冲破思想观念的障碍，又勇于突破利益固化的藩篱，做到改革不停顿、开放不止步。

经过40多年改革，容易的、皆大欢喜的改革已经完成了，好吃的肉都吃掉了，剩下的都是难啃的硬骨头。怎么办？一言以蔽之，敢于啃硬骨头，敢于涉险滩。以更大的政治勇气和智慧，不失时机深化重要领域改革，方能乘风破浪、扬帆远航。

敢于啃硬骨头涉险滩，首先要有直面困难和挑战的勇气。何为硬骨头？自然是难干的事、得罪人的事。这样的事矛盾多、问题多，反对的不在少数。这个时候，就是狭路相逢勇者胜。没有一点闯的精神、冲的勇气，是不可能成功的。真正的改革者敢在逆风里飞翔，做暴风雨中的海燕，做不改颜色的孤星，闯过去又是一片天地宽。

敢于啃硬骨头涉险滩，还需要足够的智慧和高超的本领，实干但不蛮干。改革的深水区暗流涌动，风险未知，各种矛盾交织牵连。既要在最高峰处眺望、在大棋局中落子，也要靠船下篙、抓住纲绳撒网，善于用新的思维、新的知识、新的办法去破除改革中的难题。

敢于啃硬骨头涉险滩，离不开真抓实干。千难万难，真抓实干就不难。持久战、攻坚战、遭遇战，敢战就能胜。认准了的就马上干、带头干、一起干。"大鹏之动，非一羽之轻也；骐骥之速，非一足之力也。"改革要全面、要深化，得依靠 14 亿多人民的力量。向下扎根，才能向上生长。新的征程，难啃的硬骨头一点都不少，须向最艰难处攻坚，以求最远大之目标。

（新华社北京 2024 年 7 月 9 日电）

改革有阵痛，但不改革就是长痛

——总书记的改革论·短评之二

新华社记者 涂洪长

"改革有阵痛，但不改革就是长痛。"习近平总书记在中央深改组第二十四次会议上的讲话，深刻揭示了一时和长远的改革辩证法，深味个中道理，有助于我们更好地凝聚改革共识与力量，推进改革清障除弊。

一个人生病了，免不了打针吃药，严重的还要动手术。是在手术台上忍一时之痛，还是讳疾忌医放任不管，相信多数人不难作出正确选择。我们在破除体制机制弊端、推进改革事业的过程中，也不免碰到类似的问题。

改还是不改，考验决心和定力。扁鹊见蔡桓公的故事广为人知，惨痛的教训告诉我们：长痛不如短痛，养痈必然遗患。改革有阵痛，但必会迎来新生；不改革或许能安稳一时，却有积重难返之虞。真正的改革者既不能对"阵痛"无感，更不能在"阵痛"面前裹足不前、错失良机。

发展中碰到的问题，要靠发展来解决；改革的"阵痛"，要靠深化改革去平复。改革推进过程中势必触及深层次矛盾和问题，免不了触动一些人的奶酪，对此我们要正确看待，凡是符合全局利益、长远利益、人民利益的，就要坚定改革信心，增强改革定力，排除一切干扰把改革向纵深推进。

只要方向不动摇，方法找对路，就算有千难万险，新时代中国的"改革号"巨轮定能劈波斩浪、穿云破雾，驰向万紫千红的春天。

（新华社北京 2024 年 7 月 10 日电）

善于从焦点、难点中寻找改革切入点

——总书记的改革论·短评之三

新华社记者　刘怀丕　翟　濯

习近平总书记强调，要善于从群众关注的焦点、百姓生活的难点中寻找改革切入点，推动顶层设计和基层探索良性互动、有机结合。问题是时代的声音。改革是由问题倒逼而产生，又在不断解决问题中得以深化。紧扣推进中国式现代化主题，进一步全面深化改革，必须突出问题导向，迎着焦点上、盯着难点攻。

焦点，往往是牵动社会的痛点。迎着焦点上，消除社会之痛，改革才会获得广泛支持。难点，大多是关涉深层矛盾的堵点。盯着难点攻，切实破解体制性障碍、机制性梗阻，改革取得的成果才能长久。

当前我国已经进入高质量发展阶段，开启中国式现代化新征程。发展起来后出现的问题并不比发展起来前少，甚至更多更复杂。制约构建新发展格局和推动高质量发展的卡点堵点问题，发展环境和民生领域的痛点难点问题，有悖社会公平正义的焦点热点问题……许多矛盾纷繁交织，改革必须"十个指头弹钢琴"，既解决好生产关系中不适应的问题，又解决好上层建筑中不适应的问题。

矛盾有大小，事情分缓急，改革绝不能"眉毛胡子一把抓"。"提领而顿，百毛皆顺。"要学会牵"牛鼻子"，明确优先序，把握时度效，突出改革主攻方向和重点领域。当前进一步全面深化改革，必须围绕推进中国式现代化主题进行，先破除妨碍其推进的思想观念，再破解深层次体制机制障碍和结构性矛盾。

每个时代都有属于它自己的问题。善于从焦点、难点中寻找改革切入点,激发最大的改革效能,必能干出一片新天地。

（新华社北京 2024 年 7 月 11 日电）

坚持眼睛向下，脚步向下

——总书记的改革论·短评之四

新华社记者 刘 阳

习近平总书记强调，要坚持眼睛向下，脚步向下，尊重基层群众实践，解决群众生产生活中面临的突出问题，务必使改革的思路、决策、措施都能更好满足群众诉求，做到改革为了群众、改革依靠群众、改革让群众受益。

全面深化改革，出发点和落脚点就是让人民过上更好的日子，这是中国共产党人永恒的价值追求。党的十八大以来，以习近平同志为核心的党中央抓住人民最关心最直接最现实的利益问题推进重点领域改革，为人民谋利、为民生解忧。越来越多的患者负担减轻，养老金全国统筹"堵点"一个个打通，优质均衡教育的普惠度越来越高，城乡融合发展进一步释放农村活力，多元化保障性住房建设加快推进……这份获得感、幸福感、安全感充盈在人们心中。新时代的伟大变革昭示一个真理：为了人民而改革，改革才有意义；依靠人民而改革，改革才有动力。

全面深化改革，难在啃硬骨头、涉险滩，难在破藩篱、斩条框。这更加需要充分尊重人民主体地位，发挥群众首创精神，紧紧依靠人民推动改革，使改革事业深深扎根于人民群众之中。只要把人民群众中蕴藏着的智慧和力量充分激发出来，就没有克服不了的困难，没有实现不了的目标。

中国式现代化，民生为大。进一步全面深化改革的方向，就在人民的呼声中。要坚持眼睛向下，注重从就业、增收、入学、就医、住房、办事、托幼养老以及生命财产安全等老百姓急难愁盼中找准改革的发力点和突破口，多推出一些民生所急、民心所向的改革举措。要坚持脚步向下，遇到关系复杂、难以权衡的利益问题，就到基层去走一走、看一看、想一想，群众实际情况究竟怎样、群众到底在期待什么、群众利益如何保障、群众对改革是否满意。

（新华社北京2024年7月12日电）

既当改革促进派、又当改革实干家

——总书记的改革论·短评之五

新华社记者　张丽娜

任何改革事业要想取得成功，离不开决心勇气，更需要实干苦干。习近平总书记关于"既当改革促进派、又当改革实干家"的重要论述，为我们抓改革促落实提供了科学方法论，是进一步全面深化改革的重要遵循。

改革开放40多年的历程告诉我们，推进改革重在"知行合一"，不仅需要为改革鼓劲加油、拥护改革、支持改革的促进派，更需要为改革动真碰硬、把改革抓在手上、落到实处、抓出成效的实干家。

凝聚共识是深化改革的前提。步入改革攻坚期、深水区后，暗礁增多，阻力变大，思想观念差异夹杂着不同利益考量，取得"改不改""怎么改"的共识变得越发困难。要打破原有格局，就必须突破特殊利益群体束缚，敢于触碰既得利益，善于进行利益调整，化解利益调整中的层层阻力，把改革的共识变成攻坚的行动，凝聚起勇闯险滩的力量。

狠抓落实是深化改革的保障。许多重大改革举措，无不是通过把共识和实干结合起来，而后全面开花。要全面深化改革，不仅需要激活和集聚改革力量，还需要求真务实、真抓实干。各级党员干部特别是领导干部，要亲自抓、带头干，勇于挑最重的担子、啃最硬的骨头、理最复杂的线头。坚持亲自谋划改革思路、部署改革措施、督查改革落实，以想抓落实的自觉、敢抓落实的担当、会抓落实的能力，抓实问题、开实药方、兴利除弊，促进各项改革措施有序落地、生根发芽、开花结果。

（新华社北京2024年7月13日电）

胆子要大、步子要稳

——总书记的改革论·短评之六

新华社记者 梁建强

党的十八大以来，全面深化改革闯关夺隘、纵深推进，取得历史性成就、发生历史性变革，坚持科学的方法论是关键一环。在一系列指导改革的方针和原则中，习近平总书记特别强调了要处理好"胆子要大和步子要稳的关系"。

胆子要大、步子要稳，要求既有大刀阔斧、一往无前的勇气，又有步步为营、稳扎稳打的智慧，展现出日拱一卒的果敢和恒心。这是总结我们党40多年改革实践得出的宝贵经验，更是对破解改革发展稳定难题的规律性认识和解题抓手。

胆子要大，就是要有那么一股"闯"的劲头、"冒"的精神，勇于探索、敢于担当。全面深化改革，要敢想、多想，在战略上藐视"拦路虎"。我们的改革前无古人，必须解放思想、打开思路，只要是对国家富强、民族振兴、人民幸福有利的事情，就要大胆地试、大胆地闯；对于一切妨碍高质量发展、阻碍中国式现代化实现的思想观念障碍和体制机制弊端，都要坚决地破、坚决地改。

步子要稳，就是方向一定要准，行驶一定要稳，尤其是不能犯颠覆性错误，不该改的坚决不改。再大的胆子，都需要稳健的步子，必须有勇有谋、稳中求进地推进改革，在战术上重视"拦路虎"。深水区的改革更须讲究策略方法，摸着石头过河，每一步都要走稳。务必坚持从实际出发，充分论证改革思路、制定改革举措、推进改革落实；务必强化底线思维，做到改革有秩序、稳定有支撑、措施有实效。

（新华社北京2024年7月14日电）

改革开放只有进行时没有完成时

——总书记的改革论·短评之七

新华社记者 冯 源

江河奔流，不舍昼夜。改革开放事业浩浩荡荡，书写着当代世界的中国奇迹。我们取得的成就如此厚实，能否成为停步休憩的"靠垫"、安睡的"枕头"？习近平总书记的论断振聋发聩："改革开放只有进行时没有完成时。"

改革就是与时俱进、不断解决发展中的问题。改革开放不会一蹴而就、一劳永逸，不能固步自封、食古不化。只有进一步全面深化改革，以改革促发展，才能把握时代脉搏，开辟中国式现代化广阔前景。

改革开放只有进行时没有完成时，是对历史经验的深刻总结。没有新时代的全面深化改革，就不会有新时代的伟大成就。必须始终围绕发展这个第一要务，不为利益固化藩篱所阻，不受思想观念障碍所惑，全面深化改革开放，为中国式现代化持续注入强劲动力。

改革开放只有进行时没有完成时，是对时代课题的准确把握。中国共产党人锚定中华民族伟大复兴，有着"改革不停顿、开放不止步"的历史自觉。面对"两个大局"，时代这个"出卷人"不断把新问题、新挑战摆到我们面前，只有进一步全面深化改革，才能有效应对重大风险挑战，推动党和国家事业行稳致远。

改革开放只有进行时没有完成时，是对人民立场的牢牢坚守。我国已进入高质量发展阶段，人民对美好生活的要求不断提高。全面深化改革，要跟得上人民的殷切期待，要与转型期的风险赛跑、与解决问题的时间窗口赛跑，让人民享有更多改革成果，让国家获得更快发展进步。

（新华社北京2024年7月15日电）

以改革到底的坚强决心动真碰硬

——总书记的改革论·短评之八

新华社记者 晏国政

习近平总书记强调，以改革到底的坚强决心，动真格、敢碰硬，精准发力、协同发力、持续发力，坚决破除一切制约中国式现代化顺利推进的体制机制障碍。这是"将改革进行到底"的郑重宣示，向全党全社会发出了进一步全面深化改革的动员令。

前进道路上的问题，只有用改革的办法才能解决。只有坚定改革到底的决心，动真格、敢碰硬，矢志不渝进一步全面深化改革，才能不断为中国式现代化注入强劲动力、提供有力制度保障。

动真格，就是要坚决破除一切制约中国式现代化顺利推进的体制机制障碍。全面深化改革的道路上，绊脚石众多，要解决，没有一股劲不行。要敢字当头，横下一条心，精准发力、协同发力、持续发力。须协同推进经济体制、科技体制、文化体制、社会体制、生态文明体制等各领域改革，以坚强的决心，破瓶颈、除积弊、去沉疴、化危机、闯难关、应变局、拓新局。

敢碰硬，就是要从紧迫问题入手，抓难点、堵漏洞、补短板。既要有明知山有虎、偏向虎山行的政治勇气，更要有抓铁有痕、踏石留印、敢教日月换新天的实干劲头。改革关头勇者胜，气可鼓而不可泄。各级党员干部务必持续发力、步步为营、久久为功，着力在巩固、深化、拓展上下功夫，一锤接着一锤敲，一张蓝图绘到底，把全面深化改革的决策部署付诸行动、见到成效。

（新华社北京2024年7月16日电）

既挂帅、又出征

——总书记的改革论·短评之九

新华社记者　徐　扬

万众瞩目的党的二十届三中全会将对进一步全面深化改革、推进中国式现代化作出部署。如何抓好各项改革举措的落实？习近平总书记强调：党委书记作为第一责任人，既要挂帅、又要出征，亲力亲为抓改革。

落实改革举措，要把不同改革责任主体的责任划分清楚，做到既各司其职、各负其责又相互协作配合。这其中，党委书记是关键所在，是一个地方、一个单位贯彻落实中央改革决策部署的第一责任人。党委书记立场坚定、思路清晰，既挂帅又出征，改革才能稳步推进、取得重大突破。

既挂帅又出征，要坚定有力地擎起改革大旗，保持以党的自我革命引领社会革命的高度自觉，坚持用改革精神管党治党。要发挥党总揽全局、协调各方的领导核心作用，把党的领导贯穿改革各方面全过程，确保改革始终沿着正确政治方向前进。

既挂帅又出征，要以钉钉子精神抓好改革落实，把进一步全面深化改革的战略部署转化为推进中国式现代化的强大力量。既要带领大家一起定好盘子、理清路子、开对方子，又要做到重要任务亲自部署、关键环节亲自把关、落实情况亲自督查。

既挂帅又出征，一级带着一级干，一级做给一级看，以担当带动担当，以作为促进作为，进一步全面深化改革一定能攀过一山再登一峰，跨过一沟再越一壑。

（新华社北京 2024 年 7 月 17 日电）

从实际出发，先立后破

——总书记的改革论·短评之十

新华社记者 杨金志

党的二十届三中全会对进一步全面深化改革、推进中国式现代化作出重大部署，各项任务的落实工作即将展开。习近平总书记多次强调，要坚持从实际出发，先立后破、因地制宜、分类指导。这是一条极其重要的改革方法论，要在实践中认真领会、长期坚持。

要把握好"立"和"破"的辩证关系。"立"是发展的基础，"破"是变革的前提，二者相辅相成，在平衡与互动中不断前进。必须坚持稳中求进、破立并举、先立后破、不立不破。唯有如此，改革才能稳妥推进。要警惕和防止未立先破、只破不立，不能把手里吃饭的家伙先扔了，结果新的吃饭家伙还没拿到手。

要坚持因地制宜、分类指导，坚持实事求是、求真务实。先立后破，立什么，破什么，不能拍脑袋、画大饼，而是要按规律办事，立足当时当地实际，立足推进改革、推动发展，立足人民群众最迫切的需求。要防止一哄而上、泡沫化，不搞一种模式。

我国改革已步入"深水区"，任务之全、内容之广、影响之深前所未有。改革有破有立，得其法则事半功倍。把握好"稳"与"进"、"呼"与"应"、"立"与"破"、"谋"与"干"的辩证思维，改革必能取得突破性成果。

（新华社北京2024年7月18日电）

奋力推进强国建设、民族复兴伟业

《求是》杂志编辑部

历史如潮,大道如砥。

伟大的中国共产党,迎来了103周年诞辰。2024年6月27日,在主持中央政治局第十五次集体学习时,习近平总书记代表党中央,向全国广大共产党员致以节日的问候!

100多年来,一代又一代中国共产党人肩负强国建设、民族复兴的历史重任,团结带领全体中国人民矢志不渝、勇毅前行,取得举世瞩目、彪炳史册的辉煌业绩,中华民族伟大复兴进入了不可逆转的历史进程。

历史接力一棒接着一棒,党和国家事业一程连着一程。当时光的指针指向2022年的金秋十月,中华民族伟大复兴行进到关键一程的关键节点,中国共产党第二十次全国代表大会胜利召开。10月16日,曾见证无数重大历史时刻的北京人民大会堂,再次激荡时代强音,习近平总书记庄严宣告——

"从现在起,中国共产党的中心任务就是团结带领全国各族人民全面建成社会主义现代化强国、实现第二个百年奋斗目标,以中国式现代化全面推进中华民族伟大复兴。"

新起点、新征程、再出发。具有里程碑意义的党的二十大,擘画了以中国式现代化全面推进中华民族伟大复兴的宏伟蓝图,吹响了全面建设社会主义现代化国家的时代号角,发出了为实现强国建设、民族复兴而团结奋斗的伟大号召。《新时代新征程中国共产党的使命任务》,是习近平总书记在大会上所作报告的一部分。总书记立足党和国家事业所处历史方位，鲜明提出新时代新征程党的使命任务，对全面建成社会主义现代化强国作出战略部署，对中国式现代化的中国特色、本质要求、重大原则进行深刻阐述。

以中国式现代化全面推进强国建设、民族复兴，是新征程上凝聚全党全国人民智慧和力量的旗帜，也必然是进一步全面深化改革的主题。2024年7月15日至18日，我们党将召开二十届三中全会，重点研究进一步全面深化改革、推进中国式现代化问题。在庆祝中国共产党成立103周年之际，重温党的二十大报告阐明的新时代新征程中国共产党的使命任务，深入学习贯彻习近平新时代中国特色社会主义思想，准确理解把握党的二十大报告对推进中国式现代化的最高顶层设计，必将进一步激励全党全国人民凝心聚力、团结奋斗，以更加坚定自信、奋发有为的精神状态，把强国建设、民族复兴伟大事业不断推向前进。

党领导人民长期探索和实践的重大成果

"中国式现代化是我们党领导全国各族人民在长期探索和实践中历经千辛万苦、付出巨大代价取得的重大成果。"

2023年2月7日，新进中央委员会的委员、候补委员和省部级主要领导干部学习贯彻习近平新时代中国特色社会主义思想和党的二十大精神研讨班开班。开班式上，习近平总书记面向"关键少数"，围绕"如何认识和推进中国式现代化"讲授开年"第一课"。回望党团结带领人民推进现代化进行的艰辛探索、走过的光辉历程、作出的历史贡献，总书记话语铿锵："必须倍加珍惜、始终坚持、不断拓展和深化。"

实现现代化，这是近代以来中国人民孜孜以求的梦想。然而，从洋务运动的"师夷长技以制夷"，到戊戌变法的"改良图强"，再到辛亥革命的"资产阶级共和国""振兴实业"方案，多少仁人志士的苦苦求索，都以失败告终。探索中国现代化道路的重任，历史地落在了中国共产党身上。

百年风雨兼程，百年壮歌以行。自诞生之日起，中国共产党就自

2024年6月25日14时7分，嫦娥六号返回器携带来自月背的月球样品安全着陆在内蒙古四子王旗预定区域。习近平总书记代表党中央、国务院和中央军委致电祝贺探月工程嫦娥六号任务取得圆满成功。总书记在贺电中指出，嫦娥六号在人类历史上首次实现月球背面采样返回，是我国建设航天强国、科技强国取得的又一标志性成果。图为嫦娥六号返回器回收现场。

新华社记者　贝赫／摄

觉肩负起建设现代化强国、实现中华民族伟大复兴的历史使命。新民主主义革命时期，党团结带领人民，推翻三座大山，建立了人民当家作主的中华人民共和国，实现了民族独立、人民解放，为实现现代化创造了根本社会条件。新中国成立后，党团结带领人民进行社会主义革命，确立社会主义基本制度，实现了中华民族有史以来最为广泛而深刻的社会变革，建立起独立的比较完整的工业体系和国民经济体系，社会主义革命和建设取得了独创性理论成果和巨大成就，为现代化建设奠定了根本政治前提，提供了宝贵经验、理论准备、物质基础。改革开放和社会主义现代化建设新时期，党作出把党和国家工作中心转移到经济建设上来、实行改革开放的历史性决策，开启了中国式现代化的新长征，实现了人民生活从温饱不足到总体小康、奔向全面小康的历史性跨越，为中国式现代化提供了充满新的活力的体制保证和快速发展的物质条件。

党的十八大以来，中国特色社会主义进入新时代。以习近平同志为核心的党中央科学总结我国社会主义现代化建设的实践经验，深刻把握现代化建设的本质规律，不断实现理论和实践上的创新突破，成功推进和拓展了中国式现代化。党在认识上不断深化，创立了习近平新时代中国特色社会主义思想，实现了马克思主义中国化时代化新的飞跃，为中国式现代化提供了根本遵循。习近平总书记围绕中国式现代化作出一系列重要论述，进一步深化了对中国式现代化的内涵和本质的认识，概括形成中国式现代化的中国特色、本质要求和重大原则等，初步构建起中国式现代化的理论体系，使中国式现代化更加清晰、更加科学、更加可感可行。在战略上不断完善，作出到本世纪中叶把我国建成社会主义现代化强国"两步走"的战略安排，明确"五位一体"总体布局和"四个全面"战略布局，深入实施一系列重大战略，为中国式现代化提供了坚实战略支撑。在实践上不断丰富，推进一系列变革性实践、实现一系列突破性进展、取得一系列标志性成果，特别是消除了绝对贫困问题，全面建成小康社会，实现了第一个百年奋斗目标，为中国式现代化提供了更为完善的制度保证、更为坚实的物质基础、更为主动的精神力量。

上下求索，正道沧桑。经过数代人不懈努力，党领导人民成功走出了中国式现代化道路。曾经一穷二白，连煤油、火柴、铁钉都要进口的国家，如今已发展成为世界第二大经济体、世界制造业第一大国，成为世界经济增长的主要动力源，建成了世界上规模最大的教育体系、社会保障体系、医疗卫生体系，并以海纳百川的宽广胸怀拥抱世界，中华民族伟大复兴迎来前所未有的光明前景。

走过波澜壮阔的百年，历经新时代非凡10年的奋斗，我国发展站在了新的更高历史起点上，迈上全面建设社会主义现代化国家新征程。在《新时代新征程中国共产党的使命任务》这篇重要文章中，习近平总书记深刻阐释中国式现代化的中国特色、本质要求，清晰勾画了全面建成社会主义现代化强国的时间表、路线图。

——关于中国式现代化的中国特色。总书记强调，"中国式现代化，是中国共产党领导的社会主义现代化，既有各国现代化的共同特征，更有基于自己国情的中国特色"，并从"人口规模巨大的现代化""全体人民共同富裕的现代化""物质文明和精神文明相协调的现代化""人与自然和谐共生的现代化""走和平发展道路的现代化"等5个方面作出深刻阐释。

——关于中国式现代化的本质要求。总书记从领导力量、旗帜道路等9个方面作出概括，强调中国式现代化的本质要求是："坚持中国共产党领导，坚持中国特色社会主义，实现高质量发展，发展全过程人民民主，丰富人民精神世界，实现全体人民共同富裕，促进人与自然和谐共生，推动构建人类命运共同体，创造人类文明新形态。"

——关于全面建成社会主义现代化强国的目标任务。总书记强调，全面建成社会主义现代化强国，总的战略安排是分两步走：从二〇二〇年到二〇三五年基本实现社会主义现代化；从二〇三五年到本世纪中叶把我国建成富强民主文明和谐美丽的社会主义现代化强国。在此基础上，总书记进一步对二〇三五年和本世纪中叶的发展目标作出宏观展望，明确党的二十大之后五年的主要目标任务。

全面建设社会主义现代化国家，是一项伟大而艰巨的事业，也是一项前无古人的开创性事业，前途光明，任重道远。在《新时代新征程中国共产党的使命任务》这篇重要文章中，习近平总书记深入分析国际国内大势，科学把握我们面临的战略机遇和风险挑战，鲜明提出前进道路上必须牢牢把握的五条重大原则：坚持和加强党的全面领导、坚持中国特色社会主义道路、坚持以人民为中心的发展思想、坚持深化改革开放、坚持发扬斗争精神。

党的领导是管总、管根本的

"要促进中国现代化，需要哪些先决条件？"

1933年7月，爱国报人史量才创办的《申报月刊》出版创刊周年纪念特大号，刊载"中国现代化问题特辑"，对中国实现现代化的条件和方式开展广泛讨论。在这场思想大辩论中，许多进步人士认识到，实现现代化最根本的条件是要有坚强的政治基础，在强有力的政党领导下，中国才能真正走上现代化道路。

"只有我们中国共产党人实现了。"2020年10月13日，在广东汕头开埠文化陈列馆，面对100多年前孙中山先生《建国方略》堪称宏伟的规划图，习近平总书记驻足感慨。规划中一系列当时根本无法企及的梦想，早已在中国共产党领导下一一化为现实，今日中国的现代化程度远超孙中山先生当初的设想。

"全面建设社会主义现代化国家、全面推进中华民族伟大复兴，关键在党。"历史和实践一再表明，全面建设社会主义现代化国家，全面推进中华民族伟大复兴，必须有领导中国人民前进的坚强力量，这个坚强力量就是中国共产党。党的领导直接关系中国式现代化的根本方向、前途命运、最终成败，"是管总、管根本的"。

党的领导决定中国式现代化的根本性质，只有毫不动摇坚持党的领导，中国式现代化才能前景光明、繁荣兴盛；否则就会偏离航向、丧失灵魂，甚至犯颠覆性错误。党的领导确保中国式现代化锚定奋斗目标行稳致远。党根据中国式现代化不同阶段主要任务的发展变化作决策、抓落实，既坚持、丰富和发展理论，制定、调整和完善路线方针政策，又发挥总揽全局、协调各方的作用，以钉钉子精神真抓实干、埋头苦干，善始善终、善作善成，确保各项政策措施落地见效，推动中国式现代化从蓝图一步步变为现实。党的领导激发建设中国式现代化的强劲动力。党勇于开拓创新，顺应时代潮流、回应人民要求，着力破解各方面体制机制障碍，不断增强社会发展活力，把我国制度优势更好转化为国家治理效能，为中国式现代化注入持久动力。党的领导凝聚建设中国式现代化的磅礴力量。党始终坚持以人民为中心，贯彻群众路线，保持同人民群众的血肉联系，紧紧依靠人民，尊重人民创造精神，汇集全体人民的智慧和力量。同时，团结一切可以团结的力量，调动一切可以调动的积极因素，最大限度凝聚起共同奋斗的强大力量。

中国式现代化，是我国历史上最为广泛而深刻的社会变革，是人类历史上最为宏大而独特的实践创新。探索前所未有，征程充满挑战。越是形势复杂、任务艰巨,越要把党的领导这个最大优势发挥好。新征程上,坚持和加强党的全面领导,最根本的是要进一步深刻领悟"两个确立"的决定性意义,增强"四个意识"、坚定"四个自信"、做到"两个维护"。在《新时代新征程中国共产党的使命任务》这篇重要文章中,习近平总书记对坚持和加强党的全面领导提出明确要求:"把党的领导落实到党和国家事业各领域各方面各环节,使党始终成为风雨来袭时全体人民最可靠的主心骨,确保我国社会主义现代化建设正确方向,确保拥有团结奋斗的强大政治凝聚力、发展自信心,集聚起万众一心、共克时艰的磅礴力量。"

实现中华民族伟大复兴的必由之路

"我们究竟需要什么样的现代化?怎样才能实现现代化?"

实现现代化,是世界各国人民的共同追求。如今,一大批新兴市

"千万工程"绘出万千诗画村庄、造就万千幸福城乡。图为 2024 年 5 月 30 日拍摄的山西省河津市僧楼镇小张村全貌。

人民图片 闫鑫/摄

场国家和发展中国家走上发展的快车道。这条路，该如何走？世界的目光，注视着东方。

2023年3月15日，习近平总书记出席中国共产党与世界政党高层对话会，就这一发人深省的"现代化之问"，给出中国答案："要坚持把国家和民族发展放在自己力量的基点上，把国家发展进步的命运牢牢掌握在自己手中，尊重和支持各国人民对发展道路的自主选择。"

纵观历史，各国探索现代化道路的历程曲折坎坷。20世纪中后期，一些发展中国家不顾国情和历史条件，全盘照搬西方模式，结果水土不服，大多陷入经济长期停滞、社会政治动荡的困境。历史的教训十分深刻：照搬没有出路，模仿导致迷失。人类历史上没有一个民族、一个国家可以通过依赖外部力量、照搬外国模式、跟在他人后面亦步亦趋实现强大和振兴。那样做的结果不是必然遭遇失败，就是必然成为他人的附庸。

"中国特色社会主义道路是实现社会主义现代化的必由之路，是创造人民美好生活的必由之路。"党在百年奋斗中始终坚持从我国国情出发，把马克思主义基本原理同中国具体实际相结合、同中华优秀传统文化相结合，坚持独立自主，坚持中国的事情按照中国的特点、中国的实际来办，走出了一条自己的现代化道路。沿着这条路，我国用几十年时间走完了发达国家几百年走过的工业化历程，创造了经济快速发展和社会长期稳定的奇迹。习近平总书记深刻指出，"中国发生了翻天覆地变化，其根本原因在于我们找到了一条符合中国国情、顺应时代潮流、得到人民群众拥护支持的正确道路，这就是中国特色社会主义"，中国特色社会主义道路"不仅走得对、走得通，而且走得稳、走得好"。

中国特色社会主义道路，是创造人民美好生活、实现中华民族伟大复兴的康庄大道，只有这条路而没有别的道路，能够引领中国进步、增进人民福祉、实现民族复兴。这条道路，看准了、认定了，就要坚定不移走下去。习近平总书记一再告诫，要始终保持清醒坚定，保持强大前进定力，"无论遇到什么风浪，在坚持中国特色社会主义道路这个根本问题上都要一以贯之，决不因各种杂音噪音而改弦更张"。在《新时代新征程中国共产党的使命任务》这篇重要文章中，总书记着眼新征程新使命，对坚持中国特色社会主义道路提出明确要求："坚持以经济建设为中心，坚持四项基本原则，坚持改革开放，坚持独立自主、自力更生，坚持道不变、志不改，既不走封闭僵化的老路，也不走改旗易帜的邪路，坚持把国家和民族发展放在自己力量的基点上，坚持把中国发展进步的命运牢牢掌握在自己手中。"

让中国式现代化建设成果更多更公平惠及全体人民

"中国式现代化，民生为大。党和政府的一切工作，都是为了老百姓过上更加幸福的生活。"

2024年4月22日，正在重庆考察的习近平总书记来到九龙坡区谢家湾街道民主村社区，亲切地和社区居民唠家常，语重心长地叮嘱，

老旧小区改造直接关系人民群众获得感幸福感安全感，是提升人民生活品质的重要工作。近年来，重庆市巴南区已实施近百个老旧小区改造，惠及群众3.7万余户。图为2024年6月18日拍摄的经过改造的花溪街道先锋新村小区。

人民图片 李攀/摄

要"为解决民生问题投入更多的财力物力,每年办一些民生实事,不断增强人民群众的获得感幸福感安全感"。

"江山就是人民,人民就是江山。"中国共产党来自人民,是为人民利益奋斗的政党,人民立场是中国共产党的根本政治立场。回望波澜壮阔的奋斗历程,我们党团结带领人民干革命、抓改革、促发展,归根到底就是为了让人民过上更好的日子。为了人民的利益,无论面临多大挑战和压力,无论付出多大牺牲和代价,我们党始终坚定不移、顽强奋斗。

"只有坚持以人民为中心的发展思想,坚持发展为了人民、发展依靠人民、发展成果由人民共享,才会有正确的发展观、现代化观。"党的十八大以来,以习近平同志为核心的党中央提出以人民为中心的发展思想,坚持一切为了人民、一切依靠人民,书写了人民至上的崭新篇章。新时代,从"一个都不能少"的全面小康,到"一个都不能掉队"的共同富裕;从"人民有所呼、改革有所应"的全面深化改革,到"为了保护人民生命安全,我们什么都可以豁得出来"的抗击疫情斗争;从"向群众身边不正之风和腐败问题亮剑"的反腐败斗争,到"努力让人民群众在每一项法律制度、每一个执法决定、每一宗司法案件中都感受到公平正义"的法治建设;从"把老百姓关心的事一件件办好"的谆谆嘱托,到"让人民的生活一天天好起来"的庄严承诺……正是因为坚信"人民至上是作出正确抉择的根本前提",新时代的中国共产党人秉持"我将无我,不负人民"的情怀、"为人民服务,担当起该担当的责任"的决心,始终同人民群众有福同享、有难同当,有盐同咸、无盐同淡;正是因为笃定"人民对美好生活的向往就是我们的奋斗目标",新时代的中国共产党人坚持"把为民造福作为最重要的政绩",用心用情用力解决人民群众关心的实际问题,不断推动人的全面发展、全体人民共同富裕取得更为明显的实质性进展。

治国有常,利民为本。无论走得多远、发展到什么程度,"实现好、维护好、发展好最广大人民根本利益",永远是我们党一切工作的出发点和落脚点。在《新时代新征程中国共产党的使命任务》这篇重要文章中，习近平总书记向全党提出明确要求："维护人民根本利益，增进民生福祉，不断实现发展为了人民、发展依靠人民、发展成果由人民共享，让现代化建设成果更多更公平惠及全体人民。"

改革开放是党和人民事业大踏步赶上时代的重要法宝

风从海上来，港兴通天下。港口，对外开放的门户，中国改革开放的亲历者、见证者。

山东日照港，在时代大潮中奋楫扬帆、后来居上，迅速成长为"最年轻"的5亿吨级港口、全球首个顺岸开放式全自动化集装箱码头，年货物吞吐量居世界第七位。从寂寂无名到异军突起再到挺立潮头，正是改革开放的神奇力量，造就了这座深水良港。

2024年5月22日，习近平总书记山东考察第一站，就来到日照港。面对精神饱满、志气昂扬的港口人，总书记感怀万千："你们是改革开

改革开放后，山东日照港在时代大潮中奋楫扬帆、后来居上，迅速成长为全球"最年轻"的5亿吨级港口，年货物吞吐量居世界第七位。图为2024年1月10日拍摄的日照港集装箱码头。

新华社记者　郭绪雷／摄

放的排头兵。从中，我们应当坚定一种信念，中国的改革开放之路一定可以成功。"

改革开放，是当代中国最显著的特征、最壮丽的气象。党的十八大以来，以习近平同志为核心的党中央以巨大的政治勇气和智慧，以前所未有的决心和力度，直面新矛盾新挑战，冲破思想观念束缚，突破利益固化藩篱，破除各方面体制机制弊端，推动改革由局部探索、破冰突围到系统集成、全面深化，许多领域实现历史性变革、系统性重塑、整体性重构，为中国式现代化注入了不竭动力源泉。同时，积极应对外部环境变化带来的风险挑战，坚定不移扩大开放，形成了全方位、多层次、宽领域的全面开放新格局。今日中国，"特区中的特区"前海、横琴，"未来之城"雄安等一座又一座新时代改革开放新地标，拔地而起、日新月异；中国特色社会主义先行示范区、社会主义现代化建设引领区、中国特色自由贸易港、高质量发展建设共同富裕示范区等，一大批改革试验田，探路先行、活力迸发；京津冀、长三角、粤港澳大湾区高质量发展"动力源"，长江经济带发展、黄河流域生态保护和高质量发展"江河战略"，西部大开发、东北全面振兴、中部地区崛起、东部率先发展"区域重大战略"，优势互补、相得益彰……一片片改革的高地、一个个开放的前沿，不断拓展着新时代改革开放的时空布局，奏响了新征程上改革开放雄壮激昂的大合唱。

中国要前进，就要深化改革开放。改革开放已走过千山万水，仍需跋山涉水。习近平总书记强调，"不论世界发生什么样的变化，中国改革开放的信心和意志都不会动摇"，"要把全面深化改革作为推进中国式现代化的根本动力，作为稳大局、应变局、开新局的重要抓手，把准方向、守正创新、真抓实干，在新征程上谱写改革开放新篇章"。在《新时代新征程中国共产党的使命任务》这篇重要文章中，总书记对坚持深化改革开放提出明确要求："深入推进改革创新，坚定不移扩大开放，着力破解深层次体制机制障碍，不断彰显中国特色社会主义制度优势，不断增强社会主义现代化建设的动力和活力，把我国制度优势更好转化为国家治理效能。"

党的二十大以来，习近平总书记在党的中央全会、中央深改委会议、中央政治局集体学习、全国两会、地方考察等多个重要场合，深刻阐明进一步深化改革开放的战略重点、主攻方向等一系列重大问题。2024年以来，总书记多次对进一步全面深化改革提出明确要求：在全国两会上，强调"要谋划进一步全面深化改革重大举措"；在湖南考察时，指出"进一步全面深化改革要突出问题导向"；在山东主持召开企业和专家座谈会，提出"要紧扣推进中国式现代化这个主题，突出改革重点，把牢价值取向，讲求方式方法"。即将召开的二十届三中全会，将审议《中共中央关于进一步全面深化改革、推进中国式现代化的决定》。在总书记引领下，新征程上中国的改革开放不断向更深层次挺进、向更高境界迈进，必将创造让世界刮目相看的新的更大奇迹！

依靠顽强斗争打开事业发展新天地

"共产党人从斗争中创造新局面"。

1930年5月，毛泽东同志在《反对本本主义》中这样描述共产党人的斗争。对那些"安于现状，不求甚解，空洞乐观"的同志，他大声疾呼："到斗争中去！"

伟大的胜利，总要经过生死攸关的考验；伟大的事业，往往要依靠艰苦卓绝的斗争来成就。一路走来，在血与火的锻造中，在时代大潮的搏击中，在应对各种困难挑战中，我们党锤炼了不畏强敌、不惧风险、敢于斗争、勇于胜利的风骨和品质。这是我们党鲜明的特质和特点。

党的十八大以来，我国发展面临的环境十分复杂，各种风险挑战接踵而至。面对世所罕见、史所罕见的复杂形势、艰巨任务、严峻考验，习近平总书记警醒全党，"中华民族伟大复兴，绝不是轻轻松松、敲锣打鼓就能实现的，实现伟大梦想必须进行伟大斗争"，"必须准备进行具有许多新的历史特点的伟大斗争"。以习近平同志为核心的党中央发扬伟大历史主动精神，以非凡的气概、顽强的意志、高超的智慧，带领全党全国各族人民发扬不信邪、不怕鬼的精神，坚定信心、迎难而上，稳经济、促发展，战贫困、建小康，控疫情、抗大灾，应变局、化危机，一仗接着一仗打，一关接着一关闯，经受住了来自政治、经济、意识形态、自然界等方方面面的风险挑战考验，取得了一场又一场伟大胜利，牢牢掌握了我国发展和安全主动权。

"康庄大道并不等于一马平川。"当前，世界百年未有之大变局加速演进，世界之变、时代之变、历史之变正以前所未有的方式展开。我国发展进入战略机遇和风险挑战并存、不确定难预料因素增多的时期，需要应对的风险挑战、防范化解的矛盾问题比以往更加严峻复杂。习近平总书记谆谆以告："我们面临的各种斗争不是短期的而是长期的，至少要伴随我们实现第二个百年奋斗目标全过程"，要求全党"必须增强忧患意识，坚持底线思维，做到居安思危、未雨绸缪，准备经受风高浪急甚至惊涛骇浪的重大考验"。在《新时代新征程中国共产党的使命任务》这篇重要文章中，总书记对坚持发扬斗争精神提出明确要求："增强全党全国各族人民的志气、骨气、底气，不信邪、不怕鬼、不怕压，知难而进、迎难而上，统筹发展和安全，全力战胜前进道路上各种困难和挑战，依靠顽强斗争打开事业发展新天地。"

"我们已经走出一条光明大道，我们要继续前行。"奋进在充满光荣和梦想的新征程上，我们信心十足、力量十足。有以习近平同志为核心的党中央坚强领导，有习近平新时代中国特色社会主义思想科学指引，有全党全国各族人民的团结奋斗，全面建成社会主义现代化强国的目标一定能够实现，中华民族伟大复兴的中国梦一定能够实现！

（《求是》2024年第13期）

坚定不移走自己的路

《求是》杂志编辑部

"走自己的路,是党的全部理论和实践立足点,更是党百年奋斗得出的历史结论。"

"不论过去、现在和将来,我们都要把国家和民族发展放在自己力量的基点上,坚持民族自尊心和自信心,坚定不移走自己的路。"

自信是中国共产党素有的精神气度,自立是我们立党立国的重要原则。新时代,以习近平同志为核心的党中央统筹中华民族伟大复兴战略全局和世界百年未有之大变局,团结带领全党全国各族人民,坚定历史自信、把握历史主动,统揽伟大斗争、伟大工程、伟大事业、伟大梦想,推动党和国家事业取得历史性成就、发生历史性变革,为强国建设、民族复兴伟业提供了更为完善的制度保证、更为坚实的物质基础、更为主动的精神力量。党的十九届六中全会通过的《中共中央关于党的百年奋斗重大成就和历史经验的决议》总结概括了党的百年奋斗的十条历史经验,"坚持独立自主"是其中之一。党的二十大报告系统阐述了习近平新时代中国特色社会主义思想的世界观、方法论和贯穿其中的立场观点方法,"必须坚持自信自立"是"六个必须坚持"其中之一。

党的十八大以来,习近平总书记围绕必须坚持自信自立作出一系列重要论述,为把中国式现代化宏伟事业不断推向前进,提供了科学指导。《必须坚持自信自立》一文,摘自总书记2013年1月至2024年3月期间的报告、讲话等重要文献,共计26段论述,具有很强的思想性、理论性、现实性、指导性。在党的二十届三中全会胜利召开之际,要把深入学习领会这篇重要文章精神，同深入学习贯彻党的二十届三中全会精神结合起来，同深入学习贯彻习近平新时代中国特色社会主义思想结合起来，以更加饱满的进取精神、更加昂扬的奋进姿态，踔厉奋发、勇毅前行，贯彻落实好进一步全面深化改革的战略部署，奋力推进中国式现代化。

党全部理论和实践的立足点

2023年12月31日晚，万众期待中，习近平总书记的新年贺词如约而至。

"中国是一个伟大的国度，传承着伟大的文明。在这片辽阔的土地上，大漠孤烟、江南细雨，总让人思接千载、心驰神往；黄河九曲、长江奔流，总让人心潮澎湃、豪情满怀。良渚、二里头的文明曙光，殷墟甲骨的文字传承，三星堆的文化瑰宝，国家版本馆的文脉赓

图为2024年7月3日在北京航天飞行控制中心拍摄的神舟十八号航天员李聪出舱的画面。

新华社记者　郭中正／摄

续……泱泱中华，历史何其悠久，文明何其博大，这是我们的自信之基、力量之源。"

这份豪迈自信的新年贺词，深情回望赓续千年的博大文明，深刻阐明我们强国建设、民族复兴的步伐何以铿锵坚定，让14亿多中国人民澎湃激荡，更加信心百倍地在新征程上壮阔行进。

在《必须坚持自信自立》这篇重要文章中，习近平总书记反复强调要坚持共产主义理想和社会主义信念，坚定"四个自信"，坚定历史自信、增强历史主动。这种自信自立，根源于中华民族光辉灿烂的5000多年文明发展史，来自于中国共产党100多年奋斗历程和70多年执政兴国成就，彰显于新时代中国特色社会主义伟大实践，已经成为中国人民和中华民族的内在气质和精神风貌。

中华民族有5000多年的文明历史，创造了灿烂的中华文明，为人类作出了卓越贡献。中华文明历经数千年而绵延不绝、迭遭忧患而经久不衰，这是人类文明的奇迹，也是我们自信的底气。1840年鸦片战争以后，中国逐步成为半殖民地半封建社会，国家蒙辱、人民蒙难、文明蒙尘，中华民族遭受了前所未有的劫难。为了拯救民族危亡，中国人民奋起反抗，仁人志士奔走呐喊，太平天国运动、戊戌变法、义和团运动、辛亥革命接连而起，各种救国方案轮番出台，但都以失败而告终。中国迫切需要新的思想引领救亡运动，迫切需要新的组织凝聚革命力量。

在中国人民和中华民族的伟大觉醒中，在马克思列宁主义同中国工人运动的紧密结合中，中国共产党应运而生。中国共产党一经诞生，就把为中国人民谋幸福、为中华民族谋复兴确立为自己的初心使命。党在领导人民长期奋斗的实践中深刻认识到，必须坚持独立自主开拓前进道路，坚持中国的问题必须从中国基本国情出发，由中国人自己来解答。在新民主主义革命斗争中，党立足半殖民地半封建的中国社会现实，独立自主地探索出适合中国国情的革命道路，团结带领人民取得推翻帝国主义、封建主义、官僚资本主义三座大山的伟大胜利，创造了新民主主义革命的伟大成就，建立了中华人民共和国。在社会主义革命和建设中，党团结带领人民自力更生、发愤图强，确立社会主义基本制度，建立了独立的比较完整的工业体系和国民经济体系，创造了社会主义革命和建设的伟大成就。凭借在任何困难和压力面前都不动摇的独立自主精神、自力更生意志、自立自强决心，党团结带领人民进行改革开放新的伟大社会革命，成功开拓出中国特色社会主义道路，使我国跃升为世界第二大经济体，创造了改革开放和社会主义现代化建设的伟大成就。

党的十八大以来，在以习近平同志为核心的党中央坚强领导下，在习近平新时代中国特色社会主义思想科学指引下，中国人民更加自信、自立、自强，更加增强了志气、骨气、底气，焕发出强烈的历史主动精神、历史创造精神，攻克了许多长期没有解决的难题，办成了许多事关长远的大事要事，经受住了来自政治、经济、意识形态、自然界等方面的风险挑战考验，实现了第一个百年奋斗目标，在中华大地上全面建成小康社会，历史性地解决了绝对贫困问题，意气风发向着全面建成社会主义现代化强国的第二个百年奋斗目标迈进。新时代党和国家事业取得历史性成就、发生历史性变革，成功推进和拓展了中国式现代化，彰显了坚持自信自立的强大生机活力。

大道如砥，历史如潮。

中国人民和中华民族从近代以后的深重苦难走向伟大复兴的光明前景，从来就没有教科书，更没有现成答案。党的百年奋斗成功道路是党领导人民独立自主探索开辟出来的，马克思主义的中国篇章是中国共产党人依靠自身力量实践出来的。这种独立自主的探索和实践精神，这种坚持走自己的路的坚定信心和决心，是党全部理论和实践的立足点，也是党和人民事业不断从胜利走向胜利的根本保证。

走过百年奋斗历程的中国共产党在革命性锻造中更加坚强有力，党的政治领导力、思想引领力、群众组织力、社会号召力显著增强，党同人民群众始终保持血肉联系，中国共产党在世界形势深刻变化的历史进程中始终走在时代前列，在应对国内外各种风险和考验的历史进程中始终成为全国人民的主心骨，在坚持和发展中国特色社会主义的历史进程中始终成为坚强领导核心。正如习近平总书记在《必须坚持自信自立》这篇重要文章中指出的："当今世界，要说哪个政党、哪个国家、哪个民族能够自信的话，那中国共产党、中华人民共和国、中华民族是最有理由自信的。"

指引和支撑中国人民站起来、富起来、强起来的强大精神力量

"经过这些年的发展，中国的70后、80后、90后、00后走出国门，已经可以平视这个世界了，这就是自信。我们要顺应这种思想的变化，引导社会各界树立自立自强的信心，凝聚起共同奋斗的磅礴力量。"

2021年3月6日，北京友谊宾馆，习近平总书记在全国政协联组会上的一席话，打动了无数国人的心。

"平视世界"的背后，是前所未有的自信自立，是对"今日之中国，已非昨日之中国"的历史喟叹，是科学思想凝心铸魂的深刻映照。

真理之光照亮新时代，思想灯塔指引新航程。

党的十八大以来，以习近平同志为核心的党中央准确把握中国特色社会主义历史新方位、时代新变化、实践新要求，鲜明强调"拥有马克思主义科学理论指导是我们党坚定信仰信念、把握历史主动的根本所在"，坚持"两个结合"，科学回答中国之问、世界之问、人民之问、时代之问，创立了习近平新时代中国特色社会主义思想。这一重要思想，是当代中国马克思主义、21世纪马克思主义，是中华文化和中国精神的时代精华，实现了马克思主义中国化时代化新的飞跃，开辟了马克思主义中国化时代化新境界，生动体现着独立自主的探索和实践精神，贯穿着坚持走自己的路的坚定决心和信心。

信仰、信念、信心，任何时候都至关重要。

小到一个人、一个集体，大到一个政党、一个民族、一个国家，只要有信仰、信念、信心，就会愈挫愈奋、愈战愈勇。对共产主义的信仰，对中国特色社会主义的信念，是共产党人的政治灵魂，是共产

图为 2024 年 2 月 26 日，在茫茫雪地里持续吸光发热的首航敦煌 100 兆瓦熔盐塔式光热发电站。

人民图片　王斌银／摄

党人经受住任何考验的精神支柱。习近平总书记强调："无论过去、现在还是将来，对马克思主义的信仰，对中国特色社会主义的信念，对实现中华民族伟大复兴中国梦的信心，都是指引和支撑中国人民站起来、富起来、强起来的强大精神力量。"

自信才能自立，自立才能自强。

独立自主是我们党从中国实际出发、依靠党和人民力量进行革命、建设、改革的必然结论。在《必须坚持自信自立》这篇重要文章中，习近平总书记深刻总结古今中外治乱兴衰的历史规律，指出："人类历史上，没有一个民族、没有一个国家可以通过依赖外部力量、跟在他人后面亦步亦趋实现强大和振兴。那样做的结果，不是必然遭遇失败，就是必然成为他人的附庸。"在中国这样一个人口众多和经济文化落后的东方大国进行革命和建设的国情与使命，决定了我们只能走自己的路。

中国特色社会主义是改革开放以来党的全部理论和实践的主题，是党和人民历尽千辛万苦、付出巨大代价取得的根本成就，是实现中华民族伟大复兴的正确道路。坚持独立自主，就要坚定不移走中国特色社会主义道路，既不走封闭僵化的老路，也不走改旗易帜的邪路。这条道路，是光明之路、康庄大道。在《必须坚持自信自立》这篇重要文章中，习近平总书记坚定自信地指出："随着中国特色社会主义不断发展，我们的制度必将越来越成熟，我国社会主义制度的优越性必将进一步显现，我们的道路必将越走越宽广，我国发展道路对世界的影响必将越来越大。"

百年大党，志在千秋。

在新的赶考之路上，我们能否继续交出优异答卷，关键在于有没有坚定的历史自信。我们党领导人民，以百年奋斗深刻改变了近代以后中华民族发展的方向和进程，深刻改变了中国人民和中华民族的前途命运，深刻改变了世界发展的趋势和格局。放眼中华文明 5000 多年历史，没有哪一种政治力量能像中国共产党这样深刻地、历史性地推动中华民族发展进程。正如习近平总书记强调指出的："我们党致力于为中国人民谋幸福、为中华民族谋复兴，致力于为人类谋进步、为世界谋大同，天下为公，人间正道，这是我们党具有历史自信的最大底气，是我们党在中国执政并长期执政的历史自信，也是我们党团结带领人民继续前进的历史自信"，"中国共产党没有辜负历史和人民的选择"。

"到中流击水，浪遏飞舟"。《必须坚持自信自立》这篇重要文章集中体现了习近平总书记关于必须坚持自信自立的重要论述，深刻回答了为什么必须坚持自信自立、为什么能坚持自信自立、怎样更好坚持自信自立等重大理论和实践问题，充满着中国共产党人对共产主义、社会主义的信仰信念，展现真理在手、大道在我的浩然正气，彰显党和人民志不改、道不变的意志决心。

把中国发展进步的命运牢牢掌握在自己手中

"我们应当坚定一种信念，中国的改革开放之路一定可以成功。"2024 年 5 月 22 日，习近平总书记山东考察第一站，来到黄海之滨的日照港，充分肯定"日照港是改革开放的排头兵"。改革开放后，日照港在时代大潮中奋楫扬帆、后来居上，迅速成长为"最年轻"的5亿吨级港口、全球首个顺岸开放式全自动化集装箱码头，年货物吞吐量居世界第七位。

从日照港，能够看到中国的昨天、今天和明天。"我们都是奋斗者，从过去奋斗到今天，取得这么辉煌的成就。我们未来的目标很明确很伟大，要实现它，还得靠我们继续实干奋斗。要有这样的信心和底气，让我们共同努力！"

习近平总书记的一番话，深刻揭示了党和人民事业不断从胜利走向胜利的历史结论：不论过去、现在还是将来，自信自立始终都是我们这样一个大党大国必须坚持的重要原则。党的十八大以来，总书记提出一系列明确要求，为更好坚持自信自立提供了重要遵循。《必须坚持自信自立》这篇重要文章收录了总书记的有关重要要求。

——"坚定信仰信念"。习近平总书记强调，"要坚持对马克思主义的坚定信仰、对中国特色社会主义的坚定信念"；"有了'自信人生二百年，会当水击三千里'的勇气，我们就能毫无畏惧面对一切困难和挑战，就能坚定不移开辟新天地、创造新奇迹"。

——"坚定道路自信、理论自信、制度自信、文化自信"。习近平总书记强调，"中国特色社会主义道路是当代中国大踏步赶上时代、引领时代发展的康庄大道，必须毫不动摇走下去"；"任何时候任何情况下都要坚定中国特色社会主义道路自信、理论自信、制度自信、文化自信，真正做到'千磨万击还坚劲，任尔东西南北风'"。

——"坚定历史自信"。中国共产党人的历史自信，既是对奋斗成就的自信，也是对奋斗精神的自信。习近平总书记强调，要"坚定历史自信、锤炼斗争本领，始终以锐意进取、迎难而上的奋斗姿态奋进新征程、建功新时代"。

——"为发展马克思主义作出新的贡献"。理论强，才能方向明、人心齐、底气足。习近平总书记强调，"必须坚持马克思主义这个立党立国、兴党兴国之本不动摇，坚持植根本国、本民族历史文化沃土发展马克思主义不停步";要"以更加积极的历史担当和创造精神为发展马克思主义作出新的贡献,既不能刻舟求剑、封闭僵化,也不能照抄照搬、食洋不化","有效把马克思主义思想精髓同中华优秀传统文化精华贯通起来,聚变为新的理论优势,不断攀登新的思想高峰"。

——"全面深化改革"。改革开放是当代中国最显著的特征、最壮丽的气象。习近平总书记强调,"没有坚定的制度自信就不可能有全面深化改革的勇气,同样,离开不断改革,制度自信也不可能彻底、不可能久远";"我们全面深化改革,是要使中国特色社会主义制度更好;我们说坚定制度自信,不是要固步自封,而是要不断革除体制机制弊端,让我们的制度成熟而持久"。

——"持续推进中国式现代化"。在新中国成立特别是改革开放以来长期探索和实践基础上,经过党的十八大以来在理论和实践上的创新突破,我们党成功推进和拓展了中国式现代化。习近平总书记强调,

万众一心、众志成城,集中力量办大事的制度优势在应对风险挑战中充分彰显。图为 2024 年 7 月 6 日,武警湖南总队官兵在湖南省岳阳市华容县团洲垸受灾现场第二道防线搬运沙袋加固堤坝。

新华社发　张森／摄

中国式现代化"既要物质财富极大丰富，也要精神财富极大丰富、在思想文化上自信自强"；"推进中国式现代化，必须坚持独立自主、自立自强，坚持把国家和民族发展放在自己力量的基点上，坚持把我国发展进步的命运牢牢掌握在自己手中"。

——"中国发展前景是光明的"。习近平总书记强调，"中国形成了适合我国实际、符合时代特点的中国特色社会主义并取得了巨大成功，这在世界上是独一无二的"，"中国的发展历经各种困难挑战才走到今天，过去没有因为'中国崩溃论'而崩溃，现在也不会因为'中国见顶论'而见顶"；"我们将持续推动高质量发展，持续推进中国式现代化，既让中国人民不断过上更好生活，也为世界可持续发展作出更大贡献"，"中国发展前景是光明的，我们有这个底气和信心"。

"我们走自己的路，具有无比广阔的舞台，具有无比深厚的历史底蕴，具有无比强大的前进定力。中国人民应该有这个信心，每一个中国人都应该有这个信心。"新时代新征程上，习近平总书记的宣示愈发坚定而自信："有中国共产党的坚强领导，有全国各族人民的紧密团结，全面建成社会主义现代化强国的目标一定能够实现，中华民族伟大复兴的中国梦一定能够实现！"

（《求是》2024年第14期）

锚定建成科技强国的战略目标奋勇前进

《求是》杂志评论员

"把我国建设成为科技强国,是近代以来中华民族孜孜以求的梦想,一代又一代中华儿女为之殚精竭虑、不懈奋斗。"

"我们要树立雄心壮志,鼓足干劲、发愤图强、团结奋斗,朝着建成科技强国的宏伟目标奋勇前进!"

2024年6月24日,全国科技大会、国家科学技术奖励大会和中国科学院第二十一次院士大会、中国工程院第十七次院士大会在人民大会堂隆重召开。这次大会是在以中国式现代化全面推进强国建设、民族复兴伟业关键时期召开的一次科技盛会。习近平总书记出席大会,为国家最高科学技术奖获得者等颁奖并发表重要讲话。总书记的重要讲话高屋建瓴、视野宏阔、内涵丰富、思想深邃,充分肯定了近年来我国科技创新发展取得的历史性成就,深刻总结了新时代科技事业发展的重要经验,精辟论述了科技创新在推进中国式现代化、实现第二个百年奋斗目标伟大进程中的重要作用,系统阐明了新形势下加快建设科技强国的基本内涵和主要任务,为做好新时代科技工作指明了前进方向。

科技兴则民族兴,科技强则国家强。重视科技的历史作用,是马克思主义的基本观点。自古以来,科学技术就以一种不可逆转、不可抗拒的力量推动着人类社会向前发展。从某种意义上说,科技实力决定着世界政治经济力量对比的变化,也决定着各国各民族的前途命运。"历史告诉我们一个真理:一个国家是否强大不能单就经济总量大小而定,一个民族是否强盛也不能单凭人口规模、领土幅员多寡而定。近代史上，我国落后挨打的根子之一就是科技落后。"回望中华民族近代以后苦难深重的历程，习近平总书记一语揭示出历史演进中蕴含的深刻逻辑。

"当了总书记后，我第一个来科技组。"这是习近平总书记在2013年参加全国两会科协、科技界委员联组会时的开场白。亲切的话语饱含对科技工作的高度重视与殷切期望。科技强国建设的道路上，总书记倾注了极大心血，始终把科技创新摆在国家发展全局的核心位置，强调："中国如果不走创新驱动发展道路，新旧动能不能顺利转换，就不能真正强大起来"，"我们能不能如期全面建成社会主义现代化强国，关键看科技自立自强"，"中国要强盛、要复兴，就一定要大力发展科学技术，努力成为世界主要科学中心和创新高地"，"我们比历史上任何时期都更接近中华民族伟大复兴的目标，我们比历史上任何时期都更需要建设世界科技强国"……围绕科技创新、科技自立自强，总书记提出一系列新思想、新观点、新论断、新要求，为科技强国建设提供了根本遵循。

思想之光照亮前进征程。党的十八大以来，以习近平同志为核心的党中央深入推动实施创新驱动发展战略，提出加快建设创新型国家的战略任务，确立2035年建成科技强国的奋斗目标，不断深化科技体制改革，充分激发科技人员积极性、主动性、创造性，有力推进科技自立自强。量子科技、生命科学、物质科学、空间科学等领域取得一批重大原创成果，"嫦娥"揽月、"天和"驻空、"天问"探火、"地壳一号"挺进地球深处，集成电路、人工智能等新兴产业蓬勃发展……我国基础前沿研究实现新突破，战略高技术领域迎来新跨越，创新驱动引领高质量发展取得新成效，科技体制改革打开新局面，国际开放合作取得新进展，科技事业取得历史性成就、发生历史性变革。这些成就的取得，根本在于习近平总书记领航掌舵，在于习近平新时代中国特色社会主义思想科学指引。

成就来之不易，经验弥足珍贵。在这次大会上，习近平总书记用"八个坚持"深刻总结了新时代科技事业发展的重要经验。主要是：坚持党的全面领导，加强党中央对科技工作的集中统一领导，观大势、谋全局、抓根本，保证科技事业发展始终沿着正确方向前进；坚持走中国特色自主创新道路，立足自力更生、艰苦奋斗，发挥我国社会主义制度集中力量办大事的优势，推进高水平科技自立自强，把科技命脉和发展主动权牢牢掌握在自己手中；坚持创新引领发展，树牢抓创新就是抓发展、谋创新就是谋未来的理念，以科技创新引领高质量发展、保障高水平安全；坚持"四个面向"的战略导向，面向世界科技前沿、面向经济主战场、面向国家重大需求、面向人民生命健康，加强科技创新全链条部署、全领域布局，全面增强科技实力和创新能力；坚持以深化改革激发创新活力，坚决破除束缚科技创新的思想观念和体制机制障碍，切实把制度优势转化为科技竞争优势；坚持推动教育科技人才良性循环，统筹实施科教兴国战略、人才强国战略、创新驱动发展战略，一体推进教育发展、科技创新、人才培养；坚持培育创新文化，传承中华优秀传统文化的创新基因，营造鼓励探索、宽容失败的良好环境，使崇尚科学、追求创新在全社会蔚然成风；坚持科技开放合作造福人类，奉行互利共赢的开放战略，为应对全球性挑战、促进人类发展进步贡献中国智慧和中国力量。"八个坚持"的重要经验构成一个相互联系、系统全面的整体，明确了新时代科技事业发展的根本保证、制度优势、战略导向、科学方法等，把我们党对科技创新规律的认识提升到新高度，必须长期坚持并在实践中不断丰富发展。

"察势者明，趋势者智。"谁在创新上先行一步，谁就能拥有引领发展的主动权。当前，新一轮科技革命和产业变革深入发展。科学研究向极宏观拓展、向极微观深入、向极端条件迈进、向极综合交叉发力，不断突破人类认知边界。技术创新进入前所未有的密集活跃期，人工智能、量子技术、生物技术等前沿技术集中涌现，引发链式变革。与此同时，世界百年未有之大变局加速演进，科技革命与大国博弈相互交织，高技术领域成为国际竞争最前沿和主战场，深刻重塑全球秩序和发展格局。虽然我国科技事业发展取得了长足进步，但原始创新能力还相对薄弱，一些关键核心技术受制于人，顶尖科技人才不足，必须进一步增强紧迫感，进一步加大科技创新力度，抢占科技竞争和未来发展制高点。

党的二十大明确了以中国式现代化全面推进强国建设、民族复兴伟业的中心任务，强调高质量发展是全面建设社会主义现代化国家的首要任务。发展新质生产力是推动高质量发展的内在要求和重要着力点。2024年1月31日，习近平总书记在主持二十届中央政治局第十一次集体学习时强调："新质生产力主要由技术革命性突破催生而成。科技创新能够催生新产业、新模式、新动能，是发展新质生产力的核心要素。"中国式现代化要靠科技现代化作支撑，实现高质量发展要靠科技创新培育新动能。必须充分认识科技的战略先导地位和根本支撑作用，锚定2035年建成科技强国的战略目标，加强顶层设计和统筹谋划，加快实现高水平科技自立自强。

加快建设科技强国，首先就要明确科技强国是什么样的。在这次大会上，习近平总书记指出："我们要建成的科技强国，应当具有居于世界前列的科技实力和创新能力，支撑经济实力、国防实力、综合国力整体跃升，增进人类福祉，推动全球发展。"总书记从五个方面系统阐明了建设科技强国的基本内涵，即拥有强大的基础研究和原始创新能力，持续产出重大原创性、颠覆性科技成果；拥有强大的关键核心技术攻关能力，有力支撑高质量发展和高水平安全；拥有强大的国际影响力和引领力，成为世界重要科学中心和创新高地；拥有强大的高水平科技人才培养和集聚能力，不断壮大国际顶尖科技人才队伍和国家战略科技力量；拥有强大的科技治理体系和治理能力，形成世界一流的创新生态和科研环境。这"五个强大"既是科技强国的基本要素，也是建设科技强国的任务要求。

现在距离实现建成科技强国目标只有11年时间了。形势逼人、挑战逼人、使命逼人，不能等待、不能观望、不能懈怠。必须以"十年磨一剑"的坚定决心和顽强意志，只争朝夕、埋头苦干，一步一个脚印把这一战略目标变为现实。

加快建设科技强国，必须锚定战略目标、聚焦重点任务，统筹谋划，改革创新，迎难而上。在这次大会上，习近平总书记从五个方面对建设科技强国的主要任务作出系统部署：要充分发挥新型举国体制优势，完善党中央对科技工作集中统一领导的体制，构建协同高效的决策指挥体系和组织实施体系；要推动科技创新和产业创新深度融合，助力发展新质生产力；要全面深化科技体制机制改革，统筹各类创新平台建设，加强创新资源优化配置；要深化教育科技人才体制机制一体改革，完善科教协同育人机制，加快培养造就一支规模宏大、结构合理、素质优良的创新型人才队伍；要深入践行构建人类命运共同体理念，在开放合作中实现自立自强。

建设科技强国，是全党全国的共同责任。科技战线重任在肩、使命光荣。两院院士作为科技界杰出代表，要像习近平总书记要求的那样，冲锋在前、勇挑重担，当好科技前沿的开拓者、重大任务的担纲者、青年人才成长的引领者、科学家精神的示范者，为我国科技事业发展再立新功；广大科技工作者要自觉把学术追求融入建设科技强国的伟大事业，锐意进取、追求卓越，创造出无愧时代、不负人民的新业绩。各级党委和政府要认真贯彻党中央决策部署，切实加强对科技工作的组织领导、科学管理，全力做好服务保障；各级领导干部要重视学习科技新知识，增强领导和推动科技工作的本领。

蓝图已绘就，号角已吹响。让我们更加紧密地团结在以习近平同志为核心的党中央周围，坚定信心，攻坚克难，加快推进高水平科技自立自强，朝着建成科技强国的宏伟目标，朝着实现中华民族伟大复兴的伟大梦想，奋勇前进！

我们的目标一定能实现！

（《求是》2024 年第 13 期）

为中国式现代化提供强大动力和制度保障

《求是》杂志评论员

惟改革者进，惟创新者强，惟改革创新者胜。

举国关注、举世瞩目的中国共产党第二十届中央委员会第三次全体会议，2024年7月15日至18日在北京召开。

这次全会，重点研究进一步全面深化改革、推进中国式现代化问题，审议《中共中央关于进一步全面深化改革、推进中国式现代化的决定》，充分体现了以习近平同志为核心的党中央完善和发展中国特色社会主义制度、推进国家治理体系和治理能力现代化的历史主动，以进一步全面深化改革开辟中国式现代化广阔前景的坚强决心。

改革开放是党和人民事业大踏步赶上时代的重要法宝。当前和今后一个时期是以中国式现代化全面推进强国建设、民族复兴伟业的关键时期。面对纷繁复杂的国际国内形势，面对新一轮科技革命和产业变革，面对人民群众新期待，必须继续把改革推向前进。进一步全面深化改革，这既是党的十八届三中全会以来全面深化改革的实践续篇，也是新征程推进中国式现代化的时代新篇。

"党的二十大之后，我一直在思考进一步全面深化改革问题。改革开放后，党的历届三中全会都是研究改革。这一次改革，我们将紧扣推进中国式现代化主题。"着眼中心任务，用好重要法宝，习近平总书记对进一步全面深化改革、推进中国式现代化，思考得很深、谋划得很实。

2022年10月，在党的二十大报告中，总书记把"坚持深化改革开放"列为前进道路上必须牢牢把握的重大原则之一,并对新时代新征程全面深化改革作出重大战略部署;随后,在党的二十届一中全会上,总书记强调"加强改革系统集成、协同高效","在重要领域和关键环节取得新突破"。

2023年2月,在党的二十届二中全会上,总书记对深化党和国家机构改革、推进国家治理体系和治理能力现代化作出重要部署;4月,在二十届中央全面深化改革委员会第一次会议上,总书记强调"要把全面深化改革作为推进中国式现代化的根本动力,作为稳大局、应变局、开新局的重要抓手"。

2024年3月,总书记在全国两会上强调,"要谋划进一步全面深化改革重大举措";4月,总书记主持召开中央政治局会议,会议强调,"必须自觉把改革摆在更加突出位置,紧紧围绕推进中国式现代化进一步全面深化改革";5月,总书记在企业和专家座谈会上指出,"进一步全面深化改革,要紧扣推进中国式现代化这个主题";6月,总书记主持召开中央政治局会议,明确了进一步全面深化改革的总目标、原则、根本保证等。

一切伟大成就都是接续奋斗的结果,一切伟大事业都需要在继往开来中推进。

党的十八大以来,以习近平同志为核心的党中央作出全面深化改革的重大战略决策,以前所未有的决心和力度推进全面深化改革,啃下了很多硬骨头,闯过了很多急流险滩,全面深化改革不断向广度和深度进军,以"中国之制"推进"中国之治",为中国式现代化持续注入强劲动力。

——经济体制改革牢牢抓住处理好政府和市场关系这个核心问题,全面发力、多点突破,社会主义市场经济体制不断完善,高质量发展的内生动力和活力持续增强。

——民主法治改革迈出重大步伐,发展全过程人民民主,不断推进社会主义民主政治制度化、规范化、程序化,中国特色社会主义法治体系日益完善。

——文化体制改革深入推进,牢牢把握社会主义先进文化前进方向,推动中华优秀传统文化创造性转化、创新性发展,不断铸就中华文化新辉煌,汇聚起强国建设民族复兴的强大精神力量。

——民生保障制度基础不断巩固,持续推进幼有所育、学有所教、劳有所得、病有所医、老有所养、住有所居、弱有所扶取得新进展,人民群众的获得感、幸福感、安全感不断增强。

——生态文明制度体系基本建立,坚持源头严防、过程严管、后果严惩,以攻坚之举推动生态环境质量持续改善,绿色发展成为中国式现代化的显著特征。

——党的建设制度和纪检监察体制改革取得历史性突破,党的领导落实到国家治理各领域各方面各环节,全面从严治党体系日益健全,党的执政根基不断巩固。

——国防和军队改革开创新局面,全面实施改革强军战略,重塑重构军队领导指挥体制、现代军事力量体系、军事政策制度,为强军事业注入强大动力。

——健全党对外事工作领导体制机制,加强对外工作顶层设计和中国特色大国外交战略谋划,推动建设新型国际关系,推动构建人类命运共同体。

…………

一项项前所未有的改革举措,推动中国特色社会主义制度更加成熟更加定型,国家治理体系和治理能力现代化水平不断提高,党和国家事业焕发出新的生机活力,中华民族伟大复兴进入不可逆转的历史进程。

放眼全世界,没有哪个国家和政党,能有这样的政治气魄和历史担当,敢于大刀阔斧、刀刃向内、自我革命,也没有哪个国家和政党,能在这么短时间内推动这么大范围、这么大规模、这么大力度的改革。党的十八大以来,全面深化改革推动党和国家各项事业取得历史性成就、发生历史性变革,充分证明了"两个确立"和"两个维护"的极端重要性,充分显示了以习近平同志为核心的党中央把方向、谋大局、定政策、促改革的领导核心作用。我们要更加深刻领悟"两个确立"的决定性意义，增强"四个意识"、坚定"四个自信"、做到"两个维护"，深入学习贯彻习近平总书记关于全面深化改革的重要论述，凝聚进一步全面深化改革的共识，继续把改革推向前进。

改革开放只有进行时，没有完成时。改革开放已走过千山万水，但仍需跋山涉水。

"我们应当坚定一种信念，中国的改革开放之路一定可以成功。"前进道路上，在以习近平同志为核心的党中央坚强领导下，全面贯彻习近平新时代中国特色社会主义思想，深入学习贯彻党的二十大和二十届三中全会精神，把准方向、守正创新、真抓实干，就一定能谱写改革开放新篇章，为中国式现代化提供强大动力和制度保障。

（《求是》2024年第14期）

编者按： 党的二十届三中全会将于 2024 年 7 月 15 日至 18 日在北京召开，重点研究进一步全面深化改革、推进中国式现代化问题。盛会即将启幕之际，我们推出系列学习文章，一起学习领会习近平总书记关于全面深化改革的重要论述，感悟勇气与智慧，扛起责任与担当，把全面深化改革不断推向前进。

改革开放是"重要法宝"

——学习习近平总书记关于全面深化改革的重要论述①

学而时习

"改革开放是党和人民事业大踏步赶上时代的重要法宝。"2024 年 4 月 30 日，二十届中央政治局召开会议，号召"全党必须自觉把改革摆在更加突出位置，紧紧围绕推进中国式现代化进一步全面深化改革"。

"苟利于民，不必法古；苟周于事，不必循俗"。习近平总书记曾引用这句古语强调，变革创新是推动人类社会向前发展的根本动力。总书记还多次用"伟大觉醒""重要法宝""关键一招""必由之路""活力之源"等提法，深刻阐明改革开放的重大意义和作用：

"改革开放是我们党的历史上一次伟大觉醒，正是这个伟大觉醒孕育了新时期从理论到实践的伟大创造"；

"实践证明，改革开放是当代中国发展进步的活力之源，是我们党和人民大踏步赶上时代前进步伐的重要法宝，是坚持和发展中国特色社会主义的必由之路"；

"改革开放是决定当代中国命运的关键一招，也是决定实现'两个一百年'奋斗目标、实现中华民族伟大复兴的关键一招"；

"改革开放是中国人民和中华民族发展史上一次伟大革命,正是这个伟大革命推动了中国特色社会主义事业的伟大飞跃";

……

习近平总书记这些形象生动、精辟深刻的重要论述,连通历史、现在和未来,将改革开放之于国家、民族的意义阐释得淋漓尽致。

1978年12月,党的十一届三中全会召开,拉开改革开放大幕。如同春雷唤醒大地,从那时以来,中国共产党人和中国人民以一往无前的进取精神和波澜壮阔的创新实践,不断战胜前进道路上各种世所罕见的艰难险阻,推动中国经济实力、综合国力、人民生活水平不断跨上新台阶。党和人民事业在不断深化改革中波浪式向前推进。

一个时代有一个时代的问题,一代人有一代人的使命。中国特色社会主义进入新时代,改革之路如何接续?

"我们不仅要坚定不移走下去,而且要有新举措、上新水平。"果敢的抉择,源自对时代脉搏的准确把握。

彼时,国内外环境发生极为广泛而深刻的变化,我国发展面临一系列突出矛盾和挑战,前进道路上还有不少困难和问题。改革进入攻坚期和深水区,遇到的阻力越来越大,面对的暗礁、潜流、漩涡越来越多。

诺贝尔经济学奖得主斯蒂格利茨曾形象地比喻,中国已经走出改革初期的浅滩阶段,正站在大河中央,选择彼岸的到岸位置。

关键时刻,习近平总书记深刻把握我国发展新的历史方位、深邃洞察新的使命任务,将改革开放伟大旗帜高高举起:"没有改革开放,就没有中国的今天,也就没有中国的明天。改革开放中的矛盾只能用改革开放的办法来解决"!

2013年11月,党的十八届三中全会召开,习近平总书记向全党全国发出了新时代全面深化改革开放的总动员令。

"改革开放是我们党在新的时代条件下带领人民进行的新的伟大革命,是当代中国最鲜明的特色,也是我们党最鲜明的旗帜。"习近平总书记就《中共中央关于全面深化改革若干重大问题的决定》向全会作说明时指出,"面对未来,要破解发展面临的各种难题,化解来自各方面的风险和挑战,更好发挥中国特色社会主义制度优势,推动经济社会持续健康发展,除了深化改革开放,别无他途。"

一路风雷激荡,一路凯歌嘹亮。党的十一届三中全会是划时代的,开启了改革开放和社会主义现代化建设历史新时期。党的十八届三中全会也是划时代的,开启了全面深化改革、系统整体设计推进改革的新时代,开创了我国改革开放全新局面。

习近平总书记主持召开70多次中央全面深化改革领导小组和中央全面深化改革委员会会议,亲自谋划、亲自部署、亲自推动全面深化改革。

从党的建设,到经济、政治、文化、社会、生态文明建设……各方面推出2000多个改革方案,许多领域实现历史性变革、系统性重塑、整体性重构。

从夯基垒台、立柱架梁到全面推进、积厚成势,再到系统集成、协同高效,各领域基础性制度框架基本确立,中国特色社会主义制度更加成熟更加定型,国家治理体系和治理能力现代化水平明显提高。

时间见证变革的力量。新时代以来,党带领人民推动的改革是全方位、深层次、根本性的,取得的成就是历史性、革命性、开创性的。坚持全面深化改革、扩大开放,新时代中国书写了经济快速发展和社会长期稳定两大奇迹新篇章,人民群众获得感、幸福感、安全感不断提升。

一切伟大成就都是接续奋斗的结果,一切伟大事业都需要在继往开来中推进。

党的二十大擘画了全面建成社会主义现代化强国、以中国式现代化全面推进中华民族伟大复兴的宏伟蓝图。踏上新征程,习近平总书记再次强调用好"重要法宝":"改革开放是当代中国大踏步赶上时代的重要法宝,是决定中国式现代化成败的关键一招。"

2024年是全面深化改革又一个重要年份,习近平总书记在中央深改委会议、中央政治局集体学习、全国两会、地方考察等多个重要场合，为进一步全面深化改革指方向、提要求，强调"发展新质生产力，必须进一步全面深化改革，形成与之相适应的新型生产关系"，"要谋划进一步全面深化改革重大举措"，"要紧扣推进中国式现代化这个主题，突出改革重点，把牢价值取向，讲求方式方法"，等等。

历史和现实一再证明，改革开放始终是党和人民事业大踏步赶上时代的"重要法宝"。当前和今后一个时期是以中国式现代化全面推进强国建设、民族复兴伟业的关键时期，要继续用好这个"重要法宝"，推动新时代改革开放不断向更深层次挺进、向更高境界迈进。

（求是网 2024 年 7 月 8 日）

始终坚持改革开放正确方向

——学习习近平总书记关于全面深化改革的重要论述②

学而时习

旗帜决定方向，道路决定命运。全面深化改革往什么方向走，这是一个带有根本性的问题。

"我们的改革开放是有方向、有立场、有原则的。我们当然要高举改革旗帜，但我们的改革是在中国特色社会主义道路上不断前进的改革，既不走封闭僵化的老路，也不走改旗易帜的邪路。"在开启全面深化改革之初，习近平总书记就旗帜鲜明地回答了改革的方向性问题，强调"在方向问题上，我们头脑必须十分清醒"。

方向问题为何如此重要？习近平总书记深刻阐明其中的道理："政治方向是党生存发展第一位的问题，事关党的前途命运和事业兴衰成败"，"如果在方向问题上出现偏离，就会犯颠覆性错误"，"我们是一个大国，决不能在根本性问题上出现颠覆性失误，一旦出现就无可挽回、无法弥补"。

循大道，可至千里。回顾我国改革开放走过的波澜壮阔的历程，习近平总书记指出，"改革历程也不是那么一帆风顺的，也经历过曲折，但由于方向正确、驾驭得当，有了问题能及时纠正，所以取得了历史性成就"，强调"我国改革开放之所以能取得巨大成功，关键是我们把党的基本路线作为党和国家的生命线，始终坚持把以经济建设为中心同四项基本原则、改革开放这两个基本点统一于中国特色社会主义伟大实践"。

什么是改革开放的正确方向？习近平总书记明确指出，"我们的方向就是不断推动社会主义制度自我完善和发展,而不是对社会主义制度改弦易张","改什么、怎么改必须以是否符合完善和发展中国特色社会主义制度、推进国家治理体系和治理能力现代化的总目标为根本尺度,该改的、能改的我们坚决改,不该改的、不能改的坚决不改"。总书记还特别强调:"不实行改革开放死路一条,搞否定社会主义方向的'改革开放'也是死路一条。"

面对纷繁复杂的国内国际环境,面对各种思想观念和利益诉求的相互激荡,习近平总书记的重要论述,为把准改革脉搏,确保全面深化改革事业始终走得正、行得稳,指明了清晰的方向。

——必须把握好坚持和发展中国特色社会主义的根本政治方向

改革开放 40 多年来,我们党全部理论和实践的主题是坚持和发展中国特色社会主义。习近平总书记指出,全面深化改革总目标是完善和发展中国特色社会主义制度、推进国家治理体系和治理能力现代化。这两句话是一个统一整体,前一句规定了根本方向,后一句规定了在根本方向指引下完善和发展中国特色社会主义制度的鲜明指向,两句话都讲,才是完整的、全面的。

坚定制度自信与全面深化改革是什么关系?习近平总书记强调:"没有坚定的制度自信就不可能有全面深化改革的勇气,同样,离开不断改革,制度自信也不可能彻底、不可能久远。"我们全面深化改革,不是因为中国特色社会主义制度不好,而是要使它更好;我们说坚定制度自信,不是要固步自封,而是要不断革除体制机制弊端,让我们的制度成熟而持久。

不断推进改革,是为了推动党和人民事业更好发展,而不是为了迎合某些人的"掌声",不能把西方的理论、观点生搬硬套在自己身上。有些不能改的,再过多长时间也不改,决不在根本性问题上出现颠覆性错误。在涉及道路、理论、制度、文化等根本性问题上,在大是大非面前，必须立场坚定、旗帜鲜明。

——必须坚持和加强党的全面领导

"推进改革的目的是要不断推进我国社会主义制度自我完善和发展，赋予社会主义新的生机活力。"习近平总书记指出，"这里面最核心的是坚持和改善党的领导、坚持和完善中国特色社会主义制度，偏离了这一条，那就南辕北辙了。"

党的十八大以来，以习近平同志为核心的党中央以巨大的政治勇气全面深化改革，坚持目标引领，突出问题导向，敢于突进深水区，敢于啃硬骨头，敢于涉险滩，敢于面对新矛盾新挑战，坚决破除各方面体制机制弊端，以前所未有的力度打开了崭新局面。

放眼全世界，没有哪个国家和政党，能有这样的政治气魄和历史担当，敢于大刀阔斧、刀刃向内、自我革命，没有哪个国家和政党，能在这么短时间内推动这么大范围、这么大规模、这么大力度的改革。

实践不断证明，加强党对全面深化改革的集中统一领导，是艰巨复杂的改革工作得以顺利推进的根本政治保证，是全面深化改革取得成功的关键。要进一步全面深化改革、推进中国式现代化，党的领导依然是根本保证。只有坚持党对进一步全面深化改革的集中统一领导，才能确保中国式现代化锚定奋斗目标行稳致远。

"改革无论怎么改，坚持党的全面领导、坚持马克思主义、坚持中国特色社会主义道路、坚持人民民主专政等根本的东西绝对不能动摇"。2024年5月23日，习近平总书记主持召开企业和专家座谈会时，再次强调了改革的正确方向不能变。前进征程上，要把命运掌握在自己手中，就要有志不改、道不变的坚定，保持战略定力，坚定改革方向，使改革开放的航船始终沿着正确航向破浪前行。

（求是网2024年7月9日）

不能忘记改革为了谁、依靠谁

——学习习近平总书记关于全面深化改革的重要论述③

学而时习

泉城济南，南郊宾馆，草木蓊郁，万物并秀。2024年5月23日下午，习近平总书记在这里主持召开企业和专家座谈会。会场中，有来自国有企业、民营企业、外资企业、港澳台资企业、专精特新"小巨人"企业、个体工商户的代表，有来自经济领域的专家学者，有来自有关部门和地方的负责同志。

当有学者发言提到"接下来的这轮改革，力争让更多群体有更强的获得感"时，习近平总书记赞许道："这句话正是点睛之笔，老百姓的获得感是实实在在的。"总书记强调："我们抓改革、促发展，归根到底就是为了让人民过上更好的日子。党的十八大后，我提出坚持人民至上、坚持以人民为中心、人民对美好生活的向往就是我们的奋斗目标，必须将其落实到全面深化改革的全过程各方面。"

改革为了谁、依靠谁？破题、解题，"人民"二字是关键。

——为了人民而改革，改革才有意义

"我们推进改革的根本目的，是要让国家变得更加富强、让社会变得更加公平正义、让人民生活得更加美好。"习近平总书记的这一重要论断，深刻揭示了全面深化改革的逻辑起点、价值旨归。

一切向前走，都不能忘记为什么出发。为中国人民谋幸福、为中华民族谋复兴，是中国共产党人的初心和使命，是改革开放的原动力、

出发点。40多年来，改革开放因人民而大潮涌起、为人民而劈波逐浪。习近平总书记指出："改革开放之所以得到广大人民群众衷心拥护和积极参与，最根本的原因在于我们一开始就使改革开放事业深深扎根于人民群众之中。"

新时代以来，全面深化改革始终坚持以人民为中心，老百姓关心什么、期盼什么，就抓住什么、推进什么。

从农村"厕所革命"到城市垃圾分类，从防治"小眼镜"到推进清洁取暖……一件件一桩桩百姓的"小事"被摆上中南海的议事案头，融入国家发展顶层设计，成为改革的关注点、发力点。

建成世界上规模最大的教育体系、社会保障体系、医疗卫生体系，收入分配制度改革持续深化，户籍制度改革打破横亘在城乡之间的户籍二元化壁垒，个人所得税改革惠及 2.5 亿人……一个个改革方案涉及百姓的衣、食、住、行、教育、医疗、养老等各个环节，人民群众的获得感、幸福感、安全感不断增强。

沉甸甸的成绩单，记录着全面深化改革造福人民的温暖步伐，生动诠释了"让人民生活幸福是'国之大者'"。

——依靠人民而改革，改革才有动力

改革开放在认识和实践上的每一次突破和深化，改革开放中每一个新生事物的产生和发展，改革开放每一个领域和环节经验的创造和积累，无不来自亿万人民的智慧和实践。

习近平总书记指出，"改革开放是亿万人民自己的事业，必须坚持尊重人民首创精神"，"没有人民支持和参与，任何改革都不可能取得成功。无论遇到任何困难和挑战，只要有人民支持和参与，就没有克服不了的困难，就没有越不过的坎"。

2020 年 9 月，湖南长沙。习近平总书记专门请来基层代表，听取大家对"十四五"规划编制的意见和建议。他们中有乡村教师、农民工，也有货运司机、种粮大户。这样听取意见和建议的座谈会，总书记在两个月内主持召开了7场。

"正确的道路从哪里来？从群众中来。"习近平总书记强调，"我们要眼睛向下，把顶层设计同问计于民统一起来。"问计于民，彰显了以人民为中心的根本立场，是我们党的重要工作方法。总书记指出："在全面深化改革进程中，遇到关系复杂、难以权衡的利益问题，要认真想一想群众实际情况究竟怎样？群众到底在期待什么？群众利益如何保障？群众对我们的改革是否满意？"

"大鹏之动，非一羽之轻也；骐骥之速，非一足之力也。"正是想人民之所想，行人民之所嘱，及时总结群众创造的新鲜经验，充分调动群众推进改革的积极性、主动性、创造性，全面深化改革才能找到破题的思路、凝聚起奋进的共识。

中国式现代化，民生为大。坚持以人民为中心的改革价值取向，把最广大人民的智慧和力量凝聚到改革上来，同人民一道把改革推向前进，必将为进一步全面深化改革、推进中国式现代化汇聚更磅礴力量。

（求是网2024年7月10日）

推进改革必须坚持正确的方法论

——学习习近平总书记关于全面深化改革的重要论述④

学而时习

"改革开放是前无古人的崭新事业,必须坚持正确的方法论,在不断实践探索中推进。"在领导推动新时代全面深化改革的伟大历程中,习近平总书记不断总结升华实践经验,深入把握改革规律和特点,创造性提出全面深化改革的科学方法和有效路径,形成改革开放以来最丰富、最全面、最系统的改革方法论,为全面深化改革提供了科学指导和行动指南。

"事必有法,然后可成。"全面深化改革是一场深刻的社会革命,是一项复杂的系统工程,必须以科学的方法论为指导方能行稳致远。要深刻领会习近平总书记关于改革方法论的重要论述,并贯彻落实到全面深化改革各方面全过程。

——"突出问题导向"

问题是时代的声音,也是改革的动因。习近平总书记深刻指出,"改革是由问题倒逼而产生,又在不断解决问题中而深化","我们强调增强问题意识、坚持问题导向,就是承认矛盾的普遍性、客观性,就是要善于把认识和化解矛盾作为打开工作局面的突破口"。

事业发展出题目,深化改革做文章。党的十八大以来,以习近平同志为核心的党中央始终坚持鲜明的问题导向,积极应对新矛盾新挑战,着力冲破思想观念束缚,集中突破利益固化藩篱,坚决破除各方面体制机制弊端，全面深化改革在解决一个个问题中不断向纵深推进。

"进一步全面深化改革要突出问题导向，着力解决制约构建新发展格局和推动高质量发展的卡点堵点问题、发展环境和民生领域的痛点难点问题、有悖社会公平正义的焦点热点问题"。习近平总书记2024年3月在湖南考察时的重要讲话，具有鲜明指向性。进一步全面深化改革要奔着问题去、盯着问题改，确保改革"有的放矢"，使改革举措更加精准有力。

——"增强改革系统性、整体性、协同性"

系统观念是具有基础性的思想和工作方法。改革开放是一场深刻而全面的社会变革，既包括经济体制又包括政治体制、文化体制、社会体制、生态体制，既涉及生产力又涉及生产关系，既涉及经济基础又涉及上层建筑，每一项改革都会对其他改革产生重要影响，每一项改革又都需要其他改革协同配合。

特别是新时代以来，改革进入攻坚期和深水区，更多面对的是深层次体制机制问题，推进改革发展、调整利益关系往往牵一发而动全身，对改革的系统性、整体性、协同性要求更高。"零敲碎打调整不行，碎片化修补也不行，必须是全面的系统的改革和改进，是各领域改革和改进的联动和集成，在国家治理体系和治理能力现代化上形成总体效应、取得总体效果。"正是基于对新时代改革开放特点的深刻把握，习近平总书记反复强调"要突出改革的系统性、整体性、协同性"。

2024年5月23日，习近平总书记在主持召开企业和专家座谈会时进一步强调，改革要更加注重系统集成，坚持以全局观念和系统思维谋划推进，加强各项改革举措的协调配套，推动各领域各方面改革举措同向发力、形成合力，增强整体效能，防止和克服各行其是、相互掣肘的现象。

改革越深入，越需要全面系统谋划、整体协调推进。要厘清重大改革的逻辑关系，打好改革"组合拳"，做到前后呼应、衔接配套，促进各项改革举措在政策取向上相互配合、在实施过程中相互促进、在改革成效上相得益彰。

——"改革为了人民、改革依靠人民、改革成果由人民共享"

改革千头万绪，归根到底就是一个"人"字。习近平总书记鲜明指出，"抓改革、促发展，归根到底就是为了让人民过上更好的日子"，"全面深化改革必须以促进社会公平正义、增进人民福祉为出发点和落脚点"。总书记的重要论述充分体现了我们党全心全意为人民服务的根本宗旨，彰显了全面深化改革的价值取向。

只有站在人民立场、从人民利益出发，才能得到人民拥护和支持。进一步全面深化改革，要坚持老百姓关心什么、期盼什么，就重视什么、关注什么，就抓住什么、推进什么；要着眼创造更加公平正义的社会环境，不断克服各种有违公平正义的现象，使改革发展成果更多更公平惠及全体人民，让人民群众有更多获得感、幸福感、安全感。

人民是历史的创造者，一切改革的推进，都离不开人民的力量。改革开放40多年来，在认识和实践上的每一次突破和进展，每一个新生事物的产生和发展，每一个方面经验的创造和积累，无不来自亿万人民的智慧和实践。进一步全面深化改革，要走好新时代党的群众路线，坚持问计于民、问需于民，依靠群众找到破题的思路；要尊重人民主体地位和首创精神，及时总结群众创造的新鲜经验，充分调动群众推进改革的积极性、主动性、创造性。

——"加强顶层设计和摸着石头过河相结合"

"现在，同过去相比，中国改革的广度和深度都大大拓展了。要把改革推向前进，必须加强顶层设计。"习近平总书记十分重视改革的顶层设计和整体谋划，强调"所谓顶层设计，就是要对经济体制、政治体制、文化体制、社会体制、生态体制作出统筹设计，加强对各项改革关联性的研判，努力做到全局和局部相配套、治本和治标相结合、渐进和突破相促进"。

摸着石头过河就是摸规律，是富有中国特色、符合中国国情的改革方法。改革没有现成方案，只能通过实践、认识、再实践、再认识的反复过程，从实践中获得真知。我国改革开放就是这样走过来的，是先试验、后总结、再推广不断积累的过程。在习近平总书记看来，摸着石头过河的改革方法"符合人们对客观规律的认识过程，符合事物从量变到质变的辩证法"，"没有过时，也不会过时"。

"加强顶层设计和摸着石头过河都是推进改革的重要方法。"习近平总书记强调二者是辩证统一的，"推进局部的阶段性改革开放要在加强顶层设计的前提下进行，加强顶层设计要在推进局部的阶段性改革开放的基础上来谋划"。

——"胆子要大、步子要稳"

"改革进入攻坚期和深水区，凝聚改革共识难度加大，但不改不行，改慢了不行，过于激进也不行。"在中国这样一个拥有14亿多人口的国家深化改革，绝非易事。中国特色社会主义进入新时代，容易的、皆大欢喜的改革已经完成了，好吃的肉都吃掉了，剩下的都是难啃的硬骨头。习近平总书记深刻指出，"这就要求我们胆子要大、步子要稳"。

胆子要大，就是改革再难也要向前推进，敢于担当，敢于啃硬骨头，敢于涉险滩。搞改革不可能都是四平八稳、没有任何风险。只要经过充分论证和评估，是符合实际、必须做的，就要大胆地干。

步子要稳，就是方向一定要准，行驶一定要稳，尤其是不能犯颠覆性错误。习近平总书记强调："中国是一个大国，决不能在根本性问题上出现颠覆性错误，一旦出现就无法挽回、无法弥补。"胆子大不是蛮干，必须坚持正确方向，稳妥审慎，三思而后行。对一些重大改革，不可能毕其功于一役，要稳扎稳打，做到蹄疾而步稳。

"稳定是改革发展的前提，必须坚持改革发展稳定的统一。"习近平总书记强调，"只有社会稳定，改革发展才能不断推进；只有改革发展不断推进，社会稳定才能具有坚实基础。"要坚持把改革的力度、发展的速度和社会可承受的程度统一起来，在保持社会稳定中推进改革发展，通过改革发展促进社会稳定。

习近平总书记关于改革方法论的重要论述还有很多，内涵十分丰富。比如：强调要坚持守正创新，"改革无论怎么改，坚持党的全面领导、坚持马克思主义、坚持中国特色社会主义道路、坚持人民民主专政等根本的东西绝对不能动摇，同时要敢于创新，把该改的、能改的改好、改到位，看准了就坚定不移抓"；强调要处理好解放思想和实事求是的关系，"思想不解放，我们就很难看清各种利益固化的症结所在，很难找准突破的方向和着力点，很难拿出创造性的改革举措"，同时"要坚持一切从实际出发，按照客观规律办事"，"不能拍脑袋、瞎指挥、乱决策"；强调凡属重大改革都要于法有据，"在整个改革过程中，都要高度重视运用法治思维和法治方式，发挥法治的引领和推动作用，加强对相关立法工作的协调，确保在法治轨道上推进改革"；强调改革要重谋划，更要重落实，"要以钉钉子精神抓改革落实，既要积极主动，更要扎实稳健，明确优先序，把握时度效，尽力而为、量力而行，不能脱离实际"；等等。

习近平总书记关于改革方法论的重要论述，是改革开放以来特别是新时代全面深化改革的经验总结，对于进一步全面深化改革具有重要现实指导意义。要深入学习这些科学方法并将其作为行动指南，不断提高攻坚克难、化解矛盾、驾驭复杂局面的能力，更好地把改革开放推向前进。

（求是网 2024 年 7 月 11 日）

"中国的改革开放之路一定可以成功"

——学习习近平总书记关于全面深化改革的重要论述⑤

学而时习

黄海之滨,长风浩荡,大潮奔涌。山东半岛绵长的海岸线上,日照港犹如一颗新兴的璀璨明珠。从1978年勘察选址,到如今通达四海、成为全球"最年轻"的5亿吨大港,正是改革开放的浪潮,让这座港口奋楫扬帆、后来居上。

"从中,我们应当坚定一种信念,中国的改革开放之路一定可以成功。"习近平总书记2024年5月22日在日照港考察时,感怀万千。

没有改革开放,就没有中国的今天,也就没有中国的明天。

新时代以来,习近平总书记多次发出坚定不移推进改革开放的动员令:"改革开放只有进行时,没有完成时","实践发展永无止境,解放思想永无止境,改革开放也永无止境","改革不停顿、开放不止步","将改革开放进行到底"!

回望2013年秋天,那场"划时代的"党的十八届三中全会,面对"难啃的硬骨头",开启了全面深化改革、系统整体设计推进改革的新时代。十余载披荆斩棘,全面深化改革气势如虹。

走过千山万水,仍需跋山涉水。2024年是全面深化改革又一个重要年份,主要任务是谋划进一步全面深化改革,这既是党的十八届三中全会以来全面深化改革的实践续篇,也是新征程推进中国式现代化的时代新篇。

2024年以来,党中央多次就进一步全面深化改革进行谋划部署,习近平总书记在许多重要场合作出重要指示、提出明确要求,要认真学习领会、坚决贯彻落实。

——深刻领会"六个必然要求"

"面对纷繁复杂的国际国内形势，面对新一轮科技革命和产业变革，面对人民群众新期待，必须继续把改革推向前进。"2024年4月30日，二十届中央政治局召开会议，用"六个必然要求"深刻阐明进一步全面深化改革的重大意义：

"这是坚持和完善中国特色社会主义制度、推进国家治理体系和治理能力现代化的必然要求，是贯彻新发展理念、更好适应我国社会主要矛盾变化的必然要求，是坚持以人民为中心、让现代化建设成果更多更公平惠及全体人民的必然要求，是应对重大风险挑战、推动党和国家事业行稳致远的必然要求，是推动构建人类命运共同体、在日趋激烈的国际竞争中赢得战略主动的必然要求，是解决大党独有难题、建设更加坚强有力的马克思主义政党的必然要求。"

开弓没有回头箭，改革关头勇者胜。"六个必然要求"深刻表明，进一步全面深化改革是时代的呼唤，是人民的心声，是党中央坚定不移的战略布局，是新时代中国共产党人的使命与担当。

——紧扣推进中国式现代化这个主题

以中国式现代化全面推进强国建设、民族复兴伟业，是新时代新征程党和国家的中心任务，是新时代最大的政治，也是进一步全面深化改革的主题。

2024年2月19日，二十届中央全面深化改革委员会第四次会议指出，要科学谋划进一步全面深化改革重大举措，聚焦妨碍中国式现代化顺利推进的体制机制障碍，明确改革的战略重点、优先顺序、主攻方向、推进方式，突出改革问题导向，突出各领域重点改革任务。

2024年3月5日，习近平总书记在参加十四届全国人大二次会议江苏代表团审议时要求，要谋划进一步全面深化改革重大举措，为推动高质量发展、推进中国式现代化持续注入强劲动力。

2024年5月23日，习近平总书记在山东济南主持召开企业和专家座谈会时强调，进一步全面深化改革，要紧扣推进中国式现代化这个主题，突出改革重点，把牢价值取向，讲求方式方法，为完成中心任务、实现战略目标增添动力。

中国式现代化是一项前无古人的开创性事业，艰巨性和复杂性前所未有。要把全面深化改革作为推进中国式现代化的根本动力，作为稳大局、应变局、开新局的重要抓手，不断以改革开放的新成效扎实推进中国式现代化。

——坚决贯彻"六个坚持"

2024年6月27日，二十届中央政治局召开会议，深刻总结改革开放以来特别是新时代全面深化改革的宝贵经验，提出进一步全面深化改革要贯彻的一系列原则，包括：坚持党的全面领导、坚持以人民为中心、坚持守正创新、坚持以制度建设为主线、坚持全面依法治国、坚持系统观念。这"六个坚持"既是对过去经验的深刻总结，也是对未来改革的重要指引。

党的领导是进一步全面深化改革、推进中国式现代化的根本保证，只有把党的领导贯穿改革各方面全过程，才能确保改革始终沿着正确政治方向前进。为了人民而改革，改革才有意义；依靠人民而改革，改革才有动力。守正才能不迷失方向、不犯颠覆性错误，创新才能把握时代、引领时代。改革有破有立，不仅要出实招解决问题，更要把改革成果转化为可以施之长远的制度。改革和法治如鸟之两翼、车之两轮，任何重大改革都应于法有据并及时把改革成果上升为法律制度。改革是一项复杂系统工程，必须处理好经济和社会、政府和市场、效率和公平、活力和秩序、发展和安全等重大关系，增强系统性、整体性、协同性。

党的二十届三中全会召开在即，全面深化改革将掀开新的篇章。全党全国各族人民坚定信心、团结一心，把智慧和力量凝聚到党中央的战略部署上来，坚定不移推动改革开放向更深层次挺进、向更高境界迈进，中国式现代化巍巍巨轮必将劈波斩浪、一往无前。

再出发，更壮阔的征程即将开启；向前进，更伟大的胜利就在前方！

（求是网 2024 年 7 月 12 日）

中国经济沿高质量发展航道破浪前行

光明日报记者 刘 坤 鲁元珍

今天的中国,自强不息,充满活力。C919大飞机实现商飞,国产大型邮轮投入运营,神舟家族太空接力,"奋斗者"号极限深潜,新能源汽车、锂电池、光伏产品为中国制造增添了新亮色。

今天的中国,踔厉奋发,欣欣向荣。乡村振兴展现新气象,东北全面振兴谱写新篇章,长江经济带活力脉动,粤港澳大湾区勇立潮头,雄安新区拔节生长,中国经济在风浪中强健了体魄、壮实了筋骨。

党的十八大以来,以习近平同志为核心的党中央以巨大的政治勇气全面深化改革,坚持目标引领,突出问题导向,加强改革顶层设计,敢于突进深水区,敢于啃硬骨头,敢于涉险滩,敢于面对新矛盾新挑战,坚决破除各方面体制机制弊端,以前所未有的力度打开了崭新局面。

历史的车轮滚滚向前,改革开放前途光明,任重道远。

新时代新征程,要进一步全面深化改革,着力破解深层次体制机制障碍和结构性矛盾,充分激发全社会创业创新创造活力,为推进中国式现代化注入强大动力,中国式现代化建设将披荆斩棘、一往无前。

蹄疾步稳推进改革

前海石前,游人如织;沿江高速,飞虹跨海……深圳前海,这个"特区中的特区",一派生机勃勃。

以制度创新为核心,用改革的方法破解制约发展的难题,推进与港澳规则衔接、机制对接,打造粤港澳大湾区全面深化改革创新试验平台……前海，已从昔日的泥泞滩涂，蝶变成为新时代改革开放的崭新地标。

回首过往，改革开放足音铿锵，发展故事日新月异。

2013年11月，中共十八届三中全会在京举行，会议审议通过《中共中央关于全面深化改革若干重大问题的决定》，绘就全面深化改革的宏伟蓝图。

这次全会明确全面深化改革的总目标——完善和发展中国特色社会主义制度，推进国家治理体系和治理能力现代化。

这次全会提出包括经济、政治、文化、社会、生态文明和党的建设等领域330多项较大的改革举措。

这次全会提出经济体制改革是全面深化改革的重点，核心问题是处理好政府和市场的关系，使市场在资源配置中起决定性作用和更好发挥政府作用。

不谋万世者，不足谋一时；不谋全局者，不足谋一域。

蓝图绘就，全面深化改革全面发力、多点突破、蹄疾步稳、纵深推进——

坚持和完善社会主义基本经济制度，毫不动摇巩固和发展公有制经济，毫不动摇鼓励、支持、引导非公有制经济发展，充分发挥市场在资源配置中的决定性作用，更好发挥政府作用。深化国资国企改革，加快国有经济布局优化和结构调整。优化民营企业发展环境，依法保护民营企业产权和企业家权益。完善中国特色现代企业制度，弘扬企业家精神，推进简政放权、放管结合、优化服务……

2020年12月31日，习近平总书记出席全国政协新年茶话会并发表重要讲话强调，中共十八届三中全会召开7年多来，各方面共推出2485个改革方案，中共十八届三中全会提出的改革目标任务总体如期完成。

知之愈明，则行之愈笃。

2022年，《中共中央 国务院关于加快建设全国统一大市场的意见》发布，从全局和战略高度明确了加快推进全国统一大市场建设的总体要求、主要目标和重点任务。

"加快清理废除妨碍统一市场和公平竞争的各种规定和做法，破除各种封闭小市场、自我小循环""充分发挥市场在资源配置中的决定性作用，更好发挥政府作用，强化竞争政策基础地位，加快转变政府职能"……

一大批改革举措相继落地，全国统一大市场建设取得实质性进展，统一开放、竞争有序的现代市场体系日益健全，社会主义市场经济体制健全完善驶入"快车道"。

历史，往往在变革中开启新篇章。

党的二十大提出了一系列重大改革举措，这是党中央对新时代新征程全面深化改革作出的重大战略部署。

2023年12月召开的中央经济工作会议明确，不断完善落实"两个毫不动摇"的体制机制，充分激发各类经营主体的内生动力和创新活力。

深入实施国有企业改革深化提升行动，明确任务书、时间表、路线图，出台促进民营经济发展壮大的意见，国家发展和改革委员会设立民营经济发展局，8部门推出25条具体举措加强民营企业金融服务……相关政策措施进一步提振经营主体信心、激发经营主体活力。

数据显示，截至2023年底，全国登记在册经营主体达1.84亿户，其中民营企业超过5300万户，分别比2012年增长了2.3倍和3.9倍。

风雨沧桑，大道无垠。

全面深化改革10多年来，各领域基础性制度框架基本建立，许多领域实现历史性变革、系统性重塑、整体性重构，中国特色社会主义制度更加成熟更加定型，国家治理体系和治理能力现代化水平明显提高，在中国式现代化的宏阔进程中写下了浓墨重彩的篇章。

高质量发展迈出坚实步伐

需求牵引供给，供给创造需求。

近年来，我国持续深化供给侧结构性改革，着力畅通经济循环，挖掘居民消费潜力，推动消费总量扩大和质量改善，增强人民获得感、幸福感、安全感，不断巩固消费对经济发展的基础性作用。

2024年"618"网络购物节期间，国潮服饰、家电家居、数码产品等广受消费者青睐，销售额、订单量再创新高，尽显国内消费市场的巨大潜力和强大韧性。

龙年春节假期，国内旅游出游4.74亿人次，按可比口径较2019年同期增长19%；春节档票房突破80亿元，创同档期纪录。端午假期，国内旅游出游人次和游客出游总花费同比分别增长6.3%、8.1%。

"今年以来，消费市场保持稳定增长态势。5月份，消费市场运行稳中有升，市场销售增长加快，升级类消费需求有效释放，线上消费占比持续提高；服务零售继续较快增长，出行文旅消费持续活跃。"国家统计局贸经司首席统计师袁彦说。

消费市场恢复向好，国内需求持续释放，离不开供给侧结构性改革持续深化。供给和需求是经济发展的一体两面，也是我国经济实现质的有效提升和量的合理增长的重要着力点。

"把着力扩大有效需求和深化供给侧结构性改革有机结合起来，是党中央基于我国经济运行规律和外部发展环境变化作出的战略部署。"中国社会科学院经济研究所所长黄群慧说，把握关键着力点、坚持系统观念，让超大规模市场和强大生产能力的比较优势转化为竞争优势，将不断夯实高质量发展根基。

惟改革者进，惟创新者强，惟改革创新者胜。

全面深化改革这些年，改革在破除阻碍、推动创新等方面发挥了重要作用。一系列科技体制改革举措密集落地，一系列鼓励创新的优惠政策激发信心与活力，极大释放了创新引擎的动能。

5G、大数据、云计算、人工智能等新技术与传统产业深度融合，数字经济蓬勃发展……全社会研发经费投入从2012年的1.03万亿元增长到2023年的3.3万亿元，与国内生产总值之比达2.64%，超过欧盟国家平均水平。

改革创新，不仅深刻改变着人们的生活方式，也有力推动着经济高质量发展迈出坚实步伐。

"积极培育新能源、新材料、先进制造、电子信息等战略性新兴产业，积极培育未来产业，加快形成新质生产力，增强发展新动能。"2023年9月，习近平总书记在黑龙江首次提出"新质生产力"这一重要概念，引发海内外高度关注。

无论是广袤原野、繁华都市，还是研发场所、生产车间，处处涌动着发展新质生产力的热潮。我国科技创新实现新突破，新质生产力加快形成，2023年经济总量超过126万亿元，粮食总产再创新高，就业、物价总体平稳。

2024年以来，我国经济延续回升向好态势，经济增速稳中有升，结构调整稳中有进，质量效益稳步提高，民生得到有力保障，市场预期总体改善。2012年到2023年，高技术制造业、装备制造业占规模以上工业增加值分别从9.4%、28%提高到15.7%、33.6%；服务业增加值占比从45.5%提高至54.6%。

"随着各项宏观政策持续落地，我国经济运行中的积极因素不断积累。"国家发展和改革委员会政研室副主任李超说。

广袤的中华大地上，全面深化改革正释放出磅礴伟力，助推我国经济高质量发展迈出新步伐。

以开放促改革、促发展

开放，是我国把握历史大势的抉择。

从兴办深圳等经济特区到推动沿海沿边沿江沿线和内陆中心城市对外开放，从加入世界贸易组织到共建"一带一路"，从设立自由贸易试验区到举办中国国际进口博览会……不断扩大对外开放、提高对外开放水平，以开放促改革、促发展，是我国发展不断取得新成就的重要法宝。

黄浦江畔，八方来宾齐聚"四叶草"。

在2023年第六届中国国际进口博览会上，人形机器人等超400项新产品、新技术、新服务集中亮相，各显神通；全球超过 3400 家企业参展，世界 500 强和行业龙头企业参展数量达 289 家，按年计意向成交金额 784.1 亿美元……进博会"汇全球、惠全球"，尽显开放魅力。

此外，中国国际消费品博览会、中国进出口商品交易会、中国国际服务贸易交易会等国际经贸盛会成功举办，取得丰硕成果，展现了中国坚定不移扩大开放、同世界分享市场机遇的决心。

开放带来进步，封闭必然落后。

近年来，我国新能源汽车产业快速发展，涌现出一大批产品质量硬、技术水平高、用户体验好的车型。2023 年，我国新能源汽车产销量分别达 958.7 万辆和 949.5 万辆，连续 9 年居全球首位。

"实践证明，我国新能源汽车产业快速发展，关键在于顺应客观规律、充分尊重市场竞争、坚持在开放中求发展。"李超说，中国汽车产业在深度参与全球产业分工合作中发展壮大，同时我国也没有把超大规模国内市场"圈起来"让中国企业独享，而是积极欢迎全球汽车企业共享中国超大规模市场红利。

2024 年 5 月 25 日，满载镍钴锰酸锂、汽车配件、百货、液晶显示板等货物的 X8157 次中欧班列（西安—马拉舍维奇），从我国西安国际港站开出，驶向欧洲。这是累计开行的第 9 万列中欧班列。

截至目前，中欧班列通达欧洲 25 个国家 223 个城市，连接 11 个亚洲国家超过 100 个城市，服务网络基本覆盖欧亚全境。

加大力度吸引和利用外资，实施外商投资法，修订扩大鼓励外商投资产业目录，持续缩减外资准入负面清单，自贸试验区提质扩容至 22 个，打造市场化、法治化、国际化一流营商环境，高水平实施《区域全面经济伙伴关系协定》（RCEP）……10 多年来，深化改革不停顿，扩大开放不止步。

2023 年，我国跨境电商进出口总额 2.38 万亿元，增长 15.6%；全年货物进出口总额 417568 亿元。开放，不仅让"中国号"巨轮驶向更加广阔的海域，也令世界分享发展红利。

"培育内生动力必须依靠改革开放，'统筹'二字强调相辅相成，突出相互促进。"国务院发展研究中心对外经济研究部综合研究室主任赵福军说，统筹推进深层次改革和高水平开放，有利于破解深层次体制机制障碍，更好地把制度优势转化为国家治理效能，为经济社会发展注入不竭动力。

中国社会科学院大学教授江小涓认为，要坚定推进高水平开放，稳步扩大规则、规制、管理、标准等制度型开放，以开放促改革，着力破解深层次体制机制障碍，不断彰显中国特色社会主义制度优势，不断增强社会主义现代化建设的动力和活力，把我国制度优势更好转化为国家治理效能。

"中国将进一步扩大高水平对外开放，为全球经济复苏和稳定注入更多确定性，为各国投资者深耕中国、赢得未来提供更大空间。"商务部副部长郭婷婷表示，中国将落实好支持高质量共建"一带一路"八项行动，全面深入参与世贸组织改革，深化多双边合作，不断扩大面向全球的高标准自贸区网络，推动G20等机制达成更多务实成果，让经济全球化成果更好惠及各方。

只有进行时，没有完成时

改革开放只有进行时、没有完成时。

全面建设社会主义现代化国家，是一项伟大而艰巨的事业。推进中国式现代化，必须进一步全面深化改革开放，不断解放和发展社会生产力、解放和增强社会活力。

当前，世界百年未有之大变局加速演进，新一轮科技革命和产业变革深入发展，国际力量对比深刻调整，我国发展面临新的战略机遇。同时，逆全球化思潮抬头，单边主义、保护主义明显上升，世界经济复苏乏力，局部冲突和动荡频发，全球性问题加剧，世界进入新的动荡变革期。来自外部的打压遏制随时可能升级，各种"黑天鹅""灰犀牛"事件随时可能发生。

沧海横流，方显英雄本色。

改革既不可能一蹴而就，也不可能一劳永逸。改革道路上仍面临着很多复杂的矛盾和问题。

国家发展和改革委员会主任郑栅洁表示，要全面深化改革开放、强化创新驱动，持续激发发展新质生产力的活力动力。以科技创新引领产业创新，推动核心技术攻关，强化企业科技创新主体地位，促进数字经济和实体经济深度融合，健全新型举国体制，形成支持全面创新的基础制度。

"着力打通束缚新质生产力发展的堵点卡点。"郑栅洁说，加快完善数据产权、交易流通等制度，健全促进中小企业数字化转型的支持政策。完善人才培养、引进、使用、合理流动的工作机制，推动教育、科技、人才融通发展。稳步扩大制度型开放，形成具有全球竞争力的开放创新生态。

路虽远，行则将至；事虽难，做则必成。只要有愚公移山的志气、滴水穿石的毅力，脚踏实地，埋头苦干，积跬步以至千里，就一定能够把宏伟目标变为美好现实。

新时代新征程上，在以习近平同志为核心的党中央坚强领导下，改革开放必将迈出新步伐，经济高质量发展必将取得新突破，构建新发展格局和建设现代化经济体系必将取得重大进展，国家治理体系和治理能力现代化必将深入推进，社会主义市场经济体制必将更加完善，经济实力、科技实力、综合国力必将大幅跃升。

（《光明日报》2024 年 6 月 28 日）

改革，为科技强国建设提供不竭动力

光明日报记者　齐　芳　金振娅　詹　媛　杨　舒

此刻，极目星空，中国红分外耀眼！那是嫦娥六号在月球背面升起的豪情，是天宫空间站上中国航天员常挂胸前的自信。

此刻，远眺大洋，中国之力律动勃发！那是马里亚纳海沟万米深处奋斗者号传回的影像，是南极罗斯海全新建造的秦岭站上忙碌的身影。

此刻，放眼华夏，神州大地创新潮涌——我们建设了里程世界第一的高铁网络，我们建成全球最大口径单天线射电望远镜，"中国的北斗"成为"世界的北斗"。

…………

科学技术关乎国家前途命运，关乎人民福祉。中国要强盛，要复兴，一定要大力发展科技！

建设科技强国，向什么要动力？改革，唯有改革！党的十八大以来，以习近平同志为核心的党中央对科技体制改革作出一系列重要战略部署，指引和推动科技体制改革持续深化。我国科技体制改革"四梁八柱"基本确立，重要领域和关键环节改革取得实质性突破，创新体系效能不断提升。

科技创新，我们赶上了最好的时代！

改革，向着纵深，更纵深

中建材玻璃新材料研究总院是深化科技体制改革的受益者，也是见证者。

自主研发的 30 微米柔性可折叠玻璃，测试中经 100 万次弯折后竟没有一丝裂纹！这不仅是一项中国第一、世界领先的科研成果，更由此打造了全国产化超薄柔性玻璃产业链。

"推动科技同经济深度融合""突出企业的创新主体地位"……持续深化的科技体制改革，破除了束缚、释放了潜能，让这家 1953 年成立的国家级科研院所，更加聚焦主业，加速玻璃研发，在信息显示、新能源、生物医药、航空航天、深海探测等新兴领域大显神通。

习近平总书记指出："如果把科技创新比作我国发展的新引擎，那么改革就是点燃这个新引擎必不可少的点火系。"

创新中国，越发高扬起深化改革的风帆！

2013 年，党的十八届三中全会明确提出深化科技体制改革。举一纲而万目张，一系列改革之举密集出台，国家科技治理体系不断完善——

科技体制改革有了"战略蓝图"。2015 年 3 月，中共中央、国务院出台《关于深化体制机制改革加快实施创新驱动发展战略的若干意见》，从营造激励创新的公平竞争环境等 8 个方面提出 30 条改革意见，破除一切制约创新的思想障碍和制度藩篱，激发全社会创新活力和创造潜能，提升劳动、信息、知识、技术、管理、资本的效率和效益。

科技体制改革绘成"施工图"。2015 年 9 月，中共中央办公厅、国务院办公厅印发《深化科技体制改革实施方案》，10 个方面、32 项改革举措和 143 项政策措施，每一项改革任务均明确了具体成果、牵头部门和时间进度。

政策法规不断完善。《关于深化中央财政科技计划（专项、基金等）管理改革的方案》《关于深化科技奖励制度改革的方案》《科技体制改革三年攻坚方案（2021—2023 年）》等政策措施相继出台，《中华人民共和国科学技术进步法》《中华人民共和国促进科技成果转化法》等法律法规进一步修订完善，为激发科技创新活力、促进科技与经济融合提供了有力的制度保障。

不断探索新机制。重大科研任务"揭榜挂帅",设立颠覆性技术专项,实行首席科学家负责制,重点专项设立青年科学家项目支持不同技术路线并行攻关,关键性应急性重大任务安排项目"赛马"……一系列重大创新举措让科技界更具活力。

各地结合实际情况,纷纷出台地方政策法规或实施细则,将科技体制改革精神落实落细。沈阳,实施重大项目带动,推动产业提质升级,大力实施 IC 装备、机器人与智能装备、高档数控机床、重型燃气轮机等重大科技专项;云南,探索推行科技成果产权制度改革、股权分红激励等政策,引导和鼓励企业建立有利于自主创新和科技成果转化的中长期激励机制;湖北,以省政府名义出台《促进高校、院所科技成果转化暂行办法》及配套实施细则,对职务科技成果的资产处置和收益分配、组织人事制度、税收管理、工商登记等各项政策进行了针对性改革……

2023 年 3 月,十四届全国人大一次会议表决通过关于国务院机构改革方案的决定,其中一项备受关注——加强党中央对科技工作的集中统一领导,组建中央科技委员会,中央科技委员会办事机构职责由重组后的科学技术部整体承担。

问渠那得清如许,为有源头活水来。科技体制改革,是推动创新驱动发展的根本动力。今日的中国,在全球创新版图中的地位和作用发生了新的变化,既是国际前沿创新的重要参与者,也是共同解决全球性问题的重要贡献者。

数据显示,从投入看,2023 年全国研发经费投入超过 3.3 万亿元,比上年增长 8.1%,研发投入强度达到 2.64%,其中基础研究投入达到 2212 亿元,比上年增长 9.3%;从产出看,2023 年签订技术合同 95 万项,成交额达到 6.15 万亿元,比上年增长 28.6%;授权发明专利达到 92.1 万件,比上年增长 15.3%。

面向世界科技前沿,面向经济主战场,面向国家重大需求,面向人民生命健康,我国科技事业发展呈现新气象。2023 年,量子技术、集成电路、人工智能、生物医药、新能源等领域取得一大批重大原创成果，全球首座第四代核电站商运投产，C919大飞机实现商业运营，外贸"新三样"新能源汽车、锂电池、光伏产品出口增速喜人……

创新，决胜未来；改革，关乎国运！

活力，加速释放，再释放

曾经，在科研院所和高校，从事成果转移转化的科技工作者在职称评定中总有一些越不过的坎：科技项目、科研成果、论文……

在深化科技体制改革的进程中，加快建立以创新价值、能力、贡献为导向的人才评价体系是重中之重。2015年，《深化科技体制改革实施方案》明确要求"实行科技人员分类评价，建立以能力和贡献为导向的评价和激励机制"。2018年，中共中央办公厅、国务院办公厅陆续印发《关于分类推进人才评价机制改革的指导意见》《关于深化项目评审、人才评价、机构评估改革的意见》；科技部、教育部先后推出"破四唯"相关改革举措。2022年，科技部等八部门印发《关于开展科技人才评价改革试点的工作方案》……

"破四唯""立新标"，让科技工作者在不同的赛道上，都能得到公平、公正的评价。连续19年失败后，山东省农科院的"土专家"崔凤高，评上了研究员；中国科学院工程热物理研究所的杜强，因为解决重点型号中的关键基础科学问题，在SCI论文"不够数"的情况下，获得了国家优秀青年科学基金；没有留学经历的"土博"左二伟，因为在动物基因编辑技术研究中的表现，被中国农科院农业基因组引进。改革院士制度、实施长周期考核、加大稳定支持力度……党的十八大以来，科技人才评价改革持续向纵深发展，极大调动了科技工作者的积极性和主动性。

科技人才评价体系改革，只是科技体制改革的一个缩影。

——印发《关于深化中央财政科技计划（专项、基金等）管理改革的方案》，剑指科技计划管理。对原分散于各个部委和机构的科技项目进行重组，建立公开统一的国家科技管理平台，强化顶层设计、打破条块分割、改革管理体制、统筹科技资源、加强部门功能性分工。从此,科技计划告别"九龙治水",减轻了科研人员项目申请的负担,让科技资源配置更合理、更有效。

——修订《中华人民共和国促进科技成果转化法》,打通产学研通路。促进科技成果转化为现实生产力,规范科技成果转化活动,加速科学技术进步,推动经济建设和社会发展。例如,对完成、转化职务科技成果做出重要贡献的人员,给予奖励和报酬做出明确规定,极大打消了科技工作者在成果转移转化中"国有资产外流"的顾虑,让科技与产业的链条更畅通。

——出台《关于进一步完善中央财政科研项目资金管理等政策的若干意见》,着力为科研人员"减负松绑"。进一步推进简政放权、放管结合、优化服务,改革和创新科研经费使用和管理方式,"减负1.0、2.0、3.0",让大家从烦琐的表格和重复性工作中解放出来,将精力更多放在科学研究中。

科技体制改革出重拳、啃硬骨,打破制度藩篱,解开诸多束缚科技发展的枷锁,自主创新能力不断增强,高水平科技自立自强加快实现。

说起科技成果,我们如数家珍:在世界屋脊,世界上海拔最高、规模最大、灵敏度最强的高海拔宇宙线观测站,正在探索宇宙深处的奥秘;在大洋深处,"爱达·魔都号"自由游弋,辽宁舰、山东舰、福建舰保家卫国;在塔克拉玛干沙漠腹地,我国自主研发的首口万米科学探索井——深地塔科1井深钻万米,正向12000米进发;在实验室,我们在国际上首次实现二氧化碳到淀粉的从头合成,"祖冲之"系列、"九章"系列,让我国成为唯一在光学和超导两种物理体系都达到量子计算优越性里程碑的国家……

说起科技人才,我们底气十足:2022年,我国研发人员全时当量由2012年的324.7万人年提升到635.4万人年,稳居世界首位;青年科技人才规模快速增长,从2012年至2021年,自然科学领域博士毕业生总人数超过45万人,博士后每年进站人数超过2.5万人,80%集中在自然科学领域；越来越多青年科技工作者开始"挑大梁"，国家重点研发计划参研人员中，45岁以下占比达80%以上，国家自然科学奖获奖者成果完成人的平均年龄已低于45岁……

说起科技影响力，我们正走向国际舞台中央：2022年，我国世界热点论文数量首次世界登顶，高水平国际期刊论文数量保持第一位，高被引论文数量、发表在国际顶尖期刊论文数量继续位列第二；"一带一路"科技合作方兴未艾，2023年首届"一带一路"科技交流大会发布的"一带一路"科技创新合作成果显示，我国已与80多个共建国家签署政府间科技合作协定，共建50多家"一带一路"联合实验室，在共建国家建成20多个农业技术示范中心和70多个海外产业园，建设了9个跨国技术转移中心，累计举办技术交流对接活动300余场，促进千余项合作项目落地；2023年中国创新能力综合排名上升至世界第十位，向创新型国家前列稳步迈进……

神州大地，激荡创新潮！

培育新质生产力，"最大变量"变"最大增量"

"我国科技队伍蕴藏着巨大创新潜能，关键是要通过深化科技体制改革把这种潜能有效释放出来。"习近平总书记的话掷地有声。

未来需要高质量发展，高质量发展必然具备高科技特征。

党的十八大以来，深化科技体制改革进程中的许多重大举措，聚焦科技成果转化中的难点、堵点和痛点，持续推动将科技创新这一"最大变量"转化为经济社会发展的"最大增量"。

改革，在解决制约高质量发展的突出矛盾上下功夫，在完善制度、健全机制、激发活力、增添动力上用实劲。

我国相继发布《关于进一步完善研发费用税前加计扣除政策的公告》《科技成果赋智中小企业专项行动（2023—2025年）》等政策，不仅为企业送去税惠"大礼包"，还加快科技成果汇聚共享，为中小企业创新、转型纾难解困。

山东潍坊潍柴集团，清洁能源发动机装配线持续满负荷运转。"正是紧紧依靠改革，潍柴集团从濒临破产发展成为全球知名发动机企业。"潍柴集团董事长谭旭光信心满满，"我们要拿出更大决心和信心，持续推进改革，不断激发企业创新发展的新活力。"

TCL，如今是国内唯一一家建立从显示材料、显示器件、显示模组到品牌整机再到用户和内容运营的垂直一体化产业链的厂家，全力抢占超高清视频显示产业"黄金赛道"。"政策红利的叠加为企业提供了充足的科研资金保障。"TCL惠州华星财务负责人周兴文说。

2023年9月，习近平总书记主持召开新时代推动东北全面振兴座谈会时强调，积极培育新能源、新材料、先进制造、电子信息等战略性新兴产业，积极培育未来产业，加快形成新质生产力，增强发展新动能。

2023年12月，中央经济工作会议上，"以科技创新引领现代化产业体系建设"被列为2024年九项重点任务之首，深蕴着增强新动能的长远考量。

改革，弥合科技与产业的鸿沟，让科技创新加快转化为现实生产力，加快新兴产业发展和产业结构升级的步伐，培育发展新质生产力有了源头活水，创新的千里马竞相奔腾！

一道道"绿波"连接真实的城市交通——在浙江杭州，通过大数据实时优化红绿灯时长，道路更加通畅。"企业是改革的受益者，也是参与者。"从事该业务的每日互动股份有限公司创始人方毅感触很深，"我们积极拥护改革、全力投入改革，争当发展新质生产力的生力军。"

山东港口集团全自动化码头建设创新团队的带头人、大国工匠张连钢是改革力量的见证人——在改革开放以后建设起来的日照港，由各种综合因素聚集优化，异军突起，已成长为"最年轻"的5亿吨级港口、全球首个顺岸开放式全自动化集装箱码头，年货物吞吐量居世界第七位。张连钢很自豪："欧洲的港口还邀请我们去'传经送宝'。"

我国科技型企业迅速壮大，企业研发投入占全社会研发投入的比重连续多年超过75%。"突出企业科技创新主体地位，激励企业加快数智化转型，打造更多具有国际竞争力的科技领军企业，以企业生产技术的整体提升，带动产业转型升级。"科技部部长阴和俊信心十足。

好消息，如雨后春笋！

陕西，科研人员领办创办科技型企业达到1395家，2023年，全省技术合同成交额达4120.99亿元，同比增长34.95%；

福建，全球首个戊肝疫苗、国内第一支宫颈癌疫苗、国内首辆商用级无人驾驶巴士均出自厦门。《2023年全球创新指数报告》显示，厦门位列全球"科技集群"第80位、"科技强度"第81位。

辽宁，科技与产业"双螺旋"融合发展，聚焦重点产业领域，推动建设了36家中试基地，培育科技服务机构400多家。

瞄准更多前沿领域布局，新支柱新赛道破浪向前！

2023年，我国新能源汽车产销量分别为958.7万辆和949.5万辆，连续9年位居全球第一，其中新能源汽车出口量为120.3万辆，带动我国跃升为全球最大的汽车出口国。

2023年，我国卫星导航与位置服务产业总体产值达到5362亿元人民币，同比增长7.09%。截至2023年底，我国卫星导航专利申请累计总量已突破11.9万件，同比增长4.84%，继续保持全球领先。

2023年，我国数字经济核心产业增加值占国内生产总值比重达到10%。数字基础设施不断扩容提速，算力总规模达到230EFLOPS（EFLOPS是指每秒百亿亿次浮点运算次数），居全球第二位。

统计数据显示，我国已在新一代信息技术、高端装备、新材料、新能源等领域建成了45个国家先进制造业集群，主导产业总产值达20万亿元。

伴随着改革进程，科技创新渗透于生产力诸要素中，转化为实际生产能力，能够催生新产业、新模式、新动能。牢牢抓住科技创新这个"牛鼻子"，以新质生产力开辟发展新赛道、增强发展新动能、塑造发展新优势，我们定能赢得未来发展主动权，把中国式现代化的美好图景一步步变为现实。

（《光明日报》2024年7月1日）

坚持党的全面领导是根本保证

——一论新时代全面深化改革的宝贵经验

经济日报评论员

"改革开放是前无古人的崭新事业，必须坚持正确的方法论，在不断实践探索中推进。"日前召开的中共中央政治局会议上，习近平总书记在总结改革开放以来特别是新时代全面深化改革的宝贵经验时，将"坚持党的全面领导"旗帜鲜明地摆在首位，成为进一步全面深化改革务必牢牢把握的重要原则。这是指引我们一往无前、实现中华民族伟大复兴的根本保证。

改革，就是一场革命，改的是体制机制，动的是既得利益。所以古今中外，但凡改革，都会遇到各种各样的阻力，既有思想层面的障碍，又有利益固化的藩篱；既有内部风险的压力，又有外部风险的叠加。能否将改革进行到底，常常考验着执政党的毅力、能力与魄力。

对于进入新时代的中国，改革的担子更重、挑战更大。容易的、皆大欢喜的改革已经完成了，好吃的肉都吃掉了，剩下的都是难啃的硬骨头，甚至是牵动全局的敏感问题和重大问题。以习近平同志为核心的党中央作出全面深化改革的重大战略部署，团结带领全党全军全国各族人民开启波澜壮阔的改革新进程，推动诸多领域实现历史性变革、系统性重塑、整体性重构，谱写了中国式现代化崭新篇章。

勇挑重担，直面挑战，把党的领导贯穿改革各方面全过程，确保了正确的改革方向和改革立场，汇聚了最大的改革共识和发展合力。

——事在四方，要在中央。党的十八届三中全会闭幕不到两个月，中央全面深化改革领导小组成立，由习近平总书记亲自挂帅。这是我们党首次在中央层面设置专司改革工作的领导机构,党的十九大后调整为中央全面深化改革委员会。从财税体制改革、司法体制改革等重大改革,到异地办理身份证、减轻学生作业负担等民生实事……召开的72次中央深改领导小组和中央深改委会议,部署了一系列重大改革事项,点面结合、统筹兼顾,构建起制度建设的"四梁八柱"。

——因时因势,自我革新。党的十九届三中全会审议通过深化党和国家机构改革的决定和方案,党的二十届二中全会对继续深化党和国家机构改革作出重要部署,中央层面建立起一套条缕清晰、逻辑严密的机构改革领导体制和工作机制,保证了思想一致、认识一致、步调一致,推动党的全面领导在机构设置上更加科学、在职能配置上更加优化、在体制机制上更加完善、在运行管理上更加高效。

——一分部署,九分落实。全面深化改革这些年,人们一次次看到"看准了就坚定不移抓"的决心和实践。早在2014年1月,中央全面深化改革领导小组第一次会议上,习近平总书记就强调,凡是议定的事要分头落实,不折不扣抓出成效。此后的一次深改组会议,总书记专门听取了10项改革落实情况汇报,要求"盯着抓、反复抓,直到抓出成效"。

紧锣密鼓,笃行不息。新时代以来,习近平总书记以强有力的领导、果敢勇毅的行动、钉钉子的精神抓好重大改革举措的"谋"与"干"。很多领域的"坚冰"被打破,很多方面的"硬骨头"被啃下,经济社会发展的动力活力更加强劲。

"全面深化改革必须加强和改善党的领导,充分发挥党总揽全局、协调各方的领导核心作用"——于壮阔征程的行进中,我们收获了宝贵经验。哈佛大学一项持续多年的民调,显示中国民众对中国共产党的满意度长期超过90%,无疑又从外部视角印证了这样的判断。

"改革再难也要向前推进"。当前和今后一个时期,是以中国式现代化全面推进强国建设、民族复兴伟业的关键时期。中国之问、世界之问、人民之问、时代之问提出的新考题比过去更复杂,进一步全面深化改革的新要求跃然纸上。

改革开放任务越繁重,越要加强和改善党的领导,越要确保党始终成为中国特色社会主义事业的坚强领导核心。将历史经验运用到新征程,更加深刻领悟"两个确立"的决定性意义,更加坚定做到"两个维护";不断提高党的执政能力和领导水平,不断提高党把方向、谋大局、定政策、促改革的能力和定力;永远保持以党的自我革命引领社会革命的高度自觉,坚持用改革精神管党治党,进一步全面深化改革定能不断迈上新台阶、取得新突破。

中国特色社会主义最本质的特征是中国共产党领导,中国特色社会主义制度的最大优势是中国共产党领导。善用优势,乘势而上,推进中国式现代化的伟大事业,过去已大有作为,未来仍大有可为。

(《经济日报》2024年7月8日)

改革脉搏与人民向往同频共振

——二论新时代全面深化改革的宝贵经验

经济日报评论员

在党的二十届三中全会即将召开之际，习近平总书记明确提出，进一步全面深化改革要总结和运用改革开放以来特别是新时代全面深化改革的宝贵经验。其中，需要贯彻的一个原则就是，坚持以人民为中心，尊重人民主体地位和首创精神，坚持人民有所呼、改革有所应，做到改革为了人民、改革依靠人民、改革成果由人民共享。无论改革的领域拓展到哪里，只要毫不动摇坚持以人民为中心，把为人民谋幸福作为检验改革开放成效的标尺，改革之船定能激流勇进，发展之路就会海阔天高。

党的十八大以来，以习近平同志为核心的党中央坚持以人民为中心的发展思想，以前所未有的决心和力度推动许多领域实现历史性变革、系统性重塑、整体性重构，不断增强人民获得感、幸福感、安全感。针对药价高、看病贵问题，医药卫生体制改革下大力气啃"硬骨头"，取消实行60多年的药品和耗材加成，建立集采制度，药价虚高乱象得到有力纠治；打破多年城乡壁垒，户籍制度改革让1.4亿农业转移人口落户城镇；为中低收入群体减负，个人所得税改革惠及2.5亿人；致力于更好更公平的教育，教育改革不断缩小地区、城乡间差距；为了蓝天碧水的生活新期待，推动生态文明体制改革向纵深推进……新时代以来的全面深化改革，紧扣经济社会发展的矛盾焦点，不断把人民对美好生活的向往变为现实。

为了人民而改革，改革才有意义。老百姓关心什么、期盼什么，改革就要抓住什么、推进什么。回应群众呼声，读懂人民期待，看到人民群众心中的改革愿景，让改革行动始终与人民心声相激荡。用人民认可不认可、赞成不赞成来导航改革进程，才能最大程度地激发力量，凝聚起改革的强大合力。

依靠人民而改革，改革才有动力。实践表明，人民群众是全面深化改革最坚实、最深厚的力量。从北京"街乡吹哨、部门报到"，到浙江"最多跑一次"，再到天津"一颗印章管审批"，一系列切实有效的改革举措源自地方探索，并复制推广到全国。以改革促脱贫攻坚，建立精准扶贫、精准脱贫工作机制，形成五级书记抓扶贫、全党动员促攻坚的良好局面，创造了8年间让近1亿农村贫困人口脱贫的伟大奇迹。改革的每一次突破和进展，每一个新生事物的产生和发展，每一方面经验的创造和积累，无不来自亿万人民的拼搏奋斗和聪明才智。只有紧紧依靠人民，发挥各行业各方面的积极性主动性创造性，方能干群一致、上下同心，突破前进路上重重阻碍，不断为实现中华民族伟大复兴开辟通途。

改革是一项复杂的系统工程，必须凝聚全社会的智慧和力量。如今的改革，已经不可能胜败皆服，更不可能皆大欢喜。面对的更多是利益增进和利益调整并存、牵一发而动全身的复杂局面，尤其需要算好改革的利益账，始终把群众利益放在第一位，统筹各方面各层次利益关系，善于算大账、总账、长远账，让人民呼声与改革脉搏共振，使改革成果更多更公平惠及全体人民。如今的改革，惟其艰难，才更需勇毅，依靠更为深厚的动力源泉，尤其需要坚持问计于民、问需于民，加强对重大改革问题的调研，注重从就业、增收、入学、就医、住房、办事、托幼养老以及生命财产安全等老百姓急难愁盼中找准改革的发力点和突破口，让改革更深入、更广泛地扎根在人民群众之中。

改革，是"一场人民广泛参与的深刻变革"。人民是改革受益者，也是改革推动者。回首过去，我们用改革的办法解决了党和国家事业发展中的一系列问题；面对未来，破解发展面临的各种难题、化解来自各方的风险挑战，需要笃定"人民对美好生活的向往就是我们的奋斗目标",继续用改革的方法促进社会公平正义、增进人民福祉,顺应民心、尊重民意、关注民情、致力民生,让现代化建设成果更多更公平惠及全体人民。

(《经济日报》2024年7月9日)

确保改革沿着正确方向前进

——三论新时代全面深化改革的宝贵经验

经济日报评论员

今日中国,改革的话题,总能激发广泛共鸣。自全面深化改革启动以来,云帆遍挂、大潮奔涌,开创了以改革开放推动党和国家各项事业取得历史性成就、发生历史性变革的新局面。在总结宝贵经验时,习近平总书记明确"坚持守正创新"是必须贯彻的一个原则,这正是改革开放航船始终沿着正确方向破浪前行的重要原因。

2013年11月,党的十八届三中全会把"完善和发展中国特色社会主义制度,推进国家治理体系和治理能力现代化"设定为全面深化改革的总目标,并强调把创新贯穿改革的方方面面和全过程。以此为起点,以习近平同志为核心的党中央着眼于马克思主义理论的运用,着眼于对实际问题的理论思考,着眼于新的实践和新的发展,既把成功的实践上升为理论,又以正确的理论指导新的实践,特别是将实践中已经见效的方针政策及时上升为党和国家的制度,坚持、捍卫进而创造性地发展了中国特色社会主义。

这是一段勇毅向前、攻坚克难的历程。复杂的国内国际环境,各种思想观念和利益诉求相互激荡……只有回答好在我国国家制度和国家治理体系上应该"坚持和巩固什么、完善和发展什么"的重大政治问题,才能把准改革脉搏、开好改革药方。

"改革无论怎么改,坚持党的全面领导、坚持马克思主义、坚持中国特色社会主义道路、坚持人民民主专政等根本的东西绝对不能动摇",彰显始终如一的战略清醒和政治定力。

我国是一个大国，决不能在根本性问题上出现颠覆性错误。确保改革方向正确，最根本的是在中国特色社会主义道路上不断前进，既不走封闭僵化的老路，也不走改旗易帜的邪路。明确坚持党的全面领导是坚持和发展中国特色社会主义的必由之路，将党的全面领导融入机构改革、国有企业治理、高校领导体制、群团组织建设等各项工作全过程；确立和坚持马克思主义在意识形态领域指导地位的根本制度，健全意识形态工作责任制，推动全党动手抓宣传思想文化工作；深化社会主义市场经济体制改革，毫不动摇地巩固和发展公有制经济，毫不动摇地鼓励、支持、引导非公有制经济发展……在以习近平同志为核心的党中央坚强领导下，我们立场坚定，思路清晰，坚定不移在中国特色社会主义道路上将全面深化改革进行到底。

"把该改的、能改的改好、改到位""对看准了的改革，要下决心推进"，见证开拓进取的改革魄力和发展胆识。

习近平总书记强调："我们全面深化改革，不是因为中国特色社会主义制度不好，而是要使它更好；我们说坚定制度自信，不是要固步自封，而是要不断革除体制机制弊端，让我们的制度成熟而持久。"坚持目标导向和问题导向相结合，奔着问题去、盯着问题改，全面深化改革蹄疾而步稳。从以河湖长制的小切口谋划生态环境保护的大棋局，到在科研领域实行"揭榜挂帅"制度、激发科技创新活力；从以简政放权的减法、促进营商环境优化，到建设全国统一大市场、更好促进国内大循环……一系列原创性思想引领变革性实践、形成标志性成果，让各领域制度更加成熟更加定型，不断提升国家治理现代化水平。

"实现新时代新征程的目标任务，要把全面深化改革作为推进中国式现代化的根本动力，作为稳大局、应变局、开新局的重要抓手，把准方向、守正创新、真抓实干，在新征程上谱写改革开放新篇章。"习近平总书记在二十届中央全面深化改革委员会第一次会议上提出的要求，昭示进一步全面深化改革的路径。

致力于强国建设、民族复兴伟业，新时代中国坚持改革的方向、立场、原则，紧跟时代步伐，顺应实践发展，突出问题导向，在新的起点上推进理论创新、实践创新、制度创新、文化创新和其他各方面创新，定能在守正中根深叶茂、源远流长，在创新中寻求突破、扬帆远航。

(《经济日报》2024年7月10日)

"中国之制"成就"中国之治"

——四论新时代全面深化改革的宝贵经验

经济日报评论员

制度优势是一个国家的最大优势。习近平总书记在总结改革开放以来特别是新时代全面深化改革的宝贵经验时，明确提出"坚持以制度建设为主线"是必须贯彻的原则之一。进一步全面深化改革，筑牢根本制度，完善基本制度，创新重要制度，必将极大激发"中国之制"新优势，不断开启"中国之治"新境界。

制度管根本、管全局、管长远。党的十八大以来，以习近平同志为核心的党中央把制度建设摆在更加突出的位置，坚持"改什么、怎么改必须以是否符合完善和发展中国特色社会主义制度、推进国家治理体系和治理能力现代化的总目标为根本尺度"，从夯基垒台、立柱架梁到全面推进、积厚成势，再到系统集成、协同高效，各领域基础性制度框架基本确立，中国特色社会主义制度更加成熟更加定型，国家治理体系和治理能力现代化水平不断提高，党和国家事业焕发出新的生机活力。在总结新时代全面深化改革取得历史性伟大成就时，习近平总书记深刻指出："这是一场国家制度和治理体系的深刻变革。"

经国序民，正其制度。改革本质上就是一种破旧立新的活动，只有形成合理的制度才能从根本上保障经济快速发展和社会长期稳定。新时代以来，全面深化改革以前所未有的力度打开了崭新局面。比如，全面实施市场准入负面清单制度，全面推开"证照分离"改革，深入推进简政放权，完善产权保护制度和要素市场制度，建设高标准市场体系等，让有效市场和有为政府更好结合，让社会主义市场经济体制更加完善，为推动高质量发展注入了强劲动力。从判断我国经济发展处在"三期叠加"阶段到提出新常态，从贯彻新发展理念到推进供给侧结构性改革，再到明确从高速增长阶段转向高质量发展阶段，不断用改革的办法解决发展中的问题，在解决问题的同时完成建章立制、构建体系的任务，是改革顺利推进、改革成果及时巩固的有效路径。

把制度建设摆在更加突出位置是新时代改革开放的一个鲜明特征。"天下之势不盛则衰，天下之治不进则退。"当前，世界百年未有之大变局加速演进，新一轮科技革命和产业变革深入发展。环顾国内，经济恢复仍处在关键阶段，周期性和结构性矛盾叠加；放眼全球，经济复苏乏力，逆全球化思潮涌动，单边主义、保护主义明显上升，我国发展面临的外部环境更趋复杂严峻。越是面临困难挑战，越是要在完善和发展中国特色社会主义制度、推进国家治理体系和治理能力现代化上下更大功夫，着力固根基、扬优势、补短板、强弱项，有了更成熟更定型的国家制度、现代化的国家治理体系和治理能力，才能做到"任凭风浪起，稳坐钓鱼船"。

建章立制是定国安邦的大事。坚持和完善中国特色社会主义制度、推进国家治理体系和治理能力现代化，既涉及党的领导制度完善问题，又涉及其他各方面根本制度、基本制度、重要制度的完善和发展问题；既涉及国家制度的更加成熟定型问题，又涉及国家治理体系和治理能力现代化问题；既要立足当前，又要着眼长远。特别是当改革步入攻坚期和深水区，面对深层次体制机制问题和利益固化的藩篱，更需要提炼改革规律，把握新的历史主动，从全局高度、战略高度进行总体谋划和顶层设计，明确坚持和巩固什么、完善和发展什么，明确哪些先改哪些后改，分清轻重缓急，抓住根本、突出重点、远近结合、整体推进、破立并举、先立后破，增强系统性、整体性、协同性，形成集成效应。

前进道路上，始终突出制度建设这条主线，把深化改革攻坚同促进制度集成结合起来，聚焦基础性和具有重大牵引作用的改革举措，不断健全制度框架，筑牢根本制度、完善基本制度、创新重要制度，定能不断彰显中国特色社会主义制度优势，运用制度威力应对风险挑战的冲击，把发展进步的命运牢牢掌握在自己手中。

(《经济日报》2024 年 7 月 11 日)

在法治轨道上深化改革

——五论新时代全面深化改革的宝贵经验

经济日报评论员

全面深化改革、全面依法治国，是齐头并进的姊妹篇。进一步全面深化改革，必须坚持的一条宝贵经验就是全面依法治国。党的二十届三中全会召开在即，习近平总书记在近日举行的中共中央政治局会议上明确指出，"在法治轨道上深化改革、推进中国式现代化，做到改革和法治相统一，重大改革于法有据、及时把改革成果上升为法律制度"。夯实"中国之治"的制度根基，方法明确，指引清晰。

法者，治之端也。在治国理政的关键词里，"法治"重于泰山。改革发展稳定，内政外交国防，治党治国治军，无不以法治为依凭、用法治作保障、由法治来贯彻。我们党团结带领人民创造出经济快速发展、社会长期稳定"两大奇迹"，与法治这个"制度密码"密不可分。新时代以来，全面深化改革取得历史性伟大成就，离不开全面依法治国提供的根本性、全局性、稳定性、长期性制度保障。

改革，意味着除旧布新；法治，意味着秩序稳定。如何处理二者关系，考验着国家治理能力现代化水平。党的十八届三中全会和四中全会分别对全面深化改革、全面依法治国作出重大战略部署，集中展现了"破"与"立"的辩证统一。习近平总书记一语道明，改革和法治如鸟之两翼、车之两轮，相辅相成、相伴而生。法治的实现离不开改革推动，改革的深化也要求法治保障。二者协调统一，才能让我国社会在深刻变革中既生机勃勃又井然有序。

——坚持在法治下推进改革，改革步伐更加坚实。从出台新中国首部民法典，到制定外商投资法、海南自由贸易港法，修订国务院组织法、公司法等，这些年我国立法决策主动适应改革需要，立法参与改革之深之广前所未有。从自由贸易试验区改革，到农村宅基地制度改革试点等，立法授权允许更多试点地区先行先试。重大改革于法有据，做到法与时移，澄清了那种"改革就是冲破法律束缚""改革要上路、法律要让路"的错误观点，增强了改革的穿透力。

——坚持在改革中完善法治，法治体系更加健全。先后两次修改立法法，深化"放管服"改革，司法体制改革"动真碰硬"，做成了想了很多年、讲了很多年但没有做成的改革……法随时变，经济社会发展到哪里，立法就跟进到哪里；改革发展的进程，就是法治进步的过程。

把"先行先试"和"于法有据"统一起来，把大胆试、大胆闯和加强顶层设计协调起来，把坚持原则和鼓励创新结合起来，同步推进改革与法治，才能不因保守而缩手缩脚，不因冒进而蛮干乱干，为改革及时提供有力法治保障。

立治有体，施治有序。新时代的改革开放，制度建设分量更重。实践证明，全面依法治国，不仅是制度文明的发展，更体现着"运用法治思维和法治方式深化改革、推动发展、化解矛盾、维护稳定、应对风险"的治理智慧。进一步发挥法治固根本、稳预期、利长远的保障作用，推动各方面制度更加成熟更加定型，才能逐步实现国家治理制度化、程序化、规范化、法治化。

改革开放已走过千山万水，未来仍需跋山涉水。全面深化改革越深入，越需要法治引领、推动。啃下改革攻坚期的硬骨头，涉过利益格局调整的深水区，就必须把全面依法治国扎实推向前进。进一步提高运用法治思维和法治方式的能力，"共同推进、一体建设"法治领域各个环节，避免零敲碎打、单兵突进，最大限度将制度优势转化为治理效能。推进全面依法治国这场广泛而深刻的革命，必将助推"中国之治"再创新奇迹。

（《经济日报》2024 年 7 月 12 日）

同向发力增强改革整体效能

——六论新时代全面深化改革的宝贵经验

经济日报评论员

位于黄河"几字弯"顶部的内蒙古乌梁素海，曾经在水污染严重、生态功能退化时"就湖治湖"，效果一般。而从"治湖泊"转向"治流域"，通过上游治沙、湖区治水、山区修复草原植被，这里成为一个生态乐园。

乌梁素海的变化，是新时代生态治理的成果，也是系统推进改革的缩影。观察新时代全面深化改革的壮丽气象，就是因为加强系统谋划，准确把握改革的相互关系和耦合作用，以一系列体制机制改革推动了各领域各方面举措同向发力、形成合力。在总结宝贵经验时，习近平总书记明确提出"六个坚持"，其中之一就是"坚持系统观念"。这是贯穿于习近平新时代中国特色社会主义思想的一个立场观点方法，对于进一步全面深化改革、以中国式现代化全面推进中华民族伟大复兴具有重要指导意义。

全面深化改革，重在"深化"，难在"全面"。要解决我们面临的突出矛盾和问题，仅仅依靠单个领域、单个层次的改革难以奏效，必须涉及全领域、兼顾各方面，全面发力、一体推进。而且，改革越是深入，越要注重政策协调、整体效果，越要注重各项改革之间的协同联动程度。我们说改革碰到"硬骨头"，正是因为进入"深水区"后，牵涉的条块利益太多，打破利益壁垒太难。只有加强对各领域改革的前瞻性思考、全局性谋划、战略性布局、整体性推进，才能避免各行其是、相互掣肘，在统筹兼顾中增强整体效能。

"坚持山水林田湖草沙一体化保护和系统治理""加强大江大河和重要湖泊生态环境系统治理、综合治理、协同治理""要树立系统思想，推动有条件的地方和领域实现改革举措系统集成""顶层设计要立足全局，基层探索要观照全局，大胆探索，积极作为，发挥好试点对全局性改革的示范、突破、带动作用"……党的十八大以来，以习近平同志为核心的党中央不断深化对改革规律的认识，一系列重要论述明晰了现实路径。

既注重"牵一发而动全身"，又讲求"十个指头弹钢琴"，按照习近平总书记的谋划部署，我们优先解决主要矛盾和矛盾的主要方面，用小切口解决大问题，以重点突破实现整体推进，全面深化改革朝着"完善和发展中国特色社会主义制度、推进国家治理体系和治理能力现代化"的目标不断迈进。

改革是自我加压，也是形势使然。"中国要实现现代化，方方面面都要强起来。"这就意味着，要统筹各个方面、各个层次、各个要素。紧扣中国式现代化进一步全面深化改革，是一场深刻而全面的社会变革，是全方位、全过程、宽领域、多层次的复杂系统工程，必然要求更加注重系统集成，坚持以全局观念和系统思维谋划推进。

"更加"的要求，凸显了在新征程上坚持系统观念的重要性。把这一要求落实落细，处理好一系列重大关系是关键抓手。处理好经济和社会的关系，使经济发展与社会治理相辅相成、相得益彰，才能推动发展成果惠及民生凝聚人心；处理好政府和市场的关系，让有效市场和有为政府更好结合，才能充分激发各类经营主体的内生动力和创新活力；处理好效率和公平的关系，在全面推动质量变革、效率变革、动力变革的基础上，进一步增强全体人民机会公平、过程公平乃至结果公平，才能促进全体人民实现共同富裕取得更为明显的实质性进展；处理好活力和秩序的关系，寓活力于秩序之中，建秩序于活力之上，才能推动经济实现质的有效提升和量的合理增长；处理好发展和安全的关系，坚持把国家安全同经济社会发展一起谋划、一起部署、一起实施、一体推进，才能牢牢把握改革发展的战略主动权。

"改革有破有立，得其法则事半功倍"。登高望远，我们推动全面深化改革向广度和深度进军，给新时代的中国带来巨变。面对人民群众新期待，面对纷繁复杂的国际国内形势，面对新一轮科技革命和产业变革，运用好宝贵经验，必将开创高质量发展新境界，写下中国式现代化新篇章。

(《经济日报》2024年7月13日)